Hans-Ulrich M[illegible]

Echo

Ein russisch-deutsch-deutscher Roman

GRÜNBERG

Mein Dank gilt dem Literaturhaus Rostock, dessen Unterstützung mir das Projekt erst ermöglichte.

Dr. Wolfgang Gabler danke ich für die wertvollen unterstützenden Hinweise zum Manuskript und Martin Ebert für die gestalterische und technische Bearbeitung. Ich danke Dr. Michel Eckardt, Professor Dr. Dietrich Werner, Dr. Heiko Schultz und Ulrike Meyer für ihre konstruktive Kritik bei der Recherche.

Hans-Ulrich Mönnig
Weimar, Januar 2015

I Sowjetunion

Abschied

Im Sommer 1941 erwarteten die Bauern der Wolga-Ebene eine gute Getreideernte. Iwan Jeger, der Kolchosvorsitzende, hatte die großen Erntemaschinen rechtzeitig instand setzen lassen. Wenn das Wetter so bliebe, würden sie auch in diesem Jahr den Plan erfüllen. Das war eine beruhigende Gewissheit, die Jeger sich am Morgen auf der Fahrt in sein Büro und befriedigt am Abend auf dem Nachhauseweg bestätigte.

Doch heute war sein Innerstes erstarrt. Die Schönheit des Abends erreichte ihn nicht. Vor wenigen Minuten hatte Juri Gregorjewitsch Sarapin die monatliche Parteiversammlung beendet und ihn eindringlich gebeten, dem Ukas[1] der Regierung Folge zu leisten. Die deutschen Familien müssten in wenigen Tagen von hier weg, weit weg.

Seine Familie lebte nun schon in der achten Generation in der Stadt Engels. Ihn, den Sohn des Deputierten Robert Karlowitsch Jeger, der sich für die Gründung der Autonomen Sozialistischen Sowjetrepublik der Wolgadeutschen am 6. Januar 1924 eingesetzt hatte, wollte man wie einen kranken Hund vom Hof prügeln? Er, der als glühender Kommunist Stalin verehrte, sollte nun weggejagt werden? Nach Sibirien? Wie die Verbrecher?

Wir haben Krieg! Jetzt, wo wir alle zusammenstehen müssen, verbannt man uns? Er begriff es nicht, konnte und wollte es nicht begreifen: Seine Parteidisziplin verlangte von ihm, sich zu fügen.

Der Oberste Sowjet hatte am 28. August 1941 alle Deutschen unter Generalverdacht gestellt und die Deportation nach Sibirien angeordnet. Das war die nüchterne Wahrheit.

Sarapin nahm ihn zur Seite.

»Iwan, ich habe aus Moskau vom NKWD[2] erfahren, dass die Umsiedlung sofort zu vollziehen ist. Sie haben die

[1] Russ.: Erlass

[2] Abk. für den sowjetischen Geheimdienst

OSP[3], gegründet, die werden alles organisieren. Ihr sollt nach Kasachstan und neu siedeln. Ihr seid für die alle Volksverräter.«

Jeger wollte aufbegehren.

»Nein, nein, so meine ich das nicht, aber so denken die in Moskau. Meldet euch so früh wie möglich, dann könnt ihr einiges noch selbst bestimmen.«

Sarapin und Iwan waren Schulfreunde. Sarapin wusste es: Der Abschied war endgültig. Er umarmte Jeger. Der wollte noch fragen, was mit der Kolchose werden würde. Aber Sarapin winkte nur ab.

»Mach dich frei«, sagte er. »Und schreib mal, wenn ihr euch eingerichtet habt.« Doch er wusste, dass von dort, wo sie hingebracht werden, keine Nachricht kommen würde.

Iwan Jeger schleppte sich wie ein Betrunkener nach Hause. Maria, seine Frau, werkelte im Stall. Ihre bloßen Arme waren bis zur Schulter mit Blut beschmiert. Die einzige Kuh hatte gekalbt. Alles war gut gegangen, doch zum Schluss hatte sich das Kleine verklemmt, und sie musste es mit ganzer Kraft herausziehen. Es war das sechste, dem sie bisher zum Leben verholfen hatte. Das hier hat ihr die größte Mühe gemacht. Aber nun war alles überstanden.

Iwan stand bleich vor ihr. Maria spürte das Besondere. Er schien betrunken. »Was ist los, Iwan? Bist du krank? Habt ihr den Plan nicht erfüllt?«

Er sah sie wortlos an. Alles brach nun in einem Weinkrampf aus ihm heraus.

Sie erschrak. Nie hatte sie ihn so gesehen. Iwan, ihr Fels in der Brandung, den nichts erschütterte und der arbeiten konnte wie ein Bär, fiel ihr wie ein Kind in die Arme.

Sie hörte ihm fassungslos zu: »Wie stellen sich das deine Genossen vor? Eine ganze Republik nach Sibirien umzusiedeln?

[3] Für die Abwicklung der Umsiedlung gegründete Abteilung des NKWD

Wer soll das bezahlen? Wir haben Krieg! Wir müssen gegen die Faschisten kämpfen. Sie vergeuden unsere Kraft!« Sie brach ab und beherrschte sich. Iwan brauchte sie jetzt. Er suchte ihren Trost. »Auch das schaffen wir, Iwan. Wir sind noch stark genug.«

Maria war trotz der schweren Landarbeit noch immer eine schöne Frau. Sie hatte sich ihre mädchenhafte Figur bewahrt. Ihr kastanienfarbenes Haar trug sie streng gebunden während der Arbeit, und an Festtagen lag es, zu Zöpfen geflochten, wie ein Kranz um ihr schönes Gesicht. Das war das Traditionelle an ihr, aber ihr wacher Geist reflektierte das Gegenwärtige mit nüchterner Offenheit, manchmal sarkastisch und ohne Schnörkel, in die bisweilen ihr Mann Iwan als parteitreuer Funktionär verstrickt war. Sie hatte den Beruf eines Schlossers gelernt, und sie konnte sich mit den großen Erntemaschinen in der Männerwelt behaupten. Sie kannte Alkohol und Gewalt seit ihrer Kindheit, wenn die Väter zu Hause betrunken randalierten und ihre Frauen wie Vieh behandelten.

Iwan unterschied sich von anderen Männern, die sich mit Selbstgebranntem volllaufen ließen und tagelang nicht mehr Herr ihrer Sinne waren. Deshalb mochte ihn Maria: liebenswert und sensibel und wenn es sein musste auch konsequent. Er war ihr Molodez[4].

Maria und Iwan heirateten. Iwan stieg schnell auf und wurde Kolchosvorsitzender. Dann bekamen sie ihr erstes Kind, Juri, blond und blauäugig. Das war im Juli 1938, während der Erntezeit. »Ein richtiger Arier«, sagte Elena, ihre Nachbarin, die gerade von einem Lehrgang für Milchwirtschaft aus Deutschland zurückgekommen war, den das Reichsernährungsministerium 1936 für russische Agrarier im Hessischen organisiert hatte. Sie schwärmte von ihren Vorfahren und veranstaltete Kochkurse mit deutschen Rezepten. Die ganze Nachbarschaft wusste, wie Klöße und ein zünftiges Eisbein mit Sauerkraut und Salzkartoffeln

[4] Russ.: Prachtkerl, auch Prachtweib

schmeckten. Der Einmarsch der Deutschen im Juni 1941 war für sie eine Hoffnung, eine großdeutsche. Das hatte sie im Reich gelernt: Es gebe zu viel schlechtes Erbgut, das die Gesellschaft zerfraß. Man könne das überall sehen, auch hier. Eine Invasion würde ja nur zum Besten sein.

Seit August hatten die OSP und der NKWD spezielle Informationsstellen eingerichtet, in denen man Anträge zur Neusiedlung in Kasachstan einreichen konnte. Dazu gehörte auch eine Liste der Sachen, die nicht mitgenommen werden durften. Alle Umsiedler würden entschädigt werden, sagte man.

»Was soll werden? Sie haben das beschlossen und werden es durchsetzen. Wir müssen uns darauf einstellen, uns hilft keiner.« Maria behielt ihren klaren Kopf. »Wir telefonieren mit deinem Bruder Pjotr. Iwan, geh zur Poststation und melde das Gespräch für morgen an. Es wird schon jemand um diese Zeit zu Hause sein. Wir haben lange nichts mehr von ihm gehört. Larissa hat heute Dienst. Vielleicht kann sie die Leitung für morgen, 7 Uhr Moskauer Zeit, reservieren.«

Iwans Bruder war Medizinprofessor an der Universität in Alma-Ata und Chefarzt der Chirurgischen Abteilung der kasachischen Militärklinik im südlichen Militärbezirk. Er hatte Ende der 30er Jahre aus den Händen Stalins den Leninorden für seine militärischen Leistungen bei der Stabilisierung der Grenzen erhalten. Da war er ein junger Offizier, voller Tatendrang und der Sache des Kommunismus ergeben. Er wollte Staudämme und Fabriken bauen. Kommunismus ist Sowjetmacht plus Elektrifizierung des ganzen Landes, hatte Lenin gesagt, das war konkret. Aber die Partei wollte Ärzte. Deshalb studierte er nach seinem Militärdienst Medizin in Alma-Ata. Die Chirurgie wurde sein Fach. Sie entsprach seinem Charakter, kompromisslos, klare Schnitte, ohne lange Erwägungen. So blieb er, hatte Erfolg und wurde Korrespondierendes Mitglied der Akademie der Medizinschen Wissenschaften. Man achtete ihn.

Den Ukas des Präsidiums des Obersten Sowjets empfand er als selbstverständlich. Das sei gerecht und gut für seine Landsleute. Die Nazis würden alle Auslandsdeutschen als Untermenschen betrachten und sie in ihre Lager stecken. Leben konnten die Deutschen auch in Sibirien. Sie müssten dort nicht um ihr Leben bangen.

Pjotr Klausewitsch Jeger hatte am Vorabend von der Hauptpost eine telefonische Reservierung für elf Uhr des nächsten Tages erhalten. Ihm wurde nicht gesagt, woher der Anruf kommen würde. Geheimniskrämerei im Krieg, na gut, sagte er sich, aber er war unter Zeitdruck. Für zwölf Uhr waren die ersten großen Eingriffe in der Klinik angesetzt.

Der Kommandeur des 3. Regimentes hatte ein Magengeschwür. Es bestand Krebsverdacht. Sie müssten ihn unverzüglich operieren. Die beiden Gallen am Nachmittag waren Routine, aber der Magen machte Sorgen. Die Ausstattung der Klinik hatte schon wegen des Krieges nachgelassen. Wenn es Komplikationen gab, würde er den NKWD am Hals haben.

Die sind auch schon da ohne Komplikationen, dachte Jeger, und sie hängen sich überall 'rein. Er hasste diese aufgeblasenen Säcke, die sich nutzlos herumdrückten und wichtigmachten, um als Politoffiziere nicht in den Krieg zu müssen.

Kurz vor dreiviertel elf klingelte das Telefon.

»Sind Sie Professor Jeger?«, fragte eine Frauenstimme. Ein militärisches »Ja«, dann knackte es. Er hatte Mühe, aus dem Rauschen etwas Verständliches herauszuhören. Eine Frauenstimme bat zu warten, dann wieder Knacken und eine kratzige Stimme.

»Pjotr? ... Hallo ... Hallo?«

Jeger erkannte seinen Bruder. Etwas Weiches überzog seine markanten Züge.

»Brüderchen, Iwan, nein, welche Freude.«

Iwan erzählte ihm, was sich in Engels ereignete und dass sie so bald als möglich wegmüssten. Halt wieder nach Hause, dorthin, wo der Großvater und die Ahnen fast 300 Jahre gelebt hatten.

»Können wir erst einmal zu euch kommen, um in Ruhe einen Platz für uns zu finden?«

»Ja kommt nur, ich habe davon gehört. Alles wird …«

Die Leitung war tot. Iwan hatte nur eine Minute bekommen, mehr durfte ihm auch Larissa nicht geben. Der Ukas, der Erlass vom August, zeigte seine Wirkung. Die Deutschen in Russland waren über Nacht zu Volksfeinden geworden. Und – auch wenn es keiner aussprach – das russische Großreich, das der Zar zusammenkolonialisiert hatte, war in Gefahr. Die Russen fürchteten den Nationalismus der vielen Völker, die im begonnenen Krieg eine Chance für sich sahen.

»Alles wird gut«, beruhigte Iwan Maria, die ihn zu Hause schon ungeduldig erwartete. »Pjotr freut sich auf uns.«

Iwan war nun frei. Die Kolchose zahlte ihm den restlichen Lohn. Sie gaben ihm auch ein Zeugnis. Den Brief fand er am Morgen in seinem klapprigen Holzbriefkasten draußen am Zaun. Eigentlich fiel er ihm vor die Füße, als er das Türchen öffnen wollte und die dürren Bretter ihren Halt verloren. Er lächelte, denn seit Wochen lag ihm Maria in den Ohren, den Briefkasten endlich zu reparieren.

Wir bedauern, dass Iwan Klausewitsch Jeger, unser verdienstvoller, langjähriger Direktor und Kommunist der Kolchose MORGENRÖTE *zu seinen Verwandten nach Kasachstan umsiedelt. Die Mitarbeiter der Kolchose danken dem Vorsitzenden und wünschen ihm bei seiner neuen Tätigkeit Erfolg und Glück im persönlichen Leben.*

Dann folgten die Unterschriften der Parteileitung und der Gewerkschaft. Sarapin hatte auch unterschrieben.

Iwan Jeger holte seine alte DNJEPR, sein Dienstmotorrad, aus dem Stall und fuhr in die Stadt. Die DNJEPR hatten sie vergessen, als man ihn aus der Kolchose verabschiedete. Seit zehn Jahren fuhr er bei Wind und Wetter auf die Felder. Towarischtsch Weter, nannten ihn die Kolchosniki, Genosse Wind, wenn er mehr flog, als fuhr, auftauchte und wieder verschwand.

Seine DNJEPR brauchte nur zwei Versuche, und das Motorrad sprang an. Er genoss die Fahrt und die laue Spätsommerluft, die sich im Fahrtwind vor seiner Brust staute.

Das Getreide steht gut, dachte er. Sie müssten eigentlich nun endlich mit der Ernte beginnen. Ich werde Kolokov ein bisschen Dampf machen.

Nichts wirst du, sagte seine innere Stimme. Du hast hier nichts mehr zu sagen, und Kolokov ist froh, nun alleine zu bestimmen, wann die Schweine zu ferkeln haben.

Das mit den Ferkeln gefiel Jeger. Auch, dass sie sich nun selbst die Nächte um die Ohren schlagen mussten, wenn eine Sau nicht abferkeln wollte, dann alles auf einmal kam, blutige, schleimige Winzlinge, die sie abreiben und der Muttersau anlegen mussten. Nun konnten sie sich nicht mehr verdrücken. Schadenfreude dämpfte seine Enttäuschung, mit der er sich eigentlich schon abgefunden hatte.

Die OSP hatte in der Hauptstraße neben der Post ein Büro eingerichtet. Jetzt am frühen Morgen standen schon einige Männer davor. Sie froren im kalten Wind, der aus dem Flusstal heraufblies und gewöhnlich erst gegen Mittag abflaute. Dann würde es unerträglich heiß werden. Deshalb wollte er schnell wieder weg, nach Hause in die Weite der Landschaft, wo ihn nichts beengte. Und nun diese Ungewissheit! Keiner der Männer wusste richtig Bescheid. Es gab nur Gerüchte.

Als Jeger an der Reihe war, erschrak er. Einer seiner ehemaligen Mitarbeiter saß hinter dem Schreibtisch. Vor sechs Jahren hatte er ihn nach Moskau zum Studium geschickt. Seine Familie war aus Kiew an die Wolga gekommen. Er hatte ihn nie gemocht. Schon das Äußere war ihm unsympathisch, typischer Apparatschik[5], dachte Iwan Jeger: ausdruckloses Gesicht mit rotblondem Bartflaum und dünnen Fäden am Kinn, die ihn an seinen Ziegenbock zu Hause erinnerten. Er wollte lächeln, unterließ es, um nicht schon am Anfang Nachteile zu haben. Was muss man eigentlich studieren, um solche Aufgaben zu bekommen, dachte er.

»Guten Morgen, Genosse Jeger, das sind Sie doch, oder?«

Der junge Dachs hatte mit gewichtiger Miene in seinen Papieren geblättert und kostete den Triumph aus, nun seinen ehemaligen Vorgesetzten vor sich zu haben.

»Ja«, sagte Jeger, »ich bin gekommen, um mit Ihnen die Neusiedlung zu besprechen.«

»Sehr gut, sehr gut«, sagte der junge Mann, etwas herablassend. Für einen Moment schien sein Ton verbindlicher.

»Sie müssen dieses Formular ausfüllen und an den jeweiligen Stellen beglaubigen lassen. Wir brauchen dann etwas Zeit, um alles zu besprechen, etwa eine Stunde. Sie sollten sich einen Termin geben lassen, wenn Sie alles zusammenhaben ... Gibt es noch Fragen? Nein? Dann wünsche ich Ihnen alles Gute.«

Jeger verließ das Büro. Er fühlte sich schlecht. Von einem Tag zum anderen war er vom allseits geachteten Bürger zu einem namenlosen Bittsteller geworden. Er war ein Ausgestoßener. Mit schwerem Herzen fuhr er nach Hause. Er wählte einen Umweg, hielt am Flussufer und saß in sich versunken fast eine Stunde. Nie würde er wieder hier sein können.

Maria stand im Hof. Sie hielt einen Brief in den Händen. Mit ihr machte man keine großen Umstände. Die Verwaltung der Kolchose dankte ihr für die gute Arbeit und hatte Verständnis,

---

[5] Russ. wörtlich Bediener von Apparaten, sinngebräuchlich: Bürokrat, Funktionär

dass sie mit ihrem Mann in Kasachstan eine neue Aufgabe übernehmen werde.

»Verlogene Bande, das«, sagte sie. Sie war Realistin und hatte deshalb Iwans Parteieifer nie verstanden, nur ertragen.

Am Abend holten sie die Papiere heraus, die Iwan am Vormittag bekommen hatte. Sie begannen nun mühselig die Formulare auszufüllen, zunächst am kleinen Tisch draußen im Hof, dann, als es dunkel wurde, in der spärlich beleuchteten gemütlichen Wohnküche. Sie hatten sich eine Flasche Selbstgebrannten geholt, um die tiefe Traurigkeit zu dämpfen, die sie befiel, als sie akribisch die einzelnen Posten ihres Hab und Gut aufführten.

»Was bekommen wir für unseren Garten? Für 100 Saschen[6]?«

»Ich weiß es nicht. Vielleicht gar nichts. Es war ja ein Geschenk der Kolchose.«

Sie schrieben alles in die vorgesehenen Zeilen und Spalten der Formulare. Vermaßen das Haus. Zählten die Obstbäume, die Hühner, die Enten. Vermerkten die Milchkuh und das neugeborene Kalb. Gaben auch die Anzahl der Strohballen in der Scheune an und alle Gerätschaften im Hof und im Schuppen.

Als sie den Glasschrank in die Liste eintrugen, das einzige Hochzeitsgeschenk ihrer Eltern, schossen Maria Tränen in die Augen. Ihre Eltern hatten sich das Geld für diesen Schrank vom Mund abgespart. Mehr konnten sie ihnen damals nicht geben. Diese schöne Arbeit aus Astrachan, handwerklich vollkommen, mit vielen Schnitzereien – wahrscheinlich aus Armenien – war die letzte Verbindung zu den Ihren.

Sie fühlten sich wie die Bäume, die sie im Herbst absägten und deren Wurzeln sie im Erdreich beließen, damit sie wieder austrieben. Aber ihre Wurzeln würden hier nicht mehr sein, und die Gräber der Eltern und der Großeltern, die sie gepflegt und an den Feiertagen geschmückt hatten, würden vergehen.

---

6 Altrussisches Flächen- und Längenmaß, hier 1 Saschen entspricht 4,55 m^2

Der Wodka zog langsam in ihre Adern. Er machte ihre Herzen schwer. Ihre russischen Nachbarn würden jetzt gegen den Schmerz traurige Lieder singen. Aber das konnten sie nicht. Iwan und Maria suchten ihre Ruhe in der Weite der Flusslandschaft, in den Bildern des Abends, die die Strahlen der untergehenden Sonne in kräftigen Farben an den Abendhimmel malten. Sie hofften, diese Ruhe auch dort zu finden, wohin man sie zwang.

Iwan fuhr am Morgen zur Stadtverwaltung, um die Bestätigungen, diverse Stempel und Unterschriften zu holen. Er bekam einen Besprechungstermin bei der OSP erst für den nächsten Tag und musste wieder nach Hause fahren. Unterwegs traf er Sarapin. Der hielt an. Die Unsicherheit in der Begegnung war ihm anzusehen. Er war fast einen Kopf größer als Iwan und doch gelang es ihm, seinen Kopf so weit zu neigen, dass er Iwan von schräg unten anblickte.

»Iwan, wie geht es euch? Habt ihr euch entschieden?«

»Ja, ich gehe morgen zur OSP.«

»Das ist vernünftig. Die Nachrichten aus Moskau sind nicht gut. Man will euch alle internieren und das machen, was die Nazis mit unseren Leuten vorhaben, wenn sie den Krieg gewinnen.« Sarapin sagte das wie ein Nachrichtensprecher. Ohne irgendeine Regung.

«Oleg, kannst du mir einen Gefallen tun?«

»Wenn er nicht gegen die Gesetze verstößt, immer.«

»Du kennst doch den Glasschrank in der guten Stube, den haben wir zur Hochzeit von Marias Eltern bekommen. Sie hängt so sehr an ihm, aber wir können ihn nicht mitnehmen. Willst du ihn haben?«

»Einfach so?«

»Na, ein paar Rubel könntest du uns schon geben, wir wissen ja nicht, was wird.«

Sarapin verzog das Gesicht und machte mit der Hand in der Höhe des Halses einen schnellen Schnitt. »Das kann mich den Kopf kosten, Iwan. Es ist uns verboten, mit Deutschen Geschäfte zu machen.«

Iwan spürte einen feinen Stich. »Wir machen keine Geschäfte. Dann gebe ich dir eben nur den von dir geliehenen Schrank zurück.« Das war zwar genauso bitter, wie den Schrank stehen zu lassen, aber mit Oleg Sarapin bekommt der Schrank wenigstens ein Gesicht. Kein schönes, wie sich jetzt erwies.

»Wann willst du ihn abholen?«, fragte Iwan.

»Ich spreche mit Mascha und komme dann bei euch vorbei.«

Maria war einverstanden. Sie hatte sich ohnehin mit dem Verlust abgefunden. Sie ärgerte sich über Sarapin, mit dem sie in ihrer Jugend befreundet und in den sie auch etwas verliebt gewesen war. Iwan war die bessere Partie. Sie gab ihm einen spontanen Kuss.

»Ja, Liebling«, sagte Maria, »es bleiben nur noch wir, wenn die Dinge nichts mehr bedeuten. Das sagen dir doch immer deine Genossen und der große Lenin auch. Die Kulaken haben es doch schon hinter sich. Wir schaffen das. Wir sind gesund und noch jung genug, um neu anzufangen.«

Es klopfte. Maria öffnete. Oleg und Mascha standen vor der Tür.

»Kommt rein. Na, wollt ihr unser Hochzeitsgeschenk haben?«, sagte Maria fast etwas zu fröhlich. Sie hatte sich damit abgefunden und empfand eine wohltuende innere Erleichterung. Dass Mascha die Frage peinlich war, genoss Maria. Aber sie sah auch die heimliche Freude in Maschas Augen. Die hatte sie immer, wenn sie zu Gast bei ihnen waren. Dann berührte sie fast zärtlich die wertvollen Schnitzereien des Schrankes, immer und immer wieder.

»Wo werdet ihr ihn hinstellen?«, fragte Maria.

»Auch in die Stube, wir finden einen guten Platz.«

»Na, dann haben wir das ja auch erledigt.«

»Wir haben etwas zu trinken mit«, sagte Sarapin und strich sich mit dem zum O geformten Daumen und Zeigefinger seitlich über den Hals, dem Zeichen der Russen, einen kräftigen Schluck nehmen zu wollen. Aber Maria war es nicht danach zumute. Sie schützte Kopfschmerzen vor und vertröstete sie auf später. »Wir kommen in den nächsten Tagen und holen das gute Stück«, sagte Sarapin. Dann verschwanden sie in den frühen Abend.

Iwan und Maria setzten sich auf die Bank hinter dem Haus, ihre Einkehr, wenn der Tag ging, alles still wurde, die untergehende Sonne flach über den Feldern stand und der breite Fluss den Horizont wie ein Feuerband begrenzte. Sie hatten sich innerlich gelöst. Das Leben in der Nähe des Krieges und die Unannehmlichkeiten der russischen Nachbarn wurden schlimmer. Sie gehörten nicht mehr dazu. Es tröstete sie die Erwartung, mit der Familie wieder dort sein zu können, wo die Ahnen die neue Heimat gefunden hatten. Das war 1763, als die Vorfahren aus dem Hessischen nach Missernten und Zwangsrekrutierungen dem Ruf der Zarin Katharina II. gefolgt waren und in Sibirien siedelten. Als Ausländer – ausgenommen Juden – hatten sie ein uneingeschränktes Zuzugsrecht, dreißig Jahre lang Steuerfreiheit und zinslose Kredite für zehn Jahre. Sogar die Umzugskosten bekamen sie zurück. Und alle eigenen Vermögenswerte und Sachen durften sie zollfrei mitbringen, waren vom Militärdienst befreit und konnten glauben, was sie wollten, solange sie nicht andere missionierten. Das waren gute Bedingungen, denn Mitteleuropa drangsalierte die Menschen mit Steuern, Kriegen und Räubereien. Die neue Heimat erschien den Siedlern im Vergleich dazu wie ein Paradies.

Iwan Jeger war am nächsten Morgen pünktlich beim OSP. Der junge ehemalige Kolchoskollege war nicht da. Ein älterer

Mann saß hinter dem Schreibtisch. Der nahm das Formular und begann, mit einem Bleistift Bemerkungen an den Rand zu schreiben.

»Haben Sie eine Urkunde von Ihrem Grundstück?«

»Nein.«

»Wann haben Sie das bekommen?«

»Ich glaube vor zehn Jahren«, sagte Jeger.

»Dann ist es Ihr Eigentum, ab 1935 wurde persönliches Land nicht mehr vergeben. Ich bestätige Ihnen das, ausnahmsweise und ohne Nachweis. Sie bekommen dann von der OSP in Kasachstan eine Entschädigung.«

Jeger wollte etwas sagen, dass das Land von der Kolchose als Geschenk an ihn übergegangen war und eigentlich ihm nicht gehörte, aber er kam nicht gleich zu Wort und schwieg.

Ich bitte um Verzeihung, Genosse, sprach er mit sich, um sich vor seinem Gewissen zu entschuldigen: Geschenkt ist geschenkt.

»Haben Sie noch persönliche Sachen, die Sie nicht mitnehmen können? Meine Tochter wird bald heiraten. Ich nehme alles und bezahle gut.« Der Mann sagte das in einer unerwarteten Direktheit.

»Das kann ich noch nicht sagen. Ich darf Ihnen nichts abgeben.« Iwan hatte sich mit einem schnellen Blick überzeugt, dass niemand in der Nähe war. Er fühlte sich in die Enge getrieben und rang mit sich, seine eiserne Korrektheit nicht zu verletzen, auch nicht in dieser Lage.

»Ich weiß, aber wir brauchen es niemandem zu sagen, Iwan Klausewitsch.«

Jeger war unsicher. Der war bestimmt ein NKWD-Mann. Man konnte solchen Leuten nicht trauen. Er hatte ihn in der Hand, so oder so. »Was suchen Sie?«

»Alles, was man zum Heiraten benötigt.«

»Dann soll sich Ihre Tochter bei uns melden«, sagte Iwan etwas gedehnt und unschlüssig. »Sagen Sie mir Ihren Namen?«

»Ich bin Alexej Pawlowitsch Gorin und meine Tochter heißt Irina Alexejewna Gorina. Wann passt es Ihnen?«

»Sagen wir heute Abend gegen sieben Uhr?«

»Gut. Sie wird kommen.«

Als Irina Alexejewna Gorina an diesem Abend zu Jegers kam, wurde sie von Maria sofort in ihr Herz geschlossen. Ihre Augen hingen an ihr wie an einer Tochter.

Irina war Anfang zwanzig, schön anzusehen, aschblond mit auffallend blauen, lustigen Augen. Recht fraulich in der Figur. Vielleicht schon schwanger, dachte Maria. Irina sprach mit einer angenehmen Altstimme. Ihren ukrainischen Akzent bemerkte man nur, wenn man genau hinhörte. Sie hatte ihre Kindheit in Kiew verbracht und dort auch die Schule besucht, bis dann die Eltern nach Saratow versetzt wurden. Jetzt, als ausgebildete Kindergärtnerin, wollte sie einen Lehrer aus der Stadt Engels heiraten. Seit frühester Kindheit war sie mit deutschen Nachbarn befreundet und bedauerte, dass sie nun nach und nach weggingen. Es wurde einsam. Auch die schönen Gewohnheiten im Alltag, die sie bei den deutschen Familien kennengelernt hatte und von denen sie hoffte, sie sich anzueignen, verschwanden mit den Deutschen. Es wurde nun wieder viel getrunken. Die Saufexzesse bis zur Ohnmacht töteten Geist und Körper der Alten und nun der Jungen auch. Das war ihr zuwider. Und ihrem Wadim hatte sie ganz früh, als ihre Liebe begann, abbedungen, nicht so zu sein wie die anderen.

»Du bekommst, was du willst. Werde mit den Sachen glücklich, Kindchen«, sagte Maria.

Irina fragte vorsichtig und bescheiden nach diesem und jenem. Ihre Blicke wanderten an all den schönen Sachen entlang, die wie in einem Verkaufsladen aufgestellt waren und wohl irgendwann weggeworfen werden würden, wenn die Familie Jeger weggezogen war.

Maria hing an Irinas schönen Augen. Als sie den Hochzeitsschrank betrachtete, leuchteten sie.

»Willst du ihn?«

»Der ist wunderschön, so eine Arbeit habe ich noch nie gesehen. Aber das können wir uns nicht leisten, nein, nein.«

»Wenn du ihn hättest, würdest du ihn in Ehren halten, Irina?«

»Ach nein, daran darf ich nicht denken. Das ist für mich unerreichbar.«

»Sag, würdest du ihn in Ehren halten?« Maria war von ihrer lieben Art so beeindruckt, dass sie nicht locker ließ.

»Er wäre mein himmlisches Geschenk, Maria Robertowna, wirklich.«

»Dann soll es dein himmlisches Geschenk und unsere Hochzeitsgabe für dich und deinen Wadim sein. Es soll euch Glück bringen. Wir können den Schrank nicht mitnehmen.«

»Oh ... wirklich ... danke, danke, verehrte Maria Robertowna und Ihnen, Iwan Klausowitsch.«

Irina hatte vor Rührung feuchte Augen und gab beiden einen schnellen Kuss auf die Wangen. Diese Wendung machte beide glücklich.

Am Morgen des nächsten Tages klopfte Sarapin, um für den Abend den Abtransport des Schrankes anzukündigen.

»Das geht leider nicht«, sagte Maria, und log, »der Schrank ist beschlagnahmt.«

»Beschlaagnaahmt«, dehnte Sarapin, »von wem?«

»Das dürfen wir dir nicht sagen. Wir haben keinen Einfluss mehr auf unsere Sachen. Iwan war heute beim OSP.«

»Ich hab's Iwan gesagt. Wir dürfen mit euch keine Geschäfte mehr machen.« Sarapin war der Schreck in die Glieder gefahren.

»Da hast du wohl Glück gehabt, Oleg«, sagte Maria mit kleiner Schadenfreude. Sie ärgerte sich, dass Sarapin seinen

Kinderfreund Iwan in dieser schlimmen Lebenslage ausnehmen wollte.

Zwei Wochen später kam der Bescheid, dass der Transport nach Kasachstan zusammengestellt sei und die Abreise bevorstehe. Gorin war spät in der Nacht noch einmal gekommen, hatte etwas Geld für die Sachen gebracht und ein gesticktes Bild, das die Landschaft bei Engels zeigt. Irina hatte es sehr kunstvoll für ihre Aussteuer in langen Nächten gemacht. »Dankbarkeit und ewige Erinnerung für Maria und Iwan«, hatte sie nun hinzugefügt. Und das kam von ganzem Herzen. Irina und Wadim durften sich nicht noch einmal bei Jegers sehen lassen. Das besorgte Gorin, ganz offiziell. Der hatte auch den Transport für beide – soweit es ging – erträglich vorbereitet: Im Sanitätsteil des Zuges, wo es Sitze und Pritschen für Kranke und Alte gab, waren zwei Plätze reserviert.

Maria und Iwan nahmen sich an der Gartenpforte ihres Hauses stumm in den Arm.

»Slawa Bogu«[7], sagte sie und dann etwas schüchtern auch Iwan, »möge uns Gott helfen.«

Maria und Iwan verließen mit zwei Koffern, einer geräucherten Wurst, einem Laib Brot und einem Liter Wasser am 21. September 1941, um fünf Uhr morgens ihr Haus. An der Kreuzung der Straße nach Engels nahm sie ein Lastauto auf, das die OSP als Sammeltransport bestellt hatte. Sie kamen zum Bahnhof und reihten sich ein in die lange Schlange der Wartenden.

[7] Russ.: Gelobt sei Gott

Verbannung

Der Zug war mehr als zwei Wochen unterwegs. Oft gab es tagelange Aufenthalte, irgendwo auf freier Strecke. Sie litten an allem und froren in den eisigen Nächten. Drang Schnee durch die Ritzen der Bretter, behalfen sie sich mit Papier und Stroh. Raureif hatte sich auf die dicht gedrängten Menschen gelegt. Wenn der Zug stand, wurden die Verstorbenen an den Gleisen abgelegt, und ein Priester sprach einen schnellen Segen. Sie hatten nicht die Kraft, zu weinen und auch nicht, um Gräber auszuheben. Sie hofften, die Menschen aus den Dörfern würden sich der armen Teufel annehmen.

Am 12. Oktober 1941 gegen vier Uhr nachmittags erreichte der Zug Akmolinsk[8]. An den Waggons bildeten sich Menschentrauben, Händler, die alle möglichen Dinge verkaufen wollten, Töpfe, Lebensmittel, Reiseutensilien. Als sie die verhungerten Gestalten sahen, zogen sie sich still zurück. Die Zeitungen hatten berichtet, es würden deutsche Siedler kommen. Alle wussten, es waren Zwangsdeportierte. Züge voller menschlicher Skelette haben sie allerdings nicht erwartet.

Iwan hatte etwas geschlafen und wachte vom Rucken und Quietschen des Waggons auf. Maria bat ihn um etwas Wasser. Sie litt seit einigen Tagen an einer fiebrigen Erkältung. Iwan verließ das Abteil. Er bekam von einer Frau auf dem Bahnsteig verdünnten Apfelsaft für zwei Kopeken. Sie berichtete, dass dies nun der dritte Umsiedlerzug sei.

»Man spricht«, sagte sie, »dass ihr nach Süden in die Steppe gebracht werdet. Ihr müsst sehen, wie ihr weiterkommt. Vielleicht habt ihr Glück, dass die anderen für euch schon etwas vorbereitet haben. Der Winter kommt bald. Ihr braucht ein

---

[8] Heute Astana, Hauptstadt von Kasachstan. Sie hieß in Sowjetzeiten auch für kurze Zeit Zelinograd.

Dach über den Kopf, Väterchen. Hier wird es kalt, sehr kalt.« Dabei verdrehte sie ihre Augen, dass die Pupillen fast hinter den dünnen Lidern verschwanden, wie, um für die armen Teufel göttliche Hilfe zu erbitten.

Maria lebte durch das Getränk auf. »Wohin schaffen die uns?«

»Wir sollen in der Steppe angesiedelt werden, hat mir ein altes Mütterchen erzählt.«

Na, wenigstens nicht in die Bergwerke oder auf Baustellen, dachte Maria. »Feldarbeit haben wir gelernt. Wir werden uns einrichten.«

Die Lokomotive wurde gewechselt. Der Zug ruckte an. Es ging nach Süden. Die Weite der baumlosen Landschaft verschwand im letzten Licht des Tages. Bald wich das Abendrot der hereinbrechenden Nacht. Das Draußen verschwand. Alles lärmte, und nur die tiefe Erschöpfung brachte etwas Schlaf für die armseligen Gestalten, die auf der langen Reise ineinanderkrochen, um sich zu wärmen. Juri, ihr Sohn, lag wie ein kleiner Hund auf Marias Schoß, der heilen Welt eines Kindes.

Sie wurden durch laute Kommandos geweckt.

»Alles aussteigen. Nehmen Sie Ihre Sachen mit. Der Transport endet hier.« Es herrschte dunkle Nacht, stern- und mondlos. Irgendwer hatte Fackeln entlang des Zuges aufgestellt. Einige Passagiere hatten den Zug bereits verlassen und stolperten mit ihrem Gepäck in die Dunkelheit. Maria versuchte, etwas zu erkennen. Aber sie sah nichts. Die Nacht verwischte alle Konturen.

»Die kippen uns wie eine Fuhre Rüben aufs Feld«, sagte sie zu Iwan. Das sollte lustig klingen, ein Scherz, den man macht, weil man weiß, dass es so nicht sein kann. Aber es war so. Niemand erwartete sie. Ein Schaffner lief am Zug entlang. Er kontrollierte die Bremsen. »Bleibt hier bis zum Morgen, und dann müsst ihr zusehen, wie ihr euch helft. Die Gegend gehört nun euch, baut sie auf. Gott mit euch.« Das sagte er fast tonlos. Mit einem langen

Hammer schlug er an die Bremsklötze, um sie zu lösen. Dann verschluckte ihn die Dunkelheit. Maria holte eine Decke aus dem Gepäck und wickelte sich und Iwan ein, Juri zwischen ihnen. Das wurde die erste Nacht in ihrer neuen Heimat, die sie zitternd vor Kälte und Hunger auf dem gefrorenen Boden verbringen mussten.

Motorenlärm weckte sie am nächsten Morgen. Der Zug war in der Nacht zurückgefahren. Die warme Morgensonne beleuchtete ein weites Feld, auf dem entlang der Gleise die armseligen menschlichen Bündel der Gestrandeten lagerten. Blasse Gestalten krochen unter Decken und persönlichen Habseligkeiten hervor. Schlaftrunken sahen sie sich um. Aber ihre Augen fanden keinen Halt im Nichts der baumlosen Ödnis.

Männer und Frauen waren gekommen, auf Motorrädern und mit Autos. Sie bauten einen kleinen klapprigen Tisch mit Büroutensilien auf. Ein Mann in Uniform hatte ein Megafon, eine Sprechtüte, die Iwan auch benutzt hatte, wenn er vor seinen Kolchosniki auf dem Feld Ansprachen halten musste.

»Genossen Bürger«, begann der Mann. »Ich begrüße euch im Namen des *Rajonsowjet*[9] des Akmolinsker Gebietes in eurer neuen Heimat, die euch der Genosse Stalin zur Verfügung gestellt hat. Wir freuen uns, dass ihr dazu beitragt, die faschistische Invasion erfolgreich zurückzuschlagen. Wir beginnen jetzt mit der Registrierung. Zunächst bitten wir die Kommunisten unter euch vorzutreten. Mit ihnen werden wir beginnen.«

Iwan zögerte. Maria gab ihm einen Stups. Er trat als Erster an den Tisch.

»Guten Tag, wie heißen Sie, Genosse?«

»Iwan Klausewitsch Jeger, Genosse«, sagte Iwan.

Der Mann fuhr mit seinem Finger die Liste der Namen ab und fand ihn nicht. »Sie sind nicht verzeichnet«, blickte er fragend zu Iwan auf.

---

[9] Gebietsverwaltung

»Doch bestimmt. Wir wurden beim Einsteigen überprüft.«

»Wie schreiben Sie sich mit ‚cha' oder ‚ka'?«

»Mit ‚Je', wie ‚Jolka'.«

»Jaber, Jacher, Jackerer, Jader, Jakob ... Jeger ... ach, hier. Ihr Deutschen seid schon so lange hier und habt immer noch solche schrecklichen Namen.«

Der Mann wollte sich rechtfertigen. Iwan schwieg.

»Iwan Klausewitsch, wir brauchen Sie, um hier etwas Ordnung zu bekommen. Würden Sie den Natschalnik[10] für diesen Transport machen?«

»Was muss ich tun?«

»Organisieren, dass die Leute in spätestens drei Wochen eine Unterkunft haben!«

»Womit?«, fragte Iwan.

»Wir haben für euch etwas vorbereitet, Holzfällerwerkzeuge, einige Transportwagen, Lebensmittel und anderes. Das muss genauer besprochen werden.«

»Willst du uns helfen?«

»Ja«, sagte Iwan. Er hatte als Kolchosvorsitzender immer Parteianweisungen befolgt.

»Wir registrieren jetzt den Transport, das wird bis zum Nachmittag dauern, dann machen wir eine Beratung mit euch.«

»Wer ist das?«

»Na, weitere Helfer, ohne die kommst du nicht aus.«

Iwan wunderte sich. Es schien doch alles etwas besser abzulaufen, als er dachte.

»Komm um drei wieder«, sagte der Mann. Dann wandte er sich den anderen zu.

»Na, was wird?«, fragte Maria.

»Weiß ich auch nicht. Ich soll Natschalnik sein.«

»Gratuliere, Iwan. Es geht voran!«

---

[10] Russ.: Chef, Vorgesetzter

Anfang November fegten heftige Winterstürme von Norden über die baumlose Steppe. Die Temperaturen sanken nachts unter fünfundzwanzig Grad minus. Auch bei Sonne blieb die Kälte. Nur wenn sich für Stunden der Wind drehte und warme feuchte Luft aus dem Süden heranbrachte, herrschte plötzlicher Nebel, und feiner Eisstaub fiel vom Himmel.

Iwan Jeger hatte es nicht geschafft, die Siedlung und die Unterkünfte vor dem Winter aufzubauen. Er entschied sich gleich zu Beginn, Lagerschuppen und Hallen zu bauen und sie als Massenquartiere zu nutzen. Die würden sie immer brauchen. Zum Überleben war es notwendig, Ackerbau und Viehzucht zu betreiben. Wegen des bevorstehenden Winters hatte man ihm erlaubt, aus den Wäldern um den Toksumaksee[11] geeignete Bäume zu fällen. Die mussten sie mit einfachen Langholzwagen über zehn Kilometer bis zur Siedlung schleppen. Vieles erstanden sie von den Bauern aus der Umgebung im Tausch mit kleinen Gerätschaften. Auch die Pferde waren gegen Arbeitsleistung bei der Rayonverwaltung eingetauscht worden. So entstanden vier größere hallenartige Bauten, die ein Dach für jeweils einhundert Menschen boten.

Iwan schuf ein Belegungskataster und unterteilte die Hallen in einzelne Abschnitte. Auf knapp vierhundert Quadratmetern brachte er fast fünfundzwanzig Familien unter. In der Mitte brannten offene Feuer, die ihren Rauch durch eine Öffnung im Dach ins Freie entließen. Langsam ordnete sich alles. Aber für etwa einhundertfünfzig Menschen des Transportes fehlte der Platz in den Schlafhallen. Es musste eine Notlösung gefunden werden. Sie lehnten an den äußeren Langseiten schräg gestellte Äste und verbanden sie mit Zweigen und Schilf zu einem bekriechbaren Hohlraum. Diese Höhlen wurden schneller warm, und in ihnen machten es sich die jungen Leute auf ihre

[11] Größerer See bei Ansar, ca. 200 km südlich von Astana

Art bequem. Wenn am Abend in der großen Halle alles zum Schlafen ruhig wurde, drang oft Leidenschaftliches durch die Wände. Dann stießen sich die Alten auf ihren Lagern an und freuten sich, dass es weitergehen würde. Als Jeger einen Wechsel in die Halle vorschlug, weil ihm »die da draußen«, wie er sagte, leidtaten, maulten die Jungen.

Bei der Ankunft im Oktober waren es fünfhundertfünfzig Aussiedler, die in Saratow den Zug bestiegen hatten. Sechs Kinder und acht Erwachsene waren unterwegs gestorben. Bis zum Frühjahr 1942 starben weitere zehn Personen an Hunger und Kälte; einige hatten chronische Krankheiten mitgebracht. Jegliche medizinische Versorgung fehlte, soweit sich die Siedler nicht untereinander oder mit ihren beschränkten Hausmitteln helfen konnten.

Während des Winters mussten sie die Toten im Freien lagern. Man hatte in der Nähe eine würdige Fläche vorbereitet, auf der die Verstorbenen bis zur Beerdigung im Frühjahr gelagert wurden, geschützt vor Hunden und anderen streunenden Tieren. Der Boden war zu tief gefroren, als dass Gräber auszuheben waren. Entbehrungen hatten die Siedler in Agonie versetzt. Wenn die Verstorbenen hinausgetragen wurden, nahmen sie mit stumpfen Blicken Abschied, und viele beneideten die Toten, alles überstanden zu haben.

Iwan achtete darauf, dass ein Lebensmittelvorrat für vier Tage als eiserne Ration in jeder Schlafhalle blieb und dass die Latrinen in der Nähe funktionierten. Die Winter in Kasachstan waren bitterkalt. Und wenn über Nacht Schnee fiel, dann fiel viel Schnee, und niemand kam mehr aus dem Haus, um sich zu versorgen.

Iwan und Maria hatten sich in eine Ecke der Halle wie auf eine kleine Insel zurückgezogen. Tücher zwischen den Stützbalken der Hallen dienten ihnen als Blickschutz vor den anderen. Maria gelang es sogar, mit vielen kleinen Dingen, die sie von zu Hause mitgenommen hatte, ein wenig heimatliche Gemütlichkeit zu schaffen. Aber zur Ruhe kamen sie nicht. Tagsüber lärmten die Kinder, und nachts krächzten die Alten, wenn sie der Raucherhusten quälte.

Iwan war den ganzen Tag auf den Beinen, um alles zu regeln. Es war fast wie früher. Auch ein Dienstmotorrad gaben sie ihm, wieder eine DNJEPR, aus alten Armeebeständen einer Grenzkompanie, die man nach Westen an die Front verlegt hatte. Viele der zurückgelassenen Geräte, Zelte und sogar eine Gulaschkanone konnten die Siedler nutzen.

Die Erwachsenen schlossen Freundschaften, wenn man die Leidensgemeinschaften im gleichen Schicksal so nennen wollte. Die Rayonbeamten kamen nur, wenn das Wetter gut war. Sie ließen Iwan Jeger freie Hand. Mit ihm und den Siedlern hatten sie keine Mühe. Er hatte die kräftigsten Burschen zu Holzfäller- und Baubrigaden zusammengeschlossen. Solange der Frost im Boden war, mussten sie so viel Holz wie möglich schlagen. Denn wenn die Sümpfe auftauten, versanken die Transporte für Monate im Morast.

So lernten die Siedler die Umgebung von Ansar kennen: im Norden die vielen Seen und Wasserflächen, gegen Osten den Toksumaksee mit schönen Badestränden und im Südwesten eine Hügelkette, ideales Gelände für Indianerspiele der Halbwüchsigen. Für Juri, dem kleinen Sohn von Maria und Iwan, war diese Landschaft seine Heimat, in der er aufwuchs und Wurzeln schlug.

Im Sommer 1942 hatte Iwan Jeger die ersten Familienhäuser errichtet. Schon im Spätherbst war man sich einig: Sie brauchten Regeln, um die Siedlergemeinschaft zusammenzuhalten. Sie wählten einen Rat der Ältesten. Das waren meist erfahrene Männer, die sich in einer Versammlung vorstellten und ihren Beitrag für die Gemeinde benannten. Auch einige Frauen wurden gewählt, die sich um die Kinder und Mütter kümmerten und für die Ausbildung der heranwachsenden Jugendlichen sorgten.

»Die menschliche Nähe scheint den Siedlern gut zu tun«, stellte Iwan fest. Zwölf der jungen Frauen brachten im Juli und August 1942 gesunde Kinder, meist Jungen, zur Welt. Der Gemeinderat hatte eine Hausbaurangliste erarbeitet. Alle sollten daran beteiligen werden. Die ersten Häuser standen im Juli 1942. Jeden Monat kamen acht weitere hinzu. Iwan hatte Armeezelte aufgestellt und für zwei der Wohnhallen Ersatz geschaffen. Sie brauchten Platz, weil die erste Ernte eingelagert werden musste. Von der Rayonverwaltung hatten sie Gemüse- und Getreidesaat auf Kredit bekommen. Der musste im nächsten Jahr abgelöst werden. So begann ein Wettlauf mit der Natur. Bei jedem Gewittersturm bangten sie um ihre Felder.

Die Häuser hatten auf zwei Etagen vier Räume und wurden von je vier Familien bewohnt. Jeger plante, die Belegung der Häuser nach und nach zu verringern. Wenn alles gut verlief, würden bis Oktober immerhin zweiunddreißig Häuser bezugsfertig sein. Dann hätte er fast alle Siedler seines Transports unter einem festen Dach.

Es gab wieder Hoffnung. Die Berichte von der Kriegsfront im Westen interessierten sie nicht. Sie waren die Unerreichbaren und die Entwurzelten. Stalin war nun für sie ein Verräter. Aber auch die deutschen Soldaten empfanden sie als Eindringlinge in ihre Heimat, denn die deutschen Siedler waren Russen, ohne eigentlich welche zu sein. Und zu Deutschland war die Verbindung gekappt; die hatten ihre Vorfahren vor Jahrhunderten aufgegeben. Doch Gedanken des Aufruhrs hatten sie nicht. Dann würde ihr neues Leben wieder bedroht sein und ihnen Not und Unruhe bringen. Sie begannen, dieses weite Land als Heimat anzunehmen.

Die Saat entwickelte sich gut auf den neu angelegten Feldern. Eine prächtige Ernte schien es zu werden. Nowyj Ansar, wie sie ihre Siedlung unweit der Bahnstation nannten, blühte auf. Die Beamten der Rajonverwaltung kamen nun öfter und inspizierten alles. Aus ihren Gesichtern sprach der Neid auf die Deutschen: Die Westgrenze brannte lichterloh. Stalin bemühte sich, mit der Roten Armee die deutschen Angreifer aufzuhalten, mit vielen Entbehrungen. Alle litten, und hier schufen sich die Verwandten der Faschisten ein Paradies, brauchten nicht in den Krieg und wurden sogar noch versorgt!

Iwan ahnte ihre Gedanken. Er versuchte, die Erfolge der Siedler herunterzuspielen. Aber die neuen Häuser mit den blühenden Gärten und die gut bestellten Felder konnte er nicht verstecken. Sie waren für die Russen eine Provokation.

Je erfolgreicher Hitlers Armee an der Front war, umso größer wurden die Repressalien. Stalin tobte sich aus. Er hatte versagt und in Naivität an den Pakt mit dem Teufel geglaubt. Als man ihm am 22. Juni 1941 morgens um vier den Angriff meldete, versteckte er sich tagelang auf seiner Datscha. Er war nicht fähig, eine Erklärung an sein Volk zu richten. Erst als die deutsche Wehrmacht schon in Sichtweite vor Moskau war, holte er verdiente, bereits abgeschobene Generäle zurück. Ihre Verteidigungsstrategien zeigten bald Wirkung. Und Stalin zog aus ihren Erfolgen seinen persönlichen historischen Ruhm.

Im September 1942 mussten die Siedler ihre Vorhaben ändern. Ohne Ankündigung kam ein Zug aus dem Süden und entließ weitere dreihundert Menschen, Deutsche wie sie, aus dem Gebiet um Alma-Ata, die man auf Stalins Befehl aus den Städten vertrieben hatte und nun auch sie zu Gestrandeten im eigenen Land machte. Akademiker, Direktoren, Professoren, Chefärzte, Bibliothekare, Facharbeiter, im Stadtleben groß geworden, trieb man gnadenlos in die Steppe. Man überließ auch sie ihrem Schicksal.

Die Beamten des Gebietskomitees waren mit mehreren Autos gekommen. Sie begannen, die Umsiedler zu registrieren. An den

Tischen drängten sich die übermüdeten und ausgezehrten Menschen. Die Beamten wiesen Iwan Jeger an, die Neuankömmlinge aufzunehmen, man würde einen Ausgleich schaffen. Im Übrigen handele es sich um die Durchsetzung einer Verfügung des Obersten Sowjets. Daran gebe es nichts zu rütteln.

Jeger bereitete Registrierungsstellen vor. Listen wurden ausgelegt, die die Verwaltung bei der Zusammenstellung des Transportes vorbereitet hatte. Die Familien traten der Reihe nach vor, nannten ihren Namen. Wenn man sie in den Listen fand, wurden sie Gemeindemitglieder von Nowyj Ansar.

Iwan hatte sehr früh Laubbäume und Sträucher gepflanzt. Die Blätter waren schon goldgelb. Der Herbst in Sibirien war auch in diesem Jahr kurz und farbenprächtig. Es war einer dieser schönen, sommerwarmen Tage, in denen der Wind aus dem Süden die würzige Luft der Berge des Tienschan herauftrug und die Natur sich noch einmal kurz vor dem harten Winter wohlzufühlen schien. Fast verträumt lehnte Iwan am Balken vor seinem kleinen Büro und sah dem Treiben der Neuankömmlinge zu. Sie sind in einer viel besseren Position als wir, dachte er. Sie kommen in ein vorbereitetes Haus und zu Menschen, die sie erwarten.

An einem der Tische schien etwas Aufregung zu entstehen. Ein Mann versuchte, dem Beamten seinen Namen zu buchstabieren, weil er ihn nicht auf seiner Liste finden konnte. »Jeger mit Je wie Jolka, Pjotr Klausowitsch.« Iwan glaubte, sich verhört zu haben. Aber es war sein Bruder! Sie fielen sich in die Arme.

»Iwan, was machst du hier?«, fragte er gerührt.

»Später«, beeilte sich Iwan, um die Beamten nicht gleich auf den Plan zu holen.

»Das ist meine Frau Natascha ... und hier, ... unser kleiner Sohn Robert.« Pjotr weinte vor Rührung. Er sah schlecht aus, hohlwangig, blass und gelblich im Gesicht.

Iwan regelte für ihn die Formalitäten und nahm seinen Bruder mit Frau und Kind in sein kleines Büro. Er erzählte, was sie nach dem Telefongespräch im September erlebt und durchgemacht hatten und dass er hier so etwas wie der Bürgermeister dieser Siedlung geworden war.

Pjotr berichtete, dass sich nach dem Telefongespräch auch bei ihnen die Lage schlagartig verändert hatte. Alle Deutschen sind nach einem Ukas des Obersten Sowjet von ihren Posten entfernt worden. Sie hatten dann die Wohnungen in den Städten unverzüglich zu verlassen. Das galt ohne Ansehen der Person. Viele Deutsche bekleideten führende Stellungen an Hochschulen, in Krankenhäusern und in der Wirtschaft. Auch in der Staatsverwaltung waren einige beschäftigt. Sie wurden über Nacht abgesetzt. Einige Russen in den Regierungsstellen wollten den Ukas nicht so rigoros umsetzen. Man drohte ihnen. Das sei Hochverrat und bedeute Verurteilung und Verbannung. Es herrschte Krieg, auch in den Köpfen. Alte Geschichten wurden aufgetischt und Persönliches ausgetragen.

So erging es auch Pjotr. Er machte als Chefarzt in der Chirurgie des größten Militärkrankenhauses des mittelasiatischen Militärbezirkes eine hervorragende Arbeit, hatte staatliche Auszeichnungen und militärische Ehrungen bekommen. Ein untergebener Abteilungsarzt schwärzte ihn wegen einer lange zurückliegenden Maßregelung an. Professor Jeger habe ihn an der Ausübung seiner medizinischen Pflichten gehindert, und in zwei Fällen hätte er die notwendigen Versorgungen der Patienten nicht erbringen können.

»Der Mann war stockbesoffen und würde seine Patienten durch seinen Atemalkohol narkotisiert haben«, versuchte sich Jeger vor der Kommission zu rechtfertigen. Aber die damalige OP-Schwester und zwei Pfleger wollten nicht als Zeugen auftreten. So wurde er entlassen, die Familie wurde in diesen Transport gesteckt mit den Kleidern, die sie am Leib trugen, und mit einem Koffer persönlicher Sachen.

Pjotr weinte wieder. Natascha nahm ihn in den Arm. »Sein Magenleiden ist wieder akut geworden«, sagte sie.

»Ihr könnt euch in unserer bescheidenen Wohnung erst einmal ausruhen. Ich bin so froh, euch hier zu haben. Wie oft habe ich an euch gedacht und versucht, etwas in Erfahrung zu bringen. Was machst du, Natascha?«

»Ich bin Lehrerin und habe Mathematik und Physik unterrichtet, aber im Nebenfach kenne ich mich auch etwas in Biologie und Chemie aus. Mein Vater war Professor für Biochemie an der Uni in Alma-Ata. Pjotr und ich haben uns dort kennengelernt, aber jahrelang aus den Augen verloren. Er war ja bei der Armee und meist in den ‚Sakrytye gorodi' stationiert[12], da war kein Kontakt möglich. Als er dann Arzt am Militärkrankenhaus und Professor an der Uni in Alma-Ata wurde, trafen wir uns auf einem Kongress und machten gemeinsame Skiausflüge oben in den Bergen über Alma-Ata, nun ja und Robert ist das Ergebnis ... seit vier Jahren.«

Juri war froh, einen richtigen Cousin zu haben. Die Familien richteten sich ein. Pjotr erholte sich. Sein Magenleiden verschwand, wie es gekommen war. Eine Rollkur mit Kamillentee, das alte Hausmittel, hatte ihn geheilt. Er wurde der Gemeindearzt in der Siedlung und machte sich bald unentbehrlich, auch in sozialen Dingen.

Natascha half mit Maria, die Schule einzurichten. Sie begannen mit dem Unterricht für die Zehn- bis Vierzehnjährigen. Trotz der neuen Wohnungsnot schien wieder ein normales Leben einzukehren. Die Beamten aus der Rayonverwaltung waren froh. Diese Deutschen würden keinen Ärger machen.

---

[12] Russ.: eigentlich geschlossene Stadt; bestimmte Städte und Gebiete waren militärisches Sperrgebiet. Dort durfte der Normalbürger, geschweige denn Ausländer, ohne eine Sondergenehmigung weder heraus noch hinein.

Stalin ließ ab 1941 die Trudarmija[13] einrichten. Das waren Arbeitslager mit schlimmsten Bedingungen, Sklavenarbeit im Dienste der Sowjetunion. Ab Herbst 1942 betraf das auch die Deutschen in Ansar. Alle, bis auf die Frauen mit Kleinkindern und Alte über sechzig, wurden verpflichtet. Die Sümpfe nördlich von Ansar mussten trockengelegt werden. Viele der ausgehungerten Menschen starben. Ihre Haut wurde durch die Sonne verbrannt und zerschunden durch die Arbeit. Aber sie hielten durch. Und wenn im Frost alles erstarrte, wurden sie in die Bergwerke gesteckt. Dort war es wenigstens warm, und sie konnten sich in dunkle Winkel der vielen Gänge verkriechen.

Als Juri und Robert acht Jahre alt wurden, sollten auch Maria und Natascha in die Trudarmija. Iwan erreichte, dass sie in der Krankenstation blieben. Die Schule wurde geschlossen. Die Regierung hatte kein Interesse, Deutsche ausbilden zu lassen. »Man züchtet keine Läuse im eigenen Pelz«, sagten die Beamten, wenn sie gereizt waren.

Die beiden Jungen wuchsen zu kräftigen Burschen heran. Sie halfen in der Gemeindekolchose, konnten reiten, wann immer sie wollten, und fühlten sich frei in der Endlosigkeit der unberührten Natur.

Mit dem Ende des Krieges hatte man in der Nähe ein Kriegsgefangenenlager eingerichtet. Esten und Letten waren dort, die gemeinsam mit den Nazis gekämpft hatten und in die Sümpfe verbannt wurden. Das Lager war klein, hatte nur wenige hundert Männer und wurde locker bewacht. Eine Flucht war ausgeschlossen. Die nächste Station lag zweihundert Kilometer entfernt, und die Menschen würden den Geflüchteten unterwegs nicht helfen. Juri und Robert waren fast täglich dort. Aus Neugier strichen sie wie Katzen um die Baracken. Sie fanden ein paar deutsch sprechende Gefangene, mit denen sie sich anfreundeten.

[13] Russ.: Wortverbindung für Arbeitsarmee, Umschreibung für Arbeitsverpflichtete

Auch Natascha und Maria mussten hin und wieder in das Lager, um kleinere Verletzungen zu kurieren. Aber den Wachhabenden gefielen diese Kontakte nicht.

Eines Morgens war das Lager geräumt. Einige in der Siedlung hatten in der Nacht zwar einen Zug kommen hören. Aber das geschah öfter, und keiner nahm es als etwas Besonderes wahr. Die Jungen erschraken, als sie die verlassenen Baracken – wie in Totenstille – sahen. Aber nach wenigen Tagen hatte es sich wieder belebt. Es schienen Asiaten zu sein.

»Bestimmt Chinesen«, sagte Robert, »wegen der Schlitzaugen.« Es waren Japaner, die man aus dem Fernen Osten hierher gebracht hatte. Gefangene der japanischen Armee, die morgens und abends martialische Appelle abhielten, mit kehligen Lauten und Gesängen, die immer mit einem Schwur auf den Tenno endeten. Das sagten ihnen die Polizisten, von denen einige aus dem Fernen Osten stammten und etwas japanisch konnten. Kontakte gab es nicht mehr.

Robert und Juri verlegten nun ihre Streifzüge, denn es gab so viele gute Orte in der Umgebung: Die Badeseen im Osten und direkt hinter den letzten Häusern im Westen die unendliche Steppe, in der sie stundenlang umherreiten konnten, ohne eine Siedlung oder andere Menschen zu treffen. Maria schimpfte dann mit ihnen, wenn sie sich beim Abendessen darüber unterhielten. Aber die Jungen konnten sich in der Wildnis bewegen. Das wusste auch Maria, und sie war stolz, wie man es als Mutter war, wenn sich die Kinder fanden.

Anfang der 1950er Jahre wurden die Arbeitsarmeen nach und nach aufgelöst und schließlich 1954 vom Obersten Sowjet offiziell abgeschafft. Viele Siedler hatten die Strapazen nicht überstanden. In jeder Familie gab es Trauer, die klaglos ertragen wurde wie das Schicksal, das nicht zu ändern war.

Juri war sechzehn Jahre alt geworden. Der kräftige junge Mann wollte nicht in die Stadt. Er war in die Weiten Sibiriens hineingewachsen, liebte den harten Wechsel der Jahreszeiten und die Freude an der erwachenden Natur nach einem erbarmungslosen Winter. Im August 1958, fast kurz vor Juris zwanzigstem Geburtstag, wurde seine Schwester Katharina geboren, ein spätes Wunschkind von Maria und Iwan, die ihren Frieden gemacht hatten mit der neuen Heimat in Sibirien.

Stalin war seit fünf Jahren tot. Man munkelte, dass es neue Strömungen in Moskau geben würde. Es konnte nur besser werden.

Katharina wurde schnell zum Familienliebling. Die beiden Jungen, der Bruder Juri, und ihr Cousin Robert, der schon einundzwanzig wurde, verwöhnten sie. Onkel Pjotr war anerkannter Dorfarzt, und Tante Natascha inzwischen Schuldirektorin geworden. Katharina wuchs in einer behüteten Umgebung auf. Von den Strapazen des Krieges und der Vertreibung wusste sie nur aus den Erzählungen der Eltern.

Als sie 1964 in die Schule kam, hatte sich in Moskau das politische Klima gewandelt. Nikita Chrustschow war seit 1962 Generalsekretär der KPdSU. Er krempelte alles um und ging gegen die Stalinanhänger vor. Die Sowjetunion wurde im Ausland wieder wahrgenommen. Sie öffnete sich und bewies Stärke. Iwan und Pjotr beschlossen, Katharina zum Studium vorzubereiten. Sie sollte wieder an alte Familientraditionen anknüpfen und einen akademischen Beruf ergreifen. Maria und Natascha organisierten besondere Kurse und holten Lehrer aus der nächsten Kreisstadt Osakarovka.

Katharina lernte mit Freude. Ihr wurde schnell bewusst, dass das Leben in Ansar nur begrenzte Möglichkeiten bot. Sie konnte sich nicht vorstellen, hier zu heiraten und eine Familie zu gründen. Moskau war nicht nur für sie das Tor zur Welt, sondern barg auch die Aussicht auf ein freies Leben. Auf den Bildern in der Zeitung bestaunte sie die Steinhäuser, die breiten Straßen und die vielen ordentlich angezogenen schönen Menschen, die keine Galoschen über den Schuhen trugen, wie hier wegen der schlammigen Wege in Nowyj Ansar. Ihre Jacken und Röcke schienen in bunten Farben zu leuchten, und die Frauen und Mädchen hatten Frisuren, die es in Ansar nicht gab. Für Katharina war das ein anderer Stern, unerreichbar weit. Und dennoch: Dort will ich hin, nahm sie sich vor.

Im Dezember 1971 bekam Pjotr, der ehemalige Professor aus Alma-Ata, überraschend einen Brief aus Akmolinsk. Der Absender war ihm zunächst fremd. Doch dann erkannte er seinen früheren Studenten, der inzwischen Arzt in der Poliklinik geworden war und durch einen Freund in der Rayonsverwaltung von seinem Professor in Nowyj Ansar erfahren hatte.

Katharina bot sich nun die Möglichkeit, in Akmolinsk das Abitur zu machen. Der befreundete Kollege ihres Onkels würde sich um sie kümmern. So ging sie mit guten Wünschen und unter den Tränen der Frauen im Sommer 1972 nach Akmolinsk auf die dortige Oberschule. Sie wohnte bei Familie Gressow, dem Arztkollegen von Onkel Pjotr, der eine gleichaltrige Tochter hatte und froh war, sie in gutem Umgang zu wissen. Katharina sprach leidlich deutsch, zwar mit einem altdeutschen Akzent und vielen mittelalterlich anmutenden Begriffen, wie sie sich in einem geschlossenen Sprachraum ohne Außenkontakte erhielten. Aber es reichte, um als Ausgleich für die Gastfreundschaft erste Deutschkenntnisse an die Freundin zu vermitteln. Die Gressows revanchierten sich mit freiem Logis für Katharina. Ihre Familie schickte aus Nowyj Ansar die nötigen Lebensmittel. Das war wertvoller als Geld, das in der Stadt nur für das Nötigste der mageren staatlichen Versorgung reichte.

Katharina wurde nun Stadtmensch, sie sah gut aus, wuchs zu einer attraktiven jungen Frau heran, war begehrt und ließ sich von vielen Freunden verwöhnen. Sie hatte das Aussehen ihrer Mutter in jungen Jahren, eine glatte gesunde Haut und wunderbares Haar, das sie streng verknotet oder verwegen offen tragen konnte. Aber sie blieb auf Kurs, wie es ihr der Vater beim Abschied mit auf den Weg gab. Sie hatte in ihrer Kindheit den Überlebenskampf der Eltern in Not und Entbehrung erfahren. Deshalb wollte und musste sie sich aus der begrenzten Freiheit Sibiriens lösen.

Befreiung

Katharina machte ohne Mühe ihr Abitur mit einer glatten Pjatjorka[14]. »Mit Auszeichnung schaffen das nur wenige«, verkündete ihr stolzer Vater allen, die es hören wollten. Sie wurde vom Komsomolverband[15] zum Studium nach Moskau delegiert. Als sie Nowyj Ansar verließ, trauerten ihr viele der jungen Burschen in Sehnsucht nach. Katharina hatte alle Siedler, die Frauen und Männer beeindruckt. Sie wurde zum Vorbild für die anderen Kinder.

Ende August 1976 verabschiedete sie sich von den Eltern und ihren Verwandten. Ihr Bruder Juri war gerade achtunddreißig Jahre alt geworden. Er hatte eine Familie gegründet und mit seiner Frau Olga zwei Kinder. Seine Schwiegereltern lebten im Großliebentaler Gebiet. Sie hatten bis zur Verbannung in Odessa eine Apotheke geführt. In der Siedlung waren sie für die Sozial- und Nothilfestation verantwortlich. Juri war dem Vater beruflich gefolgt. Als Direktor für Technik nahm er in der Kolchose eine einflussreiche Stellung ein. Mit den Maschinen konnte er manchen Engpass ausgleichen, manchmal auch privat. Doch wenn sein Vater davon erfuhr, wurde er zornig: Ehrlichkeit im Leben war immer das eherne Gesetz der Jegers.

Juris Cousin Robert mühte sich mit einer Technikerausbildung, nachdem er das Medizinstudium abgebrochen hatte. Er war in der Verwaltung der Kreisstadt untergekommen. Dort war er für die Planung der Flächen und Erträge verantwortlich. Nowyj Ansar gehörte zu seinem Bereich. So konnte er auf seine Weise manches für die Siedler tun.

Vor mehr als 30 Jahren waren Katharinas Eltern nach Ansar in eine ungewisse Zukunft gekommen, jetzt verließ sie ihre neue

[14] Russ.: Fünf, beste Schulnote, entspricht der deutschen Eins
[15] Russ.: Jugendverband der Kommunisten

Heimat, um ihren Traum, das Leben in Moskau zu erfahren und einzulösen.

Am Flughafen *Domodjedowo* wurde sie von einem jungen Mann abgeholt, der mit einem Pappschild, auf das er etwas ungelenk „Katharina" gekritzelt hatte, im Strom der Ankommenden auf sie wartete. »Ich bin Boris«, sagte er, als sie sich zu ihm stellte. »Herzlich willkommen in Moskau ... im Namen unserer Komsomolorganisation der Lomonossow-Universität. Wie war dein Flug?«

»Danke für die freundliche Begrüßung. Der Flug war gut.« Katharina liebte unkomplizierte Menschen.

»Schönes Wetter habt ihr hier, fast so heiß wie bei uns.«

»Aber dann im Winter nicht so kalt«, entgegnete Boris. »Ich bringe dich ins Wohnheim. Du kannst dich heute noch etwas ausruhen. Morgen wirst du deine Kommilitonen kennenlernen.«

Boris führte sie zu einem ziemlich verbeulten Kleinbus. Er versuchte eine Entschuldigung. Aber Katharina tat es mit einer Handbewegung ab. Eingepfercht zwischen Schafen und Ziegen war sie bisher meist auf zugigen und harten Lkw-Ladeflächen oder in engen Zügen transportiert worden. Endlich in Moskau! Angekommen! Sie nahm das Neue mit allen Sinnen auf. Den Lärm der Stadt, das bedrohliche Durcheinander an den Kreuzungen, die uniformierten Milizionäre, die schönen Menschen und die riesigen Gebäude, die im Himmel zu verschwinden schienen.

»Dorthin fahren wir«, sagte Boris und wies auf ein hohes, turmartiges Gebäude auf dem Berg, das sich wie eine Kathedrale vom Horizont abhob. »Deine, das heißt, unsere Universität ist die beste. Es studieren dort Jungen und Mädchen aus der ganzen Welt. Meist kommen sie aus den jungen Nationalstaaten Afrikas und Asien, aber auch aus Süd- und Mittelamerika, viele aus Kuba.«

Welcher Unterschied zu Nowyj Ansar!? Katharina war überwältigt. Sie hielten vor einem mächtigen Gebäudekomplex.

Boris zog sie sanft hinter sich her. Katharina staunte wie ein Kind, legte den Kopf weit nach hinten, um die Spitze des Gebäudeturmes sehen zu können. Die Wachtjorka[16] am Empfang fand Katharinas Namen in einer vorbereiteten Liste und gab ihr den Zimmerschlüssel.

»Du wirst mit einem Mädchen aus Riga in der 36. Etage wohnen. Da hast du einen herrlichen Blick über die Stadt. Direkt darunter ist das Stadion von Dynamo Moskau. Fußballspiele kannst du vom Bett aus verfolgen, wenn du willst.«

»Schade, ich interessiere mich nicht für Fußball«, sagte Katharina.

»Oh, die Welt ist ungerecht«, stöhnte Boris. Kein Spiel seiner Mannschaft, denn das war Dynamo Moskau, hatte er bisher verpasst, meist eingekeilt zwischen alkoholisierten Knoblauchfressern, wie er die Fans nannte. Und hier könnte er alles bequem vom Bett aus verfolgen.

Sie warteten, wie viele andere Jungen und Mädchen auf den Lift, die sich dann in die große Kabine drängten. Boris quetschte Katharina und sich zwischen die Leiber. Der enge Körperkontakt mit den fremden Menschen störte sie. Der Fahrstuhl zog an. Katharina fühlte für Augenblicke die Kraft der Beschleunigung. Dann stoppte die Kabine ebenso unvermittelt. Die Türen öffneten sich.

»Och«, sagte Katharina, als sich der Blick über die Stadt öffnete. »Das ist so unermesslich schön, Boris.« Sie fiel ihm um den Hals. Boris war nicht überrascht. Hier oben waren fast alle Mädchen überwältigt.

Das Zimmer war eine Aussichtskanzel. Moskau lag Katharina zu Füßen. Boris hatte recht. Man hätte vom Bett aus die Fußballspiele verfolgen können. Auch Katharinas Zimmergenossin, Laura, machte sich nichts aus solchen Spielen. Sie verbrachte viel Zeit am Fenster, um Stadtansichten in ver-

---

[16] Russ.: Wächterin, Pförtnerin, Einlassdienst

schiedenen Wolkenstimmungen zu malen. An den Wänden konnte man ihre Werke bewundern.

Boris verabschiedete sich.

»Laura wird dich morgen zur Besprechung mitbringen und dir alles zeigen. Noch eins«, sagte Boris, »wenn du wieder mit dem Fahrstuhl nach unten fährst, erschrick nicht. Die Expresslifts fahren ab hier ohne Halt bis in das Erdgeschoss. Du drückst nur die Eins, die Kabine rauscht fast im freien Fall bis zur 7. Etage und wird dann ziemlich unsanft abgebremst. Die Neuen denken jedes Mal, dass das Seil gerissen ist, und schreien hysterisch. Sei tapfer, mach's gut, Katharina.« Boris verschwand.

Katharina genoss die Aussicht und die Stille. Sie hatte zum ersten Mal Sehnsucht nach Ruhe, obwohl sie erst wenige Stunden in Moskau war.

Am nächsten Morgen nahm Laura sie mit nach unten in den Versammlungsraum der Ökonomischen Fakultät. Sie hatten sich noch am Abend kurz gesehen und bis in die Nacht über sich und die Welt geredet. Laura war, wie sie sagte, zu einem Viertel Deutsche, doch sie wusste das nicht so genau. Sie hatte auch einen russischen Onkel, der mit der Schwester ihrer Mutter verheiratet war. Aber die Ehe hielt nicht oder war gar nicht richtig zustande gekommen. »Na ja, ein bisschen schon«, kicherten die Mädchen, weil es eine Tochter gab. »Jedenfalls verschwand der Onkel Anfang 1940 zu seinen Verwandten in die Ukraine, ließ sich dann auch scheiden und heiratete dort wieder eine Deutsche, eine Wolgadeutsche aus dem Raum Saratow. Meine Cousine, die viel älter war als ich, besuchte ihren Vater im Sommer 1941. Sie wurde wahrscheinlich von den deutschen Truppen nach Deutschland deportiert. Das jedenfalls sagte mir meine Mutter. Sie erhielt noch 1943 von ihrer Schwester auf Umwegen einen Brief. Sie schrieb, dass sie und ihre Tochter mit einem Transport nach Westen unterwegs seien. Sie wollten in Deutschland einen neuen Anfang wagen. In ihrer Begleitung waren noch einige andere Freundinnen meiner Tante und meiner Cousine. Meine Mutter war eine Nachzüglerin und wesentlich jünger als ihre Schwester. Sie hatte schon wegen des Altersunterschiedes keine geschwisterliche Beziehung. Ihre Wege und Spuren verloren sich. Ich glaube, dass sie in der DDR gelandet sind, aber genau wissen wir das auch nicht. Wir wissen auch nicht, an wen wir uns wenden sollen. Die Russen trauen uns immer noch nicht.«

»Und was ist aus dem Onkel geworden?«

»Wir haben von ihm nie wieder etwas gehört. Ich glaube, dass er mit den Deutschen deportiert wurde.«

»Der müsste jetzt sehr alt sein und lebt vielleicht gar nicht mehr.«

»Weißt du noch seinen Namen?«

»Lass mich überlegen ... ja ... Josef.«

»Und wie weiter?«

»Boroselski«

»Ein kleiner Mann, zart gebaut?«

»Ich habe ihn nie gesehen, aber meine Mutter sprach immer vom sanften Onkel Josef.«

»Das kann nur Onkel Boro sein.« Katharina hatte vor Erregung ein rotes Gesicht bekommen. Sie war wie aus dem Häuschen.

»Du bist mit Onkel Boro verwandt?«, rief Katharina noch einmal. Sie war ganz verzückt.

»Unglaublich!«

»Sag bloß, du kennst ihn?«

»Na klar kenne ich ihn, der lebte in Nowyj Ansar. Ich saß als kleines Mädchen auf seinem Schoß. Er konnte immer schöne Geschichten erzählen. Ich war sein Liebling, und ich mochte ihn, weil er so sanft gesprochen hat, nicht so wie die Rüpel aus der Siedlung. Er war für mich mein Opa, mein Ersatzopa. Ich hatte ja keinen, und wenn ich bei ihm sein durfte, fühlte ich mich geborgen. Er war so klug und wusste alles, auf jede Frage eine

Antwort. Onkel Boro ist vor mehr als zehn Jahren gestorben.« Laura war betroffen und hing gespannt an Katharinas Lippen.

»Onkel Boro muss also noch einmal geheiratet haben. Seine Frau war noch zarter und kleiner als er und lebte ganz zurückgezogen mit ihm in unserer Siedlung. Nach dem Tode seiner Frau lebte er noch zehn Jahre allein in seinem neuen Haus, das er von der Kolchose bekommen hatte. Manchmal war er traurig, weil er nicht wusste, wohin seine Kinder gekommen sind nach der Deportation. Später kam ein Brief aus Moskau. Die Kinder hatten die Eltern über eine Suchstelle für Deportierte in Moskau gefunden. Als er das Schreiben las, weinte er vor Freude. Eine der Töchter kam tatsächlich einige Wochen später nach Nowyj Ansar, um den Vater zu besuchen. Das war eine Sensation. Die Bäuerinnen der Siedlung waren einfache Frauen. Sie zogen das an, was sie gerade hatten. Als Onkel Boros Tochter aus dem Zug stieg, schien es uns kleinen Mädchen, als ob eine wunderschöne Prinzessin aus dem Märchen angekommen sei. Sie hatte lange blonde Haare, die sie offen trug, ein hellviolettes Sommerkleid aus ganz dünnem Stoff, das der Steppenwind an ihrem Körper wie eine Fahne flattern ließ. Sie musste beide Hände über ihren Rock halten, weil der Wind ihr immer darunterfuhr und ihre blütenweiße Unterwäsche zeigte. Kannst du dir vorstellen, was da los war? Die Jungen jaulten bei jedem Windstoß, und die Tochter sprang wie ein Schmetterling herum.

Onkel Boro stand am Bahnhof, um sie zu begrüßen. Sie kannten sich ja nicht, aber beide liefen aufeinander zu und umarmten sich innig. Und der Wind fauchte in das Kleid, sodass Onkel Boro immer und immer wieder in einer Wolke des violetten Stoffes verschwand. Onkel Boro war das peinlich. Er half ihr in ihren Mantel, der dann dem Wind trotzte. Die Jungen maulten und verzogen sich. Die Tochter konnte nur drei Tage bleiben. Längeren Urlaub bekam sie nicht, weil sie in Moskau eine wichtige Stelle als Sekretärin hatte. Nowyj Ansar war kein

Platz für sie. Onkel Boro stand beim Abschied wie versteinert am Bahnhof. Er wusste, dass das die Trennung für immer war. Wenige Wochen später bekam er Herzschmerzen und eines Morgens lag er tot im Bett. Seine Nachbarin, die für ihn kochte und wusch, fand ihn, friedlich eingeschlafen. Ich habe so bitterlich geweint, als ob meine Eltern gestorben wären.«

Der kleine Beratungssaal war voller junger Leute aller Hautfarben. Der Komsomol-Sekretär der Fakultät begrüßte die Neuen. Er verwies auf den Klassenauftrag[17], den die Studenten durch die Immatrikulation übernommen haben. Insbesondere hieß er die ausländischen Freunde herzlich willkommen, da sie die „künftigen Verantwortlichen für die Stabilisierung der Freiheit der vom Kolonialjoch befreiten jungen Nationalstaaten" sein würden. Die hatten aber noch nicht die nötigen Russischkenntnisse, um der Begrüßung folgen zu können. Das fiel auch den Sprachgewandteren schwer. Die Sätze der Funktionäre waren kompliziert, verschachtelt und mit Begriffen versehen, von denen jeder einzelne einer Erklärung bedurft hätte. So erging es auch Katharina, deren Vokabeln nur die praktische Wirklichkeit des sibirischen Lebens beschreiben konnten. Auch Laura verdrehte die Augen.

Sie ließen die Reden über sich ergehen, verstanden aber, dass es schon eine Auszeichnung war, hier sein zu dürfen. Man hatte tunlichst bestimmte Spielregeln einzuhalten. Katharina nahm sich vor, nicht aufzufallen.

Das mit den Vertretern aus Afrika und Lateinamerika verstand sie durchaus als eine Chance für nützliche freundschaftliche Kontakte, die aber paradoxerweise von den Funktionären auch nicht gern gesehen waren. Als einige Monate später eine Kommilitonin sich in einen jungen Bolivianer verliebte, den Sohn

[17] An Hochschulen und Universitäten im Osten wurde das Studium offiziell als Klassenauftrag, also als eine gesellschaftliche Auszeichnung betrachtet und bisweilen bei Verfehlungen als Druckmittel eingesetzt.

des dortigen KP-Chefs, wurden alle Hebel in Bewegung gesetzt, diese Liebe auseinanderzubringen. Bolivien war immerhin kapitalistisches Ausland und sowjetische Frauen waren zu wertvoll, um sie irgendwohin zu verlieren, hieß es. Da zählte auch nicht, dass der Vater ein KP-Chef war.

Das mit der verordneten Trennung klappte jedoch nur zum Anschein: Liebe überwindet Berge. Die beiden reisten nach dem Studium mit einem Diplomatenpass nach Italien aus und heirateten dort. Der Vater des Jungen überstand es politisch, der Vater des Mädchens allerdings nicht. Er wurde Parteisekretär im hohen Norden, strafversetzt an das Ende der Welt, nach Workuta. Auch einem Jungen aus der DDR gingen die Hormone durch. Die Botschaft in Moskau schickte ihn nach Hause. So waren die Regeln.

Die Universität auf den Leninbergen war ein riesiger Komplex, wie eine aufgetürmte Stadt. Man brauchte keinen Fuß vor die Tür zu setzen. Alle Hörsäle und Seminarräume, Einkaufsläden, Kinos, Restaurants und die Wohnbereiche waren unter einem Dach.

Katharinas Wirtschaftsstudium interessierte sie, lastete sie aber nicht aus. Durch das Fernsehen und viele Zeitschriften in den Bibliotheken nahm sie die Welt nun auch draußen, außerhalb der großen Sowjetunion, wahr. Die Sicht der sozialistischen Länder erschien ihr bald zu eng und zu einseitig. Die strenge Planwirtschaft funktioniert nur auf dem Papier. Sie hatte in einem Magazin aus Westdeutschland gelesen, dass auf fünf Prozent der privaten landwirtschaftlichen Felder genauso viel geerntet würde, wie auf dem Rest der staatlich bewirtschafteten Flächen. Das brachte ihr bisheriges Weltbild ziemlich durcheinander. »Für unsere Kolchose in Nowyj Ansar stimmt das nicht«, sagte ihr Vater. »Aber wer will das nachrechnen? Ehrliche Statistiken gibt es bei uns nicht.«

Begegnung

An einem Sonntag lernte sie auf der Allunionsausstellung im Norden Moskaus einen jungen Deutschen kennen, der sich mit den russischen Schildern und Erklärungen schwertat. Sie stand zufällig in seiner Nähe und hörte, wie er ungehalten schimpfte. Die Russen hätten immer noch nicht begriffen, dass man seine Erzeugnisse, wenn man sie im Ausland verkaufen wollte, mindestens auch auf Englisch auszeichnen müsse.

Sie ließ ihn etwas zappeln und sprach ihn dann in ihrem besten Deutsch an. Er solle sich nicht so aufregen. Sie könne ihm helfen. Das verblüffte ihn, weil er sofort eine Mata Hari[18] in ihr vermutete. Was will diese Frau in meiner Nähe? Er sah sie mit einer Mischung aus Ablehnung und Verwunderung an.

Katharina hatte einen Fehler gemacht. Man sprach Ausländer nicht an, schon gar nicht als Frau und auch noch einen Westdeutschen, zumindest nach der Kleidung könnte es einer sein. Sie entschuldigte sich. Keinesfalls wolle sie sich aufdrängen.

»Das Deutsche, meine Muttersprache, hat mich überwältigt, deshalb diese vorlaute Bemerkung.« Sie machte etwas ungelenk einen Knicks und wandte sich ab, um zu gehen.

»Nein, nein«, sagte der Deutsche, »bleiben Sie, wann bekomme ich hier noch einmal eine solche charmante Dolmetscherin. Wenn Sie wollen, lade ich Sie zu einem Kaffee ein. Alexander Bergmann aus Frankfurt, eigentlich Darmstadt«, sagte er und gab ihr die Hand. Er strahlte sie nun freundlich an. Welch toller Engel ist hier eingeschwebt, dachte er.

»Katharina Jeger aus Nowyj Ansar.«

»Wo ist denn das?«

»In Sibirien und weit weg von hier.«

---

[18] Künstlername der niederländischen Tänzerin Margaretha Geertruida Zelle (1876-1917), deutsche Agentin. Sie wurde von einem französischen Militärgericht 1917 verurteilt und hingerichtet, ein nach wie vor umstrittenes Urteil. Die Akten sind bis 2017 unter Verschluss.

»Und wie kommen Sie hierher?«

»Mit der Metro«, antworte Katharina kess.

»Na schön, und wie lange fährt man da, mit der Metro?« Bergmann ließ sich auf das Spiel ein. »Darf ich Sie zu einem Kaffee einladen? Könnten wir uns vielleicht irgendwo ungestört unterhalten? Was Sie da sagen, das interessiert mich.«

Als Katharina am Abend nach Hause kam, war sie beschwingt. In allen Fasern ihres Körpers spürte sie eine neue, bisher unbekannte Energie. Sie hatte sich verliebt, spontan und heftig. Bergmann erging es ähnlich. Zwei Stunden hatten sie miteinander gesprochen und sofort Zuneigung empfunden. Dieses Mädchen war anders als seine Freundinnen in Deutschland: weiblich, direkt, ohne Anzüglichkeit, unverstellt, wie eine sibirische Wildkatze. Ja, der Vergleich traf auf sie zu.

Aber beide waren sich des Schattens bewusst, der über einer solchen Beziehung schwebte; der Schatten des Verbotenen und der Trennung, die sich aus der politischen Gegensätzlichkeit ihrer beiden Länder ergab. Katharina würde den Rest ihres Studiums riskieren und danach in Nowyj Ansar in den Armen eines ungepflegten Bauern versauern. Sie müsste abends den widerlichen Atem ihres Mannes nach Knoblauch und Wodka ertragen und doch viele Kinder bekommen.

Bergmann stand am Anfang einer guten beruflichen Karriere. Er hätte zwar nichts zu befürchten, aber er käme nicht mehr in das Land hinein. Er könnte seine ersten wissenschaftlichen Kontakte nicht weiter ausbauen und würde sich Vorwürfe machen, das Leben einer hoffnungsvollen jungen Frau ruiniert zu haben.

Fast wäre es auch dazu gekommen. Katharina wurde zum Komsomol vorgeladen. Boris saß ihr gegenüber. Er fiel mit der Tür ins Haus. Sie solle ihre Kontakte zu einem Kapitalisten unterlassen. Er wolle von einer Meldung absehen, wenn sie am Abend mit ihm ins Kino gehen würde. Katharina war von dieser Wendung nicht überrascht. Laura, ihre Zimmerkollegin, hatte ihr berichtet, dass die Mädchen manchmal vor den Prüfungen von den Funktionären und Lehrkräften belästigt werden.

»Sag ihnen unverblümt, dass du deine Tage hast oder geschlechtskrank bist. Das schreckt die geilen Böcke ab«, empfahl sie. »Das hat immer geholfen. Und sei freundlich. Geh ihnen aus dem Weg. Sie machen sich dann zwar noch Hoffnungen, werden aber nicht frech.«

»Boris sei nicht böse, ich kann nicht, na du weißt schon.« Boris glühte vor Erregung und glaubte zu verstehen. So ließ er sie in Ruhe.

Laura hatte in Riga eine harte Schule durchgemacht. Die Nähe zum Westen und zu Finnland brachte viele Touristen nach Tallinn, die alle glaubten, die Ostfrauen würden sich für ein paar Dollar ausziehen. Die Finnen waren in dieser Beziehung harmlos. Die kamen nur zum Saufen. Das Alkoholverbot zu Hause war für manche nicht zu ertragen. Ganze Busladungen kamen aus Helsinki ins Land, fielen in die Restaurants ein und tranken, bis sie unter die Tische rutschten. Dann holten die Kellner die Miliz, die die Schnapsleichen auf einen offenen Pritschenwagen verfrachtete und zum Ausnüchtern ins Revier mitnahm. Da die Besinnungslosen nicht mehr ihren Namen sagen konnten, wurden ihre persönlichen Sachen in einen Beutel gesteckt und mit einer Nummer versehen. Die schrieb der Polizist mit Kreide auch auf die Schuhsohlen. Sieger dieses Turniers wurde man mit der höchsten Ziffer auf der Sohle. So liefen die Ausgenüchterten am Morgen danach wie auf rohen Eiern, auf den Absätzen, den Sohlenrändern oder trugen die Schuhe gleich in der Hand. Wer gewann, durfte das nächste Mal wieder bis zur Ohnmacht trinken, natürlich ohne zu bezahlen.

Alexander Bergmann überlegte, wie er die Sache drehen könnte, ohne Katharina zu schaden. Vier Wochen war er nun schon am MISI[19], aber er war bisher nur bis zur Abteilung für Internationale Beziehungen gekommen. Sein Studienprogramm des DAAD[20] werde vom Wissenschaftsministerium geprüft, sagte man dort. Und es schien, als ob sich niemand ernsthaft um eine Beschleunigung dieses Vorgangs bemühte. Er solle sich in der Bibliothek etwas umsehen.

Dr. Bergmann war ungehalten. Er hatte ja keinen Kuraufenthalt gebucht, sondern wollte mit Kollegen über bestimmte Phänomene vorgespannter Konstruktionen sprechen. Mit dem jungen Mann, seinem Betreuer, konnte er sich einigermaßen auf Englisch unterhalten. Der zeigte ihm die Stadt, das war schon okay, aber der Bericht an seine Uni und den DAAD wollte er nicht mit touristischen Sehenswürdigkeiten füllen. Er hatte viele Kirchen in Moskau und Umgebung abgeklappert und sich an den Sonntagen nach Sagorsk, dem alten russischen Kloster-Städtchen zurückgezogen. Dort schien die Zeit zwischen dem Reich der Zaren und der Bolschewiki[21] zu verharren: Als ob die Gottesdienste mit schweren Weihrauchschwaden, dem reichen Goldbrokat der Popen und klanggewaltigen Männerchören an das jüngste Gericht zu erinnern suchten.

Das war eine andere Welt, geduldet oder als Ventil geschaffen, weil viele Kirchen nach der Oktoberrevolution abgerissen, als Lager- oder Wohnraum missbraucht wurden. Es schien eine stille Übereinkunft zwischen dem Patriarchen der russisch-orthodoxen Kirche und dem Staat zu geben, Menschen außerhalb des

---

[19] Abk. für die Moskauer Hochschule für Bauwesen

[20] Deutscher Akademischer Austauschdienst, der Wissenschaftler über verschiedene Programme an internationale wissenschaftliche Einrichtungen vermittelt.

[21] Bolschewiki, eigentlich aus dem Russischen abgeleitet, so viel wie Mehrheitliche oder Mehrheitler, Anhänger Lenins, Fraktion der Sozialdemokratischen Arbeiterpartei Russlands, die den Zar stürzte.

geregelten Alltags staatlicher Abläufe auf diese Weise geordnet einzubinden.

Katharina Jeger hatte Alexander Bergmann in einen Rausch versetzt. Sein Seelenfrieden war dahin. Sie wiederzusehen, wurde nun die eigentliche Aufgabe seines bisher nutzlosen Aufenthaltes in Moskau. Er wusste, dass sie an der Universität auf den Leninbergen Wirtschaftswissenschaften studiert, mehr nicht. Als Ausländer dort oben anzurufen, gar auf Englisch, und irgendetwas zu verlangen, war absurd und aussichtslos. Damit würde er sich wohl selbst in Gefahr bringen. Die russische Agentenneurose gegenüber allem Westlichen bestand immer noch.

In einer der Zeitschriften stieß er auf den Beitrag eines russischen Professors, der sich mit Handelsbedingungen im Warenaustausch zwischen dem RGW[22] und der Europäischen Gemeinschaft befasste. Wie Bergmann herausfand, lehrte er an der Moskauer Lomonossow-Universität, wo die Studenten auch etwas über die kapitalistische Seite der Wirtschaft erfahren sollten. Er bat seinen Betreuer, ihm einen Kontakt mit dem Kollegen zu vermitteln und zu versuchen, dass er an dessen Vorlesungen teilnehmen könnte. Den Antrag dazu musste Bergmann fünffach ausfüllen und auch einige persönliche Information anfügen, um Professor Bulgakow die Möglichkeit zu geben, sich auf den Besuch vorzubereiten, wie man ihm sagte. Das Direktorat für Internationale Beziehungen leitete alles mit weiteren Erklärungen an das zuständige Ministerium weiter. Nach einer Woche kam wider Erwarten die Genehmigung. Bergmann wurde wenige Tage später bei Professor Andrej Bulgakow, Korrespondierendes Mitglied der Akademie der Wissenschaften, erwartet.

Professor Bulgakows Büro lag hoch oben über der Stadt. Bergmanns Begleiter meldete ihn im Sekretariat an. Er wurde erwartet. Andrej Bulgakow kam ihm freundlich und aufgeschlossen

[22] Abk.: Rat für gegenseitige Wirtschaftshilfe, Wirtschaftsverbund der sozialistischen Länder und der Sowjetunion

entgegen. Er trug einen gut geschnittenen Anzug, nachtblau mit einer leuchtend roten, dezent gestreiften Krawatte und einem passenden Einstecktuch. Bergmann schämte sich. Er war nur in Jeans und mit seinem Alltagssakko erschienen. Er war froh, sich nach einigem Überlegen doch noch für eine Krawatte entschieden zu haben. Aber gegen Bulgakow fiel er ab, zu lässig und nicht passend gekleidet.

»Nice to meet you, Dr. Bergmann, how are you?«

»Thank you, do you speak English?«

»If you want. With my greatest pleasure.«

Alexander Bergmann war von der Erscheinung Bulgakows sofort gefangen. Seine Selbstsicherheit hatte nichts Arrogantes. Offen und liebenswürdig widmete er sich seinem Gegenüber, ohne gespieltes oder aufgesetztes Interesse. Bergmann war froh, sich mit ihm ohne Dolmetscher unterhalten zu können. Bulgakow war einige Jahre lang Mitglied der sowjetischen Delegation bei der UNO in New York gewesen und hatte dort die Handelsabteilung geleitet. Als seine Kinder schulpflichtig wurden, musste er zurück und bekam hier die Professur. Es sei zwar eine schöne Aufgabe, insbesondere mit jungen Leuten zu arbeiten, aber auf die Dauer könne er sich diese Enge nicht vorstellen.

»Na ja, wenn die Kinder aus dem Haus sind, bietet sich vielleicht wieder etwas im Ausland. Russen, die perfekt englisch sprechen und mit Messer und Gabel zu essen verstehen, finden immer etwas Ordentliches.« Das sagte er mit Schalk und augenzwinkernd.

Da hat er recht, dachte Bergmann. Bulgakow bewies einen unverstellten Blick. Einer solchen Persönlichkeit begegnete Bergmann in diesem Land zum ersten Mal.

Bulgakow wollte wissen, wofür sich Bergmann interessierte und was er sonst so machte. Bergmann berichtete von den neuen Möglichkeiten des Wissenschaftleraustausches – auch mit westdeutschen Kollegen – und von den guten finanziellen Bedingungen. Bulgakow hörte aufmerksam zu. Er suchte Anknüpfungen im Ausland, um sein Fachgebiet auf dem aktuellen wissenschaftlichen Stand zu halten. Da schien ihm Bergmann, ein Wissenschaftler im Ingenieurbereich, zwar kein direkt geeigneter Partner zu sein. Vielleicht hatte er Verbindungen zur Exportindustrie, und dann würde er schon etwas nützen.

Selbstverständlich könne Bergmann an seinen Lehrveranstaltungen teilnehmen, wenn er wolle. Seine Sekretärin würde ihm die Zeiten gerne geben. Es stehe ihm frei. Er könne sich in den Hörsaal oder in die Seminarräume setzen. Er müsse aber wissen, dass die Vorlesungen auf Russisch und nur einige ausgewählte Außenwirtschaftsthemen für einen kleinen Kreis auf Englisch gehalten würden. Bergmann hatte es geschafft. Er konnte nach Katharina suchen, ohne aufzufallen.

Schon in der dritten Lehrveranstaltung sah er sie. Er hatte sich zeitig auf den Weg gemacht, um einer der Ersten im Hörsaal zu sein und von oben alle Hereinkommenden sehen zu können. Katharina kam einen Moment vor Professor Bulgakow in den Saal, eigentlich etwas zu spät. Bulgakow hielt ihr galant die Tür und wartete, bis sie sich setzte.

»Verehrte Dame«, sprach er sie auf Englisch, für alle hörbar, an. Er wollte Bergmann, den er sofort mit einem freundlichen Nicken wahrgenommen hatte, imponieren, »ich hoffe, Sie hatten eine schöne Nacht.« Katharina lief puterrot an, alles feixte.

Bulgakows Vorlesung war gut gegliedert. Bergmann verstand nichts vom Text, konnte sich aber an den Bildern, die Bulgakow mit einem amerikanischen Overhead an die Wand projizierte, gut orientieren. Er hatte UNO-Statistiken auf Englisch und auch sonst viele Folien aus westlichen Veröffentlichungen übernommen. Damit machte er bei den Studenten Eindruck, sie folgten ihm interessiert und klopften am Schluss frenetisch auf ihre Pulte.

Alexander Bergmann verließ mit der Masse der Studenten den Hörsaal. Katharina ging in Rufweite vor ihm. Sie hatte ihn aber noch nicht bemerkt. Im großen Vestibül herrschte Gedränge. Die Lehrräume mündeten alle in diese Halle. Die Ströme der Studenten, die in andere Räume wechselten, kreuzten sich hier.

Katharina lief ihm fast in die Arme. Als sie ihn erkannte, stutzte sie, lächelte freundlich. Bergmann sprach sie wie eine x-beliebige Studentin an, von der er eine Auskunft erbat. Katharina erfasste die Situation und erwiderte Belangloses. Bergmann flocht ein, dass er sie unbedingt treffen wolle. Er sei in den nächsten Tagen zu weiteren Veranstaltungen hier, da gäbe es bestimmt viele Gelegenheiten. Für einen Moment überzog ihr Gesicht ein Hauch erregter Röte.

»Schön, ich freue mich«, sagte sie nur und ging weiter.

Bergmann hatte einen Studentenausweis mit Passbild und Stempel erhalten. Damit konnte er unkompliziert in das Universitätsgebäude, vorbei an der Wachtjorka, die, wie früher die Schaffner an den Bahnhöfen, in einem kleinen Holzverschlag saß und die Ankommenden kontrollierte. Katharina hatte Angst vor einer Entdeckung. Man konnte niemandem trauen. Kontakte zu Ausländern, noch dazu aus dem Westen, waren verboten. Wenn sie Alexander Bergmann begegnete, sprachen sie wie zwei Bekannte, die sich zufällig treffen. Dass sie sich in einer Fremdsprache unterhielten, war nicht ungewöhnlich im babylonischen Durcheinander der Universität.

Sie hatten einen guten Platz in der großen Stolowaja[23] gefunden, etwas versteckt am Fenster mit dem Blick über die Stadt zu ihren Füßen. Dort verkrochen sie sich in ihre Erzählungen, auch mit allen Kleinigkeiten, die sie in ihrer Kindheit erlebt hatten. Sie entdeckten viele Gemeinsamkeiten, auf die sich bald ihre wachsende Vertrautheit gründete und sie mit jeder

[23] Russ.: Speisesaal

Begegnung enger verband. In den wenigen Augenblicken ihres Zusammenseins mit Alexander Bergmann war alles in ihr gut. Doch sie haderte mit dem Verbotenen – Augenblick verweile – weil sie fürchtete, wie Gretchen faustisch ins Unglück zu stürzen.

Alexander Bergmann wurde in Siebenbürgen geboren. Er war zwar noch ein Kleinkind, als seine Familie von dort vertrieben wurde, doch hatte dies bei ihm tiefe Eindrücke hinterlassen. Sein ganzes Leben lang sollte er immer wieder daran erinnert werden. Die Familie floh mit den deutschen Truppen vor den nachrückenden Russen und strandete im amerikanisch besetzten Gebiet. Das war in Thüringen. Als die Amerikaner Thüringen und Sachsen geräumt hatten und die Russen kamen, saß die Familie fest. Sie hatte sich schon in Thüringen polizeilich gemeldet und musste bleiben, weil der Vater eine Adresse brauchte, um seine Familie durch das Rote Kreuz finden zu lassen. Aber der Vater kam aus dem Krieg nicht zurück.

Die Todesmeldung erhielt seine Mutter 1951, als Adenauer die letzten Kriegsgefangenen aus der Sowjetunion holte und der Familie mitgeteilt wurde, dass der Vater in einem Arbeitslager verstorben war. Die Umstände seines Todes mussten grausam gewesen sein. Seine Mutter hatte einen Mitgefangenen ausfindig gemacht und erfuhr durch ihn einiges, worüber sie mit den Kindern jedoch nie sprach. So blieb nur ein Mythos, der den Vater zum Helden machte. Für den Sohn blieb der Vater der Gute im Kampf mit dem Bösen.

Nach dem 17. Juni 1953 wurde es unerträglich. Die Mutter durfte nicht als Lehrerin arbeiten, sie hätte Parteimitglied werden müssen. Das kam nicht infrage. Sie wollte mit diesem Regime nichts mehr zu tun haben und ging mit den beiden Kindern über die grüne Grenze in den Westen. Im Fränkischen fand sie dann Aufnahme auf einem Bauernhof als Tagelöhnerin mit Vollverpflegung. Im Dorf bekam die kleine Familie liebevolle

Unterstützung und rappelte sich wieder auf. Bergmanns Mutter legte ein spezielle Fachprüfung ab und wurde im Öffentlichen Dienst als Gymnasiallehrerin angestellt. Anfang der sechziger Jahre lernte sie einen verwitweten Kollegen kennen. Der wurde – zwar spät, aber nicht zu spät – ein guter Ersatzvater, eigentlich mehr Freund für den halbwüchsigen Alexander und seinen zwei Jahre jüngeren Bruder.

Alexander machte sein Abitur in Würzburg und studierte an der TH Darmstadt Bauingenieurwesen. Die Kriegsschäden mussten beseitigt werden. Das Wirtschaftswunder begann und das Bauwesen in Westdeutschland blühte auf. Er hatte sich in seiner Diplomarbeit mit theoretischen Bemessungsmethoden im Stahlbetonbau beschäftigt und wurde als einer der Besten seines Jahrgangs Assistent am Institut für Massivbau. Katharina sah in seiner Geschichte das Leben ihrer Eltern. Sie fühlte sich ihm schicksalhaft verwandt.

Als Dr. Bergmann endlich vom Ministerium die Genehmigung für seine Forschung erhielt, war die vorgesehene Zeit fast abgelaufen. Er wollte und konnte nicht mehr mit dem umfangreichen Thema beginnen. Dieser Aufenthalt würde nun ein notwendiger erster von mehreren sein. Das gäbe ihm die Möglichkeit für weitere Reisen. Seinen Bericht würde er als Literaturrecherche einreichen. Daraus konnte er dann problemlos Vertiefungen des Themas in Moskau erklären. Er war nun fünfunddreißig Jahre alt und dachte ans Heiraten, das erste Mal übrigens. Dazu bestand bisher keine hinreichende Gelegenheit, wie er sich – immer ganz trockener Ingenieur – auszudrücken pflegte. Katharina war gerade neunzehn Jahre alt geworden. Vor ihr lagen noch drei Jahre Studium, dann würde Alexander fast vierzig sein. Er zweifelte, ob sie ihn – dann wäre er für sie ein alter Mann – noch haben wollte.

Die Lautsprecherstimme am Bahnsteig 2 des Belorussischen Bahnhofs bat in kratzigem Deutsch die verehrten Fahrgäste, in den Zug nach Berlin einzusteigen. Alexander und Katharina hatten lange wortlos nebeneinandergestanden. Katharina war an ihn gelehnt und hatte seine Hände fest an sich gedrückt. Sie spürte seinen Kopf in ihrem Haar. Der Abschied fiel ihnen schwer. Sie wussten, dass die Trennung zwischen ihren Welten fast nicht zu überwinden war. Als er sich vorsichtig von ihr löste, weinten beide. Alexander drückte sie noch einmal fest an sich.

»Ich komme wieder und heirate dich«, flüsterte er ihr ins Ohr. Katharina sah ihm ins Gesicht. Alexander wiederholte: »Das ist ein Eheversprechen, liebste Katharina. Wartest du auf mich?«

»Ja, ja, ja«, sagte sie dicht an seinem Gesicht und küsste ihn in aller Öffentlichkeit auf den Mund.

Die Lichter des Zuges waren schon lange verschwunden. Katharina stand immer noch auf dem Bahnsteig. Sie hatte einen Heiratsantrag aus einer anderen Welt bekommen, die so unendlich weit weg von der ihren lag. Sie konnte sich nicht vorstellen, jemals an dieses Ufer zu kommen.

Die nächsten Tage waren schlimm. Mit diesem Wirbel der Gefühle musste sie allein fertig werden. Wie gerne wäre sie jetzt bei ihrer Mutter, die hatte immer den Kopf oben. »Ich werde es schaffen«, sagte sie trotzig. »Die Jegers geben nicht auf. Niemals!«

Bergmann saß benommen in seinem Abteil, als der Zug die Stadt verließ. Er wollte bleiben und musste doch fort, wie damals seine Familie aus der alten Heimat. Die Schaffnerin des Waggons brachte heißen, aromatisch duftenden Tee. Sie hatte den beiden auf dem Bahnsteig zusehen müssen. Sympathische Menschen, dachte sie, und immer muss man sich trennen. Ihr erging es ähnlich mit ihrer Familie und den Kindern, die sie bei ihrer Mutter tagelang zurücklassen musste, wenn sie für den Zug nach Berlin eingeteilt wurde.

Katharina wusste sich später nicht mehr an den Weg nach Hause ins Wohnheim zu erinnern. In ihrem Herzen waren Freude und Traurigkeit. Sie hatte einen Heiratsantrag bekommen, der aber, so fürchtete sie, bald in vager Fantasie zerrinnen würde. Das Bild von Deutschland bestimmte die Erzählungen der Eltern. Es erhielt jetzt durch Alexander Bergmann neue, farbige Konturen, die sich wie ein Märchen über das Alte der Vorfahren legten. Sie wehrte sich, das Neue in ihre Wirklichkeit zu lassen, weil sich solche Sehnsüchte verboten, ja sie bedrohten und in Katharinas Welt nicht erreichbar schienen.

Sie folgte mechanisch dem Strom in die Unterwelt der Metro, durch lange Tunnel und Rolltreppen. Quetschte sich, an fremde Körper gedrängt, in die überfüllten Wagen voller Ausdünstungen und Gerüche, die Menschen nach einem langen Arbeitstag verbreiteten. Wenn der Zug für Augenblicke hielt und die Masse in Bewegung kam, holte sie tief Luft, weil sie fürchtete, ohnmächtig zu werden. Endlich: Station Universitätskaja, zu Hause. Sie fühlte sich erleichtert. Aus dem Lichtermeer der Stadt fegte ein kalter Wind herauf. Seine Böen vertrieben ihre Traurigkeit. Leicht – wie auf Flügeln – betrat sie das hohe Universitätsgebäude. Sie freute sich, wieder zu Hause zu sein. Ludmilla hatte Dienst, ihre Lieblings-Wachtjorka. Irgendwann hatte sie ihr gestanden, als junges Mädchen in einen deutschen Jungen, einen Wolgadeutschen, bis über beide Ohren verknallt gewesen zu sein. Daraus wurde nichts, weil ihr Vater diese Liebe verbot. Es war eben Krieg, und die Deutschen waren ihre Feinde. Ludmilla war nun Rentnerin und Großmutter. Sie hatte einen Nachbarjungen geheiratet. Das war nur der zweite Aufguss vom Samowar[24], sagte sie augenzwinkernd. Aber vier Kinder hatte sie auch, und nun war sie seit fast zehn Jahren Witwe. Ihr Mann war betrunken vor ein Auto gelaufen und auf der Stelle tot.

»Ja, ja, so ist das«, sagte sie mit einem Seufzer.

---

[24] Typischer russischer Heiß-Wasserbereiter, meist für Tee

»Pass auf dich auf, Mädelchen und behalte deinen Kopf oben, auch wenn du schon auf dem Rücken liegst.«

Das waren die Frauen, die Russland durch die Geschichte brachten, leidenschaftlich, wenn sie liebten, Furien im Hass und stark wie Arbeitselefanten, wie Onkel Boro, Katharinas Ersatzopa, die russischen Frauen bewunderte. Katharina hauchte einen Kuss auf Ludmillas Wange und huschte an der engen Pforte vorbei. Sie fuhr mit dem Lift in die 36. Etage. Ihre Zimmergenossin hatte Besuch und bat Katharina, etwas zu warten.

»Geh in die Stolowaja und trink einen Kaffee, auf mich«, rief sie. Ja, ja, meine liebe Laura, dachte Katharina und fuhr zurück in die Eingangshalle. Dort konnte sie lesen und den Ausgang beobachten, wann Lauras Besuch verschwand.

Diese Letten sind auch nicht zimperlich. Laura hatte Katharina in letzter Zeit häufiger ausgesperrt. Und die Besucher waren auch nicht immer dieselben. Laura lachte dann nur. Man kann nicht jede Auslage kaufen. Die Unterschiede sollte man schon schmecken und mehrere davon probieren. Lauras Prosa. Katharina fand sich damit ab. Laura fiel wenig später durch die ersten Prüfungen und wurde exmatrikuliert. Katharina hatte nun ihr Zimmer für sich allein, und sie genoss es.

Der Winter kündigte sich an. Der Hausmeister machte die Fenster wetterfest. Einige Scheiben waren zerbrochen. Er kam mit einer Holzkiste voller Glasscherbenstücken, die er nach Augenmaß über die Bruchstelle hielt und dann mit einem Papierklebeband befestigte. Das machte er auch ringsherum mit den Fugen an den Rändern zum Fensterrahmen, weil der Kitt herausbröselte und die Scheiben nicht mehr im Rahmen festsaßen. Katharina sah ihm dabei fragend zu. Er zuckte nur wortlos mit der Schulter. Das könne er schon besser machen, aber anderes Werkzeug habe er nicht. Und so blieb es. Jahr für Jahr kamen neue Scherbenstücke hinzu. An den Rändern sammelte sich der

Dreck, der machte die Fenster nach und nach undurchsichtig. Das gab es noch nicht einmal in den schlimmsten Zeiten im kasachischen Ansar. Oh, diese Russen!

Die Winter in Moskau waren bitterkalt. Wenn die frostharte Luft aus dem sibirischen Nordosten die Stadt überfiel, erstarrte das Leben. Die Fernleitungen fauchten aus vielen Leckstellen. Der ausströmende Dampf formte in der Frostluft bizarre Eisskulpturen. Trotzdem gelangte noch genügend Wärme zu den riesigen Wohnblöcken, um in den engen Wohnungen gemütliche Nester zu bauen. Durch die Fortotschkas[25] quoll dann der feuchte Dunst der Küchen, wenn auf den Gaskochern das fette Essen für die Feiern am Wochenende bereitet wurde. Katharina freute sich, zu solchen Festen von ihren Freunden eingeladen zu werden. Dann ging es mit viel Alkohol sangesfroh zu, und später fielen sich alle in die Arme. Das war für Katharina ein bisschen wie zu Hause, familiäre Geborgenheit und etwas Schutz vor Versuchungen. Im Wohnheim gab es nicht nur viel Alkohol, oft Exzesse bis zur Besinnungslosigkeit, sondern nun auch Drogen, Schlafmohn und schon fertiges Opium oder Heroin aus Afghanistan, das einige Kommilitonen aus dem Kaukasus mitbrachten, um ihr Studium aufzubessern. Aber Katharina hielt die Richtung, so wie es ihr Vater ihr mit auf den Weg gegeben hatte. Sie wollte ihren Märchenprinzen, der sie auf einem Schimmel zu sich nahm und der sie vom bösen Fluch erlösen würde; dem Bösen, das ihre Familie nach Sibirien verschlagen hatte.

[25] Russ.: kleines Lüftungsfenster im normalen Fenster

Bekenntnis

Katharina flog über die Weihnachtstage, die in diesem Jahr auf ein Wochenende fielen, nach Hause. Sie musste sich in der Universität offiziell abmelden und um ein paar Tage Urlaub bitten, wenigstens bis zum Fest der Heiligen Drei Könige, an dem im ganzen Land niemand arbeitete.

Die altdeutschen Traditionen der kunstvoll geschmückten Bäume und der Christstollen, die nur noch zwei alte Frauen im Dorf backen konnten, hatten sich trotz aller Widrigkeiten der Zeit erhalten. Wenn sich in den Zimmern der Duft des Gebackenen aus der fettigen Schwere des Teiges wie eine Decke über alles legte, wurde es Weihnachten.

Maria fühlte bei der Begrüßung die neue Leidenschaft ihrer Tochter. Und Katharina war erlöst, ohne Umschweife alles erzählen zu können. Schon am nächsten Morgen wollte ihr Vater Näheres wissen. Das Übliche halt, dachte Katharina, besorgte Väter, die das Beste für die Tochter, aber keine Risiken wollen.

Er spürte sehr schnell, dass ihr das alles ernst war. »Dein Studium beendest du, und dann kannst du machen, was du willst. Wenn es dein Glück ist, wird es auch unser Glück sein, auch wenn du in der Ferne von uns getrennt leben wirst.« Das versuchte er ihr wie beiläufig und nach außen ohne innere Regung mitzuteilen, aber es ging ihm sehr nahe, und er war bemüht, hinter der rauen Schale seine Rührung zu verstecken. Katharina kannte ihn, leidenschaftlich und pragmatisch war er, bisweilen etwas sentimental, aber das glich ihre Mutter mit Nüchternheit aus.

Zwei volle Jahre ihres Studiums lagen noch vor ihr. Doch der Besuch kam ihr wie ein Abschied vor. Sie hatte sich innerlich schon von den Steppen ihrer Heimat gelöst und war in Gedanken dort, wo sie Alexander wusste.

Am 10. Januar flog sie nach Moskau zurück. Zunächst mit der Bahn über die gleiche Strecke nach Norden, die einst ihre Familie, in umgekehrter Richtung in die Verbannung brachte. Sie wusste ihre Eltern nun in einer beruhigenden Geborgenheit der neuen Heimat. Das machte ihr den Abschied leichter. Die ursprünglich feindliche, unberührte Landschaft hatte sich verändert, war von Menschen belebt worden, die sich eingerichtet und ihren Frieden gefunden hatten. Das Unheimliche der Weite war gewichen.

Katharina hatte ein reserviertes Billett, verbilligt für Studenten. Durch den Flug sparte sie fast vier Tage. Die Abfertigungshalle glich einem Basar: Gerätschaften und Hausrat, an den Beinen gefesselte Ziegen und Schafe, Handgepäck für die Reisenden, die tiefer in die Weiten Asiens wollten, lagen auf dem Boden der großen Halle. Um den Tisch einer Beamtin, die die Billetts für die Flüge zu bestätigen hatte, drängten sich Männer und Frauen, die mit aufgeregten Gesten und vielem Palaver auf sie eindrangen. Aber sie schien unbeeindruckt und hörte nicht zu. Stoisch wiederholte sie in regelmäßigen Abständen, dass es heute kein Flugzeug geben würde.

„Warum nicht?", fragte Katharina.

„Nun sicherlich, weil sie keine Flugzeuge haben" entgegnete sie trocken.

Katharina hat es geahnt. Man hatte wieder einmal kein Flugzeug und niemand wusste warum. So war das eben. Die Russen waren leidensfähig. Wohl auch, weil sie über Jahrhunderte die feudale Leibeigenschaft ertragen und überlebt hatten. Sie drängelte sich vor. Sprach deutsch und spielte eine Ausländerin. In schlechtem Russisch fragte sie nach der Wartezeit und erfuhr, dass bis zum nächsten Tag keine Abflugmöglichkeit bestehen würde.

Sie rief also bei Familie Gressow, ihrer Gastfamilie aus der Oberschulzeit, an. Die freute sich riesig und lud sie zum Übernachten ein. Katharina nahm ein Marschrutka[26]. Nach einer

[26] Massentaxi für eine bestimmte Route.

Stunde war sie bei den Gressows. Die Freude war groß. Katharina musste alles haargenau erzählen, von ihrem Weggang nach Moskau. Und sie ließ nichts aus, auch nicht die wilden Geschichten mit Alkohol und Drogen.

»Das geht hier auch los.« Raisa hatte das auch von ihrem Betrieb erzählt, in dem sie nun als Buchhalterin arbeitet. Als Katharina Alexander Bergmann erwähnte, schlug ihr Puls schneller. Die Gressows bemerkten ihr Glühen, und sie freuten sich.

»Wann wirst du fahren?«

»Nicht gleich. Ich will fertig werden, und dann wollen wir sehen.« Frau Gressow beneidete Katharina ein bisschen, denn Raisa versauerte in Akmolinsk. Und den richtigen Umgang fand sie auch nicht. Katharina lachte und sagte, »vielleicht hat Alexander einen flotten Bruder. Na ja, ist nur ein Scherz. Raisa erzählte mir von ihrem Freund, den sie heiraten will.«

»Slawa bogu«, sagte Frau Gressow und blickte nach oben.

Katharina kam am nächsten Tag ohne Probleme nach Moskau. Die Maschine vom Vortag hatte einen Motorschaden und konnte nicht starten. Nun wurde eine Ersatzmaschine geschickt. Katharina war froh. Eine kaputte Maschine und ein vielleicht beduselter Pilot wären ein Risiko zu viel.

Im Wohnheim fand sie zwei Briefe aus Deutschland. Alexander hatte geschrieben, nach dem Poststempel schon vor drei Wochen, zu lange für einen Luftpostbrief. Sie hatte von Boris gehört, dass die Briefe gelesen würden. Man solle möglichst leserlich schreiben, das würde die Zeit verkürzen. Katharina kannte diese Praktiken. Ihr Vater hatte es bei seiner Auslandspost erlebt und sich darauf eingestellt. Alexander hatte wirklich eine fürchterliche Schrift. Die Kontrolleure waren sicherlich genervt. Katharina bat Alexander, deutlicher zu schreiben. Er gab sich dann Mühe, und die Briefe brauchten nur noch eine Woche.

Im Sommer 1976 machte Katharina ihr Examen mit Auszeichnung. Alle waren stolz auf sie. Aus dem fernen Kasachstan gratulierte die Familie. Alexander Bergmann hatte es über den DAAD so eingerichtet, dass sein Studienaufenthalt in diese Zeit fiel. Er durfte auch als Ausländer an der Verteidigung teilnehmen. Das hatte Bulgakow erreicht. Der Dekan war stolz, seine Beststudentin einem Ausländer präsentieren zu können. Dass dieser Ausländer gekommen war, das beste Pferd aus seinem Stall zu entführen, ahnte er nicht. Alexander Bergmann erhielt die Genehmigung nach Nowyj Ansar zu reisen. Auch das arrangierte Bulgakow. In der Gegend würden besondere Puzzolane[27] vorkommen, die für den Export erkundet werden sollten. Die Studentin Katharina Jeger käme aus der Gegend und werde den ausländischen Experten sachkundig begleiten. Das geschah. So konnten Katharinas Familie, ihre Eltern und Verwandten endlich den Deutschen, Katharinas Prinzen auf dem Schimmel, kennenlernen. Vater Jeger war zufrieden und Mutter Maria auch. Mögen sie im unbekannten Mutterland der Vorväter glücklich werden!

Sie bereiteten ein riesiges Fest. Das wurde die inoffizielle Hochzeitsfeier mit der ganzen Familie und vielen Freunden, leidenschaftlich, wie es die Russen pflegen, und ziemlich hölzern, wenn deutsche Lieder angestimmt wurden. Alexander wurde gebeten, ein deutsches Volkslied singen. Er zierte sich, stimmte dann *Hoch auf dem gelben Wagen* an und schämte sich, weil es nach den mehrstimmigen kunstvollen Chören der Russen wie ein Kampflied der Holzfäller klang. Er schnappte sich eine Kaffeetasse, randvoll mit Wodka. »Eine gelungene Kreuzung des Deutschen mit dem Russischen«, toastete er alkoholbeschwingt

[27] Natürlich vorkommende Erden; im Altertum wurden sie erstmals nach dem Fundort Pozzuli bei Neapel benannt. Die Römer verarbeiteten Puzzolane mit Kalk zu einem wasserbeständigen Mörtel. Heute sind Puzzolane Zusätze in der Zementindustrie.

und etwas wackelig zu Maria und Iwan. Das mit der Kreuzung verstanden die Bauern, waren aber doch verwundert, wie dieser feine Deutsche solche Sachen auch so direkt auf die Menschen übertrug.

»Mögen unsere Kinder im Herzen immer Russen und Deutsche bleiben«, sagte er noch, weil er die fragenden Blicke sah und sich nicht verstanden fühlte. »Wen meinst du?«, Katharina blickte etwas besorgt zu ihm auf. Sie sah an ihm die zunehmende Wirkung des Wodkas. »Ich bin keine Russin, mein Schatz. Na, etwas schon, zum Glück für dich.« Das sagte sie kess. Zu kess, dachte ihr Vater.

Die Abreise von Katharina und Alexander am nächsten Tag war bei allen die Ernüchterung. Die Familie war bis zum Bahnhof mitgekommen. Alle weinten.

»Macht euch keine Sorgen. Ich hole euch alle nach, wenn ihr das wollt«, rief Bergmann, als sich der Zug langsam in Bewegung setzte. Aber das ging in der allgemeinen Aufregung unter. Und Bergmann hatte eigentlich auch nicht den Eindruck, dass die Menschen weg wollten. Die Jungen würden sich zwar eingewöhnen, hätten aber Schwierigkeiten, sich im Beruf zu behaupten. Und die Alten würden das Leben im Westen sowieso nicht ertragen. Wo kann man in Frankfurt oder Berlin noch die Einsamkeit in der Natur erleben?

In Moskau mussten Katharina und Alexander nun die Papiere für die Ausreise beschaffen. Die Deutsche Botschaft riet, Heirat und Familienzusammenführung bei den sowjetischen Behörden geltend zu machen. Das zog sich weitere zwei Jahre hin.

Alexander konnte Katharina in der Deutschen Botschaft in Moskau standesamtlich heiraten, nachdem er die notwendigen formalen Voraussetzungen erfüllt hatte. Alles andere für die Ausreise war reine Bürokratie, Wohnraumnachweis in Deutschland und eine wirtschaftliche Fürsorgeerklärung für Katharina, der Nachweis einer Finanzbürgschaft, wenn in den nächsten fünf Jahren die Rückkehr notwendig werden würde. Natürlich durfte sie von sowjetischer Seite aus die Staatsbürgerschaft nicht aufgeben, aber die Beamten in der Deutschen Botschaft bestanden auf einer Einbürgerung ohne Wenn und Aber, weil es gesetzlich so bestimmt war. Da biss sich die Katze in den Schwanz. Über Monate hinweg rührte sich gar nichts.

Katharina erinnerte sich an Boris, der inzwischen ein mittelhohes Tier im Innenministerium in Moskau geworden war und vielleicht helfen konnte. Sie rief ihn an. Er war freundlich und galant, hatte die alten Geschichten vergessen und versprach, mit einem Bekannten, der Beziehungen zur Deutschen Botschaft hatte, zu telefonieren. Schließlich löste sich alles in Wohlgefallen auf: Katharina erhielt die notwendigen Papiere und konnte Anfang 1980 ausreisen.

Ankunft

Alexander holte sie am Flughafen in Frankfurt ab. Moskau *Scheremetjewo* war zwar nicht so groß, aber auch recht hektisch. Sie war die einzige Russin – eigentlich auch wieder nicht – denn sie war ja Deutsche, die aus dem Flugzeug stieg und in Deutschland blieb. Der Zoll beäugte sie kritisch, ließ sie aber passieren. Ihre Papiere waren in Ordnung. Sie ging durch die Schiebetür und war in einer anderen Welt.

Endlich, dachte sie. Endlich, zwar nicht auf einem weißen Pferd, sondern auf einer alten Iljuschin, einer IL 18, aber immerhin. Und ihr Prinz erwartete sie. Sie fielen sich in die Arme. Alexander Bergmann sah die schönste Frau der Welt. Er war der glücklichste Mann.

Sein Plan, sie in seine, das heißt in ihre gemeinsame Eigentumswohnung zu bringen, war nicht aufgegangen. Die Wohnung hatte er zwar gekauft, aber sie war noch nicht bezugsfertig. So mussten sie erst einmal in seine Junggesellenwohnung ziehen. Das war für ihn zwar recht praktisch, aber mit Frau und bald Kindern, das würde zu eng. Alexander stellte die Koffer in den kleinen Flur.

»Na?«, fragte er, als sie sich vorsichtig umsah. Katharina war überwältigt. Sie hatte an eine kleine, einfache Wohnung ähnlich wie zu Hause gedacht. Aber das hier war für sie das Paradies, hell, mit eigenem Bad und WC und einer Küche, in einer modernen Stadt. Sie war am Ziel ihrer Träume. Sie fiel ihm leidenschaftlich um den Hals. Er spürte ihren Duft, ihren weichen Körper und genoss ihre Nähe nach der langen Trennung.

Draußen war es inzwischen dunkel geworden.

»Von der Liebe allein kann man nicht leben, Schatz. Wir gehen etwas essen. Im Erdgeschoss gibt es eine kleine Kneipe.«

»Lass uns hier bleiben. Ich möchte nicht weg und mit dir weiterträumen.« Katharina hatte Angst zu erwachen, alles zu verlieren. Alexander kniff sie in den Arm.

»Tut es weh?«

»Ja und wie.«

»Siehst du, alles ist real.«

»Trotzdem, ich möchte die schöne Stimmung erhalten.«

Das wurde ihre erste Nacht in Deutschland. Als sie am Morgen erwachten, war es heller Tag. Bergmann schreckte hoch. Er hatte verschlafen. Katharina versuchte, ihn zurückzuhalten. Er löste sich sanft und stand auf.

»Ich habe einen Termin in der Uni vergessen. Ich kann leider nicht mit dir unser erstes Frühstück genießen. Sei nicht böse und schlaf noch etwas. Ich stell' dir alles hin. Ruf' mich an. Ich lege die Nummer auf den Tisch. Ich komme nicht so spät, dann machen wir etwas Schönes.« Er strich ihr zärtlich übers Haar und verschwand im Bad.

Katharina hatte viel Schlaf nachzuholen. Der feuchtfröhliche Abschied von den Moskauer Freunden hatte sich über mehrere Tage, besser Nächte, hingezogen, und die vielen Besorgungen vor der Abreise waren anstrengend. Moskau hat lange Behördenwege, die man sehr oft gehen muss, wenn man etwas will, besonders, wenn die Ausreise nach dem Westen bevorstand.

Sie lag lange im Halbschlaf. Ihre Träume vermischten sich mit Realem. Das Quietschen der Straßenbahn trug sie zurück nach Nowyj Ansar, wenn die Eisenbahn am kleinen Bahnhof mit Kreischen langsam zum Stehen kam und der Vorsteher mit einer schrillen Glocke den Namen der Station laut verkündete. Aber diesmal kam er nicht zur Ruhe, und er schlug die Glocke wieder und wieder. Katharina wachte benommen auf. Im Nachbarzimmer schrillte das Telefon. Sie stolperte hinüber. Alexander war besorgt, weil sie nicht angerufen hatte, obwohl es schon fast Mittag war. Sie schämte sich, bis jetzt geschlafen zu haben.

»Das ist doch schön, mein Schatz«, tröstete sie Alexander, »ruh dich nur aus. Du musst fit sein für das Frankfurter Nachtleben. Ich habe noch ein Seminar und bin gegen drei zu Hause.«

»Ich freu mich, mein Geliebter«, hauchte Katharina.

Das verstand Alexander, der eigentlich Schwierigkeiten mit der Sprache und den kyrillischen Schriftzeichen hatte. Einiges konnte er sich über die griechischen Buchstaben erschließen. Und die wichtigsten Vokabeln hatte er schon in Moskau gelernt. Da war er seinen anderen westdeutschen Kollegen ein Stück voraus, die Katharina über Eselsbrücken mit dem Notwenigsten ausgestattet hatte. Zu essen gibt es im PECTOPAH, so sieht Restaurant kyrillisch geschrieben aus. Und sie lasen es in ihrem Verständnis: *Pektopah*. Alexander lernte die Buchstaben und konnte wenigstens die Stationen der Metro und die Überschriften lesen. Wenn er es laut aussprach, konnte er es auch manchmal akustisch erraten. Es machte ihm Spaß, die vielen Wörter aus anderen Sprachen, dem Deutschen und dem Französischen, so wie sie über die Geschichte nach Russland gekommen sind, aufzuspüren. Aber für eine Unterhaltung auf Russisch reichte es nicht.

Katharina freute sich auf das Bad. Sie konnte sich pflegen, allein und ohne das Drängeln einer Mitbewohnerin. Alexander hatte alles vorbereitet, viele berauschende Bade-Essenzen auf dem Wannenrand aufgebaut. Sie schwebte in eine neue Welt. Und sie genoss es.

Die nächsten Tage und Wochen verflogen. Alexander freute sich, wie sich Katharina akklimatisierte. Moskau hat eine andere Dimension als Frankfurt. Und die Stadt war auch sonst anders. Sie empfand Frankfurt als unentschieden, wenn sie beide Städte verglich. Ja, das trifft es, dachte sie nach einigem Überlegen. Es ist eigentlich keine richtige Großstadt mit einem Zentrum. Aber auch nicht klein genug, um das Ländliche atmen zu können, Plätze zu finden, an denen sie sich in ihre Kindheit zurückträumen konnte. Alexander spürte ihren tiefen, noch von der Freude des Neuen überdeckten Kummer. Aber er sagte nichts, hoffte, dass sie sich einleben würde. Er suchte für sie nach einer Arbeit. Wer würde eine sozialistische Betriebswirtschaftlerin und noch dazu aus Moskau in der Marktwirtschaft haben wollen?

Professor Ulrich Kluge, Alexanders Chef, bemühte sich, über seine Kontakte zu helfen. Katharina bat Alexander, nach Kollegen in der Uni zu suchen, die vielleicht Professor Bulgakow aus Moskau kannten. Alexander erkundigte sich, ob es in der Wirtschaftsfakultät vielleicht jemanden gäbe. Der verwies an Dr. Gibschman, einem etwas verschrobenen Wirtschaftswissenschaftler, der schon vor vier Jahren als Spätaussiedler nach Deutschland gekommen war und nun Dozent an der Uni war. Da Kluge ihn nicht kannte, bat er einen Freund um Vermittlung. Das schien zu klappen. Einige Tage später bekam er einen Anruf, den er zunächst nicht zuordnen konnte, sich dann aber wegen des harten Akzents an die Vermittlungsbitte für den Kollegen Gibschman, dem ausgesiedelten Dozenten aus Moskau, erinnerte. Der bat ihn, in den nächsten Tagen auf eine Tasse Tee vorbeizukommen.

»Bitte schön, mögen Sie alleine kommen«, bat Gibschman.

Sie verabredeten sich für den nächsten Tag. Gibschman arbeitete in einem kleinen Büro abseits des normalen studentischen Trubels. Ein prächtiger Samowar stand auf einem kleinen Tisch. Zwei kleine Sessel hatten gerade noch Platz zwischen Türmen von Büchern, die sich gegenseitig stützten und fast bis an die Decke reichten.

»Kommen Sie nur, lieber Herr Kollege, verschrecken Sie sich nicht. Das sind alles meine Freunde. Die tun Ihnen nichts, wenn Sie nett bleiben.«

»Und wenn nicht?«, nahm Kluge die Begrüßung auf.

»... wird sich einer auf Sie werfen und etwas Ärger machen.«

Gibschman kicherte dabei wie ein kleiner Junge, reichte aber Kluge unvermittelt die Hand und führte ihn galant wie ein Tänzer um die Büchertürme, die tatsächlich bei jeder kleinsten

Berührung einzustürzen drohten. Kluge setzte sich vorsichtig in diese bizarre Buchlandschaft. Er wurde starr wie eine Salzsäule. Mit den Augen sicherte er wie ein verängstigtes Tier nach allen Seiten, besonders gegen die Decke, denn dort endeten die meisten der aufgetürmten Papierberge. Als Konstruktiver Ingenieur hatte er schnell erkannt, dass etwa zwanzig Kilo Papier aus drei Metern Höhe Kopfverletzungen machen würden. Einige der alten Folianten hatten scharfe, mit Messing verstärkte Kanten.

Und dieser verschrobene Sonderling macht sich lustig über mich. Unglaublich, was sich so an dieser Universität herumtreibt. Kluge wurde es unbehaglich. Er war diesem Kauz, wenigstens für diesen Moment, ausgeliefert.

»Machen Sie es sich bitteschön bequem, auch wenn sich einer auf Sie wirft, ist das kein großer Schaden«, schien er Kluges Gedanken zu erraten.

Dieser Gibschman ist ein echtes Kishonoriginal, dachte Kluge, ... lustiger Vogel, verbissen in der Sache, klug und schlitzohrig mit einem guten Schuss Selbstironie und alles in einer chaotischen Mixtur verrührt.

»Also, Herr Bulgakow interessiert Sie, lieber Kollege«, begann Gibschman unvermittelt.

»Das ist ein sehr schwieriger Fall. Sagen Sie mir erst, warum Sie wollen das wissen und wozu.« Kluge fühlte sich unsicher. Er hockte erstarrt in seinem Sessel. Die Türme neben und über ihm schienen erdrückender als das beruhigende Versprechen Gibschmans, bei Einsturz keinen Schaden zu nehmen. Außerdem war da noch der Samowar, der stand unter Dampf, und wenn er umfiel, würde es Beulen und Brandwunden geben.

Ich löse komplizierte mathematische Gleichungen. Das mit den Büchertürmen ist die Triviallösung, trotz alledem. Aber dieser Kollege ist die imaginäre Größe, und sie entfernt sich zunehmend aus meiner Gleichung. – Er verfluchte seinen Freund

Alexander Bergmann und dessen Russenfrau, die ihn in diese komische Lage gebracht hatten.

»Wollen Sie etwas russischen Tee«, begann Gibschman wieder.

»Gerne«, entgegnete Kluge, der froh war, etwas von der inneren Spannung abbauen zu können.

»Mit viel Zucker«, ergänzte er, als Gibschman mit dem heißen Wasser den Teesud auffüllte.

»Miliko auch?«, fragte Gibschman.

»Bitte was?«

»Ach, das ist Marotta von mir, eine Mischung von russisch und deutsch, Moloko und Milch.« Gibschman kicherte wieder und schlürfte den heißen Tee geräuschvoll, kaute ihn wie ein Stück Brot und schluckte alles mit einem grunzenden »Ach« hinunter.

Kluge ekelte sich. Gibschman hatte einen hageren Gänsehals. Sein Adamsapfel hüpfte beim Schlucken wie ein Golfball auf und nieder und schien herauszuspringen. Er beherrschte sich, sitzen zu bleiben. Die Türme drohten. Gibschman hatte die Augen geschlossen, verharrte theatralisch in dieser Pose. Kluge fühlte es wie eine Ewigkeit, dann stellte er die Tasse vorsichtig auf den kleinen Tisch.

»Also, was ist mit Bulgakow. Wollen Sie etwas sagen?«, begann Gibschman sich langsam wieder in die Wirklichkeit zurückzuholen.

»Das weiß ich auch nicht, aber die Frau eines Kollegen, eine Wolgadeutsche war eine seiner besten Studentinnen. Sie ist jetzt in Deutschland und möchte hier arbeiten. Keiner nimmt sie, weil die Frankfurter Bankhäuser mit diesen beruflichen Voraussetzungen nicht zurande kommen. Und da dachte der Kollege, vielleicht kennt jemand der Wirtschaftsweisen diesen berühmten russischen Professor mit UN-Erfahrungen und westlichem Renommee.«

»Und nun darf ich mich Wirtschaftsweiser nennen?«, kicherte Gibschman wieder.

»Ganz wie Sie wollen, verehrter Kollege.«

Kluge fand diesen Typen nicht mehr witzig und wollte gehen.

»Bleiben Sie.« Gibschman kann also doch Gedanken lesen.

Ich muss hier weg. Kluge versuchte sich in dem kleinen Sessel anzulehnen, der knarrte und kippte leicht nach hinten.

Gibschman sprang auf und stützte die beiden Büchertürme neben Kluge. Dass sie schwankten, hatte Kluge nicht bemerkt.

»Die Biiicher sind heijte nervjös«, sagte Gibschman. »Ich bitte um Verzeihung.«

»Schon gut«, stammelte Kluge und stand auf.

»Setzen Sie sich bitte hier herüben, das ist sicherer.« Gibschman ließ nicht locker.

Was soll dieses Theater. Ist der durchgedreht? Was haben solche Leute an der Uni zu suchen? Kluge hatte wirklich Schwierigkeiten, sich zu beherrschen; er tat es nur seinem Freund Bergmann zuliebe. Sonst würde er dieses Bücherchaos mit der flachen Hand beseitigt und den komischen Menschen zur Vernunft gebracht haben.

»Also Bulgakow soll eine Referenz für eine Wissenschaftlerin sein? Nicht?«

»Nicht Wissenschaftlerin, nur Arbeit auf normaler akademischer Ebene.« Kluge war nun unfreundlich.

»Das wird nicht sein gut.«

»Für wen?«

»Für junge Frau!«

»Warum?«

»Nuuuun ...«, Gibschman dehnte das Wort bemerkenswert lang. »Nuuun, von Bulgakow spricht man wie von Vertretern der Cosa Nostra.«

»Also dem sowjetischen Geheimdienst?«

»Na, kann man so sagen.«

Gibschman schien sich in sich selbst einzudrehen ... Wie eine Schraube in die Wand. Der Vergleich gefiel Kluge. Nur die

Ohren und die Nase würden draußen bleiben. Der lange Hals wäre das eigentliche Problem. Kluge grinste.

»Das ist traurig, da lacht man nicht«, belehrte ihn Gibschman.

Ich will hier raus, jetzt und sofort, entschied Kluge. Wenn dieser Bulgakow bei der Mafia ist, hat das sowieso keinen Zweck. Katharina soll sehen, wie sie weiterkommt. Unsere Marktwirtschaft hat ja auch einige Fangnetze.

Kluge erhob sich. »Herzlichen Dank, verehrter Kollege. Ich muss jetzt gehen. Ich habe gleich ein Seminar. Sie wissen ja, die Studenten warten nicht.«

»Aber wir haben doch noch gar nicht angefangen. Wollen Sie mir nicht wenigstens sagen, wie die junge Dame heißt und welches Spezialgebiet sie hat?«

»Die Finanzierungsinstrumente im internationalen Warenverkehr zwischen dem RGW und der EU, glaube ich«, sagte Kluge schon fast auf dem Gang.

»Rufen Sie halt meinen Kollegen Bergmann an. Dessen Frau ist das.« Ihn hielt hier nichts mehr. Möge Alexander das Gespräch fortsetzen. Kollegen gibt es an dieser Uni, dachte Kluge. »Es war interessant bei Ihnen. Auf Wiedersehen.« Interessant war es wirklich, aber wiedersehen wollte er ihn nicht.

Alexander Bergmann hatte offensichtlich einen besseren Draht zu Gibschman. Er traf sich mit ihm wenige Tage nach Kluges missglücktem Besuch. Katharina begleitete ihn. Frauen waren bei solchen Gesprächen immer nützlich. Gibschman und Katharina fanden schon über die gemeinsame Sprache schnell zueinander. Katharina erfuhr, dass Gibschmans Eltern auch lange in der kasachischen Steppe leben mussten. Gewissermaßen unter verschärften Bedingungen. Als Hitler und Stalin paktierten, kam auch in der Sowjetunion der alte Judenhass wieder hoch. Und die deutschstämmigen Juden wurden nach dem Überfall der Nazis noch schärfer misshandelt. Gibschman und Katharina waren also Freunde im Leid. Das schaffte Vertrauen im Voraus.

Bulgakow spielte in diesem Gespräch plötzlich keine Rolle mehr, und gewarnt durch Kluge, vermieden sie jegliche Gesprächsnähe zu ihm. Gibschman hatte seine Bücher-Türme wenigstens so geordnet, dass man nicht fürchten musste, erschlagen zu werden. Er versprach zu helfen und bat um einige Tage Geduld.

Bankerin

Schon knapp eine Woche später meldete sich die Geschäftsleitung einer Exporthandelsbank im Sekretariat von Professor Kluge. Katharina Bergman wurde zu einem Vorstellungsgespräch eingeladen. Kluge wunderte sich, dass der komische Vogel, wie er Gibschman fortan nannte, tatsächlich etwas zuwege gebracht zu haben schien. Katharina und Alexander freuten sich. Sie bekamen in diesem Punkt eine Perspektive für Katharina.

Katharina hatte sich von Frau Sendlinger, der Institutssekretärin, beraten lassen, was man bei einer solch wichtigen Verabredung anziehen sollte. Sie entschied sich für ein Kostüm. Das hatte sie mit Alexander kurz nach ihrer Ankunft in Frankfurt gekauft. Schlichte Eleganz, stellte Alexander mit Stolz und Bewunderung fest. Sie hatte sich dezent geschminkt, wirkte seriös, eben richtig für eine Bank.

Dr. Schwarzstein, der Personalchef empfing sie, und Katharina fühlte mit weiblichem Instinkt: Der ist beeindruckt. Wahrscheinlich hat er ein russisches Mädchen in dicken Strümpfen und mit dürftigem Mantel erwartet.

»Ja, Frau Bergmann, Sie kommen gerade recht. Wir wollen den Ostmarkt ausbauen. Da sind Kenner des Landes wertvoll. Wir würden Sie zunächst der Abteilung Osteuropa zuordnen und Sie dann, wenn sich alles gut anlässt, direkt in das Referat einbinden. Ich muss Sie bitten, einige Formalitäten zu erledigen. Wir haben einen Fragebogen erarbeitet, der es uns erleichtert, Sie kennenzulernen. Keine Sorge, wir beachten den Datenschutz«, ergänzte er.

Er nahm wohl Katharina fragenden Blick wahr und meinte, in der schriftlichen Befragung ihre Unsicherheit zu erkennen. Das aber war es nicht, was Katharina verunsicherte, sondern die vielen ,Unterlagen, nach denen gefragt wurde und die sie nicht oder noch nicht zur Verfügung hatte.

»Wenn Sie Schwierigkeiten haben, können wir Ihnen helfen. Wir haben gute Verbindungen über das Außenministerium zur Deutschen Botschaft in Moskau. Die kann Amtshilfe leisten. Sie müssten nur über Ihre Verwandten – Sie haben doch noch jemanden in? – die entsprechenden Unterlagen beschaffen lassen und der Botschaft übermitteln. Sie sind schon deutsche Staatsbürgerin?«

»Ja.«

»Das ist schön, denn sonst müssten wir alles über die Russische Botschaft in Bonn machen, und das ist aus bestimmten Gründen nicht gut.«

Dass er immer von *Russland* und nicht von *Sowjetunion* sprach, empfand sie als störend. Dieses Gefühl der Verbundenheit verwunderte sie, denn sie empfand ihre Übersiedlung und die Einbürgerung in Deutschland als eine wirkliche Befreiung. Das hatte ihr auch Gibschman bestätigt, der von den Stalinisten verfolgt worden war und sehr gelitten hatte.

»Wann können Sie anfangen? Wir vereinbaren eine Probezeit. Da können wir in Ihrem und unserem Interesse prüfen, ob die jeweiligen Erwartungen in Erfüllung gehen.«

»Herzlichen Dank für das Vertrauen«, entgegnete Katharina bescheiden. Die Wildkatze rollte sich ein, und Dr. Schwarzstein begann zu schmelzen.

»Ja, dann können wir ja schon einmal sehen, wo Sie arbeiten werden.« Er bat Katharina, mit einer angedeuteten Verbeugung, ihm zu folgen. Sie fuhren mit dem Lift zwei Stockwerke höher und betraten die Etage der Büroräume. Katharina war benommen: Die elegante Schönheit des Empfangsraumes, die edlen Materialien der Wände und die prächtigen Teppiche auf den Fußböden strahlten eine prosperierende Solidität des Unternehmens aus.

Bulgakow hatte in seinen Vorlesungen darauf hingewiesen, dass der Erfolg auch oder gerade von der Erscheinung, dem

Äußeren, abhing. – Ja, ja das Sein bestimmte das Bewusstsein. Also doch keine kommunistische Erfindung, dachte Katharina. Hier zu arbeiten – was würden ihre Kommilitonen dafür geben. Und Laura aus Riga, die irgendwo versauerte, vielleicht schon Kinder hatte, hätte sie umarmt und gesagt: Gib es ihnen und lass nicht locker, das ist dein Spiel! Katharina lächelte. Ach, Laura, die hatte schon etwas.

Schwarzstein bemerkte ihre Regung. »Es gefällt Ihnen hier?«

»Oh ja, sehr«, beeilte sich Katharina.

»Ach, fast hätte ich etwas vergessen. Haben Sie Gehaltsforderungen?«

Katharina wurde verlegen, ihr Gesicht überzog eine charmante Röte.

Schwarzstein spürte ihre Verlegenheit. »Na, das hat Zeit, bis wir uns zum Vertragsabschluss erneut treffen.«

»Geht es übermorgen, um vierzehn Uhr?«, fragte er Katharina, die er nach unten in das Vestibül begleitet hatte.

»Das kann ich im Moment noch nicht sagen. Darf ich Sie noch einmal anrufen?«

»Mit Vergnügen, verehrte Frau Bergmann.« Dr. Schwarzstein trat einen Schritt auf sie zu, um sich mit einem Handkuss zu verabschieden. Katharina war darauf nicht vorbereitet und in solchen Gepflogenheiten unerfahren. Sie zog erschreckt ihre Hand zurück. Dr. Schwarzstein überspielte die Situation, entschuldigte sich und begleitete sie zur Tür.

Sehr angenehm, dachte er, sehr jung, aber schon eine faszinierende Persönlichkeit. Er blickte ihr versonnen hinterher, bis sie im Trubel der Innenstadt verschwand.

»Eine sehr sympathische junge Frau, nicht?«, sagte die Dame am Empfang zu Dr. Schwarzstein, der als gut aussehender Junggeselle mit exzellenten Manieren bei allen Damen hoch im Kurs stand. Dass er kein Draufgänger war, wussten sie auch, und das bedauerten einige.

Katharina ließ sich in einem Straßencafé auf einen Stuhl fallen. Sie wollte sich erst einmal wiederfinden. Sie, die kleine Deutsch-Russin aus Sibirien bekam eine Stelle als Bankerin im Finanztempel des Spätkapitalismus. Boris, der Komsomol-Sekretär würde vor Wut in die rote Fahne gebissen haben, wenn er das heute miterlebt hätte. Vielleicht auch nicht, denn die Ideologie flog schnell über Bord, wenn der eigene Vorteil dagegenstand. Das hatte Katharina am eigenen Leibe erfahren. Ein versuchter Angriff zwar nur, den sie aber – dank Laura aus Riga – erfolgreich abwehren konnte. Ihr Mitleid hielt sich in Grenzen. Sie genoss den Kaffee und das pulsierende Leben im Kapitalismus, der so gar nicht faulte, wie ihr an der Uni immer weisgemacht wurde.

Als Alexander am Abend nach Hause kam, begrüßte sie ihn mit einer Beatles-Platte, die sie in voller Lautstärke abspielte. Sie tanzte ihm ausgelassen entgegen, nahm ihn und drehte ihn überschwänglich durch die Wohnung. *All you need is love.*

»Was ist los? Wodka? Besuch aus Kasachstan?« Alexander roch nichts, und Besuch war auch nicht da.

»Ich lade dich zum Essen ein, mein Schatz, dann erzähle ich dir alles.«

Beim Italiener im Erdgeschoss besprachen sie die für die Anstellung nötigen Dinge. Er würde mit Moskau telefonieren und seine Verbindungen zum MISI einschalten. Dass sich alles so unkompliziert lösen würde, hatten beide nicht erwartet.

Katharina machte die Arbeit Spaß. Ihr Umfeld war angenehm. Die Bankabläufe bereiteten ihr keine Schwierigkeiten. Sie war nun oft in Prag, virtuell mit ihren Geschäften, und leitete große Mengen Budweiser Bier nach Süddeutschland, kaufte im gleichen Gegenwert italienische Schuhe ein und brachte sie nach Bratislava.

Sie lebte auf und hatte das Gefühl, endlich etwas Nützliches zu vollbringen. Alexander verstand bei der abendlichen Unterhaltung nichts, wenn sie über Schokoladenbarter oder Barter[28] mit Whisky sprach. Er hatte Katharina mit gemischten Gefühlen in das neue Berufsumfeld entlassen und war überrascht, dass alles so glatt verlief. Er witzelte und nannte Bulgakow den wahrscheinlich einzigen Marktwirtschaftler der Sowjetunion, dem sie, Gottlob, als Studentin schicksalshaft über den Weg gelaufen ist. Das galt aber auch für ihn. So wurde Bulgakow, den Gibschman zur Mafia rechnete, ihr Kuppler, ohne es zu wissen.

Katharina hatte sich in der Volkshochschule ihr holpriges Englisch aufpolieren lassen. Sie konnte sich in drei Fremdsprachen verständigen. Für ihre Kollegen, die in ihrer Ausbildung auf Englisch und Französisch getrimmt waren und das Kyrillische als unverständliche Hieroglyphen ansahen, war sie bei Geschäftsabläufen im osteuropäischen Raum die Expertin. Die *Hessische AHB* war keine Kundenbank. Auf den Gängen und in den Büros herrschte eine ruhige Emsigkeit ohne die Hektik des Besucherverkehrs. Trotzdem kleidete sich Katharina immer adrett. Der letzte Blick in den Spiegel am Morgen, bevor sie das Haus verließ, machte sie sicher. Sie gefiel sich und wusste ihre Außenwirkung unaufdringlich einzusetzen. Dr. Schwarzstein fand viele vermeintlich zufällige Gelegenheiten, sich nach ihrem Befinden zu erkundigen. Die Kollegen machten sich schon lustig und warnten Katharina. Aber sie lächelte nur. Sie hatte ganz anderes gemeistert. Die kleinen Annehmlichkeiten taten ihr gut: das Büro auf der Nordseite ohne Sonnenhitze, etwas abseits mit schönem Blick über Frankfurt, besonders die vorfristige Einstellung ohne Probezeit.

Die Ost-Abteilung der Bank wurde durch ein Handelsabkommen der EG mit dem RGW über Fahrzeugersatzteile nun stark gefordert. Katharina wickelte Bartergeschäfte auf Dollarbasis ab mit Beträgen, die sie vorher noch nie in dieser Höhe bearbeitet hatte. Sie lernte, die Dynamisierung der Wechselkurse

[28] Bargeldlose Geschäftsabläufe, Ware gegen Ware, Kompensationsgeschäfte

in die Geschäftsabläufe einzubauen und durch die Transaktionen Gewinne zu erzielen.

Um ihre Fachkenntnisse besser nutzen zu können, sollte sie sich nach Auffassung der Geschäftsleitung nicht länger mit den allgemeinen kleinen Projekten der Ostländer verzetteln. So übertrug man ihr nach wenigen Monaten die Verantwortung für den Handel mit der Sowjetunion. Nun hatte sie Gelegenheit, jeden Tag in ihrer ehemaligen Heimat zu sein, zwar nur in Gedanken, aber sie war doch näher mit ihrer Familie verbunden als in Frankfurt. Einmal musste sie einen Warenposten in Taschkent aufnehmen und nach Paris transferieren. Da war sie nur noch wenige hundert Kilometer von Nowyj Ansar entfernt.

Sie sehnte sich nach ihren Eltern und der Familie in ihre Nähe. Aber sie würden diese Welt nicht verstehen. Schon der alltägliche Stadtlärm wäre gegen die Ruhe und die Natur in Nowyj Ansar für sie eine körperliche und seelische Folter. Sie lebten trotz der Armut in Frieden. Und hier? Sie würden das Leben nicht wollen und als Teufelszeug betrachten. Vielleicht hatten sie recht, aber Katharina fühlte sich hier wohl und nahm dieses Leben an, ohne Abstriche, ganz und gar.

Sie wurde nun Abteilungsleiterin und Chefin von acht Mitarbeitern. Ihre Sprachkenntnisse, besonders ihre berufliche Kompetenz hoben sie heraus. Ihr Team war gut. Es wurde in der Bank anerkannt. Sie war jetzt in viele Projekte einbezogen. Auch in den wenigen gemeinsamen Urlaubstagen mit Alexander war sie gedanklich im Büro bei den Abläufen, die ohne sie betreut werden mussten. Wenn sie dann zurückkam, hatte sie das Gefühl, dass ohne sie nicht viel vorangegangen war und sie den Motor neu starten müsse. Die Mentalität der Siedler hatte sich auf sie übertragen, kompromisslos zu sein, wenn aufzubauen war und das Eigene der Gemeinschaft unterzuordnen. Das wurde ihr oft als kommunistisches Verhalten ausgelegt. Und wenn schon, Amerika wäre ohne ein solches Engagement auch nicht besiedelt worden.

Alexanders Antrag wurde endlich vom DAAD genehmigt. Den Modelluntersuchungen am MIT[29] stand nun nichts mehr im Wege. Sein Versuchsprogramm lag seit Monaten bei Professor Ginger, dem amerikanischen Kollegen. Sie hatten in langen Korrespondenzen die notwendigen Aufbauten und die Belastungskonfigurationen abgestimmt. Im Terminplan des Institutes waren vorab und vorsorglich einige Zeitfenster für die Versuche blockiert worden. Die Fertigungsunterlagen für die Bauelemente hat ein befreundetes Ingenieurbüro in Wiesbaden zu kleinem Preis erstellt. Ein Student hatte nach dem Studium mit einem älteren Kommilitonen ein Consultingbüro gegründet und bot seinem ehemaligen Dozenten Hilfe an. Er spekulierte, für seine eigene Doktorarbeit davon zu profitieren. Aber dann bemerkte er, dass eine Studienkollegin, die an der Uni als Assistentin geblieben war, bessere Chancen hatte. Doch an einem solchen Projekt mitzuwirken, war immer ein Gewinn. Eine Referenz für sein Büro war es in jedem Fall. Wer kann denn schon mit dem MIT aufwarten?

[29] Abk.: Massachusetts Institute of Technology, Bosten-Cambridge, USA, ist die führende amerikanische Eliteuniversität. Sie ist eine private Technische Hochschule, wurde 1861 gegründet und hat etwa 10.000 Studenten.

Abschied

Alexander Bergmann bereitete sich auf einen längeren Aufenthalt vor. Uli Kluge empfahl ihm, die junge Assistentin Miriam Rosen als Unterstützung mitzunehmen. Sie solle am MIT ihre Promotion mit einem ähnlichen Thema vorbereiten. Bergmann war das nicht recht, weil er die Reaktion von Katharina fürchtete. Und als er es ihr sagte, hob sie die Augenbrauen. Ihr weiblicher Instinkt warnte sie.

»Die Dame ist zu schön, mein Lieber«, neckte sie ihn.

»Die wäre als Model besser aufgehoben als bei deinen Spanngliedern in der Versuchshalle.« Bergmann kannte bisweilen ihre Direktheit und forschte in ihrem Gesicht nach der versteckten Doppeldeutigkeit. Aber Katharina hatte das westliche Leben verinnerlicht. Sie strahlte ihn mit entwaffnender Unschuldsmiene an.

»Naja, ich meine ja nur, Papa würde jetzt sagen, bleib in der Spur.« Bergmann wusste genauso wie Katharina, dass das Mädchen in der Uni als kesse Partymaus galt, aber eben auch als kluge Fachfrau mit Karrierepotenzial. Sie hatte eine exzellente Diplomarbeit abgeliefert und sofort mit ihrer Promotion begonnen. Das Thema wurde in Bergmanns Forschungsbereich eingegliedert, das wollte Kluge so. Es bedürfe komplizierter Untersuchungen an großen Bauteilen, die nur am MIT absolviert werden könnten, erläuterte Kluge seine Entscheidung. Schon aus Gründen der effektiven Steuermittelverwendung sei die Zusammenarbeit notwendig. Zumindest betonte dies auch Bergmann immer wieder, um sich der Sticheleien der Kollegen zu erwehren.

Alexander hatte Miriam Rosen lange vor Katharina kennengelernt: An einem Wintermorgen war er auf dem Weg in die Uni auf der verschneiten Autobahn kurz vor Darmstadt mit seinem

Auto liegen geblieben. Miriam war mit ihrer Musikgruppe nach einem Konzert vorbeigekommen. Obwohl ihnen die Müdigkeit ins Gesicht geschrieben stand, waren sie in ausgelassener Stimmung. »Wir nehmen dich mit deinem Oldtimer auf den Haken. Hast du überhaupt einen zum Festmachen?«.

Miriam war mit einem Ordnungsruf eingeschritten. Die lockere Vertraulichkeit ihrer Jungs, den unbekannten Herrn in Schlips und Kragen so kumpelhaft zu duzen, missfiel ihr. Sie schleppten Alexander Bergmann mit seinem Auto bis zu einer Werkstatt. »Besuchen Sie uns mal, wenn wir in Frankfurt spielen. Hier ist unsere Visitenkarte. Viel Glück mit Ihrem Auto!«

Miriam Rosen and JazzFormation Tel Aviv, davon hatte er noch nie etwas gehört. Diese Art Musik interessierte ihn nicht. Aber das Mädchen hatte ihn in der kurzen Begegnung beeindruckt: Trotz der Winterklamotten war sie sehr fraulich, charmant, und wie sie ihre Musiker im Griff hatte, war ohne Arroganz, sehr liebenswert und bestimmt.

Nach Wochen stieß er wieder auf ihre Visitenkarte. Er bat Frau Sendlinger, in den monatlichen Programmankündigungen nach einer *JazzFormation Tel Aviv* zu suchen. Vielleicht gäbe es ein Konzert in der Nähe.

Als Alexander dann vierzehn Tage später vor einer Bar in Frankfurt stand, die er bisher nur vom Hörensagen kannte, war er verwundert über den großen Andrang. Auf den Plakaten im Foyer lächelte sie ihn an: *Miriam Rosen and JazzFormation Tel Aviv.* Jetzt sah er sie zum ersten Mal auf der Bühne, wie sie im Licht der Scheinwerfer durch den matten Glanz ihres langen schwarzen Samtkleides zu einer hinreißenden Skulptur in den Bewegungen ihrer Musik wurde. Ihre Lieder sang sie mit einer reinen, angenehmen Stimme, traurig und melancholisch, andere rockig und voller Leben, in Hebräisch, auch in Jiddisch und auf Deutsch. Das Publikum war begeistert. Ihr flogen die Herzen zu.

Alexander wollte Miriam kennenlernen. Jüngere Frauen zogen ihn schon immer an, ihn faszinierte der Elan, mit dem sie ihr Leben sahen und meist auch Alexander mitnahmen und ihm eine neue Sicht auf die Dinge gaben. Alexander besuchte nun viele Konzerte. Irgendwann erkannte ihn einer der Musiker und lud ihn auf ein Glas Wein mit Miriam und der übrigen Gruppe ein. »Hallo, Doktor Bergmann, das ist aber eine Überraschung«, begrüßte sie ihn, als ob sie sich schon lange kennen würden. Seinen Namen hatte sie sich also gemerkt, stellte Alexander Bergmann überrascht fest. »Wie geht es Ihnen? Setzen Sie sich zu uns. Wie fanden Sie unser Konzert?«

»Danke für die spontane Einladung. Damit habe ich gar nicht gerechnet«, versuchte Bergmann, seine Verlegenheit zu überbrücken. »Naja, ich bin kein Musikexperte. Ich kann nur sagen, dass mir Ihre Musik gefällt und ich, so oft es sich einrichten lässt, Ihre Konzerte besuche. Mehr ist von einem schnöden Techniker nicht zu erwarten.«

»Mehr wollen wir vom Publikum auch nicht. Musik soll die Gefühle der Menschen erreichen. Wir erwarten keine wissenschaftlichen Interpretationen. Das müssen wir zu oft später in der Zeitung lesen.«

»Was machen Sie beruflich? Ich meine, so als schnöder Techniker.«

»Ich bin in Darmstadt an der Uni und bringe den jungen Leuten das Bauen bei.«

»Also Statiker?«

»Das auch, aber auf den Spannbeton bezogen. Wieso fragen Sie mich das? Das klingt ja fast nach einem professionellen Interesse.«

»Nicht direkt: Mein Vater hat in Deutschland, später in Tel Aviv, Anfang der 1950er Jahre Straßen und Brücken und die ersten Hochhäuser errichtet. Als Kind durfte ich ihn oft begleiten, wenn er seine Baustellen besuchte. Ich bin also etwas vorbelastet.«

»Und wie kommen Sie zur Kunst?«

»Na, Bauen ist doch Kunst. Es heißt doch Baukunst, oder? Schon mein Großvater war Architekt. In unserem Haus wurde viel musiziert und gesungen. Alle spielten ein Instrument. Das hat mich geprägt. Als meine Eltern wieder zurück nach Deutschland gegangen waren, weil ihnen die Bundesrepublik im Vergleich zu Israel die bessere Demokratie erschien und sie die Ungerechtigkeiten gegenüber den Arabern in ihrer Umgebung nicht mehr ertragen wollten, habe ich mich ganz der Musik gewidmet und am hiesigen Konservatorium eine Gesangsausbildung begonnen.«

»Die Musik finanziert Ihr Studium?«, fragte Bergmann.

»Ja, zum Teil, aber ich bin etwas in Sorge, weil ich meine Stimme zu sehr strapaziere und mir der Arzt riet, etwas kürzerzutreten.«

Als Alexander gegen Morgen mit der Taxe nach Hause fuhr, fühlte er, dass in ihm eine Saite angeschlagen war, die er bisher nicht kannte. Und als er das dachte, war er verwundert: Die Musiker, eigentlich das Musikermädchen, hatte ihn, den nüchternen Techniker, emotional berührt. Doch schon wenig später überrollte ihn der Alltag. Seine Algorithmen und die Betonkennziffern hatten bald alles überdeckt; bis eines Tages sein Chef Professor Kluge von einer Studentin sprach, die – völlig ungewöhnlich – von der Musik zur Technik gewechselt war. Sie habe aus medizinischen Gründen, erklärte er, die Ausbildung als Pianistin wegen einer chronischen Sehnenscheidenentzündung der rechten Hand nicht mehr fortsetzen können. Das verdiene Anerkennung, weil sie – nun wesentlich älter als ihre Mitstudenten – noch einmal von vorn begonnen habe.

Es war Miriam Rosen. Und Kluge hatte das mit der Krankheit etwas durcheinandergebracht: Der Arzt hatte auf ihren Stimmbändern Knoten diagnostiziert und geraten, die Gesangsausbildung abzubrechen. Miriam hat dann mit dem gleichen Engagement – wie sie sich der Musik gewidmet hatte – die Tradition ihrer Familie fortgesetzt und sich dem Bauen verschrieben. Sie hat ihr Studium mit einem brillanten Diplom abgeschlossen. Uli Kluge war ihr Betreuer, und später veranlasste er auch ihre Doktorarbeit.

Alexander sah Miriam wieder, als sie ihm von Frau Sendlinger vorgestellt wurde. Er war überrascht, weil er sie über die Jahre zwar nicht ganz vergessen, aber hier auch nicht erwartet hatte. Natürlich war die damalige Begegnung mit ihr immer noch eine seiner schönen Erinnerungen, aber er wähnte sie irgendwo auf einer Welttournee und unerreichbar weit weg.

»Sie haben mich damals sehr beeindruckt, Herr Doktor Bergmann. Ich hatte insgeheim beschlossen, wenn ich die Musik aufgeben müsste, würde ich in die Kindheit zurückkehren und würde dann bauen. Aber für eine Gesangseinlage privatissime, reicht es immer noch. Auf gute Zusammenarbeit!« Sie erzählte nun allen, welche wundersame Verbindung es zwischen ihnen gab. Uli Kluge war irritiert. Als Chef nahm er sich immer das Recht der ersten Nacht, meist war es aber nur Imponiergehabe. Mit den Neuen am Institut, insbesondere den Frauen, pflegte er mindestens einmal gemeinsam zu Mittag zu essen. Selten auch zu Abend und ausnahmsweise auch zum Frühstück. Die Frotzeleien der Kollegen im üblichen lockeren Ton am Institut schmeichelten ihm. Als es dann solche gemeinsamen Essen nicht mehr gab, machte Uli Kluge Alexander Bergmann den Vorschlag, Miriam Rosen als Unterstützung und zur Vorbereitung ihrer Doktorarbeit an das MIT mitzunehmen.

Emanzipation

Die nächsten Monate hatte Katharina Bergmann alle Hände voll zu tun. An diesem Abend kam sie erst spät in ihre Wohnung. Sie setzte sich noch zum Abreagieren mit einem Glas Bier auf ihren Balkon. Wie schön ist dieser Blick über den Main in den Taunus, dachte sie. Ja, ich bin zufrieden mit dem, was und wie ich es erreicht habe. In langen Zügen atmete sie die frische Nachtluft ein, die aus dem nahen Stadtwald den Smog des Tages verdrängt hatte. Jetzt wurde der Verkehr schwächer, und die Stadt kam zur Ruhe. Katharina hat nun alle Zeit der Welt, sich auf die Reise vorzubereiten. Nicht ganz drei Stunden bis Hamburg, das ist kurz genug, um sich nicht zu langweilen und ausreichend, um zu lesen. Ihre *Sagan*[30] hatte sie eingepackt, und die wenigen Sachen für eine Woche brachte sie bequem in ihrer Umhängetasche unter.

Alexander war seit Monaten einfach weg. Sie wusste ihn in Amerika, mehr aber nicht. Seine Modelluntersuchungen seien nun in einer entscheidenden Phase, sagte Katharina, wenn sie gefragt wurde. Das wisse sie zwar nicht von ihm, sondern von Kollegen und dem Institutschef, der mit ihrem Mann in Verbindung stand. Sie war verletzt und traurig. Mit ihrem Instinkt einer sibirischen Wildkatze ahnte sie, dass die mitarbeitende Assistentin wohl der Grund seiner Schweigsamkeit war.

Katharina hatte im September in Moskau zu tun. Der Vertragsabschluss eines Importgeschäftes verzögerte sich um einige Tage. Um nach Deutschland zurückzufahren, reichte die erbetene Denkpause ihrer Verhandlungspartner nicht. Sie flog nach Zelinograd[31], wie Akmolinsk inzwischen hieß, und fuhr von dort mit dem Zug nach Nowyj Ansar, wie ihre Eltern vor mehr als vierzig Jahren.

---

[30] Françoise Sagan (1935-2004), eine weltberühmte französische Schriftstellerin: u.a. *Bonjour tristesse, Aimez-vous Brahms?*

[31] 1830-1961 Akmolinsk, bis 1992 Zelinograd (Eisenstadt), bis 1998 Aqmola (weißes Grab); ab 6.5.1998 Astana (kasach.: Hauptstadt), Hauptstadt von Kasachstan.

Sie wollte ihre Familie überraschen. Der Zug hielt jedoch nicht in Nowyj Ansar, sondern erst einige Stationen später. So musste sie sich in ein Marschrutka zwängen, das immer noch das einzige Verkehrsmittel der einfachen Leute ohne eigenes Auto war.

Sie genoss die Zeitreise in die Vergangenheit mit der inneren Beruhigung, wieder wegfahren zu können und sich nicht in dieses armselige, entbehrungsreiche Leben einfügen zu müssen. Sicherlich waren die Bilder im Fernsehen, das hier in jeder Hütte empfangen wurde, Fenster nach draußen. Aber sie ersetzen nicht das Erleben, das Riechen, Hören und Fühlen. Doch die Menschen waren nicht verhärmt oder traurig. Sie waren auf eine natürliche Weise fröhlich. Das vermisste sie in Deutschland, trotz der paradiesischen Verhältnisse, verglichen mit diesem Leben. Und dennoch war auch hier alles in Bewegung. Man transportierte nicht mehr Schafe und Hühner wie Handgepäck als Zahlungsmittel in die Stadt, sondern kaufte, was man benötigte, wie überall auf Märkten und in Geschäften.

Sie stieg am Ortsrand von Nowyj Ansar aus und lief die wenigen Meter bis zur deutschen Siedlung. Die hell angestrichenen Häuser konnte man schon von Weitem sehen. Sie unterschieden sich von den einheimischen durch die verzierten Fensterläden und die farbigen Haustüren, die das Wetter dunkel gegerbt hatte. Katharina hat ihre Pumps gegen bequeme, flache Schuhe getauscht. Sie wäre sonst im Morast versunken. Harte Motorengeräusche näherten sich, ein Lkw, vollgepackt mit Hölzern, quälte sich durch die Pfützen. Sie wartete, um nicht bespritzt zu werden. Der Fahrer drosselte das ohnehin geringe Tempo und hielt neben der attraktiven jungen Frau. Er sprach sie freundlich an.

»Sdrawstwui, dewuschka, kuda chotschesch?«

Katharina erkannte ihn: »Na, wohin schon Sascha, nach Hause.«

»Katharina Jeger ... bist du das wirklich?« Er schien einen Geist zu sehen. Vor Freude ließ er sich fast aus dem Fahrerhaus auf sie fallen und umarmte sie so stürmisch, dass sie nach Luft japste.

»Sascha, du machst mich tot. Ich will noch meine Eltern sehen.«

»Nein, die Katharina, und von so weit hergekommen. Ich kann es nicht glauben. Steig ein, ich fahr dich hin. Diesen Weg kann man mit solchen Schuhchen nicht gehen. Wenn dein Vater noch etwas zu sagen hätte, würde das hier nicht so aussehen. Aber die Russen wissen alles besser. Das ärgert auch die Kasachen. Da gibt's immer mal Streit. Wie lange bleibst du? Machst du Ferien?«

»Nein, ich bin auf einer Dienstreise in Moskau und habe einige Tage frei.«

»Was machst du in Moskau?«

»Ich arbeite bei einer Bank.«

»Du bist also eine Kassenfrau?«

»So ähnlich«, sagte Katharina.

»Wot, da sind wir«, sagte Sascha und stoppte das schwere Fahrzeug. »Du kennst dich ja aus. Ich muss das Zeug da hinten noch abladen, und dann komme ich mal auf einen Wodka vorbei.«

»Aber erst morgen. Ich will heute mit den Eltern zusammen sein und bin auch etwas zu müde für eine Wodkakampagne. Danke für deine Hilfe und grüße deine Eltern.«

»Nur die Mutter, der Vater ist vergangenes Jahr gestorben.«

»Oh, das tut mir leid. Das kannst du mir morgen erzählen.«

Als Katharina die wenigen Stufen zum Haus hochstieg, öffnete sich schon die Haustür. Der schwere Lkw hatte alle neugierig gemacht. Ihr Bruder stand in der Tür, sah gegen die untergehende Sonne nur die Umrisse.

»Poshaluista?«

»Moshno?« Juri erkannte sie an der Stimme.

»Katharina?«, fragte er unsicher. Sie fielen sich in die Arme.

In der Haustür erschien ein alter Mann, ihr Vater, um zu sehen, was los war. Er war inzwischen sehr alt geworden, fast taub und sah schlecht. Katharina ging auf ihn zu, nahm seine Hand und zog sie auf ihre Stirn, wie er es getan hatte, wenn er sie als Kind begrüßte. Da begann er vor Rührung zu weinen. Sie legte ihren Kopf an seine Schultern, die immer noch breit waren. So verweilten sie lange. Dann kam Mutter Maria flink und beweglich wie immer.

»Meine Tochter, ist das möglich? Dich hat der Herrgott geschickt. Wie lange habe ich von diesem Moment geträumt.«

»Es ist kein Traum, ich bin da, Mama, mit Haut und Haaren.«

Sie löste sich von ihrem Vater und umarmte ihre Mutter.

»Kindchen, komm rein. Was willst du essen? Ich schlachte ein Huhn, und dann machen wir Hühnersuppe mit Pelmeni, so wie wir das zu Hause immer gemacht haben.«

Ihr Zuhause war immer noch an der Wolga, auch nach vierzig Jahren, die sie länger hier, als in Engels verbracht hatten. Juri war nun fast fünfzig, schon an den Schläfen grau, und seine Haare lichteten sich. Er war mit seiner Frau Olga und den beiden inzwischen erwachsenen Kindern in der neuen Heimat zufrieden und glücklich. Ihre Erinnerungen an die Vertreibung und die Angst vor Repressalien unter Stalin waren verblasst. Sein Cousin Robert hatte Irina, eine junge Russin aus Asnar, ganz in der Nachbarschaft geheiratet. Ihr Sohn Pawel verehrte seine Tante Katharina abgöttisch und wollte so werden wie sie: frei für die weite Welt, denn er wähnte sie dort draußen als glitzernde Filmschauspielerin. Er kannte sie bisher nur aus den Erzählungen und von Bildern, sah sie im offenen Auto auf einer palmenbestandenen Strandstraße spazieren fahren und viel Geld verdienen. Als sie leibhaftig vor ihm stand, stimmten die Bilder nicht mehr. Er war nicht enttäuscht, sondern froh, dass sie so natürlich war, fast wie eine von ihnen. Aber weg wollte er schon, um nicht in der Kolchose Traktor fahren zu müssen wie sein Vater.

Olgas Eltern waren wie die Jegers zwangsumgesiedelt worden, aus Sicherheitsgründen, weil der Großvater von einem reichen Bauern abstammte, dessen Ländereien von den Bolschewiken enteignet und verstaatlicht worden waren. Stalin ging keine Risiken ein. Man hatte Angst, dass es zu Verbrüderungen mit den Nazis kommen könnte und eine Opposition hinter der Front entstehen würde. Olga war Bäuerin, und Juri war in die Welt der sibirischen Weite hineingewachsen, war mit ihr verwurzelt und konnte sich ein Leben in der Stadt nicht vorstellen. Das waren auch die Gründe, nicht mit nach Deutschland zu gehen und trotz aller Schwierigkeiten zu bleiben. Was die Zukunft betraf, war er ein leidensfähiger Russe. Man würde alles abwarten und dann sehen. Alles andere machte nur verrückt. So dachten auch seine Eltern. Für sie hatte Katharina das schlechtere Los gezogen. Die Familie sah sie in einer feindlichen Welt. Man bedauerte sie.

Katharina war froh, dass sie so dachten. Das beruhigte ihr schlechtes Gewissen. Der kurze Besuch verlief in familiärer Harmonie, die jeder anders empfand, aber zufrieden war.

Katharina verließ Nowyj Ansar beschwingter, als sie es bei ihrer Ankunft war. Sie hatte einige alte Schulfreunde besucht und deren Leben mit dem ihren verglichen. Da hatte sie unter dem Strich für sich ein dickes Haben erkannt. Aber sie war feinfühlig genug, ihre Bilanz nicht gegenüber den Besuchten zu offenbaren. So freute sie sich, entspannt am Zugfenster die schöne Landschaft vorüberziehen zu sehen.

Sie erreichte am späten Abend ihr Moskauer Hotel. An der Rezeption lag ein Brief für sie. Den Absender erkannte sie mit einiger Verwunderung sofort. Es war Boris aus den Tagen ihrer Studentenzeit, der sie ausfindig gemacht hatte und sich mit ihr treffen wollte. Schon als sie in ihr Zimmer trat, klingelte das Telefon. Die Telefonzentrale meldete ein Gespräch für sie. Boris hatte immer noch diese unangenehme, knarrende Stimme. Er überschlug sich am Telefon mit Freundlichkeiten. Wie schön, dass sie wieder zu Hause sei. Durch einen Bekannten habe er von ihrem tollen Aufstieg gehört und von den Geschäften, die sie nun abwickeln würde. Man müsse sich unbedingt sehen. Vielleicht könne man etwas zusammen machen. Er sagte wirklich „etwas zusammen machen". Was wollte der? Katharinas Sicherheitssensoren sprangen an. Ehe sie eine Chance der Erwiderung hatte, schlug er ein Treffen am nächsten Tag um neunzehn Uhr in der Hotelhalle vor.

Die Verbindung brach ab, und Katharina war erschreckt, verunsichert und wütend zugleich. Was bildet der sich ein, und wer zum Teufel hat mir den auf den Hals gehetzt?

Sie hatte schon länger damit gerechnet, dass sich irgendjemand aus der Moskauer Zeit bei ihr melden würde. Moskau war zwar groß, aber die Welt in der Stadt war doch recht klein. Wer in der Branche geblieben war, hatte viele Verbindungen.

Der Vertrag, den sie für eine Lieferung mit Deutschland vorbereitet hatte, wurde am nächsten Tag mit marginalen Änderungen akzeptiert. Das Geschäft war perfekt. Die Wirtschaftsabteilung der Botschaft freute sich, weil sich der Markt entwickelte und viele Partner ihre DDR-Verbindungen lösten, um durch Glasnost auch gute Geschäfte mit dem Westen machen zu können.

Katharina versuchte, lange vor der vereinbarten Zeit im Hotel zu sein, um Boris aus sicherer Entfernung beobachten zu können. Sie wollte dann entscheiden, ob sie sich verleugnen ließ, weil sie eigentlich kein Interesse an einem Treffen hatte. Boris war eine ihrer schlechten Erinnerungen. Er hatte sie bedrängt. Damals war sie abhängig. Aber sie hatte ihm konsequent Körbe gegeben. Dann aber musste sie sich auf seine Kontakte berufen, als sie Alexander Bergmann heiraten wollte und nach Deutschland übersiedelte.

Sie hatte die Hotelhalle noch nicht richtig betreten, als ein russischer Bär auf sie zustürzte, trotz des warmen Wetters mit einer mächtigen, teuren Pelzmütze.

»Katharina, du bist es! Du siehst immer noch gut aus, nein, besser.« Er umarmte sie und küsste sie überschwänglich auf beide Wangen. Er hatte getrunken. Das roch sie. Er strömte einen herben, wie sie feststellte, doch sehr angenehmen Duft aus. Er hatte sie überrumpelt. Sie war ihm ausgeliefert.

»Komm setz dich. Hast du etwas Zeit? Können wir zusammen essen?«

Katharina wehrte vorsichtig ab, wollte wissen, was er im Schilde führte und sich nicht festlegen.

»Ich habe mich heute noch verabredet. Wir können etwas trinken, und dann werden wir sehen.«

»Nicht hier«, versuchte Boris sie zu überreden. »Wir könnten irgendwo in der Nähe etwas finden.«

Das war gelogen, weil das Hotel ohne jedes Hinterland war. Man müsste mit der Metro mindestens zwei Stationen fahren, um in eine einigermaßen zivilisierte Gegend zu kommen.

»Boris, das dauert zu lange. Ich schaffe das nicht. Wir trinken ein Glas Sekt und können uns ja noch einmal verabreden.«

»Du hast dich wirklich nicht geändert, hartnäckig wie früher.«

»Das ist meine Stärke, darauf baue ich.«

»Gut, dann lass uns hier bleiben.«

»Ich geh nur kurz auf mein Zimmer, mache mich frisch, um mich vom harten Tag etwas zu erholen. Zwanzig Minuten, ist das gut?«

»Lass mich nicht so lange warten. Ich suche uns einen ruhigen Platz.«

Katharina verschwand im Lift. Boris bat die Kellnerin, ihm einen guten, ruhigen Tisch für zwei Personen vorzubereiten, steckte eine Zigarette an und versenkte sich in das weiche Polstermöbel.

Katharina kam exakt nach zwanzig Minuten zurück. Sie hatte sich umgezogen, das Kostüm durch einen schicken, hellgrauen Pulli mit einer weißen Bluse und enge, gut geschnittene Jeans getauscht.

Mein lieber Mann, dachte Boris, als er sie kommen sah. Da braucht man einen Waffenschein. Katharina ließ sich ihm gegenüber in den tiefen Sessel fallen.

»Da bin ich.« Sie erriet seinen Blick – Ausziehen und Vernaschen – und griff sofort an.

»Was du denkst, ist sinnlos. Ich bin verheiratet. Mach dir keine Hoffnungen.« Als Studentin musste sie bei solchen Attacken noch vorsichtig sein. Jetzt war sie etabliert, hatte sich im westlichen Berufsleben behauptet und war unabhängig.

Boris ließ sichtlich Luft ab. Er wirkte nun brav, fast wie ein großer Teddy, den ein Kind vergessen hatte. Seit sie ihn das letzte Mal gesehen hatte, war er ja auch fast zwanzig Jahre älter geworden. Er hatte zugenommen und war vom Alkohol, wie viele Männer seines Alters, gezeichnet, aufgedunsen und stiernackig. Ein mächtiger Brustkorb verlieh seiner Stimme klangvolle Tiefe. Wahrscheinlich konnte er nun auch noch besser singen, besonders, wenn er betrunken war, durchaus schön und kräftig.

Er ging auf ihre Breitseite nicht ein und kam gleich zur Sache. Glasnost sei ja nun endlich die Erlösung für alle, und man müsse sich darauf einstellen, die Verbindung zu den Westmärkten herzustellen. Er habe auch eine Firma gegründet, die sich auf Geschäftsanbahnung spezialisiert hatte und westliches Know-how in Russland vermarkten wollte. Da wären doch ihre Verbindungen sehr nützlich und auch nicht zu ihrem Nachteil, wenn sie mitmachen würde. Er sei bereits Dollarmillionär.

Als ihn Katharina ungläubig ansah, erzählte er seine Erfolgsgeschichte, nicht ohne Stolz. Er sei nach dem Studium Parteisekretär in einem riesigen Kombinat geworden, das Walzstahl, hauptsächlich Rohre für transnationale Pipelines, produzierte. Er wurde mit Glasnost unter Jelzin Generaldirektor und hat mit der Privatisierung der Staatsbetriebe die Aktienmehrheit seines Kombinates, das nun *STALProm* hieß, erlangt.

Wie das?, schien Katharinas Blick zu fragen.

»Was sollten denn die alten Rentner mit den Talontschikis[32],

[32] Wertgutscheine, die an die Bevölkerung ausgegeben wurden, als die großen Staatsbetriebe privatisiert werden sollten und man Volksaktien schaffen wollte.

die jeder Mitarbeiter erhielt, anfangen? Ich habe sie aufgekauft, die Wirtschaft musste ja in Gang kommen.« Das klang fast wie eine Entschuldigung.

»Und wie hast du das bezahlt«, wollte Katharina – nun ganz Bankfrau – wissen.

»Na, ja«, druckste Boris etwas herum, »was macht man, wenn man Geld braucht? Richtig. Man geht zur Bank.«

»Aber du bist doch, wie alle hier, ein armer Schlucker, ohne Vermögen und Sicherheiten, warst nur Komsomol-Sekretär.«

»Für eine Zeit schon. Aber mit der Geschäftsidee, die kleinen Anteile der Rentner und Mitarbeiter aufzukaufen, hatte ich das Kombinat als Sicherheit. Das gehörte mir ja immer mehr mit jedem Kauf eines Talontschiks, den ich mir mit dem geborgten Geld der Bank leisten konnte.«

Banktechnisch hat er recht, dachte Katharina. »Welche Bank macht denn solche Geschäfte?«

»Nun«, dehnte Boris wieder mit einem Grinsen, »da sind persönliche Verbindungen und vertraute Freunde nötig, die für dich bürgen und Banken mit Kapital und mit einer soliden Geschäftsdynamik.«

»Und wo findet man so etwas, Banken mit Kapital und Geschäftsdynamik?«, wollte Katharina nun endlich wissen.

»Zum Beispiel in Tel Aviv, wo sich viele alte, gute Freunde – einige müsstest du vom Studium auch noch kennen – niedergelassen haben.« Und nach einer Pause fuhr er fort.

»Katharina, wir haben große finanzielle Reserven mittlerweile, aber keinen Forschungsvorlauf, um auf dem Weltmarkt bestehen zu können. Deshalb wollen wir mit dir zusammenarbeiten.«

Mit einer solchen unverblümten Anwerbung hatte Katharina nicht gerechnet. Dass Boris irgendetwas Schmieriges wollte, hatte sie schon erwartet, aber Industriespionage nun doch nicht, denn darauf lief die Sache ja hinaus. Dass er mit dem

KGB verbandelt sein könnte, hatte sie schon vor zwanzig Jahren vermutet und sich ferngehalten.

Boris setzte sich für einen Moment in seinem Sessel zurück, um seine Wirkung auf Katharina zu genießen. Katharina war nun überzeugt, dass er der egoistische, skrupellose Funktionär geblieben und nun wahrscheinlich fest in Geheimdienststrukturen eingebunden war.

»Boris, daraus wird nichts. Das ist nicht mein Geschäftsfeld. Davon habe ich keine Ahnung, und ich will mich auch nicht damit befassen.«

In seinem Blick war nun etwas Stechendes, Feindseliges.

»Katharina, sei vernünftig. Ich habe dir zur Ausreise verholfen, und nun kannst du doch auch mal etwas für mich tun und dabei sogar reich werden.«

»Dafür bin ich dir dankbar, aber du hast mit deinen Verbindungen, die ich nie näher ergründen wollte, nur meine mir zustehenden gesetzlichen Rechte verschafft, sonst nichts. Das ist für mich etwas Persönliches, ohne Verbindlichkeiten irgendwelcher Art.«

»Na, ganz so sehe ich das nicht. Es gibt schon einen Bericht zu diesem Vorgang, der deine Ehe mit einem deutschen Bundesbürger betrifft. Du bist ja quasi in Feindesland ausgereist und hast die Sache des Sozialismus, der dich ausgebildet hat, undankbar zurückgelassen.«

»Willst du mich erpressen, oder was soll das?!« Katharina erregte sich. In ihr stieg Panik auf. Was will dieser Gangster? Weiß er oder wer auch immer, dass ihre Ehe kriselt und sie nun vielleicht keine Hilfe mehr bekommt, oder wollen die auf ihre Verwandten Druck ausüben? Mama Maria sagte in solchen Lebenslagen immer, Augen zu und durch, geradlinig und kompromisslos.

»Boris, was auch immer du willst und angedeutet hast. Es interessiert mich nicht. Ich habe Glasnost verinnerlicht. Das empfehle ich dir auch. Transparenz und Demokratie erlebe ich in Westdeutschland. Das funktioniert recht gut, wenn es auch manchmal nicht so aussieht. Ich hätte mich gefreut, mit dir über angenehmere Dinge zu reden, schade eigentlich. Nun muss ich aber gehen. Ich hatte dir ja gesagt, dass ich heute noch etwas vor habe. Mach's gut und denk mal darüber nach. Vielleicht findest du bessere Geschäftsfelder.«

Katharina stand auf, machte eine kleine Verbeugung zu Boris und ging, ohne ihm die Hand zu geben.

Die Kellnerin wartete im Hintergrund. Sie hatte einen kleinen Tisch vorbereitet und war unschlüssig, weil sie die erregte Unterhaltung der beiden sah. Boris bestellte *dwesti gram*[33]. Mit einem großen doppelten Wodka wollte er den Ärger im Alkohol ertränken. Als ihn die Kellnerin wegen des Tisches ansprach, machte er eine abfällige Handbewegung.

»Nje nada, dewuschka, wot tak wot s shentschinami. Wy swobodny?«[34] Russische Mädchen ziehen sich spätestens dann schnell zurück, noch bevor der Wodka alle Schranken niederreißt.

»Ja samuschem«[35], sagte sie und baute ihren ehelichen Schutzschild auf. Sie entfernte sich. Einer ihrer männlichen Kollegen übernahm die weitere Bedienung. Boris, der fast eine Flasche Wodka intus hatte, rief laut singend nach einem Taxi. Sein Fahrer hatte ihn aber aus sicherer Entfernung im Blick und bugsierte ihn in die große Dienstlimousine.

Das war der letzte Kontakt, den Katharina mit Boris und ihrer Moskauer Vergangenheit hatte. Sie traf sich am selben Abend noch mit dem Handelsattaché der Deutschen Botschaft, um mit ihm den weiteren Ablauf des Geschäftes, das am Nachmittag vertraglich besiegelt worden war, zu besprechen. Das war ursprünglich erst für den nächsten Tag vorgesehen, aber sie

---

[33] Russ.: 200 Gramm, etwa 0,2 Liter

[34] Russ.: Nicht nötig, so ist das mit den Frauen, sind Sie frei?

[35] Russ.: Ich bin verheiratet.

wollte nach dieser widerlichen Begegnung mit Boris noch etwas moralische Unterstützung haben.

Dr. Knauer war Junggeselle und freute sich immer, wenn Katharina in Moskau zu tun hatte. Dann gingen sie irgendwo essen und hatten einen interessanten, vergnüglichen Abend. Knauer war vor einem Jahr überraschend nach Moskau versetzt worden, obwohl er auf der frankophonen Schiene des diplomatischen Dienstes lief. Er konnte zwar die kyrillischen Buchstaben lesen, aber die Sprache bereitete ihm Schwierigkeiten. Katharina war für ihn eine hervorragende Begleiterin. Sie rief ihn an. Er sagte sofort zu und kam eine halbe Stunde später mit seinem Auto in die Tiefgarage des Hotels, um sie abzuholen. Katharina wollte ungesehen das Haus verlassen. Sie bat Knauer, sie am Lift in der Garage abzuholen.

»Na, junge Frau, wo soll's den hingehen.«

»Wie wär's mit dem *Arpad*«, empfahl sie ihm gut gelaunt.

»Warum nicht?«

»Schön, dann fahren wir.«

Katharina berichtete vom Nachmittag und dass sich alles wunderbar entwickelt habe, erwähnte auch den Abstecher nach Hause zu ihren Eltern. Jürgen Knauer hörte ihr interessiert zu. Er fühlte sich in ihrer Nähe wohl, besonders ihre Natürlichkeit und das unaufdringliche Temperament gefielen ihm. Katharina schilderte das Treffen mit Boris und ihre Befürchtungen, die sich aus ihrer Ablehnung ergeben könnten. Sie wollte sich durch Offenheit einen Schutz schaffen, auch vor weiteren Attacken und all den Dingen, die man aus diesem Milieu befürchten musste. Sie sprach ihre Sorgen direkt an und bat, dass man sie in der Botschaft über ihr weiteres Verhalten beriet. Sie nahm natürlich an, dass es auch dort entsprechende Szenarien gab.

Knauer beruhigte sie. Da sie Bundesbürgerin sei, habe sie den vollen Schutz, auch hier. Er wolle natürlich in diesem speziellen

Fall Rat und Erkundigungen einholen. Aber das war leider keine Ausnahme, und wie sie sich verhalten habe, sei nach seiner Erfahrung richtig gewesen. Man müsse aufpassen, nicht in eine kompromittierende Lage zu geraten, Herr – na, hier korrekt: Frau – der eigenen Entscheidungen bleiben, um nicht erpressbar zu sein. Da seien Offenheit und Vertrauen das Wichtigste, aber das hatte sie ja gerade praktiziert und insoweit war die Sache in Ordnung. Er wolle sie am nächsten Tag dazu noch einmal kurz anrufen, noch bevor sie abflog. Das sei in diesem Fall telefonisch am besten, dann würde, falls mehr dahinterstecke, die Gegenseite gleich erfahren, dass die versuchte Anbahnung enttarnt sei. Geheimdienste fürchten nichts mehr als die Öffentlichkeit. Das ist ein erster, sehr einfacher Schutz. Jürgen Knauer wollte sie beruhigen. Er legte seine Hand auf ihren Arm während er mit ihr sprach.

Katharina war kurz vor Mitternacht wieder in ihrem Zimmer. Sie war beruhigt, duschte lange, massierte ihren Körper mit einer Bodylotion. Dann legte sie sich wohlig entspannt ins Bett und las noch einige Seiten ihrer neuen – für sie neuen – Entdeckung aus *Bonjour tristesse*.

Sie frühstückte spät und ausgiebig und packte dann ihre Sachen für die Abreise am späten Nachmittag. Der Flug nach Frankfurt mit der Lufthansa war bestätigt. Sie bekam nur noch *Business*, die Maschine war überbucht. Man merkte das Ende der Eiszeit in den Beziehungen zum Westen.

Sie rief noch einmal ihre Eltern an. Das war nun auch ohne Komplikationen möglich und verabschiedete sich von ihrer Mutter, die glücklicherweise gleich den Hörer abnahm. Katharina war froh, dass es ein herzliches und unsentimentales Auf Wiedersehen wurde. Die Trennung von der Familie war schon schwer, aber man konnte sich ja jetzt besuchen. Diese Gewissheit machte ihr den Abschied leichter.

Frankfurt lag noch in der Abendsonne, als sie ankam. Wegen der Zeitverschiebung sah sie die untergehende Sonne nun zum zweiten Mal. In Moskau war die Sonne frostiger. Während ihrer Abwesenheit hatte sie eine Freundin gebeten, nach den Blumen zu sehen und die Heizung wieder so einzustellen, dass es bei ihrer Ankunft gemütlich warm war.

Der Frankfurter Feierabendverkehr beruhigte sich allmählich. Die Stadt schien ihr im Vergleich zu Moskau nun fast heimelig: eine gute Mischung aus der modernen Welt und einer traditionellen Altstadt.

Der Briefkasten quoll über. Alles Werbung, die sie gleich nebenan in die Abfalltonne warf. Sie fürchtete schon, dass sie in eine kalte ungemütliche Wohnung kommen würde. Aber ihre Freundin hatte Wort gehalten und sogar frische Blumen zum Empfang auf den Tisch gestellt, ein paar nette Zeilen für sie zur Begrüßung geschrieben und das Nötigste eingekauft.

Katharina freute sich auf ihre Wohnung, hier war sie zu Hause. Sie wollte sich einen gemütlichen Abend in harmonischer Einsamkeit machen, ein gepflegtes Abendessen bereiten und sich mit ihrem *Tristesse*-Roman bis zum Einschlafen in ihr wohliges Bett verkriechen. Sie ließ ihre Reise noch einmal Revue passieren und war in Gedanken auch an den Orten, die sie mit Alexander und vielen schönen Erinnerungen verband, jetzt in Wehmut, wenn sie an Alexanders Abreise in die Ungewissheit mit einer fremden Frau dachte, ohne etwas ändern zu können.

Sie schrieb ihm einen langen Brief, den sie in einigen Passagen mehrfach korrigierte, um den richtigen Ton zu finden. Sie wollte ihre Sehnsucht nicht zu deutlich werden lassen, aber er sollte spüren, dass sie ihn immer noch liebte. Die schönen Erlebnisse ihrer letzten Reise boten ihr Gelegenheit, Begegnungen und Orte aus ihrer gemeinsamen Zeit in Moskau und in der kasachischen Heimat zu beschreiben. Sie gestand sich ein, dass er ihr sehr fehlte, und sie war sich sicher, dass es ihm ähnlich ergehen würde. Als sie den Brief dann schließlich beendet hatte, war sie zu müde und nicht in der Stimmung, um sich mit der *Sagan* noch tiefer in ihre Sentimentalität einzugraben.

Katharina war am nächsten Morgen mit der Geschäftsführung zum Rapport verabredet. Da der Vertrag ein Prototyp für das Russlandgeschäft werden sollte, musste sie dem Vorstand direkt berichten. Sie hatte sich bereits in Moskau mit dem Handelsattaché der Botschaft über die Konditionen von Hermes-Bürgschaften informieren lassen, um die Kreditlinie auch mit dem Stammhaus komplikationslos abstimmen zu können.

In Bankkreisen war es nicht üblich, überschwänglich belobigt zu werden. Man achtete auf eine natürliche Distanz, aber Katharina spürte, dass ihre Ergebnisse Anerkennung fanden. Das stärkte ihr Selbstbewusstsein. Mehr wollte sie nicht.

Konflikte

Alexander Bergmann erwachte aus einem wirren Traum. Erregtes Schwatzen seiner Sitznachbarn hatte ihn geweckt. Die Stewardess reichte noch einmal Getränke. Sie würden bald landen. Sein Nachbar beugte sich zu ihm. »Haben Sie das gehört? Da vorne soll einer einen Infarkt erlitten haben. Sind Sie etwa Arzt?«

Bergmann begriff nicht den Zusammenhang. Er quittierte die Bemerkung mit einer unbestimmten Kopfbewegung und wandte sich den Abstracts seiner Fachartikel zu, die er noch kurz vor seiner übereilten Abreise zusammengerafft hatte. Mit dem Telegramm von Katharina konnte er nichts anfangen: Bitte komme für eine dringende Angelegenheit kurz nach Hause. Wir müssen etwas besprechen. Was zum Teufel gibt es wegen einer dringenden Angelegenheit zu besprechen? Und welche Angelegenheit überhaupt? Alexander war ungehalten und unsicher. Er hatte sich monatelang nicht gemeldet. Dessen wurde er sich eigentlich erst jetzt nach den letzten Wochen mit all den nervigen Experimenten und Schwierigkeiten richtig bewusst.

Nicht jetzt, fluchte er, gerade jetzt, wo seine Versuchsreihe spannend wurde. Er war sauer, über sich und Katharina und überhaupt.

Er hatte einige Zeilen seiner Texte überflogen. Die Stimme im Lautsprecher wiederholte, was ihm sein Nachbar schon mitzuteilen versuchte.

»Nein, ich bin kein Arzt«, sagte er nun entschuldigend zu seinem Nachbarn gewandt.

Und dann meldete sich der Kapitän und teilte etwas mit, was Bergmann im plötzlichen Jubel der Passagiere nicht richtig verstanden hatte. Die Mauer sei offen, man könne sich nun zwischen Ost und West uneingeschränkt hin und her bewegen.

Sein Nachbar wiederholte für ihn die Durchsage. Nun gut, dachte er, für mich ändert sich nichts.

Die Maschine setzte auf, sanft, fast nicht zu spüren, bremste sofort auf Rollgeschwindigkeit und verließ nach wenigen hundert Metern die Landebahn. Nun noch zwei Kilometer bis zum Standplatz. In der Kabine entstand Unruhe. Er ärgerte sich. Fluggastneurose. Wahrscheinlich wollen alle die Neuigkeit überprüfen. Aber keiner kann früher 'raus. Sie stehen im Gang, vollgepackt und warten, mit eingezogenem Kopf, verkrümmt zwischen den Sitzen, zerren die überschweren Gepäckstücke aus den Klappen darüber. Eins davon auf den Kopf. Das wär's. Mit einer Beule am Kopf, Katharina zu begrüßen. Menschen bleiben Affen. Sie fliegen zwar, aber geistig sitzen sie immer noch auf den Bäumen.

Er lehnte sich noch einmal in seinen Sessel zurück, schloss die Augen und versuchte, die nächsten Tage vorzudenken. Er hatte Zeit, jetzt schon. Er war überreizt und musste zu sich kommen. Sonst war alles verdorben, schon in den ersten Minuten. Es standen Auseinandersetzungen bevor. Er sollte sich wappnen.

Alexander Bergmann verließ das Flugzeug als Letzter, in sichtlich besserer Laune, fast beschwingt. »Tschüs«, sagte er zu den Damen, die die Passagiere am Ausgang verabschiedeten.

Die frische Morgenluft tat ihm gut. Frankfurt erwachte. Die Beamten hatten ihren Dienst gerade begonnen. Viele Fernflüge aus aller Welt kamen morgens an. Massen verschlafener, übernächtigter Menschen drängten sich an den Schaltern der Passkontrolle.

Alles Non-Residents, dachte Bergmann befriedigt und war mit einem freundlichen Guten Morgen für die junge Beamtin im Glashäuschen wieder in Deutschland. Wenn ich meinen Koffer gleich kriege, bin ich um sieben in der Wohnung. Katharina würde gerade aufstehen und überrascht sein.

Mit seinem Kommen rechnete sie nicht. Er hatte auch erwogen, zu bleiben und abzutauchen, aber das änderte nichts. Es musste sein, jetzt oder nie.

Sein Koffer kam – wie immer – als letzter. Er war natürlich nicht um sieben in der Wohnung. Katharina war schon weg. Das heißt, sie schien gar nicht da gewesen zu sein, wahrscheinlich schon mehrere Tage. Zeichen von Bewohntheit konnte er nicht entdecken. Es war aufgeräumt und sauber. Das fiel auf. Fast ein Jahr war er nicht zu Hause, dennoch fühlte er sich wohl. Er gestand sich ein, dass Katharinas Abwesenheit ihm etwas Zeit verschaffen werde. Er hasste Auseinandersetzungen. Über Sachthemen konnte er kultiviert streiten. Er liebte den Diskurs im Konkreten und erfreute sich an der Entwicklung einer Gedankenstruktur, auch an der Schönheit des Denkens. In emotionalen Dingen war er ein Versager. Er fand keine vernünftigen Argumente, schon gar nicht, wenn Gefühle im Spiel waren. Da war er Realist. Er machte sich nichts vor. Manchmal bedauerte er sich, auch deswegen. Wie so oft, wenn er in Selbstmitleid verfiel. Ich bin kein gefühlloser Eisbrocken, weiß Gott nicht. Aber alles zu seiner Zeit und immer mit einem Quäntchen Klarsicht, ohne Gefühlsduselei, tröstete er sich. Er dachte an Miriam. Die würde das bestätigen. Er riss sich zusammen. Für solche Gedanken war das nun wirklich nicht der richtige Zeitpunkt.

Bergmann ging Duschen, fand etwas Essbares im Kühlschrank und beschloss, seinen Schlaf nachzuholen, wenigstens einen Teil.

Das Telefon riss ihn aus dem Schlaf. Es war kurz vor zwölf. Ulrich Kluge wollte *Herrn Doktor Bergmann* sprechen. »Ich bin's«, sagte Alexander. »Hab' ich mich so verändert, dass du meine Stimme nicht erkannt hast?«

»Es klang etwas kratzig. Ich dachte, irgendwer anderes ist am Telefon«, sagte Kluge. »Ich hab' im Institut angerufen, Jonathan

Ginger sagte mir, dass du am Abend nach Deutschland geflogen bist.«

»Das stimmt, wie du hörst. Was ist los, wo ist Katharina, und was willst du mitten in der Nacht?«

»In deiner Nacht«, entgegnete Kluge. »Bei uns ist es heller Mittag.«

»Na, dann guck mal raus, nicht hell, sondern grau in grau, mieser deutscher November«, erwiderte Bergmann etwas bissig.

»Reg dich ab, wenn du ausgeschlafen hast, komm' in die Uni. Große Ereignisse werfen große Schatten.«

»Meinst du Katharina?«

»Nein, dich, mein Lieber.«

»Wo ist Katharina?«

»Woher soll ich das wissen. Ich habe Mühe mit der eigenen Freundin. Eine weitere Powerfrau schaffe ich nicht.«

Er legte auf, und Bergmann versuchte weiterzuschlafen. Ob er wirklich noch einmal eingeschlafen war, wusste er nicht. Irgendeine Stimme schreckte ihn auf. Katharina hatte den amerikanischen Fonboy also installiert, dachte er. Eine männliche Stimme sagte Vertrauliches für Katharina, und dass er sich auf das gemeinsame Abendessen freuen würde. Dummes Gesäusel, dachte Bergmann. Es interessierte ihn nicht. Oder doch? Er erhob sich. Alle Knochen taten ihm weh. Ich muss mehr Sport treiben, nahm er sich vor.

Kurz vor Büroschluss war Alexander Bergmann in der Uni.

»Guten Tag, Herr Doktor Bergmann.« Frau Sendlinger hatte in diesem dreiviertel Jahr das Grüß Gott verlernt. Das fiel ihm auf. Er mag sie in ihrer direkten, aber verbindlichen Art.

»Na, was gibt's Neues?«, fragte Bergmann.

»Da müsste ich Urlaub nehmen, um Ihnen alles erzählen zu können«

»Fangen Sie einfach mit dem Wichtigsten an und arbeiten Sie das in dieser Reihenfolge ab«, sagte Bergmann. »Ich sage stopp, wenn es reicht.« Er spielte auf ihre besondere Fähigkeit an, in kürzester Zeit mit hoher Informationsdichte zu berichten.

»Also: Die Mauer ist offen. Honecker ist krank, die Bonzen im Osten gehen auf Tauchstation, die Flüchtlingslager in Österreich sind überfüllt, und die Bundesregierung weiß nicht, was sie machen soll.«

Ein bisschen einfach, doch ziemlich anschaulich, dachte Bergmann, aber das hatte er schon in den Nachrichten gehört.

»Na, und innenpolitisch?«

»Sie meinen im Hause?«, fragte Frau Sendlinger. »Also Fräulein Schneider bekommt ein Kind.«

»Von wem«, platzte Bergmann heraus.

»Weiß keiner«, sagte sie. »Wir sind gespannt, wie es aussieht, dann werden wir's herausfinden.«

»Oh, oh, oh immer noch das Gleiche.«

»Einer der jungen Assistenten wird sich wohl die Jacke anziehen müssen.«

Hose wäre besser gewesen, dachte Bergmann. Weiter kam er nicht. Uli Kluge öffnete die Tür zum Sekretariat.

»Na, ausgeschlafen? Komm 'rein. Setz dich, willst du einen Kaffee?«

»Gerne, den brauche ich, gegen die Zeit zu fliegen, macht mir immer noch Probleme.«

Frau Sendlinger kam mit dem Kaffee. Sie hatte immer welchen da. Gut war er auch. Dass die Bayern nicht nur gutes Bier brauen können, verkniff sich Bergmann.

»Danke, Frau Sendlinger.« Kluge und Bergmann waren allein.

»Warum bist du hier?«

»Katharina hat mir ein Telegramm geschrieben. Sie will irgendetwas Wichtiges mit mir besprechen.«

»Hast du etwas ausgefressen?«, fragte Kluge, und das klang nicht ganz unbeteiligt. »Wie lange seid ihr verheiratet?«

»Neun Jahre!«

»Na, und jetzt?«

»Na, was soll sein. Ich regele hier meine Angelegenheiten und gehe wieder in die Staaten, schließe meine Experimente für die Habilarbeit ab. Werde mich dann mit deiner Hilfe irgendwo bewerben, mal sehn, was von meinem Scherbenhaufen übrig bleibt, vielleicht Kinder zeugen, irgendwo einen Baum pflanzen, ein Buch schreiben, das keine Sau interessiert und mit den Restspannungen vorgespannter Bauteile mit und ohne Berücksichtigung von Extrembeanspruchungen irgendwo alt und grau werden.«

»Ist dir nicht gut? Bist du vor eine Wand gelaufen? Brauchst du einen Schnaps?«

»Nein, nein, ganz im Gegenteil. Es geht mir gut, in meinem Lebensgleichungssystem werden einige Variablen zu Konstanten, eine Teillösung zeichnet sich ab. Vielleicht waren die Nächte am Großrechner etwas zu lang. Manchmal habe ich auch das Gefühl, dass mir mein Stapel Lochkarten, auf dem meine Lebensabläufe eingestanzt sind, runtergefallen ist, vielleicht auch unbemerkt. Irgendein Idiot hat sie ohne Sinn und Verstand zusammengerafft, und ich bade den Quatsch aus.«

»Nicht du, mein Lieber, sondern wir«, sagte Kluge und begann zu reden.

»Das Folgende wollte ich dir eigentlich erst in drei Monaten sagen, aber jetzt, wo du da bist, zieh ich das vor. Das mit der Habilitation ist in Ordnung, mit deiner Bewerbung auch, der Rest läuft anders. Wir haben immer schon mit dem Moskauer Institut gute wissenschaftliche Kontakte, das weißt du, auch dank deiner Hilfe. Die Sowjets sind exzellente Mathematiker, und sie haben gute Modellansätze für die analytische Erfassung von Bauteilsegmenten in Grenzzuständen. Aljoschin hat mir geschrieben und eine Zusammenarbeit angeboten. Ich werde mit dem DAAD und der DFG sprechen. Unsere Informationen zur politischen Großwetterlage besagen, dass durch Gorbatschow die Liberalisierung weitergeht. Wir werden bald reisen können, auch die Sowjets. Die Kollegen in der DDR sind auf Jahre mit sich beschäftigt. Keiner weiß, wie sich die Sache dort entwickelt. Kurz und gut, wir haben im kleinen Institutskollegium darüber gesprochen und wollten dir und Katharina eine Chance geben. Sie hat einen deutschen Pass und braucht keine Angst zu haben, dort bleiben zu müssen. Aber vielleicht hat sie auch Heimweh. Das kann sie für einige Zeit vor Ort stillen.«

»Und das habt ihr über meinen Kopf hinweg entschieden?« Bergmann war blass geworden. Nun bereute er, so schnell nach Frankfurt gekommen zu sein.

»Na, das mit Katharina scheint ihr euch ja wohl abschminken zu können, und die Karte mit den Sowjets lass noch drei Monate stecken. Das wolltest du ja ohnehin.« Das sah Kluge ein. Er nickte und schwieg. Bergmann beruhigte sich. »Uli, gib einfach mal etwas Ruhe. Die Mauer wird fallen. Das hat Konsequenzen, die noch keiner abschätzen kann. Wartet doch erst einmal ab. Ich bin auch nur ein Mensch. Ich denke nicht nur in Algorithmen, wie ihr vielleicht annehmt. Lass uns heute gemeinsam essen, und dann wirst du mir alles noch einmal in Ruhe erzählen. Habt ihr etwas von Katharina gehört, hat sich irgendein Kerl an sie 'rangemacht?«

Kluge wollte etwas erwidern, sagte dann aber nur, »okay, wann und wo?«

»Um acht «

»Und wo?«

»Im Hilton.«

»Im Hilton?«, wiederholte Kluge gedehnt. »Hast du eine Bank geknackt?«

»Nein, aber Rabatt von der amerikanischen Hiltonkette. Gib dich doch einfach einmal zufrieden«, wiederholte sich Bergmann schon im Gehen. Wenn man genau hinhörte, verschluckte er die Endungen, besonders wenn er erregt war. Viele dachten, er sei ein gut sprechender Schwabe. Das stimmte fast: Geborener Siebenbürger Sachse war er.

»Ihre Frau hat angerufen, Herr Doktor Bergmann.« Gerda Sendlinger erwischte ihn gerade noch in der Ausgangstür.

Als Bergmann das erste Stipendium für Berkeley und die feste Mitarbeiterstelle bekam, kaufte er diese Wohnung am Main, beste Lage, herrliches Panorama und Sonne. Katharina mochte diese Weite, die nicht durch die Dächer der umstehenden Häuser gestört wurde und ihre Konturen im fernen Stadtwald verlor. Der erste Blick am Morgen war verzaubert von der Morgensonne. Der Tau der Nacht funkelte auf den Blättern. Dann war sie in Gedanken zu Hause, frühstückte mit den Eltern am Küchentisch, schmeckte das würzige, selbst gebackene Brot ihrer Mutter, das sie mit Smetana, der köstlichen, süßen Sahne bestrich. So verflog ihr Heimweh, weil sie wusste, fahren zu können, wann immer sie wollte, und ihr Leben in Deutschland das bessere war. Bergmann betrieb mit diesem Kauf Ablass. Er hatte sie vor fast zwölf Jahren in Moskau kennengelernt und ihre Ausreise nach Frankfurt erreicht. Vor neun Jahren nach schwieriger Eingewöhnung für Katharina heirateten sie. Ihre Eltern und Geschwister waren gekommen, das hatte Bergmann auch finanziert. Aber bleiben wollten sie nicht. Sie warteten auf den politischen Frühling mit Gorbatschow. Der Westen machte ihnen Angst, bedrückte sie. Die Schönheit der Einsamkeit, in Ruhe und mit der Natur verbunden, wollten und konnten sie nicht gegen die Hektik aufgeben. Katharina war jung. Wenn es ihr gefiel und sie mit einem Mann ihr Glück fand, war das auch ihr Familienglück. Die Trennung war mit dieser Gewissheit zu ertragen.

Katharina stand direkt hinter der Wohnungstür. Sie hatte ihn kommen gehört. Als er eintrat, fiel sie ihm wortlos um den Hals. Bergmann war irritiert. Ihr schweres russisches Parfüm hüllte ihn ein. Er liebte diesen Duft, – immer noch. Sie wusste das.

Er spürte ihren Körper. Alles geriet wieder durcheinander. Die sibirische Wildkatze begann, ihn zu erlegen.

Das Telefon klingelte schrill. Uli Kluge war etwas gereizt.

»Du bist noch zu Hause? Ich denke, wir wollten gemeinsam essen.«

»Ja, ja, gleich, ich bringe Katharina mit.« Die Verblüffung am anderen Ende war zu greifen.

»Etwas dagegen?«

»Nein, nein, es ist deine Einladung und deine Frau, beeil dich.« Nun klang Kluge überrascht. Bergmann war froh, nun doch nicht alleine mit Uli Kluge sitzen zu müssen. Als er in die Hotelhalle kam, stand Kluge noch immer in Hut und Mantel.

»Hast du einen Tisch reserviert? Es ist alles voll. Irgendein Symposium, Mediziner glaube ich.«

»Lass mich mal sehen.« Bergmann fragte an der Rezeption nach John Harper.

»Der Generalmanager ist nicht im Haus«, beschied ihm die freundliche Empfangsdame. »Wollen Sie essen? Bleiben Sie doch hier in der Halle. Dort hinten sind einige ruhige Tische. Es stört Sie niemand. Ich sage Bescheid.«

Katharina war an der Tür stehen geblieben und begrüßte nun Kluge. Der nahm artig seinen Hut ab. Sein Haar war schütter geworden in den wenigen Monaten, die sie ihn nicht gesehen hatte. »Hallo, Uli, wie geht's?« Sie küsste ihn flüchtig auf die Wange.

Sie bekamen einen schönen Tisch in der Lobby, umgeben von Großpflanzen. Fast wie im Separee, dachte Katharina. Sie war wieder Herrin der Lage.

»Ich habe Hunger«, sagte sie.

»Ich auch, was dürfen wir denn bestellen, Alexander?«

»Esst, was ihr wollt, das gilt auch fürs Trinken.«

»Na, dann lass die Korken knallen.«

»Krimsekt wäre das Richtige, schön, dass du wieder zu Hause bist.«

Katharina war aufgekratzt. Man konnte glauben, dass sie frisch verliebt ihre Verlobung feierten, wenigstens von ihrer Seite aus gesehen. Das dachte auch Alexander, als er sie verstohlen ansah. War das Telegramm eine Finte, und was ist dann mit diesem Kerl, der auf den Anrufbeantworter gesäuselt hat? Er war irritiert. Nicht eine, sondern ein ganzes Feld von Unbekannten belasten nun mein Gleichungssystem, dachte er. Er wollte eigentlich die persönlichen Dinge mit ihr allein klären, aber Uli war sein Schulfreund. Der kannte Katharina auch schon über zehn Jahre.

Bergmann startete einen Testballon und streifte das Thema vom Nachtmittag. Katharina biss sofort an.

»Ich weiß das schon. Die Türen bei euch im Institut sind nicht schalldicht. Man kann alles auf dem Gang hören«, fügte sie etwas scheinheilig hinzu.

»Gerda Sendlinger«, sagte Kluge trocken. »Ich schmeiße sie endlich raus.«

Katharina sprang ein. »Sie war es nicht. Deine Assistenten quatschen zu viel.«

Der Kellner hatte sich verhalten dem Tisch genähert und wartete. Echten Krimsekt gibt es nicht, aber er könne etwas Gleichwertiges aus der Region Wolga anbieten.

»Prekrassno.« Katharina war in Gedanken schon zu Hause. »Dann bleibt doch auch mit dem Essen in der Region, es gibt Pelmeni mit Knoblauch in süßsaurer Ingwersoße mit Rahm verfeinert auf Toast.« Sie hatte die Karte studiert. »Ihr werdet euch in Rage essen. Schmeckt ausgezeichnet, war bei uns immer ein Sonntagsessen.«

»Wie bist du dann, wenn du dich in Rage gegessen hast?«, frotzelte Kluge.

»Sehr müde.«

»Dann möchte ich etwas anderes«, sagte Alexander. Aber das überhörte sie und bestellte auf Russisch. Der Kellner zog ab, ohne eine Miene zu verziehen.

»Gehört das jetzt zum guten Ton, in einem amerikanischen Hotel Russisch zu sprechen?«, fragte Kluge mit gespreiztem hessischem Akzent.

»Vielleicht kommt das noch. Der Junge kommt aus Russland, das sehe ich.«

»Woran siehst du das, mein Schatz, am Mäntelchen?« Katharina lachte ein bisschen pikiert, und Kluge verstand gar nichts. »Das ist ein alter Witz, den sich die Russen erzählen«, lachte Bergmann. »Katharina kann ihn schon nicht mehr hören.«

»Aber für mich kannst du ihn noch einmal erzählen«, bettelte Kluge.

»Die Pointe ist ja schon weg, das hat keinen Reiz mehr. Vielleicht später, wenn ich etwas getrunken habe.«

»Du kannst dich freuen. Er wird ihn dir erzählen, noch heute«, sagte Katharina mit einem pfiffigen Lächeln.

»Hast du wieder Wodka bestellt? «fragte Bergmann.

»Nur *trista gram*«[36], sagte Katharina.

»Russisches Kjuche, nur mit Wodka, Briederchen«, neckte sie ihn.

»Ist schon verrückt, in einem amerikanischen Hotelrestaurant in Deutschland echte russische Küche zu kredenzen«, wunderte sich Bergmann.

»Das wird euch noch öfter passieren, wenn sich die Liberalisierung fortsetzt, hoffentlich.«

»Bekommt ihr eigentlich in den USA etwas davon mit?«

»Wenig, das Fernsehen bringt nur spektakuläre Dinge, ansonsten findet die Weltpolitik in Idaho oder Neuengland statt. Schlimmer ist, dass die breite Masse das so akzeptiert. Außerhalb

---

[36] Russ.: 300 Gramm

des Unicampus besteht auch wenig Interesse für Dinge, die nicht Amerika betreffen.«

»Ich bin etwas gehemmt«, begann Kluge die Unterhaltung erneut.

»Das ist aber auch etwas Seltenes«, fiel ihm Katharina ins Wort.

»Heute Mittag hat mir Alexander eure Ehekriselein angedeutet, und jetzt sitzt ihr wie zwei Teenager hier und kriegt euch nicht ein.«

»Das geht mir genauso«, bemerkte Bergmann trocken und forschte in Katharinas Gesicht nach einer Reaktion.

Sie blieb erstaunlich cool, fast regungslos.

»Aber lass uns das selbst ausmachen«, sagte er, »und in der Sache so tun, als ob sich das Gleichungssystem nicht verändert hat.«

»Bevor wir das Thema noch einmal aufrollen, erzähle mir über deine Fortschritte am MIT«, bat Kluge betont sachlich. »Ich habe deinen letzten Bericht gelesen. Wann fangt ihr mit den Hauptversuchen an?«

Alexander Bergmann war wieder der nüchterne Wissenschaftler, der eine Sache in wenigen Worten präzise vermittelte.

»Übrigens, ich habe am Institut bei Ginger einen interessanten Kollegen aus dem Osten kennengelernt, eine Koryphäe in der DDR auf dem Gebiet des Spannbetons. Martin Walser hat ihn in seinem jüngsten Buch *Die Brandung* mehrfach kurz erwähnt. Herr Zipser aus Leipzig, wohl um ihn vor den SED-Genossen zu schützen. Aber, wie er mir sagte, ist er nicht in der Partei und eigentlich in Weimar an der dortigen Hochschule ordentlicher Professor. Wie Walser auf Zipser kommt, weiß ich auch nicht, vielleicht um die größtmögliche Entfernung zu seinem wirklichen Namen, Jürgen Sellhorn, zu wahren. Wir sollten noch etwas warten. Die DDR bricht zusammen, das hat mir ein amerikanischer Senator mit guten Beziehungen zum Weißen Haus schon vor einem halben Jahr gesagt. Ich bin so oder so im Moment nicht disponibel. Und wie du weißt, muss ich erst mein persönliches Gleichungssystem in Ordnung bringen.«

»Alex, du nervst mit deinem ständigen Gleichungssystem«, drängelte sich Katharina dazwischen. Da hatte sie recht. Alles war bei Bergmann Mathematik und Algorithmus. Manchmal hatte sie ihn im Verdacht, auch dann, wenn sie beieinanderlagen, alles in ein System einzuordnen. Aber da sorgte sie schon für Abwechslung, die er höchstens mit der Fuzzylogik beschreiben könnte, wenn es genug Daten dafür geben würde.

»Ist Sellhorn noch bei euch?«, fragte Kluge. Ich kenne seine Arbeiten. Er ist öfter auch in Karlsruhe und Hannover zu Vorträgen gewesen. Wir hatten ein oder zweimal kurzen Kontakt auf einem Symposium. Ich glaube in Aachen, genau weiß ich das auch nicht mehr. Seine Vorträge waren immer exzellent, technisch etwas hausbacken, weil sie nicht die Folienqualität hinbekommen, aber gar nicht östlich. Er könnte bei uns groß geworden sein.«

Katharina hakte ein: »Wie muss man sein, um nicht östlich zu erscheinen?«

Sie überdehnte mit ihrem russischen Akzent das Wort *östlich*, besonders das CH konnte sie charmant im Rachen verschwinden lassen.

»So meine ich das nicht«, beeilte sich Kluge. »Na, du weißt schon, die russischen Kollegen kommen immer in den schwarzen Einheitsanzügen und benehmen sich gehemmt und etwas linkisch.« Bergmann wusste, wenn sich Kluge nicht bremste, würde Katharina explodieren. Er trat Kluge ans Schienbein und übersah, dass der Tisch eine Glasplatte hatte. Katharina bemerkte den Wink. Sie fuhr hoch.

»Was denkt ihr euch eigentlich, ihr arroganten Säcke?! Habt euch hier im Westen nach dem Krieg von den Amerikanern Staubzucker in den Hintern blasen lassen, während der Osten, besonders die Sowjetunion ein Trümmerhaufen mit vielen

Millionen Toter war?! Denkt ihr, wir konnten uns das System aussuchen? Der Großversuch Sozialismus ist auch durch euch gescheitert. Ihr hattet nicht diesen unökonomischen Ballast von Vollbeschäftigung und all die sozialen Selbstverständlichkeiten, die jetzt langsam den Bach 'runtergehen. Konntet aus dem Vollen schöpfen und habt gut gelebt mit dem Billigwarenangebot in den Ramschkisten, die im Osten für einen lächerlichen Lohn zusammengeschraubt wurden.«

»Warum bist du denn dann in dieses schlimme Land gekommen?«, fragte Kluge.

»Weil ich es satthatte, als ausgestoßene Wolgadeutsche in Kasachstan für die Kolonialsünden der deutschen Vorväter und Stalins Umsiedlungsneurose weiter büßen zu müssen. Aber ich weiß, wo ich herkomme und wo ihr hinkommt, wenn ihr euren überheblichen Arsch nicht etwas in eine andere Richtung bewegt.«

»Bah«, raunzte Uli Kluge, »Katharina nach Brüssel ins Parlament, solche Sachen müssen wirklich mal gesagt werden.«

»Katharina, bitte lass es gut sein.« Alexander empfand spontan eine warme, tiefe Zuneigung zu ihr. Er kannte die schlimmen Familiengeschichten der Jegers. Und als sie sich in langen, entbehrungsreichen Jahren wieder aufgerappelt hatten und nach dem politischen Glasnost-Frühling versuchten in ihre alten Siedlungsgebiete zurückzukehren, durften und konnten sie es nicht. Die Zeit und zwei Generationen dort angesiedelter Russen sind darüber hingegangen. Aber wer hat sich hier je dafür interessiert?

»Entschuldige, Katharina, ich will dein Feingefühl nicht verletzen, es tut mir leid, aber du weißt, dass ich nicht so denke.«

»Dann rede bitte künftig nicht mehr solchen Unsinn. Gut, lass uns über etwas anderes sprechen.« Bergmann sah sie nachdenklich an. Woher kommt dieses Temperament, hatten sich die Jegers in grauer Vorzeit mit Kosaken eingelassen?

Alexander nahm den Faden wieder auf. »Wir schließen das Thema erst einmal ab. Wenn ich zurückkomme, sehen wir weiter, in jeder Beziehung.« Und er meinte auch das Verhältnis zu Katharina und seine und ihre weitere Perspektive.

»Alexander, noch ganz kurz«, fuhr Kluge fort, »würde Zipser, das heißt Sellhorn, als Gutachter für deine Arbeit infrage kommen?«

»Ich werde ihn fragen. Er braucht bestimmt irgendeine Genehmigung.«

Katharina beruhigte sich. Die Pelmeni standen nun lecker anzusehen auf dem Tisch. Sie schmeckten hervorragend. Sie war versöhnt. Alexander nahm bereits den dritten Wodka. Er war zwar trinkfest, das musste er schon, um bei Katharina bestehen zu können. Doch spürte er die Wirkung des Alkohols früher als sonst. Seine innere Spannung löste sich. Katharina zwinkerte Uli Kluge zu.

»Pass auf, gleich bekommst du den versprochenen Witz.«

»Aber erst ich.« Uli Kluge kam auch in Fahrt.

»Aber bitte stubenrein«, beugte Katharina vor. Sie kannte seine Witze.

»Na immer«, Kluge war nicht zu bremsen. »Der Chef fragt seinen Oberassistenten: ‚Haben Sie mit meiner Frau geschlafen?' Der erschreckt und entgeistert, ‚nein, nein, wo denken Sie hin?'. Darauf der Chef, ‚das sollten Sie tun, die ist besser als Ihre!'«

Katharina sah zu Alexander und der zu ihr. War das eine Anspielung?

»Was ist los, nicht verstanden oder was?« Kluge war verunsichert.

»Du hast doch gar keine Frau, Uli.« Nun lachten alle. Jeder hatte eine andere Auflösung im Kopf. Aber keine traf zu.

Alexander ließ sich nun nicht lange bitten: »Sergej durfte nach der Grenzöffnung seinen alten Freund Kolja in Paris besuchen. Der war kurz nach der Oktoberrevolution ausgewandert.« Alexander prüfte mit einem schnellen Blick, ob Kluge den Zeitbezug herstellen konnte. »Kolja, Sergejs Freund aus Kindertagen, wartete am Flughafen. Er hatte ihn fast siebzig Jahre nicht gesehen. Hunderte Menschen drängten sich am Ausgang. Kolja stürzt sich, ohne zu zögern auf einen alten Mann, seinen Freund Sergej, umarmt ihn. Kolja ist überwältigt. Er ist gerührt. ‚Mein Freund', fragt er leise, ‚wie hast du mich erkannt?' ‚Am Mäntelchen, am Mäntelchen, am Mäntelchen', lacht Kolja.«

Kluge prustete los. Katharina lachte süßsauer, gequält.

»Das ist kein Witz, sondern immer noch bittere Wirklichkeit. Wisst ihr, wie lange ich meinen Wintermantel getragen habe, ja tragen musste?«

»Komm, Katharina, mach daraus nicht wieder ein Familiendrama. Du hast ihn bestimmt nicht siebzig Jahre lang getragen.« Alexander Bergmann wollte die gute Stimmung nicht wieder kippen lassen.

»Na ja, ganz so schlimm ist es ja auch nicht mehr.«

Kluge beschwichtigte, »in den großen Städten vielleicht, aber geht mal aufs Land oder in die Regionen, die der Staat einfach vergisst. Wann willst du zurück, Alexander?«, wechselte er das Thema. Alexander sah zu Katharina.

»Das müssen wir noch besprechen.«

»Gutes Stichwort«, sagte Katharina, »ich bin hundemüde, wollt ihr noch lange bleiben?«

»Ja, ich habe morgen auch einen schweren Tag, jede Menge Vorlesungen, ich komme mit. Ihr könnt mit mir fahren.«

Alexander bezahlte, ließ sich einen Beleg als Geschäftsessen ausstellen und folgte Katharina und Uli Kluge nach draußen. Alexander hatte sich an den amerikanischen Whisky gewöhnt. Der russische Wodka bekam ihm nicht mehr. Er war froh, mitfahren zu können. Nur wenige Minuten waren es von der Alten Oper bis nach Hause.

Katharina wollte noch etwas an die Luft. Sie ließen die Mäntel an und setzten sich auf den Balkon. Der Verkehr unten am Mainkai war nur noch schwach zu hören. Die wenigen Autos störten nicht. Alexander holte für sich und Katharina ein Mineralwasser und setzte sich neben sie.

Die Nächte in Frankfurt haben auch eine besondere Romantik. Er wollte etwas sagen, aber Katharina genoss versunken die Aussicht über die Lichter von Sachsenhausen bis in die Dunkelheit des Stadtwaldes. Sie schwiegen lange.

»Wer ist der Mann, der eigentlich heute mit dir essen wollte?«

»Die Männer«, berichtigte sie ihn, »haben mit mir gegessen.«

»Katharina, bitte, treibt kein Spiel mit mir. Ich bin deinetwegen Hals über Kopf nach Frankfurt gekommen, und auf dem Anrufbeantworter hat dir irgendein Mann eindeutige Avancen gemacht.«

Katharina schien aus einem Traum zu erwachen. Sie blickte ihn lange an. »Das war ein guter Freund«, sagte sie leise und für Bergmann fast nicht zu hören.

»Na und?«, fragte Bergmann. Dann begann ein Redeschwall. Es brach ein Deich.

»Ich habe ihn vor vier Monaten auf einer Tagung in Hamburg kennengelernt. Er arbeitet im Landratsamt oben in Niedersachsen, ist zuständig für irgendwelche Anträge. Wir kamen ins Gespräch und stellten fest, dass wir ähnliche Biografien haben.«

»Und, wie weit seid ihr?«

»Sei doch nicht immer so direkt, Alexander, wir sind ein paar Mal ausgegangen. Wir mögen uns. Mehr nicht.«

»Na toll, das hättest du mir auch telefonisch mitteilen können, Katharina. Das wäre billiger gewesen.«

»Alexander, du hast acht Monate nichts von dir hören lassen. Meine Briefe kamen zurück. Ich hatte Sorgen um dich und war bei Uli Kluge, um zu hören, ob alles in Ordnung ist. Er druckste herum. Mit den Versuchen scheint alles gut zu laufen, sagte er. Du seiest schwer zu erreichen. Ein Aspirant hat einen längeren Bericht von dir mitgebracht, deshalb habe er ein paar Informationen. Aber es sei keine Nachricht für mich dabei gewesen. Und als ich Uli nach Miriam fragte, merkte ich an seiner Reaktion, dass da vielleicht etwas läuft. Es schien, dass er mich nicht belasten wollte. Er wisse auch nichts und überhaupt, das sind Privatsachen, die wir selbst zu erledigen haben. Ich verstehe das alles nicht. Wir hatten doch schöne gemeinsame Jahre. Wir hatten uns Ehrlichkeit versprochen. Deshalb habe ich dir dieses Telegramm geschickt.«

Alexander Bergmann atmete tief ein und aus, er hatte zwar mit einer solchen Eröffnung gerechnet, aber nach diesem Nachmittag und Abend alles verdrängt. In seiner Brust spürte er plötzlich einen stechenden Schmerz. Bis zu diesem Moment glaubte er noch, Sieger zu sein, doch das Blatt begann sich zu wenden. Katharina hatte ihren Grand ouvert gespielt, alle Blätter auf den Tisch gelegt und in seinem Spiel bereits sehr viel früher gezinkte Karten bemerkt.

Katharina war aufgestanden. Sie fror. Vom Main wehte nun eine kalte, feuchte Luft herauf. »Ich geh' mich fertigmachen.«

Sie hatten viel Schlaf nachzuholen und erwachten spät. Katharina war stadtfertig. Das Frühstück hatte sie vorbereitet: mit Kerzen, schön gedeckt; frische Brötchen, starker, guter Kaffee. Alexander kam in die Küche, gab ihr einen Kuss auf die Stirn und setzte sich mit einem wohligen »Ach, wunderbar« an den Tisch.

»Wie ich diese Fresserei der Amis hasse, keine Esskultur, Kaffee in der Plastikdose mit Strohhalm auf der Straße und in der anderen Hand eine MacDoof-Pappe ... Schön hast du das gemacht, Katharina. Was war eigentlich gestern Abend los?«, begann er unbekümmert. »Du bittest mich, nach Hause zu kommen, um etwas zu besprechen, wir hatten einen schönen Abend, und dann sagst du mir, dass du ausziehen möchtest. Wegen eines guten Freundes? Nur deshalb?«

Katharina sagte zunächst nichts und begann dann, sehr ruhig zu reden. »Alexander, ich bin zwar, wie man so schön sagt, in eurem Westen inzwischen emanzipiert, aber so ganz vergessen will ich meine eigentlichen Wurzeln nicht. Hast du dir einmal überlegt, dass ich vielleicht – zwar weit weg – in Sehnsucht an dich denke, wie es für eine junge Frau ganz normal ist? Und dann ist die schöne Miriam den ganzen Tag über Wochen und Monate mit dir zusammen. Ich hatte viel Zeit zum Nachdenken. Wir sind uns damals in Moskau zufällig begegnet. Du warst für mich der stolze Ritter auf dem Schimmel aus dem ersehnten Land meiner Träume. Aber ich habe dich nicht deshalb geliebt. Du hast mich wie ein Prinz wachgeküsst, und ich war glücklich. Das bin ich immer noch, und ich möchte, dass es so bleibt. Aber dann habe ich auch festgestellt, dass bei uns – wie bei allen Menschen – ganz im Verborgenen Unterschiede schlummern, die wohl mit unseren Prägungen in unterschiedlichen Kulturen zusammenhängen.«

»Was meinst du mit *unterschiedlichen Prägungen*?«

»Kannst du dich noch an Onkel Boro erinnern? Ich habe dir von ihm erzählt, meinem Ersatzopa zu Hause. Unsere russischen Frauen – und in diesem Fall fühle ich wie eine Russin – sind bedingungslos leidenschaftlich, Furien im Hass und stark wie die Arbeitselefanten. Ich nehme die Leidenschaft für mich in Anspruch. Aber die westliche Kultur macht die Menschen zu Objekten, zu Finanzpositionen, um es als Bankerin auszudrücken. Das ist auch unser Problem.«

»Willst du wirklich sagen, dass wir alle nur noch Objekte sind? Also keine Seele und Emotionen mehr haben? Das geht wirklich zu weit, Katharina.«

»Wie alles – in der Übertreibung wird das Wesen deutlich«, sagte Katharina leise, und sah Alexander, der ihr gespannt zugehört hatte, mit einem Blick an, der Trauer, Erinnerung aber auch Hoffnung sein konnte. Sie vermied es, deutlicher zu werden, weil sie ihm den Rückzug nicht verbauen wollte.

Katharina hatte Zeit: Es war Sonnabend, und es gab für sie keine Verpflichtungen.

»Alexander«, begann sie nach einer langen Pause, »wir sollten jetzt nichts übers Knie brechen. Ich möchte, dass wir – jeder für sich – zu uns finden. Wir haben eine gegenseitige Verantwortung und dürfen uns nicht verlieren. Halte Kurs, sagte mein Vater immer. Einfacher und treffender kann man doch die Philosophie des Lebens nicht beschreiben, oder?« Katharina machte wieder eine kleine Pause und fuhr dann fort: »Es ist wohl besser, dass wir uns auf eine bestimmte Zeit erst einmal trennen. Es soll sich keiner verletzt und behindert fühlen. Wir können übers Wochenende in aller Ruhe unsere Sachen ordnen und besprechen. Dann fährst du erst einmal wieder 'rüber. Wann eigentlich? Das hast du noch nicht gesagt.«

»Nächsten Mittwoch.«

»Mach' deine Versuche fertig. Ich bin nicht nachtragend, und meine Gefühle zu dir haben sich eigentlich nicht geändert. Ich bin nur enttäuscht, und meine Basis ist weggerutscht. In Rudolf Bleicher habe ich einen Seelenfreund – ja einen wirklichen Freund – gefunden, der mich versteht und aufgefangen hat, als ich mich wie in einem luftleeren Raum gefühlt habe.«

Sie erledigten das Nötigste in der verbleibenden Zeit bis zu Alexanders Abreise. Ein befreundeter Anwalt riet ihnen, falls sie sich wirklich trennen wollten, möglichst nur das Juristische anwaltlich vor dem Familiengericht abzuwickeln, schon um Kosten und Zeit zu sparen.

Als Alexander am Mittwoch wieder ausreiste, hatten sie alles so weit geordnet, dass die Dinge auch in seiner Abwesenheit geschehen konnten. Katharina brachte ihn zum Flughafen. Sie umarmten sich, nicht mehr wie ein Ehepaar, sondern wie zwei gute Freunde, die sich nach langer Zeit wiedergetroffen hatten.

Lohfeuer

Miriam holte ihn am Bostoner Flughafen *Logan International* ab. »Schön, dass du wieder da bist. Wie war es in Deutschland?« Sie fiel ihm leidenschaftlich in die Arme, und Bergmann war sofort im süßen Honigtopf verschwunden.

»Pass auf, dass uns die sittenstrengen Ami-Polizisten nicht wegholen und uns wegen Erregung öffentlichen Ärgernisses einsperren.« Alexander war dieser öffentliche Gefühlsausbruch peinlich.

»Wer erregt hier ein öffentliches Ärgernis? Doch wohl du, weil du dich mir entziehst«, schmollte nun Miriam.

»Du bist also die Öffentlichkeit, darf ich das so verstehen?«

»Jawohl, Herr Professor, deine Öffentlichkeit, und wenn du nicht gleich ein Taxi heranwinkst, wird es zu einem Volksaufstand kommen.«

»Nein, bitte keine Revolution, die hatte ich gerade zu Hause.«

»Hast du Katharina etwas erzählt?«

»Das brauchte ich nicht. Sie hat es gefühlt, ohne es direkt anzusprechen.«

»Also, was nun?«

»Es muss wohl unsere Liaison mit einer Flaschenpost über den Teich gedriftet sein«, versuchte Bergmann die Situation ironisch zu entschärfen.

»Liaison nennst du das? Pass gut auf dich auf, sonst wird dich deine Liaison umbringen. Ich liebe dich, Bergmann, du stupider Techniker. Ich liaisiere nicht mit dir.«

Ein Taxi hielt, der Fahrer nahm wortlos die Reisetasche von Bergmann, verstaute sie, klemmte sich hinter sein Lenkrad und wartete mit einem fragenden Blick auf das Ziel.

»Lass uns diese gemeinsame Stunde genießen und uns an der schönen Stadt erfreuen.«

»Also mit Umweg über die *Tobin Memorial Bridge*?«

»Oh ja, man hat einen so herrlichen Blick auf die Bucht und die grüne Vorstadt.« Miriam jubelte wie ein kleines Mädchen, das zum ersten Mal das Meer sah. Sie genoss es wirklich. Sie lag in seinem Arm, hatte sich fast auf seinen Platz gedrängt und die Beine quer auf dem Sitz verschränkt. Der Fahrer, ein auffallend dicker Inder, füllte mit seiner Körpermasse den Raum hinter dem Lenkrad aus. Schon als er einstieg, neigte sich der weich gefederte *Chevrolet* spürbar auf die Fahrerseite. Bergmann hatte sich instinktiv auf die andere Seite gesetzt, um einen Ausgleich zu schaffen. Das gelang mit Miriams Unterstützung einigermaßen. Als sie den Broadway hinunterfuhren, öffnete sich das schöne Panorama auf die Bucht. Miriam richtete sich auf, sah zu Bergmann.

»Überraschung«, flötete sie.

»Was ist los?«

»Wirst du gleich sehen.« Miriam beugte sich zum Fahrer und flüsterte etwas, der nickte und bog in die Mainstreet ab.

»Wo willst du hin, Miriam, wir hätten doch den Broadway weiterfahren müssen.«

»Sei doch nicht so ungeduldig, Schatz.« Der Wagen hielt vor einem roten Gebäude.

»Das Hotel *Kendall*? Was willst du hier in diesem plüschigen Schuppen aus dem vorigen Jahrhundert?«

»Wir, mein Lieber, du wolltest doch ein Volksbegehren vermeiden. Dazu hast du hier für die nächsten acht Tage Gelegenheit. Das ist mein Geburtstagsgeschenk für dich, na ja, ganz so selbstlos ist es auch nicht, weil du mich ja hoffentlich mit auf dein Zimmer lässt.«

»Miriam, du bist ein Teufelsbraten, wirklich. Das ist eine Überraschung. Aber ich muss doch in den nächsten Tagen meine Versuche, das heißt, du ja auch, also unsere Abschlussversuche vorbereiten.«

»Genau deshalb habe ich diesen Workshop gebucht. Da braucht man nämlich Ruhe und Entspannung. Die verschaffe ich dir. Verlass dich drauf.«

Also, noch einen Löffel süße Grütze oben drauf. So komme ich da nicht raus, dachte Bergmann. Mehr Nachdenklichkeit ließ Miriam auch nicht zu, sie packte ihn am Ärmel und schob ihn mit sanftem Druck in die gemütliche Hotellobby.

»Schön ist das hier. Etwas kitschig mit einem Touch Moderne, oder?«

»Also, es scheint dir zu gefallen?«

»Ja, ja, ja.«

Als sie den Lift verließen, waren sie geblendet. Durch das tonnenförmig gewölbte Dachfenster fiel gleißendes Licht auf die schweren Teppiche der Halle. Es roch staubig warm. In den Strahlen unter dem Lichtband schwebten feine Partikel wie tausend Glühwürmchen, und der Korridor flutete in grellem Gelb. Miriam schloss das Zimmer auf, hielt kurz inne und kicherte unvermittelt los. Bergmann reckte neugierig seinen Kopf über ihre Schulter.

»Sieh dir das an«, prustete sie, »alles blau. Das halte ich nicht aus.«

»Ich auch nicht. So sahen doch früher die Wasserwerke aus, als Schutz vor Algenwachstum.«

Miriam drehte sich zu ihm. »Na, ganz so lange wollte ich mit dir auch nicht bleiben.«

Das Zimmer war großzügig geschnitten, aber schmal. Ein Fensterband gab den Blick auf die Straße und den Charles River frei. Zwei der großen Wände waren in einem tiefen Blau gehalten, darauf Bilder, gelbgrundig mit abstrakten Motiven, und darunter eine schwülstige Sitzgarnitur, purpurrot und schwer.

»Lass uns ein anderes Zimmer nehmen. Ich will mich doch nicht vor und nach dem Schlafen aufregen, jedenfalls nicht so. Da hätten wir auch in unser Gästehaus in der Beacon Street gehen können.«

»Das siehst du von hier, schau mal raus, drüben übers Wasser, erkennst du's?«

»Ich sehe gar nichts. Die großen Kästen versperren mir die Sicht.«

»Na, die Sonne steht jetzt dagegen. Heute Nachmittag ist das vielleicht besser zu sehen. Ich habe mir schon etwas dabei gedacht, das *Kendall* zu buchen.« Miriam strahlte ihn an.

»Ich gehe noch mal 'runter und frage nach einem anderen Zimmer.« Die Dame lächelte, als er vorsichtig nach einem anderen Zimmer fragte. Sie legte ihm einen anderen Schlüssel hin und sagte, dass das wohl das Richtige sei. Miriam raunzte ein Wauuu, als sie eintraten.

»Das ist gut. So habe ich mir das vorgestellt, komm rein, mein Schatz. Und ...?« Sie sah ihn erwartungsvoll an.

»Okay, das ist in Ordnung.«

»Lass uns etwas Schönes essen und dann – was wir uns immer gewünscht haben – schlendern wir durch die Altstadt.«

»Oder wie man die Häuser aus dem letzten Jahrhundert bezeichnen könnte. Boston, Cambridge, wer würde nicht dafür einen hohen Preis zahlen, um das auf seine Visitenkarte schreiben zu können? Cambridge, Massachusetts, USA, das hat was. Wer kennt schon The University of Darmstadt. Darmstadt, vielleicht schon, aber die Uni? Niemand.«

»Vergiss uns nicht, die berühmtesten Wissenschaftler der Uni.« Sie schütteten sich aus vor Lachen.

»Du, ich soll übrigens nach Moskau an die dortige Uni gehen, hat mir Uli Kluge letzte Woche eröffnet.«

»So, hat er das? Will er Katharina nach Sibirien bringen?«

»Miriam, lass das. Rede nicht so über Katharina. Sie hatte ein schweres Schicksal, mehr noch ihre Familie. Das hat keiner von uns erlebt, auch nicht nach dem Zusammenbruch und dem Zweiten Weltkrieg. Nein, Kluge hat mit dem Moskauer Hochschulinstitut einen Kooperationsvertrag. Die brauchen ein paar Theoretiker für den Lehrbetrieb.«

»Na und, gehst du?«

»Natürlich nicht, weder mit noch ohne Katharina. Das kann und will ich nicht. Ich kann kein Russisch, und meine Familie würde auch die Augen verdrehen. Der Russe als solcher steckt den Alten immer noch in den Knochen, Kälte, Arbeitslager, Hunger, Kommunismus.«

»Aber das ist doch Quatsch. Die essen schon längst mit Messer und Gabel, und funktionierende Weltraumkapseln haben die auch.«

»Und trotzdem, ich hätte auch keine Lust.«

»Siehst du, sage ich doch.«

Sie machten sich frisch und ließen sich von der Rezeption ein gemütliches Restaurant empfehlen.

»Ach, wenn Sie gemütlich essen wollen, empfehle ich Ihnen *Friedas Pizza*, das ist nicht weit von hier. Sie können dorthin laufen und rückwärts, wenn sie sich die Beine noch etwas vertreten wollen, am Fluss entlang, im Cambridge-Center noch einen guten Espresso trinken.« Miriam und Alexander Bergmann ließen sich den Weg erklären und schlenderten los.

»Hast du eigentlich bemerkt, dass hinter uns ein MIT-Gebäude ist?«

»Denkst du, dich kennt hier jemand?«

»Naja, acht Tage im *Kendall* zu wohnen ist nicht ganz billig.«

»Aber wunderschön, mein Schatz«, sagte Miriam. »Man muss die Feste feiern, wie sie fallen. Manchmal auch feste fallen.«

»Miriam höre mit dem Blödsinn auf, du wirst kindisch.«

Sie sagte nichts, hängte sich bei ihm ein. Schweigend schlenderten sie durch ein Industriegebiet und das, was die Dame an der Rezeption als Altstadt bezeichnete. In Deutschland wäre das üble Gründerzeitarchitektur.

Friedas Pizza fanden sie mühelos. Es war natürlich kein italienisches Restaurant, wie sie vermutet haben, sondern eine gemütliche Kneipe, wie man sie auch in München kennt. Jetzt, kurz nach sechs, begann sich der kleine Raum zu füllen. Die

Wirtin stand höchstpersönlich hinter dem Tresen und begrüßte jeden der Gäste. Sie erriet schnell, dass die beiden Deutsche waren, und setzte sich kurz zu ihnen. Alexander Bergmann fragte, ob man außer Pizza auch etwas anderes essen könne.

»Na, lieber Landsmann, was hätten Sie denn gern?«

»Wenn ich ehrlich bin, würde ich gern wieder einmal ein richtiges Schnitzel essen.«

»Kein Problem«, sagte sie, »wenn Sie etwas Zeit haben, mache ich Ihnen ein echtes deutsches Schnitzel, überbacken mit einem frischen Landei.«

»Und was wollen Sie trinken?«

»Ich wage es ja gar nicht zu sagen, aber vielleicht haben Sie ein deutsches Bier?«

»Welches hätten Sie denn gern?«

»Jetzt mache ich die Nagelprobe«, sagte Alexander.

»... und die wäre?«

»Ich möchte gerne ein tschechisches Bier, und zwar ein *Pilsner Urquell.*«

»Also doch kein deutsches? Nagelprobe bestanden, wollen Sie das aus der Flasche oder vom Fass?«

»Ich kapituliere, wenn, dann vom Fass.«

»Mein Herr, Sie vergessen, dass wir im Land der unbegrenzten Möglichkeiten sind.«

»Wenn sich das alles nur am Bier festmachen würde, könnte man ja eigentlich zufrieden sein.«

Miriam verfolgte das Wortspiel und hakte ein. Sie fürchtete die nervigen Dialoge über Sinn und Unsinn der Konsumgesellschaft. »Problematisiere bitte nicht diesen schönen Abend, nimm es einfach so, wie es ist!«

Frieda kam mit dem Schnitzel und einem großen tschechischen Bier, so wie es Bergmann bestellt hatte. Miriam blieb bei einer einfachen Pizza. In dieser Frage war sie einfallslos, und sie rechtfertigte sich immer damit, dass sie ihre gesamte Kindheit im

Umfeld einer Fladenbrotbäckerei in Tel Aviv verbracht hatte und ihre Mutter die Fladen des arabischen Bäckers mit allerlei Köstlichkeiten zu belegen wusste. Jede Pizza sei ein Stück Kindheit, und die wolle sie sich bewahren. Alexander grinste immer ungläubig bei solchen Ausflüchten, aber auch da war es zweckmäßig, sich nicht mit ihr anzulegen.

Sie verließen zeitig und – wie es Bergmann immer auszudrücken pflegte – harmonisch in Geist und Körper das kleine Restaurant. Die frische Seeluft, die vom Charles River herüberwehte, tat gut. Sie versuchten sich durch das Straßengewirr bis zu einem kleinen Strandcafé durchzufitzen, um noch einen guten Kaffee zu genießen. Gegen elf Uhr waren sie wieder im Hotel. Sie tranken an der kleinen Hotelbar noch einen Absacker. Bergmann wählte einen Scotch Whisky und dann gleich noch einen zweiten hinterher, und Miriam nahm einen Magenbitter, einen Underberg, den es hier auch gab.

Mit der Wirkung des Alkohols wurde Alexander bewusst, dass er sich mit Miriam immer tiefer in eine Situation ohne Zukunft bringen würde. Er war auch auf Uli Kluge sauer, der ihm empfohlen hatte, Miriam zur Unterstützung mitzunehmen; und seine vielleicht abgelegten Freundinnen zu trösten. Obwohl er Miriam eigentlich schon länger kannte, war ihm das schon gleich gar nicht recht. Er suchte nach eigenen Rechtfertigungen: Katharina, hatte ihn schon in Moskau in ihrer Erscheinung immer an die frühe Begegnung mit Miriam erinnert, aber sie war ihm als erfolgreiche Bankfrau etwas fremd geworden, manchmal zu selbstsicher und seltener die anschmiegsame Partnerin, die er geheiratet hatte. Nach den Gesprächen zu Hause plagte ihn das schlechte Gewissen; Katharina, aber auch Miriam gegenüber. Er war wirklich in dieser monatelangen, angespannten Arbeitsphase seiner Wissenschaft zum Objekt geworden. Katharina hatte recht. Er musste nun endlich wieder seine Linie finden.

Als Miriam und Alexander in ihr Zimmer traten, warfen die erleuchteten Fenster der angrenzenden Bürogebäude ihr helles Licht in den Raum. Sie hatten geglaubt, dass der Verkehrslärm der Mainstreet eine Belästigung sein würde. Aber die schalldichten Fenster machten das Zimmer zu einer Oase der Ruhe.

Miriam kicherte los: »Hier ist es ja wie in einem schalltoten Raum. Da hört man ja gar nichts vom Verkehr da draußen.«

»Na, da wirst du dich ruhig verhalten müssen«, sagte Bergmann.

»Das hatte ich eigentlich nicht vor, nach dieser langen Trennung.«

Bergmann reagierte nicht auf diese Anspielung.

»Gehst du zuerst ins Bad?«, fragte Bergmann. »Wenn du zu lange bummelst, bin ich eingeschlafen.«

»Unterstehe dich!«

»Und wenn doch?«

»Das wirst du dann schon sehen!«

Bergmann hatte sich im Bad für die Nacht schnell zurechtgemacht. Auch Miriam beeilte sich. Aber als sie wieder in das Zimmer trat, war er tief eingeschlafen und widerstand auch ihren heftigsten Attacken. Die letzten Tage in Frankfurt waren für ihn anstrengend. Sein Körper holte sich das Versäumte.

Als er am nächsten Morgen erwachte, lag die Stadt schon im hellen Sonnenschein. Miriam war bereits fertig und grüßte ihn mit einem freundlichen Guten Morgen. Er überhörte ihren Unterton.

»Oh«, sagte Alexander, »ich habe hervorragend geschlafen und fühle mich richtig erholt.«

»Das sieht man«, stänkerte Miriam. »Komm, steh auf, wir wollen uns die Stadt ansehen.«

Miriam Rosen und Alexander Bergmann erlebten eine ruhige Woche, zwar in Sichtweite des Instituts, aber ohne den Stress, etwas erledigen zu müssen, eben wie zwei ausländische Touristen auf Entdeckungstour.

Die 355-jährige Gründungsgeschichte von Cambridge, die siebenhundert Menschen, die 1630 mit elf Schiffen aus England ankamen, um ein einfaches, bibelfestes Leben zu führen, setzte Bergmann gegen sein Leben heute, neu anzufangen, aufzubrechen, alles hinter sich zu lassen, wie diese Menschen, eine neue Stadt, Newtown, zu gründen, den Hudson mit Brücken zu überqueren und schließlich in der Bucht von Massachusetts etwa fünf Meilen stromauf Boston zu errichten. Das war wohl der Schlüssel für das Heute: Schwierigkeiten durch Kreativität zu meistern, als Formel, um hier später weltweit die besten Wissenschaftler zu versammeln.

Bergmann sah sich nun selbst nüchterner und kritisch, wie ihn andere sehen würden. Katharinas Worte mahnten ihn, sich der Regeln seines Fachgebietes bewusst zu sein: Auch der beste Spannbeton wird seine Vorspannung verlieren, insbesondere wenn mehr als fünfzehn Jahre Altersunterschied diesen Verlust beschleunigten.

Als Miriam und Alexander am Ende dieser Woche ihre Koffer packten, um auf die andere Flussseite in ihr angestammtes Gästehaus zu wechseln, waren beide zufrieden. Es war etwas von ihnen abgefallen, das jeder auf seine Art wahrgenommen hatte, ohne es je angesprochen zu haben.

Bergmann hatte seinen Wissenschaftskollegen Ginger am Vorabend über seine Ankunft informiert. Er würde am nächsten Tag im Institut sein und bat, dass eine kleine Beratung über das Versuchsprogramm und dessen Weiterführung anberaumt wurde.

Miriam und Alexander Bergmann waren gegen elf Uhr im Institut. Die kleine Arbeitsgruppe erwartete ihn. Sein amerikanischer Kollege ließ sich von den Technikern den bisherigen Stand der Versuche erläutern. Miriam, die die ganze Zeit relativ häufig in der Versuchshalle die Vorbereitungen beobachtet hatte, ergänzte den Vortrag. Der Chefingenieur berichtete von Vorversuchen, die mit einer ähnlichen Aufgabenstellungen bereits zwei Jahre zuvor gelaufen waren. Er machte darauf aufmerksam, dass bei diesen Kräften, die bis zum Versagen der Bauteile einzubringen sind, ein erhebliches Unfallrisiko bestehen würde. Es sei bei einem der Versuche durch die hohen Spaltzugkräfte zu einem Trümmerbruch gekommen. Die Betonbrocken seien wie Geschosse durch die Halle geflogen. Er könne es deshalb nicht verantworten, dass die Versuche mit realen Laststufen ohne Schutzeinhausung absolviert werden würden. In dieser Zeit liefen auch Studentenpraktika, und es musste mit Publikumsverkehr gerechnet werden.

»Können wir so etwas organisieren?«

»Das ist bestimmt kein Problem, aber wir verlieren Zeit, und die Messeinrichtungen müssen so angebracht werden, dass sie automatisch funktionieren.«

»Wie lange dauert das?«

»Ach, ich glaube, das ist auch nicht das Problem. Aber unsere bisherige Versuchskonzeption muss überarbeitet werden.«

»Hast du eine neue Konfiguration gerechnet?«, fragte Ginger.

»Natürlich, aber ich hatte geglaubt, dass ihr schon die neuen Laststufen eingearbeitet habt.«

»Ich hatte Miriam gefragt, aber sie sagte mir, von dir noch keine Post erhalten zu haben.«

»Wenn wir einen Schutz brauchen, müssen wir einen bauen. Wir können in dieser Zeit die Versuchskonzeption überarbeiten.«

Die nächsten acht Wochen verliefen wie im Fluge. Trotz aller Befürchtungen ging es mit den Versuchen erstaunlich glatt. Auch die Ergebnisse stimmten nahezu exakt mit den theoretischen Voraussagen überein. Darüber freute sich Bergmann. Es verschaffte ihm ein besonderes Hochgefühl. Und das entwickelte sich zwischen ihm und Miriam zu einer freundschaftlichen Sachlichkeit, die beiden guttat. Er musste sich nicht mehr wie ein pubertierender Pennäler strapazieren, und es schien, als habe er seine Linie wiedergefunden.

Miriam hatte in einem Doktorandenkolleg Freunde aus aller Herren Länder gefunden. Mit denen zog sie abends durch die Diskotheken.

Bergmann konnte die Versuchsprotokolle auswerten, aber ihm lief die Zeit davon. Der Forschungsbericht musste aus vielen Bausteinen, die in Boston und zu Hause in Darmstadt lagen, zusammengetragen werden. Er hatte sich als Abgabetermin sinnigerweise den ersten Mai vorgenommen, denn die Senatskommission der technischen Fakultäten tagte nur einmal im Frühjahr und im Herbst. Wenn sich die Gutachter beeilten, könnte er im nächsten Frühjahr verteidigen. Weil Miriam auch mit einem ähnlichen Thema promovieren wollte, glaubte er, dass sie ihm zuarbeiten könnte. Aber das Experimentierfeld durfte nicht für die dann notwendigen Sonderversuche blockiert werden. So scheiterte diese Absicht. Außerdem hatte sie ihre Pläne geändert. Sie erwog, nicht nach Deutschland zurückzukehren, jedenfalls nicht sofort. Alexander versuchte, sie von diesem Gedanken abzubringen, aber sie wollte ihr Leben neu überdenken. Auch, weil sie fühlte, dass eine ernsthafte Verbindung mit ihm nicht möglich sein würde. Dabei spielte seine mögliche Scheidung von Katharina nicht die wesentliche Rolle, sondern Miriams Wunsch, mindestens zwei Kinder zu haben, und nicht irgendwo in einem wissenschaftlichen Institut zu versauern. Da wäre zwar ein Mann in gesicherter Position gut, aber nicht Alexander Bergmann, der als Wissenschaftler wenig Familiensinn erkennen ließ.

Dass er immer noch in ihrem Herzen rumorte, wie sie es ausdrückte, konnte sie sich nicht erklären. Vielleicht war es ein verdrängter Vaterkomplex. Sie war nach ihrer glücklichen Kindheit in Israel in einer reinen Frauenfamilie aufgewachsen:

Mutter, Schwestern und alte Tanten, nachdem ihre Eltern wieder zurück nach Deutschland gegangen waren und ihr Vater nach einigen Jahren krank wurde und starb. Die verstaubten Tanten strapazierten sie, als sie flügge wurde, mit allerlei altmodischen Gängeleien. Wenn ihre Freundinnen mit ihren Vätern stolz am Arm zur ersten Tanzstunde kamen, war es ihre Mutter, die sie begleitete. In allen reifen Männern sah sie ihren Vater. Und in dieser Altersgruppe suchte sie auch ihre Liebhaber. Aber die Jahre, die ihre Partner voraushatten, wurden dann zum Problem. Mein Gott, sagte sie sich manchmal, was nützt mir eine Stradivari, wenn ich darauf nicht spielen kann? Die fand sie dann aber doch, um im Bild zu bleiben, und sie konnte auf ihr spielen.

II DDR und BRD

Fahnenflucht

»Guten Morgen, Genossen, der einzige Tagesordnungspunkt ist heute eine Weisung des Genossen Ministers, die ich euch verlese. Sie wird nicht ausgehändigt. Ihr könnt Notizen nach den üblichen Regelungen in die Dienstbücher übernehmen. Die Weisung hat höchste Geheimhaltung und wird unter dem Codewort *Schildkröte* bearbeitet.« Er teilte die wesentlichen Fakten mit, spulte sein Programm mechanisch ab und schloss nach wenigen Minuten. »Die Abteilung Operatives wird sich der Sache annehmen. Ich bitte Genossen Höfer, nach der Sitzung hierzubleiben. Gibt es aus der letzten Sitzung Ergänzungen oder Nachfragen? ... Wenn nicht, schließe ich wegen der Dringlichkeit der Ministerweisung unsere heutige Abstimmung. Wir sehen uns morgen, wie immer. Die Sitzung ist geschlossen.«

Oberstleutnant Brause hielt sich nicht lange mit den Vorreden auf. Seine Sprache war militärisch exakt, nicht unfreundlich, aber mit einem Gestus des Absoluten. Er kam von der monatlichen Dienstberatung, die nichts anderes als ein Befehlsempfang war, immer ungehalten zurück. Er machte dann auch wenig Federlesen und leitete alles direkt weiter. Diesen Posten wollte er nicht, Statthalter von Mielke im Bezirk Cottbus zu sein. Aber er hatte wenig andere Möglichkeiten, nach der Armeezeit, die er beim Wachregiment *Feliks Dzierżyński*[37] abgeleistet hatte. Seine Freundin erwartete ein Kind. Die Parteileitung wollte keine unklaren Verhältnisse und drängte ihn zur Heirat. So saß er in Cottbus fest, gut bezahlt zwar, aber eben nur ein Job. Und wenn er Job dachte, war das für ihn schon Verrat an seiner Linientreue, die er seit seiner Kindheit – wie selbstverständlich – in der Familie lebte.

Seine eigene kleine intakte Familie wurde seine Heimat. Die hielt ihn auch von den regelmäßigen Saufgelagen der Kollegen

[37] eigentlich Wachregiment “Feliks Dzierzynski”, militärische Eliteeinheit, dem Ministerium für Staatssicherheit unterstellt, nur für besonders ausgesuchte Rekruten, benannt nach dem sowjetischen Geheimdienstchef

ab: Armenischer Cognac und Krimsekt flossen in Strömen und *Radeberger*-Exportbier. Das gab es *draußen* nicht, nur hier im Magazin[38] der Dienststelle.

Brause hatte gerade in der Abteilung Operative Vorgänge angefangen, als wenig später der Chef der Bezirksverwaltung nach Berlin abkommandiert wurde. Er rückte nach und saß nun auf diesem Stuhl. Das interessierte die Genossen nicht, eine solche Ehre schlug man nicht aus. So war das.

Höfer kam nach kurzem Anklopfen wieder in das Dienstzimmer zurück.

»Jürgen, bevor du dich setzt, sag doch bitte draußen, dass wir Kaffee wollen und ein *Margonwasser* und ansonsten keine Störung.« Brause kam gleich zur Sache.

»*Schildkröte* soll unsere Basis in der BRD auf niedrigerer Ebene verstärken. Seit der Enttarnung des Genossen Guillaume[39] haben wir in der Fläche Schwierigkeiten. Wir wollen auch nicht mehr so lange Vorlaufzeiten. Die Hauptverwaltung[40] meint, kleine Fische im gut geführten Schwarm richten mehr aus als ein kapitales Exemplar, das uns vielleicht unterwegs weggefangen wird. Dass wir Günter Guillaume so weit gebracht haben, ist eine Ausnahme und hat viel Kraft gekostet. Also, wir suchen junge, fähige Leute, die wir mit einer Legende versehen und über die grüne Grenze bringen. Dann werden wir sie in die Ämter lancieren und auf der Mitarbeiterebene belassen. Der Nachteil ist, dass das Netz sehr groß und unübersichtlich wird, aber auch sein soll. Die Informationsknoten müssen unter höchster Geheimhaltung bedient und

---

[38] Name für die an besondere Behörden angeschlossenen Verkaufsstellen

[39] Günter Guillaume, alias Günter Bröhl (1927-1995), war Offizier im Besonderen Einsatz des Ministeriums für Staatssicherheit der DDR und Agent der DDR im Bundeskanzleramt in Bonn, führte nach dessen Enttarnung zum Rücktritt von Bundeskanzler Willy Brandt (1974).

[40] Eigentlich Hauptverwaltung Aufklärung , Abk.: HVA, war die Auslandsspionageabteilung des Ministeriums für Staatssicherheit der DDR.

abgeschöpft werden. Unsere Aufgabe ist es, geeignete Vorschläge zu unterbreiten. Wenn wir einige gefunden haben und grünes Licht bekommen, dann werden sie mit einer unauffälligen Versetzung innerhalb der DDR in ein neues Umfeld gebracht und von dort mit neuer Identität ausgeschleust. Das wissen wir dann aber schon nicht mehr. Unsere Aufgabe ist die Kandidatenvorauswahl. Den Rest machen die Genossen der HVA.«

Brause sprach schnörkellos und unaufgeregt. Höfer hörte gespannt zu. Wollte fragen, nach welchen Kriterien vorzugehen sei.

»Denkt nach und euch etwas aus. Ich würde ein Profil konzipieren und die Akten durchforsten lassen. Kann das schon am Montag sein, Jürgen?« Das war keine Frage mehr, sondern ein Befehl und die Verabschiedung für heute.

Höfer ging und trommelte die Mannschaft zusammen. Die Ferienzeit hatte begonnen, zwei seiner Leute hatten Urlaubsplätze im Gästehaus in Sellin. Höfer verhängte eine allgemeine Urlaubssperre.

Leutnant Klein, der Jüngste im Kollektiv, war frisch verheiratet. Und seine Frau erwartete ein Kind. Sie hatten sich auf den ersten gemeinsamen Urlaub gefreut. Klein wollte protestieren.

»Tut mir leid, sag's dem Minister, wir haben keine Zeit. Ich kann anrufen lassen und versuchen, dich eine Woche nach hinten zu schieben, aber wir sind keine Sozialstation. Das muss auch deine Frau langsam begreifen.«

Klein schwieg. Er unterstand der Befehlsgewalt. Das musste seine Frau noch lernen. Zwei Tage später gab es zur internen Arbeitsberatung schon erste Vorschläge. Klein hatte die Karteien durchgewühlt und vierzehn Namen herausgezogen. Er verlas die Kurzbiografien. Neun Kandidaten fielen schon durch, weil sie verheiratet waren. Klein hatte sich deswegen schräge Kommentare anhören müssen. Die restlichen fünf konnte man sich genauer ansehen. Höfer schlug vor, das weitere und nähere Umfeld der fünf aufzuklären.

»Ich brauche die Familienverhältnisse, Eltern, Großeltern, politische Einstellungen, auch vor dem Krieg, eventuell Nazivergangenheit, Freunde, Arbeitskollegen und so weiter, dozierte Höfer.«

Mit seinen Belehrungen nervte er immer die alten Hasen, die fast so lange im Dienst waren, wie er an Lebensjahren zählte. Rücker dachte, gleich wird er uns ermahnen, nicht mit der Tür ins Haus zu fallen und nicht zu viel Wirbel zu machen.

»Bitte benehmt euch nicht wie die Axt im Walde. Es darf nicht auffallen. Setzt eure Freunde und Freundinnen ein. Na, ihr wisst schon.« Höfer entließ die Runde.

Klein erzählte seiner Frau von der Urlaubssperre und tröstete sie, dass es nur ein paar Tage sein würden. Er wolle sich beeilen und abends länger arbeiten, dann könnten sie ja noch fahren. Seine Frau hatte diese Bonzenintensivbehandlung, wie sie ihn ärgerte, sowieso reichlich satt, besonders im Urlaub, aber wegen der Gefährdung waren sie auf die offiziellen Urlaubsplätze angewiesen. Das ließ sich nicht ändern, nur, wenn sie ausbrechen und alles hinter sich lassen würde.

Als sie sich kennenlernten, wusste sie davon nichts und hatte sich auch keine Gedanken gemacht. Jetzt war sie schwanger und saß im goldenen Käfig.

Klein telefonierte mit seinen Operativen und lud sie im Abstand von einer Stunde in die Beratungswohnung ein, wie er den konspirativen Treff im Neubauviertel nannte. Über Ronald Fischer, seinen Kandidaten, lag ihm eine Zusammenfassung aller Fakten vor. Er hoffte, seinen Mann gefunden zu haben. Der hatte an der Cottbuser Hochschule studiert, war drei Jahre bei der Armee und Reserveoffizier, unverheiratet, stammte aus einer geschiedenen Ehe, die Mutter war verstorben. Der Vater arbeitete als Dispatcher[41] beim Kraftverkehr, ein unauffälliger Genosse, der sich nicht her-

[41] Wurden in der DDR als Produktionsorganisatoren in großen Betriebsstätten eingesetzt. Sie waren dem jeweiligen Leiter unterstellt und fungierten teilweise als Kontrolleure und Überwacher.

vortat, aber soweit das aus den Berichten der Parteigruppe ersichtlich war, einen klaren Klassenstandpunkt einnahm. Fischer war Kandidat der Partei, sollte im Herbst aufgenommen werden. Die FDJ[42]-Organisation der Hochschule konnte keine Angaben machen. Das Wehrkreiskommando hatte einen Bericht geliefert, da schrieb Fischer lang und breit über verbesserungswürdige Zustände. Er griff auch die moralischen Schwächen einiger Offiziere an, was nicht zum Klassenauftrag passen würde. Der Bericht wurde ohne Behandlung zu den Akten gelegt. Ob das überhaupt irgendwo eine Rolle gespielt hatte, war nicht ersichtlich. Es fehlte jeglicher Bearbeitungs- oder Eingangsvermerk.

Ein Weltverbesserer, dachte Klein. Das wäre nicht gut. Doch man muss zwar alles essen, aber nicht immer alles sagen.

Meine IMs müssen ran und mehr herauszufinden.

Er informierte sie in Kurzform. Zeit für andere Sachen blieb heute nicht. Er vertröstete sie auf Ende des Monats, auch wegen der Prämien.

Klein ließ ihnen eine knappe Woche, eigentlich nur vier Tage, das Wochenende eingeschlossen und bestellte sie für Montagabend. Das ließ sich einrichten, denn keiner der IMs war Parteimitglied. Und Klein hatte sich ja schon für den Urlaub von der Parteiversammlung abgemeldet. Er würde in der Nacht zum Dienstag dann seinen Bericht für Höfer verfassen und am Mittwoch in den Urlaub fahren. Mit dieser Aussicht besserte sich seine Laune.

Was er dann in der Nacht zum Dienstag las, war für ihn schon die sichere Urlaubsgewissheit. Das war sein Mann, der passte in das Anforderungsprofil. Er freute sich auf seine Frau, die nun schon einige Tage in der Sonne lag, im April 1982 bei kühlem, klarem Frühlingswetter in Sellin an der Ostsee.

Andrea Klein empfing ihren Mann in aufgeräumter Urlaubsstimmung. Klein hatte seinen Bericht für Höfer abgeliefert und

[42] Abk.: Freie Deutsche Jugend, Jugendorganisation der DDR

über ihn erfahren, dass Brause sehr zufrieden war. Andrea war schon sonnengebräunt. In der Frühlingssonne fühlte sie sich wohl. Ihre ersten Schwangerschaftsmonate waren schwierig. Sie musste viel liegen. Es ging ihr nicht gut. Aber hier in der Ruhe des Urlaubs hatte sich ihr Körper nun umgestellt.

Die Gynäkologin hatte das genauso vorhergesagt und sie getröstet, beim Zweiten sei das alles anders. Sie genoss die Privilegien ihres Mannes in vollen Zügen: das ausgedehnte Frühstück im Restaurant über der Ostsee mit Südfrüchten und Cornflakes aus der Regierungsversorgung; den direkten Zugang mit dem Fahrstuhl an den Strand, der jetzt im April nur ihr gehörte und für die Öffentlichkeit gesperrt war; das köstliche Mittagessen und das Ruhen bei offener Balkontür mit Weitblick auf die dänischen Vorinseln des Festlandes und die schönen Spaziergänge am Nachmittag, wenn die Sonne im Westen versank.

Jürgen Klein hatte sie in Potsdam kennengelernt, auf einer Disco, die die FDJ der Filmhochschule Babelsberg veranstaltete und zu der er dienstverpflichtet worden war. Er verletzte die Vorschriften und bandelte mit ihr an. Für beide war es Liebe auf den ersten Blick. Andrea Gerstner erfuhr seine wahre Identität zu spät, viel zu spät, da war sie schon zum ersten Mal schwanger.

Ihr Vater war von der alten Schule. Sie heirateten. Wenig später verlor sie das Kind. Der Ehealltag zog ein. Ihr Studium schloss sie nicht ab. Warum auch. Jürgen Klein verdiente gut. Langsam nahm sie die Rolle der Ehefrau eines Offiziers im Ministerium für Staatssicherheit an. Sie richtete sich ein. Jürgen Klein war verständnisvoll und konnte Dienstaufgabe und Persönliches trennen, meistens jedenfalls.

Leutnant Klein hatte drei Tage Sonderurlaub bekommen, von Höfer, das heißt von Oberstleutnant Brause, die beide mit ihm zufrieden waren. Der Kandidat, über den Klein in seinem Bericht referiert hatte, schlug ein wie eine Bombe.

Andrea hatte gelernt, keine Fragen zu stellen. Das war ein Stück Selbstschutz und auch eine unausgesprochene Verabredung, sich Familiäres und Persönliches zu bewahren. Aber diesmal war es anders.

»Lass uns an den Strand gehen«, sagte Jürgen Klein und nahm seine Frau in den Arm. Der Fahrstuhl brachte sie von der Eingangshalle direkt bis auf die Strandebene.

Schindler Aufzugssysteme, registrierte Jürgen Klein, warum nicht unsere von SKET[43], wunderte er sich.

Sie traten hinaus in den noch nachtkühlen Sand. Das Wasser war ruhig, leichte Wellen schwappten an den flachen Strand.

»Komm, wir gehen in Richtung Göhren. Da haben wir den Wind im Rücken. Zurück können wir mit dem *Rasenden Roland*[44] fahren.«

Der Strand war fast menschenleer. Um diese Zeit gab es nur FDGB[45]-Urlauber und Klinikpatienten zur Rehabilitation. Die saßen in den Strandkörben, lasen oder tranken Bier.

Jürgen Klein war seit langer Zeit endlich mit Andrea ganz alleine, außer Hör- oder Sichtkontakt. Er und mittlerweile auch seine Frau hatten schon diese Geheimdienstneurose, die alle Tschekisten[46] irgendwann bekamen. Am Ende suchten sie jeden Klodeckel nach Sprengfallen ab.

»Ich habe dir was zu erzählen«, begann er.

»Dienstlich oder privat?«, fragte sie.

»Beides. Ich habe für uns ein Angebot von Genossen Brause bekommen. Wir haben Bedenkzeit bis nach meinem Urlaub.«

---

43 Abk. für Schwermaschinenkombinat Ernst Thälmann in Magdeburg

44 Rügensche Bäder-Bahn zwischen Lauterbach, Mole Putbus und Göhren

45 Abk.: Freier Deutscher Gewerkschaftsbund, einzige Gewerkschaft in der DDR und hauptsächlich wegen der billigen Urlaubsplätze beliebt

46 Eigentlich aus dem Russ.; Abk. für Außerordentliche Allrussische Kommission zur Bekämpfung von Konterrevolution, Spekulation und Sabotage, später im Warschauer Pakt als propagandistische Sammelbezeichnung für deren Geheimdienstmitarbeiter verwendet

»Was für ein Angebot, Jürgen?« Andrea strahlte ihn erwartungsvoll an.

»Wir sollen in den Westen gehen«, sagte Klein ohne Umschweife.

»Was sollen wir?« Andrea schien sich verhört zu haben.

»Ja, wir sollen in den Westen abhauen«, wiederholte Klein.

»So wie die, die ihr jeden Tag fangt?«, fragte sie.

»Ja genauso, jedenfalls nach außen hin. Wir sollen dienstlich abhauen, und ich werde meine Arbeit vom Westen aus fortsetzen«, sagte Klein.

Andrea schwieg. Sie gingen, jeder in Gedanken versunken, lange nebeneinander her. Auf der Höhe von Baabe hörte Jürgen Klein plötzlich seinen Namen. Es war Olaf, sein alter Schulfreund, der auf ihn zukam.

»Mann, wo bist du abgeblieben, wir haben oft von dir gesprochen? Hast du dein Studium in Berlin abgeschlossen? Und was machst du?« Olaf sprach schnell und ließ keine Zeit zum Antworten. Jürgen Klein blieb freundlich distanziert.

»Ich bin in Berlin in der Rechtsabteilung vom BMK[47]. Es macht mir Spaß.«

»Ist das deine Frau?«

»Ja.«

»Ich bin Olaf.«

»Andrea«, sagte Frau Klein freundlich, aber etwas unterkühlt.

»Wie lange bleibt ihr hier?«

»Wir wissen das noch nicht, wahrscheinlich muss ich schon morgen wieder zurück. Bei uns läuft ein Auslandsprojekt an. Ich muss bei den Verträgen mitmachen.«

»Schade, ich hätte gern ein Bier mit dir getrunken. Hast du Telefon?«

»Nein noch nicht, aber bald. Ich habe einen Antrag, der müsste nun bearbeitet werden. Und du, was machst du?«

---

[47] Abk. für Bau- und Montagekombinat, staatliche Kombinate, die dem Bauminister in Berlin unterstanden, also zentral geleitet wurden.

»Ach, ich hab's nur bis zum Dorftrottel gebracht. Ich bin der ABV[48].«

»Na, untertreibe mal nicht«, sagte Klein.

»Kommst du nicht mal wieder heim?«, fragte Olaf.

»Schon, aber meine Eltern leben nicht mehr, und ihr habt alle Familien, so ist das halt.«

»Wird schon mal klappen, ich hab' mich gefreut, dich zu treffen. So ein Zufall. Halt die Ohren steif«, sagte Olaf, der ABV, und lief wieder zu einer Gruppe wartender junger Leute zurück, oben auf der Promenade. Klein winkte seinem Schulfreund Olaf hinterher, der, so konnte man seinen Gesten entnehmen, den Bekannten alles haarklein berichtete.

»Das war eine Generalprobe«, sagte Klein, als ihn Andrea fragend ansah. »Eine Spontanlegende zum Schutz.«

»Zu wessen Schutz?«, fragte Andrea. Klein wurde jetzt ernst und fast dienstlich. Er erzählte in etwa das, was Brause und Höfer vor fast einer Woche ihm mitgeteilt hatten. Sie bekämen eine neue Identität und müssten sich von allem trennen, was ihr bisheriges Leben ausmachte.

Diese Eröffnung traf sie wie ein Schlag. Jürgen war ohne Anhang. Seine Familie gab es nicht mehr. Er hatte keine Geschwister, und die wenigen Freunde von früher waren weit weg, wie dieser Olaf. Aber Andrea hatte einen Vater, der nach dem Tod ihrer Mutter psychisch zusammengebrochen war und der sie brauchte. Sie war Einzelkind. Ihr Vater hatte schon die Verstaatlichung des kleinen Familienbetriebs nicht verkraftet. Nein, sie würde ihren Vater nicht allein lassen. Jürgen Klein wusste um ihren Kummer.

»Die Genossen kümmern sich um deinen Vater«, wollte er sie beruhigen.

»Das glaubst du wohl nicht im Ernst. Er hat schon mit dir als SED-Mitglied Schwierigkeiten, geschweige denn mit deinen

---

[48] Abk. für Abschnittsbevollmächtigter der Deutschen Volkspolizei; sie waren die verantwortliche Polizeiinstitution für ein Dorf oder einen Stadtteil.

Kollegen. Er weiß außerdem nicht, was du treibst. Nein, das können wir nicht machen. Sag deinem Genossen Brause, dass das für uns nicht infrage kommt.«

Jürgen Klein kannte Andrea zu gut. Wenn er jetzt noch weiter mit ihr darüber sprechen würde, wäre der Urlaub ruiniert. Aber das war er bereits. Andrea bekam einen Weinkrampf und musste sich setzen. Klein nahm sie in den Arm. Langsam beruhigte sie sich.

»Wir sprechen darüber, wenn wir zu Hause sind«, sagte er versöhnlich.

Als Leutnant Klein nach dem Urlaub seinen Dienst antrat, hatte er sich mit Andrea geeinigt, das Angebot abzusagen.

»Wie war der Urlaub?« Oberstleutnant Brause kam auch eben erst aus Kuba zurück. Sie hatten beide eine gesunde Sonnenbräune. Brause war guter Laune. Die Kubaner hatten in Varadero alte Hotels renoviert und neue gebaut. Tropische Romantik, ein Hauch von verblasstem Reichtum der geflüchteten Mafiosi. Jetzt ein sozialistisches Urlaubsparadies. Die *Völkerfreundschaft*[49] hatte ihn von Havanna zurückgebracht. Er fluchte auf die FDGB-Urlauber, die die Armaturen der Bäder abgeschraubt hatten. Sie wurden in Rostock lange gefilzt. Einige hatte man erwischt.

»Das alles brauchen Sie bald nicht mehr«, wechselte Brause unvermittelt das Thema. »Wann können Sie ausreisen?«

»Wir bleiben«, sagte Klein ebenso knapp.

»Wie«, fiel ihm Brause ins Wort.

»Ja, wir bleiben und können das Angebot nicht annehmen. Meine Frau hat ihren kranken Vater zu betreuen. Sie kann nicht weg.«

»Ich hatte zwar Angebot gesagt, aber das ist ein dienstlicher Befehl und nicht von mir, sondern von Berlin, Genosse Leutnant.« Brause hatte nun etwas Schneidendes in seiner Stimme.

---

[49] Kreuzfahrtschiff der DDR-Gewerkschaft FDGB. Die ehemalige Schwedenfähre *Stockholm* kollidierte 1956 mit dem italienischen Luxusdampfer *Andrea Doria* im Atlantik 200 sm vor New York und wurde schwer beschädigt. Sie wurde von der DDR 1959 nach dem Umbau als Kreuzfahrtschiff gekauft.

»Ich kann nicht. Meine Frau ist schwanger. Das müssen Sie verstehen.«

»Gut, dann warten wir, bis das Kind da ist. Wann ist das?«

»Im September.«

»Na schön, da haben wir noch etwas Zeit. Dann gehen Sie eben Weihnachten. Das sieht auch nicht schlecht aus. Übrigens Ihr Mann war schon in Berlin und wurde, das heißt, er wird gerade vorbereitet. Gute Arbeit, Leutnant Klein. Die Genossen sind sehr zufrieden. Es wäre schade, wenn Sie Ihre Karriere abbrechen müssten. Sprechen Sie mit Ihrer Frau. Wir haben ja alle Möglichkeiten, dass der Kontakt nicht abbricht. Da lassen wir uns schon etwas einfallen.«

Klein hatte wie immer nach dem Urlaub viel lästigen Kleinkram und Schreibereien zu erledigen. Ein freies Leben im Westen zu führen, wäre eine angenehme Alternative. Er spürte, wie die Versuchung nach ihm griff.

Ronald Fischer war zur absoluten Geheimhaltung verpflichtet. In wenigen Tagen würde er als Rudolf Bleicher in der BRD sein. Er sollte seine persönliche Legende, die man ihm aufgeschrieben hatte, wie eine Filmrolle lernen. Experten der Auslandsaufklärung des MfS hatten ihn seit fast sieben Wochen lang auf die Rolle eines Kundschafters – wie sie es nannten – vorbereitet, aber er brauchte immer noch Falltraining, insbesondere in Ausnahmesituationen. Das übernahm die Psychologengruppe, die ihn in Stresslagen brachte und seine Reaktionen akribisch verfolgte. Leutnant Klein hatte erkannt, dass Fischers Familienverhältnisse beste Voraussetzungen dafür lieferten. Er hatte nur noch seinen Vater, der mit sich beschäftigt war und kein gutes Verhältnis zum Sohn hatte. Sie mieden einander, und als sich später herumsprach, dass er nach in den Westen abgehauen sei, empfand Vater Fischer für seinen Sohn nur Verachtung.

Obwohl die letzten Abende zu Hause sommerlich warm waren, fröstelte es ihn. Ihm wurden das Besondere seiner Entscheidung und der künftigen neuen Rolle bewusst. Es gab kein Zurück. Er würde bald ein unbekanntes Land betreten, dessen Sprache er beherrschte, aber nicht immer die gleichen Worte. Das war seine Schwachstelle, und seine Trainer hatten diese nicht restlos beseitigen können. Seine norddeutschen Wurzeln überdeckten manches. Er solle sich zusammenreißen, hatte man ihm mit auf den Weg gegeben. Die Zeit drängte. Er musste raus.

Fischer war nun Rudolf Bleicher, und er flog mit *Jugendtourist*[50] an die Schwarzmeerküste. Das war unverfänglich. Er sollte sich einige Tage mit einer Reisegruppe erholen. Mitarbeiter der HVA wollten ihn dann an die bulgarisch-türkische Grenze bei Resovo bringen. Der Grenzübertritt war mit den bulgarischen Behörden abgestimmt. Im türkischen Grenzort Begendik sollte

[50] FDJ-Reisebüro der DDR für junge Leute

er sich bei der örtlichen Polizeistation melden. Dort war man auf DDR-Flüchtlinge vorbereitet. Die Telefonnummern der Westdeutschen Botschaft in Ankara und des türkischen Innenministeriums lagen für solche Fälle bereit.

Als die IL 62 der *Interflug* von Schönefeld in den Abendhimmel über Berlin abhob, fühlte Fischer verhaltene Freude, aber auch Traurigkeit. Unter ihm zog der Müggelsee, die Autobahn und dann schon weiter im Westen die Grenze zu Westberlin, der Streifen des Nichts zwischen den Welten, vorbei. Er würde dort ein neues Leben anfangen, das eigentlich keines sein würde. Ihm war bewusst, Gefangener zu sein in einer freien Welt.

Die Reisegruppe kannte er aus einer Vorbesprechung wenige Tage vor dem Reisebeginn. Es waren alles junge Leute, einige Pärchen, wenige mittleren Alters der verschiedensten Berufe, viele Studenten, einige Meister aus Großbetrieben, ein paar Lehrer. Er hielt sich bewusst zurück, spielte den Außenseiter, den Kontaktscheuen. Das hatte man ihm so empfohlen.

Burgas lag schon in Dunkelheit, als die Maschine landete. Das Flughafengebäude war klein und glich einer militärischen Landebahn der Russen. Der Riesenvogel verlor sich in der Weite der Fläche, die durch eine sanfte Hügelkette im Westen begrenzt wurde. Gegen die klimatisierte Maschine fühlte sich die warme Luft des Sommerabends an wie weiche, angenehme Watte. Die berufsgestressten Urlauber atmeten auf. Komfortable Busse mit Reiseleitern erwarteten sie, um sie auf die einzelnen Urlaubsorte an der Schwarzmeerküste zu verteilen. Fischers Gruppe fuhr ganz in den Süden, nach Achtopol bis fast an die türkische Grenze. Ihnen stand eine lange Nachtfahrt, über viereinhalb Stunden, bevor.

Als der Bus vor einer flachen Bungalowanlage hielt, wurde es im Osten schon wieder rot. Die Sonne stand hinter dem Horizont. Erstes Licht beleuchtete das sanfte Spiel des Meeres.

Man konnte es durch die lichten Sträucher sehen, die die Anlage säumten. Oleanderbüsche in voller Blüte verbreiteten einen ungewohnten, angenehmen Duft. Der frühe Morgen spielte mit der seidigen Luft.

Rudolf Bleicher bezog sein Zimmer mit einem Bauarbeiter aus Berlin, der diese Reise als Auszeichnung bekommen hatte. Sie duschten und beschlossen, den Sonnenaufgang am Strand zu erleben. Dort saßen auch schon die anderen, müde, aber in guter Stimmung. Sie machten sich bekannt. Das Frühstück in der Morgensonne – bulgarisch mit Ziegenkäse und Früchten – vertrieb die Nachtschwere der Anreise.

So verliefen auch die nächsten Tage. Viele holten sich einen kräftigen Sonnenbrand. Einige machten schlapp und verbrachten die nächsten Tage im Bett.

Fischer genoss die Tage in Maßen, aber sehr bewusst. Am fünften Urlaubstag wurde er ans Telefon gerufen.

»Hallo«, hörte er eine männliche Stimme. »Wir holen dich morgen ab, wie versprochen. Deine Gruppe wird einen Ausflug machen. Du fühlst dich nicht wohl und bleibst zu Hause. Packe deine Reisetasche und folge der Strandstraße nach Süden. Ein Wagen wird dich aufnehmen. Man wird nach Parole sechzehn fragen. Alles Weitere später.«

So geht das also, dachte Fischer, alias Bleicher.

Die Gruppe war am Morgen nach Brodilovo in die Flusslandschaft rund um den Berg Papia aufgebrochen. Sie wollte dort drei Tage zelten. Fischer wäre gerne als leidenschaftlicher Zelter dabei gewesen. Er tröstete sich, bald alles nachholen zu können.

Sinemorets, der südlich vorgelagerte Strand von Achtopol, war flach und ideal zum Baden. Einfach paradiesisch, Fischer ging das Herz auf. So waren die Bilder in den westdeutschen Fachzeitschriften der Unibibliothek, in die er sich sehnsüchtig hineingeträumt hatte, endlos weit und robinsoneinsam. Und nun würden diese Träume Gestalt annehmen.

Fischer frühstückte wenig und gab sich gegenüber der bulgarischen Kellnerin etwas leidend, legte sich noch zwei Stunden aufs Ohr, aß wenig zu Mittag und verließ die Hotelanlage gegen vierzehn Uhr. Er nahm nur das Nötigste mit und hinterließ, dass er Medizin einkaufen wolle. Irgendjemand würde ihn schon mitnehmen.

So geschah es, wie ihm am Telefon angekündigt worden war: Ein Auto mit zwei Männern mittleren Alters überholte ihn langsam. Der Mann auf dem Beifahrersitz kurbelte die Scheibe herunter und sprach ihn auf Deutsch an.

»Geht es dort nach Klein?«

»Nein, nach Groß«, antwortete Fischer verabredungsgemäß, der in Gedanken versunken das Auto nicht bemerkt hatte und nun hellwach war. Der Wagen hielt. Er stieg ein.

»Bernd«, sagte der, der ihn angesprochen hatte, und gab ihm die Hand.

»Das ist Danko, Ihr bulgarischer Begleiter bis zur Grenze. Wir sind für neunzehn Uhr gemeldet, haben also noch etwas Zeit. Hier, Ihre neuen Papiere.« Er griff in seine Innentasche und gab Fischer einen blauen DDR-Ausweis.

»Schauen Sie sich alles genau an. Ihr Bild kennen Sie. Das haben wir nicht verändert. Sie müssen nicht alle Daten auswendig lernen, nur Ihr neues Geburtsdatum und die neue Adresse. Den Rest weiß sowieso keiner, und es ist nur auffällig, wenn Sie zu gut Bescheid wissen.«

Fischer, der nun Rudolf Bleicher hieß, nahm den Ausweis und staunte: Sogar Gebrauchsspuren hatten sie angebracht. Bernd beobachtete ihn, erriet seine Gedanken und lachte.

»Wir sind die Besten. Das will bloß keiner wahrhaben. Aber wenn sie es bemerken, ist es zu spät, zum Glück – für die natürlich.«

Sie erreichten am späten Nachmittag Resovo, ein verschlafenes Grenznest zur Türkei, eineinhalb Kilometer lang, einen Kilometer breit und direkt am Meer. Die kleinen Wellen plätscherten träge an den steinigen Strand. Hierhin verirrte sich kein Tourist. Der Ort war sich selbst überlassen, aufgegeben in einem Niemandsland zwischen den beiden politischen Welten auf einer felsigen Küste. Die Mittagshitze erstickte alles Leben unter einem gleißenden Tuch. Die Menschen verkrochen sich wie Insekten in den Schatten ihrer Hütten. Nur am Abend, wenn die Dämmerung die Kühle heranwehte, kamen sie heraus. Dann tranken sie etwas vom Selbstgebrannten und schwatzten mit den Nachbarn, sanken dann in ihre harten Betten, schliefen tief und traumlos. Und am Morgen begannen sie wieder mit der wenigen Feldarbeit, die ihnen geblieben war, als man ihnen das Fischen im Grenzgebiet verbot und sie seit Generationen der Weite des Meeres beraubt wurden.

»Hier döst sich der bulgarische Sozialismus in die Ewigkeit.« Bernd lachte gequält. »Na, über die Ewigkeit kommt man auch manchmal in den Himmel.«

Fischer wollte die zweideutige Anspielung übergehen, hakte dann aber doch nach.

»Kommt es hier oft zu Unfällen?«

»Sie meinen beim Grenzübertritt? Bisher zum Glück noch nicht. Die Genossen hatten immer alles perfekt vorbereitet. Machen Sie sich keine Sorgen. Alles Routine. Sie wissen doch, wir sind die Besten und alle, die mit uns zusammenarbeiten, auch. Wir machen das nicht zum ersten Mal. Bleiben Sie ganz ruhig.« Bernd hatte wohl seinen Fehler bemerkt und ruderte zurück. Wenn sein Mann noch Schiss bekam und in letzter Minute durchdrehte, würde er Schwierigkeiten bekommen.

Fischer war nicht beunruhigt. Er konzentrierte sich, wie man ihn gelehrt hatte, auf seine unmittelbare Aufgabe. Alles andere ließ er nicht an sich heran. Auf Sichtweite begann das politisch Andere, auch im Geistigen. Wenn der Wind gut stand, trug die kleine Glocke des orthodoxen Kirchleins den Ruf zum christlichen Gottesdienst hinüber über die Grenze in die andere

Welt. Und die Stimme des Muezzins rief fünfmal am Tag zum Gebet zurück. So brachte jeder etwas ein, das den tiefen Graben zwischen den ehemals vereinten Dörfern überwand und hielt so über Jahrzehnte das Verbindung zwischen ihnen.

Der alte *Dacia* fiel nicht auf. Sie hielten vor der Polizeistation. Der bulgarische und der deutsche Begleiter verschwanden im Gebäude und kamen nach einer halben Stunde zurück. Ein weiterer Mann folgte. Als sie einstiegen, sagte der Deutsche nur kurz: »Alles klar. Die wissen Bescheid. Oleg«, das war der Neue, »bringt Sie an die Grenze.«

Fischer erhielt eine kurze Einweisung. Kurz nach sechs Uhr abends brachen sie dann in westlicher Richtung auf. Sie folgten einem schmalen Feldweg. Bernd, der Deutsche blieb zurück. Die beiden bulgarischen Begleiter nahmen Fischer in die Mitte. Oleg sprach etwas deutsch und erklärte Fischer den weiteren Ablauf. Nach etwa fünfundvierzig Minuten Fußmarsch blieb Oleg stehen. Er verschwand im Wald und kam nach einigen Minuten zurück. »Okay«, sagte er kurz. Sie gingen weiter und bogen an einer Wegegabelung nach Süden ab. Fischer hörte das Plätschern von Wasser. Sie standen am Fluss. Dort drüben ist also die Türkei, unsere Gegenwelt, die NATO. Jetzt werde ich von Fischer wirklich zu Bleicher. Nichts an ihm würde nun noch Ronald Fischer sein.

Die Gruppe lief am Ufer entlang und fand die flache Stelle. Oleg deutete wortlos hinunter. Der Fluss war hier breiter. Im letzten Tageslicht bildete das Wasser an den Steinen kleine funkelnde Strudel. Auf der anderen Seite waren Buschwerk und niedrige Bäume zu ahnen. Fischer alias Bleicher musste jetzt alles auf eine Karte setzen. Ein Zurück gab es nicht mehr. Wie oft war er diesem Moment im Geiste schon begegnet? Seine Trainer waren Psychologen. Sie hatten Erfahrungen mit solchen Situationen, wenn sich alles zu einem Punkt verdichtete und im letzten Moment die Nerven in Panik versagten. Man konnte Daten lernen und Geschichten erfinden, aber keiner wusste im Voraus zu bestimmen, wie jemand reagierte, der sich in Todesgefahr begab. Sie hatten ihn psychisch darauf eingestellt, auch auf das Schlimmste, eine Schussverletzung durch die Grenzsoldaten. Und sie hatten ihm diese Sorge gleich wieder genommen, weil nur die Bulgaren von der Schusswaffe Gebrauch machten. Man würde sie immer entsprechend instruieren. Dann hielten sie sich an solchen Tagen von der Übergangsstelle fern. Die andere Seite dürfe nicht schießen, nur im Ausnahmefall, wenn die eigene Sicherheit bedroht sei. Aber das träfe ja hier nicht zu. Wenn er festgenommen werden würde, solle er sich freundlich und kooperativ verhalten. Denn er sei ja nach deren Ideologie nun bei Freunden.

Rudolf Bleicher verabschiedete sich, konzentrierte sich wie ein Jäger auf sein Ziel.

»Wsewo choroschewo«, sagte Danko leise.

»Alles Gute«, raunte Oleg. Sie klopften ihm auf die Schulter.

Bleicher stieg die wenigen Meter zum Fluss hinab. Das Wasser war knietief und kälter als erwartet. Er war sofort klatschnass und versank schon bei den ersten Schritten bis zur Hüfte im Wasser.

Von wegen maximal dreißig Zentimeter, fluchte er. Er kam gut voran, obwohl Geröll und Untiefen Schwierigkeiten machten. Sie hatten ihm zwei Stöcke aus dem Wald mitgegeben und seine Sachen in einen Rucksack gepackt. Das gab ihm Halt. Hier zu stürzen, wäre tödlich.

Die hereinbrechende Nacht nahm ihn auf. Im letzten Licht der Dämmerung zeichneten die Bäume bizarre Figuren. Das Ufer gegenüber erschien als konturloser schwarzer Streifen. Stille umgab ihn. Seine Begleiter waren geräuschlos im Dickicht verschwunden. Sicherlich würden sie ihn beobachten. Fischer alias Bleicher verharrte für Momente im Nichts zwischen den mächtigsten politischen Blöcken, die sich hier mitten im Fluss berührten, zwischen seinen beiden Beinen, dem noch sozialistischen im Osten und dem künftigen, vergoldeten kapitalistischen schon auf der anderen Seite. Welche Symbolik! Ich pisse auf die NATO und den Warschauer Pakt! Er genoss die Erlösung seiner bedrängten Blase und die wohlige Wärme des Urins, der sich nun aussuchen konnte, auf welcher Seite er kalt werden würde. Fischer, der in diesen Augenblicken Bleicher geworden war, schien auch seine unentschlossene Verklemmtheit abzulegen. Es war die erste schwerwiegende Entscheidung seines Lebens, die sich in diesen Augenblicken für ihn bewusst vollzog und ihm, als er dann am anderen Ufer den Fluss verließ, ein unbestimmtes Gefühl von Stolz über sich und seinen Entschluss, über die Neugier auf seine Zukunft im Westen, aber auch zum Verrat an allem, was er hinter sich gelassen hatte, gab.

Fischer alias Bleicher benötigte etwa eine Viertelstunde und war Punkt neunzehn Uhr am anderen Ufer. Ohne zu zögern ging er, wie ihm gesagt worden war, weiter in Richtung Süden. Zuerst durch ein Ufergestrüpp, dann durch einen kleinen Wald mit höheren Bäumen. Er blieb kurz stehen, um sich zu orientieren. In der Ferne vernahm er zwei kurze Feuerstöße. *AK 47*, die gute alte Kalaschnikow, registrierte er. Totenstille, dann noch ein kurzes Drrrrrittt, wieder Ruhe. Gute Inszenierung, dachte er.

Er wandte sich nach Osten und folgte dem Fluss, den er vor mehr als einer Stunde auf der bulgarischen Seite entlanggekommen war und nun am türkischen Ufer zum Meer zurücklief. Etwa eine Stunde später erreichte er den türkischen Grenzort Begendik. Das Nest war genauso verschlafen wie bei den Bulgaren. Als Bleicher in die kleine Polizeistation stolperte, weckte er den einzigen Polizisten, der in einer Ecke döste und der erschrak, als der verschlammte, durchnässte Fremde vor ihm stand. Bleicher legte seinen DDR-Ausweis auf den Tisch und bat in schlechtem Englisch, die Deutsche Botschaft anrufen zu können. Der Polizist blätterte ohne sichtlichen Erkenntnisgewinn in dem blauen Heftchen: Das hier würde sich, wie schon einige Male zuvor, ohne Schwierigkeiten lösen.

Das Telefon klingelte. Der Polizist nahm den Hörer ab, sagte kurz etwas in die Muschel, hörte dann länger gespannt in den Apparat, sah dabei einige Male zu Bleicher und legte auf. Er wurde freundlicher und bat Bleicher sich zu setzen. Es würde sich gleich jemand um ihn kümmern.

Nach fast einer Stunde fuhr ein Auto vor. Zwei Männer in Zivil kamen in die kleine Station, begrüßten Bleicher und baten ihn in einen Nebenraum. Einer der Männer sprach deutsch und stellte sich als Verwaltungsbeamter des Distriktes vor. Bleicher wurde befragt, sehr direkt. Es war ein Verhör. Er hatte den türkischen Geheimdienst vor sich.

Es geht los, dachte er. Bleicher spulte sein Programm ab. Er hätte es im Schlaf aufsagen können. Ob er verletzt sei, wollten die Männer wissen.

»Gott sei Dank, nein«, sagte Bleicher. Er habe in der Dunkelheit entkommen können. Sie fragten ihn sichtlich lustlos noch einige mehr oder weniger belanglose Dinge. Ob er seine nassen Hosen wechseln könne, bat Bleicher. Er habe ja eine Notversorgung mitgebracht, die er bei der Flussdurchquerung über dem Kopf trocken halten konnte. Der Polizist hatte ihn aber bisher nicht aus den Augen gelassen, deshalb gab es noch keine Gelegenheit zum Umziehen. Die beiden Männer führten ihn in ein Klo, das Bleicher zunächst als Dusche ansah. Aber die Handzeichen des türkischen Beamten waren eindeutig, wozu die beiden Tritte und das Loch am Boden bestimmt waren. Die Beamten waren freundlich zu ihm und ließen ihm Zeit, sich menschlich wieder besser zu fühlen. Nach einer weiteren Stunde in der kleinen Polizeistation brachten sie ihn nach Igneada, einem kleinen Badeort an der Küste im Süden, etwa anderthalb Autostunden entfernt. Dort konnte er sich im Gästezimmer einer kleinen Kaserne erst einmal ausschlafen. Die Deutsche Botschaft in Ankara würde morgen früh informiert werden. Er solle sich ausruhen.

Bleicher schlief traumlos und tief. Die Morgensonne schien in sein Zimmer und weckte ihn. Das Gebäude stand direkt über dem Strand mit einem weiten Blick über das Meer. Ein kleines Leuchtfeuer sah er rechts, sonst nur militärische Nüchternheit. Ein Soldat klopfte und brachte ein spartanisches Frühstück. Die beiden Männer vom Abend kamen in sein Zimmer.

»Wir bringen Sie nach Istanbul. Dort übergeben wir Sie einem Beamten der Botschaft. Wahrscheinlich fliegen Sie dann gleich weiter nach Deutschland.«

Diese Fahrt entlang der Küste wollte er tief in seine Erinnerungen eingraben für später, um sie dann noch einmal zu machen und sich seinen Kindheitstraum erfüllen, einmal selbst an der Wiege der europäischen Kulturen von Rom, Byzanz und den Osmanen zu stehen. Die andere Seite, die armenische, kannte er von früheren Reisen. Da hatte er, wie die *Mutter Armeniens*, die übergroße Skulptur in Stein, von der Grenze Armeniens in das weite, ehemals armenische Land mit dem biblischen Berg Ararat blicken können, das die Türken immer wieder blutig attackiert hatten und das schließlich zur Befriedung der Südgrenze des großen Sowjetreiches aufgegeben wurde. Wie viele Armenier in Massakern in dieser Zeit umgekommen sind, war auch heute nicht bekannt. Es waren wohl mehrere Hunderttausend. Die Armenier sollten physisch und kulturell vernichtet werden. In einer kleinen Kirche bei Jerewan hatten die Armenier die Schrifttafeln ihres Landsmannes Kyrill – die Grundlagen ihrer Schriftsprache – versteckt und der Nachwelt erhalten. Die offizielle Türkei leugnete diese Taten unter Strafandrohung bis heute. Aber es war ein abscheulicher Völkermord, der in Etschmiazin, dem armenisch-gregorianischen Kirchenzentrum mit der Residenz des Katholikus, dem Papst der Armenier, dokumentiert war. Hier entsprang die Identität der Armenier, auch wenn viele von ihnen, wie die Juden, in alle Welt verstreut leben.

Bleicher konnte sich im Gästehaus der türkischen Armee noch etwas erholen, auch an den Strand durfte er gehen. Am späten Nachmittag wurde er für die Fahrt nach Istanbul abgeholt, das sie tief in der Nacht erreichten. Istanbul, die Stadt des pulsierenden Orients zwischen Europa und Asien. Wie hatte er die Bilder aufgesogen! Aber die Wirklichkeit, der Geruch, das Lärmen, das Unmittelbare waren überwältigend. Sie hielten vor einem kleinen Haus, einer Pension in der Altstadt. Straßenhändler – auch jetzt zu dieser späten Stunde – umringten das Fahrzeug. Die Begleiter verscheuchten sie.

Er bekam ein Zimmer im dritten Stock. Der freundliche Wirt zuckte verlegen mit den Schultern. Es war heiß und stickig. Der Ventilator an der Decke drehte sich nicht. Draußen lärmte die Straße: echter Orient. Etwas Wasser tröpfelte aus einer verbeulten Brause im Bad. Die Fenster waren zu kleinen Erkern erweitert und mit kunstvollem Schnitzwerk versehen. Das erlaubte den Frauen einen freien Blick auf die Straße, ohne selbst gesehen zu werden.

Er schlief unruhig und kurz. Um fünf weckte ihn der Muezzin in der Nachbarschaft. Man hatte ihm ein paar Bananen hingelegt und einige Kekse. Das genügte ihm morgens, Bananen sowieso. Die türkischen Begleiter kamen um acht und kündigten für elf Uhr die Botschaftsleute an. Er könne sich auf der Straße etwas umsehen, aber in Sichtweite des Hauses solle er bleiben.

In dieser fremden Welt wähnte er sich wie im Märchen, wie in *Tausend und eine Nacht*. Alles wollte er in sich aufnehmen und bewahren: die Wasserpfeifenraucher in der Teestube an der Ecke, die verschleierten Frauen, die zwischen den Häusern wie Schatten entlanghuschten, die fliegenden Straßenhändler mit den vielen besonderen Kleinigkeiten, die unbekannten Gerüche, der geschäftige Lärm.

Er war kurz vor elf zurück. Zwei Herren in schwarzen Hosen und weißen kurzärmeligen Hemden mit Schlips erwarteten ihn.

»Botschaftsrat Schröder und mein Kollege Brotmann von der Konsularabteilung der Deutschen Botschaft. Sie sind Herr Bleicher und sind gestern Abend über die bulgarische Grenze gekommen? Wir haben von Ihrer Flucht gehört. Es wurde auf Sie geschossen. Wissen Sie von wem?«

»Nein«, sagte Bleicher und stellte sich vor: »Rudolf Bleicher aus Wismar.«

»Herr Bleicher, wir müssen einige Fragen mit Ihnen klären. Vor allem vermeiden Sie, bis wir alles aufgenommen haben, solche Alleingänge wie eben. Ihre Ex-Kollegen aus der DDR sind auch hier. Sie wären nicht der Erste, der verschwunden ist.«

Da haben sie recht, dachte Bleicher. Er beschloss, wirklich vorsichtiger zu sein, denn es gab bestimmt weitere ähnliche Aktionen. Die konnten nicht alle kennen.

Der Jüngere, der Botschaftsmitarbeiter Brotmann, setzte sich mit Bleicher an einen kleinen Tisch und füllte auf einer Schreibmaschine einige Formulare aus. Bleicher assistierte. Er unterschrieb. Botschaftsrat Schröder las alles aufmerksam durch und verschwand in einen Raum im Erdgeschoss. Bleicher hörte ihn telefonieren, verstand zwar nichts, aber es ging um ihn.

Nun ja, sie würden die Daten telefonisch mit Ankara abgleichen und die Kollegen dann wahrscheinlich in Pullach informieren. Er dachte wirklich Kollegen. Die Ausbilder hatten ihm von anonym abgestimmten Aktionen mit dem BND berichtet. Wenn es um gleiche Interessen ging, war der Eiserne Vorhang keiner mehr oder zeitweilig nicht. Man achtete sich, zumindest im Handwerklichen.

Es dauerte eine ganze Weile, dann kam Schröder zurück. »Ich habe Ihre Daten nach Ankara durchgegeben. Heute Abend bekommen Sie einen Reisepass für die Weiterreise nach Deutschland. Sie fliegen um einundzwanzig Uhr nach Frankfurt. Man erwartet Sie.« Die beiden Männer verabschiedeten sich freundlich, aber förmlich.

Die Flüchtlingsgeschichten an der Schwarzmeerküste häuften sich in der letzten Zeit. Das machte stutzig, weil es immer Männer waren, die vorgaben, Akademiker zu sein und auch in der Überprüfung nicht auffällig wurden. Aber der jahrelange Dienst hinter dem Eisernen Vorhang an verschiedenen Stellen hatte ihren Blick geschärft. Es fehlten die langhaarigen Typen mit zerschlissener Kleidung, die im Osten keinen Bock mehr hatten und denen alles egal war, die nur raus wollten. Die waren zwar auch im Westen nicht sozialisierbar, wie Schröder es ausdrückte, aber sie passten in das Klischee der Flüchtlinge. Nun gut, möge sich der Verfassungsschutz damit befassen. Ihr Job war es, die Gestrandeten so schnell wie möglich nach Deutschland zu bringen.

Schröder bat im Gehen um Verständnis, wenn ihn ein türkischer Beamter begleiten würde. Der sei früher in Deutschland gewesen und kenne auch Düsseldorf. Aber Bleicher reagierte nicht, wie er erwartet hatte. Düsseldorf konnte Bleicher nicht kennen. Sie gingen und ließen Bleicher zurück.

»Ich hole Sie um achtzehn Uhr ab«, sagte Brotmann. Dann war Bleicher mit dem Türken allein.

»Ich bin Ali Ölüsun.«

»Das kann ich mir merken«, sagte Rudolf Bleicher.

»Wollen Sie einen Kaffee?«, fragte Ali?

»Gerne, ich habe Durst, gibt es auch etwas Wasser?«

Die letzten Stunden in der Altstadt von Istanbul vor Bleichers Ausreise nach Deutschland waren angenehm und entspannt. Ali schwärmte von Deutschland. Er sei in Osnabrück aufgewachsen. Seine Eltern seien mit der ersten Arbeiterwelle nach Deutschland. gekommen. Sie hatten sich mit dem kargen Lohn eine Existenz aufgebaut. Einen Lebensmittelladen mit sauberen Esswaren, wie er es nannte, für die vielen türkischen Familien, die die deutsche Küche nicht gewöhnt waren und an islamischen Feiertagen besondere Gerichte bereiteten.

Als seine Eltern mit dem Auto tödlich verunglückten, wurde alles anders. Sein Vater hatte sich das Auto vom Munde abgespart und den Führerschein gemacht. Er hatte keine Übung. Auf regennasser Fahrbahn hatte sich das Auto überschlagen. Beide Eltern waren nicht angeschnallt. Sie verstarben noch an der Unfallstelle. Da war Ali vierzehn. Er war verzweifelt und musste zurück zu seinen Großeltern nach Anatolien.

Ein Auto fuhr vor. Brotmann kam ins Haus und setzte sich kurz zu ihnen.

»Wir müssen los. Hier sind Ihre Papiere, der Reisepass, etwas Taschengeld, ein paar Telefonnummern für alle Fälle. Ich komme mit zum Flughafen. Ali bleibt hier.« Der verabschiedete sich.

Der Lufthansaschalter hatte noch geschlossen. Ein paar junge Rucksacktouristen standen davor. Man sah ihnen die Strapazen eines Urlaubs *auf gut Glück* an. Brotmann quälte sich durch ein stockendes Gespräch mit Bleicher, der für ihn ein Ausländer mit deutschem Pass ohne gemeinsame Vergangenheit war. Sie waren etwa gleichaltrig. Brotmann hatte gerade sein Studium in Kaiserslautern beendet, Wirtschaftswissenschaften mit Schwerpunkt Naher Osten und Balkan. Die Türkei war seine erste Verwendung. Er hatte unklare Vorstellung von Bleichers Bauwesenstudium und sprach beharrlich von den Architekten, mit denen er während seines Studiums befreundet war. Dabei wollte er wissen, ob Bleicher auch so gut zeichnen könne. Den Unterschied schien er nicht zu kennen. Bleicher aber fehlte die Lust, Elementarnachhilfe zu geben.

Die Schlange hinter Bleicher und Brotmann wuchs. Am Schalter hatte sich eine junge Frau platziert. Die Abfertigung begann.

»Sie müssen nur den Reisepass vorlegen und dieses Flugticket.« Brotmann zeigte es ihm, gab es aber nicht aus der Hand. Bleicher kam an die Reihe.

»Sie haben kein Gepäck?«, fragender Blick.

»Nein. Ich nehme den Rucksack mit in die Kabine.«

»Guten Flug.«

»Danke.«

Brotmann brachte ihn bis in den Warteraum hinter die Passkontrolle. Diplomaten hatten solche Sonderrechte.

»Da wären wir. Hier haben sie eine deutsche Tageszeitung, dass sie nicht ganz so unvorbereitet in Deutschland ankommen.« Brotmann überreichte ihm eine *FAZ*.

»In Frankfurt melden Sie sich bitte nach ihrer Ankunft beim Informationsschalter. Sie werden von der Flüchtlingsbehörde Frankfurt empfangen und dann nach Friedland gebracht. Alles Weitere ergibt sich dann dort ... Herr Bleicher, ich wünsche Ihnen in der Bundesreplik Deutschland einen guten Start und darf Sie namens des Botschafters noch einmal herzlich willkommen heißen.«

Er stockte, war sich bewusst, dass Bleicher weder in Deutschland noch angekommen war. »Also will sagen, dass wir uns freuen, dass Ihnen die Flucht aus dem Osten geglückt ist und Sie sich nun in Freiheit entfalten können. Dazu möchten wir Ihnen alles Gute und einen guten Start wünschen.«

Bleicher dankte mit sachlicher Freundlichkeit und ging. Das Flugzeug war voller junger Leute, Urlauber auf der Heimreise, gut gelaunt, erholt und laut. Bleicher empfand sich als Fremdkörper. Es war ihm nicht wohl in seiner Haut. Nichts war ihm vertraut, er hatte in diesem Teil deutschen Lebens keine eigenen Erfahrungen. Seine Geschichten, die man sonst einem Sitznachbar erzählt, waren Hirngespinste, Filmrollen eines Stückes, das nur in groben Konturen vorgezeichnet war. Die Dichte des täglichen Lebens würde nach und nach die Löcher füllen, das Risiko von Widersprüchen und Entdeckungen durch das Erleben mindern und das Gespinst aus Fantasie und Legende ablösen.

In Frankfurt schwamm er im Strom der Reisenden mit, orientierte sich an ihnen, um nicht aufzufallen. Im Kopf steckten die scharfen Kontrollen aus der eigenen Reiseerfahrung in das sozialistische Ausland, das auch nur mit Anträgen und Schwierigkeiten erreichbar war. Dass man einfach so an den Kontrollen vorbeilaufen konnte, war erstaunlich.

Er hatte seinen Rucksack bei sich, brauchte am Gepäckband nicht zu warten und suchte den Informationsschalter in der Ankunftshalle.

»Ja«, sagte die junge Frau, »ich habe einen Brief für Sie, wenn Sie sich bitte ausweisen wollen.«

Sie verglich die Daten, händigte Bleicher einen fülligen Umschlag aus. Der unterschrieb den Erhalt und bedankte sich. Der Brief enthielt die Unterlagen für die Reise nach Friedland, einen Gutschein für eine Fahrkarte, etwas Bargeld für das Nötigste und einige Informationen über das weitere Prozedere.

Bleicher setzte sich auf eine Bank, etwas abseits vom quirligen Gewusel der Ankunftshalle. Er war müde, aber zufrieden und zugleich aufs Äußerste gespannt. Es war der Nullpunkt seines neuen Lebens, voller Unbekanntem und latenten Bedrohungen. Er genehmigte sich vom ersten Westgeld aus dem Umschlag ein Mineralwasser, dessen Preis von 2 Mark 50 ihn als maßlos überteuert erschreckte. Zu spät bemerkte er, dass der Kaffee billiger war. Bleicher schlug sich bis zur S-Bahn durch und fuhr zum Hauptbahnhof. Dort sollte er sich bei der zentralen Flüchtlingsbehörde melden, zunächst telefonisch. Das tat er und erfuhr, dass er, wenn er sich zurechtfände, direkt nach Friedland in das Auffanglager fahren könne und dort die Anmeldung und alles Weitere erledigen solle.

Die Fahrt nach Friedland war angenehm. Bleicher genoss die sauberen Züge, Regionalbahnen, eigentlich Bummelzüge nach seinem Verständnis, die zu Hause als D-Züge zwischen den großen Städten verkehren würden. Friedland erreichte er nach etwa zweieinhalb Stunden.

Na, da bin ich ja fast wieder zu Hause. Das muss ja schon „Zonenrandgebiet“ sein, dachte er, und dies in Anführungszeichen, weil es für ihn immer verbales Feindesland war.

Einbürgerung

Das Grenzdurchgangslager Friedland kannte Bleicher aus dem Fernsehen. Bei spektakulären Flüchtlingsereignissen befasste sich Karl Eduard von Schnitzler im *Schwarzen Kanal*[51] mit diesem Lager. Selbst Bleicher war von dieser Sendung angewidert. Nur weit im Osten der DDR, wo das Westfernsehen nicht zu empfangen war, sahen die Leute den *Schwarzen Kanal*, um die kurzen Filmbeiträge von ARD und ZDF im Original sehen zu können. Bleicher wurde am Bahnhof erwartet. Ein junger Mann in einem grauen, etwas ausgebeulten Anzug kam ihm mit einem freundlichen Guten Tag entgegen.

Haben die mich schon auf dem Sender? Bleicher war verunsichert. Niemand außer ihm war angekommen, das beruhigte ihn fürs Erste. Die Baracken von Friedland erinnerten ihn an das Ausbildungslager bei Berlin: Viele Spätaussiedler aus der Sowjetunion und einige DDR-Leute mit Ausreisegenehmigungen. Die Kollegen des BND und des amerikanischen Geheimdienstes – vielleicht auch Kollegen von uns, dachte Bleicher – befassten sich in den nächsten Tagen mit ihm. Sie hatten seine Vita studiert, das merkte er nach wenigen Sätzen, und stellten scheinbar harmlose Fragen. Ob Wismar immer noch so schön sei und wie die Kaserne nun in Prora beschaffen wäre. Alles schien freundlich, wie eine angenehme Plauderei, dann aber wie ein Blitz aus heiterem Himmel: »Wer hat Sie geschickt, und was wollen Sie in der Bundesrepublik machen?«

Aha, wie im Drehbuch: Standardszene. Cool bleiben, Schreckstarre überspielen, Gegenfragen stellen.

Bleicher lächelte sein Gegenüber lange Sekunden an.

»Wie kommen Sie denn darauf. Ich habe mich geschickt, wer sonst. Ich habe dieses Leben in der DDR satt. Ich will endlich das machen, was ich will und nicht, was ich soll.«

[51] *Der Schwarze Kanal*: Sendung des DDR-Fernsehens, moderiert von Karl Eduard von Schnitzler, die sich meist mit Ereignissen in der BRD befasste.

»Sie wissen schon, dass der real existierende Kapitalismus hier – wie es die Bonzen in der Zone nennen – kein Zuckerlecken ist?«

Er sagte wirklich Zone, und die Abscheu zur DDR war ihm ins Gesicht geschrieben. Bleicher hatte sich wieder im Griff. Ja, das wisse er. Aber als Bauingenieur könne er bestimmt gebraucht werden. Wenn alles gut ginge und er seinem Wunsch entsprechend vielleicht für kurze Zeit im Ausland einen Job bekäme, würde er sich selbstständig machen und ein Ingenieurbüro gründen.

Die Beamten des BND schienen zufrieden und wünschten ihm einen guten Start. Ob er sie überzeugt hatte, war sich Bleicher nicht sicher. Wahrscheinlich hatten die Botschaftsleute in Istanbul schon einige Anmerkungen gemacht. Er beschloss, aufmerksam zu bleiben.

Er meldete sich bei der Lagerverwaltung und bekam für die ersten zwei Wochen ein Notpaket aus Kleidung, Hygieneartikeln, Bettzeug und Dingen zum einfachen Überleben. Den Rasierapparat von Braun betrachtete er wie ein wertvolles Geschenk und verglich ihn mit seinem alten DDR-*Bebosher* von Bergmann Borsig[52], den sie im Studentenwohnheim abfällig als Gesichtstraktor verspotteten. Das ist also der stinkende und faulende Kapitalismus, dachte er mit Ironie.

Nach zehn Tagen wurde er ans Telefon gerufen, eine Verwandte wolle ihn sprechen.

»Hallo, Rudolf«, meldete sich eine weibliche Stimme. »Endlich bist du da, Gratulation und herzlich willkommen. Ich möchte dich bald besuchen. Wir müssen über deine Zukunft reden.«

Cousine Christine, eigentlich seine fiktive Großcousine aus Hannover, die Enkeltochter des Bruders seiner Mutter, meldete sich also verabredungsgemäß. Das Theaterstück begann, legendenfamiliär war er sattelfest.

---

[52] Bergmann-Borsig, bis 1990 Volkseigener Betrieb (VEB) im Anlagenbau, fertigte auch Konsumartikel wie den Trockenrasierer *bebo-sher*.

Sie trafen sich am übernächsten Tag und fielen sich wie alte Familienmitglieder um den Hals. Christine zog ihn auf eine Bank, um mit ihm außer Hörweite ungestört reden zu können. Sie hatte sich durch den vereinbarten Sondercode ausgewiesen. Man habe einige Arbeitsstellen aus den Zeitungsinseraten herausgesucht. Er solle sich bewerben. Viele Bauämter der kleineren Gemeinden würden Mitarbeiter suchen, auch Bewerbungen für Dienststellenleiter seien dabei. Da könnte er beginnen, um erst einmal ins System zu kommen, wie sich Christine ausdrückte. Sie wollte eigentlich auch so schnell wie möglich wieder aus seinem Leben verschwinden. Sie sei nur mit dem Anschieben des Zuges beauftragt. Fahren und den günstigsten Weg finden, müsse er selbst. Für den Fall der Fälle wisse er ja die Notrufnummern.

»Du wirst noch merken, welche großartigen Chancen die Demokratie für uns bereithält.« Christine grinste. Für Bleicher schien sie also schon im System zu sein.

Bleicher bewarb sich. Die fehlenden Unterlagen würde man über das Ministerium für Innerdeutsche Angelegenheiten direkt mit den DDR-Behörden besorgen.

Ausgerechnet die, dachte Bleicher, Hassobjekt Nummer eins, aber hier sehr nützlich, weil die Anfragen an die richtigen Stellen in der DDR kämen. Seine Zeugnisse würden ordentlich vorbereitet und im kühlen Beamtendeutsch an die zuständigen Stellen in der Bundesrepublik übergeben werden.

Bleicher bekam nach vierzehn Tagen die Zeugnisse der Ingenieurhochschule aus Wismar. Alle mit guten und sehr guten Noten. In Marxismus-Leninismus und im Fach Wissenschaftlicher Kommunismus hatten ihm die Genossen eine Vier verpasst. Das machte ihn unverdächtig. In den harten Fächern war durchweg ein *Gut* oder *Sehr gut* vermerkt. Er hatte schon in Cottbus als Ronald Fischer hervorragende Noten.

Rudolf Bleicher hatte nach drei Bewerbungen Erfolg. Er wurde zum Gespräch in eine Großgemeinde in Niedersachsen eingeladen. Man suchte einen Leitenden Ingenieur in der Baubehörde. Christine hatte einen alten Freund aus frühen Tagen organisiert, der in Süddeutschland verbeamtet war und der als Referenz für Bleicher herhalten musste. Bleicher bekam die Stelle und konnte, nach vier Wochen im Lager Friedland, sein zweites Leben beginnen.

Eine Dreitausend-Seelen-Gemeinde östlich von Hannover war aus mehreren kleinen Rundlingsdörfern zu einer neuen Verwaltungseinheit zusammengeschlossen worden. Die Einwohner wollten das nicht. Sie fürchteten zu Recht um ihren Einfluss und ihre Unabhängigkeit, wollten nicht anonym und fremdverwaltet werden. Deshalb war der Einstieg für Bleicher nicht einfach, er wurde, wie einige der neu hinzugekommenen Kollegen auch, aus Prinzip abgelehnt. Aber Bleicher setzte sich darüber hinweg. Es würde noch weitere Schwierigkeiten geben. Er nahm es als erste Bewährung in seiner Kundschaftertätigkeit.

Seine norddeutsche Unterkühlung passte zum hiesigen Menschenschlag. Sie gewöhnten sich an ihn und nahmen ihn nach und nach an. Bleicher war Pragmatiker. Das Bauamt hatte sich um die üblichen Baudinge der Gemeinde zu kümmern. Hausumbauten, Neuerrichtungen, aber auch Instandhaltung der Versorgungsleitungen, die zwar an einen regionalen Betreiber verpachtet waren, aber über einen Sondervertrag durch die Gemeinde gewartet und inspiziert werden mussten. Die Tätigkeit überforderte Rudolf Bleicher nicht. Er fing an, sich einen Nistplatz zu suchen. Wie er sich mit *Berlin* in Verbindung setzen sollte, hatte man ihm nicht mitgeteilt. Nun, er könne da ganz beruhigt sein, man werde ihn keinesfalls vergessen.

So verliefen etwa sieben Monate, und Bleicher zweifelte schon, ob man ihn nicht doch vergessen hatte. Bei diesem Gedanken fühlte er sich ertappt, gar nicht böse zu sein, wenn man ihn vielleicht überhaupt nicht anspielen würde. Aber *Berlin* meldet sich auf recht einfache Weise. Eines Morgens klingelte der Postbote und überreichte einen Einschreibebrief aus Süddeutschland, den er nicht zuordnen konnte. Der Bote bat, den Brief zu öffnen und aufmerksam zu lesen. Dieser Hinweis war ungewöhnlich, insbesondere für einen Postboten. Der Brief kam von Christine. Er erkannte ihre steile, für eine Frau untypische Schrift. Sie schrieb ihm, dass nun die Korrespondenz aufgenommen werden müsse und der Überbringer des Briefes die Beförderung übernehmen werde. Zur Bestätigung solle er eine Nummer anrufen, die ihm der Bote sagen und das Telefonat in seinem Beisein führen werde. Sie wäre dann zur Autorisierung am Apparat. Alles Weitere solle direkt besprochen werden. Bleicher rief die benannte Nummer in Süddeutschland an und erreichte Christine sofort. Nun begann der aktive Teil seines Auftrages.

Das Verwaltungsgebiet umfasste eine Fläche von etwa sechzigtausend Hektar, Seen und Wälder eingeschlossen. Ein militärisches Areal gehörte auch dazu. Bleicher solle sich darum kümmern, wurde ihm mitgeteilt. Der NATO-Doppelbeschluss hatte die strategische Bewaffnung im Westen forciert. Die DDR brauchte Informationen zu den Standorten, zur militärischen Schlagkraft und zu allem, was er in Erfahrung bringen könne.

Bleichers wöchentliche Runde zu seinen Baustellen ging fast direkt an einem Standort der britischen Streitkräfte vorbei. In der Nähe lag ein Oxidationsteich, der die Abwässer des Objektes aufnahm und sie biologisch reinigte. Zwei in der Nähe liegende Höfe waren ebenfalls angeschlossen. Seine Kontrollen waren unverfänglich. Es gab also genügend Anlässe, am Teichrand längere Zeit zu verweilen und Beobachtungen zu machen. Das fiel auch den Wachleuten auf, die ihn eines Tages zur Rede stellten, aber beruhigt abzogen, als sie seinen Dienstausweis sahen und er ihnen alles plausibel erklären konnte.

Die HVA in Berlin war zufrieden mit seinen Beobachtungen. Die Bundespost brachte alles wohlbehalten zum internen Sammelpunkt, die – das hatte Bleicher andeutungsweise herausbekommen – per Kurier nach Bonn und von dort in die DDR gebracht wurden. Auch seine vorgesetzte Behörde der Verwaltungsgemeinschaft war mit ihm einverstanden. Sie empfahl dem Landrat, Bleicher mit den Bauaufgaben des gesamten Landkreises zu betrauen. Nach Prüfung der verfügbaren Personalressourcen wurde der Vorschlag in die nähere Betrachtung gezogen. Die meisten der Bauverantwortlichen kamen ins Rentenalter. Es sollten nicht alle ersetzt werden, aus Sparsamkeitsgründen. Die Besetzung mit Bleicher erschien als sinnvolle Alternative. Man lud ihn zu einem Personalgespräch und eröffnete ihm die beabsichtigte Perspektive. Bleicher freute sich, durfte aber, ohne Rücksprache mit der HVA in Berlin, Entscheidungen nicht treffen. Er bat um Bedenkzeit und gewann so einige Tage. Peter, den vertrauten Postmann, informierte er, wie in dringenden Fällen abgestimmt, direkt und mündlich, und bat um eine schnelle Antwort. Man würde ihm in den nächsten Tagen eine Buchbestellung bestätigen oder eben ablehnen, sagte der. Das sei die Antwort. So einfach geht das also, staunte Bleicher.

Die Buchbestätigung kam telefonisch zwei Tage später. Bleicher teilte dem Landrat seine positive Entscheidung mit. Ihm stand nun ein großer, interessanter Landkreis zu Verfügung. Es gab viel zu bauen, und das Gebiet war militärisch stark besetzt. Man würde allerdings an diese Zusage knüpfen, schränkte der Landrat ein, dass er einen Crashkurs im Verwaltungsrecht wahrnahm, weil die neue Aufgabe mehr juristisch als technisch geprägt sei. Man habe aber für seine Bewerbung der technischen Kompetenz größere Bedeutung zugemessen als den juristischen Anforderungen. Deshalb sei die Wahl auf ihn, einem hervorragenden Ingenieur, gefallen, der wohl genügende Voraussetzungen mitbringen würde, um die fehlenden beruflichen Kenntnisse zu ergänzen.

Bleicher wurde wenige Tage später von der Hanseatischen Verwaltungsakademie nach Hamburg zu einem Sechswochenkurs eingeladen. Verwaltungs- und allgemeines Finanzrecht bekam er nun mit einem bunt zusammengewürfelten Kreis junger und erfahrenerer Kollegen aus der ganzen Bundesrepublik eingetrichtert. Als er in Hamburg aus dem Zug stieg, schien es ihm wie bei den Besuchen der Großeltern an der Ostsee, wenn die frische Seeluft ihn belebte. Er atmete tief durch. Sein Herz ging ihm auf: Hamburg, wie oft hatte er sich als Junge in diese Stadt geträumt, in die Geschichten, die der Großvater von seiner Jugend als Fahrensmann so spannend erzählen konnte. Immer und immer wieder wollte er sie hören.

Ihn zog es oft zur Terrasse an der Alster, um bei schönem Wetter ein *Holsten* zu trinken. Das befreite ihn zwar, aber gerade dann wurde ihm die Bürde seines Auftrages bewusst wie eine Bedrohung mit Zeitzünder zur Katastrophe, die sein Einstandskapital, im Westen zu leben, vernichten würde. Wenn aber die Glückshormone des nächsten und übernächsten Bieres wirkten, fielen Bürde und Katastrophenbedrängnis ab, und sein Kapital schien sich in seiner Fantasie wundersam zu verzinsen.

Der Unterricht war verschult. Er begann täglich um neun und ging mit einer Stunde Mittagspause bis nachmittags um vier. Dann sollte noch im Selbststudium gelernt werden. Den Kursanten wurde empfohlen, die Studien gewissenhaft wahrzunehmen. Schließlich sei am Ende eine Prüfung zu absolvieren, um ein Zertifikat zu erhalten. Man habe mit der Hochschule in Worms ein Abkommen, dass der Lehrgang akademisch beglaubigt und im Sinne der Beamtenqualifizierung anerkannt werde. Bleicher kniete sich in den Stoff und büffelte auch abends. Er hatte viel nachzuholen und wollte beruflich weiterkommen. Zu seinen Kurskollegen fand er wenig Kontakt. Sie haben alle Familie und verschwinden am Freitagmittag bis Montag, registrierte er.

So blieb er am Wochenende in Hamburg, im angeschlossenen Hotel, das den Teilnehmern zu vergünstigten Preisen zur Verfügung stand. Bei gutem Wetter fuhr er zum *Willkomm Höft* und begrüßte die Schiffe, wenn sie von Großer Fahrt kamen oder in See stachen. Er kannte die Hymnen der geflaggten Staaten, machte sich über die Schiffstypen kundig und ließ es sich bei gutem Essen wohlergehen. Oft brachen Busladungen mit Kaffeefahrten ein, dann flüchtete er und lief ein Stück an der Elbe entlang, dem Meer entgegen. Die vorbeigleitenden Schiffe beflügelten seine Sehnsüchte, die jedoch immer dort begrenzt wurden, wo seine wirkliche, seine persönliche Freiheit enden musste. Diese Grenze umgab ihn wie zähes Pech, das er nicht abzustreifen vermochte.

Der Ausbildungskurs verlief ohne Höhen und Tiefen. Verwaltung und Finanzdinge seien etwas für Fetischisten, meinte einer der Teilnehmer, der schon seit einigen Vorlesungen neben Bleicher saß und sich sehr quälte. Eine Versicherungsgesellschaft hatte ihn delegiert. Er müsse auch als Techniker etwas von der Juristerei verstehen. Das sah er zwar etwas anders, weil er ja nur die technischen Dinge bei Haftpflichtschäden zu beurteilen hatte, aber er fügte sich und gehorchte. Seine Existenz hing wohl auch davon ab.

Bleicher hatte den weiblichen Teil des Kurses nach Brauchbarem für sich abgesucht. Es gab keine nennenswerten Bezugspunkte. Durch einen Zufall wurde er auf eine junge Frau aufmerksam, deren Fahrzeug irgendeine Zufahrt verstellt hatte. Sie wurde aus der Teilnehmergruppe herausgebeten. Die wenigen Minuten, die sie bis zum Ausgang des Raumes benötigte, elektrisierten Bleicher. Sie trug ein weinrotes, einfach geschnittenes, figurbetontes Kostüm.

Bankerin, dachte er. Ihre Bewegungen glichen einer Katze, ohne das Schleichende, sehr anmutig in der Abfolge ihrer Bewegungen. Sie hat ein ebenmäßiges Gesicht, war keine vordergründige, aufdringliche Schönheit, wunderschönes, halblanges, leicht gewelltes braunes Haar. Sein Blick hing versonnen an der Tür, durch die sie hinausgegangen war. Wenige Minuten später war der Vortrag zu Ende, und alle gingen in die Mensa zur Mittagspause. Bleicher folgte, immer noch beeindruckt. Dann sah er sie ein paar Tische von ihm entfernt. Sie unterhielt sich angeregt mit einem Kursteilnehmer. Es schien, dass sie länger bekannt waren. Bleicher konnte sie verstohlen bei jedem Bissen, den sie aß, beobachten. Sie war wahrscheinlich später zum Lehrgang gekommen, sonst hätte er sie früher bemerkt.

Bis zur Nachmittagsveranstaltung war noch genügend Zeit, sich die Beine zu vertreten. Bleicher setzte sich im kleinen Innenhof auf eine Bank, um eine Zigarette zu rauchen. Einige Kollegen gesellten sich zu ihm. Es war die Raucherinsel im sonst strengen Nichtraucherbereich der Akademie. Dann kam sie, wollte offensichtlich auch rauchen und stand unschlüssig in einiger Entfernung, weil die einzige Bank besetzt war. Bleicher sprang auf und bot ihr seinen Platz an.

»Nein, nein«, sagte sie, «bleiben Sie bitte, ich stehe gerne. Wir müssen heute noch lange sitzen.«

»Dann stelle ich mich neben Sie, wenn ich darf«, schmeichelte er schon neben ihr. Sie konnte nur noch ein freundliches *Bitte* sagen. Bleicher ging sie frontal an, nicht ungeschickt, aber hart an der Grenze zur Aufdringlichkeit. Nun konnte er sie aus der Nähe sehen. Sie war noch faszinierender. Bleicher stellte sich vor.

»Katharina Bergmann«, entgegnete sie freundlich und gab ihm die Hand. »Aus Frankfurt«, ergänzte sie. »Und wo kommen Sie her?«

»Aus der Nähe von Hannover, einem Landkreis tief in der Heide, das kennt eigentlich keiner.«

»Vielleicht doch?«

»In der Nähe von Lüchow.«

»Lüchow, wo liegt denn das?«

»Sehen Sie, keiner kennt das. Lüchow liegt fast an der Grenze zur Ostzone.«

»Ostzone? Gibt's so was hier?« Katharina Bergmann hatte keine Ahnung, was er meinte.

»Na ja, ich meine die DDR.«

»Und warum heißt die Ostzone?«

Bleicher stutzte. Stellt die sich dumm, oder ist das eine Falle? Katharina Bergmann bemerkte seine Irritation.

»Ich habe hier nicht die Schule besucht, da fehlen mir einige Kenntnisse in der Geschichte. Ich bin in Sibirien groß geworden.«

»In Sibirien ...?«, wiederholte Bleicher gedehnt und ungläubig. »Na, und wie kommen Sie nach Deutschland. Sind Sie Spätaussiedlerin?«

»So ähnlich. Mein Mann ist Deutscher. Ich lebe in Frankfurt. Meine Bank hat mich zur Auffrischung meiner sozialistischen Finanz- und Verwaltungskenntnisse geschickt, naja, eigentlich nicht der sozialistischen, sondern der marktwirtschaftlichen. Ich habe Wirtschaftswissenschaften in Moskau studiert und meine Diplomarbeit über die EG und den RGW[53] geschrieben. Reicht das?«

Katharina Bergmann sah ihn freundlich, beinahe etwas überheblich an. Wenn dieser Typ mich so ausfragt, dann bekommt er gleich eine ordentliche Antwort. Sie war immer für direkte Sachen. Verschlungene Umwege im Denken und Sprechen waren ihr zuwider. Bleichers Enttäuschung war greifbar: Spätaussiedlerin, Moskau und verheiratet. Das waren Dämpfer für seinen rosaroten Gefühlszustand.

»Aber Moskau und Studium der Wirtschaftswissenschaften, das sind Prägungen. Wir könnten bestimmt Gemeinsamkeiten finden.« Er hatte sich wieder im Griff. Die kleine Gesprächspause überspielte Bleicher. Sie mussten wieder in den Vortragsraum. Die Mittagspause war zu Ende.

»Darf ich mich neben Sie setzen?«, fragte er.

»Bitte, bitte«, entgegnete Katharina Bergmann. »Wir haben ja gerade angefangen, uns kennenzulernen.« Sie hatte ihn verstoh-

[53] Abk.: Rat für Gegenseitige Wirtschaftshilfe, ein Wirtschaftszusammenschluss sozialistischen Länder unter Führung der Sowjetunion, im englischen Akronym: COMECON

len gemustert und glaubte, in ihm ihren Onkel Peter, den Bruder ihres Vaters, den Arzt, zu sehen, zumindest nach den Bildern in jungen Jahren. Das war der Typ, der ihr gefiel, schlank und groß, mit kräftigen Händen, sportlich und durchtrainiert und mit markanten Zügen, die Typen eben, die das raue Klima der Steppe formt.

»Sagen Sie was von sich«, begann sie wieder das Gespräch.

»Das ist nicht so einfach zu erzählen«, wich Bleicher aus.

Vor ihnen bat ein Mädchen um Ruhe. Sie hatten den Beginn der Vorlesung nicht bemerkt. Der Dozent war nicht nur klein, sondern hatte auch nicht die Stimmgewalt, um bis nach hinten durchzudringen. Sie schwiegen und konzentrierten sich auf den Vortrag. Bleicher war in Gedanken bei seiner Nachbarin, die nun neben ihm saß und ihn bei jeder Bewegung berührte. Der Vortrag erreichte ihn nicht mehr. Der Stoff war zu speziell. Das brauche ich nie, entschied er. Die anderen Lehrangebote wollte er für die Prüfung belegen. Bankangelegenheiten sind das Letzte, was er freiwillig machen wollte.

Katharina Bergmann dagegen hing gespannt an jedem Satz, den der Dozent sprach. Sie war fasziniert, im Original zu hören, was ihr immer nur aus Büchern oder übersetzten Zeitschriftenartikeln zugänglich war. Was hätte sie gegeben für eine solche Veranstaltung, wenn sie sich in der Leninbibliothek mit holprig übersetzten wirtschaftswissenschaftlichen Beiträgen westlicher Autoren abquälte. Alles Wesentliche der westlichen Literatur, auch die Periodika, wurden direkt ins Russische übersetzt. Besonders für die frühen Jahre, als sich der RGW und die EWG, die spätere EG, formierten, glichen Moskaus Bibliotheken einer akademischen Wüste.

Als die Sowjetunion Mitglied in internationalen Bibliotheks- und Zeitschriftenverbänden wurde, änderte sich diese Praxis. Dafür gab es dann die Originale, und es lag nun an jedem Einzelnen, die fremdsprachige Literatur für sich zu verwerten.

Bleicher ließ sie in Ruhe. Er hörte zu, ohne von dem Gehörten etwas aufzunehmen.

»Darf ich Sie heute zum Essen einladen?«, setzte er die unterbrochene Unterhaltung fort, als die Vorlesung zu Ende war.

»Nicht so stürmisch, mein Herr.« Katharina konnte sich nur schlecht verstellen. Natürlich wollte sie das. Aber ein bisschen zappeln sollte er schon.

»Wirklich nur essen und unterhalten. Ich glaube, wir haben viele Gemeinsamkeiten, eigentlich mehr eine gemeinsame Geschichte.«

»Wirklich? Das glaube ich nicht. Jetzt spannen Sie mich aber auf die Folter. Gut dann nehme ich Ihr Angebot an. Wann und wo soll es denn sein?«

»Nicht weit von hier gibt es ein kleines Restaurant. Einige Tische haben einen herrlichen Blick auf die Elbe. Wir sollten zeitig da sein, dann wird es mit den guten Plätzen schon klappen.«

»Um halb sechs am Haupteingang zur Straße? Wir fahren mit dem Bus zwei Stationen. Zurück können wir laufen. Geht das?«

»Ja, ich glaube schon. Ich muss mich etwas zurechtmachen.«

»Nein, nein nicht nötig. Sie sehen blendend aus.«

»Ja, ja immer die gleichen Späße«, erwiderte Katharina und lachte. »Na, ich weiß schon, wie Sie das meinen.«

Bleicher war absichtlich etwas früher am vereinbarten Ort. Katharina kam pünktlich auf die Minute. Er hörte sie schon, bevor er sie sah. Das Klick-Klack ihrer Pumps auf dem Natursteinboden der Halle war seine rosarote Ouvertüre für einen schönen Abend. Dann wehte sie ihm wie ein bunter Schmetterling in einem offenen Kurzmantel entgegen. Sie hatte ein leichtes, ihren schlanken Körper umfließendes Sommerkleid angezogen und die Haare zu einem lockeren Pferdeschwanz gebunden.

»Pardon wegen meiner Verspätung«, lächelte sie ihn an. »Ich hatte ein langes Telefonat mit meinem Mann, und meine Haare sind nun auch nicht so, wie ich sie gerne haben wollte.« Bleicher nahm sie im Überschwang in den Arm und berührte zur Begrüßung leicht ihre Wange.

»Besser kann man sich wirklich keine Komplimente verdienen, und ich gehe darauf ein. Noch einmal, verehrte Frau Bergmann, Sie sehen fantastisch aus.«

»Und nun wollen wir es auch dabei belassen!«

Die Terrasse war noch nicht besetzt. Sie hatten Glück und bekamen einen Platz etwas abseits von den übrigen Tischen mit einem ungestörten Panoramablick. Bleicher hielt ihr den Stuhl und setzte sich schräg gegenüber. Die Spannung des Tages wich.

»Ach, herrlich … nicht?«

»Ja, das Leben kann schön sein, und wenn das Essen schmeckt, ganz besonders.«

»Sind Sie hungrig?«

»Nicht sehr, aber etwas Leckeres möchte ich jetzt schon haben.«

»Was wollen Sie trinken?«

»Ein kühles Bier«, sagte sie, ohne zu überlegen. Bleicher hatte auf romantisch machen wollen und sich die gängigen Weinsorten angelesen. Eigentlich war er ein leidenschaftlicher Biertrinker.

»Wollen wir beim Bier bleiben?«

»Ich für meinen Teil schon«, sagte Katharina.

»Dass Frauen Bier trinken, ist auch ungewöhnlich.«

»Bei uns nicht, jedenfalls nicht da, wo ich aufgewachsen bin.«

»Das müssen Sie mir heute noch genauer erzählen, Frau Bergmann. Darf ich, ohne aufdringlich zu sein, Katharina zu Ihnen sagen. Ich bin so viel älter, da kann ich mir die Freiheit dieses Angebotes wohl nehmen, oder?«

»Sie schmalzen schon wieder, Rudolf«, entgegnete Katharina mit einem Augenaufschlag, der Flirt und Spott sein konnte.

»Also, wenn Sie die Regeln des guten Anstandes nicht verletzen, sehr gerne.«

»Danke.«

Mehr zu sagen, vermochte Bleicher nicht. Er war erregt wie ein Schüler, und man würde ihm das bestimmt ansehen. Er schämte sich. Nun werde ich rot, grollte er mit sich. Verdammt, ich kriege das nicht los, und noch als alter Mann werde ich darunter leiden. Hartnäckig bekämpfte er diese Verklemmtheit seit seiner Jugend, die ihn immer aus heiterem Himmel überfiel. Und jedes Mal verlor er.

Katharina hatte seine Unsicherheit bemerkt. Sie ging nicht darauf ein. Dieser Typ schien etwas schüchtern zu sein, aber angenehm, wie sie für sich feststellte. Lieber so, als die Drückermethoden der russischen Burschen, die sich besoffen auf die Mädchen stürzen und außer großkotzigen Sprüchen nichts zustandebrachten.

Bleicher nahm den Gesprächsfaden vom Nachmittag auf und wollte von ihr mehr erfahren.

»Nein, nein«, stoppte sie ihn schon, bevor er den ersten Satz beendet hatte. »Jetzt sind Sie erst einmal an der Reihe. Wo sollen denn bei uns die Gemeinsamkeiten liegen? Oder war das eine Finte, mich heute zum Essen zu locken?«

Bleicher empörte sich. »Was denken Sie, Katharina? Ich freue mich, Sie getroffen zu haben, und das Essen ist meine Einladung. Das hatte ich bereits am Nachmittag gesagt.«

»Ja, ja schon gut, ich bin manchmal etwas direkt und impulsiv, daran muss man sich erst gewöhnen. Aber Ihre Geschichte würde ich trotzdem jetzt gerne hören.«

»Viel zu erzählen gibt es da nicht. Ich bin gewissermaßen wie Sie auch ein Spätaussiedler aus dem Osten. Vor ein paar Jahren bin ich über die grüne Grenze in die Türkei geflüchtet und habe im Landkreis Lüchow nun eine neue Heimat gefunden.«

»Wie, über die grüne Grenze«, wunderte sich Katharina.

»Na, wie es sie überall in der Welt gibt. Man überquert an einer günstigen Stelle die Staatsgrenze, natürlich illegal.«

»Einfach so?«

»Nicht einfach so. Auf mich wurde geschossen.«

»Aber doch nicht getroffen!«

»Natürlich nicht, sonst säße ich nicht hier.«

Katharina war wirklich völlig ahnungslos. Wo sie aufgewachsen war, gab es keine Staatsgrenzen, jedenfalls nicht in einer Entfernung, die man zu Fuß erreichen könnte. Die Menschen waren dort wie die Rinder in der Steppe: immer draußen und doch gefangen in der Weite der Natur, die auch Gefängnis sein konnte. Die Nähe einer Siedlung zu verlassen, versuchte in Sibirien keiner. Die Mädchen warteten auf den Märchenprinzen oder den goldenen Reiter, der es mit in sein Märchenland nehmen würde. »Ich habe es in Ostdeutschland nicht mehr ausgehalten«, setzte Bleicher fort, »überall Mauern und Einengungen. Ich wollte 'raus und dieses Risiko eingehen, ehe es durch Familie und Beruf oder durch das Zipperlein im Alter zu spät sein würde. Ich bin bei der Bauverwaltung im Landkreis und komme mit meinem Beruf als Bauingenieur ganz gut zurecht. Die meisten wissen gar nicht, dass ich aus dem Osten komme, weil ich aus dem Norden bin, aus Mecklenburg. Die Leute denken, dass ich aus Schleswig oder aus der Lübecker Ecke komme. Wenn sie nicht fragen, lasse ich sie in dem Glauben, schon, um nicht immer Erklärungen abgeben zu müssen.«

»Das geht mir ähnlich, mein Deutsch ist etwas kantiger als das Hessische: Ach sinnse wohl net von hier? Dann sage ich immer kurz: richtig, und lasse sie stehen.«

»Sehen Sie, Katharina, da haben wir schon Gemeinsamkeiten. Bestimmt auch in manchen Ansichten zu den anderen Lebensfragen, denn die Schulbildung war ja im Osten auch gleichgeschaltet.«

»Wenn Sie meinen, dass ich in der Sowjetunion Kommunistin geworden bin, dann kann ich Sie beruhigen. Eher das Gegenteil, schon wegen meiner Eltern, die Stalin in Sibirien mit vielen anderen Deutschen fast umgebracht hat.«

»Leben Ihre Eltern noch dort?«

»Ja, das bedrückt mich am meisten. Ich wollte sie nachkommen lassen. Sie waren zur Hochzeit hier. Aber sie wollten nicht dieses Leben im Westen, im Überfluss und in dieser krankmachenden Hektik. Es wird ja bei uns auch besser mit Gorbatschow und der Perestroika. Aber ganz wohl ist es mir dabei auch nicht. Dieses große Land, ein Vielvölkerstaat, den der Zar zusammenkolonialisiert hat, wird zerfallen in einzelne feudalistische Fürstentümer. Und wissen Sie, wer die dann leitet? Na, die alten Parteibonzen. Da hat sich seit dem finstersten russischen Mittelalter nichts geändert.«

»Und wie stellen Sie sich Ihre Perspektive vor?« Bleicher wollte möglichst viel über sie erfahren. Vielleicht könnte er diese Frau gewinnen. Er muss sofort mit *Berlin* über Peter Kontakt aufnehmen. Er wollte sowieso am Wochenende zu Hause nach dem Rechten sehen. Er hoffte, dass Peter Dienst haben würde.

Katharina hatte sich durch ihre Schilderung etwas echauffiert. Sie blickte versonnen hinüber zur Elbe, wo sich die kleinen Boote entlang der Ufer an den großen Hochseeschiffen vorbeistahlen.

»Meine Perspektive ist hier«, begann Katharina etwas zögerlich. »Mein Mann, seine Karriere, meine neue Anstellung bei einer Bank, die sich genau mit den Dingen befasst, die mich interessieren, sind meine neue Heimat und die Freiheit zu leben.«

»Haben Sie Kinder?«

»Noch nicht, das gehört doch zu einer glücklichen Familie.«

»Was macht Ihr Mann? Darf ich das fragen?«

»Sicher dürfen Sie das. Er ist genauso wie Sie Bauingenieur, aber mehr von der wissenschaftlichen Seite.«

»Und welche ist das?«, fragte Bleicher nach.

»Genau weiß ich das auch nicht. Ich bin nur einfache Volkswirtin, mein Herr, irgendwelche Beanspruchungen von Betonbauteilen. Bei seinem Studienaufenthalt habe ich ihn in Moskau kennengelernt. Er hat auf dem Gebiet auch promoviert und will in den Staaten seine Habilitation vorbereiten. Irgendein experimentelles Thema, wofür er hier keine Versuchskapazität findet. Der DAAD hat ein Stipendium ausgereicht.«

»Und wann soll das losgehen?«

»Bald, die Zusagen der Amerikaner stehen noch aus.« Katharina verschwieg, dass es eigentlich schon lange begonnen hatte, um Bleicher keine Vorlage zu liefern.

»Dann sind Sie also bald Strohwitwe. Das ist für eine junge Ehe nicht gut«, wollte sich Bleicher interessant machen.

»So schlimm wird das nicht werden. Seine Reisen in die USA sind überschaubar.«

In der Zwischenzeit hatte sich die Terrasse mit den Abendgästen gefüllt. Die Kellnerin bekam nun viel zu tun. Bleicher blickte auf. »Wir haben ja noch nichts zu trinken bestellt.« Die junge adrette Frau kam an ihren Tisch.

»Können wir zwei wohltemperierte Pilsner bekommen?«

»Haben Sie einen bestimmten Wunsch? Etwas herber oder würzig?«

»Was wünschen Sie, Katharina?«

»Haben Sie *Radeberger*?«

»Ja, selbstverständlich, meine Dame.«

»Dann nehme ich eins.«

»Groß oder klein?«

»Wie groß ist groß?«

»0,5 Liter, meine Dame.«

»Okay, das nehme ich. Ich habe Durst.«

»Haben Sie *Jever*?»

»Selbstverständlich, mein Herr.«

»Dann bitte für mich ein großes *Jever*.«

»Oh, wir haben *Jever* nur in Flaschen, 0,3 Liter, geht das?«

»Natürlich, dann müssen Sie eben einmal öfter kommen.«

»Das mache ich gerne, mein Herr.« Die Kellnerin entfernte sich. »Katharina, wir sollten auch das Essen gleich auswählen. Sie – wie gesagt – sind mein sehr verehrter Gast heute Abend.«

Katharina lachte. »Sie machen eine Fehlinvestition mit mir. Russinnen sind leidenschaftlich und treu.«

»Kann schon sein, aber Sie sind ja Deutsche, haben Sie mir schon heute Nachmittag erklärt.« Bleicher wurde mutig.

»Na, in diesen Dingen gilt auch hier, dass das Sein das Bewusstsein bestimmt, da sind wir wie die Russen.«

»Aha, Karl Marx, Überbautheorie, wieder eine Gemeinsamkeit.«

»Rudolf geben Sie sich keine Mühe. Wir haben doch unsere Vergangenheit beerdigt. Und die Erinnerung ist nicht mehr zu beeinflussen.«

Das Bier kam. »Prost!« Und beide gaben sich dem Genuss des kühlen Bieres hin.

»Ach, das tut gut!« Katharina schloss für einen Moment die Augen. Dann bedankte sie sich artig, etwas gestelzt für die Einladung, und Rudolf Bleicher freute sich zum wiederholten Mal, dass er sie getroffen hatte.

Katharina schien leicht genervt und trank ihr Glas in einem zweiten Zug fast zur Hälfte aus. Bleicher nahm nur einen kleinen Schluck und wartete, bis sie wieder zu sich kam. Sie trank mit geschlossenen Augen.

Das machte sie bestimmt auch beim Sex. Eine Freundin hatte ihn verlassen, ohne zu sagen warum. Später kam er selbst drauf. Das Versagen steckte seitdem in seinem Kopf. Und das Wollen-und-nicht-Können kam immer, wenn er sich davon befreit zu haben schien. Dann versuchte er, mit markigen Sprüche die Situation zu retten. Fernsehtürme zu errichten, sei eben schwieriger, als Baugruben zu öffnen. Aber es wurde alles noch peinlicher. Der Abend war dann gelaufen. So gesehen hatte Katharina – ohne es zu ahnen – einen unsichtbaren Schutz.

»Wollen wir Fisch essen? Und einen guten Riesling dazu?« Bleicher versuchte, doch noch mit seinen angelernten Weinkenntnissen zu imponieren. Katharina lehnte ab und wollte eine Roulade nach Hausfrauenart.

»Okay, ich schließe mich an. Dann können wir auch beim Bier bleiben.«

Die junge Kellnerin war bei den Abendgästen immer auf Exklusivität eingestellt. Die beiden waren ihr sympathisch, schlicht in ihrer Erscheinung und doch mit einer besonderen Würde. Und dann noch Hausmannskost. Roberto, der Koch wollte solche Kunden immer sehen. Gourmets mit Hausmannskost, warum eigentlich nicht? Mit entsprechendem Brimborium ließen sich auch Rouladen inszenieren. Als er mit einer höflichen Verbeugung an den Tisch der beiden trat, waren sie erstaunt. Die anderen Gäste schauten auf. Der Chefkoch persönlich an diesem Tisch? Wer ist das? Prominenz inkognito? Kennst du die? Man tuschelte, und es gab verstohlene Blicke.

Rudolf Bleicher sah den Koch fragend an. »Ja, bitte?«

»Meine Dame, mein Herr, ich wollte Sie kennenlernen und mich nach ihren besonderen Vorlieben erkundigen. Wir haben unsere Nuevo Cuisine auch auf Hausmannkost erweitert. Ich freue mich, dass Sie sich dafür entschieden haben. Sie können die Roulade in Rotweinsoße mit Würzkräuterfüllung und Herzoginkartoffeln oder auch mit Klößen bekommen. Ich könnte auch etwas ganz Besonderes vorbereiten und die Füllung mit süßsauer eingelegten pikanten Walfleischstreifen in einem Kräuterbouquet arrangieren.«

Er wartete leicht vorgebeugt, um ihre Entscheidung zu erfahren. Katharina platzte freundlich heraus, »Rouladen kenne ich eigentlich nur mit geräucherter Speckfüllung und Salzkartoffeln, ganz einfach und ohne Schnörkel, bitte.«

»Sehr wohl, meine Dame, da wäre das Walfischfleisch eine wirkliche Alternative. Probieren Sie es einfach einmal, und wenn es Ihnen nicht zusagt, waren Sie mein Gast.«

»Das ist ein gutes Angebot, funktioniert allerdings nur unter Ehrenmännern.«

»Pardon, Ehrendamen, davon gehe ich natürlich immer aus. Also ja?«

Er meinte, ihre Zusage schon aus ihrem Gesicht ablesen zu können.

»Dann will ich mich auf Ihr Angebot mit großer Erwartung einlassen.«

»Schön, Sie werden nicht enttäuscht sein, und Sie mein Herr? Was darf ich Ihnen bereiten?«

»Ja, wenn von dem Wal noch etwas übrig ist, dann nehme ich die andere Hälfte.«

»Da sind allerdings dann die Rouladen zu klein«, ließ sich der Koch auf den Scherz ein.

Er verschwand lautlos, wie er gekommen war, von neugierigen Blicken der anderen Gäste begleitet.

»Das macht mir Spaß. Diese affektierten Angeber ringsherum geben ein Vermögen aus für etwas, das undefinierbar und teuer ist. Und wir essen stinknormal und werden vom Chef persönlich bedient. Das gefällt mir.«

»Das macht er nur Ihretwegen, Katharina.«

»Bestimmt. Aber wegen des Preises loben Sie nie das Gericht vor der Rechnung.«

Sie wurden mit dem üblichen Gruß aus der Küche überrascht, ein mit Ingwermousse garnierter glacierter Pökellachsstreifen. Katharina genoss ihn mit hörbarer Genugtuung.

»Köstlich, da könnte es noch einen weiteren Gruß geben.« Rudolf Bleicher freute sich auf die hoffentlich deftigere Roulade. Er hielt nichts von diesen ausgefallenen Minigrüßen, war aber dann auch von dem appetitanregenden Œuvre angetan.

»Nun aber los, Rudolf, jetzt will ich es wissen, was sind die von Ihnen so geheimnisvoll behaupteten Gemeinsamkeiten? Weil wir beide im Kommunismus groß geworden sind? Das reicht nicht. Aber vielleicht gibt's doch etwas anderes.« Katharina nahm das unterbrochene Gespräch auf, unmittelbar und wieder sehr direkt.

Rudolf Bleicher hatte sich schon innerlich auf bohrende Fragen eingestellt. »Na, wo soll ich anfangen, und was wollen Sie wissen?«

»Von vorne, wie kommt man über die grüne Grenze?« Bleicher erzählte ihr die dramatische Geschichte, natürlich ohne die wirklichen Abläufe, sondern nur das, was auch die Botschaftsleute erfahren hatten und in den Akten steht. Katharina hörte gespannt, teilweise auch ungläubig zu und war sichtlich beeindruckt. Bleicher lief zu Höchstform auf und glaubte fast selbst an seine Heldengeschichte. Er machte auf Katharina Eindruck. Das war die Hauptsache. Als die avisierten Hausmannskostrouladen à la Nuevo Cuisine kamen, waren sie durch die Unterhaltung von der Köstlichkeit, die der Chefkoch wirklich gezaubert hatte, ziemlich abgelenkt.

Die junge Kellnerin schlich schon erwartungsvoll um ihren Tisch. Der Chefkoch wollte natürlich eine Rückäußerung zur neuen Kreation. Bleicher winkte sie freundlich mit einem Kopfnicken heran.

»Genau die richtige Balance von Extravaganz und guter Bürgerküche, und grüßen sie Ihren Küchenchef von zwei sehr zufriedenen Bekehrten für die neue Küche.«

»Sehr gern«, sagte die charmante Bedienung und ging.

»Und was macht Ihre Familie«, nahm sie das Gespräch wieder auf.

»Ich habe keine Familie, das heißt, mein Vater lebt noch in Rostock, aber wir mochten uns nie. Ich war immer der Prügelknabe, na ja nicht gegenständlich, eben in seinem Verhalten mir gegenüber.«

»Haben Sie noch Geschwister?«

»Nicht mehr, meine Schwester ist bei einem Unfall ums Leben gekommen. Sie stürzte unglücklich von einem Spielgerüst vor unserem Haus. Ich war in der Nähe, konnte ihr aber nicht mehr helfen. Das haben die Ärzte dann auch bestätigt. Sie hatte eine Atemlähmung. Mein Vater hat mir das nie verziehen. Er hatte sich nach dem Tod meiner Mutter völlig zurückgezogen und bekam in der Fischereigenossenschaft einen hauptamtlichen Gewerkschaftsposten. Ich habe das respektiert und die Verbindung abgebrochen. Sie bestand ja nicht mehr. Daran habe ich sehr gelitten. Gerade in der Pubertät, wo man den Vater braucht, hat mich das sehr belastet. Aber nach und nach kam ich darüber weg.«

Bleicher hat seine Lebenslegende professionell abgespult. In einigen Punkten entsprach sie aber sogar seiner Wirklichkeit. Die Psychologen haben ihn als emotional erregbar eingeschätzt. Deshalb hatten sie diese Punkte nahe an seine persönlichen Erlebnisse angelehnt. Sie wollten vermeiden, dass er sich verhaspelt, wenn seine Gefühle mit ihm durchgingen. Katharina war gerührt und empfand – mehr aus Mitleid – Zuneigung zu ihm. Das spürte Bleicher. Er begriff sich in einer jämmerlichen Rolle, eine liebenswerte Frau, die die Offenheit auf der Stirn trug, so hinters Licht zu führen.

»Wollen wir noch einen Grappa oder einen Kaffee trinken?«, fragte Bleicher, um die gedrückte Situation etwas zu lösen.

»Für mich bitte nur einen Grappa, oder wollen wir nicht noch ein gemeinsames Glas Sekt genießen zum Schluss?«

»Gerne«, beeilte sich Bleicher und bestellte.

Die Sonne stand nun sehr flach und tauchte den Fluss in ein warmes Abendlicht. Der perlende Sekt kam. Katharina nahm ein Glas, stieß mit Bleicher an und sagte, »Rudolf bitte nicht falsch verstehen, aber bei uns duzt man gute Freunde, das glaube ich, sind wir heute geworden. Ich bin Katharina.«

Bleicher schoss auf Wolke sieben. Hielt sich dann aber doch am Boden fest und sagte nur. »Das empfinde ich auch. Ich bin Rudolf. Darf ich dich wenigstens auf die Wange küssen, Katharina?«

»Ja, mit dem gebotenen Anstand, mein Lieber, beim Verabschieden.«

Der Koch kam noch einmal an den Tisch. »Sie haben sich ja gar nicht beschwert, gnädige Frau.«

»Das konnte ich auch bei schlimmster Absicht nicht.«

»Ihre Grüße haben mich erreicht. Danke. Sie sind trotzdem meine Gäste gewesen, nicht trotzdem, sondern deswegen«, verbesserte er sich.

»Herzlichen Dank, das war eine schöne Einladung zum Wiederkommen. Alles Gute für Sie.«

»Danke, für Sie auch und kommen Sie gut nach Hause.«

Katharina und Rudolf Bleicher gingen. Sie nahmen nicht den Bus, sondern schlenderten zu Fuß nach Hause. Katharina wohnte im Erdgeschoss des kleinen Wohnkomplexes. Bleicher hatte ein Zimmer schräg darüber im zweiten Stock. Sie drehte sich zu ihm, ging auf die Zehenspitzen und küsste ihn auf die Wange.

»Gute Nacht und danke für den schönen Abend. Wir sehen uns morgen.« Bleicher wartete etwas betreten, bis sie die Tür geöffnet und mit einem kurzen Blick zurück wieder geschlossen hatte.

Ja, so sind sie, unsere Frauen aus dem Osten, charmant und treu. Er ging nach oben und legte sich schlafen.

Bleicher ließ sich am nächsten Morgen von seinem Zimmernachbarn entschuldigen. Er fühle sich nicht wohl und müsse sich einen Tag schonen. Er wollte Peter anrufen und einen Treff ausmachen. Er rief die vereinbarte Nummer an und fragte, ob sein Buch angekommen sei. Das könne man so nicht sagen. Man wolle das überprüfen und zurückrufen. Bleicher übermittelte eine Telefonnummer, die den Kursteilnehmern für dringende Fälle zur Verfügung gestellt worden war und wartete in unmittelbarer Nähe des Telefons. Der kleine Raum war um diese Zeit menschenleer. Die Bewohner des Hauses saßen in den Lehrveranstaltungen. Es klingelte. Bleicher nahm ab. Ein Mann fragte ihn nach seinem Namen und ob er ein Buch bestellt habe. Das bejahte er. Welcher Autor?

»Willy Brandt«, antwortete Bleicher.

»Ja, das ist eingetroffen.«

»Wann kann ich das abholen?«

»Geht das am Sonnabend gegen zehn Uhr?«

»Ja, bestimmt, schön, ich freue mich.«

»Bitteschön, keine Ursache, also dann bis zum Sonnabend. Auf Wiedersehen.«

»Auf Wiedersehen.«

Bleicher legte auf und ging nachdenklich noch einmal auf sein Zimmer. Er musste etwas über Katharina in Erfahrung bringen und natürlich das Treffen melden. Schön wäre es, wenn er grünes Licht bekäme und die *Romeo*[54]-Karte spielen könnte. Er würde sich auf der Heimfahrt am Freitagabend einen exakten Plan für das Gespräch mit Peter zurechtlegen und darum bitten, dass man ihm so schnell wie möglich eine Entscheidung mitteilte.

Bleicher döste noch etwas in den stillen Morgen, schlief auch noch ein wenig. Gegen Mittag stand er auf und traf in der Mensa Katharina, die ihn mit einem aufgekratzten Hallo empfing.

»Na, mein Lieber, du bist wohl noch irgendwo versumpft, oder war etwa dein *Jever* schlecht?«

»Nichts von alledem. Ich habe einfach einen Haarwurzelkatarrh.«

»Einen was? Haarwurzelkatarrh? Niesen da deine Haare?«

»Kennst du das nicht, wenn dir alles und nichts weh tut, wie bei einer Migräne?«

»Nur, wenn ich meine Tage habe.«

Katharinas Direktheit war Bleicher unangenehm. Er ging nicht weiter darauf ein. »Mir geht es schon wieder glänzend. Für solche Fälle habe ich Aspirin, das hilft.«

»Das war bei meinem Opa auch immer so.« Katharina konnte verletzend sein: »Aber der hatte keine Haare.«

»Haben wir das genügend erörtert, oder fällt dir noch etwas Packendes ein?« Bleicher war pikiert.

»Ich hatte gar keinen Opa!« Katharina lachte ihm spitzbübisch ins Gesicht, um die Situation zu entspannen.

---

[54] Romeo-Verhältnisse nannte die Stasi die von ihr arrangierten Liebesverhältnisse von Agenten mit Frauen in wichtigen Positionen.

»Was weißt du über Bartergeschäfte?«

»Nichts, was ist das?«

»Noch nie was vom Schokoladenbarter gehört? Siehst du, so etwas versäumt man wegen Haarwurzelkatarrh.«

»Nein, was ist das?«

»Ganz einfach. Du hast vielleicht zu viel Zement und willst ihn loswerden, und ich habe jede Menge Schokolade, die mir tonnenweise zum Hals 'raushängt und die ich weghaben möchte. Dann verhandeln wir und tauschen beides wertmäßig, ohne dass Geld fließt. Na, das könnte natürlich auch in unserem Beispiel Zementbarter heißen. So läuft das meistens zwischen reichen und armen Ländern, die kein Geld zum Bezahlen haben oder deren Geld im Welthandel nichts wert ist. Dann geht es eben wie im Mittelalter zu beim Felltauschen gegen Gewehre oder Wein.«

»Und das läuft demnach hauptsächlich zwischen Ost und West?«

»Meistens. Die DDR ist in diesem Geschäftsgebaren Meister.«

»Und du hast darüber deine Diplomarbeit geschrieben?«

»Nicht nur, aber in wesentlichen Teilen auch.«

»Was haben die euch heute beigebracht?«

»Zum Beispiel auch solche Sachen.«

»Hast du nachher etwas Zeit, um mich bei einer Tasse Kaffee etwas schlauer zu machen?«

»Nur wenn es zum Kaffee auch Kuchen gibt, den du bezahlst.«

»Natürlich. Also wann treffen wir uns zum Kuchenbarter?«

»Um halb fünf?«

»Und wo?«

»Na hier, oder, wenn das Wetter hält, draußen im Innenhof.«

»Gut, kommst du wieder mit 'rein? Die Vorlesung geht gleich los? Du wirst dich nicht langweilen. Es geht wirklich um den Ost-West-Handel.«

»Ich will noch eine Zigarette rauchen.«

»Ich auch.«

»Dann setzen wir uns auf die Raucherbank. Dort ist gerade frei.«

Bleicher langweilte sich streckenweise schon, weil er das alles bereits und besser in Cottbus auf der Hochschule gehört hatte und in ML[55] geprüft wurde. Aber die westliche Sicht nach reinen volkswirtschaftlichen Kriterien war interessant im Vergleich zur Politverfremdung in Cottbus.

Die letzte Lehrveranstaltung fiel wegen kurzfristiger Unpässlichkeit des Dozenten aus. »Der war doch gar nicht mit uns essen«, spottete Katharina.

Rudolf ging noch einmal auf sein Zimmer. Ein Brief steckte in seiner Tür. Er enthielt eine Notiz des Hausmeisterbüros, dass ein Anrufer für ihn die Abholzeit für ein Buch schon auf Freitag vorverlegen wollte. Er möge zurückrufen, wenn der Termin nicht eingehalten werden könne. Ja, das musste er unbedingt. Man konnte nicht wegen eines Buches einen solchen teuren Weiterbildungslehrgang schwänzen.

Er wollte natürlich nichts von den Dingen hören, die er am Vormittag versäumt hatte. Katharina war das, was er wollte. Sie wartete schon an einem kleinen runden Tisch auf ihn. Sie hatte ein anderes Kleid angezogen und empfing ihn, wieder mit diesem freundlichen, etwas fragenden, auch hintergründigen Lächeln.

»Na, bist du wieder fit?«

»Ich war nicht unfit, Katharina!«

»Und Haarwurzelerkältungen zählen wohl nicht?«

»Kannst du auch mal eine Sache ruhen lassen?«

»Nein, nur wenn ich schlafe, ansonsten bin ich immer neugierig und hellwach.«

Sie war ein harter Brocken, zumindest mit dem Mundwerk. Bleicher konnte solche vorlauten Frauen eigentlich nicht ausstehen.

Aber warum mag ich dann diese? Das wollte er ergründen. Nun, er hoffte, aus *Berlin* grünes Licht zu bekommen. Dann

[55] Abk. für Marxismus-Leninismus, Pflichtfach an Hochschulen und Universitäten der DDR

werden wir ja sehen, wer gewinnt, Romeo oder Julia. Aber es müsste ja nicht tragisch enden.

Sie unterhielten sich über Belanglosigkeiten. Bleicher sagte, dass er am Wochenende ein paar Dinge regeln müsse und am Sonntag zurück sei. »Schön«, sagte Katharina, »ich bin auch zu Hause. Mein Mann kommt von einer Dienstreise aus Amerika zurück, da muss und will ich heim.« Rudolf nahm es zur Kenntnis, etwas enttäuscht, weil er die freundliche Offenheit von Katharina falsch gedeutet hatte. In diesem Punkt schienen die Frauen doch recht zu haben. Alle Männer seien schwanzgesteuert, hatte seine Verflossene gesagt. Stimmt, hatte er bestätigt, deshalb finden Frauen oft den Weg nicht.

»Was hat dein Mann in Amerika gemacht?«

»Genau weiß ich das auch nicht, aber er hat bestimmt seinen Forschungsauftrag vorbereitet. Er will ja bald für längere Zeit verschwinden.«

Eine Kursteilnehmerin, die Katharina kannte, kam an den Tisch. »Setz dich zu uns, nein, nein, du störst nicht.«

»Hallo, Carmen Reuther aus Bonn«, stellte sie sich vor.

»Rudolf Bleicher aus Lüchow.« Sie setzte sich, stand aber gleich wieder auf, um sich einen Kaffee zu holen.

»Wer ist diese Dame?« Bleicher ärgerte sich etwas, dass Katharina sie an den Tisch geholt hatte.

»Wir haben uns auch erst hier kennengelernt. Sie ist, glaube ich, im Innenministerium und dort Mitarbeiterin in der Zentralabteilung für den Verwaltungs- und Buchhaltungskram verantwortlich. Frag sie doch, wenn es dich interessiert.«

»Na ja, nicht so stürmisch. Ich will ja nur wissen, wer da am Tisch sitzt.«

Carmen Reuther kam zurück, stellte die Tasse ab und ging noch einmal zurück, um sich auch ein Stück Kuchen zu holen. »Was ist das, was ihr esst?«

»Heidekuchen.«

»Was?«

»Blaubeerkuchen, sehr köstlich, nimm noch etwas Sahne dazu.«

Sie verschwand noch einmal, um das Gebäck zu holen, und kam nach einigen Minuten mit einem Berg Sahne auf dem Kuchen zurück.

Bleicher hatte es aufgegeben, noch einmal eine tiefere Unterhaltung mit Katharina anzufangen. Er überließ das Feld nun dieser Carmen Reuther, die sich unbekümmert in das Gespräch eingeschaltet hatte. Katharina musste schon öfter mit ihr zusammen gewesen sein. Sie bezog sich auf bestimmte Gesprächsdetails, die beide kannten.

Carmen Reuther wandte sich an Bleicher. »Sie sind auch im Kurs? Was machen Sie, wenn sie nicht wie wir auf Lehrgängen herumsitzen, wenn ich so indiskret sein darf?«

»Ich gehöre zum verbeamteten Landadel.«

»So, und was muss ich mir da vorstellen?«

»Na, einen Büromenschen, der sich in einem Landkreis zum Beispiel um die Bauangelegenheiten kümmert.«

»Welcher Landkreis ist das?«

»Von hier Richtung Osten fast bis an die Grenze, in Lüchow.

»Ach, im Wendland. Da ist es bestimmt schön. Ich kenne die Gegend nur aus den Akten. Wenn die Ostermärsche losgehen und die Polizeieinsätze abgerechnet werden. Die Schäden und Kosten laufen über meinen Tisch. Das sind in jedem Jahr einige Millionen, die uns das an Steuergeldern kostet. Die Bauern verdienen auch nicht schlecht, wenn ihnen die Felder zertrampelt werden. Das bezahlen wir auch.«

Rudolf Bleicher spitzte die Ohren. Da war ihm ja ein interessanter Vogel an den Tisch geflattert. Der hatte zwar auch den Schnabel an der richtigen Stelle, aber im Vergleich zu Katharina hatte er zumindest einige optische Vorteile. Sie hat schwarze Haare, und solche Frauen standen ganz oben in seinem Beuteschema. Er hörte ihr interessiert zu, ohne besondere Aufmerksamkeit erregen zu wollen: Der Jäger beobachtet das Wild, bevor er zur Waffe greift.

Katharina gab die Themen vor. Sie interessierte sich für Carmens Erfahrungen in den USA, schon, um gegenüber ihrem Mann einige Information vorauszuhaben. Die Akademiker konnten in diesen Fragen arrogant sein und sich hinter einer Barrikade aus Herrschaftswissen verschanzen. Katharina hatte das schon in Moskau bemerkt, wenn es um Dinge ging, die nur Alexander wusste. Bei Meinungsverschiedenheiten flüchtete er dann auf solche Felder, die ihr unbekannt waren. Aber das hatte sie in Nowyj Ansar schon mit der Muttermilch aufgenommen: sich immer nach Überlebensstrategien umzusehen und mehrere Wege offenzuhalten. Diese alte Sibiriaken-Weisheit hatte sie ihr Vater und besonders ihr Onkel Peter gelehrt, der im Krieg darauf angewiesen war, auch in aussichtslosen Situationen zu überleben. Stalin hatte viele Leute einfach verschwinden lassen und liquidiert.

»Was ist los, Katharina, wo bist du mit deinen Gedanken?« Rudolf Bleicher hatte sich mit Carmen Reuther über die Kosten der Ostermärsche unterhalten und nachgefragt, ob es da einen festen Haushaltsposten gäbe. Katharina blickte gedankenversunken in eine imaginäre Ferne.

»Nein, nein, ich bin schon noch da. Mir fiel nur so ein Vergleich ein?«

»Welcher?«

»Ach, nichts ... nicht der Rede wert.«

Die beiden Frauen verabredeten sich zum Kinobesuch, ohne Bleicher einzuladen. Der war nicht beleidigt, weil er den Abend für sich haben wollte. Er verabschiedete sich, wünschte einen schönen Abend und ging.

Nachbarn

Bleicher wartete auf den Postboten Peter im Wintergarten seines Hauses, das er nach seiner Beförderung im Amt gemietet hatte. Peter kam pünktlich – wie verabredet – und brachte das Buch.

»Seiten 42 und 91, ansonsten wie immer«, sagte er kurz. Bleicher gab ihm die Mikrofiches seiner Berichte. Das dauerte nicht einmal eine Minute, und der Postbeamte verließ den kleinen Vorgarten, um in das nächste Haus zu eilen.

Bleicher setzte sich ins Wohnzimmer und schlug die bezeichneten Seiten auf. Man war mit der Entwicklung, die er genommen hatte, zufrieden. Er solle die Position ausbauen und Kontakte zur SPD suchen, insbesondere die Friedensbewegung und die Ostermärsche im Wendland beobachten. Er bekam neue Chiffren und Codeworte, deren Ergänzungen nach und nach telefonisch in vorbereitete Legenden eingeschoben waren. Sein Telefon hatte eine Möglichkeit, Gespräche aufzuzeichnen. Die benötigte er, da er sich die harmlosen Botschaften mehrmals anhören musste, um die fehlenden Passstücke zu entdecken. Das funktionierte sogar, wenn er nicht zu Hause war, und es klappte auch, wenn er sich im Urlaub vierzehn Tage lang auf Mallorca aufhielt.

Solche Reisen gefielen den Beamten in *Berlin* überhaupt nicht, wie ihm Peter mitteilte. Er warnte ihn, nicht zu sehr in die westdeutsche Kleinbürgermentalität abzurutschen. Diese Sorge war unbegründet. Bleicher wollte sich nur aus eigenem Erleben die Lieblingsinsel seiner Kollegen ansehen. Denn mehr auffallen würde er, wenn er in seiner Stellung nicht wenigstens einmal selbst dort gewesen wäre. Aber nach der ersten Reise hatte er genug. Er fuhr dann lieber in die Länder, die ihm als DDR-Bürger bisher unerreichbar waren. Das machte er gewissermaßen auf Vorrat, denn er fürchtete, dass er Hals über Kopf abgezogen werden könnte. Dann würde er wieder nach Bulgarien oder in die Sowjetunion reisen dürfen oder müssen. Doch er wischte diese Gedanken zur Seite. Er wollte das Jetzt so lange es ging genießen.

Manche *Berlin*-Treffs erschienen Bleicher auch als Finten, wenn ihn ein Abteilungsleiter ausgerechnet an den Bodensee bestellte. Er hatte bemerkt, dass sich in der DDR-Botschaft mancher Dienstreisetourist aufhielt, der auf die Diplomatentour einige schöne Tage im Westen Deutschlands genießen durfte. Das erfuhr er beiläufig von Carmen Reuther, die diese Interna aus dem Bonner Innenministerium wusste. Es gab auch dort eine ordentliche Kostenstelle für solche Beobachtungen.

Wenige Tage später wurde ihm mitgeteilt, er möge an einem bestimmten Tag eine Einschreibesendung in Empfang nehmen. Peter brachte die Antwort aus Berlin, als Brief, chiffriert. Bleicher hatte nun die folgende Nacht zu tun, alles mühsam zu übertragen. Die Empfehlung war eindeutig. Vorsicht bei Carmen Reuther, keine aktiven Kontakte, und freie Fahrt bei Katharina Bergmann.

Gut, dachte Bleicher. Dann wollen wir mal sehen. Man hatte ihm keinen Termin gesetzt. Er hatte freie Hand.

Rudolf Bleicher schloss die Weiterbildung ab, bestand die Prüfungen mit der Note „gut“ und bekam die neue Stelle im Landratsamt. Er kannte sich im Landkreis aus und musste sich nicht besonders einarbeiten.

Der Lehrgang war doch ganz nützlich, stellte er für sich fest, obwohl er sich eigentlich dagegen gesperrt und nur zugesagt hatte, weil er den neuen Job wollte. Den bekam er nun. Und er merkte, wie er sich darin einrichtete.

Es wurde ein Déjà-vu seiner Kindheit, wenn er seine Großeltern besuchte, die auf dem Lande lebten. Die Ruhe ohne Autolärm und der direkte Naturbezug taten gut. Seine Nachbarn waren angenehme Leute, auch aus dem Norden: ein Arzt im städtischen Krankenhaus, der sich auf seine Facharztausbildung in der Chirurgie vorbereitete. Die konnte er zwar dort nicht ablegen und musste deshalb mehrmals im Monat nach Kiel an die Uniklinik, aber das nahm er gerne in Kauf.

Auf der anderen Seite wohnte seit vielen Jahren ein pensioniertes Lehrerehepaar, ein Biologielehrer aus dem Gymnasium in Celle, der Hobbyimker wurde und eine respektable Anzahl an Bienenvölkern hatte. Er versorgte die Nachbarschaft mit köstlichem Heidehonig. Bleicher war an freien Tagen gern bei ihm, da er oft genervt aus dem Amt kam, wenn ihn die Bauprozesse wegen Nichtigkeiten aufregten. Dann setzte er sich zu ihm, stülpte sich eine der Bienenhauben über und konnte ihm gefahrlos zusehen. Sein Nachbar hatte nie eine solche Haube aufgesetzt. Das würde seiner Imkerehre widersprechen. Wenn ihn die Bienen stachen, passierte nichts, keine Schwellung, keine Reaktion auf den Blutdruck, auch kein Schmerz, zumindest sagte er das. Nur manchmal stieß er ein kurzes Autsch aus, wenn sich mehrere Bienen bei ihm verhakt und ihn gestochen hatten. Er rauchte immer eine lange Pfeife mit einem Tabak, den er selbst anpflanzte, gegen die Gesetze, wie er sagte, aber nur zur eigenen Sicherheit. Damit beruhigte er die Bienen, meistens jedenfalls.

Bleicher wurde hysterisch, wenn sie ihn umschwirrten. Ein Onkel war nach einem Stich vor seinen Augen kollabiert. Das hatte er als kleiner Junge erlebt, und die Hektik mit Notarzt und Krankenwagen saß ihm immer noch in den Knochen. Seine Eltern meinten, da gäbe es eine krankhafte Veranlagung in der Familie, und man müsse aufpassen. Dass er sich dabei bisweilen lächerlich machte, wenn er wild um sich schlagend wegrannte, ertrug er.

Das Lehrerehepaar hatte sich mit Rudolf Bleicher angefreundet. Er kümmerte sich um die baulichen Angelegenheiten der Nachbarn. Am Wochenende wurde er manchmal zum Essen eingeladen. Sein Junggesellenleben hatte mütterliche Gefühle der Nachbarin geweckt. Die Gespräche mit den beiden taten ihm immer gut. Auch im Denken gab es viele Übereinstimmungen. Sie schienen als Achtundsechziger intensiv in der Friedensbewegung engagiert gewesen zu sein, jedenfalls in ihren jungen Jahren, wie Robert Grube betonte. Er war ein drahtiger, immer noch jugendlich wirkender Mann, mit gleichmäßigen Zügen und wachen Augen voller Heiterkeit. Auch seine Frau, die er Klärchen nannte und sie immer etwas neckte, passte zu ihm, schlank und schön, trotz der fast siebzig Lebensjahre. Sie hatte eine warme, angenehme Stimme und eine Sprache, die Bleicher etwas an das Sächsische, aber mit einer leichten französischen Färbung erinnerte.

Bleicher war gerne bei den Grubes zu Gast, nie gab es Verstimmungen zwischen ihnen. Man spürte sofort die Vertrautheit, trotz oder gerade wegen der kleinen Frotzeleien, die in solchen lebenslangen Gemeinsamkeiten der Pfeffer in der Alltagssuppe waren.

»Rudolf, ich habe eine Klärgrube zur Frau«, begann Robert Grube bei einer dieser Unterhaltungen etwas umständlich und unvermittelt. Frau Grube verdrehte da schon ihre Augen, ließ ihn aber gewähren.

»Eigentlich viele Klärwerke, wenn man es wörtlich nimmt, die sich durch die Eheschließung in eine Klärgrube gewandelt haben. Sie ist Elsässerin und wurde auf den schönen Namen Claire getauft. Geboren wurde sie als eine Wergé, mit einem accent aigu über dem E, also französisch Werscheh. So hieß ihre Familie. Die Sachsen haben das bei der Passkontrolle an der Grenze zum Osten immer wie *Klär-Werke* ausgesprochen, wenn sie die Personalien aufnahmen. Und ausgerechnet durch eure Grenzpolizisten fiel mir der Spaß auf. Das ist jetzt immer unser Unterhaltungsgag, wenn wir durch die DDR nach Westberlin fahren.«

»Ach, hör doch mit dieser platten Geschichte auf. So witzig ist die Sache nun auch wieder nicht. Erzähl' dem Rudolf lieber von deinen Jugendsünden. Denk an deine Eskapaden mit der Gleisbesetzung zu Ostern und an die schönen Bilder mit den Schlagzeilen in den Boulevardblättern: *Sohn, trägt Vater vom Gleis.*«

Claire begann zu erzählen. »Unser Sohn ist beim LKA und war zu diesem Zeitpunkt in einem Praktikum bei der Bereitschaftspolizei. Das hat ihn ganz schön genervt. Bei den Einsätzen musste er ja auch seinen verluderten Vater wegtragen. Als sich das in der Öffentlichkeit herumsprach, haben die Journalisten nur auf diese Szenen gewartet. Die Einsatzleitung hat das zwar korrigiert, aber es hätte Robert fast die Lehramtsstelle gekostet. Er war ja im Öffentlichen Dienst. Ich habe mich bei seinem Direktor einsetzen müssen, um die drohende Versetzung auf irgendein Kaff am Ende der Welt zu verhindern. Wir hatten gerade das Haus gekauft und uns eingerichtet. Unsere Tochter musste sich wegen ihres Hippiepapas in der Schule hänseln lassen. Na, das hat er eingesehen und sich etwas stromlinienförmiger verhalten.«

»Du wolltest *opportunistischer* sagen, liebes Klärchen,« warf Robert Grube ein.

»Nenne es, wie du willst. Das Leben ist immer ein Kompromiss, vor allem, wenn man Kinder hat.«

»Meine Jeanne d'Arc ist ihrem Element. Du bleibst eben eine Wergé. Du musst wissen«, wandte er sich etwas geheimnisvoll an Rudolf Bleicher, »sie ist eine geborene Sarrois. Ihre Familie gehörte zur intellektuellen Elite im Saarland, schon als Frankreich das Sagen hatte und ein eigenständiges Gouvernement geschaffen worden war. Die hatten eine eigene Staatsbürgerschaft innerhalb Frankreichs, mit besonderem Pass, eben als Sarrois. Sie waren erklärte Gegner der Nazis und sind während der Besetzung ab 1935 ins Exil gegangen. Johannes Hoffmann hat die Regierungsgeschäfte nach dem Krieg übernommen. Das Saarland wurde dann praktisch von Grund auf entnazifiziert. Das geschah übrigens in keinem anderen Land, auch nicht bei euch im Osten. Ihr Großvater und ihr Vater gehörten als Beamte zu den Aktivisten, die das Land nach einer europäischen Vision ausrichten wollten. In Saarbrücken hatte man schon städtebauliche Konzepte für die Gebäude, die dann aber in Brüssel errichtet wurden. Als wir uns beim Studium an der Uni in Saarbrücken kennengelernt haben, musste ich mich bei meinen späteren Schwiegereltern einem hochnotpeinlichen Verhör unterziehen. Da hatte ich fast schon bereut, mit dieser Claire Wergé angebandelt zu haben. Ich war nämlich damals ein richtig flippiger Hippie, mit allem, was dazugehörte: Jeans, Vollbart, lange Haare, zum Zopf gebunden und diese langen, großmaschigen Pullover. Aber wir waren so ineinandergekrochen ...«

»Na, geht's nicht ganz so direkt und etwas gesitteter?«, warf Claire mit vorwurfsvollem Blick ein.

»... dass ich auch das ertrug«, fuhr Robert Grube unbeirrt fort. »Ich meine das Verhör von Claires Vater. Claire und ich hatten Woodstock erlebt. Oh, oh da gibt es scharfe Bilder. Ich habe in der Nähe von Woodstock meine Schwester, die mit einem ehemaligen GI verheiratet ist. Deshalb kannte ich die Gegend und konnte das brave Bürgertöchterchen überreden, Creedence Clearwater Revival, Santana, Jimi Hendrix und die vielen anderen Gruppen direkt zu erleben. Dort, eingekeilt in die Massen Gleichgesinnter aus der ganzen Welt, bist du dann wie in Trance. Mein geliebtes, staunendes Klärchen war es auch, ohne Drogen, wohlgemerkt. Auf einem Foto, das öfter durch die Presse ging, sind wir zum Glück nur im Hintergrund und recht unscharf zu sehen, halb nackt und vom Schlamm der großen Wiese gezeichnet. Unseren Kindern haben wir das erst kürzlich offenbart. ‚Mein Gott', stöhnte mein Sohn, ‚da tun sich Abgründe auf'. Er sei froh, gestand er uns, dass er das nicht früher erfahren hatte. Sonst wäre er völlig verkrampft in die Polizeiausbildung gegangen. Aber meine Claire hat sich auf diese Weise aus ihrem strengen, in den Ansichten durchaus fortschrittlichen Beamtenelternhaus gelöst und sich vielleicht nur deshalb auf einen solchen Chaoten wie mich eingelassen.«

»Naja, es hätte schlimmer kommen können«, warf sie ein. Und um ihre kleine Frechheit zu dämpfen, strahlte sie ihn an.

»Das ist heutigentags auch sehr selten«, wunderte sich Bleicher.

»Was?«

»Na, dass ihr so lange zusammen seid.«

»Ich finde doch keinen Besseren«, sagte Claire mit einem Lächeln zu ihrem Mann, das Spott und Lob in einem war. Der hob mit gespielter Gleichgültigkeit etwas ratlos die Schultern, und zu Bleicher gewandt bemerkte er ungerührt: »Das hat nur so lange gehalten, weil ich nie weiß, woran ich bin und das schon fünfzig Jahre. Das hält dich immer unter Spannung.«

»Du siehst, dass mein guter Einfluss gewirkt hat«, zwinkerte Claire zu Rudolf Bleicher.

»Aber nur, dass ich Lehrer geworden bin und ich nicht, wie dein Vater es wollte, in den richtigen Staatsdienst gegangen bin. Wir hatten eigentlich im Grundsatz immer gleiche Auffassungen, aber unsere Wege waren verschieden. Als Staatsbeamter bist du immer an den Loyalitätseid gebunden, und der kastriert dich, wenn du mal etwas neben den politischen Mainstream denkst. Das trifft zwar im Grunde auch für uns zu, aber etwas mehr Spielraum hast du schon. Du kannst mal auf die Pauke hauen, aber spätestens beim zweiten Mal formieren sich die Gegner und machen dich fertig. Ich weiß nicht, wie lange das Gerd Bastian und Petra Kelly[56] durchhalten. Nachdem Gerd als Brigadegeneral hingeschmissen hatte, war das ein Aufschrei von allen Seiten, aber dann kommt die Einsamkeit des Langstreckenläufers. Die Grünen sitzen zwischen den Stühlen. Sie wollen sich von der SPD absetzen. Aber auch nicht in die Ecke der Kommunisten geraten. Auf der einen Seite ziehen die versprengten DKP-Leute, und auf der anderen Seite nimmt der liberale Flügel der SPD Einfluss. Die werden wie die anderen Parteien auch irgendwann in die Regierung kommen und den Häkel- und Strickverein genauso machtgeil machen wie die anderen Parteien auch. Und bei euch, wie ist das bei euch, Rudolf?«

[56] Petra Kelly (1947-1992) Gründungsmitglied der Grünen-Partei, Friedensaktivistin in der Bundesrepublik, Lebensgefährtin des ehemaligen Brigadegenerals Gert Bastian

»Das ist ein schwieriges Thema. Deshalb habe ich mich ja auch aus dem Staub gemacht. Ich bin mit der führenden Rolle der SED nicht klargekommen. Warum soll die Arbeiterklasse nun alles besser wissen als andere schlauen Köpfe und deshalb die Führung übernehmen?«

»Das sehen ich und viele meiner Freunde und Kollegen eigentlich genauso. Aber die alten Männer im ZK werden freiwillig nicht die Macht abgeben. Nicht, bevor ihnen biologisch das Lebenslicht ausgeblasen wird. Bei einigen soll es schon flackern. Honecker soll sehr krank sein. Man munkelt von Krebs.«

»Woher weißt du das?«

»Na, hier gibt es auch Leute, die sich um solche Dinge kümmern.«

Bleicher durchfuhr es, war er etwa an einen Kollegen des BND geraten?

»Nicht dass du denkst, ich bin beim BND«, schien Robert Grube seine Gedanken zu erahnen.

»Na wenn schon«, log Bleicher. »Ich glaube nicht, dass ihr die *Stasi* übertrefft. Weißt du, das System ist nach dem Krieg gewachsen. Die haben wirklich geglaubt, eine Insel der sozialen Glückseligkeit zu errichten. Aber der Mensch ist nicht dafür geschaffen, selbstlos und wenn es geht, rund um die Uhr zu arbeiten, keine Bedürfnisse zu haben, vielleicht nur die unmittelbaren zum Leben, Essen, schlafen und zur Fortpflanzung.«

»Na hoffentlich mit gutem Sex«, warf Grube ein.

»Ach, ich denke schon. Wir haben ja keine Kirche, die uns die Verhütungsmittel vermiest.«

»Rudolf, du bist immer noch im Osten, merkst du das?«, meldete sich Claire aus dem Hintergrund. Rudolf wurde rot, er schien ertappt zu sein.

»Warum denn das?«

»Na, weil du immer noch von dort aus argumentierst. Du sagst, *wir* haben keine Kirche, und *wir* haben geglaubt, das und das zu machen.«

»Du bist Bundesbürger, mein Lieber. Wir haben eine Kirche, und die sagt uns, wo es langgeht, mit und ohne Sex, besonders, wenn der Heilige Vater das Sagen hat«, nahm Robert Grube den Einwurf seiner Frau auf.

»Doch wohl nicht beim Sex«, widersprach Bleicher. »Bist du katholisch?«

»Nein, aber Realist. Nur wer zwischen den Stühlen ist, kann aufrecht stehen, hab' ich irgendwo gelesen.«

»Was man eben so darunter versteht«, spottete Claire aus dem Hintergrund.

»Also, was nun?«

»Protestant, das habe ich doch die ganze Zeit versucht zu erklären.«

»Würde dir etwas passieren, wenn du nicht mehr in der Kirche wärst?«

»Nein, aber einige Eltern achten schon darauf, wie ihre Kinder erzogen werden. Durch die Anglikaner der Briten sind wir Gott sei Dank von den mittelalterlichen Glaubensbrüdern nicht so bedrängt. Aber in Bayern würde ich als Ketzer keinen Fuß in eine Schulklasse bekommen haben.«

»In der DDR war es gefährlich, sich als Kirchenmitglied zu outen.«

»Und eure CDU?«

»Na, die sind der kirchliche Ableger der SED. Die fangen die parteilosen Christen ein. Mit der hiesigen CDU haben die so viel gemeinsam wie ein Eskimo mit einem Westeuropäer, nur die Hautfarbe stimmt.«

»Stimmt der Vergleich wirklich?«

»Na, der hinkt natürlich wie alle Vergleiche. Wenn der Mensch im Allgemeinen als Partei gilt, dann ist sein Wesen, das, was ich meinte. Im westlichen Demokratieverständnis ist das nicht zu vermitteln. Aber wenn du mal annimmst, dass es eine Kraft gibt ... – nein, nein lass mich den Gedanken zu Ende führen.«

Grube wollte ihm schon, weil er annahm, dass er ihm die SED schmackhaft machen wolle, in die Parade fahren.

»Also, wenn es jemanden gibt, der bis in die Fußspitzen edel ist, also das gottgleiche Ideal darstellt, könnte man sich ihm doch anvertrauen. Oder?«

»Also doch die SED«, bemerkte Grube trocken.

»Ja, wenn du so willst, ja. So jedenfalls kann man sich vielleicht die alten Kommunisten vorstellen, als sie von den Nazis verfolgt wurden und in die KZs kamen«, versuchte Bleicher eine Rechtfertigung.

»Und Stalin, was ist mit ihm und seinen Mordgeschichten gegen das eigene Volk? Oder hat da wieder der Zweck die Mittel geheiligt?« Grube kam in Fahrt. »Weißt du, Rudolf, ihr habt im Osten keine Möglichkeit, euch mit den verschiedenen Meinungen auseinanderzusetzen, jedenfalls nicht die Masse. Auch nicht, wenn ihr jeden Abend die Tagesschau sehen könnt und Westfernsehen habt. Die wirklichen Zusammenhänge ergeben sich aus den vielen – manchmal auch konträren – Publikationen. Das geht hier unproblematisch. Aber auch wir werden jeden Tag von einigen Medien für blöd verkauft und mit manipulierten Meldungen zugeschüttet. Guck dir den NATO-Doppelbeschluss an. Das war ja für Bastian und die Grünen der Anlass, aufzustehen und eine andere Position zu vertreten. Ich hatte die gleichen Befürchtungen, dass wir zum Atombrückenkopf werden, und habe mich auch entsprechend positioniert. Claire hat das gerade erzählt. Aber es hat zum bundesweiten Nachdenken geführt. Zwar nicht mit dem erhofften politischen Erfolg, aber doch letztendlich zur Einsicht auch bei den Sowjets, die Völkergemeinde zu respektieren und den fundamentalistischen kommunistischen Weltverbesserungsanspruch einzustellen.«

»Na, das war schon wirtschaftlich nötig«, warf Bleicher ein. »Der Westen wollte ja die Russen totrüsten.«

»Da hast du schon recht. Man kann sich nicht in einer modernen Industriegesellschaft von den Wirtschaftsprozessen abkoppeln. Deshalb funktioniert auch das Modell im Osten auf Dauer nicht. Selbst wenn man es annehmen würde, steckt noch vielen dieser Weltkommunismusgedanke in den Knochen. Die Chinesen haben das mit ihren Mao-Bibeln im eigenen Land und im Ausland versucht. Weißt du, das will ja keiner: mit einer Hose und einem Hemd durch das Leben spazieren. Das funktioniert noch nicht einmal im Kloster. Das Leben findet rund um die Uhr statt, mit Arbeit, Kindern, Partnern, Streit mit Kollegen, Sorgen um den Arbeitsplatz und allen anderen Dingen, die uns der liebe Gott bei der Schöpfung zugedacht hat. Weißt du, es ist keine Kunst, gut zu sein, ohne Anfechtungen.«

»Jetzt kommt gleich seine Ode an die schönen Frauen«, hörte man Claire wieder aus dem Hintergrund.

»Na, es ist doch so«, ließ sich Grube nicht beirren. »Eine schöne Frau ist doch ständig Ziel der Begierden und muss sich jeden Tag ihrer Haut erwehren. Die Kriegslist der Männer kennt doch keine Grenzen, und wenn sie dann so ist, wie sie alle gerne haben wollen, wird sie verachtet. Und die Unattraktiven gehen unangefochten durchs Leben, weil sie keiner anrührt.«

»Hör doch endlich mit diesem Quatsch auf. Das ist die Sicht der geilen Böcke. Einfach Unsinn«, erregte sich Claire.

»Ich will doch nur sagen, dass man im Kloster unter einer segensreichen Käseglocke keinen Anfechtungen zur Sünde ausgesetzt ist«, verteidigte sich Grube.

»Und was hat das mit eurem Gespräch zu tun?«

Claire konnte diese verbalen Bogenfahrten nicht ausstehen. Ihr Vater schon hatte sie gelehrt: Deine Sprache sei ja, ja und nein, nein. Das musste wohl in der Bibel stehen, genau wusste sie das auch nicht.

»So viel ...«, führte Grube seinen Gedanken weiter und überhörte den Einwurf seiner Frau, »dass das Leben nicht aus Trennkost, sondern aus allen Facetten bestehen muss, allerdings in Grenzen, meinetwegen nach den zehn Geboten. Das würde diese Welt besser machen.«

»Was die Trennkost betrifft und die DDR, stimmt das. Der Mensch ist erst noch zu konstruieren, der sich freiwillig darauf einlässt – einige Mönche ausgeschlossen – aber nicht die Masse. Und bei euch – Pardon bei uns – läuft der Motor auch bald unkontrolliert, weil jeder denkt, man könne alles machen. Wo ist denn die Kirche, wenn weltweit der Hunger zunimmt und wir dabei immer reicher werden? Wer ist die moralische Institution, die den raffgierigen, meist bigotten Bossen auf die Finger klopft?« Nun erregte sich Bleicher.

»Jetzt kommt der Staatssozialist durch, Rudolf«, meldete sich Claire wieder.

»Das ist unfair, Claire, und eigentlich die Arroganz, mit der wir denen begegnen, die uns und unser westliches Leben infrage stellen.«

»Rudolf, die Bosse sind genauso schlecht wie wir, jeder von uns. Sie reagieren auf Ziele in ihren Betrieben, die man ihnen von den Eigentümern und Aktionären vorgibt. Und das ist nun mal der Kapitalismus, aus Geld noch mehr Geld zu machen.«

Claire hatte sich nun zu den beiden Männern gesetzt und jedem auch ein Glas *Merlot* hingestellt, von dem sie schon das zweite genoss.

»Weißt du, Rudolf, dieser Name Wergé, französisch gesprochen, hat ja akustisch auch was mit *Che*, also Che Guevara zu tun. Das ist Claire alles in einem.«

Robert Grube war in seinem Element.

»Nur mit dem Unterschied, dass ich waffenlos kämpfe und jegliche Guerilla verachte«, sagte sie.

»Alter preußischer Offiziersgeist«, grinste Grube,

»Was nicht stimmt, denn die Wergés kamen eher aus der Ecke des aufgeklärten französischen Bürgertums und verachteten diese preußischen Formalisten.«

Sie wurden durch das Klingeln an der Haustür unterbrochen. Claire ging an die Haustür.

»Rudolf, das ist für dich, der Postmann hat eine Eilsendung.«

»Oh, schön, darauf habe ich gewartet. Ich geh nach drüben, um zu unterschreiben, da brauch ich meinen Ausweis.«

»Der kennt dich doch.«

»Na, du siehst doch, er will es schwarz auf weiß sehen, was er jeden Tag zur Kenntnis nimmt. Das unterscheidet das Französische vom Deutschen.«

»Vielleicht komme ich morgen noch mal vorbei. Ich wollte sowieso gehen.«

»Danke, es war wieder sehr interessant. Das müssen wir aber noch einmal nacharbeiten.«

»Mit Vergnügen.«

»Mach's gut.«

Der Briefträger bestellte Grüße von seinem erkrankten Kollegen, der sonst immer diesen Bezirk bediente. Er könne das Buch erst einmal öffnen, bevor er den Schein quittierte. Es würden in letzter Zeit viele Sendungen kommen, die die Empfänger nicht bestellt hätten und auch von außen nicht zuzuordnen waren. Unter offizieller Aufsicht könne man dann risikolos nachsehen und eventuell alles wieder der Post zurückgeben.

Bleicher war etwas verunsichert. Er kannte den Mann nicht und wollte sich auch nicht ungeschickt verhalten. Er hatte schon lange Zeit auf Nachrichten gewartet. Der Bote bemerkte Bleichers Zögern.

»Wenn Sie noch einmal nachdenken wollen, kann ich auch morgen gegen sechzehn Uhr wiederkommen. Ich habe sowieso wieder hier zu tun, das ist kein Problem.« Bleicher schaute zur Uhr. Es war schon halb drei. Das war die vereinbarte Sonderchiffre, plus neunzig Minuten zur aktuellen Uhrzeit.

»Gut, dann wollen wir mal sehen«, sagte Bleicher sichtlich erleichtert. Und zum Postboten: »Was ist los mit Peter?«

»Nichts Besonderes. Er hat eine Magen-Darm-Verstimmung und ist in den nächsten Tagen wieder da.« Bleicher nahm den Inhalt des Umschlages an sich und quittierte den Empfang.

»Ich wünsche noch einen schönen Tag. Auf Wiedersehen.«

»Schönen Gruß an Peter.«

»Danke.«

Beamtenalltag

Bleicher fuhr morgens ins Büro, erledigte viel unnützen Papierkram, führte Beratungen mit Bauherren und Planern und besuchte Baustellen. Unterwegs kaufte er meist in einem Supermarkt einige Brötchen oder aß in einer Tankstelle eine Currywurst, und am Abend fuhr wieder nach Hause. Er hatte das unkomplizierte, aber intensive Beamten-Leben angenommen und genoss es, seinen neuen VW, der ihm als Dienstfahrzeug zur Verfügung stand, möglichst oft zu benutzen. Wie schnell man sich an alles gewöhnen konnte! Als er in Cottbus nach elf Jahren Wartezeit endlich seinen neuen *Trabant* abholen durfte, hatte er sich wie ein Schneekönig gefreut, obwohl er sich wegen seiner Körpergröße beim Einsteigen wie ein Taschenmesser zusammenklappen musste. *Lieber Gott mach mich krumm, dass ich in mein' Trabbi kumm*, neckten ihn die Kollegen. Sein *VW* war zwei Nummern größer. Die Genossen würden auf das Parteiabzeichen beißen, wenn sie ihn jetzt sehen könnten. Bleicher grinste. Damals war für ihn das Glück vollkommen. Dieses Gefühl wollte er wiederhaben. Jetzt war er sein eigener Chef. Er hat einen eigenen Dienst-*VW*, den man nicht hörte, wenn er fuhr. Und der allen Schnickschnack hatte, den er als Junge bewunderte, wenn die Westautos in Rostock an der Straße vor seiner Schule geparkt waren.

Die Angst, aufzuwachen und wieder seine *Rennpappe*, wie der *Trabbi* im Osten hieß, fahren zu müssen, steigerte seine Verfolgungsneurose. Dann begriff er sich und seine Situation. Er war einer, dessen Todesurteil feststand. Doch der Exekutionstermin war auf unbestimmte Zeit verschoben. Man wollte ihn quälen mit den Vorzügen seines schönen Lebens. Von einem Tag zum anderen abgezogen zu werden, war das kleinere Übel gegenüber der Gefahr, enttarnt zu werden. Ob man ihn – den kleinsten unter den Spionagefischen – austauschen würde, schien ihm nicht sicher.

Bleicher liebte den kleinen Wintergarten seines Hauses, in dem er lesen oder ein kühles *Budweiser* genießen konnte. Wie hatte er sich für dieses Bier krumm machen müssen: fast konspirativ mit ein paar Westmark in irgendeinem unbekannten Intershop an der Autobahn. Seine Vergangenheit geisterte immer in seinem Hinterkopf. Seine wirkliche Freiheit hier im Amt lebte er deshalb sehr bewusst und verdrängte jeden anderen Gedanken. Er hatte die *FAZ* abonniert. Dort las er die Weltpolitik so, wie man sie offiziell sah, mit der Sicht auf den Ostblock und die DDR, die Bewertung der politischen Großwetterlagen und einem großen Angebot an Kultur in allen Facetten. Dafür fuhr er am Wochenende, wenn es sich lohnte, schon einmal bis nach Hamburg oder wenigstens bis Hannover.

Seit fast drei Jahren wurde nun auch *Cats* in Hamburg gespielt. Alle Kollegen waren von der Aufführung begeistert. Die Mitarbeiter im Landratsamt machten ihm den Mund wässrig. Er hatte immer mit Zurückhaltung reagiert, weil ihn die Musicals, diese amerikanischen Operetten, nicht sonderlich interessierten.

Das änderte sich mit einem überraschenden Anruf von Katharina. Sie hatten seit ihrem Lehrgang und einigen belanglosen Anrufen nichts mehr voneinander gehört.

»Na, Herr Bleicher«, flötete sie in das Telefon. »Wie geht's?«

»Das ist aber eine Überraschung, Katharina, du? Wo bist du?«

»In Hamburg. Ich hatte Sehnsucht nach frischer Luft. Was machst du? Bist du immer noch alleine?«

»Ja, warum?«

»Na, da brauchst du ja niemanden zu fragen, wenn du auf einen Sprung rüberkommst, oder hast du etwas Besseres vor?«

»Nein, nein.« Der Anruf überraschte ihn so, dass er Mühe hatte, einen klaren Satz zu formulieren. »Ich wollte mir an diesem Wochenende *Cats* ansehen. Du kannst wahrscheinlich Gedanken lesen.«

»Alle können das in Sibirien. Sonst überlebst du nicht, mein Lieber«, scherzte sie.

Rudolf Bleicher freute sich. Sie war wie immer, unbekümmert und direkt. »Wo bist du?«

»In einem kleinen schönen Hotel an der Reeperbahn. Die haben noch Zimmer frei. Wenn du willst, reserviere ich für dich.«

Sie verabredeten sich für den Abend. Rudolf ließ sich die Adresse erklären. Die wenigen Sachen für zwei Tage hatte er schnell gepackt. Die Schlüssel warf er wie immer mit einem erklärenden Gruß bei den Grubes in den Kasten und fuhr los. Er kam gut voran. Der Wochenendverkehr war schon vorbei. In Schleswig-Holstein war Ferienzeit. Die meisten waren in Dänemark oder im Süden.

Katharina erwartete ihn auf der kleinen Terrasse vor dem bezeichneten Hotel. Sie winkte schon von Weitem, als sie ihn kommen sah: welch optische Faszination! Katharina wirkte durch ihre schlichte Eleganz, ohne die aufdringliche Effekthascherei der meisten Frauen. Bleicher stand sofort in Flammen. Er parkte seinen *VW* in der Tiefgarage, nannte an der Rezeption seinen Namen und brauchte nur noch den Meldeschein zu unterschreiben. Woher Katharina alles andere offensichtlich wusste, fragte er sich beiläufig. Er schaffte seine Sachen auf das Zimmer, mit guter Aussicht auf die Reeperbahn, wie er mit einem schnellen Blick feststellte, und fuhr wieder hinunter, um Katharina zu begrüßen. Sie fielen sich in die Arme, wie zwei alte Freunde, die sich herzlich freuten, einander wiederzusehen.

»Gut siehst du aus.«

»Du siehst nicht nur gut, sondern fantastisch aus, Katharina.«

»Na, übertreib nicht, du brauchst bestimmt eine Brille, komm setz dich.« Die Kellnerin kam sofort.

»Jetzt brauche ich erst einmal ein gutes Bier. Haben Sie *Radeberger*? Nein? Dann ein *Jever* bitte.« Die junge Kellnerin wusste offensichtlich mit *Radeberger* Bier nichts anzufangen. Bleicher wollte sie nicht in Verlegenheit bringen und bestellte ein *Jever*, das kam dem *Radeberger* am nächsten.

»Na, erzähl mal. Wie ist es dir ergangen? Wir haben lange nichts voneinander gehört. Ich hatte mehrmals versucht, dich in der Bank zu erreichen, aber man hat mich immer abgewimmelt. Wahrscheinlich wollen die keine privaten Gespräche, und irgendein Kennwort konnte ich auch nicht mitteilen, dass man mich durchgestellt hätte. Und dich zu Hause anzurufen, wollte ich auch nicht. Eifersüchtige Ehemänner sind unberechenbar.«

»Da brauchst du keine Angst zu haben. Wir haben uns getrennt, das heißt ich, und fast.«

»Darf man fragen warum?«

»Ach, lieber nicht. Ich bin dahintergekommen, dass mein Mann ein Doppelleben führt, und das wahrscheinlich schon sehr lange. Eine Kollegin aus dem Institut, mit der er seine Versuche für seinen Amerika-Aufenthalt vorbereitet hatte, scheint Feuer gefangen zu haben. Das musste ich aus einem Brief entnehmen, der zurückkam. Das sind schwere Enttäuschungen, weil man eigentlich geglaubt hatte, seinen Partner zu kennen.«

»Ach, Katharina, wer weiß das schon. Dafür sind wir nur Menschen, mit Gefühlen und niederen Instinkten.«

»Nun ist er wieder in Amerika, und gehört habe ich von ihm so gut wie nichts. Die Gespräche sind teuer, und dann bekomme ich immer zu hören, wie intensiv die Arbeiten dort gemacht werden müssen. Das könne sich nur jemand vorstellen, der das Technische versteht. Na, als dumme Volkswirtschaftlerin, noch mit russischem Hintergrund, bin ich natürlich dazu nicht in der Lage.«

»So ist das Leben, Katharina. Was soll nun werden. Bleibst du in Frankfurt?«

»Ich weiß auch noch nicht. Ich will erst einmal etwas Zeit ins Land gehen lassen. Meine Mutter hat in solchen Situationen immer die Zeckenvariante empfohlen.«

»Die was?«

»Wie eine Zecke sollte man dann sein: sich tot stellen und alle Lebensfunktionen minimieren. Erst wenn man genügend nachgedacht und beobachtet hat, könnte man entscheiden, sich auf das Opfer zu stürzen und gnadenlos zuzubeißen.«

»Na, dann sei mal Zecke«, frotzelte Bleicher. »Ich habe Karten bestellt, für *Cats*. Ich will sehen, ob mich die singenden Katzen begeistern. Natürlich bist du eingeladen.«

»Dann lade ich dich heute irgendwo zum guten Abendessen ein«, freute sich Katharina über die schöne Abwechslung mit Bleicher. Er imponierte ihr wegen seiner unbekümmerten Einfachheit. Und Rudolf Bleicher war es sehr recht, ihr näherkommen zu können, so oder so.

Sie bummelten durch den Lichterglanz der Prachtmeile und fanden schließlich ein kleines Restaurant, das wohl nicht zum engeren Lustbezirk, wie es Rudolf nannte, gehörte. Aber als *Kleines Luder* auch nicht ganz ohne zu sein schien. Sie fanden einen Tisch, von dem man das Treiben draußen beobachten konnte, ohne selbst gesehen zu werden. Rudolf erzählte ihr vom Amt und von seinen Nachbarn, vom Leben auf dem Lande, dem trägen Beamtendasein, das den Bauch vergrößerte und mit der Zeit auch den Geist verengte.

Katharina hatte die kleine Veränderung schon am Nachmittag bemerkt. Es störte sie nicht. Sie war großstadtgeschädigt und sehnte sich oft in die sibirische Steppe zurück, wo die Ruhe manchmal aggressiv sein konnte, fast schalltot, wenn die Natur im Schweigen erstarrte. Ihre Wohnung am Mainufer lag zwar hoch über einer Verkehrsstraße und war einigermaßen abgeschirmt, aber wenn sie morgens die Fenster öffnete, schlug ihr der Lärm körperlich spürbar entgegen. Sie wollte dann irgendwo auf dem Land sein und all dem entfliehen. Deshalb beneidete sie Rudolf in seiner ruhigen Oase. Ihr Job bei der Bank gefiel ihr. Sie hatte mit interessanten Projekten zu tun und konnte ihre Mehrsprachigkeit gut gebrauchen. Sie bestellten Lamm. Katharina hat das entschieden.

»Dazu passt ein *Merlot*, wollen wir?«

Katharina strahlt ihn an. »Ja fein, ich mag das Bouquet von Brombeeren. Da bin ich in Gedanken zu Hause, in meiner Kindheit. Weißt du, wie schön es ist, ganz alleine auf einer sonnenbeschienenen Waldwiese vor einem Brombeerbusch zu sitzen und sich an den großen, saftigen Beeren zu laben? Meine Tante hatte im Herbst einen riesigen gläsernen Ballon auf dem Küchenschrank stehen, der zu einem köstlichen Wein reifte. Ich bekam immer ein kleines Glas zum Probieren. Das war das Schönste für mich.«

Rudolf hatte sich seit ihrem letzten Treffen zum Weinkenner gemausert. Das brachten der Job im Landkreis und der Umgang mit den Kollegen mit sich, die alle im Sommer Fruchtweine kelterten. Sein Imker-Nachbar Grube konnte allerlei alkoholische Spezialitäten kreieren, die er mit Honig verfeinerte.

»Wenn du so weitermachst, wirst du zum Alkoholiker, und deine Leber wird sich aus Gram zurückziehen.«

Bleicher lächelte. Während er den Schluck zum Kosten professionell kaute und schlürfte, lehnte er sich genießerisch zurück und verweilte für Augenblicke in sich versunken.

Katharina holte ihn wieder zurück. »Keine Sorge, ich genieße nur.« Katharina lachte. »Na, da darf man gespannt sein.«

Rudolf wollte mehr von ihr und ihrer Trennungsabsicht hören. Aber Katharina hielt sich bedeckt. Sie sei eben enttäuscht und fühle sich hintergangen. Emotional habe sie sich getrennt, jedenfalls jetzt.

»Das lässt Rückkehrabsichten offen, oder?« Rudolf hakte vorsichtig nach.

»Ja und nein. Man kann doch eine Ehe nicht wie einen Schalter umlegen. Das ist eher wie gedimmtes Licht, wenn jemand langsam die Beleuchtungsstärke verringert. Da gibt es auch Möglichkeiten, die Lampe wieder heller zu machen oder eben ganz auszuschalten.«

»Für eine Volkswirtin sehr beeindruckend technisch erklärt«, lächelte Rudolf.

»So ist das eben.«

»Hast du Neuigkeiten aus Kasachstan?«

»Ja, es kommt das politische Tauwetter in Gang. Nein, zurück will ich nicht, das kann ich mir nicht vorstellen, auch wenn meine Ehe wirklich scheitern sollte. Ich möchte auf eigenen Füßen stehen und die Eltern und Verwandten im fernen Kasachstan unterstützen, das wäre schön. Die Unterschiede im Lebensstandard sind so groß, dass man von hier aus mit kleinen Geschenken große Freude bereiten kann. Glaubst du, dass sich die DDR auch auf den Sowjetkurs einstellen wird? Das hat sie doch immer gemacht, als Musterschüler des großen Bruders.«

»Ach, ich weiß auch nicht, wie das weitergehen soll. Eigentlich interessiert mich das nicht. Die müssten sich in Berlin aber schon etwas einfallen lassen, sonst macht dort der Letzte das Licht aus. Dann hätten wir bald Verhältnisse wie kurz vor der Mauer.«

Bleicher fragte sich wirklich ernsthaft, wie das alles enden sollte. Wenn die Sowjets mit dem Westen anbandelten, vielleicht auch wirtschaftlich unterstützt würden, dann ließen sie die DDR fallen wie eine heiße Kartoffel. Die Greise im Politbüro igelten sich im Altersstarrsinn ein und glaubten, die führende Rolle von der Sowjetunion übernehmen zu müssen, weil die Konterrevolution in diese *Glasnost*-Politiker gefahren zu sein schien. Jedenfalls nervten in Moskau die schlauen Belehrungen aus der DDR schon lange.

Katharina hatte Post von ihren Eltern bekommen, die nun sehr gebrechlich waren. Ihre Cousine hatte einen langen Brief beigelegt und einen ungeschminkten Bericht zur Situation in Nowyj Ansar gegeben. Man munkelte über nationalistische Bewegungen in den einzelnen Republiken, die auf eine Loslösung aus dem Sowjetverband drängten. Davor müsse man Angst haben, weil die Deutschen als Minderheit zwar ein beträchtlicher Wirtschaftsfaktor seien, aber sie waren Fremde und würden deshalb nicht gerne gesehen, auch weil sie wieder Einfluss hatten und tüchtig waren. Es klang nach Hilferufen und danach, die Familie, wenn die Lage schlimmer würde, nach Deutschland holen zu müssen. Man wolle das zwar auch nicht, doch an der Wolga das alte Siedlungsgebiet wieder zu entwickeln, sei keine Alternative. Man müsste wieder Menschen verdrängen, die nun fast fünfzig Jahre lang dort lebten. Das brachte Unfrieden, und den wolle keiner. Dann wäre die Rückkehr nach Deutschland in das Land der Vorväter besser. Aber die Alten wollten nicht erneut von vorn anfangen. Deutschland kannten sie nicht. Ihre Heimat sei hier. Und hier wollten sie sterben und beerdigt werden.

Solche Berichte trafen Katharina tief. Doch sie hatte die Gabe ihrer Mutter, nicht dem Gefühl, sondern dem Verstand zu gehorchen, wenn solche grundsätzlichen Dinge zu entscheiden waren. So wartete sie ab. Sie hatte sich eine Notlösung für diesen Fall überlegt. Sie wusste Bescheid über die Förder- und Unterstützungsprogramme. Damit könnte man einen Anfang wagen. Und dann fuhr sie so oft sie konnte nach Hause. Das klappte recht gut, weil sie dienstlich öfter in Moskau und Almaty zu tun hatte. Die Inlandflugverbindungen waren inzwischen ausgebaut. Das erleichterte ihre Kontakte nach Hause.

Bleicher hörte schweigend und nachdenklich zu. Er hatte kein Rückzugsgebiet. Für ihn gab es nur das ungewisse Nachvorn. Seine sichtbar schwermütige Stimmung hemmte die Unterhaltung. Aber es fiel ihm auch nichts ein, wie er Katharina und sich aus diesem Tief herausholen könnte.

Er winkte die Kellnerin heran und bat um die Rechnung.

»Diesmal bin ich dran«, sagte Katharina und erinnerte ihn an ihr Versprechen vom Vorabend.

»Gut, dann bezahle ich den Wein. Das hatte ich versprochen, für ein nächstes Mal.« Beide verließen nun in guter Laune das kleine Lokal. Katharina hakte sich bei Rudolf unter. Sie bummelten entlang der hellen Etablissements mit aufreizenden Reklamen. Die Reeperbahn-Meile war voller Menschen, Junge, mittleren Alters und Alte mit und ohne Frauen, die sich am Verruchten etwas reiben wollten. Die Türsteher machten ihre üblichen Sprüche. »Komm doch mal rein. Um deine Frau kümmern wir uns.«

»Übernimm dich nicht! Da brauchst du einen Pilotenschein!« Bleicher lief zur Hochform auf, über die er sich selbst wunderte. Katharina amüsierte sich. Sonst gab er den korrekten Beamten, auch im Äußeren. Eigentlich hatte er gar nichts Schickes an sich. Er war zwar groß und ganz gut gebaut, aber zur Statur eines Sportlers reichte es nicht. Etwas Bauchansatz war auch schon zu sehen. Seine Kleidung empfand sie als hausbacken. Und die Brille war bestimmt auch aus der Ramschkiste im Kaufhaus. Nun ja, eigentlich störte sie das nicht. Sie war im Altmodischen groß geworden. Das kam Bleicher unverdient zugute.

Im Hotel saßen die üblichen Nachteulen an der Bar. Einige stierten schon in ihre Gläser, wort- und teilnahmslos. Andere debattierten lauthals über irgendein Theaterstück, das sie sich eigentlich ansehen wollten, aber dann in einem der Amüsier-Schuppen hängen geblieben sind und abgezockt wurden.

»Hier bin ich«, sagte Katharina und steckte den Zimmerschlüssel in die Tür. Rudolf war etwas vorausgegangen, kam die wenigen Schritte zurück, um sich zu verabschieden. Aber Katharina umarmte ihn plötzlich mit einer spontanen Leidenschaft, die Bleicher überraschte, die er zwar immer erhofft, aber wieder verdrängt hatte, weil er seine Verklemmungen fürchtete. Sein Puls raste. Er hätte es wissen müssen. So standen sie eng beieinander, Bleicher versuchte sich zu beruhigen. Dann löste er sich sanft mit einem Kuss auf Katharinas Stirn.

Auf seinem Zimmer fand er keine Ruhe. Er duschte und war immer noch aufgewühlt. Im Fernsehen lief irgendeine Schmonzette. Er hatte nun schon die zweite Flasche Bier intus, das wohlige Gefühl der Bettschwere übermannte ihn schließlich.

Als er erwachte, schien die Sonne. Katharina war offensichtlich auch gerade zum Frühstücken gekommen. »Gut geschlafen? Guten Morgen, Katharina.« Er setzte sich zu ihr und genoss die warme Morgensonne.

Rudolf Bleicher fühlte sich gut. Er hatte seine inneren Kämpfe überstanden. Katharina war aufgeräumt wie immer, aber innerlich nicht gelöst, obwohl auch sie den Schleier der Vertrautheit spürte. Sie ließen sich treiben. *Cats* am Abend war nicht berauschend. Die Songs hatten sie schon zu oft gehört, und die Handlung war nichts für ernsthafte Menschen.

Den Sonntagnachmittag wollte jeder für sich haben, denn am Montag waren sie wieder die weißen Mäuse in der Tretmühle des Alltags. Bleicher brachte Katharina zum Zug. Sie schieden mit einer Umarmung. Aber Katharina blieb auf festem Boden, das wohlige Gefühl des Schönen nahm sie nicht ein. Ihr Herz war nicht krank. Sie mochte Rudolf, schon weil er ganz natürlich war, weder Macho noch Draufgänger. Sie war es ja, die ihn verführen wollte. Wohl mehr aus körperlichem Hunger, wie sie sich – auch zur Rechtfertigung – eingestand und dann doch froh war, dass es nicht dazu gekommen war. Doch gerade in solchen Momenten spürte sie, dass sie Alexander sehr vermisste und immer noch liebte. Er war eben ihre erste richtige Liebe, der sie damals in Moskau am Weißrussischen Bahnhof tränenerstickt hinterhersah. Aber heute war sie es, die wegfuhr und winkte, ohne Tränen, nur mit etwas Wehmut, die immer kam, wenn man sich trennte. Sie war zehn Jahre älter geworden und hatte das westliche Leben erfahren.

Rudolf Bleicher nahm die Stadtautobahn. Er musste Hamburg über die Ostumfahrung verlassen, weil der Elbtunnel wegen eines Unfalls gesperrt worden war. Nicht ganz zwei Stunden benötigte er bis nach Hause. Der Wochenendrückreiseverkehr hatte noch nicht eingesetzt.

Grubes saßen im Garten und luden ihn zum Kaffee ein.

»Na, wie war's auf der Reeperbahn. Hast du dich vergnügt?«

»Schön und intensiv«, antwortete Rudolf bewusst knapp, um sie etwas auf die Folter zu spannen.

»Darf man Details erfahren«, bohrte Robert Grube.

»Der blanke Neid«, stichelte Claire.

»Da hätte er auch allen Grund«, sagte Rudolf geheimnisvoll.

»Na, erzähl doch mal«, fing Robert wieder an.

»Nein«, sagte Rudolf bestimmt. »Ein Kavalier genießt und schweigt.«

»Oh, oh«, warf Claire ein, »jetzt weiß ich, was los war, wenn Robert nach Hause kam und mit mir nicht gesprochen hat.«

»Na, mein Schatz, wenn du das so siehst, hätte ich ja in unserer Ehe gar nichts mehr sagen müssen.«

»War das nun ein Kompliment für mich?«, fragte Claire.

»Die Bienen haben in diesem Jahr wieder Anzeichen von Nosema«, wechselte Robert Grube das Thema. »Ich habe alle Völker geöffnet und die Beuten desinfizieren müssen. Das war meine Wochenendbeschäftigung. Wie du siehst, ich habe mich auch ausgiebig mit Bienen beschäftigt.«

»Fang doch nicht schon wieder an«, mischte sich Claire ein. »Rudolf wird dir nichts verraten.«

»Was ist das, Nosema«, lenkte Rudolf ab.

»Eine Darmseuche der Arbeitsbienen. Ein Erreger setzt sich dort fest. Die Bienen bekommen Durchfall, eigentlich wie Cholera und scheißen sich tot.«

»Geht's nicht etwas gewählter, Robert«, mahnte Claire.

»Na, bei Tieren heißt das nun mal so, das versteht doch jeder.«

»Machst du das mit den Bienen schon lange?«, wollte Rudolf wissen.

»Viel zu lange«, höhnte Claire wieder. »Erzähl dem Rudolf lieber etwas über deine Bienen.«

»Interessiert dich das?«

»Wenn du es wie deinen Schülern in den unteren Jahrgängen erklärst, vielleicht.«

»Also da reicht ein ganzer Tag nicht aus. Du bist doch Hobbyfotograf und kennst dich etwas mit Licht aus? Da gibt es eine interessante Sache. Weißt du, wie die Bienen ihre Futterstellen den anderen mitteilen, und wie sie sich zurechtfinden? Sie können durch eine bestimmte Tanzform die Art, Entfernung und Richtung der Futterstelle mitteilen, auch deren Ergiebigkeit. Das ist der sogenannte Schwänzeltanz.« Rudolf grinste, schwieg und hörte interessiert zu.

»Wenn du dich dabei an deinen Ausflug an die Reeperbahn zu erinnern glaubst, irrst du diesmal.«

»Nein, nein«, wehrte er ab. »Da war nichts.«

»Also«, fuhr Robert fort. »Die heimkehrende Biene erregt durch auffälliges Tanzen die Aufmerksamkeit bei den anderen Arbeitsbienen. Die stellen sich um sie herum oder folgen ihr bei ihrem Tanz. Sie betasten sie mit ihren Fühlern. Die Mitteilung erfolgt so, dass sie nach rechts und nach links Kreise läuft, dabei mit unterschiedlicher Frequenz ihren Körper hin und her bewegt, das Hinterteil am intensivsten.«

Rudolf grinste. »Du bist nicht oder immer noch bei der Sache«, mahnte Robert. Claire lächelte, dachte sich ihren Teil.

»Und wie wissen die anderen, was wo ist?«, wurde Rudolf wieder sachlich.

»Das ist aus dem Winkel abzulesen.«

»Welchen Winkel?«

»Stell dir eine liegende Acht vor. Die Biene läuft die Kreise auf beiden Seiten und kehrt immer wieder in die Mitte, also da, wo sich die beiden Kreise berühren, zurück. Oben, also bezogen auf die Wabe, die immer senkrecht gebaut wird, ist die Richtung zur Sonne. Die Neigung der gedachten Acht, das heißt die Mittellinie zwischen den beiden Kreisen, zeigt den Winkel zur Sonne an und damit die Richtung zur Futterstelle. Wenn die Bienen den Stock verlassen, müssen sie die Sonne anpeilen und haben dann den Flugwinkel.«

»Genial, einfach genial.« Rudolf Bleicher war fasziniert.

»Das begeistert mich auch immer wieder.«

»Und die Entfernung, wie geben sie die weiter?«

»Das ist noch nicht ganz sicher erforscht. Man nimmt an, dass die Dauer und Intensität des Rüttelns darin verschlüsselt sind. Ich habe das neulich in einem Beitrag von Seeley, einem bekannten Bienenforscher, gelesen. Das hatte aber alles schon Karl von Frisch entdeckt und bereits Anfang der Zwanzigerjahre beschrieben. Für seine Verhaltensforschungen und die Entdeckung des Schwänzeltanzes hat er den Nobelpreis für Medizin bekommen. Ich glaube, 1973 zusammen mit Konrad Lorenz und einem Dritten, dessen Namen ich jetzt nicht parat habe. Wenn ich mich richtig erinnere, auf dem Gebiet der vergleichenden Physiologie und Verhaltensforschung.«

»Nikolaas Tinbeergen«, warf Claire ein.

»Richtig, der niederländische Verhaltensforscher, es geht doch nichts über eine kluge Frau.«

»Das waren schon gute Leute, die da den Bienen jahrelang zugeschaut haben.«

»Und herausgefunden haben, dass man durch besondere Nahrung aus einer Arbeitsbiene eine Königin hochfüttern kann.«

»Oh, wenn ich das bei dir hätte anwenden können«, seufzte Claire mit einem ironischen Lächeln.

»Es geht hier um Königinnen und nicht um Könige, Claire!«

»Aber wenigstens sonst ist die Welt bei den Bienen in Ordnung. Die Dinge dort werden eigentlich recht vernünftig gehandhabt«, erwiderte sie trotzig.

»Wie meinst du das?«, fragte Robert.

»Na die Sache mit den Drohnen, meine ich. Da würdet ihr euch aber umgucken, wenn das bei den Menschen so wäre.«

Rudolf verstand nichts.

»Sie spielt darauf an, dass die Drohnen, also die männlichen Bienen, nur zur Fortpflanzung da sind und ansonsten nicht arbeiten müssen. Sie warten faul, bis die Königin zum Hochzeitsflug den Bienenstock verlässt. Dann hetzen sie hinterher und begatten sie, wahrscheinlich sogar im Flug. Sehr unbequem und ineffizient, denn nur einer, wahrscheinlich der beste Flieger hat Erfolg und bringt seine Spermien unter, die für ein ganzes Königinnenleben reichen. Und dann erfolgt das große Morden. Die Arbeitsbienen beißen die Drohnen tot und schmeißen sie aus dem Haus.«

»Das sind Sitten«, bemerkte Rudolf trocken.

»Das mit dem Nichtarbeiten haltet ihr ein. Wir Frauen sind nur zu lieb, um euch nach vollbrachter Tat nicht rauszuschmeißen.«

»Das würde schon deshalb nicht klappen, weil sich kein Mann darauf einlassen würde, zum Paaren einem Besen hinterherzufliegen.«

Beide lachten.

»Und jetzt bitte die Sache mit der Orientierung«, wollte Rudolf noch hören.

»Bienen haben Facettenaugen aus lauter tortenstückartigen Einzelteilen, die polarisiertes Licht nach dessen Einfallswinkel aufnehmen können. Trifft Licht rechtwinklig zur Polarisierungsebene auf das Facettenstück des Auges, dann wird es vollständig herausgefiltert. Das Segment ist dann schwarz. Ist die Polarisationsebene von Licht und Augensegment gleich, kommt alles durch und das Segment erscheint hell. Alle anderen Richtungen dazwischen sind Abstufungen von hell zu Dunkel. Das Blau am Himmel enthält das polarisierte Licht der Sonne. Damit sind Uhrzeit und Richtung bestimmt. Die Biene fliegt also nach einem für Uhrzeit und Richtung charakteristischem Bild in ihren Augen.«

»Das heißt, wenn sie keinen blauen Himmel sieht, kann sie sich nicht orientieren?«

»Das ist richtig. Dann ist kein Flugwetter, wenigstens nicht für die Fernstrecken.« Rudolf war begeistert.

Über diese wissenschaftliche Aufklärung war es schon dämmrig geworden. Claire hatte sich mit einem Buch zurückgezogen. Robert musste im Garten noch ein paar Dinge wegräumen. Rudolf verabschiedete sich und ging.

Die nächsten Wochen und Monate verliefen im alltäglichen Trott. Seine Tätigkeit machte ihm Spaß. Sie entsprach seinem Leistungsvermögen. Hin und wieder telefonierte er mit Katharina. Von Zeit zu Zeit verbrachten sie gemeinsame Wochenenden in einem Ferienhaus in der Heide, das – an einem See gelegen – für Katharina die größtmögliche emotionale Verbindung in ihre Heimat war. Katharina war unkompliziert in allem, auch in ihrem Verhältnis zu Rudolf Bleicher, vermied es aber, sich bei ihm zu Hause sehen zu lassen. Für Rudolfs Nachbarn, die Grubes, war sie die Unbekannte aus Frankfurt. Mehr interessierte sie nicht, und Rudolf vermied, das Thema aufkommen zu lassen.

Durch die Grenzöffnung der Ungarn hatte alles, insbesondere Rudolf Bleichers Leben, eine neue politische Dimension bekommen. Die Grubes sahen mit wachem politischem Verstand, dass der Stöpsel im eingedickten sozialen Kessel des Ostblocks gelockert war und die ersten Tropfen außerhalb sichtbar wurden. Als in Prag die jungen Leute die Botschaft enterten, war es für sie nur noch eine Frage der Zeit, bis auch der Rest auslaufen würde.

Rudolf Bleicher bekam nun wieder seine Instruktionen über Peter, die ihn zu Kurierdiensten und mehreren Reisen zwangen. Sein Amtsleiter zog deshalb schon die Augenbrauen hoch, besonders wenn wichtige Projekte ohne Aufschub zu bearbeiten waren. Er bekam dann seine neurotische Beklemmungen, argwöhnte, dass man ihm auf die Schliche gekommen sein könnte.

Durch sein Doppelleben war er so gestresst, dass ihm nichts mehr gelang, weder im Büro noch mit seinen Berichten nach Berlin. Er wollte manchmal den Kram hinschmeißen und sich klammheimlich verdrücken. Verwarf dann alles aus Angst, nicht zu wissen, wie sich die Dinge entwickeln würden, um nicht ein Gejagter zu sein.

Aber vergessen zu werden, diese Möglichkeit besteht ja auch, dachte er und überließ sich seinem Phlegma, das ihm in solchen Entscheidungen immer geholfen hatte.

Maulwürfe

Leutnant Jürgen Klein alias Bertram Meinhardt verließ die DDR über eine einfache Blechtür aus einem Versorgungsraum im Keller des Bahnhofs Friedrichstraße. Das war eine Abstellkammer, spärlich beleuchtet, gefüllt mit allerlei Gerümpel und sehr eng. Zu klein für ihn und seine hochschwangere Frau Andrea, die nun Christine Meinhardt hieß.

In ungläubiger Verwunderung dachte Klein: Diese einfache, fünfzehn Millimeter dicke, mit Stahlblech verkleidete Holztür ist also die Nahtstelle zwischen den beiden großen feindlichen Militärblöcken der Welt. Hier schlüpfen die Mäuse hin und her, von der Katze geduldet oder unbemerkt, jetzt war er Maus, sonst Katze; was er künftig sein würde, konnte er sich ausmalen.

Die Tür gegenüber, eigentlich ein Bretterverschlag, wurde geöffnet. Eine Frau mittleren Alters steckte ihren Kopf herein und dann ihren dicken Körper. Der presste beide fest an die Tür, durch die sie gerade aus dem Osten gekommen waren. Andrea bekam Platzangst und rang nach Luft.

»Guten Abend«, sagte die Frau.

Verberlinertes Sächsisch, stellte Klein fest. Wegen der Enge stießen ihre Gesichter fast aneinander. Sie hatte getrunken, wenig, wie es schien, aber doch sehr unangenehm, ihren Atem so direkt vor seiner Nase zu haben.

»Hinter dieser Tür ist ein kleiner Laden, da bleiben Sie, bis ich Ihnen ein Zeichen gebe, nach draußen auf den Bahnsteig zu gehen. Das ist die Ladenpassage, über die Sie bereits informiert wurden. Dort verlangen Sie, wenn Sie sich gleich nach rechts wenden, am ersten Kiosk eine Schachtel *Ernte 23*. Sie werden von einem Herrn um Feuer gebeten. Sie erkennen ihn, wenn er Sie fragt, wie *Hertha BSC* gespielt hat. Da sagen Sie, ohne zu zögern: Überhaupt nicht; nur diese beiden Worte. Er wird Ihnen dann eine Schachtel Streichhölzer geben, die genauso wie diese hier aussieht, die Sie ihm für das Anzünden seiner Zigarette geben. Sie fahren mit der nächsten Bahn zum Anhalter Bahnhof, gehen zu einer Telefonzelle und rufen die Nummer auf der Schachtel an. Es wird sich eine männliche Stimme mit Ja, bitte melden. Sie fragen: Hallo, Onkel Klaus? Wenn die Stimme antwortet: Bist du's Bertram? – dabei nennt er nur Ihren Vornamen – sagen Sie kurz: ja. Dann wird er fragen: Hast du für mich ein paar Zigaretten dabei? Sie sagen wieder: ja, und er fragt: *Ernte*? Nur *Ernte*, ohne den Zusatz 23, wird er fragen; das ist wichtig. Dann sagt er: Schön, ich hole dich ab. Sie gehen wieder zurück und fahren bis zum Bahnhof Zoo. Dort steigen Sie aus. Ein Mann wird auf Sie zukommen, Sie mit Hallo, Bertram ansprechen und Ihre Frau auf die Wange küssen. Auch er fragt nach dem Spielergebnis von *Hertha BSC*. Da sagen Sie wieder: Überhaupt nicht. Er nimmt sie freundschaftlich in den Arm und geht mit Ihnen aus dem Bahnhof. Alles Weitere ergibt sich dann.«

Klein und seine Frau traten in das Untergeschoss, das für die Westler der Intershopbahnhof war, weil sie zollfrei einkaufen konnten. Er fand den Kiosk, bekam die Zigaretten und erhielt die Schachtel Streichhölzer mit der Nummer zum Telefonieren. Eine halbe Stunde später saßen sie im *VW*-Bus von diesem Onkel Klaus, der sie in eine spartanische Mietwohnung in die Fritschestraße, ganz in der Nähe zur Bismarckstraße, brachte. Jürgen Klein fühlte, wie die Anspannung von ihm abfiel, auch Andrea hatte sich beruhigt. Sie genoss die Glitzerwelt, die zu erleben, sie sich immer gewünscht hatte, aber nicht unter diesen Umständen. Die erste Hürde war überwunden.

»Hier sind wir«, sagte Klaus und schloss eine der vielen Wohnungstüren auf, die sich in dem großzügigen Flur fast wie in einem Krankenhaus aneinanderreihten.

»Sagt Klaus zu mir, das ist einfacher«, überbrückte er die Sprachlosigkeit der beiden, die sich im geräumigen Flur der Wohnung umsahen. Klaus schien alleine zu leben. Nichts deutete auf Wohnlichkeit oder eine Familie. Die Einrichtung war spartanisch, fast wie in einer DDR-Polizeidienststelle. Klein argwöhnte im Stillen, dass dieser Klaus die Tür im Bahnhof wohl auch öfter benutzen würde, mehr wie zu seiner Arbeitsstelle, als zum Bleiben in dieser Wohnung.

Klaus bemerkte den abwägenden Blick und sagte wie zur Bestätigung von Kleins Gedanken: »Hier wohne ich eigentlich nicht richtig.« Er ging aber nicht weiter darauf ein und fuhr fort. »Wir müssen einiges besprechen, willst du ein Bier?«

»Ja gerne, was hast du?«

»Nur Dosen, *Heineken*.«

»Na ja, gut, ich trinke eins mit.«

»Was willst du, Andrea? Einen Saft?« Klaus nahm zwei Büchsen Bier aus dem Kühlschrank. Als er sie öffnete, schoss ein weißer Schaumstrahl quer durch das Zimmer. Klaus fluchte.

»Wieder nicht kalt. Das begreifen die nie.« Wen er damit meinte, sagte er nicht, aber Klein ahnte schon, dass die Hauptaufgabe dieses Klaus darin bestand, Genossen in den Westen zu bringen. Klaus prostete den beiden zu.

»Herzlich Willkommen im goldenen Westen.«

»Danke«, sagte Klein. »Ich bin gespannt, wie es weitergeht.«

»Also«, begann Klaus, »Ihr bleibt zwei Tage hier in der Wohnung und erholt euch etwas, auch auf dem Balkon. Aber lasst euch nicht im Haus sehen. Die Nachbarn sind etwas neugierig. Ich gebe dir einiges zu lesen und vor allem eure Legende, wie ihr in den Westen gelangt seid.« Er gab ihnen ein kleines Heft, eine wissenschaftliche Publikation der Universität Delft mit englischer Aufschrift und wissenschaftlichen Texten auf Englisch und Deutsch.

»Schön«, sagte Klein und blätterte ziellos das Heft durch. »Na und?«, fragte er.

»Lies doch«, sagte Klaus und freute sich.

»Was soll ich lesen?«

»Na, was dich interessiert.« Klaus ließ ihn etwas schmoren und nannte ihm eine Seitenzahl. Dort gab es einen Artikel über neue Erkenntnisse der Quantenphysik, mit Grafiken und Tabellen. In den Text eingebettet waren anonymisierte Passagen der Legende, die die Meinhardts betrafen und die sie in den nächsten zwei Tagen wie eine Filmrolle lernen mussten. Klein blickte fragend zu Klaus. »Ja, wir hatten keine Zeit und mussten diesen etwas komplizierten Weg gehen.«

Der schnelle Tod von Andreas Vaters war nicht abzusehen gewesen. Andrea standen die Tränen bei der Erwähnung ihres Vaters in den Augen. Sie hatten seinetwegen alles abgesagt. Er hatte einen Schlaganfall mit Lähmungen. Die Ärzte der *Charité* waren einbezogen. Sie machten ernste Gesichter. Er musste aus dem Koma geholt werden, um die Ausfälle im Gehirn abschätzen zu können, aber das gelang ihnen nicht. Andreas Vater verstarb nach drei Wochen, ohne das Bewusstsein wiedererlangt zu haben. Andrea fiel in ein tiefes Loch. Sie litt nun auch physisch, weil die Schwangerschaft Komplikationen machte.

Als nach der Beerdigung etwas Ruhe eingekehrt war, wurde Jürgen Klein auf der Dienststelle erneut bedrängt, den Auftrag nun anzunehmen. Nach seinen vorsichtigen Andeutungen zu Hause reagierte Andrea hysterisch. Ob er und seine Spitzel – sie sagte tatsächlich Spitzel, wenn sie ihren Mann treffen wollte – überhaupt kein Feingefühl hätten. Sie gehe hier nicht weg; auch im Tod fühle sie sich mit ihrem Vater verbunden, aber ein solches Empfinden scheine wohl unbekannt zu sein in seiner Dienststelle. Lieber wolle sie sich scheiden lassen, selbst in diesem Zustand. Jürgen Klein erschrak und war ratlos. Er sah keinen Ausweg, weder so noch so. Er wollte Andrea nicht verlieren, notfalls würde er auch den Dienst aufgeben und Verkaufsstellenleiter irgendwo werden.

Klaus war am nächsten Morgen zeitig aufgestanden und weggegangen. Gegen Mittag kam er zurück, mit einem Reisekoffer.

»So«, sagte er und ließ sich in einen der kargen Sessel fallen. Andrea nahm angewidert die Staubwolke wahr, die im Gegenlicht des Zimmers über ihm aufquoll. »Seht euch den Inhalt des Koffers an und nutzt möglichst viele der Kleidungsstücke, damit nicht alles so ungebraucht neu aussieht. Morgen werden wir euch nach Frankfurt bringen, und dann geht es los. Wir haben Unterlagen einer Ausschreibung für den öffentlichen Dienst der Stadt Frankfurt. Die Innenbehörde sucht Mitarbeiter. Wir hoffen, dass du die Stelle bekommst. Einiges konnten wir in unserem Sinne noch drehen, aber ob es klappt, wird sich zeigen. Wir haben eine Wohnung angemietet. Der Rest steht in der wissenschaftlichen Abhandlung. Dieses Heft müsst ihr bis heute Abend intus haben, dann werden wir es vernichten, aus Sicherheitsgründen. Die Hauptpunkte kennt ihr, den Rest müsst ihr improvisieren. Denkt daran, was man euch in der Vorbereitung sagte: dich möglichst tief in dein neues Leben einzugraben, alles Bisherige zu vergessen. Da musst du auch deine innere Sperre überwinden. Du wirst in absehbarer Zeit CDU-Mitglied werden.«

»Na schön, das habe ich mir schon immer gewünscht«, witzelte Klein und inspizierte den Kofferinhalt.

Andrea wählte Kleider, von denen sie annahm, dass sie einer gut situierten Einstiegsakademikerin angemessen waren. Sie machten sich an die Legendenlektüre und lernten ihre Filmrolle, wenigstens für den Anfang. Dann sollte sich ja das richtige Leben langsam entwickeln, wie Klaus prophezeit hatte.

Sie standen am nächsten Morgen zeitig auf, um die Neun-Uhr-Maschine nach Frankfurt zu bekommen. Alles verlief reibungslos. Klaus flog zwar mit, hielt sich aber im Hintergrund. Er beobachtete das Umfeld. Andrea und Bertram Meinhardt waren für ihn nun x-beliebige Fremde.

Unten zog die verlassene Heimat vorüber. Beide gestanden sich später ein, weder Freude noch Bedauern empfunden zu haben. Andrea war noch vom schnellen Tod ihres Vaters benommen und seelisch abgelenkt. Sie hatte keine Wurzeln mehr, und Klein war als Offizier an Befehle gewöhnt, ohne sie in Zweifel zu ziehen. Links am Horizont lag Erfurt, sie sahen die Türme des Doms, die Autobahn und die Wartburg, dann den Grenzstreifen. Aus den großen landwirtschaftlichen Flächen wurden kleine Handtücher. Sie waren im Westen.

In Frankfurt wurden sie erwartet. Eine Frau mittleren Alters und ein jüngerer Mann kamen ihnen entgegen. »Guten Tag, Familie Meinhardt, und herzlich willkommen in Hessen. Hatten Sie einen guten Flug?«

»Ja, danke«, antwortete Andrea.

»Wir begleiten Sie nach Hause.« Klein wunderte sich, dass Klaus sich nicht dazustellte. Er hatte sie darauf vorbereitet, ihnen aus Sicherheitsgründen als Schatten zu folgen. In einigem Abstand lehnte er an einem Zeitungsstand und beobachtete alles. Er richtete es so ein, dass Klein und die beiden Abholer ihm fast in die Arme liefen, und sprach sie an.

»Entschuldigen Sie bitte, ich suche den Abfertigungsschalter für die Mietwagen, können Sie mir helfen?« Die Frau fragte freundlich: »*Europcar* oder *Sixt*?«

»Eigentlich *Škoda* «, antwortete Klaus.

Der junge Mann gab ihm die Hand und sagte nur kurz: »Das ist in Ordnung. Lasst uns gehen.«

Es waren einige Minuten Fußweg in das Parkhaus. Sie bestiegen eine Großraumlimousine und wurden bald vom dichten Berufsverkehr der Autobahn verschluckt.

»So, da sind wir.« Sie hielten in einem schattigen Innenhof einer Wohnanlage, vor einem Hochhaus.

Sozialer Wohnungsbau vom Feinsten, dachte Klein, und schön anonym. Ihre Wohnung lag im vierzehnten Stock mit herrlichem

Ausblick auf die Stadt. Das entschädigte. Sie waren allein, endlich. Andrea wollte etwas sagen. Klein gab ihr ein Zeichen zu schweigen. Er wollte sich erst vergewissern, ob und wer vielleicht mithörte. Das konnte er so schnell nicht feststellen. Er schrieb einen Zettel. Sie würden vorerst nur Persönliches besprechen und ansonsten bis auf Weiteres lange Spaziergänge machen.

Es blieben einige Tage zum Eingewöhnen. Sein Vorstellungsgespräch bei der Stadtverwaltung war für Freitag anberaumt.

Sie waren im Westen. Für beide wurde es ein aufregendes Gefühl, dort zu sein, wo Klein dienstlich immer das Böse zu suchen hatte und mit allem bekämpfte, was zur Verfügung stand. Nun konnten sie selbst zum Zielobjekt werden, sogar von Freund und Feind. Klaus hatte ihm gesagt, er möge sich nicht verrückt machen. Das sind alles Routineabläufe. Wenn er sich an die Anweisungen bei seiner Vorbereitung zur Ausreise halten würde, ginge alles seinen *sozialistischen Gang*. Sarkasmus pur, gerade hier und unter den besonderen Bedingungen. Sie lachten.

Andrea wollte internationales Flair erleben und bat, noch zum Airport zu fahren. Die Ankunft war für sie aufregend und hektisch. Sie studierten die Anzeigetafeln, auf denen die Flugziele in die ganze Welt wie Sterne vom Himmel purzelten oder verschwanden, wenn die Maschinen gestartet waren. Klein wollte ein Bier und verschluckte sich fast, als er vier Mark achtzig zu zahlen hatte. Ja, sie waren im Westen. In einer für sie unbekannten Welt, die sie immer als Feindbild verstehen mussten und die sie nun anzunehmen hatten; mit Haut und Haaren, aber ohne das Herz zu erfassen, wie man sie eindringlich warnte. Wer dies vergessen würde, sei verloren. Noch saßen sie im Zuschauerraum und verfolgten den Film auf der Leinwand. Bald würden sie selbst agieren.

Sie erkundeten die Stadt, fuhren in den Taunus und mit dem Schiff nach Wiesbaden und Mainz und sogen das Neue wie ein trockener Schwamm in sich auf.

Das Gespräch mit dem Personalchef war einfacher als erwartet. Klein hatte sich gut vorbereitet, seine Referenzen waren sauber und unverfänglich.

»Schön, Herr Meinhardt, von meiner Seite gibt's da keine Fragen. Wenn Sie in der Privatwirtschaft gearbeitet haben, wie ich gelesen habe, dann sind Ihnen ja die Sparsamkeitsgrundsätze des Wirtschaftens bekannt. Der Öffentliche Dienst kann das Geld auch nicht mehr so großzügig ausgeben wie zu Erhardts Zeiten, als wir aufgebaut haben. Die Besoldung wird als Angestellter im Öffentlichen Dienst erfolgen, wie ausgeschrieben. Steigerungen und Aufstiegsmöglichkeiten sind natürlich gegeben, auch die Versetzung oder die Ernennung zum Beamten. Sie sehen, eine gute Stellung. Es liegt an Ihnen. Ich muss mit dem zuständigen Abteilungsleiter, der die fachliche Vorprüfung schon vorgenommen hatte, abschließend sprechen. Aber das sind Formalitäten. Wann können Sie anfangen? Wie wir das im Text erbeten hatten? Oder brauchen Sie noch ein paar Tage, Ihre Wohnungsangelegenheiten zu ordnen?«

»Nein, ich glaube, wir können den Vertrag zum 1.9. machen. Meine Frau ist schon mit hier. Die kann sich um ein paar Dinge kümmern.«

»Was macht Ihre Frau?«

»Wir erwarten in sechs Wochen ein Kind, unser erstes. Sie bereitet sich auf die Geburt vor.«

»Schön, dann hat ja unser Gespräch eine besondere Bedeutung. Die angegebene Adresse stimmt?«

»Ja, das ist unsere neue Wohnung.«

»Dann sind wir durch mit allem.«

»Herr Meinhardt, ich wünsche Ihnen alles Gute und eine angenehme Zusammenarbeit. Herrn Böhring, Ihren Chef, haben Sie ja schon kennengelernt. Dann machen Sie sich noch ein paar schöne Tage bis zum Ersten ... oh, ich sehe gerade, der Erste ist ein Mittwoch. Das ist schlecht. Ich regele das, dass Sie am Montag, dem Sechsten, anfangen können. Mittwoch ist Besuchertag und Ämterabgleich. Der Montag ist besser. Also bis zum Sechsten. Alles Gute und auf Wiedersehen. Unbekannterweise beste Grüße und meine Empfehlung an Ihre Gemahlin.«

Klein war nun Bediensteter der Stadt Frankfurt und in den Randzonen des Taifuns angekommen. Von dort war zwar nicht das Auge zu erreichen, aber streifen konnte er es bei etwas Geschick schon. Seine Aufgabe würde es sein, offizielle Veranstaltungen und besondere Besuche des Oberbürgermeisters und seines Stellvertreters zu organisieren. Da gab es genügend Kontakte zu wichtigen Persönlichkeiten. Man hatte ihm angedeutet, dass es gerade in dieser Abteilung wünschenswert wäre, CDU-Mitglied zu sein. Herr Oberbürgermeister Wandler habe noch viele Jahre seines Amtes vor sich, und das sei eben von der CDU besetzt.

Die folgenden Monate waren, wie die Mediziner in solchen Fällen in der Krankenakte notieren, o. B., ohne Befund. Klein versah als Bertram Meinhardt und Mitglied des CDU-Ortsverbandes *Frankfurt Zentrum* seinen Dienst, engagiert, doch ohne aufzufallen, weder oben, noch unten. Er lernte eine Reihe wichtiger und weniger bedeutender Menschen kennen.

Als verantwortlicher Organisator solcher Kontakte gab er zwar allen die Hand und hatte mit ihnen oder ihren Büros die Details abzustimmen, aber näher kam er nicht an sie heran. Er war Vollzugsorgan, ein Schräubchen im Getriebe, zu unwichtig, als dass man es zur Kenntnis genommen oder beachtet hätte.

Das hatte man in *Berlin* auch bald bemerkt. Klein zeigte Verschleißerscheinungen. Er war unzufrieden, als kleiner Angestellter zu versauern.

Man entschloss sich, den Bauboom im Individualhausbau zu nutzen und eine Bauträgerfirma zu gründen. Klein sollte sich umsehen und einen günstigen Standort erkunden. Man wolle sich auch um die Übernahme eines geeigneten GmbH-Mantels bemühen, was die Gründungsabsicht sehr erleichtern könnte.

Ein kleiner Bauunternehmer im Taunus, der als klassischer Baumeister Eigenheime entwarf und baute, suchte aus Altersgründen einen Nachfolger und war bereit – für den Preis der Weiterführung seines Namens – eine moderate Ablösesumme zu akzeptieren. Das waren ideale Verhältnisse, und Klein bekam die Order, das Vorhaben aktiv voranzutreiben.

Der Unternehmer hatte, wie sie bald herausfanden, keine Verwandtschaft. Er war seit sieben Jahren verwitwet und ohne Nachkommen. Das Kapital kam durch stille Gesellschafter aus dem Münchner Raum. Klein hatte sich ausbedungen, mit zehn Prozent selbst als Geschäftsführender Gesellschafter beteiligt zu werden. Auch das war ihm unkompliziert ermöglicht worden. Man hatte ihm mitgeteilt, dass die Gesellschafter wie Buchungsposten zu behandeln seien. Eine Steuerkanzlei sei mit dem Organisatorischen und den steuerrechtlichen Dingen beauftragt. Seine Aufgabe sei es, den Betrieb in Schwung zu halten und möglichst gewinnbringend zu führen. Er könne sich mit dem von ihm eingebrachten Ersparten nach den üblichen Konditionen am Gewinn beteiligen lassen. Auch das sei geregelt, er solle sich nur nichts zuschulden kommen lassen.

Klein verstand die Botschaft. Er kniete sich in die neue Aufgabe hinein. Nach und nach wurde er ein angesehener Unternehmer. Bald übernahm er den CDU-Verband des kleinen Ortes. Er engagierte sich mit seiner Frau im Kirchenchor. Andrea war zum zweiten Mal Mutter geworden. Sie gehörten nun zur freundlichen Gemeinschaft des Ortes.

Das Unternehmen entwickelt sich gut. Man hatte zwei voneinander getrennte Zweige aufgebaut. Der Taunusbetrieb wurde als Stammhaus entwickelt. Er fertigte einfache schlüsselfertige Siedlungshäuser in den Vororten und Dörfern Mittelhessens. Im

Einzugsbereich von Frankfurt pflegte er mit komfortablen Villen für die Elite der oberen Zehntausend das Luxussegment. Sein Netzwerk entwickelte sich. Die Firma agierte bald bundesweit. Die alten Kontakte aus der Verwaltungszeit im Frankfurter Rathaus waren dabei nützlich, ohne die gebotene Diskretion und Zurückhaltung aufgeben zu müssen.

Bertram Meinhardt alias Klein hatte nach wenigen Berufsjahren so viel Privates ersparen können, dass er sich nach einem Rückzugsgebiet umsah. Er wollte möglichst weit weg von Frankfurt. Seine Frau erwartete das dritte Kind. Er begann, nach einem entsprechenden Baugebiet zu suchen und fand per Zufall eine günstige Offerte: fünftausend Quadratmeter Bauland, unverbaut, ideal für Familie mit Kindern, provisionsfrei.

Er gab ein Angebot ab, deutlich unter dem der Annonce, das schon günstig erschien. Das Verkaufsangebot halbierte sogar die Differenz zur Anzeige und zum eigenen Gebot. Der Vertrag kam zustande. Klein war nun Grundstückseigentümer.

Sein erster Kontakt mit der Baubehörde war in der Urlaubszeit und wurde in Vertretung des Amtsleiters durch eine junge Architektin wahrgenommen. Sie eröffnete ihm recht offenherzig, dass das Bauland schon seit drei Jahren zum Verkauf gestanden hätte und eigentlich nur eingeschränkt zu nutzen sei. Warum er sich denn nicht erst mit dem Amt in Verbindung gesetzt habe, da wäre ja einiges abzuwenden gewesen. Nun, man sei ja interessiert, junge Familien hierher zu holen, und das Problem sei schon mehrfach im Bauausschuss angesprochen worden. Er solle sich noch zwei Wochen gedulden, bis der Amtsleiter Bleicher aus dem Urlaub zurück war. Vielleicht fände man dann eine allseits befriedigende Lösung.

Worin das Problem bestehen würde, fragte Klein. In einem Feuchtbiotop, das geschützt sei, und einer Quelle, die das Biotop versorgte und fast in der Mitte des von ihm erworbenen

Baulandes lag. Das Quelleinzugsgebiet sei ebenfalls geschützt. Deshalb hätten sie bisher solche Schwierigkeiten mit dem Verkauf der Fläche gehabt. Meinhardt musste wohl sehr betreten ausgesehen haben. Die junge Architektin tröstete ihn. Man werde bestimmt eine Lösung finden. Jetzt, wo nun endlich ein Bauwilliger da sei und der noch drei Kinder mitbringe.

»Rudolf Bleicher, der Chef, hat immer gute Ideen, und der Landrat schätzt ihn sehr. Da sei noch alles drin.«

»Bleicher?«, fragte Meinhardt. »Sagten Sie Rudolf Bleicher?«

»Ja, kennen Sie den?«

»Ich kannte jemanden, aber der hieß Becher und kam aus Süddeutschland.«

»Nein, Herr Bleicher kommt aus dem Osten. Der muss sich durch die Grenzanlagen in die Türkei gekämpft haben, sagt man. Der soll wohl auch einen Schuss abbekommen haben. Aber Genaueres weiß man nicht. Ist auch nicht so wichtig. Rufen Sie einfach noch einmal an. Herr Bleicher kommt am 7. August wieder, das ist ein Montag. Warten Sie ein paar Tage, dann ist der Urlaubsschreibtisch abgearbeitet, und sie bekommen einen Termin. Ich werde ihn informieren.«

»Danke, Frau ...«

»Karla Pressler, heiße ich.«

»Danke, Frau Pressler, ich freue mich, Sie kennengelernt zu haben. Mit solchen sympathischen Menschen zusammenzukommen und vielleicht Nachbarn zu werden, ist gerade in diesen turbulenten Zeiten sehr angenehm. Also bis dann.«

»Tschüs, Herr Meinhardt.«

Meinhardt ging, er hatte Glück im Unglück. Klein alias Meinhardt begann sich mit seinem Haus auseinanderzusetzen. Er wollte sowohl die Landschaft und den freien Blick genießen als auch einen geschützten Bereich mit einem Innenhof, der ein ungestörtes Sitzen im Freien erlaubte, ohne von außen gesehen zu werden. Und dann brauchte er noch einen Hochsitz, der den Rundumblick von oben über das Umland ermöglichte. Genügend Freiraum für die Kinder war durch den großzügigen Geländezuschnitt in jedem Fall gegeben.

Er hatte nach *Berlin* mitgeteilt, dass er sich aus dem operativen Geschäftsbetrieb zurückziehen wolle, und man möge einen Ersatzmann schicken, der ihn als Geschäftsführer ersetzen solle. Das fand keine Zustimmung. Er könne sich nicht einfach in ein Privatleben absetzen, und er möge sich erinnern, warum und in wessen Auftrag er seinen Dienst zu verrichten hatte. Klein motzte zurück, dass seine Familie auf dem Spiel stünde, wenn er sich nicht verändern könne. Er drohte, notfalls ganz zu verschwinden und alles hinzuschmeißen.

Darauf reagierte *Berlin* nicht. Die hatten nun Großeinsatz in Prag, weil die bundesdeutsche Botschaft von Flüchtlingen aus der DDR besetzt und später regelrecht überrannt worden war und kein Ende abgesehen werden konnte.

Er nutzte die Gunst der Stunde und machte mit dem Bauamtsleiter im Landratsamt einen Ortstermin. Er wollte Herrn Bleicher einbeziehen und sich eine eigene Rückversicherung aufbauen, für den Fall der Fälle. Er wusste, dass dessen Führung über die Bezirksverwaltung in Rostock eingeleitet und organisiert wurde und die Aktion *Schildkröte* nur über Konnektoren ohne Klaridentifikation konzipiert worden war. Sodass die sogenannten Läufer völlig anonym agierten und mehrfach gesichert waren. Dass das System Schwachstellen hatte, kam Klein nun zupass. Die Aliasnamen waren eben doch durchgesickert. Aber des Geheimdienstlers beste Waffe war sein Gedächtnis, das er pflegte und trainierte. Das war allerdings mehr Glück als Denkarbeit. Als er sich in Cottbus mit dem Fall zu befassen hatte und seine Ergebnisse in der Dienstberatung mitteilte, bekam er noch einmal die Akte zum Abschlussvermerk auf den Tisch. Auf einem beigelegten Zettel war der Aliasname vermerkt. Der brauchte zwar dann nicht eingesetzt zu werden, aber solche

Kleinigkeiten waren eben oft entscheidend. Und Klein klopfte sich innerlich stolz auf die Schulter.

Schade nur, dass ich das keinem erzählen kann, um dafür belobigt zu werden. Das wäre für ihn der Blattschuss, kommentarlos.

Er bekam für den 14. September um zehn Uhr morgens einen Termin, um die Bauantragsformalitäten mit Bleicher abzustimmen. Für Klein alias Meinhardt war dieser Termin lebenswichtig. Er verkürzte deshalb eine Reise nach Frankreich und gefährdete fast ein neues Projekt für die EG, um in einen Großauftrag einsteigen zu können.

Seinen Auswahlkandidaten Fischer hatte er nie zu Gesicht bekommen. Die Begegnung mit dem Bauamtsleiter Bleicher alias Fischer war seine erste. Er hatte nur das Bild eines dünnen Abiturienten, der sich in zwanzig Jahren zu einem kräftigen Mann mit grauen Strähnen entwickelt hatte.

Das Gespräch mit ihm war unkompliziert. Er ging Bleicher direkt und ohne Umschweife an. Er hatte sich einen Schlachtplan zurechtgelegt und dabei einbezogen, dass sich in Berlin, in der Zentrale, einschneidende Änderungen ergeben müssten. Es war unausweichlich, dass sich mit dem jungen Parteichef Gorbatschow auch im vergreisten Berlin etwas ändern musste. Mielke würde sich zwar mit allen Mitteln widersetzen, aber auch im Ministerium war eine junge Truppe nachgerückt, die die Welt nicht mehr durch die Brille der Klassenkämpfer aus den Fünfzigerjahren betrachtete. Verrat war willkommen, das gehört zum Geschäft, aber die Verräter wurden verachtet und gingen vor die Hunde. Wer die Seiten wechselte, brauchte einen Bürgen vom anderen Ufer, der sich auch auf dieser Seite auskannte. Und Bleicher schien ihm genau der Richtige zu sein. Seine Enttarnung war unwahrscheinlich, weil er von der Anonymität in mehreren Ebenen gedeckt wurde. Klein alias Meinhardt aber gehörte zu den Positionslampen im System, die nur einfach gesichert waren. Die konnten ohne Schaden abgeschaltet werden.

Klein erinnerte sich, dass Bleicher in der psychologischen Einschätzung als ehrlich und zuverlässig beschrieben worden war. Loyalität und Treue waren damals für Klein die entscheidenden Faktoren, Fischer auszuwählen. Klein konnte sich auf dieses Wagnis einlassen. Eine andere Möglichkeit sah er nicht. Er beschloss, aufs Ganze zu gehen.

Eines Morgens meldete sich bei Bleicher telefonisch ein Anrufer, dessen Namen er als Bert Rahm in seinen Terminkalender eintrug. Das sei ein Antragsteller für ein Bauprojekt im Landkreis, ergänzte seine Sekretärin. Meinhardt kam zur vereinbarten Zeit und wollte allgemeine technische Informationen zum Bauantrag und dem Antragsverfahren wissen. Er bat, dass ihm der Bauamtsleiter doch bitte alles an Ort und Stelle erklären möge. Bleicher war froh, endlich diesen Problemfall lösen zu können.

Die Fläche lag vor der Stadt in einem neuen Sonderwohngebiet, das bereits erschlossen war und über großzügige Baugrundstücke verfügte, keines unter fünftausend Quadratmeter. Die Bauflucht war durch zwei Nachbarbebauungen schon angelegt, Probleme mit Abstandflächen und Beteiligungsrechten Dritter waren nicht zu erwarten. Der Antrag schien komplikationslos durchzugehen. Doch dann sah Bleicher in der Mitte der Fläche den Bachlauf, der das Grundstück halbierte. Er mündete kurz hinter dem Grundstück in ein sumpfiges Wiesenfeld. Bleicher erinnerte sich an das problematische Biotop. Darüber wurde im Bauausschuss wegen der schwierigen Nutzung schon oft debattiert.

»Haben Sie sich mit diesem Problem beim Kauf des Grundstückes auch schon auseinandergesetzt?«, fragte Bleicher.

»Leider zu spät, ich habe mich vom günstigen Preis beim Kauf leiten lassen, und als ich das gemerkt habe, war nichts mehr rückgängig zu machen. Das Grundstück ist mir per Annonce angeboten worden. Als wir die Fläche besichtigten, war es schon fast finster. Da haben wir das übersehen. Aber das ist kein

Beinbruch, weil Sie hier der Chef sind und ich natürlich nicht ohne Absicht zu Ihnen komme.«

Bleicher horchte auf. Herr Meinhardt sah ihn lange an, sehr aufmerksam, schien durch ihn hindurchzusehen, so, als ob er seine nächsten Sätze noch überdachte und sich über die weiteren Worte nicht schlüssig war.

»So?« Bleicher dehnte das So fragend, erstaunt, auch etwas erschreckt. »Da bin ich jetzt sehr gespannt.«

»Ja, das sollten Sie auch. Weil ich etwas weiß, was Sie schon lange wissen und ich noch früher gewusst habe als Sie.«

»Nun werden Sie mal deutlicher.«

Bleicher hatte keine Hinweise auf irgendeine geplante Kontaktaufnahme und hörte auch keines der vereinbarten Codewörter für solche Fälle. Er war verunsichert. Herr Meinhardt sah sich vorsichtig um, was unnötig war, denn keines der Häuser stand in Hörweite.

Er sagte unvermittelt: »Ich war der Offizier der Bezirksverwaltung des Ministeriums für Staatssicherheit in Cottbus, der Sie, na, wir können ja wohl du sagen, also der dich für den Auslandseinsatz ausgewählt hat.«

Bleicher traf dieser Satz wie ein Faustschlag mitten ins Gesicht. Auf eine solche Begegnung war er nicht vorbereitet.

»Nun erschrecke dich nicht zu Tode. Ich biete dir ein faires Geschäft an. Du winkst meinen Bauantrag ohne Probleme im Amt durch, und ich biete dir uneingeschränktes Asyl, wenn es eng wird. Du bist meine Lebensversicherung und ich deine, nur aus unterschiedlichen Blickwinkeln. Deine Identität bleibt gewahrt. Ich habe keine Hinweise, dass du abgeschaltet oder aufgelassen werden sollst. Ich brauche ein unauffälliges Rückzugsgebiet.«

Meinhardt erzählte Bleicher, dass er auch in den Westen gegangen sei. Natürlich, wie er, mit Legende und dass er bei einer Wohnungsverwaltung in Frankfurt in der Geschäftsleitung eine Anstellung gefunden habe. Seine Frau sei schon bei der Ausreise aus der DDR hochschwanger gewesen. Die Umstände, insbesondere die rigide Trennung von ihrem Vater, habe sie nicht überwunden und den Genossen nicht verziehen. Sie seien nun etablierte Bundesbürger, hätten bald drei Kinder und wollten ein neues, unabhängiges Leben beginnen.

Die Bundesbehörden hatten Meinhardt schon lange im Visier, wie er selbst bald auch bemerkte. Sie hielten aber still, um möglichst viele aus dem Ring zu enttarnen. Als sie damit keinen Erfolg hatten und nur einige kleine Fische fingen, entschlossen sie sich, Meinhardt umzudrehen. Die Aussichten dazu waren gut, aus seiner familiären Sicht und natürlich, weil sich jeder ausrechnen konnte, dass in der DDR große Veränderungen bevorstehen würden. Sie dealten deshalb mit ihm, benutzten ihn als gut informierten Schläfer, ohne ihn zu enttarnen.

Meinhardt war auf Bleicher per Zufall gekommen. Er hatte nie wieder mit ihm etwas zu tun. Er erinnerte sich dann aber, dass er bei einer Dienstberatung in Cottbus selbst den Alias Rudolf Bleicher vorgeschlagen hatte. Als er sich um die technischen Dinge seines Hausbauplanes gekümmert hatte, sei ihm der Name begegnet. Alles andere werde sich ja dann entwickeln, log er Bleicher an. Bleicher war noch immer benommen. Er kannte den Mann nicht und duzte ihn auch nicht.

»Wie stellen Sie sich das jetzt vor?«

»Na, so wie ich es gesagt habe. Ich baue hier ein Haus und tauche ab, und du passt auf, dass mir nichts passiert.«

»Das kann und werde ich nicht tun. Den Bauantrag zu befördern, mag noch gehen, aber ich bin kein Kindermädchen für abgetauchte Offiziere des Ministeriums.«

»Das war ja auch nur ein Scherz. Das machen schon andere. Wenn du von deinem Konnektor einen Hinweis bekommst, dann informierst du mich. Alles andere geht dich nichts an.«

Von nun an veränderte sich Rudolf Bleichers Leben. Er saß in einer Falle. Er konnte weder vor noch zurück. Und ausgerechnet dieser Mensch, den er nicht kannte oder jemals einen Gedanken daran verschwendete, dass es ihn gab, hatte ihn festgenagelt. Bleicher verlor das Gefühl für oben und unten.

Blöder ging es wirklich nicht mehr, dachte er.

»Beschissener kann es nicht laufen«, fluchte er lauthals auf der Heimfahrt. Er wusste immer noch nicht, was da über ihn hereingebrochen war und was sich daraus entwickeln würde. Jede vermeintliche Lösung war bei nüchterner Betrachtung unbrauchbar. Er konnte nur abwarten und alles weiter aufmerksam beobachten.

Bleicher regelte in den nächsten Wochen die Antragsformalitäten. Die Abstimmung im Baugremium verlief ohne Einsprüche. Man freute sich über jeden, der mit möglichst vielen Kindern diese aussterbende Region aufbauen würde.

Das Haus war zwei Monate später fertig. Die Architekten fanden eine clevere landschaftsarchitektonische Lösung. Sie überbauten den Bachlauf teilweise und bezogen ihn in die Gestaltung eines abgetrennten Innenhofs ein. Alle waren zufrieden.

Als Meinhardt ein kleines Fest zum Einzug veranstalte, war Rudolf Bleicher geladen und mit ihm viele Gäste, die er nicht kannte und die aus der gesamten Bundesrepublik kamen.

»Keine Sorge«, erriet Meinhardt seine Gedanken. »Das sind ehemalige Kunden, die von uns ein Haus gekauft haben und offensichtlich sehr zufrieden waren.«

Meinhardt schien recht zu behalten. Die Proteste im Osten wurden massiver. Peter wurde von der Bundespost nach Süddeutschland versetzt und war für Bleicher nun von der Bildfläche verschwunden. Das verunsicherte ihn, denn Peter war ihm fast wie ein Verwandter geworden, mit dem man ohne große Erklärungen über intime Familiendinge reden konnte. Dass sich *Berlin* auch nicht mehr bei ihm meldete, störte ihn nicht, die hatten mit sich zu tun und gingen ihm mit ihrer Klugscheißerei sowieso ziemlich auf die Nerven. Er zog sich in seine Beamtenlethargie zurück. Und er genoss sie, diesmal sehr bewusst.

Erich Honecker wurde schwer krank. Die Zeitungen orakelten. Es hieß, er habe einen Nierentumor. Der Westen bereitete sich auf den wirtschaftlichen Ausverkauf der DDR vor. Der Strauß-Kredit[57] war aufgebraucht. Es wurde über einige Milliarden DM-Schulden spekuliert, die die DDR hatte, hauptsächlich bei verschiedenen Gläubigern in der Bundesrepublik und der EWG. Sein Amtsleiter hatte bei der Landesregierung gehört, dass man auf dem freien Markt Schuldscheine der DDR kaufen könne. Das machte einige im Osten und Westen nervös. Man wollte politisch nichts mit dem DDR-System zu tun haben, allenfalls so weit, wie es der eigenen Politik nützlich war. Aber Dritten vielleicht eine bankrotte Hälfte Deutschlands zu überlassen, das käme schon gar nicht infrage. Es gab Hinweise auf vorsichtige Absetzbewegungen von hohen Funktionären, die ungehindert am westlichen Markt agieren durften.

Bleicher machte sich seine eigenen Gedanken. Die Demonstrationen auf den Straßen in Leipzig, dann auch in Dresden wurden mächtiger. Er hatte das Gefühl, dass *Berlin* seine Leute auf dem Trockenen sitzen ließ. Er entwarf Überlebensstrategien. Notfalls würde er sich ins Ausland absetzen. Er bereute, sich nicht schon früher damit befasst zu haben. Zum 40. Jahrestag der DDR erhielt er wie in jedem Jahr eine verschlüsselte Grußbotschaft aus *Berlin* mit Dank und 100 DM als Anerkennung. Die überbrachte ihm Peter, natürlich gegen Quittung. Bleicher fand sich bestätigt: Die in *Berlin* haben keine Ahnung, wie das Leben hier wirklich war. Peter deswegen in Marsch zu setzen, war dilettantisch und

---

[57] Der bayerische Ministerpräsident Franz Josef Strauß hatte 1987 anlässlich eines offiziellen Besuches der DDR einen Kredit von zwei Milliarden DM zur Verfügung gestellt und damit zu einer zeitweiligen Schuldenentlastung beigetragen.

gefährlich. Bleicher hatte Mühe, den Nachbarn zu erklären, was der Postbote Peter, der schon viele Monate versetzt worden war, mit ihm noch zu schaffen habe. Bleicher tat das als Freundschaftsbesuch ab. Irgendein alter Vorgang, der zu regeln gewesen sei. Das war er wirklich. Zwischen ihnen hatte sich ein besonderes Verhältnis der Kommunikation entwickelt. Obwohl eigentlich keiner dem anderen trauen konnte, verwendeten sie solchen Formulierungen, die in doppeltem Sinne ausgelegt werden konnten, schwarz oder weiß. Jeder hätte dann die Möglichkeit, bei einer Befragung alles als Missverständnis abtun zu können. In einem waren sie sich einig, mehr auf sich und weniger auf die fernen Berliner Genossen zu vertrauen.

Sie sahen die Bilder im Fernsehen, wie die zivilen Sicherheitsleute die jungen Leute auseinandertrieben und sich eine gewaltlose Opposition entwickelte. Egon Krenz[58] war keine Alternative. Er hatte sich als Berufs-FDJler verschlissen. Dass er sich irgendwann für preiswerte Strumpfhosen und Jeans, die offiziell Niet- oder Nietenhosen hießen, einsetzte, war vergessen und reichte nicht, um ihn als einen künftigen Führungspolitiker zu akzeptieren.

Worauf sollte er eigentlich warten? Bleicher quälte sich jeden Tag mit dieser Frage. Aber er fand keine Antwort. Er saß wie die Maus im Loch, vor dem die Katze lauerte.

Die nächsten Wochen verliefen für ihn voller innerer Zweifel und Ängste. Er hatte sich mit der Familie Meinhardt angefreundet, die ihr landschaftliches Idyll vor der Stadt sichtlich genoss. Meinhardts Frau hatte eine angenehme ausgleichende Art. Sie war es wahrscheinlich, die versuchte, ihren Ehemann aus dem Geheimdienstsumpf zurückzuholen. Schon wegen der Kinder machte sie sich Sorgen. Meinhardt sprach jetzt unverblümt vom Aussteigen, wenn er mit Bleicher beim Bier im Garten saß und sie die Entwicklung im Osten besprachen. Er hatte die Firma

[58] Egon Krenz war nach dem Rücktritt von Erich Honecker für sieben Wochen Staatsratsvorsitzender und SED-Generalsekretär.

für seine neue Existenz gegründet und das Kundennetz über die ganze Bundesrepublik ausgedehnt. Das sah Bleicher zur Einweihungsfeier an den Autonummern. Dabei wusste er nicht, wer diese Leute waren. Er war überzeugt, dass einige frühere Kunden, wie er, dabei waren, die vielleicht ebenso nichts ahnten oder gar wussten.

Es galt immer noch die oberste Geheimhaltung. Warum Meinhardt offensichtlich als Kopf einer Zelle diese Regel brach, war Bleicher nicht klar. Er blieb vorsichtig und ließ sich auf nichts ein. Sie hatten ihn gelehrt, dass es von nun an keine wirklichen Freunde, sondern nur noch Diensthabende gibt. Der schlimmste Feind der Konspiration ist die Emotion, soweit sie nicht auftragsgemäß eingesetzt wurde.

Eigentlich sind wir alle oscarverdächtig, belog er sich. Deshalb machte er sich bei den Meinhardts rar, gab Dienststress und andere Verpflichtungen vor. Er wollte nicht in weitere Schlamassel geraten. Er hatte schon registriert, dass sich etwas zusammenbrauen könnte, dabei wusste er nicht, von welcher Seite und wer wo stand.

Als die Zentralen in Berlin und in den Bezirksstädten durch die Demonstranten gestürmt wurden, war ihm klar, dass sich seine Rückzugsmöglichkeiten einengen würden. Er hatte davon gehört, dass das Fußvolk Prämien bekommen habe. *Bild* sprach von 50.000 D-Mark, um sich in der Wirtschaft auf eigene Füße stellen zu können. Das war aber für viele schwierig, weil sie direkt von der Armee kamen und keinen richtigen Beruf hatten. Da blieb nur der Bratwurststand oder die Gebäudereinigung.

Andere verkauften Versicherungen. Deren große Agenturen waren die Ersten, die sich im Osten etabliert hatten. Dort musste man keine Fragebögen über die Vergangenheit ausfüllen, und man verdiente gut. Die vorsichtigen Ossis wollten und sollten sich gegen alles versichern: Wenn der eigene Hund den Nachbarn biss, der Arbeitgeber kündigte, die Gesundheit zu erhalten war, man mit schlechten Verträgen gelinkt wurde oder irgendeiner etwas behauptete und man sich vor einem Gericht anwaltlich verteidigen musste.

In dieser Beziehung ging es Bleicher gut. Er hatte alles schon abgeschlossen und erledigt, in Ruhe und wohlberaten. Ein gut ansehnliches Sparguthaben hatte er auch, und Pensionsansprüchen aus dem Öffentlichen Dienst waren geregelt.

Im Februar 1990 kam Peter noch einmal kurz vorbei. Man hatte ihn auf seinen Wunsch hin versetzt. Er verabschiedete sich nach Südwestdeutschland an die französische Grenze zur Familie seiner Frau, die in der Nähe von Saarbrücken eine Bauernwirtschaft betrieb. Er bleibe im Dienst der Post, sagte er. Seine Tätigkeit und die Zusammenarbeit mit Bleicher seien aber nun auch zu Ende. Es sei angenehm gewesen mit ihm. Er habe den entsprechenden Auflösungsbefehl bekommen. Man habe ihm versichert, dass alle Unterlagen ordnungsgemäß vernichtet worden seien. Er gehe davon aus, dass das zutraf und sich nicht irgendein Überläufer beim CIA angedient habe. Man könne jetzt nur noch hoffen und sowieso nichts mehr daran ändern. Aktion *Schildkröte* sei ausgerufen. Er beginne, Kopf, Arme und Beine in den Schutzpanzer einzuziehen. Das schien Bleicher auch für sich das Beste zu sein.

Im Amt war nun wegen der täglichen Hiobsbotschaften immer etwas los, schon weil sich alles in Rufweite der DDR-Grenze abspielte und die Randgebiete zu Durchgangsregionen wurden. Ruhe und Beschaulichkeit waren verflogen. Die kleinen Geschäfte waren oft nur wenige Stunden geöffnet, weil Mangelartikel von den Ostbesuchern in ungekannter Menge gekauft und weggeschafft wurden. Die Westgeldsparschweine, über Jahre durch Briefe und Besuche von Verwandten gefüttert, wurden geschlachtet.

Das Landratsamt entwarf operative Maßnahmepläne, um mit dem Nötigsten zu helfen. Das Innerdeutsche Ministerium war überrascht worden von den Ereignissen. Man hatte sich jahrelang strategisch mit dem Freikauf von Häftlingen und der Milderung familiärer Tragödien befasst. Die Übernahme eines Staates war nicht vorgesehen.

»Es müssten demnächst die Ämter im Osten neu besetzt werden«, erwähnte Bleichers Chef nun immer öfter in den Dienstberatungen. Viele Altkader seien nicht mehr tragbar. Man werde einen Einigungsvertrag erarbeiten und dort alles neu regeln müssen, sonst gäbe es ein Chaos. Ob denn Bleicher keine Lust habe, wieder nach drüben zu gehen und dort mit Gehaltszuschlag einige Zeit tätig zu sein. Das Innenministerium in Hannover habe eine vorsichtige Anfrage an die Ämter gerichtet. Das könne allerdings frühestens im Spätsommer sein. Die Einheit sei zwar beschlossen, aber in den genauen Modalitäten noch unbestimmt, wenigstens aus der Sicht des Landkreises. Man sei ja nicht so wichtig, um über alles informiert zu sein. Er wolle sich das alles überlegen, sagte Bleicher. Da gäbe es ja viel zu bedenken.

Als alle schon im Begriff waren, den Raum zu verlassen, sagte der Amtsleiter noch, eher beiläufig, man habe am Wochenende den Herrn Meinhardt, der ja erst vor Kurzem mit seiner Familie aus Frankfurt zugezogen war und gebaut hat, in seinem Haus tot aufgefunden. Die Bereichspolizeidienststelle habe eben ohne weitere Angaben diese Information übermittelt. Es sei wohl Selbstmord gewesen. Er habe sich in den Kopf geschossen. Die Kinder hätten ihn entdeckt, aber er war schon tot. Man habe ihm nicht mehr helfen können. Seine Frau liege mit einem Totalzusammenbruch in der Klinik. Da keine Verwandten aufzutreiben seien, haben sich die *Caritas* und die *Christlichen Landfrauen* um die Kinder gekümmert, die bei befreundeten Familien erst einmal untergekommen seien. Bleicher traf es wie ein Blitz. Er wurde totenblass.

»Das ist ja schrecklich«, sagte er völlig verstört. »Weiß man schon Näheres?«

»Leider nein. Wir sind beauftragt, die technische Sicherung des Gebäudes vorzunehmen, wenn das LKA fertig ist. Können Sie das mit ein paar Männern vom Bauhof machen, Herr Bleicher? Ich gebe Ihnen Bescheid, wenn es so weit ist. Im Moment sichert die Polizei das Grundstück. Man hat uns gesagt, dass das spätesten in zwei Tagen möglich sein wird.«

»Gibt es einen Abschiedsbrief?«

»Das weiß ich nicht. Die *Landfrauen* müssen auch noch in das Haus, wegen der Kindersachen. Setzen Sie sich bitte mit Frau Gauers in Verbindung. Das ist die Chefin dort.«

»Ist das die Frau vom Feuerwehrhauptmann im Landkreis?«

»Soweit ich weiß, seine Schwester. Sie ist unverheiratet.«

»Das war's für heute meine Herren. Schönen Tag.«

Bleicher packte nun das blanke Entsetzen. Sie waren also da, und Meinhardt hatte verspielt. An den Selbstmord glaubte er nicht, jedenfalls nicht an einen klassischen, freiwillig von eigener Hand. Obwohl er ja auch nicht wusste, welche geschäftlichen Verhältnisse Meinhardt hatte. Und dass sich hier die Leute teilweise hemmungslos verschuldeten, war auch nicht ungewöhnlich. Aber Meinhardt war kein Hasardeur. Oder vielleicht doch? Seine Zweifel log er sich auf die für ihn günstigste Art zurecht. Bleicher hoffte schließlich auf die Selbstmordvariante im althergebrachten Sinne. Alles andere wäre eine unmittelbare Bedrohung. Er wusste nicht, wie Meinhardt im Agentennetz verstrickt war und mit wem er seine Ausstiegspläne noch beredet hatte. Wieso sollte er die Lebensversicherung für Meinhardt sein, wenn er ihn in seine Pläne einweihte? Hatte dieser Meinhardt ihn durch Profiler vor seinem Einsatz analysieren lassen? Wusste er mehr über ihn und seine Schwächen?

In den nächsten Tagen konnte er sich mit dem Auftrag des Amtes unbefangen um das Haus kümmern, vielleicht auch unter einem Vorwand einen direkten Kontakt mit Frau Meinhardt aufnehmen.

Die *Landfrauen* kümmerten sich rührend um die Kinder. Das war gut und milderte den Schock. Das ungeborene Kind der Meinhardts benötigte ihre besondere Fürsorge. Wegen des seelischen Zustands von Frau Meinhardt musste mit einer Frühgeburt gerechnet werden. Bleicher fand aber keine Gelegenheit, mit ihr zu sprechen. Er sicherte das Haus, stellte Gas, Wasser und Strom ab. Bis die Heizperiode begann, würde hoffentlich das normale Leben, oder was darunter angesichts eines solchen Todes zu verstehen war, wieder eingekehrt sein. Bleicher ging mit einem Bediensteten des Amtes noch einmal durch das Haus, versiegelte alle Fenster im Erdgeschoss, schloss auch die Läden und verließ als Letzter den kleinen Vorsaal.

Beim Zuziehen der Eingangstür schob er mit dem Fuß den Abtreter wieder beiseite, den er, um die Tür zu arretieren, an den Anschlag des Türblattes gelegt hatte. Sein Blick fiel auf eine kleine, circa ein mal ein Zentimeter große Beschädigung auf der Fliesenoberfläche, die vom Türblatt der Haustür verdeckt wurde. Die hatte er auch beim Eintreten nicht bemerkt. Sie setzte sich farblich nicht vom übrigen strukturierten Fußboden ab. Wahrscheinlich hatte er sie deshalb übersehen. Mit einem Schlag war er elektrisiert. Seine Zweifel zu dem, was sich in diesem Haus abgespielt haben könnte, sprangen ihn an. Er musste so schnell wie möglich mit Frau Meinhardt sprechen.

Christine Meinhardt wurde nach einer reichlichen Woche aus der Klinik entlassen. Man hatte sie auf die Rückkehr psychologisch vorbereitet. Ihre Schwangerschaft verlief dennoch normal. Sie verkraftete die Belastung besser, als von den Ärzten nach dem Todesfall erwartet wurde. Ihre beiden Kinder, die in der Obhut von befreundeten Familien waren, würden sie ablenken und sie zurück in den Alltag holen.

Die Beerdigung von Bertram Meinhardt hatte man bewusst in kleinem Rahmen gehalten. Dennoch wurde sie zu einem besonderen Ereignis in der ansonsten verschlafenen Gegend. Der kleine Friedhof hatte ein solches Begängnis bisher nicht gesehen, auch Bleicher nicht, der schon jahrelang dort lebte. Er hielt sich betont von Frau Meinhardt fern, weil er davon ausging, dass Beobachter aus *Berlin* entsandt worden waren. An seiner Situation konnte er nichts ändern, aber seine Distanz zur Familie Meinhardt selbst bestimmen. Bei allem, was mit Meinhardt passiert war und keiner richtig wusste, schien ihm auch ein gewaltsamer Tod nicht abwegig. Mielke galt als unerbittlich, wenn sich einer seiner Leute zum Klassenfeind absetzen wollte.

Bleicher wollte den Kontakt zu Christine Meinhardt auf die nächsten Tage verschieben. Sein Dienstauftrag verschaffte ihm dafür eine unverfängliche Gelegenheit. Die bot sich eine Woche später, um mit ihr die vom Amt eingeleiteten Sicherungs- und Verwahrungsmaßnahmen aufzulösen beziehungsweise rückgängig zu machen.

Frau Meinhardt empfing ihn sehr gefasst. Sie hatte ein dunkelgraues, weites Kleid an. Man sah es. Die Geburt stand unmittelbar bevor. Da es in den vergangenen Tagen geregnet hatte, war es in dem unbeheizten Haus nasskalt und ungemütlich. Sie hatte sich ein wollenes, dunkelviolettes Tuch über die Schultern gelegt.

»Schön, Herr Bleicher, kommen Sie herein. Ich danke Ihnen für Ihre Unterstützung und die Pflege, das heißt die Sicherung unseres Hauses. Ich weiß nicht, woher Sie sich kennen. Mein Mann sagte, vom gemeinsamen Studium in Cottbus. Sie sind wohl einige Jahre jünger als er. Als Sie anfingen, war er schon in der Diplom-Phase. Aber Sie haben ja, glaube ich, Bauwesen studiert, und mein Mann ist im Zweig der Ingenieurökonomen gewesen. Er bedauerte immer, von keinem der beiden Gebiete etwas Richtiges zu verstehen. Aber die Firma hat sich ja unter seiner Führung gut entwickelt. Ich bin froh, dass wir uns zum Bauen entschlossen haben. Da habe ich wenigstens eine Heimat, und die Kinder können sich austoben.«

Bleicher fand, dass sie stark und gefasst mit der Situation umging. Er war unsicher, was sie über Meinhardt im Detail wusste und wie weit Meinhardt sie über ihn aufgeklärt hatte. Christine Meinhardt quälten ähnliche Zweifel. Die Übersiedlung nach dem Westen hatte sie so verstanden, wie sie angelegt war, als konspirative Tätigkeit ihres Mannes im Ausland. Mehr wollte sie nicht wissen. Sie hoffte, dass er ihr und den Kindern gegenüber die Verantwortung für ein normales Leben auch weiterhin wahrnehmen würde. Das hatte Bertram Meinhardt auch so gehalten und Christine aus allem herausgehalten. Dennoch waren ihr die Vorkehrungen der Konspiration im Allgemeinen schon aus dem Selbsterhaltungstrieb und im Besonderen, was den familiären Rahmen betraf, geläufig. Bleicher hatte bei seinen abschließenden Kontrollgang festgestellt, dass die beschädigte Fliese im Eingangsbereich ausgetauscht worden war. Als er ihr die Hausschlüssel zurückgeben wollte, winkte sie ab.

»Nicht nötig, ich habe neue Schlösser einbauen lassen. Ich fühle mich so sicherer. Mein Mann war mit den Schlüsseln immer recht nachlässig. Ich weiß nicht, wer noch Schlüssel besitzt. Ach«, sagte sie unvermittelt, »da kann ich ihnen draußen an der Außenwand noch einen Riss zeigen, der mich beunruhigt. Ich habe keine Ahnung, ob ich mir Sorgen machen muss. Sie kennen sich da aus und sehen das mit anderen Augen.«

Christine Meinhardt stand hinter Bleicher im Eingangsbereich des Hauses. Sie schob ihn sanft nach draußen, ging mit ihm einige Meter in den Garten und drehte sich unvermittelt zu Bleicher um, der sie um drei Köpfe überragte.

»Herr Bleicher, was auch immer hier vorgefallen ist, mein Mann wurde ermordet, und Sie sollten es wissen. Ich werde darüber nicht sprechen. Es bringt ihn mir nicht zurück, aber Sie sollten es wissen.«

»Wie kommen Sie denn darauf, Frau Meinhardt?«

»Wer auch immer es getan hat, es waren Stümper. Ich habe die Fotos vom Tatort der Leiche meines Mannes gesehen. Er hatte die Waffe, eine 86er Beretta, neun Millimeter, in der rechten Hand. Bertram war Linkshänder. Der konnte mit rechts keinen Möbelwagen treffen.«

Bleicher verschlug es die Sprache. Sie hat ihn mit einer Finte außer Hörweite von vermuteten Wanzen gelockt, um in allen Details wie ein Kriminalkommissar zu berichten, was sie über die brutale Ermordung ihres Mannes herausgefunden hatte.

»Woher wissen Sie das alles, Christine?«

»Die Waffe hat die Kripo, die sich mit dem Fall auch befasst hat, identifiziert. Bertram hatte einen entsprechenden Waffenschein. Das stimmte alles. Das mit der Linkshändigkeit, konnten sie nicht wissen, und ich hätte es ihnen auch nicht gesagt. Es würde zu Untersuchungen geführt haben, die neue Probleme aufgetan hätten. Ich verhalte mich ruhig und hoffe, nun Ruhe zu haben. Ich wollte Ihnen das sagen. Mein Mann hat nichts erzählt, aber er hielt große Stücke auf Sie. Auch das muss niemand wissen.«

»Glauben Sie, dass irgendjemand in das Haus eingedrungen ist, oder hat Ihr Mann den oder die hereingelassen? Ich habe im Eingang Spuren von Gewalt gefunden ...«

»Welche?«

»Wahrscheinlich wurde die Haustür aufgehebelt. Eine Fliese war beschädigt.«

»Die habe ich auswechseln lassen. Am Türblatt ist nichts zu sehen.«

»Aber oben im Anschlag gibt es Platz, um die Tür nach oben aufzudrücken. Die Beschädigung habe ich bei meinem Kontrollgang gesehen, aber mir nichts dabei gedacht. Mir fiel auf, dass die Fliese gewechselt wurde.«

»Ich habe keine Lust auf irgendwelche Ermittlungen und Fragen, deshalb habe ich alles im Stillen geregelt. So, lieber Herr

Bleicher. Ich fühle mich hier wohl und bin in die Gemeinschaft der Bewohner einbezogen. Das habe ich ja jetzt sehr angenehm erfahren können. Wir können wieder ins Haus gehen und unterhalten uns bei einer Tasse Kaffee über den Riss, den ich Ihnen ja noch zeigen muss. Ein guter Freund wollte das Haus nach Wanzen absuchen. Das hat er noch nicht geschafft, deshalb musste ich Sie nach draußen bitten. Kommen Sie, mein Kaffee schmeckt gut. Sie wissen doch, die Sachsen sind darin spitze.«

Was ist das für ein Weib, dachte Bleicher anerkennend, Frau, Mutter, Kundschafterin, ohne eine zu sein und hochschwanger. Was hat der Osten für tolle Frauen.

Aber sie war nicht mehr im Osten. Sie hatte die feste Absicht sich dort einzuleben, wo sie war, und alles Bisherige zu vergessen. Sie wollte endlich das erleben, was sie durch die Ehe mit Klein versäumt hatte oder was sie durch ihn geworden war. Dafür hatte sie einen hohen Preis gezahlt.

III Deutschland

Verhaftung

Wenn Grillen in den Bäumen lärmen, genügt ein kurzer Knall, um für Sekunden absolute Ruhe zu schaffen. Nach Momenten setzt das Zirpen wieder ein, die scheinbar angehaltene Zeit fließt weiter.

So war es, als sie den langen Johannes, den alle nur Jo riefen, holten. Schon als der Fremde den Hörsaal betrat und nach ihm fragte, verstummte das Schwatzen.

Jo, der lange schlaksige Junge zog alle Blicke auf sich. Arme Sau, dachten viele, Mann, komm heil wieder. Wenn sie dich so offen holen, wird es ernst.

Johannes überragte die Masse der Sitzenden um fast einen Meter, als er sich wie in Zeitlupe durch die Sitzreihe drängte. Ein schwarzer *EMW*[59] wartete mit geöffneter Tür im Hof. Zwei Männer empfingen ihn, sagten etwas zu Johannes, der nickte und stieg in das Auto ein.

Am Abend war das Wohnheim in Aufregung. Beamte in Zivil verhörten die Studenten. Jeder hatte seine persönlichen Sachen vorzuzeigen. Alles war verdächtig. Ob es vielleicht um Waffen ging?, vermuteten einige, weil die Männer auch nach den spitzen Fallminen der Zeichenstifte fragten. Sie hielten sie für Stilette, glaubten den Studenten nicht und forderten den Nachweis als Zeichengerät.

Gegen Morgen verließen sie das Haus. Sie hatten nichts gefunden. Nur Gerüchte waberten. Johannes habe sich im Sperrgebiet nach Westdeutschland aufgehalten und war festgenommen worden. Er hatte handgeschriebene Flugblätter einer Widerstandsgruppe aus Jena bei sich, die er vor dem Verhör in den Sesselpolstern der Polizeiwache verschwinden ließ. Eine Putzfrau

---

[59] *EMW* für Eisenacher Motorenwerke, die nach dem Krieg, zunächst ab 1948 den *BMW 340*, einen oberen Mittelklassen-Pkw in Lizenz entwickelten und bauten. Ab 1953 wurde in Eisenach der Pkw *IFA-F9*, ab 1955 bis zur Wende der Pkw *Wartburg* produziert.

hatte sie später entdeckt. Lange wurde er beschattet. Man hatte gehofft, die Gruppe zu fassen. Aber das gelang nicht.

Als er nach Wochen aus der Haft freikam, war er ein aus dem Nest gefallener Vogel. Ob das Böse Macht über ihn bekommen hatte, wusste niemand. Aber sie mieden ihn.

Beata Becker kannte Johannes vom Studentenklub. Sie mochten sich auf eine platonische Weise. Er war ein guter und begehrter Tänzer, hatte auch sonst Stil und gute Manieren. Die Mädels mochten ihn. Bei der Begrüßung verbeugte er sich. Er steckte die Hände nie länger in die Hosentasche, als er benötigte, um das sauber gefaltete weiße Taschentuch herauszuholen. Er hielt anderen die Tür auf und erhob sich, wenn eine Dame an den Tisch trat.

Verarmter mecklenburgischer Landadel, wussten einige, die die Familie kannten. Von ganz oben, auf Rügen, an der Ostsee, bescheidene rechtschaffene Leute, die Dünkel nicht kannten. Und die sich auch sonst nicht von den Nachbarn unterschieden.

Nach dem verschulten Abitur wurde die Freiheit einer Hochschule zur Gefahr. Der Zwang der Elternhäuser fehlte. Der innere Schweinehund zwischen Studium und Studentenklub musste täglich neu besiegt werden. Die Rechnung wurde nach jedem Semester präsentiert. Wer mehr als drei Prüfungen nicht bestanden hatte, wurde gnadenlos exmatrikuliert. Nach einer „Bewährung“ in der Praxis gab es eine zweite Chance, das Studium fortzusetzen.

Beata Becker war eine der wenigen Frauen im Bauingenieurstudium. „BB“ nannten sie ihre Kommilitonen, das war kürzer und auch eine ironische Anspielung auf Brigitte Bardot, von der sie im Äußeren aber rein gar nichts hatte. Beata schlug sich wacker. Sie erhielt Leistungsstipendium, das sie zur Leipziger Messe als Hilfskraft bei einem Aussteller aus Dortmund aufbessern konnte. Der kam zweimal im Jahr nach Leipzig, mit seinem Sohn, den er in die Geschäfte einführte. Vom Frühjahr auf den Herbst und wieder auf das Frühjahr freuten sie sich, versprachen einander und wollten heiraten. Auch EGON – Beatas kritisches Ich – den sie immer um Rat fragte, murrte nicht. Er respektierte ihren Wunsch nach der Geborgenheit in einer Familie, die sie nie erfahren hatte, weil der Vater nicht aus dem Krieg zurückgekommen war. Mit ihrem Freund schien sich diese Sehnsucht zu erfüllen. Aber als Beata das Diplom – ein brillantes Diplom – abgelegt hatte und sich für sie eine Zukunft eröffnete, zerbrach diese Hoffnung. Ihr Freund hatte sie über Jahre getäuscht. Sie war immer nur seine kurze Episode, weil er schon lange in Dortmund verlobt gewesen war. Über ihre freundliche Offenheit legte sich nun ein Schleier des Misstrauens. Sie zwang sich zu einer Sachlichkeit, die ihr die Kraft für ein unabhängiges, selbstbestimmtes Leben geben würde.

Die DDR baute das industrielle Bauwesen auf. Das Talsperrenprogramm und der Industriebau sollten weiterentwickelt werden. Beata wurde in die Sowjetunion geschickt, nach Moskau, für Jungakademiker aus dem Osten eine Weiterbildung, die sie sonst – wie die Kollegen in Karlsruhe – vielleicht an amerikanischen Universitäten bekommen hätten. Sie ärgerte sich, nicht besser Russisch zu können, denn in den Moskauer Bibliotheken konnte man die westliche Fachliteratur, immer brandaktuell ins Russische übersetzt, lesen.

Professor Lischenko hatte am MISI gerade eine Arbeit über konstruktive Klebeverbindungen mit Kunstharzmörtel veröffentlicht. Beata wollte seine Forschungen kennenlernen. Die Versuchsreihen zur Verbundfuge schubfester Klebungen waren auf internationales Interesse gestoßen. Einige amerikanische Fachkollegen hatten sich bemüht, die Laborergebnisse zu studieren. Sie wurden durch die Institutsleitung aus Geheimhaltungsgründen abgewiesen. Aber Beata Becker, der kollegialen Freundin, zeigten sie alles.

Als sie im Labor die Probekörper sah, war sie froh, dass den Westkollegen der Zutritt verweigert wurde. Sie hätten sich die Mäuler zerrissen. Beata wusste: Lischenko war zwar zu spektakulären Ergebnissen gekommen, aber seine Daten waren in diesem Stadium nicht zu verallgemeinern. Sie hatte Professor Lischenko mehrfach besucht und ihn bei seinen Untersuchungen beraten. Aber alles scheiterte immer wieder an irgendeinem Gerät, das am Institut nicht aufzutreiben war. »Ich bin halt wie Einstein«, frotzelte er, »hat der je seine Relativitätstheorie durch Experimente beweisen müssen?«

Kurz vor ihrer Abreise lernte Beata Becker in Lischenkos Institut Professor Dr. Ulrich Kluge aus Darmstadt kennen. Der war schon zum zweiten Mal am MISI und die Ausnahme unter den Kollegen, die aus dem Westen kamen. Er organisierte für die TH Darmstadt den Austausch von Wissenschaftlern mit Universitäten und Hochschulen Osteuropas. Da seine Mutter Slawistin war, hatte er eine Beziehung zum Russischen und konnte sich auch leidlich in dieser Sprache verständigen. Mit Lischenko verband ihn eine langjährige Freundschaft, weil auch Kluge seine Probleme lieber im Kopf als durch aufwendige Versuchsanlagen löste. Ein älterer Kollege hatte sich, wie Kluge, mit Zylinderfunktionen für die Modellierung von Halbräumen befasst. Er beabsichtigte, seine Ergebnisse als Dissertation zu veröffentlichen und bat Kluge um einige Konsultationen. Der Doktorand hatte in diese Thematik schon viel Lebenszeit mit der Lösung und Auswertung der komplizierten mathematischen Funktionen investiert. Doch die Verteidigung war ein Desaster. Kluge hoffte, als Ausländer mit einem Statement etwas zu erreichen. Die Arbeit war gut, aber der Kandidat passte den Professoren der Jury nicht, die alle schon weit über die siebzig waren. Sie ließen ihn durchfallen. Nichts interessierte die Senatoren, das Urteil war gefallen. Der Mann brach zusammen und weinte wie ein Kind. Sein Lebenswerk und viele Jahre der Entbehrung, die er als Externer aufgebracht hatte, waren vernichtet. »Denen hätte wohl auch der frische Wind gut getan, mit dem wir 1968 den Muff aus den alten Talaren unserer Universitäten vertrieben haben. Aber da müssten sie erst einmal die Dinosaurier im Politbüro entsorgen«, erregte sich Kluge. Dieser Gefühlsausbruch war Beata Becker unangenehm. Sie sah sich unsicher um. Wenn jemand dieses Gespräch aufschnappen würde, gäbe es genügend Gründe, sie nach Hause zu schicken. Aber sie waren alleine. Beata wechselte das Thema.

»Unsere Hochschulreform ist ja ähnlich verlaufen«, erwiderte sie. »War das bei Ihnen wohl auch so?«

»Na ja, Straßenschlachten gab es bei uns nicht, die finden wie bei Lischenko nur im Kopf statt. Wir bauen ein modernes Hochschulwesen auf. Der Mief von hundert Jahren ist ja schon lange gewichen.«

»Aber die Freiheit in Forschung und Lehre wie bei uns, die gibt es aber wohl doch nicht bei Ihnen?«, zweifelte Kluge.

»Was bedeutet diese Freiheit?«, fragte Beata Becker.

»Dass eigentlich jeder, der die akademischen Voraussetzungen hat, lehren und forschen kann, was er will.«

»Und wer bezahlt das?«

»Ja, das ist eben die Kunst und auch das Qualitätsmerkmal eines Wissenschaftlers und Hochschullehrers im Westen.« Kluge sagte das mit sichtbarem Stolz.

»Man muss sich kümmern«, sagte er. Beata Becker las natürlich auch die Hochschulnachrichten westdeutscher Universitäten und kannte das System, zumindest theoretisch. Aber dafür ihr fehlte das Gefühl. Sie scheute den Gedanken, Wissenschaft und Forschung in einen finanziellen Zwang zu bringen.

»Geld muss man schon haben, und man kann nicht einfach drauflosforschen«, ergänzte Kluge.

»Aber, was ist mit den kleinen Fächern, die sich mit unverkäuflichen Wissensgebieten befassen und auch gebraucht werden, um die kulturelle Vielfalt zu erhalten?«, fragte sie.

»Das stimmt schon«, sagte Professor Kluge, »aber da gibt es viele Programme und Fördermöglichkeiten mit Staatsgeldern, um auch die zu erhalten.«

Beata Becker verwies, weil sie Kluge etwas entgegensetzen wollte, auf die DDR-Staatsplanthemen[60]. Das geriet ihr etwas hölzern und hörte sich wie eine Notiz aus der Zeitung an, als sie Kluge erläuterte, dass der Staat Grundsatzprobleme von allgemeiner Bedeutung untersuchen lassen würde, die durch ein Fachgremium geprüft, als Aufgabenstellung formuliert würden.

»Funktioniert denn das?«

»Wie alles in der Welt, wenn es gut gemacht wird.«

»Wir sollten etwas zusammen machen«, sagte Kluge.

»Ja, das wäre schön, aber Sie kennen unsere Lage, das bedarf langer Vorbereitungen. Wenn Sie das auf sich nehmen wollen, würde ich mich freuen.«

Jürgen Sellhorn, der parteilose Vorzeigewissenschaftler im Industriebau der DDR und Doktorvater von Beata Becker, wurde ungehalten: Seit zwanzig Minuten kritisierte sein Kollege Fährmann die zu geringe Anzahl sowjetischer Referenzliteraturangaben in der Promotionsschrift. Er war nicht bereit, einem „magna cum laude“ zuzustimmen.

»Es kann ja wohl nicht angehen, dass die Qualität einer Promotion von der Anzahl der sowjetischen Quellen abhängt.« Sellhorns Tonfall wurde schneidend. »Das Thema der Dissertation ist in der Sowjetunion unter Geheimnisschutz gestellt, da werden Sie keine Zeile in der Literatur finden. Frau Becker war doch deswegen in Moskau und hat nichts gefunden!« Die Prüfungskommission zog die Köpfe ein. Fährmann und Sellhorn verband eine qualifizierte Feindschaft, schon seit Jahren.

»Dann hätte ein Negativnachweis vorgelegt werden müssen«, beharrte Fährmann.

[60] Wissenschaftliche Projekte, die direkt vom Staat beauftragt und finanziert wurden.

»Das führt zu nichts. Bleiben Sie bei Ihrem Votum, Frau Becker wegen der zu geringen Anzahl sowjetischer Fachliteraturquellen ein ‚Magna' zu verweigern?«

»Ja!«

»Gut, dann werde ich das in meiner Begründung so mitteilen und aktenkundig machen.«

»Kollege Sellhorn, werden Sie nicht unsachlich, es liegt nun mal kein entsprechender Nachweis vor.«

»Herr Fährmann, das Letzte, was man mir vorwerfen kann, ist Unsachlichkeit. Wenn Sie ein Politikum daraus machen wollen, bitte sehr. Ich werde mich auch in diesem Punkt nicht beeinflussen lassen. Das können Sie aufschreiben oder mitteilen, wem Sie wollen.«

Fährmann wusste, dass Sellhorns Stellung stark war. Er war Mitglied vieler internationaler Gremien und sehr hoch angebunden, bis nach Berlin. Fährmann hatte sich schon manchen Dämpfer für allzu kritische Berichte eingefangen. Er konnte sich weitere Rüffel nicht erlauben. Seine Verbindungen waren nach seinem Weggang aus Berlin kalt geworden. Er saß in dieser Hinsicht auf dem Trockenen. Die Parteileitung stützte ihn zwar. Mehr aber auch nicht. Alle fürchteten sich vor unkalkulierbaren Retourkutschen.

Fährmann gab nach. »Gut, dann erteilen wir ihr eine Auflage, den Nachweis noch vorzulegen. Wenn das schlüssig ist, bekommt Sie das ‚Magna'.«

Sellhorn war zufrieden. Seine Promovenden sind die Besten, das sollte wohl klar sein, besonders, wenn es sich um solche Lappalien handelte. Er trug die Beratungsergebnisse in das Protokoll ein und schloss die Sitzung. Als die Kommission nach über einer Stunde zurück in den Vortragssaal kam, hatten sich schon einige Zuhörer verabschiedet. Beata Becker fühlte sich wie ausgelaugt. Alles war ihr nun recht. Nur ein Ende sollte es endlich haben.

»Cool bleiben«, tönte EGON. »Du änderst nichts mehr.« Sie versuchte, in den Gesichtern der Kommission zu lesen. Das waren Augenblicke, in denen alles wegrutschte, sich das bisherige Leben auf einen Punkt verdichtete und die verkrampften Gespräche dazwischen nicht die Leere zwischen Absturz und Hochgefühl zu füllen vermochten. Sellhorn referierte das Gesamturteil der Verteidigung, unterrichtete das Auditorium über das Ergebnis der schriftlichen Arbeit, der Disputation und der ML-Arbeit[61].

Ich halte das nicht mehr aus. Komm zur Sache. Sellhorn verkündete, dass die Arbeit mit einem „magna cum laude" bewertet wurde, auch die Verteidigung. Die ML-Arbeit sei jedoch nur eine Zwei und deshalb war ein „summa cum laude" als Gesamtbewertung unmöglich. Im Übrigen stehe diese Aussage unter Vorbehalt, weil der bestimmt vorhandene, aber nicht zur Arbeit gereichte Nachweis der sowjetischen Fachliteratur noch vorzulegen sei. Dann folgten die üblichen Belehrungen über das Tragen des Titels und die ausstehenden Pflichtexemplare.

Beata holte sichtbar tief Luft. Na schön, Fährmann bekommt den Nachweis und dann drei Kreuze.

Alles fiel von ihr ab, die wochenlange Arbeit bis tief in die Nacht, der versäumte Schlaf, der Kampf um das Papier, die Zweifel an sich und dem Thema.

Man fiel ihr um den Hals, Gratulationen, Blumen, Bücher. Es war ihre Stunde.

---

[61] Abk. für Marxismus-Leninismus, diese Abteilungen waren als selbstständige Strukturen an allen Hochschulen und Universitäten der DDR fast identisch eingerichtet. Ihr Lehrprogramm war Pflicht in allen Studiengängen, bei Promotionen und weiteren wissenschaftlichen Graduierungen.

Läuterung

Sellhorns Fachbereich hatte keine freien Stellen. Beata wollte auch nicht an einer Hochschule versauern: zu muffig, zu eng und zu kleingeistig, zumindest in den Dingen des Lebens. Die Aussicht, für den Rest ihrer Tage unter einer solchen Käseglocke ausharren zu müssen, würde einer inneren Verbannung gleichen. Sie suchte nach Möglichkeiten auszubrechen.

Eines Tages rief sie ein alter Schulfreund an, von dem sie seit zwanzig Jahren nichts mehr gehört hatte. »Ich will nur ein bisschen quatschen«, fiel er mit der Tür ins Haus, so, als ob sie jeden Tag miteinander telefonieren würden. Er klang vergnügt und aufgekratzt. Ihr schien, dass er etwas angesäuselt war.

»He, Paulchen, was verschlägt dich denn so unvermittelt zu mir.« Beata hatte wegen einer Lehrveranstaltung eigentlich keine Zeit, wollte ihn aber auch nicht vor den Kopf stoßen. Zur Abifeier war er ziemlich betrunken. Und der Klassenkasper war er auch, aber einer von der guten Art, die ihre Späße nie auf Kosten anderer machten.

»Na ja, na ja«, alberte er herum. »Ich brauche einen Job. Du bist doch was geworden. Kannst du nicht etwas für mich tun?«

»Was ist los? Hast du wieder mal deinen Mund nicht halten können?«

»Na, so ähnlich. Ich war bei einer DDR-Spezialistengruppe in Vinh in Vietnam gewesen und habe dort die Kriegsschäden der Amis beseitigt. Aber irgendwann hatte ich eine Flasche *Lua Moi*[62] zu viel genascht.«

»Was ist das?«

»Na, der Reisschnaps dort, ein Teufelszeug und gut, wenn er kalt ist. Aber so stark, dass es dir beim Pinkeln die Schuhe wegätzt, wenn du nicht aufpasst. Also irgendwann lag ich besoffen im Frauenhaus. Das muss die Mädels so erschreckt haben, dass

---

[62] Lua Moi, vietnamesischer Reisschnaps

die Parteileitung sofort meine Ausreise veranlasst hat. Ich wollte mich noch rechtfertigen, dass ich mich in der Tür geirrt hätte und so, und in meinem Zustand wäre ich ja sowieso keine Gefahr gewesen. Aber das ließen sie nicht gelten. Und nun bin ich wieder hier und eingemauert. Aber Unkraut vergeht nicht. Hast du nicht Lust, dich für Vietnam zu bewerben? Die suchen fähige Leute für den Wiederaufbau, und ich könnte bei euch einen Hilfsjob machen. Das wäre doch eine gute Sache, für dich und für mich.«

Diese Idee gefiel Beata Becker, weil sie beruflich in einem Loch steckte. Die Zeit war günstig. 1973 hatten die Amerikaner den Krieg auf den Süden Vietnams begrenzt. Im Norden wurde wieder aufgebaut. Die RGW-Länder entsandten Experten. Das wäre eine tolle Erfahrung, die sie sich schon immer gewünscht hatte.

Beata wunderte sich, wie schnell alles ging: kurzer Anruf in Berlin beim Ministerium für Bauwesen, dann die Einladung zum Gespräch und ein festes Vertragsangebot für den Herbst. Ihre persönlichen und die dienstlichen Dinge würde sie schnell erledigen. Sie hatte ja keine familiären Verpflichtungen. Die Einbindung in den Lehrbetrieb war ohnehin wegen der Promotion lockerer geworden. Paul konnte sie im Labor unterbringen. Dort sollte er eine junge Frau im Babyjahr vertreten, als Betonprüfingenieur, darin war er perfekt, und so fügte sich alles problemlos

Anfang September flog Beata Becker über Moskau nach Taschkent, dann weiter nach Dhaka und Hanoi. Diese Strecke schafft die IL 18 der Interflug nur in kurzen Etappen, vor allem wenn sie mit Passagieren und Gepäck vollgepackt war. Wurden die zulässigen Flugzeiten der Piloten bis zur nächsten Landung überschritten, mussten Ruhepausen eingelegt werden. Dann bekamen die Passagiere Übernachtungen, wo auch immer ein Taifun das Flugzeug aufhielt. Beata traf es in Dhaka. »Gott sei Dank, nie hätte ich sonst dorthin fahren dürfen,« freute sie sich.

In Taschkent war sie schon 1963, als sie mit Alma-Ata den UDF[63] gewann. Niemand hatte es in diesem Jahr weiter als sie geschafft: ohne Visum möglichst weit in den Osten des großen Sowjetlandes vorzudringen und eine Postkarte mit dem Originalstempel als Beweis vorzulegen, ohne geschnappt zu werden. Sie hatte die Prämie von 160 MDN[64] abgeräumt, damals ein kleines Vermögen für Studenten.

Südlich von Taschkent begann das Denkniemandsland, die weißen Flecken für Ostreisende, der Eiserne Vorhang von innen mit der Bergwelt des Hindukusch – kalt, lebensfeindlich und böse. Die Flugzeuge hatten es schwer, die zerfurchten scharfkantigen Gesteinsmassive zu überwinden. Ein starker Gegenwind blies ihnen entgegen. In den tiefen Schluchten der Gebirgsmassive flackerten die Lichter der Dörfer wie Glühwürmchen in den Oasen einer Wüste, in denen die Menschen auf sich gestellt waren, dem harten Klima und der Kargheit der steinigen Böden ausgesetzt. Abgeriegelt von den bizarren Felsen des Hindukusch und des Himalajas öffnete sich nach dieser unwirtlichen Schneewüste der sonnige indische Subkontinent wie ein Versprechen auf Sonne, Wärme und fruchtbares Grün.

Der Blick weitete sich und folgte dem mächtigen Ganges. Die klaren Bäche und Flüsse aus dem Gebirge vereinigten sich zur wichtigsten Lebensader für Indien. Der Ganges zog sich entlang des Himalajagebirges bis weit nach Osten, vorbei am Nanga Parbat und an den beiden Gipfelspitzen des Mount Everests, die tief eingebettet in dieses riesige Bergmassiv nichts von ihrer wirklichen majestätischen Größe zeigten. Nach fast dreitausend

[63] Abk.: „Unerkannt durch Freundesland", war ein inoffizieller DDR-studentischer Wettbewerb in den Ferien. Man besorgte sich ein Durchreisevisum für die UdSSR und gab vor, nach Rumänien reisen zu wollen. In der Sowjetunion angekommen versuchte man, möglichst weit nach Osten zu kommen, ohne von der Miliz erwischt und zurückgeschickt worden zu sein.

[64] MDN: Abk. für Mark der Deutschen Notenbank, eigentlich Staatsbank der DDR, also für die Ostmark

Kilometern traf er im Osten, in Bangladesh, dem früheren Ostpakistan, auf den Brahmaputra, um sich dann – weit im Süden – in einem riesigen Delta in den Golf von Bengalen, den Indischen Ozean, zu ergießen.

Aus dem Flugzeug schien das Land über viele Stunden nur Fluss und Wasser zu sein, ein Gewirr aus überfluteten Wegen und Siedlungsinseln, aus denen nach und nach Dhaka, die Hauptstadt von Bangladesh, sichtbar wurde und die von oben aussah wie alle Städte der Welt. Doch sie war anders. Mit Menschen im Kampf um das tägliche Überleben in tropischer Hitze, ständig bedroht durch die Regengüsse und Überschwemmungen des Monsuns oder durch die tödlichen Flutwellen der Taifune aus dem Golf von Bengalen, der bis weit hinauf nach Norden in das flache, dicht besiedelte Land alles vernichtete.

Die Anstrengungen der letzten Tage hatten Beata Becker in einen kurzen traumlosen Schlaf gezogen. Als das Flugzeug holpernd aufsetzte, schreckte sie benommen auf. Sie hatte Mühe sich zu orientieren. Überall Wasser und Fremdes. Zum ersten Mal in den Tropen.

Eine Gruppe magerer Gestalten – Reinigungspersonal – enterte das Flugzeug. Sie klaubten das Wenige – alte Zeitungen, Speisereste, Getränkedosen, das Weggeworfene, den Müll aus Europa – wie Schätze zusammen, die ihr armseliges Leben erleichterten, hart umkämpft nach den Gesetzen des Stärkeren, zuerst für die Großen, den Rest dann für die Kleinsten, die Kinder.

Vietnam würde von einem Taifun bedroht, der Weiterflug sei deshalb nicht möglich, sagte man.

Sie wurden in die Stadt gebracht, in eine unbekannte, flirrende Welt.

Armut und Elend standen hier gegen eine beeindruckende Farbenpracht und anmutig schöne Menschen. Mit allen Sinnen nahm Beata das Fremde auf: die aufmerksamen Handreichungen der Bediensteten; die Frauen in den dekorativen Saris und die faszinierend schönen Zollbeamtinnen in ihrem Paluv, deren schlichte amtliche Schulterstücke mit unaufdringlicher Eleganz ihnen die Würde des Offiziellen verliehen.

Die Gestrandeten wurden in einem Luxushotel untergebracht. Ein riesiger Park mit blühenden, wohlriechenden Oleanderhecken, getrennt in zwei Welten: hier die Reichen am gepflegten Pool mit kühlen Drinks, dort die Vergessenen – oft nur auf eine Armeslänge entfernt – draußen auf der Straße, die durch die dichten Zweige der Sträucher Blickkontakt suchten, baten, ihre Rikschas zu besteigen, oder um eine Kleinigkeit vom Überfluss. Sie waren so ausgezehrt und zerbrechlich, dass die Europäer das Angebot aus Scham ausschlugen, sie mit der Last ihrer schweren Körper zu quälen. Und die Armen waren zu stolz, um Geld anzunehmen, ohne etwas geleistet zu haben. Geld, das sie aber so bitter brauchten, um ihre Familien durchzubringen.

Auf breiten, von Grünstreifen gesäumten Straßen in chaotischem Verkehr und erdrückender Hitze vegetierten und bettelten obdachlose Kinder. Frauen mit Babys, alte Männer, Behinderte auf Zeitungsfetzen, Kartonresten oder in weggeworfenen Kisten am Straßenrand fristeten ein jämmerliches Dasein mit Gelegenheitsarbeiten.

Am Morgen jedes Tages holten die Bediensteten der Verwaltung die Verstorbenen der Nacht. Sie brachten sie auf hölzernen Karren weg, würdelos, wie Abfall. Es waren nur Augenblicke, in denen das karge Leben eines Menschen von den Wellen der Zeit verwischt wurde. Nichts von ihm würde bleiben, vielleicht nur die Hoffnung, ein zweites Mal geboren zu werden, im Glück und ohne Leid. Aber auch dieser Gedanke würde im ausgezehrten Hinüberdämmern der Schwachen sterben.

Beata Becker fühlte sich schlecht. Als ihr auf der Straße eine junge Mutter ihren Säugling zum Kauf anbot, war sie entsetzt. Sie konnte vom entwendeten Reichtum der Vorväter zehren und auf dem gepflegten Rasen mit gekühlten Getränken lümmeln, im erwärmten Pool baden, der den täglichen Wasserbedarf des angrenzenden Slums verbrauchte. Der Mangel am Nötigsten und an sozialer Fürsorge waren Anklagen, die keiner hörte oder hören wollte, verdrängt in die Gleichgültigkeit des Selbstschutzes. Beata sah sie wieder, die hungernden Bettler an der Wohnungstür, damals zu Hause im Krieg. Doch hier war schon dreißig Jahre lang Frieden, der den Menschen noch nicht einmal ihre Würde gebracht hatte. Sie waren die Zurückgelassenen, in der Gewissheit des Aussichtslosen.

Das Flugzeug verließ Dhaka am frühen Morgen. Die Gruppe der Experten wurde am Nachmittag in Hanoi erwartet. Eine weite Landschaft – mit wenigen Häusern dazwischen im Grün der Reisfelder – tat sich unter ihnen auf. Kreisrunde Tümpel in den Feldern blitzten im Reflex der Sonne wie ein freundliches Willkommen herauf. Es waren die wassergefüllten Verwundungen durch Bomben und Granaten, die Narben eines geschundenen Landes.

In den Nebenstraßen von Hanoi hatte man Erdwälle über kleine bekriechbare Hohlräume als dürftigen Schutz gegen die Splitter der Granaten errichtet. Wenn die Bomben direkt fielen oder Napalm wie brennende Lava floss, wurden sie weggeblasen. In der Hitze und Verzweiflung der langen Nächte, in denen die Kinder vor Angst nicht mehr schreien konnten, brannte sich das Schreckliche in ihre Seelen als lebenslanges Trauma. Aber das Leben funktionierte, in den Zeiten dazwischen, nachdem die Flugzeuge ihre Last abgeworfen hatten und die Toten begraben waren.

Die Expertengruppe fuhr im Konvoi nach Süden, auf der Nationalstraße 1, der Hauptschlagader des Landes, über mehr als eintausend Kilometer entlang der Küste des Südchinesischen Meeres. Jetzt im Krieg war sie durch viele Militärfahrzeuge und mit Fußgängern verstopft, die mit schweren Lasten an Tragehölzern auf den Schultern, im Rhythmus der Schritte an den Straßenrändern entlanghasteten. Dieser Strom glich einem Tausendfüßler, ohne Anfang und Ende, der nur in den Nachtstunden ruhte, in Sorge um das eigene Leben irgendwo unruhig schlief, bis die Flugzeuge wiederkamen und ihre Bomben abwarfen.

Zum Tagesanbruch waren die Wunden versorgt. Dann belebte sich der Menschenwurm und zog weiter. Zwischen den hastenden Gestalten und Fahrzeugen, die ständig hupend im Schritttempo mehr standen als fuhren, vollbrachten die Menschen auf den Straßen ihr Tagwerk. Die Bauern droschen ihren Reis. Sie legten die Pflanzen einfach auf die Straße. Der Verkehr besorgte die Arbeit. Auch die Korbflechter saßen am Rand mit ihren Bündeln aus Bambusstangen, die die schweren Lkw-Reifen im Darüberfahren zerbrachen. In diesem Gewusel aus Rädern und Füßen rafften die Kinder die Körner zusammen, und die Bambusstangen wurden so lange gewendet, bis sie zu flachen Streifen zerbrochen waren.

»Die Fahrzeuge sollten schweigen, wenn man die Hupe drückt, das wäre einfacher«, dachte Beata, eingeklemmt zwischen Koffern, Paketen und Benzinfässern, dem Nachschub des Lagers im russischen Jeep der Kolonne.

Vietnam gleicht in seiner geografischen Form einem Hundeknochen. An den dicken Enden liegen die beiden großen Städte, Hanoi im Norden und Saigon im Süden. Der Landstreifen dazwischen ist schmal, teilweise nur fünfzig Kilometer breit. Die Grenze zu Laos wird von einem hohen Gebirgszug gebildet, an dem sich die feuchten Luftmassen aus dem asiatischen Kontinent abregneten und als trockene Fallwinde in Vietnam zur wohltuenden Klimatisierung wurden. Alles Wasser strebt zum Meer, doch die Verkehrswege verliefen parallel und kreuzten die Flüsse. Schon die Franzosen hatten leichtes Spiel, als sie Mitte des 19. Jahrhunderts Laos, Kambodscha und Vietnam zur Kolonie Indochina unterwarfen. Ihre Kriegsschiffe konnten vom Meer aus alle Straßen mit ihren Kanonen erreichen und die Transportwege unterbrechen.

Die Vietnamesen verlegten dann die Hauptwege immer weiter in das Landesinnere, bis die Grenze im Westen erreicht war und sie die wichtigste Versorgungsader, den Ho-Chi-Minh-Pfad[65] gebaut hatten. Doch Sicherheit gab es nicht, die Flugzeuge erreichten jeden Punkt im Land. Nur in der Nacht oder im Schutz des Dschungels konnte man sich unerkannt bewegen. *Agent Orange* nahm auch diese Deckung. Ganze Landstriche verkahlten, wurden landwirtschaftlich wertlos, für Generationen zur Lebensgefahr durch genetische Gifte, die das Erbgut veränderten und schreckliche Missbildungen an Kindern und Kindeskindern verursachten.

Müdigkeit hatte Beata übermannt. Auf der Straße gab es Aufregung, laute Stimmen. Der Verkehr staute sich an einer Furt. Die Flussdurchfahrt war verstopft. Fahrzeuge und Wasserbüffel drängten sich am steilen Ufer. Das Vorausfahrzeug der Gruppe, das die Ankunft im Lager vorbereiten sollte, war von Menschen umringt. Am Straßenrand hockten die vietnamesischen Begleiter, verstört und blass, unfähig zu einer Erklärung.

Steffen Rieger, der Elektriker aus Bitterfeld, erzählte eine wirre Geschichte: Man habe ein Militärfahrzeug überholen wollen und wahrscheinlich unbemerkt touchiert. Das sei von der Straße abgekommen und in das angrenzende Reisfeld gefahren. Eigentlich sei niemand zu Schaden gekommen, aber die Besatzung – hohe Offiziere auf dem Weg in den Krieg – flog in den Schlamm. Sie verfolgten das Fahrzeug, stellten es schließlich an der Flussdurchfahrt.

Nach einer Fahrerflucht im Krieg folgte für den vietnamesischen Fahrer unweigerlich ein standrechtliches Todesurteil. Das haben die Ausländer durch ihre Anwesenheit verhindert.

---

[65] Straßenverbindung von Nord nach Süd, diente der Armee als Transportweg;

Im letzten Licht des Tages, kamen sie endlich im Lager an, einem zerbombten, dreigeschossigen Gebäude, mit wenigen kleinen Hütten und Reisfeldern, soweit das Auge reichte. Das war also die Stadt, die einst Industrie- und Wirtschaftszentrum der Mittelregion Vietnams war, mit Hochschulen, Schwerindustrie und städtischem Leben. Nichts davon war geblieben. Die üppige tropische Vegetation hatte in der kurzen Zeit der Waffenruhe alles mit Sträuchern und Blattwerk überdeckt. Die Landschaft glich einem grünen Gräberfeld ohne Blumen.

Der Empfang war freundlich. Die Besatzung des Camps erwartete die Gruppe. Männer in khakifarbenen Hosen und Hemden mit Schulterstücken, manche mit Tropenhelmen, wie in den alten Afrikafilmen.

Beata hatte Krieg und Elend erwartet. Nun diese erdrückende Ruhe, kein Autolärm, Stille wie an einem Sonntagmorgen. Und zu bestimmten Stunden die harten Schläge auf irgendein Metall. Auf Bombenkartuschen, wie sie später feststellte, die den Tagesablauf in einer geregelten Abfolge markierten. Dieser metallische Klang würde sie ihr ganzes Leben lang als Verbindung zu Vietnam begleiten, mit jedem Hammerschlag irgendwo in einem Hinterhof in ihrer Nachbarschaft.

Die tropische Nacht kam ohne Dämmerung. Nach einem kurzen heftigen Aufglühen des Himmels in allen Farben fiel die Nacht wie ein schwarzer Vorhang. Die flackernden Öllampen vor den Hütten und den kleinen Verkaufsständen an der Straße waren dann die einzige Orientierung. Unbestimmte, verhaltene Laute von irgendwo verstummten nach und nach.

Beata richtete sich in der neuen Umgebung ein. Das Wenige des täglichen Lebens musste klug eingesetzt werden. Nägel und Bretter aus den Verpackungskisten wurden zu Schätzen für ihren Alltag. Sie versahen die Kleiderregale mit Lampen am Boden, um mit der aufsteigenden Wärme die Luftfeuchtigkeit zu mindern. Die Genügsamkeit in den Dingen des täglichen Lebens war beruhigend. Es gab keine Wahl in der Vielfalt: Das JA oder das NEIN bestimmten den Tagesablauf. Nach langen Regengüssen war dann in den Zimmern ein feiner Nebel, und alles Organische moderte. Unsichtbare Suppenflecken auf der Kleidung blühten in der Feuchtigkeit zu einem weißen, stechend riechenden Belag. Nur die Sonne hatte die Kraft, den Schimmel zu tilgen.

Die Versorgung wurde schwieriger. Haiphong, der einzige Hochseehafen im Norden drohte durch die Amerikaner vermint zu werden. Es mussten andere Wege gefunden werden. Die Gruppe bat die örtlichen Behörden um Seekarten der strandnahen Küstenabschnitte, doch die blockierten. Die Geheimhaltung im Krieg erzeugt Bürokratie. Die Experten beschafften sich aus eigenen Beständen Karten mit Angaben der Untiefen. Die Kapitäne der Handelsschiffe fuhren nun die Ankerplätze auf eigenes Risiko an. Die großen Frachter blieben auf Reede. Kleine Boote nahmen die Güter auf und brachten sie auf dem Blauen Fluss in den Hafen. Das verbesserte die Situation im Lager spürbar. Es kam nicht nur Lebensnotwendiges, sondern auch Schönes. Und wenn es Filme gab – von der Schiffsbesatzung ausgeliehen – fühlten sie sich fast wie zu Hause, mit Exportbier und Westzigaretten, die in Lizenz in Dresden bei *Yenidze* hergestellt wurden.

Beata war lange die einzige Frau und genoss den Schutz aller. Dann aber kamen die ersten Gattinnen, wurden Teil der Gruppe und brachten nach kurzer Zeit alles durcheinander. Wenn sie am Abend mit ihren Männern verschwanden, griffen die anderen zu Ersatzdrogen: Bier und Hochprozentigem. Beata blieb die Unberührbare. Sie umgab der Schutzschild der Kollegialität als ein angenehmes, sicheres Neutrum.

Junge Vietnamesen wurden vom Land zum Aufbau der Städte verpflichtet. Privates war auf das „Glückszimmer“ beschränkt, manchmal auch nur auf ein Bett mit schwarzem, blickdichtem Moskito-Netz. Das brauchte man in der Hitze und wegen der

Moskitos sowieso. Ach, das Glückszimmer, die jungen Mädchen kicherten, wenn es erwähnt wurde. Und es musste oft darüber gesprochen werden, weil es genauso wie Küche und WC zum Raumprogramm der Wohnheime gehörte.

Der Hafen von Haiphong wurde gesperrt. Schwerfällige Transportflugzeuge warfen Seeminen ab. Für zwei Tage waren sie harmlose Fässer, die im Meer dümpelten. Die Schiffe sollten Zeit haben – Wahnwitz des Krieges – den Hafen gefahrlos zu verlassen. Dann aber waren sie scharf, lagen knapp unter der Wasserfläche und wurden bei Berührung zu Mordmaschinen.

Zu bleiben oder den Hafen zu verlassen, wurde zum Politikum. Die privaten Reeder zogen ihre Schiffe ab. Der Osten blieb, machte seine eingesperrten Schiffe zum Symbol der Hoffnung für Vietnam. Aber solche Zeichen änderten nichts am Lauf der Ereignisse. Die Schiffe lagen über Jahre an der Kette und mussten durch eine Notmannschaft gewartet werden. Sie wurden die Zeugen eines erbarmungslosen Luftkrieges, den sich die Vietnamesen mit den anfliegenden Kampfjets lieferten.

Die Boote der vietnamesischen Luftabwehr versteckten sich in den langgestreckten Hohlräumen, die die vertäuten Schiffe direkt über der Wasserlinie zueinander ließen. Doch die trainierten amerikanischen Piloten hatten sie bald ausgemacht und schossen durch die dünnen Schiffswände der geöffneten Ladeluken.

Die fliegenden Festungen, die B52, konnten aus großer Höhe – anfangs unbehelligt von den Abwehrgeschützen – ihre Bomben abwerfen. Später fielen sie wie Tontauben vom Himmel. Ein vietnamesischer Professor hatte die Steuerung der russischen Abwehrraketen geknackt und verändert. Die Trümmer türmte man auf den Plätzen in der Stadt als Trophäen auf. Sie wurden zum Siegesversprechen für das gequälte Volk.

Rieger, der Elektriker, lud zur Parteiversammlung in die Kantine. »Ja, ja, auch die Nichtgenossen. Wir müssen über die aktuelle Lage informieren, das geht uns alle an.« Das betraf

Beata und einige andere der Gruppe. Rieger sah das locker. In dieser Exklave der DDR waren alle Genossen, einige mehr, andere weniger.

Rieger bekam die neuesten militärischen Informationen. Er war dann so etwas wie der Presseattaché des *Vietcong*.

»Der *Vietcong*«, dozierte er, »verfolgt eine Schachbrettstrategie, plänkelt in einem Gebiet mit kleinen und flinken Einheiten. Wenn die südvietnamesische Armee dorthin Truppen verlegt, schlagen sie mit massiven Verbänden im entgegengesetzten Gebiet zu und besetzen das befreite Karree.« Er bemühte sich wichtig zu sein. Sein Sächsisch stand aber dagegen. Deshalb hänselte ihn die Gruppe. Aber das störte ihn nicht. Sachsen sind gemütliche Menschen.

Im März fiel Da Nang[66]. Bestände mit nagelneuen Waffen und Fahrzeugen mussten die Amerikaner aufgeben. Alles wurde in den Norden gebracht, meist nachts und auf verstopften Straßen. Eines Morgens saß der Konvoi fest, direkt vor den Büros der Experten.

»Sehr euch das an«, kam Rieger grinsend von draußen.

Da standen riesige Fahrzeuge, die keiner bisher in natura gesehen hatte. Schon die Räder hatten einen Durchmesser von fast zwei Metern. Die Maschinen schienen wie von Geisterhand rangiert zu werden. Es war kein Fahrer zu sehen. Doch der kniete auf der Sitzbank, und ein zweiter hockte unten vor den Pedalen und bediente sie mit der Hand. Der amerikanische Goliath hatte sich in der kleinen Welt des vietnamesischen David festgefahren.

Als sie den amerikanischen Kampfpiloten Pete Peterson nach seinem Abschuss aus dem Reisfeld holten, überragte er die kleine Soldatin fast um das Doppelte. Fünfundzwanzig Jahre später wurde er der erste amerikanische Botschafter in Vietnam. Buddhisten kennen keine Rache, aber sie haben ein feines Gefühl für Symbolik.

---

[66] Stadt im Norden Südvietnams, wichtiger amerikanischer Militär-Stützpunkt

Die Lage wurde täglich unübersichtlicher. Versprengte Luftwaffenverbände überflogen das Gebiet. Die Vietnamesen gruben Erdlöcher als Schutz vor den Luftangriffen. Jeder von ihnen hatte seine Grube, in die er bei Gefahr verschwinden konnte. Aber die Deutschen hatte das nicht. Beata spürte die dumpfe Angst aus ihrer Kindheit vor dem Krieg, den sie nie sah, aber der immer da war. Wo sollten sie hin? In den Dschungel, wie gesagt wurde? Aber der war eine Tagesreise entfernt, und aus dem Kriegsgebiet erreichte man das Lager mit dem Kampfjet in zehn Minuten.

Überläufer aus dem Süden kamen, die mit ihrem Kriegsgerät um Asyl baten. So oder so, ihre Situation war schicksalsergeben. Wenn ihr den Donner hört, seid ihr noch am Leben. Der tödliche Blitz kommt zuerst. Asiatische Logik, die das Unabänderliche akzeptiert, ohne die wirkliche Gefahr aus den Augen zu verlieren.

Der Krieg ging im April 1975 zu Ende. Im Chaos der letzten Tage wurde er gefährlich, und sie steckten mittendrin. Man verschob die Pläne der Verlegung. Das Transportrisiko wog schwerer. Nach zwei Wochen kamen die ersten Flüchtlinge aus dem Süden. Wenige zwar, denn die meisten setzten sich mit Schiffen über das Meer ab. Fast zweitausend Jahre Krieg würden bald zu Ende sein, zuerst mit den Chinesen, dann mit den Franzosen und Japanern, schließlich mit den eigenen Leuten und den Amerikanern.

Das Vermächtnis von Ho Chi Minh[67], Vietnam zu befreien, sollte ein Geschenk zu dessen fünfundachtzigstem Geburtstag am 17. Mai 1975 sein. Die Freude über das Kriegsende brach im ganzen Land auf wie eine Knospe im Frühjahr. Die Jahre der Bombennächte in Todesangst und im Höllenlärm der Zerstörung waren überstanden. Doch die verwundeten, traumatisierten Seelen der Kinder blieben. Nur geschützt durch die Leiber ihrer

[67] Ho Chi Minh war der erste vietnamesische Staatspräsident nach der kolonialen Befreiung von Frankreich 1954. Er organisierte Partisanenkämpfe, war lange Jahre im Exil in Europa, meist in Paris und gehörte zu den herausragenden Intellektuellen Vietnams.

Mütter oder der größeren Geschwister warteten sie in panischer Angst und verzweifelt auf ein Ende des Infernos. Diese Erlebnisse quälten sich durch die Träume ihrer Jugend und wurden wach, wenn sich Flugzeuge am Himmel zeigten oder es irgendwo brannte. Und auch nach Jahren streifte der Hauch des Krieges die Menschen, weil *Agent Orange* die Böden vergiftet hatte. Die grässlich entstellten Kinder wurden nicht gezeigt, aber sie waren Teil ihrer Familien und mussten versorgt werden. Sie erwartete ein langes schweres Leben ohne Hoffnung und Freude. Keiner hatte die Verantwortung übernommen oder Wiedergutmachung geleistet. Die USA hatten in Vietnam einen völkerrechtswidrigen Krieg geführt. LeMay[68] wollte das Land in die Steinzeit zurückbomben.

Die Überwachung der Deutschen war allgegenwärtig. Man hatte für ihre Sicherheit zu sorgen. Es herrschte Krieg. Der einzelne Radfahrer, der im Abstand folgte, wenn sie Ausflüge machten, war ihnen vertraut. Nie näherte er sich auf weniger als zweihundert Meter, und nie hatten sie sein Gesicht gesehen. Seine Augen waren immer hinter einer dunklen Sonnenbrille verborgen. So schien er wie ein Schatten, der der Bewegung folgt. Vielleicht galt diese Sorge auch Ngyen van Song, dem alten Gelehrten, dessen Haus am Nuy Quiet über den Reisfeldern des Blauen Flusses lag. Er hatte in den Zwanzigern in Berlin Philosophie und Literaturwissenschaften studiert, sprach hervorragend deutsch und kannte die Werke der Klassiker besser als seine deutschen Besucher. Lange Passagen aus Goethes *Faust* rezitierte er fehlerfrei.

Da er auch lange in Paris gelebt hatte und Französisch fast als zweite Muttersprache beherrschte, bereitete ihm das R – wie sonst den Asiaten – keine Schwierigkeiten. Er hätte an jedem europäischen Sprechtheater bestehen können.

---

[68] Curtis Emerson LeMay, amerikanischer Luftwaffengeneral.

»Aber die Sonne duldet kein Weißes:
Überall regt sich Bildung und Streben,
Alles will sie mit Farben beleben;
Doch an Blumen fehlt's im Revier,
Sie nimmt geputzte Menschen dafür.
Kehre dich um, von diesen Höhen
Nach der Stadt zurückzusehen.
Aus dem hohlen finstern Tor
Dringt ein buntes Gewimmel hervor ...«

In solchen Momenten schien er sich aus seiner Zeit zu entfernen, versunken in der Schönheit dieser Texte, die er mit geschlossenen Augen in einem Zustand inniger Hingabe genoss. Diese Theatralik war Beata Becker fremd. Ihre emotionale und philosophische Bildung wurde nicht von den Klassikern der Literatur oder den Lehren der alten Philosophen bestimmt. Ihre Schulbildung war die Geschichte der deutschen Arbeiterbewegung, die kaum Gelegenheiten bot, sich in den Tiefen des Denkens mit dem Sein im umfassenden Sinne auseinanderzusetzen.

»Das ist jetzt so nötig in unserem Land«, schien er wieder im Diesseits zu erwachen. »Goethes *Osterspaziergang* ist wunderbar. Jetzt, wo der Winter – der politische Winter – in unserem Lande vorbei ist, bricht alles auf und belebt sich, ja wirklich, mit des Frühlings holdem, belebendem Blick. Wenn doch endlich die Weisheit früherer Generationen unser Bewusstsein erfassen würde. Wir Menschen beginnen immer wieder von vorne mit allen Fehlern, schmerzlichen Erfahrungen, Verletzungen und Selbstzerstörungen, das ist unsere evolutionäre Tragik.«

Ngyen van Songs Wesen war Harmonie in allem, in seiner warmen wohlklingenden Sprache, seinen Bewegungen, seinem Denken. Er vermochte Gegenteiliges dort zusammenzufügen, wo Verbindungen nützlich waren, und zu trennen, wenn Schlechtes zu entstehen drohte. Die schroffen Kalksteinfelsen in der weiten Flusslandschaft schienen Sinnbilder seines Denkens zu sein. Sie fingen den Blick, ohne die Weite zu begrenzen. Sie waren die Einheit von Körper und Geist in ihrer ganzen Ursprünglichkeit der Gegensätze, die das Denken im Neuen ermöglichten. Daraus schöpfte Ngyen van Song die Kraft seines Geistes, seine Inspiration des Yin und Yang[69].

Es wurde sein innerer Frieden, wenn der Morgen erwachte, dann das Tagewerk getan war und die Abendsonne in warmen Farben in die Stille der Nacht versank.

»Einsamkeit und Altwerden sind wie verschüttete Milch oder geronnene Zeit«, philosophierte er oft, in sich gekehrt mehr im Selbstgespräch. »Du denkst, dass es ein Genuss gewesen wäre, etwas davon zu trinken, es dann doch nicht getan hast, um dir Gutes zu bewahren, aber schließlich wischt das Leben alles weg, und du folgst dem nächsten Gedanken. Es sind schöne Erinnerungen an etwas, was man hatte, haben konnte oder nicht bekam, und es ist die Kunst, sich ohne Verdruss damit abzufinden. Doch bei allem hast du ein Recht auf dich, du musst dich lieben, um andere lieben zu können: das ICH durch das WIR zu ersetzen. Wenn die Lebenszeit bewusster in eine Verantwortung für die Nächsten und das Ganze gestellt würde, könnte jeder Einzelne das Gefühl des Guten und eine persönliche Freude erfahren. Alle Lebens- und Moraltheorien sind darauf gegründet. Jesus suchte das Liebesgebot. Kant verpflichtete jeden im Kategorischen Imperativ, so zu leben und zu handeln, dass es zum allgemeinen Verhaltensgesetz werden könnte.«

Ngyen van Song hatte allem Weltlichen entsagt und sich in sein Haus zurückgezogen, hoch oben über die Ebene, umgeben von blühendem Oleander und mit vielen Büchern. Auch sein Jugendfreund Ho hatte es nicht vermocht, ihn in der Politik zu halten. Er würde krank werden, seelisch krank, und immer mit

[69] Yin und Yang: Gegensatzbegriffspaar aus der altchinesischen Philosophie, im Abstrakten und Konkreten mit vielen Bedeutungspaaren, z.B.: Nehmen und Geben, männlich und weiblich, kühl hart und warm wohlfühlend usw.

sich und den Entscheidungen hadern, die er treffen müsste ohne innere Überzeugung.

»Politiker sind bisweilen Lügner aus Staatsräson«, bedauerte er oft. »Das verändert die Persönlichkeit. Wer sich darauf einlässt und ehrsam ist, wird innerlich zerrissen und droht krank zu werden. Alle anderen begeben sich in die Gefahr der Skrupellosigkeit und der geistigen Prostitution.« So wurde er Eremit des Denkens, ohne dem Leben und den Grausamkeiten der Kriegswirklichkeit zu entkommen.

Dieses Inferno spielte sich direkt zu seinen Füßen immer wieder ab, weil der Fluss die Straße nach Süden unterbricht und nur Schiffsfähren beide Ufer verbanden. Wenn die Boote, beladen mit Menschen und Fahrzeugen auf dem Wasser waren, kamen die kleinen amerikanischen Skyhawks und beschossen sie. Was dann übrig blieb, trieb Stunden später im offenen Meer und musste geborgen werden. Mehrmals in einer Woche bangte er um sein Leben. Die explodierenden Granaten fegten heiße Luftstöße herauf. Dann ächzte seine kleine Hütte wie im Schmerz.

Er kannte Ho Chi Minh seit seiner Jugend. Seine Familie kümmerte sich um den Halbwaisen Ho, dessen Vater als angesehener Lehrer oft in der alten Kaiserstadt Hue sein musste. Sie trafen sich später in Europa, in Paris und Berlin, hatten Visionen und Träume, die Welt zu verbessern. Sie waren verbunden in freundschaftlichem Vertrauen.

Später unterschieden sich oft ihre Ansichten. Als nach Dien Bien Phu[70] viele Menschen in den Süden des Landes auswan-

[70] Am 7. Mai 1954 schlug die Vietnamesische Unabhängigkeitsbewegung, die Viet Minh, die französische Kolonialmacht mit der Eroberung der französischen Festung bei der kleinen Stadt Dien Bien Phu und beendete die französische Kolonialherrschaft. Mit dem Genfer Indochina-Abkommen wurde 1955 die Teilung Vietnams am 17. Breitengrad in die Demokratische Republik Vietnam im Norden und der Republik Vietnam im Süden eingeleitet. Nach bewaffneten Zwischenfällen griffen die USA 1961 auf Seiten des Südens militärisch ein. Der sogenannte Vietnamkrieg nahm seinen Anfang.

derten und die junge Republik keinen Weg fand, die nationale Einheit zu erhalten, trennten sich ihre Wege. Es gab zwischen ihnen nie eine Feindschaft. Aber Ngyen van Song lehnte es ab, in die Regierung einzutreten. Er genoss in den langen Jahren immer einen besonderen Schutz, unauffällig, doch beständig, auch als Ho Chi Minh gestorben war. Er sollte nicht als Opposition missbraucht werden.

Ngyen freute sich, wenn die befreundeten Deutschen vorbeischauten. Beata Becker hatte häufig in der Nähe zu tun. Ein Glas Kokosmilch gab es bei ihm immer, die er in einem befeuchteten Tontopf kühl hielt, wie es Tradition war.

»Was heißt eigentlich das BOM auf den kleinen Betonkreuzen, die im Stadtgebiet auf der Trasse einer geplanten Abwasserleitung stehen«, wollte sie bei einem ihrer Besuche wissen.

»Bom«, antworte der alte Mann etwas gedehnt, »Bom heißt Bombe. Wo liest du das? Auf bombardierten Flächen?«

»Wahrscheinlich.«

»Da liegen noch Blindgänger«, sagte Herr Ngyen.

»Und, können die noch explodieren?«

»Das weiß keiner. Es sollen chemische Zünder sein«, sagte er ernst.

»Aber das scheint auf der Baustelle niemanden zu beunruhigen«, wunderte sich Beata. Sie hatte sich vor einigen Tagen auf ein solches Kreuz gesetzt, um aus ihren Schuhen den Sand zu entfernen.

»Woher wisst ihr das mit den Blindgängern?«

Ngyen van Song wandte sich ihr nun ganz zu. In seinem Gesicht spielten Stolz, Verschmitztheit und ein wenig Ängstlichkeit. Er lächelte, wie sie es an ihm liebte, und sagte verschmitzt wie ein Junge, der ein Geheimnis preisgab: »Wir haben die Bombeneinschläge gezählt.«

»Was habt ihr?«

»Du hast schon richtig gehört. Bei den Angriffen haben viele Beobachter gezählt, wie viele Bomben gefallen sind und wie oft es Detonationen gab. Und wir haben durch die vielen Berichte einen recht genauen Überblick bekommen, auch, über die Zahl der Blindgänger.«

»Das ist unglaublich.«

»Hat aber ganz gut geklappt. Und dann haben wir ja auch die Trichter und die Spur der nicht explodierten Bomben sehen können, und die wurden markiert mit dem kleinen Betonschild und dem Hinweis BOM.«

Wann die Säure den Schutzmantel des Zünders zerfressen haben würde, wusste niemand. Das ganze Land lag auf einem Netz unbestimmter tödlicher Gefahren, die noch Jahre nach dem Krieg Angst verbreiten würden. Noch gefährlicher waren die Granaten in den Feldern und die Splitterbomben, deren ausgeworfene Sprengkörper wie Apfelsinen oder Kinderbälle aussahen und bei Berührung explodierten.

Im Anflug auf Hanoi hatte Beata einen Piloten gefragt, wie ziviler und militärischer Verkehr in solchen Kriegsgebieten zusammenkämen. Man habe sich, antwortete der Pilot sachlich, international auf einen Höhenkorridor geeinigt, der von den Flugabwehrraketen nicht erreicht werde und den die Militärmaschinen respektiert hätten.

»In unseren Statistiken steht, dass mehr als zwei Millionen Tonnen Bomben und Granaten während des Krieges auf Vietnam gefallen sind«, setzte Herr Ngyen fort. »Das ist etwa so viel wie im Zweiten Weltkrieg – auf alle Länder verteilt – abgefeuert wurden.«

»Und da habt ihr den Überblick behalten? Da muss doch jeder Quadratmeter umgepflügt worden sein!?«

»Ja, das ist wohl so an manchen Orten«, antwortete der alte Gelehrte nachdenklich.

In seiner Stimme lag kein Hass. Nur manchmal glaubte Beata, in seinen Augen, wenn er die vietnamesischen Erfolge im Krieg erwähnte, Genugtuung zu erkennen. Dann schien er europäisch zu denken.

»Weißt du, Beata«, sagte er mit seiner weichen, fast liebevollen Stimme, »nach den Lehren Buddhas tragen wir nichts nach. Wir leben in der Überzeugung einer höheren Gerechtigkeit, die sich menschlicher Vernunft entzieht. Buddhismus ist *Ertragen* und sich in Gegebenheiten einzurichten. Das gebietet der Respekt vor dem Nächsten, nicht zu missionieren oder andere zu vereinnahmen, ihnen nicht den eigenen Willen aufzuzwingen. So erklärt sich die Verehrung von Ho Chi Minh auch in den Pagoden. Sein Bild steht auf den Altären neben Buddha, dessen Lehren in den Grundsätzen auch sein Leben bestimmt haben. Aber er wollte die Erfüllung seiner Ideale schon im Diesseits. Das trennte ihn von aller religiösen Mystik. Machte ihn angreifbar und stark zugleich, war die Basis seiner Verehrung fernab von politischer Erwägung. Ho Chi Minh ertrug die Anfeindungen, weil er in der buddhistischen Lehre verwurzelt war, um, wie die altchinesischen Philosophen, durch Askese zu höherer Erkenntnis zu gelangen. Das Nirwana zu erfahren, ist im Unkonkreten konkret. Es beschreibt eine emotionale Ebene als höchste Form von Gleichklang und Harmonie. Es trennt sich von allen Begierden und Süchten, ohne auf das Natürliche zu verzichten. Es kennt weder Hass noch Rache oder Leidenschaft, die das Böse auslösen. Nichts lässt sich im Leben zurückholen. Alles ist geschehen. Es gibt keine Absolution. Daraus entsteht eine natürliche Hochachtung vor dem Nächsten. Das ist der einzige Weg für ein wohlgefälliges Leben und das Ziel allen Strebens.«

In diesen Gedanken fühlte sich Beata dem alten Gelehrten Ngyen van Song sehr verbunden. Seine Lebensweisheit brachte das abstrakte Überirdische und das diesseitige Wohlverhalten jedes Einzelnen in einen natürlichen Zusammenhang. Das ermöglichte ihr, auch über das Christentum nachzudenken, das sich im Denken viele Hintertüren offenhielt und Verfehlungen in die Entscheidungen des Einzelnen stellte. Die Menschen in Vietnam verstanden noch die Sprache des Herzens und der Emotionen, die der Westen durch zweckbestimmtes Denken und Regeln ersetzt hat.

»Weißt du Onkel Song«, sagte sie nach einem Gespräch, »Es ist schade, dass es nicht mehr eure kulturelle und philosophische Hochkultur des Mandarinats[71] der altasiatischer Beamten in der Neuzeit gibt. Es würde uns besser gehen«

[71] Aus China auch in Vietnam eingeführtes Beamtentum, das die Bewerber streng nach den konfuzianischen Lehren auf hohem intellektuellem Niveau auszubilden verpflichtete.

Realitäten

Die Beerdigung hatte bereits stattgefunden, als Beata die Nachricht vom Tod ihrer Mutter erhielt. Sie machte sich Vorwürfe, überhaupt nach Vietnam gefahren zu sein. Die Mutter war zwar gesund, aber nach dem Tod der Großeltern war sie einsam geworden. Die familiäre Bindung war aufgelöst, und sie erwog sogar, nach Siebenbürgen zurückzugehen. Beata redete ihr das aus. Es sei besser, in der angestammten Heimat zu bleiben. Und Rumänien könne trotz des wirtschaftlichen Aufschwungs, der vom Westen finanziert wurde, nicht alleine bestehen. Beatas Mutter blieb also. Doch als sie sich als Frau nicht mehr attraktiv genug fand, vertraute sie Beata ihre wirklichen Pläne an. Sie wollte über Rumänien nach Köln zu einem verwitweten Jugendfreund, den sie bei einem Klassentreffen nach Jahren in ihrer Dorfschule wiedergesehen hatte. Das war dann aber zu spät. Rumänien hatte sich durch Ceauşescu politisch so isoliert, dass kein vernünftiger Mensch das Ansinnen, dorthin auszuwandern, ernst nahm. Jetzt war ihre Mutter einsam verstorben, zwar in ihrer Heimat, aber doch alleine.

Beata entschied, ihren Vertrag zu beenden. Für den Antrag gab sie persönliche Gründe vor. Sie wurde ohne Probleme entlassen. Ihre Aufgaben waren ohnehin erfüllt. Es mussten erst einmal die Pläne der Raumordnung und Entwicklungslinien des neuen Vietnams überarbeitet werden. Die Vereinigung des Nordens mit dem Süden stand bevor.

Schon eine Woche später flog sie zurück. Man hatte ihr vier Koffer gefüllt mit Marmorgestein aus den laotischen Bergen mitgegeben. Das sollte auf Tauglichkeit und Vermarktung in Europa untersucht werden. Keinen der Koffer konnte sie tragen. Sie hoffte auf einen direkten Rückflug nach Berlin. Inzwischen waren die sowjetischen Langstreckenflugzeuge, die Il 62, eingesetzt worden, die über die Südroute – Iran, Irak und Italien – nonstop nach Berlin fliegen konnten.

Die Maschine hatte aber irgendeinen Defekt und landete in Paris. Die Passagiere mussten ihr Gepäck in Empfang nehmen und auf eine Ersatzmaschine warten. Beata schleifte die Koffer am französischen Zoll vorbei, der sie argwöhnisch musterte. Sie hatte weder einen Schlüssel zum Öffnen noch irgendwelche Papiere, die den Kofferinhalt amtlich erklären würden. Ihr Französisch war miserabel, und Englisch wollten die Beamten nicht mit ihr sprechen. Nach zwei Stunden waren sie wohl überzeugt, eine harmlose Irre aus dem Osten vor sich zu haben. Wer sonst schleppt freiwillig Steine durch die Welt? Die Koffer setzte der Zoll erst einmal fest, bis eine entsprechende Bescheinigung vorliegen würde. Möge sich die DDR-Botschaft in Paris um die Auslösung der Felsbrocken kümmern. Beata war froh, auf diese Weise den Ballast losgeworden zu sein. Sie nahm Urlaub, um die Wohnung ihrer Mutter auszuräumen, ihr Grab herzurichten und Ruhe zu suchen, sich wieder in die Verhältnisse der Hast und Eile einzufinden. Ihre kleine Junggesellenwohnung hatte in ihrer Abwesenheit ein Studentenehepaar bewohnt und gepflegt. Es war im Frühjahr mit dem Studium fertig geworden und wollte die Stadt ohnehin verlassen. Beata konnte, ohne zu warten, wieder einziehen. Zwei geschnitzte Buddhas – einen dicken in der Phase der Völlerei und einen ausgezehrten asketischen – stellte sie sich auf ihren Schreibtisch. Den dicken rechts und den mageren gegenüber. Das gab ihr das Gefühl, die Vernunft dazwischen zu sein, wenn sie die europäische Hektik zu vereinnahmen drohte.

Sie hatte sich entschieden. In die Enge einer Universität wollte sie nicht zurück. Sie war ungebunden und frei. Ihre letzte Verwandte war mit ihrer Mutter gestorben. Sie bewarb sich und erhielt auf einer Großbaustelle eine Perspektive als leitende Ingenieurin. Die Fertigstellung der riesigen Anlage, so rechnete sie, würde mit ihrem Rentenalter zusammenfallen. Ein Einfamilienhaus aus dem GENEX-Katalog[72] und die verkürzte Wartezeit für einen Pkw *Wartburg* waren in Aussicht gestellt worden. Ihre Lebensplanung schien vollkommen.

Die Auflösung der Wohnung war einfacher, als sie erwartete. Ihre Mutter hatte alles wohlgeordnet hinterlassen, in Bündeln und Päckchen, mit Zetteln versehen. Diese weitsichtige Vorsorge für die Dinge nach ihrem Tode versetzte Beata in eine tiefe Traurigkeit. Sie weinte und war verzweifelt, ihre Mutter nicht noch einmal umarmt zu haben. Nirwana, Nichts oder Ewigkeit im transzendenten Sein? Sie dachte an das klaglose Elend, das sie gesehen und gefühlt hatte von Menschen, die nach ihren Maßstäben niemals glücklich sein konnten und dennoch so schienen.

Beata begann im Herbst ihren Dienst. Die Leitung der Baustelle war in einer Holzbaracke untergebracht. Viele Räume waren noch leer. Die ersten Pläne lagen vor, aber die Baubetriebe hatten sich noch nicht eingerichtet. Sie hatten noch Aufträge, eigentlich Frondienste, in Berlin zu erfüllen wie alle anderen Betriebe auch. Verpflichtungen, die über das ZK[73] und die Ministerien an die örtlichen Parteileitungen und Vorsitzenden der Bezirke ergangen waren.

Den täglichen Westtouristen sollte der Unterschied zu Westberlin nicht so krass erscheinen. Alle hatten etwas beizusteuern. Später auch Beatas Baustelle.

Sie konnte und wollte den volkswirtschaftlichen Blödsinn nicht verstehen, wenn das Material von ihrer Baustelle nach Berlin umgelenkt werden musste und dort nur noch ein Viertel wert war. Was in Berlin verbaut wurde, entsprach zu Hause etwa dem Vierfachen der Planerfüllung. Militärisch organisierte Baustäbe

---

[72] DDR Handelsunternehmen, das gegen harte Währung westliche Konsumgüter verkaufte.

[73] Zentralkomitee der SED: War in allen Entscheidungen das höchste Gremium und stand de facto über den jeweiligen Fachministerien.

hatten Sondervollmachten und kannten kein Pardon, wenn die Landesbezirke in diesem Punkt nicht parierten. Dessen musste sie sich schnell bewusst werden, und sie beugte sich den Anweisungen. »Einsicht in Unabänderliches und nur zu ertragen im Wissen des Unabwendbaren«, hatte Onkel Song bisweilen geraten. Wenn Beata morgens ihren Inspektionsgang machte oder mit dem robusten russischen Jeep zur Baustelle fuhr, genoss sie die noch unberührte Landschaft und die Ruhe des Waldes. Manchmal stieg sie aus und legte sich in das weiche Moos. Die Baumwipfel über ihr waren wie Kindheitsmuster, wenn sie sich beim Pilzesuchen ausgeruht hatte und dem Wind zusah, wie er über ihr mit den biegsamen Fichten spielte.

Das Klima auf der Baustelle war gut. Viele durften sie bald mit dem vertraulichen BB ansprechen. Sie fühlte sich wohl. Sie gehörte zu ihnen. Ihr Yin und Yang fanden sich.

Die Bauleute fraßen sich mit den schweren Maschinen nun jeden Tag tiefer in den jungfräulichen Boden. Die Landschaft verlor ihre Unschuld. In den Schürfgruben stellten die Geologen fest, ob der Fels sich als Fundament der schweren Bauwerke eignen würde. Und sie trieben tiefe Löcher in den Berg, um mögliche Schwächen in der Tiefe zu finden. Die Revierförster sahen dies alles mit Bitterkeit. Ihre Existenzberechtigung schwand mit jedem Baum, der gefällt wurde.

Sie wetteten mit den Ingenieuren, dass deren Prognosen zum Baugrund auch ohne die Erkundung zuträfen. An der Art der Bäume und wie die Stämme wuchsen, wussten die Förster, in welchem Boden die Wurzeln steckten. Und dennoch gehörten sie bald zu den Verlierern. Große Waldflächen wurden nach und nach gerodet. Das Wild flüchtete. Die Luft war erfüllt mit Baulärm von Fahrzeugen, die riesige Felsberge abtransportierten, und von Baggern, die sich in die Flanken der Hänge gruben. Beata bestimmte nun über all diese Maschinen, Menschen und Flächen, die sich mit Lagern, Bauschuppen und Bürobaracken überzogen.

Für echte Bauleute hatten Frauen auf einer Baustelle nichts zu suchen. Beata fühlte ihre abschätzigen Blicke. Im Grunde hatten die Männer recht. Beata hatte keine Ahnung von Baustellen dieses Ausmaßes, aber viele der Klugscheißer unter ihr auch nicht. Sie konnte zuhören und lernen. Und ihr Doktortitel war gegen die Kritiker ein schützender Wassergraben, den sie nicht überwinden konnten.

Als Staatlicher Leiter wurde sie regelmäßig in die Kreisparteileitung einbestellt. Sie hatte sich zu verteidigen, wenn die Planziele nicht erreicht wurden oder in den umliegenden Kneipen die Bauarbeiter unzüchtige Lieder sangen. Sie nahm die Ermahnungen ernst, aber nicht verbissen. Um zu bestehen, musste man einen goldenen Mittelweg finden. Darin war sie unübertroffen. Und wenn nötig, meditierte sie sich die Probleme einfach weg, im Stillen, denn für die Genossen wäre das Exorzismus, nur anders herum.

Der lange Winter wollte nicht weichen. Der Schnee lag fast bis April und behinderte die Bautätigkeit. Eine der großen Zubringerstraßen sollte bis Juni wenigstens befahrbar sein. Alle weiteren Termine hingen davon ab. Die beiden Enden der Straße waren schon im Herbst des Vorjahres herangeführt worden. Eine Bergnase sollte gesprengt und profiliert werden. Die Lafetten konnten nicht auf die Ansatzpunkte der Bohrebene des Felsens gehoben werden. Die Kräne versanken im Morast. Wegen des Schnees waren die Vorbereitungsarbeiten nicht rechtzeitig fertiggestellt worden. Beata holte die Bauführer, um mit ihnen ein Notprogramm zu beraten. Die Mannschaft hatte miese Laune, weil sie schon im vergangenen Monat auf die Staatsplanprämie[74] verzichten mussten. Sie hatten die staatlichen Vorgaben nicht erfüllt. Als Beata einen Wochenendeinsatz anordnete, um die Sprengvorbereitungen zu treffen, maulten die Arbeiter.

[74] Ein Teil des monatlichen Lohns, etwa zehn bis zwanzig Prozent, war bei großen zentralen Bauvorhaben an die Erfüllung der Planvorgaben gebunden.

»Wie stellst du dir das vor«, sagte Alfred Remmler, ein stämmiger Südthüringer. »Wir bringen den Autokran nicht bis ran, und selbst wenn, können wir die Bohrgeräte nicht sicher aufstellen.«

»Wir müssen«, platzte sie ihm ins Wort, »sonst kannst du dir die Planprämie auch die nächsten Monate in den Mond schreiben.«

»Ich brauche eine Verankerung über den Ansatzpunkten der Bohrgeräte«, ließ Remmler nicht locker.

»Ich werde die Freunde[75] bitten, uns zu helfen. Sie müssen uns einen Panzer stellen. Wir geben ihnen Lebensmittel und Kohlen zum Heizen, dann machen die das.«

»Wie soll das gehen?«, fragte Remmler, sichtlich friedlicher gestimmt.

»Ich spreche mit Pjetr Komarow, dem Kommandanten, das ist ein feiner Kerl. Den kenne ich von den DSF[76]-Veranstaltungen. Wir haben über alte Zeiten in Moskau gequatscht und festgestellt, dass wir uns wahrscheinlich schon gesehen haben, dort im *Arpad*, damals noch ein Nobelrestaurant mit dem besten Wodka, einem *Stolitschnaja* vom Feinsten.«

Das wollte keiner der Bauführer wissen. Die Aussicht auf die monatliche Gehaltsprämie war für sie wichtiger.

»Na, dann sprich mit ihm und besorg' uns einen Panzer, Chefin.« Remmler wurde spitz. Die anderen feixten. Beata ärgerte sich. Verdammte Verhinderer, fluchte sie. »Ich lass mal anrufen, ob Peter überhaupt da ist.«

Karin, die Sekretärin, feixte auch, als sie den Grund des Anrufs hörte.

»Ich gann aber geen Russisch«, sagte sie im Weggehen im breitesten Sächsisch.

»Was habt ihr eigentlich in den zehn Jahren Russischunterricht gelernt?«, stänkerte Beata. Sie war aus Gorl-Morks-Stod, der

---

[75] Ironisch gemeinte landläufige Bezeichnung für Soldaten der sowjetischen Truppen in der DDR.

[76] Gesellschaft für Deutsch-Sowjetische Freundschaft; parteiähnliche Vereinigung.

Stadt mit den drei O, wie sie immer betonte und auch, dass sie nicht auf den Mund gefallen sei.

»Nina, Nina, tam Kartina, eto Traktor i Motor[77], reicht das nicht?«

Beide Frauen kannten sich von einer gemeinsamen *Jugendtourist*reise in das bulgarische Nessebar und waren erstaunt, sich hier zufällig wieder getroffen zu haben. Es war ja auch etwas zwischen ihnen gelaufen, ein sonniger Urlaubsrausch, der wohl mehr Karin als Beata nahegegangen war. Sie hatten sich nie wieder gesehen. Mit dem Abstand der Jahre freuten sie sich über diesen Zufall. Es wurde für sie eine kleine Insel im Meer des Unbekannten. Die Glut des Herzens war der Vernunft des Kopfes gewichen, wie es Karin etwas gestelzt auszudrücken pflegte. Aber das vertraute BB, für Beata Becker, blieb. Alle auf der Baustelle hatten sich an das besondere Verhältnis der beiden Frauen gewöhnt. Manchmal wurde auch etwas getratscht, mehr nicht. Man hatte ja sonst nichts im tiefen Tal des Waldes, in das noch nicht einmal ordentliche UKW-Sender, geschweige denn Westfernsehen, durchdrangen.

»Die Freunde nehmen nicht ab«, rief Karin durch die geöffnete Tür in das Chefzimmer.

»Na probier's halt noch mal später«, blaffte Beata zurück. Es klappte so gut wie nichts. Mal fehlte Diesel für die Fahrzeuge, oder sie musste, um den Schrottplan zu erfüllen, fabrikneue Baggerschaufeln an den staatlichen Schrotthandel abführen. Die wurden dort gewogen, registriert und konnten gleich wieder mitgenommen werden, jetzt als deklarierter Schrott. Den Plan hatten dann beide erfüllt, die Kollegen vom VEB-Schrotthandel und die Baustelle auch. Die geringen Rückkaufgebühren für das Schrottteil ließen sich verkraften. Auch von solchen Aktionen hingen die monatlichen Prämien aller Mitarbeiter ab.

---

[77] Russ.: Nina, Nina, dort ist das Bild, das ist der Traktor und der Motor; verballhornter Spruch der Anfänger in der fünften Klasse im Russischunterricht.

Beata Becker hatte sich am Anfang noch aufgeregt. Die Genossen der Kreisleitung gaben ihr zwar unter vier Augen recht, aber was konnte man gegen Windmühlen machen, sagten sie, insbesondere wenn sie in Berlin standen? Und dann mussten sie auch noch die Inspektoren der Arbeiter und Bauern, der ABI[78], fürchten, die unangemeldet auf der Baustelle auftauchten und nach gehorteten Reifen und gebunkertem Diesel fahndeten.

Solche Reserven waren für einen ordentlichen Bauablauf notwendig und wurden wie Goldbarren gehütet. Die ABI fand sie nie. Wenn ein Wintereinbruch mehr Räumeinsatz erforderte als geplant und der kontingentierte Diesel nicht reichte oder ein Reifen eines Kippers wegen der scharfen Felsbrocken wegflog und ersetzt werden musste und die Leute maulten, weil die Prämie durch den Stillstand futsch sein würde, ließen sich diese Sesselfurzer – Karins Originalton – auch nicht sehen.

»Könnt ihr mal durchrechnen, wenn wir den Panzer kriegen und mit dem Bohren anfangen, wann wir den Zubringer dann fertig haben?« Remmler hatte das schon gemacht.

»Etwa acht Wochen, wenn alles klappt und du genug Fahrzeuge kriegst. Wir brauchen aber zwei Bagger.«

»Die Russen sind dran«, rief Karin aufgeregt.

»BB, gannste bitte mal schnell gommen? Ich versteh den Golleschen nich.«

»Momento, momento«, rief Karin aufgeregt in den Hörer.

»Das ist aber kein Russisch«, stichelte Beata, als sie den Hörer nahm.

»Kto goworit?«[79] Doktor Becker konnte sich einigermaßen auf Russisch verständigen. Karin registrierte: Die hat etwas auf dem Kasten. Sie ist nicht nur so ein Doktorfuzzi, wie einige aus

---

[78] Abk.: Arbeiter- und Bauern-Inspektion, staatliches Aufsichtsorgan mit Sanktionsmöglichkeiten, um Materialverschwendung, Bummeleien oder Diebstählen in den VEB-Betrieben zu begegnen.

[79] Russ.: Wer spricht dort?

der Kombinatsleitung, die sich nur aus der Ferne aufspielen und auf der Baustelle, wenn es konkret wurde, wie Taschenmesser zusammenklappen.

»Sdrawstwuitje, moschno pogoworit s Petrom Alexeandrowitschom, goworit Beata Becker, natschalnik, stroiki gidroelektrostancii. Schdu, spasibo.«[80]

Karin staunte. Mal sehen, ob sie den Panzer lockermachen kann.

»Goworit Beata Becker. Pjetr, sdrawstwui, kak dela?«[81] Karin spitzte die Ohren, obwohl sie kein Wort verstand. Beata schickte sie mit einer mürrischen Handbewegung aus dem Zimmer.

»Was macht dein rumänischer Freund«, stänkerte Remmler, der im Vorzimmer wartete.

»Das geht dich gar nix an.«

»Stimmt schon, ich wollte nur wissen, ob ein Fest zu erwarten ist.«

»Auch das hat dich nicht zu interessieren, denn du wirst nicht eingeladen«, konterte Karin ebenso direkt.

»Ist der nicht Zigeuner, Karin?« Remmler bohrte tiefer. »Da spielt er ja einen guten Bogen, auf der Geige und sonst bestimmt auch, oder?«

»Da hast du ausnahmsweise recht, Remmler, alles Dinge, die du nicht kannst. Bleib doch lieber bei deinem Tanzmöhrentrick, da blamierst dich wenigstens nicht.«

Remmler hatte mit Karin vor einiger Zeit etwas, das wussten alle. Wegen seiner Körperfülle haben sie ihre Witze gemacht. Remmler bekam einen roten Kopf. »Marke Osram, zweitausend Watt«, nahm Karin genüsslich zur Kenntnis. Sie hatte wieder Oberwasser.

»Ist dir nicht wohl, Remmler?« Jetzt trat sie nach.

Beata legte auf und kam ins Vorzimmer.

---

[80] Russ.: Guten Tag, kann ich Peter Alexandrowitsch sprechen? Hier ist Beata Becker, Chef der Baustelle des Wasserkraftwerkes. Ich warte. Danke.

[109] Russ.: (...) Peter? Grüß dich, Wie geht's? Hier ist Beata Becker.

»Wir kriegen den Panzer, sofort, wenn wir wollen. Ich habe etwas von einem Unfall und Sondereinsatz erzählt. Das kann Komarow selbst entscheiden. Er nimmt die deutsch-sowjetische Freundschaft ernst.«

»Und was will er haben?« Remmler hatte sich wieder gefangen.

»1:1«

»Was, 1:1?«, fragte Remmler.

»Na einen Lkw Kohlen und einen Lkw Kartoffeln. Die Kartoffeln kriege ich von der LPG. Dafür bauen wir denen ein paar Wege. Die Kohlen schickt der Kohlenhandel für die Aushilfe bei Transporten, wenn bei denen wieder einmal die halbe Flotte steht, weil sie keine Ersatzteile haben. Schaut, dass ihr die Vorbereitungen entsprechend hinkriegt, dann können wir übermorgen anfangen und den Haltepanzer bestellen. Ich habe ihm gesagt, dass wir ihn etwa zwei Wochen lang brauchen. Dann müssten wir eigentlich genug vorbereitet haben, um die Anschlussstrossen[82] freizusprengen. Wir können das dann auch alleine weitermachen.«

Nun strahlte Remmler. Das gefiel ihm, der alten Baustellensau, wie ihn die Kollegen wegen seiner unbändigen Arbeitswut gerne neckten. Er zog ab, in seinem Schlepptau die Bauführer und zwei Meister.

Karin bearbeitete ihre Schreibmaschine weiter, eine elektrische, eine der ersten im Kombinat, die Beata vom General[83] losgeeist hatte. Dessen Sekretärin konnte damit nicht umgehen und hackte weiterhin auf der mechanischen *Robotron*, die sie seit fünfzehn Jahren malträtierte und sich nicht trennen wollte. Karin achtete auf ihre Gesundheit und dachte an die nächsten Jahre, wenn Kreuz- und Rückenschmerzen, Verspannungen und die Probleme des Klimakteriums zu erwarten waren.

---

[82] Bergm.: Ebene, von der aus beim Abbau einer Felswand von oben nach unten die Bohrungen zum Sprengen gesetzt werden

[83] Umgangssprachliche Abk. für Generaldirektor (eines Volkseigenen Kombinates).

Remmler ließ zwei Bohrgeräte vorbereiten. Die Werkstattmechaniker hatten alles noch einmal inspiziert. Einen Ausfall durfte es jetzt nicht geben. Die letzten Tage waren nachts frostig. Die Straßen zum Zahn, einer markanten Felsspitze, wie ihn Remmler nannte, waren nun besser passierbar, als in den Wochen davor, nach einem Föhneinbruch.

Beata hatte Komarow noch einmal angerufen und den Einsatz bestätigt bekommen. Ja, am übernächsten Tag würden sie den Panzer bereitstellen. Aber sie müsste einen Tieflader zum Transport mitbringen. Auch die vereinbarten Gegenleistungen waren organisiert. Die LPG schaffte die Kartoffeln nach dem Einsatz direkt in die Kaserne, und die Kohlen könnten mit dem Rücktransport des Panzers aus den Baustellenbeständen geliefert werden. Es läuft ab wie ein Länderspiel. Remmler dachte immer an Fußball.

Der Panzer meisterte ohne Probleme den Steilhang zum Zahn. Aus dem Dorf waren viele Schaulustige gekommen. Ein russischer Kampfpanzer fuhr in voller Kriegsbemalung den gerodeten Waldhang hinauf. Das hatten die Alten seit dem Krieg nicht mehr gesehen. Die Wurzelstöcke bereiteten Probleme. Beim Überfahren hingen die Ketten auf beiden Seiten in der Luft. Das feste Wurzelholz splitterte unter dem Druck der Stahlglieder. Die kräftigen Motoren bäumten sich gegen die Hindernisse auf und spien schwarze Rußschwaden in den strahlend blauen Morgenhimmel. Schließlich erreichte die schwere Maschine das Plateau. Remmler wies sie ein. Der Panzer würde für die nächsten Tage der Ankerpunkt aller Geräte sein, die den Fels bearbeiten werden. Pjetr Komarow kam später selbst auf die Baustelle. Er beriet sich mit Beata Becker und Remmler, ob es nicht besser wäre, auch den Panzer zu sichern. Beata meinte zwar, dass das alles nur Gewissensberuhigung wäre, weil auch die Bäume, an denen man den Panzer vertäuen könnte, im Falle eines Falles nicht alles halten würden.

»Na ja«, sagte Remmler, »aber sie verzögern die Katastrophe, und es bliebe dann genügend Zeit, um sich in Sicherheit zu bringen.«

»Ladno«[84], sagte Pjetr.

»Wir wollen uns keine Vorwürfe machen. Wir werden in jedem Fall eine Sicherungsaufsicht einrichten. Spricht dein Panzerfahrer etwas deutsch?«, fragte sie Komarow.

»Eijn bisschen, sprijch ihm wichtige Worte.«

»Na, der muss ja nicht die ganze Zeit im Panzer bleiben, das geht schon.«

Am Mittag hatten sie den Panzer festgezurrt. Die Halteseile der Bohrgeräte waren verankert und an der Seilwinde befestigt, die die Bohrgeräte auf jede beliebige Höhe bringen konnte. Schon am Nachmittag begannen die Bohrtrupps mit den Arbeiten. Vom Dorf aus bot sich bald ein beeindruckendes Bild. Die Gestänge der Bohrgeräte schienen an den Wolken zu hängen, die über dem Waldgipfel standen.

Vier Wochen nach dem Panzereinsatz war alles zum Sprengen vorbereitet. Besondere Schutzmaßnahmen waren nicht nötig. Die Verkehrsstraße tief unten im Tal musste gesperrt werden. Die Bevölkerung war durch die anderen Sprengungen schon an das Ritual mit akustischer Warnung und Entwarnung gewöhnt. Nur die zufälligen Pilzsucher oder Waldspaziergänger könnten zum Problem werden. Sie hatten deshalb den Sprengtermin auf einen Mittwoch gelegt.

Die Sprengung verlief problemlos. Das Gestein wurde in der gewünschten Kontur des Felsens gelöst und so zerkleinert, dass es später zu Schotter verarbeitet werden konnte. Nur die Bäume eines kleinen Waldstückes hatte es erwischt. Eine Ladung war nach der Seite ausgeblasen und hatte die Bäume wie mit einem Messer abrasiert. Beata hatte es aus sicherer Entfernung gesehen und Remmler, der sich vor ihr brüsten wollte, freundschaftlich gedämpft.

[84] Russ.: (Adv.) im Sinne von okay, na gut, gut,

Doch Remmler jubelte trotzdem. Auf die paar Bäume käme es nun auch nicht mehr an. Sie waren mit allem schon nach sechs Wochen fertig. Nun konnte der Verkehr umgeleitet und die Arbeiten am Unterbecken begonnen werden. Sie bekamen endlich Baufreiheit. Die Geologen hatten sich immer noch nicht geeinigt, ob man den Umleitungstunnel durchschlagen könnte. Zu viele Störungen hatten sie im Fels ausgemacht und empfahlen, die Trasse zu verlegen.

Beata gab den Empfehlungen ihren Segen und hatte die Kombinatsleitung entsprechend informiert. Das Dorf war wegen der Baustelle bereits evakuiert. Jeder bekam für sein Haus einen Ersatz unterhalb des künftigen Dammes. Aber einige blieben skeptisch. Im Westfernsehen wurde vom Risiko berichtet, wenn eine Bombe die Krone des Steinschüttdammes treffen würde. Dann gäbe es kein Halten. Der Damm sei dann verloren und noch in zwanzig Kilometern Entfernung würde das Wasser im Tal vier Meter hoch stehen. Viele wollten deshalb auf dem Berg und möglichst über der Wasserlinie siedeln.

Experten hatten vorgeschlagen, im Stauraum des Unterbeckens vier Stahlbetonzylinder zu errichten. Im Inneren des Bauwerkes sollten auf einer gemeinsamen senkrechten Achse ganz unten die Turbinen, darüber die Pumpen und oben die Generatoren montiert werden. Mit dem billigen Nachtstrom würde das Wasser aus dem Unterbecken in das dreihundert Meter höher liegende Oberbecken als Energiepotenzial gepumpt werden. Das stünde dann am Tage, wenn ein hoher Strombedarf besteht, als Reserve zur Verfügung.

Einige Jungingenieure kritisierten, die riesigen Betonzylinder im Wasserbecken würden den wertvollen Stauraum verringern und schlugen vor, stattdessen eine Kaverne im Bergmassiv zu bauen. Sie reichten einen Neuerervorschlag[85] ein und errechne-

[85] Materieller Anreiz für Mitarbeiter, Verbesserungen mit wirtschaftlichem Nutzen vorzuschlagen. Prämien wurden nach einem bestimmten Schlüssel ausgezahlt.

ten, dass sich dann vierhundert Millionen Mark einsparen ließen. Vierhundert Millionen billiger, das schien unvorstellbar.

Wer eine solche Einsparung nicht erkennt, versteht entweder sein Handwerk nicht, oder es ist Sabotage im Spiel, sagte sich Doktor Becker. Wenn die Mitarbeiter dem Neuerergesetz[86] einmal auf den Zahn fühlen wollten, hatte sie nichts dagegen. Sie lud das Neuererkollektiv ein und ließ sich berichten. Das Konzept gefiel ihr. Vierhundert Millionen Einsparung, das gäbe die Höchstprämie von fünfundzwanzigtausen Mark, dachte sie. Das wären für jeden fast drei Monatslöhne. Sie unterschrieb. Nach drei Tagen kam der Antrag zurück. Die Parteileitung kritisierte, die Anzahl der Produktionsarbeiter im Neuererkollektiv reiche nicht aus. Es müssten mindestens zwei nachbenannt werden. Als Günther Rössler, der Sekretär der Kombinatsparteileitung auch noch anrief und sich bei ihr über die politische Instinktlosigkeit eines solchen Antrages beschwerte, wurde Dr. Becker ungehalten.

»Weißt du überhaupt, was die Jungs machen wollen?«

»Natürlich«, gab Rössler zurück, »vierhundert Millionen einsparen.«

»Und hast du eine Vorstellung, wer das bearbeiten soll?«

»Bitte nicht so spitz, Genossin Doktor Becker.«

»Na ja, aber etwas mehr Sachkenntnis, kann man auch von dir verlangen, Genosse Parteichef.«

Parteichef durften zu Rössler nur wenige sagen. Ein *Sekretär* war in seinen Augen immer etwas Nachgeordnetes.

»Hör mal, Günther, wir machen uns lächerlich, wenn zwei Ingenieure und acht Produktionsarbeiter einen technisch anspruchsvollen Neuerervorschlag einreichen.«

[86] Das Neuerergesetz war der Versuch der DDR, die Produktion an der Basis zu verbessern. Der ausgewiesene Gewinn wurde nach einem bestimmten gesetzlich geregelten Schlüssel ermittelt und den Beteiligten bar ausgezahlt. Bei Vorschlägen, die hohen Gewinn bzw. Einsparungen auswiesen, musste im sogenannten Neuererkollektiv die Anzahl der Produktionsarbeiter und der Akademiker in einem bestimmten Verhältnis beachtet werden.

»Dann begründet alles noch besser, damit die das in Berlin auch begreifen.«

BB legte auf: »Arschloch.«

Karin hatte das Gespräch mitgehört und wusste, wie BB reagieren würde.

»Wie meinen, Euer Ehren?«, gurrte sie.

Doktor Becker ließ die Unterlagen noch geringfügig überarbeiten. Der Antrag ging nun anstandslos durch und wurde nach Berlin an das zuständige Ministerium, dem Auftraggeber der Anlage, weitergeleitet.

Schon wenige Tage später erhielt sie eine Eingangsbestätigung.

Nachdem mehrere Anfragen nicht beantwortet wurden, schwand bei allen die Hoffnung, jemals irgendetwas von der Sache zu hören.

»Die haben die Irrenanstalt verständigt und beobachten uns«, sagte einer der Neuerer.

»Nein, nein, Ihr habt ja uns, die werden doch nicht gegen die Diktatur des Proletariats vorgehen. Ich bin doch der Quotenprolet.« Zimmermann Jürgen Peterseim war ein intelligentes Schlitzohr. Er machte sich lustig und fand überhaupt dieses sinnlose Neuerertheater kindisch. »Aber wenn es so gewollt wird, bitte schön, sonst wird es ja gar nichts.« Peterseim kannte die Spielregeln. Sie waren sich einig, die Verteilung der Prämien würden sie gerecht und nicht wie vorgeschrieben vornehmen. Doch dann kam wider Erwarten ein Schreiben der Neuererabteilung des Ministeriums: *»Sehr geehrte Kollegen, ich habe Ihren Vorschlag an die technische Abteilung zur Prüfung weitergeleitet. Sie werden nach Abschluß der Bewertung von dort direkt informiert. Nochmals herzlichen Dank für Ihr Engagement im Dienste unserer sozialistischen Volkswirtschaft. Mit sozialistischem Gruß* und so weiter, und so weiter.« Beata brach ab. Als sie den Brief öffnete, hatte sie sich noch gefreut.

Es wurde Sommer. Die neuen Verkehrswege waren inzwischen an das öffentliche Netz angeschlossen worden. Die alten Straßen führten nun ins Leere. Was die Bewohner über Jahrhunderte verband, wurde über Nacht getrennt. Die Vorbereitungen für die Dammschüttung liefen. Dass in wenigen Jahren dieses landschaftliche Idyll, all die malerischen kleinen Häuser und Bauernhöfe von einem mehr als hundert Meter tiefen See begraben werden würden, war nicht vorstellbar. Jeder Baum, der gefällt werden musste, veränderte alles. Die Hirsche, die noch fast bis an die Siedlung zum Äsen kamen, zogen sich zurück.

Die letzten Bewohner beschwerten sich, weil ihre *Trabbis* nicht hochbeinig genug waren, um über die aufgeworfenen Hügel und tiefen Löcher zu kommen, die sich bei Regen knietief mit Wasser füllten. Aber Waldmenschen leben im Einklang mit der Natur und streben nach Ausgleich und Harmonie.

Die Umgesiedelten bekamen ordentliche Ersatzwohnungen oder Häuser. Einige stellten sich besser als vorher, weil sie den angestammten dunklen Tälern, in die nur selten die Sonne drang, entkommen konnten.

Anfang des nächsten Jahres erhielt Doktor Becker völlig überraschend einen weiteren Brief aus dem Ministerium.

Sehr geehrte Genossin Doktor Becker, ein Neuererkollektiv Ihrer Baustelle hat uns einen interessanten Vorschlag vorgelegt, den wir zu prüfen hatten. Zunächst möchten wir Ihnen, stellvertretend für das Kollektiv, im Namen des Genossen Minister herzlich gratulieren. Wir freuen uns, solche schöpferisch wertvollen Werktätigen zu haben, die sich mit festem Klassenstandpunkt für die Verbesserung unserer Lebensbedingungen einsetzen. Wir haben die technischen Unterlagen sehr genau geprüft und Vergleichsrechnungen angestellt. Wir kommen zu dem Ergebnis, daß die Einsparung gegenüber der jetzigen technischen Lösung nicht 400, sondern nur ca. 200 Millionen Mark beträgt. Darüber hinaus sind noch einige Fragen zu klären. Wir laden deshalb einen oder maximal zwei Kollektivvertreter zu einer Aussprache ins Ministerium ein.

Sie stockte und stieß einen Schrei aus. Karin kam ins Zimmer gestürzt.

»BB, ist dir's nicht gut?«

»Im Gegenteil, meine Liebe.« BB umarmte sie. Karin machte große Augen.

»Schnaps?«, fragte sie vorsichtig.

»Nicht vierhundert Millionen, sondern nur zweihundert, das schreiben die tatsächlich schwarz auf weiß. Da muss doch der Vorschlag angenommen worden sein, oder? Ruf den Remmler, er soll alle informieren. Wie heißt der junge Mann dort, der der Kopf der Idee ist?«

»Brettschneider, ich globe Franz Brettschneider«, erwiderte Karin.

»Dann ruf den an, die müssen in der nächsten Woche in Berlin sein und den Vorschlag verteidigen. Die kriegen ein paar Tage Sonderurlaub zur Vorbereitung.«

»Jawoll, BB.« Karin knallte im Überschwang die Hacken zusammen und jaulte auf, als der Absatz ihres rechten Stöckelschuhs den Knöchel schrammte.

Franz Brettschneider hatte in Dresden Bauingenieurwesen studiert. Er war mit Beata Becker fast zeitgleich auf die neue Baustelle gekommen und legte sich sofort ins Zeug, ein hervorragender, konstruktiv denkender Ingenieur, einer der Vorausdenker auf der Baustelle. Er betrat das Büro, Karin winkte ihn wortlos durch. Sie rieb sich immer noch den schmerzenden Knöchel. Doktor Becker hatte ihn schon erwartet. Sie las ihm den Brief vor, den sie für die Vorbereitung thermoskopiert[87] hatte.

»Ich kann mir nicht vorstellen, dass die den Vorschlag noch ablehnen. Benötigen Sie noch Unterstützung, Kollege Brettschneider?«

---

[87] Das Verfahren war lange Zeit die einzige Möglichkeit der Vervielfältigung. Blatt für Blatt einer Vorlage wurde mit einem speziellen Gerät von Hand auf thermisch empfindliches Papier kopiert.

»Nein danke, Kollegin Doktor Becker. Ich glaube, wir schaffen das schon.«

»Wen werden Sie mitnehmen, Herr Brettschneider?«

»Wahrscheinlich Kollegen Müller.«

Brettschneider und Müller saßen zwei Tage später in der *Bonzenschleuder*, einem der D-Züge, die morgens von den Bezirkshauptstädten nach Berlin fuhren und die Offiziellen der Betriebe und Organisationen zum Rapport oder auch nur zum Einkaufen brachten. Brettschneider und Müller hatten sich in Schale geworfen. Der Termin war um zwölf Uhr. Sie schafften es bequem. Der Zug kam pünktlich am Ostbahnhof an. Sie fuhren mit der S-Bahn bis zur Museumsinsel und schlenderten quer durch die Innenstadt.

An der riesigen Baugrube für den Palast der Republik interessierten sie die schwierigen Grundwasserverhältnisse. »Der Absenktrichter würde groß sein und die umgebenden Gebäude beeinträchtigen. Man hatte schon von Rissen und Setzungen im Friedrichstadtpalast gehört«, erklärte Müller, dessen Eltern in der Nähe wohnten.

An der Pforte des Ministeriums wurden die Dienst- und Personalausweise penibel kontrolliert.

»Dritter Stock, Konferenzraum 303, Genossen, Sie können den offenen Aufzug benutzen. Sie kennen sich damit aus? Sollten Sie den Absprung verpassen, keine Panik, dann fahren Sie eine Extrarunde, also viel Spaß.« Sie stiegen im dritten Stock aus. Der Konferenzraum war größer als erwartet. Die Stühle standen nicht wie in Seminarräumen in Reihen hintereinander, sondern als großer Kreis ringsherum an den Wänden.

»Ah, die Kollegen Neuerer sind da«, wurden sie freundlich von einem Mann, Ende vierzig, Anfang fünfzig begrüßt. Auf den ersten Blick sehr sympathisch, kleines unauffälliges Parteiabzeichen auf grau kariertem Sakko, gepflegte Erscheinung.

»Ich bin Eberhard Rietschel, der technische Verantwortliche für die Grundsatzentscheidungen im Hause und gelernter Bauingenieur von der TH Dresden. Hatten Sie eine gute Reise und ohne Verspätung?«

»Danke für den freundlichen Empfang. Alles hat gut geklappt. Ich soll Sie herzlich von unserer Chefin, Doktor Becker, grüßen.«

»Beata Becker?«, fragte Rietschel.

»Ich denke schon, Beata mit Vornamen«, entgegnete Müller etwas unsicher und schaute zu Brettschneider, der die Chefin besser kannte.

»Wir sollten anfangen, wenn Sie bitte Platz nehmen wollen, irgendwo, ganz gleich, wir können uns ja alle sehen.«

Der Leiter der Zentralen Neuererbüros eröffnete die Beratung, nannte den Grund und das Ziel der Aussprache und stellte die wichtigsten Personen vor. Brettschneider und Müller waren etwas nervös. Sie standen plötzlich im Mittelpunkt, Ausgang ungewiss. Rietschel schien ihnen freundlich gesonnen, das war ein guter Anfang.

Die Namen der Vorgestellten rauschten vorbei: Gewerkschaft, ein Mann vom ZK, sogar von der DSF, was der sollte, wusste keiner, einige Projektanten der bisherigen technischen Planung. Müller kannte einen von Markersbach[88], ein Spezialist für Kavernen.

Der Vorschlag wurde lang und breit vorgetragen und die Rolle und Bedeutung von Partei und Regierung besonders herausgestellt.

Brettschneider hatte mit Müller im Zug gewettet, dass alles so ablaufen würde, sogar einige Sätze hatte er fast wörtlich prophezeit, aber der winkte ab und wusste, dass er verlieren würde.

Das Technische musste dann Eberhard Rietschel erläutern. Der Vorschlag der jungen Kollegen sei sowohl wirtschaftlich als auch technisch die bessere Lösung und sollte verwirklicht werden, führte er mit knappen Sätzen aus.

[88] Das Pumspeicherwerk Markersbach im Erzgebirge war das erste in der DDR.

Rother, der Mann vom ZK, schaltete sich ein. Er sei ebenfalls Bauingenieur. Er gab zu bedenken, dass die technische Lösung als Staatsplanthema durch verschiedene Beschlüsse im ZK und mit der Regierung abgestimmt gewesen sei. Man könne nicht jetzt – er bitte das nicht falsch zu verstehen – alles umstoßen, nur weil sich ein paar Jungingenieure da etwas ausgedacht hätten. Auch die ausgerechneten Einsparungen seien doch sehr fragwürdig. Er könne sich nicht vorstellen, dass sich die führenden Genossen Ingenieure und Professoren so geirrt hätten. Im Übrigen möge man sich den politischen Schaden ausmalen, wenn der Klassenfeind davon Wind bekäme. Das Gelächter aus Hessen und Bayern könne man dann im gesamten Thüringer Wald hören. Einige der Anwesenden nickten mit verfinsterter Miene. Bleierne Sprach- und Ratlosigkeit lagen im Raum. Die Regierung hatte gesprochen.

Rietschel nahm nun das Wort. »Genossen, ich komme auf unsere Einschätzung des technischen Teiles der Lösung zurück und möchte Sie bitten, sich zunächst auf eine sachliche Erörterung der Für und Wider einzulassen. Wenn wir aus technischer Sicht Fehler machen, wäre das beschriebene Gelächter genauso groß. Wir alle haben in den Seminaren der Politischen Ökonomie gelernt, dass Wirtschaft und Politik eine untrennbare Einheit bilden, wenn etwas Ordentliches herauskommen soll. Wirtschaftsentleerte Politik bringt den Ruin. Das wissen die Kapitalisten am besten. Bei ihnen ist Wirtschaft alles.«

»Genosse Rietschel, spare dir die Belehrungen, wir haben unsere Seminare alle gut verstanden«, unterbrach ihn der ZK-Mann.

»Nur das noch, dann komme ich zum Eigentlichen«, setzte Rietschel unbeirrt fort. »Ich hatte gesagt, bei den Kapitalisten ist Wirtschaft alles. Ihr Leben und die Politik werden davon bestimmt. Zweihundert Millionen Mark Einsparung im Vergleich zweier technisch gleichwertiger Konzepte versteht jeder, auch gegebenenfalls die dann notwendigen Änderungen von Beschlüssen. Ob das am Ende einhundertfünfzig oder zweihundertfünfzig Millionen werden, spielt in diesem Stadium der Planung keine Rolle. Auf zwei weitere Aspekte möchte ich eingehen. Erstens: Die jetzige Schachtkrafthauslösung benötigt etwa drei Prozent des gesamten Stauvolumens des Unterbeckens. Das ist zwar nicht viel, aber auch ein Verlust. Zweitens: Wir haben bei allen Überlegungen auch den Aspekt der Verteidigung im Kriegsfall zu berücksichtigen. Die Anlage steht an der Nahtstelle der beiden militärischen Blöcke. Sie ist insgesamt, auch wegen der Konstruktion als Steinschüttdamm, leicht zu zerstören.«

»Aber das kann nicht auch noch infrage gestellt werden. Was meinst du, Genosse Rietschel?«, unterbrach ihn wieder der ZK-Mann. Rietschel war genervt. Er hätte sich bei den Vorgesprächen nicht so lange mit den jungen Bauleuten aufhalten sollen, ärgerte er sich nun. Der ZK-Mann war für Krüger eingesprungen, der plötzlich krank geworden war, und nun diesen aufgeblasenen Fatzke geschickt hatte.

»Ich meine«, fuhr Rietschel fort, »dass im Kriegsfall ein Steinschüttdamm mit einem Treffer unter der Wasserlinie zerstört werden kann. Das geht bei einer Betonmauer nicht so einfach. Ich hatte das alles mit ihrem Chef, Genossen Krüger, im Vorfeld ausführlich erörtert, sind Sie nicht informiert worden?«

Der Chef vom Dienst griff nun ein. Er bitte um Verständnis, dass Genosse Krüger wegen der plötzlichen Krankheit nicht selbst kommen konnte, und dankte dem Genossen Rother, dass er so kurzfristig für diese Beratung eingesprungen ist. Rietschel lenkte ein, jeder könne ihn selbstverständlich unterbrechen, wenn es Fragen gäbe. Schließlich habe man ja eine große gesellschaftliche und politische Verantwortung.

»So wird dette jemacht«, raunte Müller zu Brettschneider und grinste.

Nun meldete sich einer der Projektanten. Man habe ja auch eine Kavernenlösung untersucht. Es stünden aber dafür keine

Bergbaukapazitäten zur Verfügung. Man könne aus finanziellen Gründen diese auch nicht bereitstellen. Betriebe aus der Volksrepublik Polen hätten das bisher erledigt, nun aber würden höhere Preise gefordert. Es habe keinen Zweck gehabt, die Lösung weiter zu untersuchen.

Brettschneider wurde nun um seine Meinung gebeten. Er bedankte sich zunächst artig für die Ehre, an einer solchen Entscheidung beteiligt zu werden. Er fragte den Projektanten, wann die Voruntersuchungen gemacht worden waren.

Vor mehr als zehn Jahren habe man die ersten Konzepte erarbeitet und mit den damaligen Vorgaben weiter geplant. Der Projektant rutschte dabei unsicher auf seinem Stuhl herum, auch er war nur ein Ersatzmann und mit den wirklichen Details nicht vertraut. Eine Aktualisierung habe es nicht gegeben. »Da bin ich überfragt«, sagte er. »Ich kann nur auf das zurückgreifen, was mir die Kollegen mit auf den Weg gegeben haben.« Er schaute Hilfe suchend in die Runde der Offiziellen aus dem Ministerium. Aber die reagierten nicht.

»Das scheint ja eine dürftige Wegzehrung zu sein«, fiel nun Genosse Rother, der ZK-Mann, erneut ins Wort, der seine Selbstsicherheit wiedergewonnen hatte. »Was macht ihr Projektanten eigentlich den ganzen Tag?«, polterte er los. »Da lasst ihr euch von jungen engagierten Leuten die Butter vom Brot nehmen. Ich schlage vor, dass wir die Beratung erst einmal beenden. Die Widersprüche müssen nachträglich geklärt werden.«

»Genossen, ich glaube, dem ist nichts mehr hinzuzufügen. Ich danke allen, die bisher aktiv einbezogen waren und bitte, den anderen Genossen vom Kollektiv unsere besten Grüße und Wünsche zu übermitteln. Wir werden uns erneut zu den Entscheidungen äußern. Gute Heimreise. Die Beratung ist beendet.«

Alle blieben zunächst wie benommen sitzen. Rother stand auf und ging zu Brettschneider und Müller. »Genossen, verzagt nicht, ihr habt etwas Großartiges angestoßen. Wenn ihr euch nicht vertan habt, werden wir die leitenden Genossen überzeugen, eurem Vorschlag zu folgen. Alles Gute und beste Kampfesgrüße an die Genossen des Kollektivs.« Er verabschiedet sich und verschwand im nahen Paternoster. Abwärts.

»Da gehört er hin«, stellte Müller trocken fest.

Rietschel kam zu Brettschneider.

»Na, zufrieden?«

»Ich weiß nicht so recht. Das wird doch wohl im ZK entschieden, oder?«, antwortete Brettschneider zweifelnd.

»De facto schon«, sagte Rietschel, »aber an zweihundert Millionen kommt auch der härteste Betonkopf nicht vorbei. Grüßen Sie Doktor Becker. Ich werde sie anrufen.« Rietschel verabschiedete sich, sehr kollegial, fast vertraut und stieg in den Paternoster.

»Nach oben«, registrierte Müller. »Das ist in Ordnung.«

Brettschneider wollte für die Kinder in der Markthalle noch ein paar Apfelsinen oder vielleicht sogar Bananen ergattern. Müller suchte nach Bohrmaschinen und Zusatzgeräten für die *Smalcalda*[89]. Am Bahnhof Lichtenberg gab es dafür ein besonderes Geschäft. Sie trafen sich später im Zug und genehmigten sich in der Mitropa ein *Radeberger*. Ihre Stimmung war nicht schlecht. Sie hatten sowieso keine großen Erwartungen. Irgendeinen Dreh würden die sich schon einfallen lassen, um die Sache zu kippen. Es deutete sich ja schon an.

Das sagten sie auch Doktor Becker am nächsten Morgen in der kleinen Dienstberatung.

»Ich soll Sie von Eberhard Rietschel sehr herzlich grüßen«, begann Brettschneider. »Ein toller Mann, der was auf dem Kasten hat.«

»Oh, danke. Hat er ihnen gesagt, wie wir zusammenhängen?«

»Natürlich, in höchsten Tönen gelobt hat er Sie«, sagte Müller.

»Wie war es?«

---

[89] Hand-Bohrmaschine vom VEB Werkzeugkombinat Schmalkalden, begehrtes Heimwerkerwerkzeug in ‘begrenzter’ Stückzahl.

»Gute Frage«, fiel ihr Müller fast ins Wort.

»Vielleicht ein tolles Jein oder schau'n wir mal.« Brettschneider schilderte knapp den Verlauf der Beratung. Er hob die technische Einschätzung von Rietschel hervor. Auch die kleine Attacke des ZK-Mannes Rother auf die Projektanten streifte er kurz.

Doktor Becker war zufrieden und fragte, ob Rietschel stark genug sei, sich zu behaupten. Sie drucksten herum.

»Na gut, ich werde meinen Freund Eberhard Rietschel anrufen und mir selbst einen Eindruck holen. Mehr ist jetzt nicht zu machen. Abwarten.«

»Das hat Kollege Rietschel auch gesagt.«

»Dann sollten wir es auch tun und an unsere Arbeit gehen. Haben Sie die Fundamentpläne vom Werkstattgebäude schon bekommen?« Brettschneider verneinte.

»Rufen Sie mal bei den Projektanten an? Wir müssen da endlich weiterkommen, sonst reparieren wir die Fahrzeuge draußen und im Schnee.«

Beide verließen das Büro. Im Vorzimmer zog Karin mit einem kleinen Taschenspiegel in der Hand ihre Lippen nach.

»Mach's nicht so rot, sonst biste ein Feuermelder«, stänkerte Müller.

»Gümmere dich um deine Eierbirne, sonst hebste noch ab mit deinen Seschelfliescherohren«, raunzte sie zurück. Für solche Fälle hatte Karin immer ein Stück Brennholz vom Kanonenofen bei der Hand. Sie konnte werfen und manchmal auch treffen.

Die nächsten Monate verliefen wie immer. Morgendlicher Rapport, Materialorganisation, Aufmaße, Einteilung der Arbeitsbrigaden, technologische Anpassung der Pläne, Terminkontrolle. Es wurde Frühling und Sommer, die Landschaft lebte auf, wo sie es noch konnte.

Mit dem aufgehenden Frost hatte sich eine Erddeponie in Bewegung gesetzt. Nach einem wochenlangen Dauerregen war durch Erdspalten Wasser in den gelagerten Bodenaushub eingedrungen. Der sog sich voll und war eines Nachts wie ein dicker Brei den Hang hinuntergewandert. Der noch verbliebene Wald stand bis zum Bauch im Morast. Alles vollzog sich geräuschlos, wurde lange nicht bemerkt, bis sich einer der Förster beim Kontrollgang fürchterlich erschreckte. Er machte einen ziemlichen Stunk. Aber da war nichts mehr zu machen. Der Wald würde ohnehin gerodet und im Wasser verschwinden. Die Aufregung war berechtigt, aber umsonst.

Im Herbst wurde das große Rodungsprogramm begonnen und in den Stauräumen alles Pflanzliche entfernt. Das veränderte die Landschaft total. Auch die Einheimischen fanden sich nicht mehr zurecht. Sie waren froh, das Elend – wie sie es nannten – nicht mehr mit ansehen zu müssen. Sie hatten sich arrangiert. Einige hatten Arbeit auf der Baustelle gefunden. Neues Blut kam in die abgeschiedene Gegend. Die Doppel- und Dreifachnamen der Greiners, Greiner-Mais oder Greiner-Mai-Uris wurden bedrängt durch die Müllers, Steffens und andere fremde Gen-Träger.

Alles veränderte sich. Auch im Großen. Die Sowjets lieferten Anfang der Siebzigerjahre plötzlich das Erdöl nicht mehr zu Vorzugspreisen an die DDR. Sie wollten Erlöse wie sonst auf dem Weltmarkt auch. Denn der kleinen DDR ging es sichtbar besser als ihnen, den Siegern und der Weltmacht. Das verwandelte die Lage im Lande. Die Asphaltindustrie in Schwedt brach fast zusammen. Man stellte den Straßenbau, der jahrelang mit großem Forschungsaufwand auf Bitumenbeton ausgerichtet wurde, nun auf Zementbeton um. Wenig später wurde das Benzin in den Betrieben kontingentiert. Viele Funktionäre mussten ihre Dienstwagen abgeben. Streng kontrollierte Fahrgemeinschaften wurden gebildet. Das traf auch die Baustelle hart. »Bauen ist Transport, sonst tut sich gar nichts.« Dieser Satz wurde bis zum Erbrechen von allen wiederholt. Man ertrug ihn, weil er stimmte.

Doktor Becker bekam keinen Widerspruch, auch nicht von der Parteileitung, aber gegen die Weltpolitik könne man nun mal nicht anstinken. Es sei halt auch bei uns notwendig, wirtschaftlich und nicht politisch zu denken.

»Sprich es offen aus und nicht hinter der vorgehaltenen Hand«, riet sie einem Wirtschaftsmann der Bezirksleitung. »Schön, dass ihr das langsam einseht, lieber spät als nie.«

Eines Morgens meldete sich Rietschel telefonisch völlig unerwartet mit einem aufgekratzten »Hallo BB, wie geht's hinterm Wald?«

»Na, Eberhard, was verkorkst Ihr denn gerade wieder in der Hauptstadt?«, begrüßte sie ihn ebenso.

»Leider hast du recht. Ich habe heute aus dem ZK einen endgültigen Zwischenbescheid bekommen von diesem Rother, diesem aufgeblasenen Arschloch. Deine Jungs werden dir bestimmt berichtet haben. Der hat den Krüger als Abteilungsleiter abgelöst. Euer Vorschlag scheint abgelehnt zu werden, weil man keine Außenhandelsbilanz[90] für die Kavernenkapazität bekommen würde.«

»Zweihundert Millionen schmeißt man einfach weg?«

»Es scheint so. Ich habe beim Minister nachgefragt, aber der hängt ja auch an der Fachabteilung im ZK und kann sich einen Alleingang nicht leisten. Richtet euch auf eine Ablehnung ein. Und sonst, BB? Was macht die Kunst? Hast du dich bei den Löffelschnitzern eingerichtet, und was macht die Liebe?«

[90] Export und Import von Leistungen und Waren der DDR wurden zentral und streng bilanziert. Für den Außenhandel war das Ministerium für Außenhandel der DDR zuständig, mit untergeordneten Außenhandelsbetrieben, die für die einzelnen Waren- und Leistungsgruppen die in der DDR erzeugten Produkte und Leistungen verkauften bzw. von außen einkauften. Der Staat hatte das Außenhandelsmonopol. Das bezog sich auch auf spezielle Bauleistungen und Technologien, die beispielsweise für die besonderen Bergbautechnologien zur Errichtung von Kavernen für Pumpspeicherwerke aus Polen eingekauft werden mussten. Deshalb gab es zum Ausgleich der Handelsbilanz staatliche Vorgaben über den verfügbaren Umfang bzw. entsprechende Beschränkungen.

»Ein paar Fragen zu viel mein Lieber. Ich fühle mich wirklich wohl, auch weil ihr im Ministerium so weit weg seid. Und die Liebe, welche meinst du? Die zur Sowjetunion oder zu den Tieren?«

»BB, du nimmst mich jetzt auf dem Arm. Wir sollten uns auf ein Bier treffen.«

»Na, dann komm doch mal. Ich besorge dir ein gutes Quartier. Bist du noch oder schon wieder verheiratet?«

»Beides, BB, von Roswitha bin ich noch nicht geschieden, und eine neue Flamme brennt auch schon. Dazu bitte keine weiteren Fragen.« Die Verbindung wurde schlecht und getrennt

Die Ablehnung des Vorschlags kam fast ein Jahr nach Rietschels Anruf. Die Neuerer hatten ohnehin alle Hoffnungen aufgegeben. In den nächsten Wochen hatte die Baustelle nur noch Benzin für etwa fünfhundert Kilometer pro Monat zugewiesen bekommen. Die verbrauchte Doktor Becker schon fast alleine, wegen der notwendigen Fahrten, um das Nötigste zu organisieren. Die monatlichen Beratungen im Kombinat wurden zur Farce.

Ein Baustellenchef kam mit dem Pferd, weil er kein Benzin mehr hatte. Als er den Gaul am Haupteingang zum Kombinatsgebäude anband, entstand Aufregung, auch für das Pferd. Das entleerte sich. Der Pförtner kam heraus und wollte sich aufblasen. Aber Pferdemist ist gut für seine Erdbeerbeete. Das versöhnte ihn.

Man debattierte lange über das Treibstoffproblem, ohne Ergebnis. Da Diesel noch nicht kontingentiert war, kam sogar einer mit einem großen ungarischen *Ikarus*-Bus, ganz alleine, wo es eigentlich dreiundfünfzig Plätze gab, die leer durch die Gegend gefahren wurden. Keiner wusste eine Lösung. Sie war nicht in dieser Welt zu erreichen. Einige große Bauvorhaben wurden geschlossen. Man legte sie still, mottete sie ein, wie sie standen und lagen.

So erging es auch Beatas Baustelle. Sie war sauer, die Dinge begannen gerade richtig zu laufen, und jetzt diese Vollbremsung, ohne die Hoffnung auf eine Weiterfahrt. Man wolle auf bessere Zeiten und bessere Investitionsvoraussetzungen warten.

Alles umsonst, dachte sie, der abgeholzte Wald, die vernichtete Landschaft, das verscheuchte Wild, die arbeitslosen Förster und das Ende von Lebensentwürfen.

Auch für sie. Sie überlegte, Kreide zu fressen und ihren Studienfreund anzurufen, ob man sie nicht im Ministerium brauchen könnte, ließ es aber. Das alles wollte sie dann doch nicht, politische Traumschlösser bauen, nein, danke. Sie hatte zwar noch über ein Jahr zu tun, um die Baustelle zu sichern, brauchte aber eine Perspektive. Aus der Traum vom Berufsleben im Wald mit kleinem Haus und vielleicht auch einer Familie, wenn es denn einen Mann gäbe, der es mit ihr aushalten würde.

Doktor Becker war ein Sonntagskind. Eines Tages rief sie Jürgen Obermann aus Weimar an, ein Bekannter aus einem Ausschuss der Bauakademie, Professor für Maschinentechnik. Er bat sie, ihn bald zu besuchen, wenn sie gelegentlich in der Stadt sein würde. Das geschah wenige Tage später, als sie zum Bericht in die Kombinatsleitung gerufen wurde.

Obermann war etwa so alt wie sie und Direktor der Ingenieurfakultät. »Eine Reihe von Emeritierungen stehen an. Die Generation der Gründungsprofessoren kommt ins Rentenalter«, erklärte er ihr die Situation. Junger Nachwuchs sollte die Aufbauarbeit fortsetzen. Die Berufungschancen seien gut. »Wir richten einen Lehrstuhl ein, der genau auf Ihr Profil passt«, fiel Obermann mit der Tür ins Haus. »Könnten Sie sich eine Hochschullehrerlaufbahn vorstellen?«

»Na, das kommt wirklich etwas plötzlich, Professor Obermann. Ich hatte nicht mit diesem Angebot gerechnet, obwohl ich früher einmal an eine solche Möglichkeit gedacht habe.«

Jetzt aber hatte sich die Situation verändert. Die Option war interessant.

»Ich weiß nicht, ob ich den Anforderungen genügen kann, aber interessant wäre es schon. Machen Sie eine Berufungsliste?«

»Das ist uns überlassen. Wenn wir von einem Kandidaten überzeugt sind, dann belassen wir es bei einem Vorschlag. Der Minister kann nach seiner Prüfung, wenn er das will, weitere Kandidaten fordern.«

»Welchen Zeitrahmen haben Sie sich vorgestellt?«

»Na, wir haben jetzt Ende August, wenn Sie sich beeilen und Ihre Unterlagen bis Mitte September zusammenkriegen, könnte es nächstes Jahr etwas werden.«

»Darf ich mir das noch überlegen und verbindlich Bescheid sagen, Herr Obermann? Ich bin überrascht und geehrt, dass Sie mich ansprechen. Was ist noch zu beachten?«

»Sind Sie Reisekader? Parteimitglied sind Sie wohl?«

»Ja, beides.«

»Na, da passt ja alles aus dieser Sicht. Ihre fachlichen Unterlagen haben wir uns schon besorgt und auch etwas über Ihren Leumund als Ingenieur.«

»Und wie ist der?«

»Beides ohne Tadel, fast verdächtig«, sagte Obermann. »Nein, im Ernst. Man sagt nur Gutes über Sie, vor allem Ihre menschlichen Qualitäten werden immer wieder gelobt.«

Das war ihr peinlich. Röte schoss ihr ins Gesicht.

Doktor Becker bedankte sich und versprach, sich bald zu melden. Sie schob einen Termin vor, um möglichst schnell gehen zu können.

»Rufen Sie mich bald an, wie Sie sich entscheiden, Frau Doktor Becker?«

»Selbstverständlich und herzlichen Dank für das Gespräch.«

»Auch von meiner Seite, liebe Kollegin Becker, und alles Gute, hoffentlich bis bald.«

Schon als sie den Hof wieder betrat und die Studenten sah, die sich in der Sonne aalten, hatte sie sich entschieden. Etwas

Besseres konnte ihr jetzt nicht mehr passieren. Sie wartete drei Tage und sagte Obermann zu. Der freute sich und empfahl ihr, sich wegen der Unterlagen mit dem Wissenschaftsprorektorat in Verbindung zu setzen.

»Nu gucke mal an, unsere BB wird Professor, nimmste misch mit, oder schämste dich mit mir?« Karin konnte nerven!

»Das liegt nicht in meiner Hand. Lege dir eine ordentliche Sprache und Manieren zu, dann können wir darüber reden.« Karin war nicht vergnatzt. So, wie sie austeilen konnte, steckte sie auch ein. Sie war nie beleidigt. Das war angenehm. Auch für sie brach eine Welt zusammen. Sie würde zwar im Kombinat unterkommen, aber ihre Freiheit und Frechheit musste sie aufgeben. Das wurde ihr klar.

Beata hatte in den nächsten Tagen alle Hände voll zu tun, die Baustelle ordentlich zu führen und ihre Bewerbungsunterlagen zusammenzustellen. Das polizeiliche Führungszeugnis war die dünne Stelle in der Terminkette. Das konnte sie nicht beeinflussen. Sie bat Karin, einen Antrag beim Gemeindeamt zu besorgen.

»Oh, oh, oh, das wird schwierisch, bei dem dicken Kerbholz.« BB wollte sie anblaffen, sie möge doch bitte mal ihre Klappe halten, schwieg aber, um Ruhe zu haben.

Karin kam zurück mit der Auskunft, so etwas käme hier so selten vor, man müsse erst die Antragsformulare beschaffen.

»Hast du gefragt, wie lange das dauert?«

»Na selbstverständlisch, achd Daache, meente die Dande.«

»Das wird nichts, verbinde mich mal mit der Hochschule in Weimar, dem Prorektorat, hier ist die Nummer.«

Karin ging in ihr Zimmer und kam nach fünf Minuten wieder.

»Da geht keener mer dran, ich globe, die arbeiten och so, Freidach um eins, macht jeder seins.«

»Gut, dann rufe bitte gleich Montag früh dort an und frage, ob wir das Führungszeugnis nachreichen können.« Beata wünschte ihr ein schönes Wochenende und ging nach Hause.

Sündenfall

Doktor Becker wurde planmäßig auf den Lehrstuhl für Allgemeine Ingenieurbauwerke berufen. Sie sollte in Forschung und Lehre den Studenten das praktische Planen und Konstruieren beibringen. Ihr Bereich bestand aus zwei unbesetzten Planstellen, einer Sekretärin, die noch nicht bekannt war und ihr. Sie hatte genug von aufmüpfigen Sekretärinnen. Fast hätte sie sich erweichen lassen, Karin mitzunehmen. Später erfuhr sie, dass Karin schon damals ein Alkoholproblem hatte. Das war Beata Becker zwar nie aufgefallen, aber an den Wochenenden musste es wahre Exzesse gegeben haben. Remmler, der ehemalige Kollege von der Baustelle, hatte es ihr neulich gesteckt. Das wäre hier an der Hochschule für sie eine Katastrophe geworden.

Das neue Umfeld machte ihr keine Probleme. Sie kam ja aus dem Hochschulbereich und hatte als Assistentin schon eigene Vorlesungsreihen betreut, wenn Sellhorn irgendwo auf der Welt unterwegs war. Professor Sellhorn war nun Kollege. Doktor Becker musste sich überwinden, den großen Meister, der er immer noch war, einfach beim Namen anzusprechen. Aber Sellhorn war immer Herr der Lage. Er überspielte nonchalant solche Momente. Überhaupt war er sehr zuvorkommend und hilfsbereit zu ihr, wie zu allen Frauen.

Was auf der Baustelle kein Problem war, wurde hier zum Stundendebakel in den Dienstberatungen. Das immer fehlende Schreibpapier, die Zuteilung einer neuen Schreibmaschine, die man nur bekam, wenn man eine andere, eine funktionierende, abgab. Solche Verrücktheiten glaubte sie, hinter sich gelassen zu haben, wie den Irrsinn mit dem fabrikneuen Baggerlöffel, den sie beim VEB-Altstoffhandel abliefern musste, um ihn gleich wieder mitzunehmen, nun als Schrottteil, um den Schrottablieferungsplan zu erfüllen. Wenn nicht, hätten zweihundert Bauleute die monatliche Zielprämie nicht bekommen. Dies sollte wirklich hier weitergehen? Renommierte Professoren diskutierten darüber, ohne ein Augenzwinkern, ohne diesen Blödsinn zu entlarven? Manchmal wollte sie einfach aufstehen und gehen. Aber wohin? Der Bewegungsspielraum war sehr klein geworden. Sie blieb auch bei den absurdesten Diskussionen. Es wurde ihr schmerzlich bewusst, nun selbst Teil solcher sinnentleerter Erörterungen zu werden: warum es nötig wurde, im Herbst Kartoffeln oder Obst in Mecklenburg zu ernten oder im Winter festgefrorene Braunkohle in den Heizungskeller der Hochschule zu schaufeln. Sie musste offiziell glauben machen, es fehle an Arbeitskräften, und die Grundversorgung sei gefährdet. Doch meist war es reine Beschäftigungstherapie. Oft kamen Klagen, wenn zu viel gesoffen wurde, ein gehörnter Ehemann handgreiflich wurde oder die Hochschule für Stunden nicht vom zentralen Bereitschaftsdienst des Ministeriums zu erreichen war.

Promovierte Jungakademiker putzten auf den Feldern mit den Landfrauen im Akkord Gemüse, verdarben die Normen und wurden deswegen von den anderen Arbeitern schief angesehen. Da half nur Fatalismus. Die Kollegen der Sektion ML versuchten dünne Erklärungen. Sie wurden schlicht ausgelacht. Auch die Politökonomen schüttelten den Kopf. Braunkohle, die vor Nässe troff oder im Winter frostverklumpt in die Heizungen geschaufelt wurde, musste erst das Wasser verdampfen, ehe man Wärme und Energie bekam.

Für die ersten Semester hatte Doktor Becker eine Vorlesungsreihe aufzubauen. Die Studenten kamen gerne in ihre Vorlesungen. Sie bemühte sich, den trockenen Stoff freundlich zu verpacken. Baustellenerfahrungen sind die Nagelprobe der Theorie in der Praxis. Da machte ihr keiner etwas vor. Der Drill in den Fächern der Mechanik und Mathematik verschreckte viele Studenten. Aber jeder Bauingenieur musste da durch, tot oder lebendig. Das trennte dann die Spreu vom Weizen, manchmal auch sinnlos.

Die Seminargruppen schrumpften beachtlich. »Ein Bauwerk steht nicht aus Zuneigung zum Ingenieur. Nur konkrete Fakten zählen!« Beata Becker liebte es drastisch.

Einige Kollegen versuchten, das eigene, schmale Fachgebiet bis in die entlegensten Winkel auszubauen und sich darin wie in einer Festung zu verschanzen. Manche taten dies aus Bequemlichkeit, andere aus Not, weil die raren Wohnungen und die Familie die berufliche Mobilität behinderten.

Dies betraf Beata Becker nicht. Sie war frei und ihr eigener Herr, respektive Herrin. Und schon diese sogenannte geschlechtergerechte Sprachregelung ging ihr ziemlich auf den Nerv. Wie einfach ging es da auf der Baustelle zu. Die *Betonbauerin*, die *Eisenbiegerin*, die *Zimmermännin*, einfach lächerlich. Das war, wie sie fand, die eigentliche Diskriminierung der Frau, und die Beamten irgendwo waren froh, sich mit diesem Ablasshandel befreien zu können.

So sahen das auch die Studenten. Ändern konnten sie nichts. Über die FDJ den Lehrkörper zu kritisieren, war aussichtslos. Doktor Becker fand bald heraus, dass die studentische Vertretung nur bei unpolitischen Dingen funktionierte. Wenn es ernst wurde, waren die Studenten Teil des politischen Apparates, und dann mussten sie die Füße stillhalten. Schließlich waren ja alle Professoren in der Partei, zumindest die neu berufenen, mehr als achtzig Prozent insgesamt, und bei den Assistenten waren es immerhin vierzig. Da verliefen sich solche Attacken in den Parteiversammlungen, an denen auch etwa die Hälfte der Studentenschaft beteiligt war. So blieb alles, wie es war. Nur, wenn einer der Kritisierten zum Abschuss offiziell freigegeben war, tat sich etwas. Aber wenn der Betroffene als Kumpel galt, sich nicht als Kleines Arschloch gebärdet hatte, überwog der Mitleidsfaktor. Die Studenten nahmen dann alles zurück, und die Sache war erledigt.

Gorbatschow wurde 1985 in der Sowjetunion Parteigeneralsekretär, ein Jugendlicher im Vergleich zu seinen Vorgängern, die in kurzen Abständen der Tod hinweggerafft hatte, meinten viele der alten Genossen. Die Zeitungen druckten Bilder von Gorbatschows attraktiven Frau Raisa, mit denen endlich das Babuschkaflair[91] ihrer Vorgängerinnen beendet war. Man staunte, dass Gorbatschow alles umkrempelte und Sätze schrieb, die man zweimal lesen musste. Viele trauten ihren Sinnen nicht mehr: Der Generalsekretär der KPdSU – bisher Fels in der Brandung des Weltkommunismus – wollte wirklich die fest gefügten Mauern des Ostblocks infrage stellen? ARD und ZDF brachten Kommentare von ihm, wofür die Hardliner ihm zu Hause gern das Muttermal nachgezogen hätten. Nicht mehr starre Abschreckung, sondern Vernunft im Denken wurde zur politischen Kategorie. Beata Becker hatte sich seine Glasnostbücher besorgt und gelesen. Was viele immer schon gedacht hatten und man nun schwarz auf weiß lesen konnte, war für die anderen Politpornografie. Und die wurde verboten.

»Nun darf man noch nicht einmal mehr die Schriften des Generalsekretärs der KPdSU lesen. Wo sind wir eigentlich hingekommen!?« Kurt Meisel machte sich in der Parteiversammlung Luft und bekam prompt einen Rüffel. Man könne das nicht auf die DDR übertragen, und man werde schon sehen, wohin das führte. Da war er still und die Kollegen auch. Er hatte als Rektor jeden Tag mit den Problemen der Ungewissheit in der Hochschule zu tun. Er wünschte die Greise im ZK zum Teufel, weil sie auf Tauchstation gegangen waren und den Zug seinem Schicksal überließen.

»Einmal tot reicht aus. Also wozu sollte man alle Ziele mehrfach mit Raketen belegen?« Meisel ließ sich von dieser Logik nicht abbringen. Aber er wusste auch, dass Gorbatschow damit

[91] Russ.: Babuschka für Großmutter; Raisa beendete durch ihre attraktive Erscheinung und ihre Persönlichkeit das bisher übliche Erscheinungsbild der Gattinen sowjetischer Staatschefs, die bisher meist als biedere Großmütter in Erscheinung getreten waren.

beiden Seiten, dem Westen und dem ZK in Berlin, suspekt war. Die NATO argwöhnte eine List der Russen, und das ZK in Berlin fürchtete um die Fundamente des Weltkommunismus. Da hatten beide Seiten ein bisschen recht. Der Kalte Krieg war wenige Jahre zuvor erst beendet worden, Stalins Träume lagen auch noch nicht lange zurück, und die NATO versuchte hier und da, den Eisernen Vorhang in Sichtweite des geteilten Berlin etwas zu lüpfen.

Viel später gab es für Beata Becker Gelegenheit, Gorbatschow und seine Frau direkt zu erleben, in einer kleinen Gesprächsrunde, als sie ihn auf einer Spendentour für seine Stiftung traf. Irgendwo in einem Moskauer Park bei einem Nachtspaziergang fernab der verwanzten Wohnung beschlossen sie, mit allem zu brechen und neu zu beginnen. Raisa gab den Anstoß. Wieder war einer der greisen Generalsekretäre verstorben. Transparenz und Offenheit sollten die Menschen aus der wirtschaftlichen Stagnation herausführen und den Gordischen Knoten von Ineffizienz und Korruption lösen.

Die alten Kämpfer gifteten: »Was bildet sich der junge Spund da eigentlich ein? Wir haben schon Klassenkämpfe gewonnen, als es diesen Spinner noch gar nicht gab. Ein bisschen sibirische Ruhe zum Nachdenken – wie beim Genossen Lenin – täte ihm gut.«

Berlin ignorierte Glasnost. Als die russischen Publikationen offener und begehrter wurden, dachte man im Politbüro sogar darüber nach, die Sache selbst in die Hand zu nehmen und der Abweichung vom rechten Weg zum Kommunismus mit einem eigenen deutsch-sozialistischen Konzept zu begegnen. »Wir haben schließlich schon die imperialistische Reaktion bekämpft und den Nationalsozialismus besiegt. Schwerter zu Pflugscharen, das ist Verrat. Wer die proletarische Wachsamkeit aufgibt, zerstört einen Eckpfeiler des Klassenkampfes.« Für sie ging Gorbatschow den westlichen Imperialisten auf den Leim.

Viel schlimmer wurde einige Jahre später Jelzin, der nun sogar die kommunistische Partei verbieten ließ und auf manchem Staatsbankett auffiel, weil er schlicht betrunken war.

Der Ton in den Parteiversammlungen wurde ungeduldiger: »Wir dürfen uns nicht isolieren!« Die Abteilung ML hatte bei allen einen schlechten Stand. Die Studenten kamen nicht zu den Vorlesungen. Man drohte ihnen mit Strafen und führte Anwesenheitslisten. Da standen dann mehr Namen auf den Listen, als der Hörsaal fassen konnte. Oder sie schrieben einfach, ich bin da und die anderen, *ich auch*, und machten sich lustig. Solche Berichte bestimmten die Dienstberatungen. Aber Wasser mit den Händen in einen Krug schaufeln, wollte auch keiner. So hofften sie, dass sich alles auf natürliche Weise regeln würde. »Vielleicht könnte die viel beschworene deutsch-sowjetische Freundschaft nun wirklich mit ganzem Herzen gelebt werden«, dachten einige Kollegen verklärt.

Als das Monatsmagazin *Sputnik* heikle Themen wie Stalinismus und wahre Demokratie aufgriff und in aller Breite diskutierte, war das Maß voll. Linientreue Leser baten um Zensur oder um ein Verbot zum Schutz des Sozialismus. Das gab es ja schon 1968 in der Tschechoslowakei. Besorgte Bürger hatten die sowjetische Bruderhilfe gegen die eigenen Genossen eingefordert. Aber nun war die Sache anders herum. Nun wollten die Menschen wirklich von der großen Sowjetunion lernen und durften es nicht. Das war vertrackt.

Die Studenten kosteten die paradoxe Situation aus. Sie brachten die Offiziellen ins Schwitzen. Der *Sputnik* wurde schließlich verboten. Der Postzeitungsvertrieb stoppte die russische und die deutsche Ausgabe. Nun gab es massiven Druck von den Arbeitern, die ja nichts zu befürchten hatten. Es hagelte Staatsratseingaben, waschkörbeweise. Und die mussten am Heimatort und schriftlich innerhalb von vier Wochen bearbeitet werden. Die Funktionäre stöhnten. Die Seminare wurden zu Diskutierstunden mit den Assistenten. Flugblätter tauchten auf. Irgendwann rief die Bezirksstelle des Ministeriums für Staatssicherheit an und erkundigte sich bei der Hochschulleitung, ob man die konterrevolutionären Kräfte im Griff habe. Rektor Meisel wurde nach Erfurt zitiert, musste Rede und Antwort stehen. Er versuchte, den Ball flachzuhalten. Die Genossen der Bezirksleitung mochten die akademischen Spinner nie. Neumann, der Sekretär der Bezirksleitung wollte sich hervortun, weil er Kandidat des ZK werden wollte. Aber das verdarb ihm seine Geliebte. Da waren die Genossen wie die Katholiken, kompromisslos konservativ. Und das bremste ihn.

Als Kurt Meisel am langen Tisch der Bezirksleitung Platz nahm, waren zwischen ihm und Neumann fast zehn Meter Entfernung. Auf beiden Seiten hatten sich die Fachsekretäre postiert und fixierten ihn mit versteinerter Miene. Niemand am mächtigen Tisch, außer Meisel, hatte je ein ordentliches Studium absolviert, von den Lehrgängen an der Parteihochschule abgesehen. Das wusste Meisel. Umso mehr ärgerte er sich über diese Entwürdigung. Nichts von dem, was man ihm vorhielt, hatte er zu verantworten. Draußen brennen die Hütten, und sie werfen Brandbeschleuniger. Unglaublich, dachte Meisel. Er zwang sich zur Gelassenheit. Irgendwann müssen sie aufhören und zu einem Ergebnis kommen.

»Du wirst eine Untersuchungskommission einrichten und feststellen, wer die Rädelsführer sind. Wir erwarten Disziplin und proletarische Wachsamkeit und empfindliche Strafen.«

Neumann saß wie eine Kröte am Tischende. Sein Körper nahm fast die ganze Stirnseite ein. Was er sagte, klang gepresst. Bevor er etwas sagte, fuhren seine Augen die beiden Reihen der Sekretäre mit sichtlicher Selbstgefälligkeit ab, als wolle er unterstreichen, wie man dem akademischen Klugscheißer die Hosen vollmachte. Der Fuchs ist schlau und stellt sich dumm, bei Neumann ist es andersrum. Meisel lächelte.

»Dir wird das Lachen noch vergehen. Bring deinen Laden in Ordnung! Sofort! Die Beratung ist beendet.«

Meisel stand auf, grüßte kurz in die Runde und verließ den Raum.

Er ließ sich in den Sitz des *Ladas* fallen.

»Erwin, die haben alle eine Meise, wenn nicht irgendetwas passiert, wird's richtig schlimm, die wissen nicht, was los ist.«

Sein Fahrer Erwin Wehling sagte nichts, oder man hörte es nicht. Er war treu und absolut loyal. Bei ihm verschwanden alle Gespräche, die im Auto geführt wurden. Er war ein Safe mit einem Einwurfschlitz, ohne Schlüssel.

Auf der Fahrt nach Weimar hingen beide ihren Gedanken nach. Wehling brauchte einen neuen Luftfilter, den er schon einige Wochen suchte, und Kurt Meisel musste den Senat informieren und etwas veranlassen, um diese Idioten ruhigzustellen. Er hatte sich im Büro noch nicht gesetzt und sich auf einen Kaffee gefreut, als das besondere Telefon am kleinen Tisch neben ihm läutete.

Jetzt wird's ernst.

Das rote Telefon sah nicht nur so aus. Anrufe auf dieser Leitung kamen immer direkt aus einer der Höhlen der Löwen. Er konzentrierte sich und nahm ab. Der Staatssekretär war am Apparat.

»Magnifizenz, Guten Tag, der Minister möchte Sie sprechen, ich stelle durch.«

»Meisel, Guten Tag, Genosse Minister.«

»Genosse Rektor, ich habe eben von den Genossen der Hochschulabteilung im ZK die Weisung bekommen, Sie wegen der *Sputnik*-Geschichte an eurer Hochschule zur Berichterstattung nach Berlin zu bitten. Ich habe Ihnen eine Liste zur Eindämmung der reaktionären Aktivitäten zu übergeben.«

Meisel wollte aufbegehren, reaktionäre Aktivitäten, dem musste man widersprechen, aber der Minister ließ ihn nicht zu Wort kommen.

»Gerade die Verharmlosung ist das Problem. Die DDR befindet sich in einer heißen Kriegsgefahr.« Er betonte das Wort heiß, weil er in seinen Reden immer vom Kalten Krieg sprach und die vielen Gefahren daraus beschwor. Auch hier hatte es keinen Zweck. Die Fronten waren klar. Es ging nun auch um ihn, denn im nächsten Jahr war seine Amtszeit zu Ende. Er sollte wieder kandidieren. Das wollten die Kollegen und die Parteileitung auch. Nun schwang aber ein feindlicher Unterton in der Stimme des Ministers. Dafür hatte Meisel ein besonderes Gespür entwickelt. Es braute sich ein Gewitter zusammen.

Das entlud sich am nächsten Tag in Berlin. Auf ihn indirekt. Der Minister verwarnte ihn. Nur, wie Meisel messerscharf feststellte. Doch dass er Disziplinarverfahren gegen die Studenten, seine Hausmacht, anzustrengen hatte, war schlimmer. Es war für ihn Verrat.

Kurt Meisel und seine Frau hatten am Abend Gäste. Freunde waren zum Essen eingeladen. Meisels Frau war eine begnadete Köchin und Chemikerin, vielleicht deshalb.

»Womit versuchst du, uns heute umzubringen, Dora?«

»Wenn das so wäre, würdet ihr hier nicht mehr sitzen. Es gibt viele geschmacklose Langzeitgifte, und nachweisen kann man die auch nicht. Also seid schön brav.«

Dorothea, die es gerne gehabt hätte, wenn man ihren schönen Namen auch benutzen würde, hatte mit den Kollegen ihres Mannes nicht viel am Hut. Sie arbeitete in einem wissenschaftlichen Institut, das sich mit speziellen Gläsern befasste. Die Glasschmelzen für die Produktion von Flachgläsern mussten eine bestimmte Konsistenz haben, sonst riss das Band ab, das aus dem flüssigen Zinnbad zu hochwertigen Scheiben ausgezogen wurde. Um das zu erreichen, mussten bestimmte Chemikalien zugegeben werden, und das war ihr Job. Am Abend kam sie oft von der Hitze und den Laboruntersuchungen wie erschlagen nach Hause. Und sich dann die flachen Witze der Kollegen anzuhören, war eine Qual. Aber sie musste das aushalten, weil solche Einladungen zum akademischen Ritual gehörten.

Kurt Meisel hatte sich griesgrämig in seinem Sessel eingegraben. »Lasst mich«, bog er ab. »Die *Sputnik*-Geschichte macht richtige Schwierigkeiten. Und ich soll die Studenten verdonnern. Das bleibt an mir hängen. Wenn ich etwas dagegen sage, machen sie Hackfleisch aus mir und auch aus der Hochschule.«

In einem solch jämmerlichen Zustand hatten sie ihn noch nie gesehen. Kurt, die sprichwörtliche Frohnatur, der Nerven wie Drahtseile hatte, hockte wie ein graues Männlein im großen Ohrensessel. Dort saß er sonst in fast königlicher Haltung. Diplomanden und Doktoranden baten um Audienzen, wenn sie seinen Rat benötigten.

»Siehst du«, sagte seine Frau, »hättest du auf mich gehört, würdest du heute Abend, genau wie wir, deine Ruhe und nicht den Ärger haben.«

»Schatz, nicht immer dieselben Botschaften, das höre ich jeden Abend vor dem Einschlafen und morgens wieder. Das hilft mir auch nicht weiter.« Meisel war sichtlich genervt.

»Das kann mir nicht passieren«, wollte Doktor Becker die Situation etwas entspannen.

»Ja, ja ich weiß schon, weil du keinen Mann hast.«

»Genau«, bestätigte sie.

»Freu dich nicht zu früh, vielleicht bin ich der Letzte, der am besten lacht«, grummelte Meisel. Die Runde sah sich erstaunt an.

»Was weißt du, was wir nicht wissen?«

»Viel«, antwortete Meisel kryptisch. »Meine Amtszeit wird nicht verlängert. Man will uns einen linientreuen Staatskommissar auf den Thron setzen. Zumindest quatscht man das in den Gängen des Ministeriums.«

»Wie soll das gehen«, fragte Reiner Kühnlenz, der Mathematiker, »ohne Senat und den Wissenschaftlichen Rat[92]? Der muss doch gewählt werden.«

»Ach, das kann man alles arrangieren. Es gibt genug Leute, die sich auf solche Spiele einlassen«, sagte Meisel, »hatten wir ... glaube ich ... schon einmal.«

»Du meinst Baum? Als nach Kleidermann – wie die das in Berlin sahen – der Klassenfeind angeklopft hatte?«

Kühnlenz war schon damals im Senat, als parteiloser Quotensenator, mit Sellhorn zusammen, die Baum aus dessen Studienzeit kannten. Nicht von der besten Seite, ein Formalist, den der Krieg zum überzeugten Kommunisten gemacht hatte. Er war kompromisslos, nicht aggressiv, beseitigte aber mit Konsequenz alle Umleitungen zum geraden Weg des Kommunismus. Das verschaffte der Hochschule im Inneren eine gewisse Disziplin und beseitigte den Schlendrian in der Arbeitszeitnutzung. Aber die Linientreue war nicht so lukrativ, dass man deswegen aus Berlin besondere Zuwendung erhoffen konnte.

So hat sich Baum dann recht lange als Rektor gehalten, bis Meisel eine echte Alternative für viele war. Liebenswert und pragmatisch, mit einem Blick fürs Ganze, den er sich als Klimaspezialist schon beruflich verschaffen musste. Der Hochschule ging es nicht schlechter. Es durfte in den Parteiversammlungen auch wieder gelacht und mancher Witz erzählt werden. Heute aber war Meisel nicht nach Witzen zumute. Er sollte seine Basis – die Studentenschaft – angreifen. Das bedrückte ihn. Wenn man ihn nicht mehr haben wollte, würde er endlich wieder wissenschaftlich

[92] Für die grundsätzlichen Entscheidungen gab es an allen Hochschulen und Universitäten den Gesellschaftlichen Rat, meist aus Vertretern der Praxis für hochschulpolitische Fragen, und bei Berufungen und wissenschaftlichen Grundsätzen den Wissenschaftlichen Rat. In diesen wurden Vertreter aus den wissenschaftlichen Bereichen von Forschungseinrichtungen, Hochschulen oder Instituten delegiert.

arbeiten können. Aber der Makel, Studentenfresser zu sein, würde bleiben.

Die Gäste hatten keine Freude an ihm und verdrückten sich nach dem Essen.

Die Meisels gingen zeitig schlafen. *Durch Schlafen starke Nerven* war Kurt Meisels Devise. Und von taudicken Nerven hatte er allemal genug.

Meisel berief für den nächsten Tag eine außerordentliche Senatssitzung ein und berichtete vom Ministergespräch und der Weisung. Sellhorn fragte nach möglichen Konsequenzen, wenn man die Weisung nicht befolgen würde. Meisel verbat sich solche Fragen, die Lage sei sehr ernst. Worin denn der Ernst der Lage bestünde. Sellhorn konnte unerbittlich sein. Meisel berichtete von der Unterredung in der Bezirksleitung. »Aber Magnifizenz«, begann Sellhorn wieder, »unsere vorgesetzte Institution ist das Hochschulministerium und nicht das ZK.«

»Das stimmt nicht ganz, weil die SED die führende Rolle im Lande hat, wie bekannt ist, und das gilt auch für parteilose Professoren.«

Einige Senatoren waren gut verdrahtet, und sie würden jedes Wort weitergeben. Meisel wollte kein Risiko eingehen. Der Senat beschloss, eine Disziplinarkommission einzurichten. Sie bestand eigentlich schon. Professor Brinkmann, ein Physiker, Professor Dörfler, der Direktor der Sektion Gesellschaftswissenschaften, und Professor Klausen, der Industriearchitekt, waren ständige Kommissionsmitglieder. Zwei weitere Mitglieder, ein Student und einer aus dem wissenschaftlichen Mittelbau wurden vorgeschlagen und gewählt, einstimmig.

Alle waren froh, diesen Tagesordnungspunkt, den einzigen im Übrigen, erledigt zu haben. Meisel war erleichtert. Er hatte es hinter sich. Er bat Reinhard Dörfler, die Kommission möglichst schnell einzuberufen. Aber er solle sich vorher über jeden einzelnen Fall informieren. Dörfler war ein friedlicher Mensch. Er hatte eine besondere Entwicklung gemacht, war vom Saulus zum Paulus mutiert. Man sagte ihm nach, dass er bei der SS gewesen sei, und nun hatte er einen Lehrstuhl für marxistisch-leninistische Philosophie. Das war schon etwas krass. Aber er konnte das erklären, als Dummheit eines Siebzehnjährigen, den die Werber kurz vor Kriegsende für Hitler begeistert und dann eingefangen hatten. Er sei nie wirklich eingezogen gewesen, weil drei Monate später der Krieg zu Ende war, zum Glück, wie er betonte. Aber das blieb je nach Stimmungslage ein schwarzer Fleck auf seiner Weste. Solche Flecken konnte man hervorholen oder versteckt lassen, je nachdem, wenn es um eine bestimmte Absicht ging, die der Vorgesetzte durchdrücken wollte. Dörfler konnte man sich weder als SS-Mann noch als knallharten Parteigänger vorstellen. Er war eher der Typ eines lieben Opas, der mit den Enkeln Eis aß. So war es auch mit Brinkmann und Klausen, die sich solcher Aufträge möglichst schnell und lautlos entledigten.

Die beiden zugewählten Neuen waren nicht einzuschätzen. Der Studentenvertreter hatte drei Jahre bei Feliks-Dzierzynski gedient. Das waren meist Tausendprozentige. Es hatte nicht den Anschein, dass er in dieser Sache seine eigenen Kommilitonen anschwärzen würde. Das galt auch für Brehmer, Assistent in der Informatik, und kurz vor der Promotion.

Dörfler lud die Kommission für den nächsten Montag nach dem Mittag ein. Er wollte das weitere Vorgehen beraten und sich am Abend in der Parteiversammlung den Segen holen. Meisel hatte ihm die Erwartungshaltung des Ministers mitgeteilt. Es sollten Köpfe rollen. Das sahen die Kommissionsmitglieder ganz anders. Besonders der Studentenvertreter legte sich ins Zeug. Man solle die Sache nicht auf ein solches staatsfeindliches Niveau heben. Keiner der Studenten sei gegen den Sozialismus, das könne er aus eigener Anschauung bestätigen. Vielmehr wollten sie auf eine Gefahr aufmerksam machen, die gerade für den Sozialismus bestehe, wenn man so weitermache wie bisher. Gorbatschow sei eine Hoffnung, insbesondere für die jungen Leute. Die Meinung bestünde, dass das ZK verjüngt werden müsse, mit Leuten, die im Leben gestanden haben und nicht schon darüber hinaus waren. Was Gorbatschow in seinen Büchern mitteile, sei eigentlich eine Binsenweisheit, denn ohne Offenheit ginge gar nichts, das gelte im privaten wie im gesellschaftlichen Leben.

Dass die Studenten sich für den *Sputnik* ausgesprochen hätten, geschah genau aus diesem Grund, weil man ja nun wisse, welche Verbrechen Stalin veranlasst habe. Darüber müsse gesprochen werden. Der Sozialismus werde immer als die höchste Form der Demokratie in den Seminaren gepriesen, weil die Arbeiterklasse die Führung übernommen hatte. Aber jeder wisse, dass das nicht so sei, weil die Gesellschaft viel komplexer funktioniere als in solchen Merksätzen. Man verstehe allenfalls, dass man einigen der Studenten einen Verweis wegen massiver Störungen des Lehrbetriebs aussprechen könne, mehr aber nicht.

Der Studentenvertreter endete abrupt, wie er sein Statement begonnen hatte, und lehnte sich selbstbewusst in seinen Sessel. Er war sicher der Einzige, der völlig autark in dieser Runde agieren konnte, als Parteimitglied und Pieck-Stipendiat[93] wagte sich keiner an ihn heran. Im Übrigen hatte er sich bei seinem Führungsoffizier rückversichert, was alle sowieso ahnten.

Die Bezirksstelle des MfS hatte Kenntnis von allem und war nicht erbaut, dass daraus solch ein Theater gemacht wurde. Die hatten bessere Informationen und wussten, dass da nichts dahintersteckte, konnten aber auch nicht eingreifen. Der Geist war aus der Flasche, und der hieß Neumann und saß in Erfurt auf einem Stuhl, der schon längst hätte umgekippt werden sollen. Für einen quälenden Augenblick herrschte betretenes Schweigen. Die Runde war verunsichert. Diese Aussage hatten sie nun doch nicht erwartet. Man kannte ja seine Pappenheimer.

---

93 Das Wilhelm-Pieck-Stipendium war ein besonderes Leistungsstipendium für Beststudenten.

Dörfler nahm den Ball auf und bat um weitere Meinungen. Brinkmann und Klausen stießen in das gleiche Horn und meinten, dass hinter allem weder der Klassenfeind noch sonst eine feindliche Macht stecken würde. Man solle sich mit Anstand der Sache entledigen und mit den Studenten sprechen. Brehmer nickt zustimmend. Das wertete Dörfler als Bestätigung, in dieser Weise vorzugehen.

Er beendete die Sitzung und eilte in die nächste Etage, um in der Parteiversammlung den aktuellen Stand vorzutragen und möglichst eine Zustimmung zu erhalten. Dort hörten alle zunächst aufmerksam zu. Als aber der Vorschlag einer Missbilligung gegen die Studenten kam, sprang Hoolmann, der Parteisekretär im Rektorat, sichtlich erregt auf und ereiferte sich über diese politische Instinktlosigkeit. »Wenn nicht die Rädelsführer solcher konterrevolutionären Kräfte bestraft werden würden, geht es bald zu wie 1933«.

Das war einigen zu viel. Sie unterbrachen ihn und baten, sich zu mäßigen, erst zu denken und dann zu sprechen. Wer die DDR mit der Weimarer Republik vergleiche, solle noch einmal den Geschichtsunterricht der achten Klasse wiederholen. Hoolmann war altgedienter Politoffizier. Er machte seinem Namen Ehre. Viele hatten Söhne bei der NVA. Sie wussten, dass solche Leute nicht ernst genommen wurden. Er machte sich lächerlich.

Aber ganz ohne Wirkung blieb die Hoolmannattacke nicht. Man fürchtete erneuten Ärger aus Berlin, mehr noch aus Erfurt und wollte die Strafmaßbegrenzung nicht festlegen. Damit konnte Dörfler erst einmal leben.

Die Kommission begann mit der Arbeit und sammelte Unterlagen: ein paar Protestbriefe gegen das Zeitschriftenverbot, einige Handzettel auf den Fluren und im Hörsaal, ein Tafelbild mit einem abgestürzten Satelliten und acht Studenten, die man als Täter festgestellt hatte, was auch nicht stimmte, weil sie sich freiwillig gemeldet hatten. Keiner war je irgendwo aufgefallen. Als konterrevolutionär zu gelten, erschreckte sie. Sie waren es nicht. Weder im Denken noch im Handeln. Und so bezeichnet zu werden, war Ausgrenzung ohne Gelegenheit zur Rechtfertigung. Die Kommission kam in eine schwierige Lage. Sie geriet zwischen die Stühle.

Dörfler sah man die Last an. Er schlich noch schwerer durch die Gänge als sonst. Sein Gesichtsausdruck wurde noch trauriger. Alles an ihm schien nach unten zu streben, sein ausgebeultes, zu großes Jackett, die Wangen, die Mundwinkel. Brinkmann und Klausen hatten ihren inneren Schutzpanzer angezogen und wollten allenfalls zusehen, als Statisten, aber keine Aktionen veranstalten. Sie stellten sich ungeschickt an und gaben vor, nicht in juristischen Kategorien denken zu können. Sie schwiegen in den Beratungen, auch dann, als für zwei der Studenten wegen massiver Störung des Lehrbetriebes eine einjährige Bewährung in der sozialistischen Produktion[94] empfohlen wurde, wie es offiziell hieß. Die Übrigen erhielten eine Rüge aus gleichem Anlass. Aber sie blieben im Studium. Als Meisel die Empfehlungen der Kommission verkünden musste, war die allgemeine Stimmung nicht mehr sichtbar explosiv. Die Sache sollte nun beendet werden, und die Relegationen waren ja zeitlich begrenzt. Sie verbauten den jungen Leuten nicht den weiteren Weg. Doch die Verantwortlichen machten sich in diesem Punkt etwas vor, um die dunklen Wolken von der Seele zu schieben.

Dörfler erhielt nach Tagen einen Brief eines der Relegierten, der ihn und die Kommission vernichtend verurteilte. Er wolle mit solchen Leuten nie wieder etwas zu tun haben und das Land so schnell wie möglich verlassen. Legal selbstverständlich und wenn es zehn Jahre dauern würde, schon um solchen Typen keine neue Handhabe für Sanktionen zu geben.

---

[94] Studenten als Strafe für eine Weile in die Produktion zu schicken, war üblich, wenn Prüfungen verpatzt wurden oder wenn Disziplinierungen, aus welchem Grund auch immer, anstanden.

Dörfler war betroffen. Er hatte sich nicht gegen die Vorgaben gewehrt. Das nahm er sich übel. Er hatte sein Lebensprinzip verletzt, nie wieder gegen seine innere Stimme zu entscheiden. Und er hatte es getan. Wie so oft, mitgeschwommen zu sein, ohne eigenen Richtungswillen. Aber keiner konnte das, der sich bis auf eine bestimmte Höhe im Beruf hochgestrampelt hatte. Das ließ er für sich als Entschuldigung gelten. Die Podeste, auf denen sie standen, waren schmal und kippelig und der Sprung auf andere Ebenen zu weit oder zu tief. Er hatte sich nach seiner Jugendsünde notgedrungen auf die Partei einlassen müssen, weil es für ihn sonst keine Möglichkeit des beruflichen Weiterkommens gab. Das war keine Liebesheirat, sondern zunächst eine Vernunftsehe. Aus Gewohnheit und Geborgensein hatte sich so etwas wie Zuneigung entwickelt. Jetzt, wo er Professor geworden war, entstand ein Kind, sein Kind, das er in Forschung und Lehre großzuziehen hatte. Aber mit diesem Sprössling wollte keiner spielen. Das wurde sein kaltes Echo.

Im Herbst 1988 waren die Reisemöglichkeiten nur noch auf wenige Länder beschränkt, und die Ostseeplätze des FDGB wurden mit Westgeld gehandelt. Die Leute auf der Straße oder in den Bussen und Zügen nahmen keine Blatt mehr vor den Mund. So konnte es nicht weitergehen.

Die Greise im ZK hatten sich in ihrer Wagenburg verschanzt und warfen mit Steinen. Wenn sie Bananen und Apfelsinen nahmen, wich der Druck aus dem Kessel. Die Sowjets verabschiedeten Gesetze, die infrage stellten, was siebzig Jahre sakrosankt war. Verkehrte Welt. Die Gralshüter in der DDR erstarrten in rückwärtsgewandter Egozentrik. Gorbatschow wurde zum sozialistischen Luther der Neuzeit. Viele waren aber anderer Meinung, wie Hoolmann, für den Gorbatschow der Teufel und amerikanischer Agent mit CIA-Auftrag war.

Gorbatschows Sicht auf das Globale ging von einem Typus Mensch aus, den es nicht gab und nicht geben würde, den uneigennützigen Weltenbürger. Bekommen hatte er eine Mischung aus westlicher Demokratie und verknöcherter Diktatur, ohne die Machtverhältnisse im Wesentlichen zu ändern.

Was vorher Staatseigentum war – mit subventionierten Arbeitsplätzen und Vollbeschäftigung – eigneten sich wenige, meist die bisherigen, gut informierten Chefs der Wirtschaft mit pseudolegalen Mitteln an. Die alten Parteifürsten der Teilrepubliken nationalisierten und kolonialisierten ihren Einflussbereich. Das zusammengeschmiedete Sowjetreich zerschmolz wie einst Titos Jugoslawien. Gorbatschow hatte in guter Absicht das Land geöffnet und nichts dafür bekommen. Man lobte ihn im Ausland und verachtete ihn zu Hause. So jedenfalls sah Dörfler die Dinge. Die täglichen Berichte im Fernsehen bedrückten ihn. Wo es vorher ein soziales Fangnetz gab, war ein möglicher Absturz nun tödlich. Das große Sowjet-Land verwahrloste. Es gab nun unendlichen Reichtum und viel größere Armut. Ganze Regionen wurden vergessen. In den Städten kampierten Obdachlose. Familien, die sich nicht mehr durch ehrliche Arbeit ernähren konnten, setzten ihre Kinder aus. Man verglich ernüchtert die kommunistische Diktatur mit dem, was die gepriesene Freiheit brachte. Die Regulierung hätte früher erfolgen müssen, als sich – für alle sichtbar – Stromschnellen im ruhigen Wasser bildeten. Dazu war es jetzt zu spät. Gorbatschow hatte das Wehr gezogen, um Schlimmeres zu verhüten.

Meisels Bestätigung für eine weitere Amtszeit wurde abgelehnt. Man hatte ihm nicht verziehen. Die *Sputnik*-Sache war zu lasch verlaufen. Man wollte Köpfe und blutende Wunden und nicht nur Kopfnüsse. Für Meisel lief es dennoch gut. Er hatte sich im Rahmen des Möglichen einigermaßen erträglich aus der Affäre gezogen. Man wollte ihm jetzt den Stuhl vor die Tür setzen. Damit hatte er sich schon lange abgefunden. Es bestand die Gefahr, dass man wie eine Horde wütender Hunde über die Hochschule herfiel. Das frühere Modell war beschlossene Sache, als Baum kam, linientreu, mit klassenbewusster Disziplin. Es sollte wieder Ordnung in den politisch verwahrlosten Haufen kommen.

Die Entscheidung lag in Berlin oder Erfurt. Man war ihnen ausgeliefert. Topleute in der Verwaltung, Bezirksarchitekten, Kombinatsdirektoren, ausgesonderte Minister winkten ab. Die Hochschule in Weimar galt als elitär und politisch unbeherrschbar. Architekten sind Individualisten. Es wurden sogar Schließungspläne erwogen, nicht zum ersten Mal in der kurzen Nachkriegsgeschichte.

Man setzt sich nicht mit dem entblößten Hintern in einen aufgescheuchten Bienenschwarm. Erfahrene Parteikader wussten solche Stühle zu meiden. Viele von ihnen hatten sich eingerichtet im Wirtschaftssystem des Tauschens und Schacherns. Das war lukrativer, als in einer geschützten akademischen Werkstatt den Vortänzer zu spielen. Meisel hatte viele Bekannte, die ihn über den Stand der Entwicklung unterrichteten. Er freute sich insgeheim. Rache war süß. Er genoss sie. So drohte ein Dilemma. Das Ende von Meisels Amtszeit stand fest, aber die Nachfolge war nicht geklärt. Man musste sich in Erfurt etwas einfallen lassen. Nun kam Druck aus Berlin. Neumann sah seine Felle, ins Politbüro aufzusteigen, davonschwimmen. Er reagierte bockig und überließ Meisel die Entscheidung der Nachfolge.

Meisel rief Professor Becker zu sich.

»Wir schlagen dich als meine Nachfolgerin vor.« Meisel war immer für eine Überraschung gut, frontal und ohne Umschweife. Sie erschrak. Damit hatte sie nicht gerechnet. Meisel grinste. »Jetzt haben sie in Berlin kalte Füße bekommen, und wir dürfen wieder.«

»Kurt, ich kann das nicht. Das Ding geht den Bach runter. Da muss ein anderer hin.«

»Willst du wieder einen Funktionär wie Baum?«

»Und wenn ich Nein sage …«

»… bekommst du einen Parteiauftrag, dann musst du.«

»So geht das nicht, nicht für diese Riesenaufgabe.«

»Doch, so geht das. Wer soll das denn machen. Irgendein Frührentner? Glaubst du, dass das für uns besser ist? Du musst das machen. Du wirst anerkannt. Kommst von draußen und hast den hausgemachten Pflanzen viel voraus.«

»Und wie ginge das weiter?«

»Deine Unterlagen werden eingereicht. Die durchlaufen dann die Zustimmungsgremien. Wir werden für dich *gut Wetter machen*. Die kennen dich nicht. Das ist gar nicht schlecht.«

»Und wer entscheidet das?«

»Die Abteilung Wissenschaft beim ZK, das sind ganz vernünftige Leute, meistens jedenfalls, na, und das Ministerium. Aber dort ist das dann nur noch Formsache. Und wenn du grünes Licht bekommst, dann erst dürfen wir dich den entscheidenden Hochschulgremien, dem Gesellschaftlichen und dem Wissenschaftlichen Rat und dem Senat, vorschlagen. Dass der Kandidat nicht gewählt wird, ist bisher nie vorgekommen.«

»Kurt, was weiß man, wenn man Rektor einer solchen Hochschule ist«, platzte Professor Becker dazwischen.

»Wie meinst du das?«

»Na, ist das wie bei den Freimaurern, dass man Rituale einhalten muss, die niemand erfahren darf?«

»Du hast zu viele schlechte Krimis gelesen, meine Liebe«, sagte Kurt Meisel freundschaftlich. »Nein, nichts. Du bist Geheimnisträgerin, aber das sind sie hier fast alle. Im Kriegsfall müssen wir die anderen Hochschulen ordnungsgemäß evakuieren. Mehr ist nicht. Wirklich, ... na ja, in politischen Zwängen bist du ja schon. Da hättest du nicht in die Partei gehen dürfen. Aber dann würdest du auch welche haben, andere eben.«

»Du weißt, es gibt in jeder Sache eine Zeit danach, und die möchte ich in der bisherigen vertrauten Freundschaft fortsetzen«, ließ sie nicht locker.

»Das kannst du unbesehen.«

»Ich werde dir jetzt gar nichts sagen, weder Ja noch Nein«, sagte sie ungehalten. Diese Überrumpelungen waren gefährlich. Sie wollte Zeit gewinnen, sich nicht festlegen und nachdenken.

»Na schön, wir haben aber keine Zeit mehr zu verlieren. Die haben sich nicht ausgekäst, jetzt muss es schnell gehen, auch in meinem Interesse«, sagte Meisel nun kühl. Auch da konnte er von einer Sekunde zur anderen umschalten.

Beata Becker verließ das Dienstzimmer. »So verändert sich mein Leben«, dachte sie. »Man verlässt kein Haus so, wie man es betritt«, hatte Onkel Song gesagt.

Ich sollte mich mit Professor Sellhorn beraten, beschloss sie. Der hatte ihr manche Entscheidung leichter gemacht.

Obermann hatte Geburtstag. Sie wollte sowieso auf einen Kaffee vorbeigehen. Sellhorn würde sie dort treffen. Sie nahm sich vor, Sellhorns Empfehlung zu folgen, wie auch immer sie ausfiel. Sie hoffte und war sich eigentlich sicher, dass Sellhorn Nein sagen würde. Funktionen mussten sich nach seiner Einschätzung lohnen. Aber die politische Lage im Lande ließ dazu keinen Raum. Sellhorn hatte immer eine treffsichere Analyse, und obwohl sie beruflich seit Langem flügge war, hielt er, wenn es sein musste, seine schützende Hand über sie. Das galt auch für die anderen. Sellhorns Leute sind die besten. Daran gab es nichts zu deuteln. Das war bekannt und manchmal recht nützlich, für die, die dazugehörten. Beata Becker kam ja aus seinem Haus.

Sellhorn sagte ohne zu überlegen und genauso direkt: »Machen Sie das.« Und nach kurzer Pause, so als ob er den drei Worten Nachdruck verleihen wollte: »Sie wachsen an dieser Aufgabe, erlangen neue Einsichten und Qualitäten, die Ihnen an anderer Stelle versagt bleiben.«

»Und die politische Lage?«, bohrte sie etwas unsicher nach.

»Sie wird sich bald ebenso wie in der Sowjetunion verändern, Kollegin Becker. Das ist nur eine Frage der Zeit. Sie schaffen das. Und ich bin ja nicht aus der Welt, aber nun doch bald, denn ich muss nach Berlin, unsere Containmentforschung steht zur Debatte. Ich bin ja morgen wieder da. Da können wir noch einmal darüber reden. Alles Gute für Sie, ich freue mich auf eine gute Zusammenarbeit. Sie können auf mich zählen, das wissen Sie.«

Er verschwand mit wehendem Jackett, so wie immer, in Eile, wuselig und beschäftigt. Sellhorn war der sachliche Analytiker. In solchen Fällen kannte er keine Sentimentalitäten. Das erwartete er auch von seinem Umfeld.

Beata Becker ging nach Hause. Sie hatte Karten für das Abschlusskonzert der Musikhochschule, eineinhalb Stunden Mozart. Das ging gerade noch. Sie brauchte Zeit zur inneren Sammlung. Ihr ruhiges Leben, das sie so bewusst nach der Hektik der Baustelle genoss, schien sich wieder zu verändern. Es würde bestimmt Farbe in ihr Leben bringen. Aber das Unmögliche einer solchen Aufgabe, gerade jetzt, wo ein politischer Wechsel in der Luft lag, sah sie auch. Sie beschloss, die Entscheidung nicht zu beeinflussen und die Dinge ihren Lauf nehmen zu lassen. Sie spielte eigenes Schicksal.

Schon am Montag meldete sich Andreas Enders bei ihr. Die Entscheidung schien gefallen, ohne Beata Becker. Kurt Meisel war liebenswert unerbittlich, wenn er das für richtig hielt. Und das hielt er. Das ließ er Professor Becker bei der Unterredung am vergangenen Donnerstag unmissverständlich wissen. Andreas Enders war der Kaderleiter und früherer Kollege, gelernter Geodät. Er schien die Order zu haben, ohne Umschweife die nötigen Vorbereitungen zu treffen. Die meisten Unterlagen waren bereits bei seinen Akten: Zeugnisse, Urkunden, Beurteilungen. Die notwendigen Gutachten der Berufung waren in Auftrag. Es blieb überschaubar.

Ihre Nominierung hatte sich in der Hochschule herumgesprochen. Professor Becker nahm nun eine besondere Aufmerksamkeit wahr, auch von Kollegen, die sie bisher nicht beachteten. Für die sie zu jung, nicht etabliert genug oder nur Frau war.

Zwei Wochen später rief Meisel bei ihr an. »Die Bestätigung aus Berlin ist da. Glückwunsch Beata. Du musst dich nur noch in Erfurt bei Neumann vorstellen. Das ist reine Formsache. Der hat da sowieso nichts mehr zu sagen, und dann können wir deine Kandidatur in den beiden Räten und im Senat zur Wahl einbringen. Kannst du morgen gegen elf zu mir kommen? Wir müssen einige Dinge vorbereiten. Wir brauchen etwa eine Stunde, dann lade ich dich zum Essen ein.«

»Na, so wie die Dinge liegen, bin ja wohl ich dran.«

»Wie du willst, hast du eine Vorstellung, wo?«

»Isst du Fisch?«

»Auch Fisch«, sagte Meisel etwas gedehnt.

»Klingt nicht sehr begeistert. Du wirst überrascht sein, was man aus Fisch alles machen kann. Ich bestelle einen Tisch im *Gastmahl des Meeres* am Herderplatz«, schlug sie vor.

»Gut, dann bis morgen. Mach's gut.«

Sie legte auf. Nun gab es kein Zurück mehr. Sie hatte gepokert, konnte aber nicht einschätzen, ob sie gewonnen oder verloren hatte.

Sellhorn lächelte, hintergründiger als sonst, als sie ihm vom Ergebnis erzählte. »Nun geht das Licht an, und Sie stehen mitten im Kegel. Man sieht und beobachtet Sie von allen Seiten. Denken Sie daran, dass Sie geblendet sind. Sie sehen wenig von da oben. Ein unbedachter Schritt, und Sie stürzen. Sie verlieren die Unschuld Ihres Wortes, das ist schlimmer. Passen Sie also auf.«

Die Amtseinführung war kurz vor den großen Ferien, Anfang Juli. Neumann kam nicht und schickte einen der Sekretäre. Das war klug. Er hat es bei den Mitarbeitern und Studenten verschissen, hätte Karin gesagt. Großer Bahnhof, abgesperrte Zufahrtsstraßen, salutierende Polizisten, respektvolles Gebaren, Würde in den Gesichtern. Alles bis zur Komik. Einzug der Offiziellen, wie bei einer Hochzeit, immer paarweise. Beata Becker, die Braut, und Meisel, der Brautvater an der Spitze, mit schwerer Amtskette selbstverständlich, dahinter die Wichtigkeiten, die Rektorenkollegen der anderen Universitäten. Davor der Minister, die Chefs aus Parteien und Verbänden, Studentenvertreter, Senatoren. Ganz am Schluss Sellhorn. Der müsste eigentlich ganz nach vorne. Er war die Bedeutung der Hochschule, auch im Ausland. Ach, bei Sellhorn sind Sie, na der ist ja wohl exzellent. Das war für Beata immer der Ritterschlag bei Gesprächen.

Es folgten die wohlgedrechselten Reden. Der Minister lobte Meisel und hob seine klassenbewusste Führung der Hochschule hervor. Kein Wort von *Sputnik* und all dem Theater davor, aber Dank und Wertschätzung für wirklich gute Arbeit. Das ist völlig in Ordnung, ehrlicher Beifall im Auditorium. Dann Meisel, der sich seinerseits bedankte, beim Minister, den Parteileitungen, auch der im Bezirk, bei allen Kollegen, Mitarbeitern und Studenten. Er schaute Beata Becker mit seinen strahlenden blauen Augen an und lobte sie als seine kompetente Nachfolgerin im Amt. In seinem Gesicht war nicht zu lesen, was ihm in der Zeit davor widerfahren war. Das hatte er verarbeitet, und es spielte keine Rolle mehr. Er war wirklich froh, alles endlich weitergeben zu können, obwohl er gerne Rektor war und es hätte bleiben wollen.

Beata Becker wurde nun verdächtig. Sie hatte ja in dieser politisch brisanten Lage das Amt übernommen. Wie sagte Sellhorn? Alle Lampen werden Sie zu blenden. Sie werden nun alles zu verantworten haben, ob Sie das persönlich betrifft oder nicht.

Das war gelebte Politik, und Meisel riet ihr, sich schnellstens darauf einzustellen.

Der offizielle Akt war feierlich, kurz und schmerzlos. Meisel legte ihr die Amtskette an und brachte – sehr umsichtig für einen Mann – den Kragen ihres Kostüms wieder in Ordnung, den die schweren Amtskettenglieder verdrückt hatten. Dann umarmte er sie: »Alles Liebe für dich und die Hochschule«. Er war mit der Hochschule wie mit einem Partner emotional verbunden, und das übertrug er auf sie.

Die Musiker intonierten die Nationalhymne. Die Profis kannten den Text und sangen mit, selbstverständlich nur Strophe zwei.

»Was ist aus uns geworden? Nur kastrierte Nationalhymnen? Aber noch nicht einmal die konnten alle singen. Ich auch nicht«. Beata Becker nahm sich vor, Texte zu lernen. Sie würde nun öfter singen müssen und zwar mit dem Gesicht zum Auditorium. »Ja, ja, Völker hört die Signale ... mein alter Musiklehrer hätte seine helle, hämische Freude: Nun musst du doch all die Kampflieder singen!«

Nach den Feierlichkeiten wollte Beata Becker etwas Ruhe. Sie nahm einige Tage Urlaub. Die Autobahn nach Süden war verstopft. Ungarn hatte die Grenze zu Österreich geöffnet.

»Unsere Jugend verlässt mit Sack und Pack das Land. Als ich nach wenigen Tagen zurückfuhr, war ich die Einzige, die nach Norden fuhr und ins Land hinein wollte. Ich werde wohl das Licht ausmachen müssen«, schrieb sie abends in ihr Tagebuch. Die Dimension ihrer neuen Aufgabe wurde ihr zum ersten Mal richtig bewusst. Es würde einsam werden, auf dem Hügel, mit dem Sellhorn ihr Amt verglich. Hügel vielleicht, aber kein Licht und schon gar nicht strahlend. Aus einer unbekümmerten Beobachterrolle wurde sie über Nacht zur Zwangsaktiven. Es gab kein Zurück. Sie hätte ja auch Nein sagen können. Jahrmarkt der Eitelkeit und weiter nichts. Kein Selbstmitleid! Sie wollte und musste ihre Möglichkeiten für einen vernünftigen Ausweg suchen.

Alle hofften auf Gorbatschow. In der kleinen sowjetischen Exklave DDR rumorte es. Die Regierung würde sich im allgemeinen Aufbruch nicht mehr lange halten. »Und ich bin dabei«, dachte sie. Das war ihre Hoffnung.

Als sie aus dem Urlaub zurückkam, war sie mittendrin. Die ehemaligen Offiziere im Büro hatten sich offen zum Massaker auf dem *Platz des Himmlischen Friedens* in Peking bekannt. Auf einen Zeitungsausschnitt der internen Wandzeitung war mit dickem Rotstift *Lösung für die DDR* geschrieben worden.

Professor Becker verbat sich solche Provokationen und ließ das Blatt entfernen.

Es hagelte Ausreiseanträge, auch von Genossen. Viele entdeckten nun ihre totgeschwiegene Westverwandtschaft. Sie kalkulierten nüchtern: Eine mögliche Westmarkunterstützung war besser, als NSW[95]-Reisekader zu werden, und sie durften nun zu Geburtstagen und Familienfesten in den Westen fahren.

Wöchentlich verschwanden befreundete Familien. Nichts war mehr vorauszusehen. Als Honecker mit Tumordiagnose krank wurde, hoffte man auf einen Wechsel. Aber der fand nicht statt. Er ließ nicht los, sah oder wollte nicht sehen, dass alles brannte und sich die Flammen durch das Land fraßen.

Anfang September 1989 war Professor Becker in Leipzig an der Universität. Das Studienjahr hatte begonnen. Zwischen beiden Hochschulen waren Absprachen für die Rote Woche[96] und dem gemeinsamen Einsatz auf den Feldern einer großen LPG im Hallenser Raum zu treffen. Die Reservistenlehrgänge[97] hatten zäh begonnen. Die Studenten wollten keine Offiziersausbildung und schoben lieber Ernteeinsätze auf dem Feld.

Beide Rektoren waren nicht bei der Sache, weder ihr Kollege Ölschlägel noch sie. Überall war die Spannung zu greifen, und jeder von ihnen saß auf einem heißen Stuhl. Sie hatten ihr Programm zügig abgearbeitet. Professor Becker verabschiedete

[95] Abk. für Reisekader, die dienstlich nach dem Westen, in das “nichtsozialistische Wirtschaftsgebiet”, reisen konnten.

[96] Landläufige Bezeichnung für die erste Studienwoche eines Studienjahres, die immer für gesellschaftliche Aktivitäten reserviert war.

[97] Studenten, die sich vor dem Studium meist drei Jahre für die Armee (NVA) verpflichtet hatten, wurden einmal im Studium zu Offizieren der Reserve ausgebildet. Alle anderen wurden zu Reservistenlehrgängen oder vormilitärischen Ausbildungen verpflichtet.

sich eilig. In Weimar war eine Parteiversammlung einberufen worden. Es sollten vernünftige Wege gefunden werden, um Dampf ablassen zu können, ohne erneut aus Erfurt oder Berlin eins auf den Deckel zu bekommen. Aber das wurde an diesem Montag nichts. Ihr Fahrzeug blieb in der Masse junger Leute stecken, die sich in der Innenstadt auf dem Stadtring zur Montagsdemo versammelten.

»Wir sind das Volk, ja, warum denn nicht?«, sagte sie zu Kurt Wehling, der schon vor ihr viele Chefs gefahren hatte. Selten vergaß er seine gebotene Schweigsamkeit. Jetzt aber brach alles aus ihm heraus. Er hatte Anfang der Sechzigerjahre als Stabsfahrer bei der NVA Offiziere befördert.

»Unsere Offiziere waren besoffen noch unerträglicher als sonst, wenn es etwas mit französischer Cognac und Westzigaretten zu feiern gab. Oft kotzten sie uns die Sitze voll, dass wir einen ganzen Tag lang zu putzen hatten. Es wird wirklich Zeit, dass wieder etwas Ordnung in den Stall kommt. Die alten Männer da oben sehen nicht mehr durch«, ereiferte er sich.

Professor Becker ließ ihn. Jeder Zusatz wäre unnötig. Das erwartete Wehling auch nicht. Wer Chefs fährt, ist ein Worteremit. Das bringt das lange Warten. Manche führten Selbstgespräche. Aber große Veranstaltungen mit Dienstwagen bestückter Prominenz waren Festtage der Fahrer. Auch Männer tratschen.

Geringschätzige Blicke der Passanten: dunkles Kostüm und Parteiabzeichen, klassischer Fall von Parteischrunze. Sie warteten. Der Strom der Menschen floss um ihr Auto, der kleinen Insel des Staates, deren Ufer zu bröckeln begannen.

»Wann hatte man je in der DDR freiwillig den Namen eines Generalsekretärs der KPdSU skandiert? Kannst du dich an so was erinnern, Kurt?« Der saß nun wieder schweigend und geduldig hinter seinem Lenkrad. »Und einen demokratischen Sozialismus wollte schon Dubček vor zwanzig Jahren, was auch immer darunter zu verstehen ist. Jetzt sprechen die Sowjets auch davon. Sie beginnen, ihre eigene Geschichte kritisch zu hinterfragen«, versuchte sie ihn aus der Reserve zu locken. Aber Kurt Wehling sagte nichts. Er beobachtete das Geschehen auf der Straße. »Davon haben die Klassiker nichts geahnt, mein Lieber«, begann sie wieder auf ihn einzureden. »Ich bin mir nicht sicher, ob sie sich im Grabe umdrehen würden oder gerne dabei wären. Ich hoffe nur, dass nichts passiert. Neulich gab's von unseren Militärs im Rektorat schon ein paar Empfehlungen, man solle wie in China verfahren.«

»Ich hab davon gehört«, wurde nun Wehling gesprächig. »Die Mädels haben's mir erzählt. Gut, dass du gleich dazwischengefahren bist. Ich hatte mich mit denen schon Tage vorher beim Frühstück angelegt. »Hart durchgreifen«, hatten sie gesagt, »in China ist jetzt auch wieder Ruhe. Und bei uns wabern diese Kerzenträger nach Feierabend durch die Stadt.«

»Da bin ich weggegangen und tanken gefahren.«

Der 40. Jahrestag der DDR kam, und Gorbatschow küsste Honecker. Die Bilder gingen um die Welt. Was alle glaubten, dass er ihm ins Ohr geflüstert haben könnte, formulierte sein Sprecher Gerassimow mit dem inzwischen allgemein bekannten legendären Satz erst am nächsten Tag auf einer Pressekonferenz[98]. Gorbatschow hatte zu Erich Honecker nur eine sinngemäße Formulierung verwendet. Aber der Mythos vom Großen Bruder bekam einen anderen Sinn. Viele Generationen wuchsen mit den sowjetischen Heldengeschichten auf, an die sie später dann auch nicht mehr glaubten – *Mitschurin[99] hat festgestellt, dass auch die Butter Fett enthält!* – , doch dass die große Sowjetunion im Ausguss der Geschichte verschwinden würde, hätte niemand geahnt. Nun

[98] FAZ, 13. Juli 2014: 15 Jahre danach "Wer zu spät kommt, den bestraft das Leben", www.faz.net

[99] Sowjetischer Agrarwissenschaftler, der die Offenställe in der DDR eingeführt hatte, was die Erkrankung vieler Kühe verursachte

lief auch im Rektorat während der Dienstzeit das Fernsehen. Und alle sahen, was die *Aktuelle Kamera* verschwieg: Die Zukunft rollte davon. Junge Familien, die in die westdeutschen Botschaften nach Prag und Budapest geflüchtet waren, hatten die Ausreise ertrotzt. Die Deiche waren gebrochen. Die alten Klassenkämpfer hatten ihre Lebensmaxime vergeigt. Die DDR löste sich wenige Monate später über den Artikel 23 des Grundgesetzes selbst auf. Lothar de Maizière ging als deutscher Ministerpräsident mit der kürzesten Amtszeit in die Geschichte ein.

»Und für eine wirkliche Deutsche Demokratische Republik wurde noch nicht einmal der Versuch unternommen«, wird man Jahre später in den Kommentaren feststellen. Auch die Frage, ob *Czerny* in den Gauck-Akten de Maizière war, würde die Presse noch lange beschäftigen.

»Die Vertretung der Studenten ist der sozialistische Jugendverband«, ließ die SED-Kreisleitung wissen und versuchte vergeblich, Alternativen zu unterdrücken. Absetzbewegungen gab es nun auch bei den Hardlinern. »Schießt den Neumann ab«, empfahl einer. Niemals war der Vergleich mit den Ratten und dem sinkenden Schiff so treffend.

Professor Becker hatte für den Abend eine Mitarbeiterversammlung der Hochschule einberufen. Sie wurde zum Ziel der Unzufriedenen. Jetzt stand sie auf dem Berg, den Sellhorn meinte, als er ihr für das Rektorat zuriet, aber die Scheinwerfer blendeten sie. Sie wünschte sich, unten im Auditorium zu sitzen. Beata Becker wollte den Zeitstrom aufnehmen, aber keine Radikallösungen. EGON meldete sich: »Du hast zugesehen, wie man dir die Suppe eingebrockt hat. Nun löffle sie aus!«

Täglich waren Briefe in ihrer Post, teils anonym, auch mit vollem Namen, manche wirr und krank, andere wohlüberlegt mit guten Vorschlägen. Alles geriet in Bewegung. Festpunkte lösten sich auf, und neue waren nicht zu sehen. Endlich könne man ein ganzes Land ökologisch umbauen, schlugen einige vor.

Es sei ja alles verrottet, man solle doch lieber an der Ostsee riesige Wohnanlagen schaffen und das übrige Land zum Naturpark machen. Die Wirtschaftskraft der alten Ländern sei doch stark genug. Schön und utopisch, Visionen enttäuschter Seelen, die sich immer weiter abgedrängt fühlten. Die Karawane der neuen Zeit zog davon.

Vertreter einer amerikanischen Universität mit klangvollem Namen hatten sich eines Tages vorgestellt: Man wolle langfristige Verträge der wissenschaftlichen Zusammenarbeit abschließen, warben sie. Verlockendes in einer Zeit, da im Osten noch der Mangel alles bestimmte. Doch für die Fremden überwog die Gier nach den Fördergeldern. Die großen Computerfirmen versuchten, mit ihren PC-Systemen die jungfräulichen Universitäten im Osten zu initialisieren, um sie dann möglichst lange an ihrem Tropf zu haben.

Zwei unterschiedliche Lebensweisen wurden sichtbar. Die Menschen im Osten waren im Mangel sozialisiert worden. Sie verbrauchten, was sie wirklich hatten oder im Tausch erreichen konnten. Der geborgte Lebensstandard aus dem Westen machte ihnen Angst. Die Konsumerwartungen erfüllten sich nicht. Die alte Schrankwand in den Neubauwohnungen blieb da stehen, wo sie in allen Wohnungen stand. Die Plüschlandschaften der Möbelhäuser hatten in den kleinen Wohnungen keinen Platz. Die Küchen waren fest eingebaut und funktionierten. Man hielt das Geld zusammen. Bald wurden aus Großbetrieben Mittel- und Kleinunternehmen.

»Es ist die Zeit der Glücksritter und Strauchdiebe. Jeder windige Bursche aus dem Westen ist ohne besondere Nachweise kreditwürdiger als ein solider *Ostmann*«, ereiferte sich Professor Meisel, wenn er im kleinen Kreis Vertrauter war. Man konnte es täglich in der Zeitung lesen. Gesunde Firmen wurden ausgeraubt oder verramscht und mussten oft von der Treuhand[100] mit

100 "Treuhand" umgangssprachlich für Treuhandgesellschaft, Körperschaft des

Steuergeldern wieder aufgepäppelt werden. Den Ost-Betrieben gehörte nichts. Werthaltig war nur der volkseigene Grund und Boden, aber der wurde zur Konkursmasse der DDR.

Rektorin Becker wartete ab. Sie hatte mit sich und der Hochschule zu tun. Der Lehrbetrieb musste weitergehen. Sie dachte nicht in globalen politischen Räumen, aber ohne Finanzierung konnte eine Hochschule auch nicht bestehen. Die Einheit von Wirtschafts- und Sozialpolitik wurde zur Phrase. Die DDR-Wirtschaft ließ die allgemeine Konsumption nicht zu. »Dies zu ändern, wäre doch ohne Radikalkur nicht zu erreichen gewesen.« Meisel dachte komplexer als viele seiner Kollegen. »Das würde ein wirtschaftlicher Quantensprung gegen die Grundfesten des Systems sein: niedrige Preise für Mieten und Lebensmittel, von Fahrkarten in Bus und Bahn, die nahezu kostenlose Rundumversorgung beim Arzt, im Kindergarten und in der Schule.« Aber obwohl die DDR-Bürger durch die abendlichen Nachrichten im Westfernsehen nicht unbeleckt waren, hielten sie viele Warnungen für destruktive Propaganda. Nach der späteren Ernüchterung, als deutlich wurde, dass nicht alles Gold war, was anfangs geglänzt hatte, und man die sozialen Probleme gegen die neue allgemeine Freiheit stellte, wurde dies oft wie ein mahnendes Plakat hochgehalten, freilich, ohne etwas zu verändern, weil es in der Geschichte keinen Rückwärtsgang gab.

Anfang Oktober begann das reguläre Studium. Viele Studenten und Kollegen hatten den Umweg über Rumänien und Sowjetunion nehmen müssen, waren eingesperrt in Züge, die nicht mehr durch die ČSSR fahren durften. Katastrophales hatte sich abgespielt. Stress durch Hitze, fehlende Versorgung, tagelanges Warten. Der Urlaub war aufgebraucht, viele waren gereizt.

Öffentlichen Rechts der Bundesrepublik auf der Grundlage des Einigungsvertrages beider deutscher Staaten gegründet. Sie hatte die volkseigenen Betriebe zu privatisieren oder zu liquidieren.

Man riet der Rektorin sich auf einer Vollversammlung den Fragen der Studenten und Hochschulangehörigen zu stellen. »Was soll ich denn da erzählen, eigene Philosophien entwickeln oder was?« Sie war nervös und dünnhäutig. Beata Becker hatte ihren Parteiaustritt erklärt. Sie saß zwischen allen Stühlen. Die Genossen bezichtigten sie des Verrates, die Übrigen argwöhnten einen billigen Trick Für sie war es aber das Ende ihres inneren Kampfes. Sie hatte die Armut in ehemaligen Kolonialländern, den mörderischen Vietnamkrieg und die täglich sichtbarer werdende Kluft zwischen dem Erreichbaren und dem wirklich Erreichten vor Augen. Sie war sich der persönlichen Ohnmacht, daran im Großen etwas verändern zu können, bewusst geworden. Aber im Kleinen, ihrem direkten Umfeld, wollte sie aktiv zu werden. Sie verfügte, dass die Chefs von Partei, Gewerkschaft und FDJ nun nicht mehr an den Dienstbesprechungen der Hochschulleitung teilnahmen. Damit wurde ein jahrelanges Privileg gebrochen. Staat und Kirche waren zu trennen. Das galt nun auch hier.

In Berlin nahm Egon Krenz das Heft in die Hand. Und neben ihm stand Gregor Gysi, zunächst nur Vater-Sohn von Klaus Gysi, der im ZK für die Kirchenfragen zuständig war. Auch Markus Wolf[101] erschien zur großen Kundgebung am 4. November auf dem Berliner Alexanderplatz und versuchte, einen Dritten Weg zu propagieren. Die Menschen pfiffen ihn aus. Nichts war bei ihm von der Weitsicht und dem sicheren Gespür für nützliche Strömungen übrig geblieben, mit denen ihn Wolfgang Leonhardt[102] aus persönlicher Bekanntschaft in der gemeinsamen Jugend so eindrucksvoll charakterisiert hatte. »Wir haben die Macht losgelassen, aber nicht mehr über die Kraft verfügt, sie wieder aufzufangen«, wird man Wolf später zitieren.

[101] Markus Wolf, Sohn des jüdischen Arztes und Schriftstellers Friedrich Wolf war der Kronprinz von Erich Mielke und jahrelang Stasi-Auslandschef bis zu seinem Rücktritt Mitte der achtziger Jahre.

[102] Wolfgang Leonhardt: Die Revolution entläßt ihre Kinder, 16. Auflage, Kiepenheuer und Witsch, Köln 1996.

Am Abend des 9. November hatte BB Lust auf eine Runde Skat. Die lange Weile auf der Baustelle hatte sie zu einer leidenschaftlichen Skatspielerin gemacht. Für zwei Jahre war sie sogar korrespondierende Expertin für das Skatgericht in Altenburg. Wenn strittige Karten- und Spielkonstellationen zu klären waren, fragte man sie. Sie galt allgemein als eine Institution. Ihr Urteil war unanfechtbar, selbst wenn sich der Streit aus alkoholvernebelten Köpfen entwickelte und die Streithähne eigene Ansichten vertraten. Blechner, ihr Kollege auf dem Technologielehrstuhl, Dresdener mit guten Beziehungen, hatte einen Kasten *Radeberger* ergattert. Es versprach, ein schöner Abend zu werden.

»Beata, mach mal kurz den Fernseher an, der Kohl ist heute in Dresden.«

Die Kamera schwenkte über eine Menschenmenge, deren Größe wegen der Dunkelheit schwer abzuschätzen war. Helmut Kohl sprach in historischer Kulisse, vor der zerstörten Frauenkirche, von Scheinwerfern illuminiert. Der deutsche Bundeskanzler auf einem Trümmerberg aus dem Zweiten Weltkrieg.

»Die können es. Tolle Inszenierung, ohne Fahnen und Militärmusik.« Blechner war Kohl-Fan, das wussten alle.

»Der Kohl ist ein Profi, der hat die Massen am Haken.«

»Keine Kunst im Tal der Ahnungslosen«, frotzelte Brinkmann.

»Ist ja schon toll, dass sie ihn überhaupt erkannt haben, so ganz ohne Westfernsehen bisher. Und dem Modrow hätten die aber auch 'ne Fußbank hinstellen können. Der sieht ja neben Kohl wie ein Konfirmand aus. Oh, diese Symbolik.« Brinkmann nahm einen kräftigen Schluck, verschluckte sich und rülpste. Er entschuldigte sich bei Beata Becker.

Sie winkte ab: »Schon gut, ich war lange genug auf dem Bau.« Blechner verfolgte gebannt die Kundgebung, die Flasche *Radeberger* regungslos in der Hand. »Guck die beiden an. Das war's. Abwarten und Tee trinken, Sergej gib aus, weiter geht's.« Blechner nahm seine Karten auf und begann zu reizen.

Sergej, von Geburt Italiener, der eigentlich Sergio hieß und wegen seiner kommunistischen Vorfahren in der DDR hängen geblieben war, machte das Spiel und gewann seinen Null ouvert.

»Wenn die Einheit gommd, gommsde ganz groß raus, da biste der erste Italiener, gannste überhobd gochen?« Blechner sächselte immer, wenn er Sergio foppte. Dann war er unerträglich.

Nun kommt gleich die Mafianummer, dann hau ich ihm einen über den Deckel, hatte sich Sergio vorgenommen.

»Kommunisten haben gehne Verbindungen zur Mafia, da haste schlechde Garden, vielleicht gann der KaGeBe helfen«, stichelte Blechner.

»Udo, es reicht«, mahnte ihn Beata Becker. »Teil aus und hol 'ne neue Runde Bier.«

Sergio hatte diese Blödeleien satt. Er war staatenlos. Wie die Dinge weitergingen, konnte auch er nicht absehen. Er war tief verunsichert und durchlebte eine Krise. Seine Familie war hier verwurzelt. Er hatte eine Frau aus der Merseburger Gegend geheiratet, lebt auch mit seinen Kindern dort. Weitere Verwandte gab es nicht seit dem tragischen Tod der Eltern, die als Kommunisten in die Sowjetunion emigriert waren und in ein Arbeitslager – wie die anderen ausländischen Genossen – gesteckt wurden. Stalin beargwöhnte sie als Auslandsagenten. Sie kehrten als Kranke zurück. Nach dem Krieg glaubten sie, ein neues Deutschland aufbauen zu können. Aber sie kamen wieder in das Räderwerk von Politintrigen. Anfang der Fünfzigerjahre, kurz nach dem 17. Juni, starben sie.

»Udo Blechner, deine instinktlosen Dämlichkeiten kotzen mich an. Denk mal nach, wo du deine Klamotten, die besonderen Lebensmittel und andere Westgüter beziehst und warum du nicht, wie wir, auf ein Auto jahrelang warten musstest. Wenn du dann ein Ergebnis hast, sagst du's mir, bis dahin möchte ich dich nicht mehr sehen.« Sergej stand auf, entschuldigte sich bei den anderen und ging.

»Nu, der muss doch nicht gleich so 'n Affen machen.« Blechner war verlegen.

Schindler schaltete sich ein. »Sergej geht's wirklich dreckig. Er war eigentlich mit sich und der Welt zufrieden, aber jetzt dreht seine Frau plötzlich am Rad. Genau weiß ich das auch nicht, aber sie hat wohl einen Mosambikaner kennengelernt, einen von denen, die hier geschult werden. Sie ist Ausbilderin und der auch, oder soll es werden, jedenfalls hat sie sich verändert, wie mir Sergej sagte. Er hat niemanden, mit dem er über solche Dinge sprechen kann. Ich will das auch nicht breittreten, aber das erklärt seine Verletzlichkeit, Udo.«

Dr. Manfred Schindler gehörte schon seit einigen Jahren zur Runde. Er war ein angesehener Arzt im Krankenhaus und für viele der Beichtvater. Er und Sergej waren standhafte Nichtgenossen, obwohl sie es wegen der familiären Wurzeln nicht hätten sein sollen. Schindlers Vater stammt aus einer Kommunistenfamilie, hatte es zu Wohlstand und Ansehen gebracht. Manfred Schindler war ein sehr guter Arzt. Das genügte. Man wollte von ihm keine Ergebenheitsbeweise. Das galt auch für Sergej, der es über den zweiten Bildungsweg und durch die ABF[103] zum Elektroingenieur gebracht hatte. Er war in der Konstruktionsabteilung der LAMEG, einem kleinen Betrieb, der sich mit der Reparatur von Landmaschinen befasste. Da er auch das Neuererwesen betreute, gab es Gemeinsamkeiten mit Beata Becker. Als sie ihm von ihren großen Verbesserungen am Pumpspeicherwerk erzählte, hatte sich Sergej über ihre Naivität amüsiert, zu glauben, man könne über diesen Umweg die Welt aus den Angeln heben.

[103] Abk. für Arbeiter- und Bauernfakultät, waren Lehreinrichtungen, um Bauern, Handwerkern und Arbeitern die Hochschulreife auf dem zweiten Bildungsweg zu ermöglichen.

Kollisionen

Weihnachten kam. Alle verabschiedeten sich in die wenigen freien Tage zwischen den Festen. Beata hatte sich nichts vorgenommen, wollte alles überdenken. Es war klar, dass es eine Reform geben würde und musste. Die Montagsdemos wurden deutlicher. Nun hieß es Wir sind *ein* Volk. Freie Wahlen würden kommen. Alles musste infrage gestellt werden und war neu zu bestimmen. Das Vertrauen in alles und alle war weg. Sie verfasste Thesen für eine demokratisch zu erneuernde Hochschulstruktur. Bis zur Jahresmitte müsste das zu schaffen sein.

Strand, einer ihrer Referenten, fand die Konzeption gut, empfahl, einige sozialistische Attribute wegzulassen und alles dem Senat zum Beschluss vorzulegen. Das geschah, und sehr zu ihrer Verwunderung wurde die Konzeption diskussionslos beschlossen. Sie richtete einen *Runden Tisch* ein, an dem von jeder Abteilung mindestens zwei Vertreter Platz nahmen. Der wurde zum Schattensenat und forderte, dass alle Beschlüsse dort erläutert und diskutiert wurden.

Choleriker, wie der Historiker Gast, der lange, flammende Reden hielt und alles und jeden verteufelte, oder die Genossin Schlenker, die Frust hatte wegen einer geplatzten Professur, bestimmten das Klima. Doch das Bemühen, wirklich etwas zu verändern und nicht alles kurz und klein zu schlagen, überwog, nicht zuletzt auch durch besonnene Leute wie Dr. Krohn, den Professor Becker aus gemeinsamen Projekten schätzte.

Der Runde Tisch nahm die Reformkonzeption an. Es entwickelte sich eine Zusammenarbeit mit dem Senat, der als gewähltes Organ für rechtsverbindliche Beschlüsse gebraucht wurde. Arbeitsgruppen bereiteten Papiere vor. Man befasste sich mit den Ereignissen um jene Studenten, die wegen des *Sputnik*-Verbots relegiert worden waren.

Es tauchten selbst ernannte Propheten auf, die durch die Institutionen zogen und eine neue Räterepublik zu installieren versuchten. Die Rektorin sollte auf einer öffentlichen Veranstaltung Auskunft zu gefeuerten Studenten der Uni geben. Sie kniff, schickte einen Vertreter der damaligen Kommission. Warum sollte sie sich öffentlich schlachten lassen, wenn sie nichts damit zu tun hatte? Aber in den Köpfen einiger war sie die Hochschule und die Buhfrau, die Parteischrunze und das kollektive Hassobjekt. Doch der Senat stand hinter ihrem Programm und bestätigte es. Rektorin Becker veränderte die Leitungsstruktur, löste ideologisch besetzte Prorektorate auf.

Sie bekam vom vorgesetzten Ministerium zunächst nur besorgte telefonische Nachfragen. Dann kamen Briefe, ob es zuträfe, dass die gesetzlich festgelegten Leitungsstrukturen der DDR abgeschafft würden und welche Grundlagen dies rechtfertigten. Sie verständigte sich mit dem Senat, der nun wöchentlich tagte. Man bestärkte sie, es war ja alles ordentlich abgesegnet. Eine Rücknahme käme nicht infrage. Das sagte auch der *Runde Tisch*, und das schrieb sie dann dem Minister. Sie fühlte sich gut, nach langer Zeit, endlich. Sie hatte das Gefühl, wirklich etwas zu verändern und eine breite Unterstützung zu erfahren. Die Vorbereitungen für die demokratischen Reformen liefen an.

Neben dem Schreibtisch des Rektors stand ein besonderes Telefon. Es gehörte zur offiziellen Dienstausrüstung. Alle wichtigen staatlichen Stellen konnte man direkt anwählen. Es war das rote Telefon für den Ernstfall. Nie hatte es geklingelt, nie bestand für Professor Becker Veranlassung, es zu benutzen. Aber an diesem Morgen, dem Aschermittwoch, den alle nach den ausgedehnten Faschingsfesten verkatert begannen, schrillte es. Das Vorzimmer des Ministers war in der Leitung. Professor Becker blieben nur wenige Augenblicke, dann hörte sie die Stimme von Dreher, dem Staatssekretär, der allgemein wegen seiner Linientreue gefürchtet war. Er kam gleich zur Sache. Der Minister sei sehr verärgert über die Briefe aus Weimar, auch dort würden die Gesetze der DDR gelten, und die seien von jedem

Rektor als staatlicher Leiter auch einzuhalten. Für Weimar gelte nicht schon wieder irgendeine Extrawurst, womit er wohl auf alte Geschichten anspielte. Es müsse nun in dieser Sache ein Gespräch mit dem Minister geführt werden. Die Rektorin Becker solle sich auf eine disziplinarische Auseinandersetzung einstellen. Mehr könne er nicht sagen. Das Gespräch sollte schon am nächsten Tag stattfinden.

Ihr Magen verkrampfte sich. Sie konnte nur Ja und Danke sagen. Dreher wollte keine weitere Erklärung. Ihre Stimme klang hohl und zittrig. Sie hatte Angst. Professor Becker fürchtete, man könne sie kommentarlos entlassen. Nun müsse sie mit einer Abberufung rechnen. Sie hatte die mündlichen Weisungen des Ministers, die ersten Reformen zurückzunehmen, nicht befolgt. Das schon alleine reichte aus. Sie war mutig geworden, zu mutig, nachdem sie vom Ministerium meterlange Fernschreiben bekam mit erkennbaren Reformansätzen. Als aber dieser Minister ging oder gehen musste, folgte eine Eiszeit. Und alles fror wieder ein und verkrustete wie früher. Das war Anfang 1990.

Das Gespräch mit dem Minister war knapp. Professor Becker erhielt eine Rüge und die Weisung, die gesetzwidrigen Senatsbeschlüsse zu annullieren. Mit schwerem Kopf fuhr sie zurück. Man würde sie in Weimar oder in Berlin zerreißen, so oder so. Sie hatte die Wahl zwischen Pest und Cholera.

Beata erwachte. Wie von Geisterhand geführt, klappte die Frontscheibe des *Ladas* geräuschlos nach außen, schepperte über das Blech des Kühlers und zersprang auf dem Beton der Autobahn. Sie waren gegen eine graue, im fahlen Mondlicht konturlose Masse, einem Lkw-Gespann der Roten Armee, geprallt, dessen Anhänger auf die Fahrbahn gekippt war. Es bot sich ein gespenstisches Bild zertrümmerter, verkeilter Autos.

Alles schien zerstört zu sein. Roberto, ihr kubanischer Doktorand, saß reglos neben ihr. Alberto vor ihr stöhnte. Er hielt sich das Gesicht. Wehling, ihr Fahrer, reagierte nicht. Er war ohne Bewusstsein. Beata versuchte auszusteigen. Sie konnte ihre Hände nicht bewegen. Der Brustkorb schmerzte. Ihr Selbstschutz hämmerte: Du wirst ohnmächtig, zieh dich an. Du erfrierst ohne Jacke in der kalten Februarnacht. Es gelang ihr nicht. Blut tropfte von ihrem Arm. Durch den Stoff ihrer Bluse fühlte sie den offenen Bruch. Man zog sie aus dem Auto, brachte sie zu einem Krankenwagen.

Im Blaulicht stoben die Autos wie Käfer auseinander. An der Schwelle zum Tode verhakten sich Erinnerungen mit Realem. Das Gehirn suchte nach Freude, um das Schlimme zu glätten: Ihren Kindheitstraum, einmal selbst mit Tatütata und Blaulicht durch den Verkehr zu rasen und beachtet zu werden.

Kaltes Neonlicht im tristen Gang der Klinik, nachtstill und zugig. Wer hier ankam und noch bewusst sehen konnte, freute sich, da zu sein, in den frühen Stunden eines Februarmorgens, abgestellt zwischen Leben und Sterben. Allmählich ließ der Schmerzschock nach. Ihre Verletzungen wurden zur Qual. Roberto hatten sie vor ihr gebracht. Man ließ sie warten. Der Fahrstuhl kam scheppernd von oben, fuhr ohne Halt weiter nach unten. Da waren die Kammern der Verstorbenen, das wusste sie von Schindler, dem Klinikarzt, ihrem Skatbruder.

Endlich. Man brachte sie aus der Kälte des Kellers in die helle Freundlichkeit des Lebens. Übermüdete Schwestern, ein junger Arzt. Sie wurde fürs Erste versorgt. Die Todesnachricht der beiden Kollegen verhuschte im Schock. Der Wille zum Überleben dämpfte alle Emotionen. Ihre Verletzungen waren schwer, aber nicht lebensbedrohlich. Die Prognosen waren gut. Die Arme wurden gerichtet. Die Rippen mussten selbst klarkommen. Sie müsse Geduld haben, wurde sie getröstet.

Dann verschlimmerte sich ihr Zustand. Das Atmen fiel schwer. Wasser hatte sich zwischen Lunge und Zwerchfell gebildet. Eile war geboten. Sie kam in die Chirurgie. Man setzte sie auf den Operationstisch und postierte vor ihr einen kräftigen Pfleger, einen der jungen syrischen Praktikanten, die in den DDR-Krankenhäusern ausgebildet wurden. Er sollte Beata stützen, wenn der Arzt ihr mit Kraft eine Kanüle in den Rücken stechen würde. Zerstört und gepeinigt in den Armen eines Beau. Sie spürte seinen muskulösen Oberkörper, war vom Duft nach Sandelholz und den unbekannten angenehmen Gerüchen berauscht, der ihre Schmerzen dämpfte. Welch vergiftete Freude!, dachte sie.

Langsam erholte sie sich. Die Weisung des Ministers, die eingeleiteten Reformen zurückzunehmen, unterschlug sie, denn die Tage der Übergangsregierung waren gezählt. Am 18. März würde es Neuwahlen für die Volkskammer geben, und die politischen Karten würden erstmals frei, neu gemischt werden. Dann würde es diesen Minister nicht mehr geben.

Ihr Transport nach Weimar wurde vorbereitet. Die Militärhubschrauber der NVA flogen nun auch Kranke. Als man ihre Krankenpritsche in dem riesigen Frachtraum festzurrte, hatte sie das Gefühl, in einer Kirche abgestellt worden zu sein. Der Innenraum des Helikopters war riesig, wahrscheinlich wurden darin auch Panzer transportiert. Es würde etwa zwanzig Minuten dauern, kalkulierte sie. Man hatte den Piloten einen Landeplatz in Weimar benannt, wohl aber keine genauen Koordinaten mitgeteilt, denn sie wollten von ihr eine grobe Richtungsbeschreibung erfahren. Dann ginge es schon, weil am Boden Fahrzeuge mit Blaulicht die Fläche markieren, sagten sie.

Ein bisschen eigenartig, das Ganze, dachte sie, aber sie kamen gut herunter. Der Pilot schien dennoch gestresst. Die Rotorblätterblätter hatten zu wenig freien Abstand zu den umstehenden Bäumen, und es war etwas windig.

Im Krankenhaus stützte man die zertrümmerten Arme mit Metallplatten. Der Kopf war in Ordnung. Professor Becker könnte also wieder zum Dienst, denn die Reformen in der Hochschule hatten begonnen. Sie drängelte, nach Hause zu kommen. Man entließ sie auf eigene Verantwortung.

Die slowakischen Studenten waren immer noch kämpferisch und protestierten gegen das Donau-Atomkraftwerk Temelín, dem Monster von der Bauart des explodierten Atomkraftwerkes in Tschernobyl. Flugblätter lagen herum, aggressiv und verworren. Die Sache war als Hochschulthema ungeeignet.

Eine Gruppe aus Jena schrieb Rundbriefe und warb für neue Ordnungen in der Ökonomie und im Denken: Scientologen, wie sich erwies.

Studentische Burschenschaften suchten Kontakte und pochten auf alte Rechte. Die ersten bunten Mützen tauchten auf. Man konnte den Bauhäuslern vieles anhängen, aber bürgerlicher Mummenschanz war ihnen zuwider. Die Burschenschaften verzogen sich nach Jena.

Die Zeit war aufregend. Anonyme Briefe über Kollegen trafen ein, mit hässlichen Geschichten. BB sortierte die Vorgänge nach glaubhaften Fakten. Die räumliche Distanz zum realen Geschehen half in der Bewertung. Die Dinge um das Atomkraftwerk nahm sie zur Kenntnis. Burschenschaften und Scientologen hatten keine Lobby. Der Betrieb der Hochschule war wichtig, nur das. Anonymes beachtete sie nicht.

Lothar de Maizière war nun der erste demokratisch gewählte Ministerpräsident der DDR. Er wirkte klein und zerbrechlich neben dem mächtigen Bundeskanzler Kohl. Eine Rolle, die für de Maizière viele Nummern zu groß war, wie viele sagten.

Anfang April 1990 meldete sich Ngyen van Song, den hatte sie fast vergessen. Er bedankte sich für ihre Glückwünsche zum Tet-Fest, dem Neujahresbeginn nach dem Chinesischen Mondkalender. Beata erinnerte sich, dass er im Jahr des Pferdes geboren worden war, und hatte ihm gratuliert mit den guten Prognosen des Horoskops für 1990, wieder einem Jahr des Pferdes. Er hatte die Nachrichten über Deutschland verfolgt und wollte von ihr Genaueres wissen. Er war immer noch mit Europa verbunden. Sie schrieb ihm einen langen Brief, ausführlich und ungeschminkt, was sich bisher ereignet hatte, und versprach, ihn auch künftig auf dem Laufenden zu halten. Die Volkskammer sei nun CDU-dominiert mit bewährten Blockparteigängern, die aber nach und nach durch Neumitglieder ersetzt würden. Die Parteienlandschaft habe sich verändert. Die Ost-SPD sei gegründet worden und dass sie gegen die Kollegen *Blockflöten* der Nationalen Front der DDR, die nun im Parlament zur Regierungspartei aufstiegen, giften würde. Die gewandelten CDU- und LDPD/FDP-Demokraten hatten auch die *Führende Rolle der SED* in ihre DDR-Parteiprogramme – ohne zu opponieren – hineingeschrieben bekommen und stünden in der Kritik, weil sie – jetzt gereinigt – in die neue Politik einzögen. Und auch bei denen gebe es Leichen im Keller, wie bei den Kirchen, die sich mit dem Slogan *Kirche im Sozialismus* angepasst hatten. Beata spielte auf die Flucht der vietnamesische Katholiken vom Norden nach dem Süden an, als nach dem Sieg von Dien Bien Phu 1955 Vietnam am 17. Breitengrad geteilt wurde. Sie wusste, dass damals der Geheimdienst aktiv wurde, um den Aderlass durch die Eliten zu verhindern. Aber das sei in Deutschland ja schon 1961 durch den Mauerbau verhindert worden. Jetzt habe man mit den Enthüllungen von *Stasi*-Zuträgern zu tun, die in Positionen auftauchten, an denen sie nicht vermutet worden waren. Es zeige sich, dass Erich Mielke als Minister und oberster *Stasi*-Beamter das Land immer noch im Griff habe und es in seinen Händen zu liegen schien, wer von der jungfräulichen politischen Elite des Ostens defloriert werden würde. Bei diesem Vergleich stockte sie, weil sich so etwas für eine Frau nicht gehörte, aber Onkel Song war ein aufgeklärter Pragmatiker und guten Metaphern zugetan, so ließ sie es. Er würde sie verstehen und den Vergleich akzeptieren. Die Kirchenmänner, schrieb sie, erklärten es als Versuche, den politischen Druck des Staates auf die Menschen zu verringern. Die Erhaltung des Status quo als gottgegeben schien dabei das kleinere Übel zu sein. *Kirche im Sozialismus* wurde also zum Katechismus. Die Vitalität der altbundesdeutschen Originale von CDU und FDP würden wohl stark genug sein, etwas Rot ohne großen Schaden in der schwarzen und gelben Grundsubstanz zu verkraften.

»Ein bisschen angezählt, macht gefügig, das weißt du doch, lieber Onkel Song«, begann sie, ihm die kleinen Parteien zu erläutern. Die Ostnationaldemokraten, die NDPD – ursprünglich als Sammelbecken für geläuterte Offiziere nach dem Krieg gedacht – würden nun freidemokratisch-liberal werden, und die Partei der Bauern, die DBD habe sich auf ländlich-konservative Werte besonnen und mutiere christdemokratisch. Was sonst an Vereinigungen und kleinen Parteien der Regierung nahegestanden hat, ginge mit der SED in der PDS auf, erklärte Beata recht knapp, denn das kannte Ngyen van Song aus anderen Geschichten, wenn ein System politisch umgedreht wurde. Die Grünen hatten sich aus der Bürgerbewegung ein neues, basisdemokratisches Fundament als Bündnis 90 geschaffen. Sie wollten eigentlich keine Partei sein, aber sie waren es, wie die West-Grünen, schließlich doch geworden. Das mit den Grünen war für Ngyen van Song bestimmt Neuland, und Beata versprach, im nächsten Bericht das etwas ausführlicher zu beleuchten. Beata wusste, dass der Exodus der SED für Ngyen van Song besonders interessant sein würde. Er hatte die Wandlungen vieler kommunistischer Parteien in Europa in den letzten Jahrzehnten erlebt, die in Diktaturen entweder alles beherrschten oder vernichtet wurden, aber in den westlichen Demokratien auch ideologische Wandlungen vollzogen hatten. In Ostdeutschland würden in der PDS nur die in der Wolle gefärbten Genossen bleiben. Von zweieinhalb Millionen Mitgliedern hätten fast neunzig Prozent das Weite gesucht. »Und dazu gehöre ich auch, lieber Onkel Song«, bekannte Beata, ohne ihm lange Erklärungen zu geben. Er würde sie verstehen aus seiner eigenen Geschichte.

Ngyen van Song hatte Beatas Brief sofort beantwortet und war gespannt, bald eine Fortsetzung zu lesen. Dann schrieb sie ihm, dass einige akademische Protagonisten einen dritten Weg, die die DDR zu einen wirklich demokratisch sozialistischen Staat umzubauen, vorschlugen, aber nicht gehört wurden, weil das Volk im Osten die Nase voll hatte und an die vollen Töpfe drängte. »Die Einheit müsse kommen, oder der Osten würde entvölkert«, hörte man nun auf der Straße. Man wolle keine Experimente und das Westgeld möglichst sofort. Beata erinnerte sich, dass Ngyen van Song bei einem ihrer Gespräche über Gott und die Welt, auch so eine Möglichkeit zur deutsch-deutsche Frage angesprochen hatte und ernsthaft erwog, dass der Westen mit viel Geld den Osten kaufen könnte, natürlich wenn die Sowjets mitspielten. Aber schon der nächste Gedanke über die wirtschaftlichen Folgen einer Währungsunion offenbarte die Unmöglichkeit einer solchen Überlegung. Und so war es dann auch: Die Wirtschaftsexperten schlugen die Hände über dem Kopf zusammen, als die Währungsunion erwogen wurde. Die Ostdeutschen würden auf einen inakzeptablen Bruchteil westlicher Wertmaßstäbe absinken. Die Bilanzen seien verheerend. Und das Ergebnis würde es auch sein, weil die Entvölkerung nicht zu stoppen wäre. Soziale Spannungen würden dann alles verschlimmern. Solche Berichte aus den Zeitungen schickte sie Onkel Song, weil er in seiner Einsamkeit oben auf den Berg viel nachdachte und sich – ganz menschlich – auch freute, wenn er nicht so ganz daneben gedacht hatte.

Professor Becker hatte die Studenten, die wegen Gorbatschow und der *Sputnik*-Geschichte exmatrikuliert wurden, zu Gesprächen eingeladen. Alles war vor ihrer Zeit passiert. Aber sie vertrat die Hochschule qua Amt. Nur einer meldete sich. Ein anderer war in München und giftete, man möge sich zum Teufel scheren. Er könne nichts entschuldigen. Einen Brief und eine Bitte um Wiedergutmachung ignorierte er. Beata wurde klar, man würde nichts verändern können. Es war geschehen und zu bedauern, aber nicht mehr aus der Welt zu schaffen. Sie nahm den Untersuchungsbericht der Kommission entgegen und legte ihn dem *Runden Tisch* vor. Einige nörgelten an Formulierungen. Aber auch sie sahen ein, dass man an der Sache nichts mehr ändern könne. Der Vorgang wurde archiviert. Die Arbeitsgruppen schlossen Mitte des Jahres ihre Untersuchungen ab und legten abgestimmte Konzeptionen vor, wie die Hochschule sich künftig entwickeln sollte. So wurde der luftleere akademische Raum im Niemandsland zwischen den beiden deutschen Staaten gefüllt.

Es drängten Gewerkschaftsfunktionäre nach vorn. Sie beschworen, die Gelegenheit zu nutzen, das verstaubte Hochschulsystem auch im Westen aufzubrechen und den Muff von Jahrhunderten durch die weit geöffneten Fenster zu verjagen.

Die Professoren verhielten sich ruhig, zu ruhig. Nichts schien sicher. Aber die Studenten stürmten nicht die Lehrstühle und Verwaltungen, um sich darin wie die Achtundsechziger zu verschanzen. Sie nahmen das Heft der Initiative in die Hand, waren aktiv und brillierten mit beeindruckenden und klugen Vorschlägen. Sie misstrauten dem Bisherigen, ohne alles zu zerschlagen. Eine verbindliche Gesetzeslage gab es noch nicht. Alles schien möglich.

Die Zentralregierung in Berlin löste sich auf, und die Neuen Bundesländer, wie sie später heißen sollten, gab es noch nicht. Das westdeutsche Hochschulrahmengesetz war noch fern. Bis das eigene Landesgesetz von einem der westdeutschen Anrainer abgeschrieben war, hatte man genügend Zeit, Reformen einzuleiten.

Die Studenten wollten eine Präsidialverfassung. Keiner der berufenen Professoren sollte künftig die Hochschule führen. Man wollte eine externe Leitung. Die noch amtierende Übergangsregierung zog eine Läuterung von innen, wie sie es ausdrückte, gegenüber weiteren Importen aus dem Westen vor. Schließlich einigte man sich als Kompromiss auf den Status quo, um die Verfassung der Hochschule später zu ändern.

Das Konzil tagte zwei volle Tage. Der *Runde Tisch* und die eingesetzten Arbeitsgruppen bestimmten den Ablauf. Die Mitglieder des Konzils waren zuvor in geheimer Wahl bestimmt worden. Die meisten Senatoren schafften problemlos den Eintritt in den neuen Senat, auch Beata Becker mit fast fünfundneunzig Prozent.

Das war ein befreiendes Ergebnis. Nun konnte es losgehen. Die Struktur in den Bereichen veränderte sich. Alle Leiter der Wissenschaftsbereiche und Abteilungen wurden geheim von den Mitarbeitern gewählt oder bestätigt. Die Hochschule war nun *nur noch Hochschule*, sich und ihrem Auftrag für die Forschung und die studentische Lehre verpflichtet.

Kollegen aus dem Westen kamen, gut meinende und einige Glücksritter. Sie boten ihre Dienste an.

Auf einer der gemeinsamen Zusammenkünfte von ost- und westdeutscher Universitäten wurde Professor Becker erstmals klar, dass es zwischen den Universitäten und den Fachhochschulen eine Kluft, sogar einen Standesdünkel gab. Man warnte die Ostdeutschen, die westdeutschen Fachhochschulen nicht bei ihrem Wunsch, das Promotionsrecht zu erlangen, zu unterstützen und sich nicht durch materielle Hilfe bei der Lehrausstattung als Gegenleistung kaufen zu lassen. Die westdeutschen Universitäten drohten massiv. Sie fürchteten eine Aufwertung der FHs zu ihrem Nachteil. Beata Becker sah, dass alte Erbkriege ausbrachen und das Chaos des Umbaus und der Angleichung beider Systeme Deckung für Intrigen und Gemeinheiten im Persönlichen bot. Sie fürchtete, dass auch an den hiesigen Hochschulen die Nächte der langen Messer bald begännen, wenn es um die Statusentscheidungen im ehemaligen DDR-Hochschulsystem gehen würde.

Beata Becker fragte sich, welche Chancen und Möglichkeiten sich in der Stunde Null ergeben würden und ob man sie richtig nutzen könnte, wirklich Neues zu denken. Sie sah, dass die Menschen ihre neue Identität suchen mussten, weil drei nüchterne DDR-Verwaltungsbezirke nun im Freistaat Thüringen aufgingen, mit allem, was zu einem ordentlichen Staat gehörte: Ministerien, Parlament und kleine Fürstentümern darunter, die etwa zwei Millionen Menschen verwalten wollten. »Never change a running system«, rieten die westdeutschen Berater. Und so wurde Altes geklont. Die abgeordneten Beamten brachten ihre Gesetze mit: *Copy and paste* auf Politisch. Was bis dahin erfolgreich war, wurde über Nacht verschrottet.

Die Eltern mit mehreren Kindern stöhnten, weil jede Schule eigene Lehrpläne entwickelte, in ganz Deutschland wurden es mehr als viereinhalbtausend. Wer beruflich oft umziehen musste und Kinder hatte, verlor viel Geld.

Die Menschen glichen aufgescheuchten Vögeln, die keine Nistplätze mehr fanden. Fremde kamen, verjagten die Nachbarn, machten alte Besitzrechte geltend. Auch Professor Becker musste Kollegen helfen, deren Häuser rückübertragen wurden. Sie sah, dass viele ihrer Besten in der Lehre, meist die jungen Leute, eigene Büros gründeten und auf den freien Markt drängten. Im Aufschwung der Wirtschaft waren sie erfolgreich und kamen zu Wohlstand, auch solche, die Karrierechancen für eine wissenschaftliche Laufbahn gehabt hätten. Man brauchte sich nicht mehr im akademischen Elfenbeinturm der geschützten Werkstatt *Hochschule* zu verstecken oder sich dem persönlichen Frust Einzelner zu stellen.

Als dann für die Bildung des Freistaates gewissermaßen eine politische Eröffnungsbilanz erstellt wurde, lud der Politisch Beratende Ausschuss, die politische Keimzelle des Landes auch für die Bildung, die künftigen thüringer Hochschulen ein. Professor Becker erfuhr, dass das, was Jahrzehnte atheistisch rot gemeißelt war, nun mit kirchlicher Unterstützung schwarz werden sollte. Für sie war es unfassbar, dass ein materialistisches System, das an seinen vorgegebenen Idealen zerbrochen war, nun in einem Kraftakt zu einer idealistischen Gesellschaft auf rein materialistischem Fundament umgeformt werden sollte. Lehranstalten, die bis zur Wende klassentreue Staatsbürgerkunde-Lehrer für die Schulen ausgebildet hatten, sahen nun kein Problem, ihre Studiengänge auf bibelfeste Religionslehrer umzustellen. Da der Marxismus den Kirchenmännern als ideologische Denk-Abart nicht unbekannt war, gab es ein natürliches Interesse, Näheres zu erfahren. Dazu bot sich Professor Becker bald Gelegenheit.

Die CSU veranstaltete Grenzlandtreffen mit Sachsen und Thüringen. Man hatte einen Universitätsprofessor dieses Lehrgebietes aus Chemnitz eingeladen. Er sollte im katholischen Bayern erklären, was es mit der Ersatzreligion Marxismus-Leninismus auf sich habe und ob man von roter Magie sprechen könne.

»Was das für eine Sauerei wäre, solche Leute überhaupt einzuladen«, ereiferte sich ein Vertreter der Demokratischen Initiative aus Thüringen. Man bat ihn schließlich, weil er keine Ruhe geben wollte, die Veranstaltung zu verlassen. Das sei ihm noch nicht einmal in der DDR widerfahren. Später kam heraus, dass er bis zum Schluss als *Stasi*-IM aktiv war und dicke Aktenordner gefüllt hatte.

Beata Becker traf ihn später zufällig bei einer Immobilientagung in München als Redner. Als Geschäftsführer einer großen Projektentwicklungsgesellschaft jonglierte er nun mit Millionen. Pecunia non olet!

Die Hochschule kam in ruhigeres Wasser. Die Unsicherheit wich. Man begann wieder, mit freiem Kopf zu arbeiten. Die Landesregierung wurde etabliert. Professor Becker brauchte nun nicht mehr nach Berlin oder Bonn zu fahren. Der zuständige Minister saß in Erfurt.

Bei etwas mehr als zwei Millionen Menschen, die nun im Freistaat lebten, gab es viele Bekannte. Und die begegneten sich, auch Professor Becker traf viele, teilweise mit umgekehrter Rangordnung. Einige trumpften nun auf, vergaßen, dass sie auch nicht unbefleckt waren, und versuchten nun wieder, den anderen die Welt zu erklären. Beata Becker hatte sich täglich damit auseinanderzusetzen. Es grummelte unter der Decke. Die SPD-Ost, die sich mit ihrer Neugründung aus der früheren politischen Umklammerung zu lösen versuchte und jungfräulich rein erschien, tat sich schwer, in der Mutter-SPD aufzugehen. Dort glaubte man nicht an eine Wiedervereinigung und war verärgert, dass die Neugründung *Ost* das gute Klima mit der DDR-Regierung verderben würde. Nur selten schwappten solche Konflikte in die Hochschule. Hier waren die Leitlinien der Reformen durch die Senatsbeschlüsse bestimmt. Aber einigen Frustrierten genügte das nicht. Sie wollten endlich an die Hebel. Widerstand unter der Decke baute sich auf.

Einer von ihnen war Thomas Zwicker, der – sehr außergewöhnlich als junger Mann – in die Nationaldemokratische Partei eingetreten war, wo eigentlich nur geläuterte Weltkriegsaktivisten versammelt werden sollten. Dies war aber, wie auch bei den anderen Blockparteien, eine Möglichkeit, politisch Flagge zu zeigen und vor Werbungen der SED verschont zu sein, soweit keine höheren Weihen bevorstanden und der Betroffene zum Fahnenwechsel genötigt wurde. Er war nun Landtagsabgeordneter und Fraktionschef geworden, trat aus dem Schatten und verwies auf wissenschaftliche Erfolge, die aber von Kennern bezweifelt wurden. Er scharrte mit den Füßen. Professor Becker wurde sein Hassobjekt. Es sei nun Zeit, ihn auf ihren Stuhl zu lassen, den rektoralen natürlich.

Beata Becker war auch durch eine solche Unverfrorenheit nicht zu erschüttern. Zwicker hatte sich als *Ostnationaler* in die *Freiheitlichen* gerettet. Beata wusste, er hatte im Chaos der Wende auf das falsche Pferd gesetzt und auf einen Ministersessel verzichtet. Dies rieten ihm die Berater aus dem Westen, denn ein Minister säße auf einem Stuhl, der leicht aus dem Kabinett gekippt werden könne.

Die Rangeleien begannen. Man buckelte vor ihm. Im anerzogenen Obrigkeitsglauben des Ostens verkörperte er für sie die neue Macht, die nun alles richten würde, auch ihr Bleiben, wenn das Neue keinen Platz für sie vorsah.

Eines Morgens rief Uli Kluge aus Darmstadt an. Er war inzwischen Dekan der naturwissenschaftlich-mathematischen Fakultät geworden und beauftragt, mit der Weimarer Hochschule Kontakt aufzunehmen. Beata Becker war überrascht und freute sich, von ihm zu hören. Sie kannten sich von einer Dienstreise in Moskau. Beata Becker hatte damals den Westkontakt verschwiegen. Kluge kannte die Spielregeln. Er meldete sich nie wieder bei ihr. Jetzt aber konnte man sich treffen.

»Na, BB, wie geht's?«, fiel Kluge mit der Tür ins Haus. Sie hatte nicht mit ihm gerechnet und brauchte einige Momente, ihn einzuordnen. »Ich war gestern bei einer Kaminrunde mit dem Bundespräsidenten. Du weißt doch, ich bin im Wissenschaftsrat[104], und die Bundesregierung hat uns um unsere Meinung gefragt, was wir denn mit den Hochschulen im Osten machen sollen. Es würde auf Patenschaften zwischen uns und euch hinauslaufen. Man könne sich überlegen, ob es Wunschkandidaten gäbe. Na, da habe ich mich an dich und deine Hochschule erinnert. Du bist ja inzwischen ein großes Tier geworden. Hast du dich seit Moskau verändert?«

»Das sind auf die Schnelle ein paar Fragen zu viel, Uli.« Es war eine Ewigkeit her, als sie mit Kluge verbotenerweise bei gutem

---

[104] (WR): Vom Bundespräsidenten berufenes Gremium von Wissenschaftlern und Persönlichkeiten des Öffentlichen Lebens. Der Wissenschaftsrat berät die Bundesregierung und die Länderregierungen in Fragen der Hochschulentwicklung, der Wissenschaft und der Forschung.

Wodka und russischer Küche im *Arpad*, in Moskaus damaligem Nobelrestaurant, zusammengesessen hatte. Sie hatten die Dinge der Weltpolitik aus unterschiedlichem deutschen Blickwinkel diskutiert und eigentlich nie daran geglaubt, dass sich eine solche Entwicklung ergeben würde. Ihre Freundschaft hatte die lange Pause des erzwungenen Schweigens überstanden.

»Ich habe von dieser geheimen Runde, den Kamingesprächen, gehört, Uli«, entgegnete sie etwas verlegen, weil sie überrascht und verunsichert war, was sich daraus entwickeln würde.

»Es wäre schön, wenn wir unsere vor Jahren versprochene Zusammenarbeit endlich fortsetzen könnten. Komm doch einfach mal rüber. Es frisst dich hier keiner mehr. Und wenn du nicht den Wessi raushängen lässt, sind sie alle nett zu dir. Was fährst du für ein Auto?«

»Einen alten *Opel.*«

»Das passt.«

»Warum?«

»Neulich fuhr einer von euch mit einem großen *Mercedes* direkt vor unser Gebäude, fast mit einem Rad auf die Eingangstreppe. Unser Ordnungsamt war zufällig zur Stelle und hat ihm einen Strafzettel aufgebrummt. Der hat sich fürchterlich erregt und den Mann beschimpft: Ihr alten *Stasi*-Säcke solltet euch schämen, ehrlichen Investoren das Leben schwer zu machen. Der Mann vom Amt hat sich die Nummer aufgeschrieben und ihn angezeigt. Stell dir vor, ein paar Tage später wurde von diesem Investor ein Leserbrief abgedruckt, in dem er das alles noch einmal wörtlich wiederholte. Jetzt gab es auch für das Gericht einen Beweis. Bei der Verhandlung erschien er nicht. Das brachte ihm einen Strafbefehl über eintausend D-Mark ein. Ich kenne das Ergebnis der Verhandlung nicht, aber er muss wohl empfindlich zur Kasse gebeten worden sein. Also denk dran, wenn du kommst.«

»Solche Leute haben es nicht anders verdient.«

»Na, die Geschichte hat ja noch eine bizarre andere Seite, fuhr sie fort. Der war nämlich bei mir im Rektorat, ohne Anmeldung selbstverständlich. Ich hätte ihn ja abblitzen lassen, aber ich war im Sekretariat, und da konnte ich nicht verschwinden. Für solche Fälle sind meine Sekretärinnen geeicht: Denken Sie bitte an Ihren Termin in einer Viertelstunde. Dann habe ich Luft. Das war auch nötig. Denn der dachte, Hochschulen handeln mit Immobilien. Er hätte gern drei Mietshäuser, die er kaufen und sanieren wolle. Ich habe ihm erklärt, dass auch an Osthochschulen keine Häuser gehandelt würden und ihn recht schnell nach draußen verabschiedet. Na, der Rest ist bekannt. Vielleicht habe ich ihn auch so aufgeregt, dass er ausgerastet ist.«

Professor Kluge kam zwei Wochen später, unangemeldet. Er hatte in Dresden zu tun und schaute auf gut Glück vorbei. Beata Becker war im Büro und freute sich über den spontanen Besuch. Sie ließ alle Termine verlegen und ging mit ihm essen.

»Bitte deftig«, bat Uli Kluge.

»Na, dann nichts wie ins *Scharfe Eck.*« BB war aufgekratzt. Alles hatte sich nach dem Konzil gut angelassen. Kluge würde ihr ein guter Berater sein. Er war erfahren in Hochschuldingen. Irgendwann hatte er in Weimar eine Freundin gehabt, wie er gestand. Aber die Mauer war zu hoch und alles so kompliziert. Er wusste noch nicht einmal mehr den Namen. Später in der Stadt erinnerte er sich. Im *Konzertcafé* sei es gewesen. BB lachte. Für einen Wimpernschlag war sie enttäuscht. Sie wünschte, Kluge früher getroffen zu haben.

»Na, so ganz astrein war das wohl auch nicht. Das *KoCa* soll ja locker gewesen sein.«

Kluge grinste verlegen und schwieg. Sie ließ ihn in Ruhe. Er bestellte *Heldrunger Sauerbraten* mit Klößen und schwelgte. Auch das Bier war vorzüglich.

»Hier gebraut?«, fragte er.

»In Ehringsdorf.«

»Da, wo sie den Urmenschen gefunden haben?«

»Genau da, natürlich etwas im Abstand, wegen der Hygiene, mein Lieber«, scherzte sie. BB bezahlte.

Kluge wunderte sich. »Für den Preis kriegst du bei uns gerade ein großes Bier.«

»Wahrscheinlich hier auch bald nur noch.«

Als sie zurückkamen, schlossen sie sich für zwei Stunden ein. Kluge informierte sie über die absehbare Entwicklung.

»Wichtig ist, dass ihr schon begonnen habt, euch selbst aus dem Sumpf zu ziehen.«

»Entschuldige, aber welchen Sumpf meinst du?« Sie sah Kluge verwundert an.

»Na, Sumpf ist vielleicht etwas hart, aber bei allem Wohlwollen, eure Unis sind doch Kaderschmieden und keine wissenschaftlichen Einrichtungen, die sich im internationalen Maßstab messen könnten.«

»Wer hat dir denn das erzählt?« Sie wurde etwas patzig. »Liest du die *Bild*-Zeitung, oder hast du wirklich ein so verschrobenes Bild? Lass uns die einzelnen Themen ansehen. Dann kannst du urteilen.«

»Das wird so oder so geschehen«, sagte Kluge.

»Die Kollegen im Rat haben eine allgemeine Evaluierung der Unis und Hochschulen vorgeschlagen. Das ist schon deshalb nötig, um das Verhältnis der Hochschulanteile in Ost und West anzugleichen. Wir haben etwa bei dreifacher Bevölkerung, zahlenmäßig die gleiche Anzahl wissenschaftlicher Hochschulen wie ihr in der DDR. Da werden vielleicht zehn oder zwölf von euren Unis übrig bleiben.«

»Und der Rest?«, fragte sie zweifelnd und sehr gespannt.

»Wird Fachhochschule«, sagte Kluge ungerührt.

»Das könnte auch mit euch passieren. Ihr seid zu klein und im Fächerkanon nicht arrondiert im Vergleich zu unseren Unis. Aber macht euch deshalb noch nicht zu viele Gedanken. Bildung ist ja Ländersache, und die Länder müssen erst geschaffen werden. Dann werden die Bildungsminister die Landesgesetze einbringen und den Haushalt befragen, was möglich oder nicht möglich ist. Das ist der Moment, wo man politisch aufpassen muss. Die Verteilungskämpfe beginnen dann. Da wird es wie bei uns. Und wer das beste Studienangebot hat, bekommt die meisten Einschreibungen, und davon hängt wieder das Geld ab und so weiter. Das wird ein ständiger Kampf, verlass dich drauf. Du brauchst einen Kanzler, der clever ist und sich im politischen Netzwerk gut auskennt. Es wird ohne unsere Unterstützung nicht gehen.«

»Das wird bestimmt ein Problem. Man befürchtet eine Überfremdung durch den Westen. Die allgemeine Volksstimmung will zwar die Einheit, aber möglichst mit den eigenen Leuten ...«

»... die noch die alten sind«, platzte Kluge dazwischen.

»Na, was denkst du denn. Sollen wir uns umbringen?«

»Das wird wirklich ein Problem, weil unsere Hochschulen keine Lust haben, Kaderschmieden der SED und der *Stasi* ...«

»... Uli, hör auf mit solchen Verdächtigungen. Glaubst du denn wirklich, wenn euch die Russen besetzt hätten, dass ich jetzt nicht da sitzen würde, wo du sitzt? Dann wärst du auch in der Partei, und es gäbe nicht etwa zweieinhalb Millionen SED-Mitglieder, sondern fast zwölf. Oder hast du vergessen, dass unser gesamtes Volk, das vorgibt, den Humanismus erfunden zu haben, unisono einem Verbrecher und dessen Ideologie verfallen ist? Es muss nachgewiesen werden, wer Dreck am Stecken hat. Glaubst du denn nicht, dass auch im Osten mit den Leuten, die dort gelebt haben, der Aufbau einer wirklichen Demokratie gelingt? Ihr habt doch die Bundesrepublik ohne Skrupel mit den alten Nazis in den Ministerien, in der Bundeswehr und im Nachrichtendienst demokratisch entwickelt und sogar einen Herrn Gehlen in die höchste Geheimdienstfunktion gehievt. Ist national und sozialistisch weniger gefährlich als sozialistisch mit einem Touch russisch?«

»Ja, ja, reg' dich ruhig auf, aber so sehen das viele Kollegen bei uns. Die haben keine Lust, ohne zu wissen, was sich hinter den Fassaden verbirgt, irgendeine müde Mark zu spenden oder aus dem eigenen Haushalt abzuzweigen.«

»Ich glaube, wir müssen da ganz weit vorne anfangen, Uli. Vor einer Evaluierung fürchten wir uns nicht. Uns geht es fast so wie den Russen. Erinnerst du dich an Professor Lischenko in Moskau, was wir beide erlebt haben? Wir haben unser Wissen im Kopf und hatten nicht die Möglichkeiten wie ihr, über alles und so oft wie möglich, Beiträge zu verfassen. Nebenbei, mit manchmal fragwürdiger Qualität. Das hing schon am Papierkontingent, das nicht immer verfügbar war und an den Möglichkeiten, eine Zeitschrift frei bestellen zu können, ich meine ausländische.«

»Meinst du westdeutsche?«

»Ja, offiziell seid ihr für uns Ausland. Du hast dich doch mit Sellhorn mehrmals auf Kongressen getroffen. Und hat er Blödsinn erzählt? Aber wenn er etwas bei euch veröffentlichen gewollt hätte, und man würde es angenommen haben, hätte er in Berlin um eine Genehmigung bitten und das Honorar abgeben müssen, oder er hätte Genexgutscheine bekommen. Das ist doch entwürdigend. Und noch eins, wenn wir so mies ausgebildet hätten, würden unsere Studenten wohl jetzt nicht von euren Büros abgeworben werden. Und dann die Reisefrage, wenn du eine Großmutter im Westen hattest, war es Essig mit dem Reisen zu Kongressen in den Westen. Du wärst gar kein Reisekader geworden. Aber es war besser, die Großmutter anzugeben, um dann offiziell zu allen möglichen Anlässen nach dem Westen zu fahren. So verrückt war das.«

Beata Becker hatte sich etwas in Rage geredet. Kluge wollte die Sache nicht eskalieren lassen.

»Na, Sumpf ist wohl nicht angebracht. Wüste wäre besser, da gibt es neben der Einsamkeit des Mangels hin und wieder auch Oasen. Lass uns die finden, liebe, zornige BB.«

»Der Vergleich ist gut.« Sie lenkte ein. Kluge war froh, auf diese Weise die Kurve zu kriegen, die er in seiner forschen Art mit dem Gespräch fast verpasst hätte.

»Trotzdem wird es nicht ohne eine Evaluierung abgehen. Wenn hier Geld von uns kommen soll, will man wissen, wo es hingeht und wer was bekommt. Aber jetzt müssen erst einmal die Landesregierungen installiert werden. Dann wird man ein westdeutsches Landesbildungsgesetz ab- oder umschreiben, und dann wird sich da etwas bewegen. Vergiss nicht, Bildung ist Ländersache und das heißt sechzehn verschiedene Gesetze.«

»Aber doch unter dem Dach des Hochschulrahmengesetzes«, warf sie ein. Sie hatte sich schon vorsorglich mit den westdeutschen Gesetzen vertraut gemacht.

»Ja, ja, aber du glaubst nicht, welchen Ehrgeiz die Beamten eines Ministeriums entwickeln können. Um einen Wettbewerbsvorteil für das jeweilige Land herausarbeiten, müsse man auch die Gesetze unterschiedlich ausgestalten. Das ist zwar Schwachsinn, aber am Grundgesetz kannst du nichts ändern. Und das wird auch über euch kommen und euren Zentralismus zunichtemachen.«

»Der, abgesehen von den ideologischen Überspitzungen, gar nicht so schlecht war. Ich habe irgendwo – ich glaube in der *Süddeutschen* – gelesen, dass es über zweihundertfünfzig Lehrpläne in den jeweiligen Bundesländern gibt. Wer da mobil bleiben muss wegen seiner Arbeitsstelle, ist mit seinen Kindern schlecht dran. Der kann ja eine ganze Bibliothek mitnehmen, abgesehen von den enormen Kosten. Diesen Irrsinn könntet ihr, weiß Gott, behalten.«

»Na ja, das stimmt schon, aber man bekommt auf Antrag Unterstützung.«

»Was wieder für die Kinder armer Familien eine Ausgrenzung bedeutet. Das sind die Ängste, die die Leute hier haben, wenn nach der Bananenorgie die Ernüchterung, manchmal auch das große Kotzen kommt.«

Beata Becker regte sich schon wieder auf.

»Also, BB, lass uns nach vorne blicken. Ich werde mich bemühen, dass wir euch als Patenhochschule bekommen. Und nun lass uns ein Bier trinken gehen. Du brauchst Glückshormone, dann wird's dir besser gehen.«

Kluge fuhr nicht nach Darmstadt zurück, blieb in der Stadt und zog am Abend mit Beata Becker durch die Studentenklubs. Er suche nach alten Plätzen, an denen er sich mit seiner romantischen Jugendliebe vergnügt hatte, wie er BB gestand. »Weißt du noch, wo die gewohnt hat?«, bohrte sie.

»Bei einer alten Kirche in der Altstadt.«

»Wie sah die aus?«

»Das weiß ich nicht, es war doch meistens nachts, und da war es ziemlich dunkel ...«

»... wohl besser so, mein Lieber«, feixte sie.

»Habt ihr jemals wieder Kontakt gehabt? Wann war das eigentlich?«

»Noch vor der Mauer, Ende der Fünfziger. Na, da warst du noch keine achtzehn, oder?«

»Stimmt, wir hatten eine Klassenfahrt organisiert, nach Weimar und Buchenwald. Der Vater eines Schülers war, glaube ich, DKP-Mitglied und hat uns ein Stück Geschichtsunterricht vermitteln wollen. Leider zu früh. Goethe und Schiller sind vorbeigerauscht, auch das grausame Lager auf dem Berg. Das war zwar beeindruckend, aber es ging damals noch nicht so tief wie heute. Wir waren in einer Jugendherberge untergebracht. Bei irgendeinem Freundschaftsabend mit der FDJ lernte ich das Mädchen kennen. Oh, war ich verliebt und die auch.« Kluge schwelgte sichtlich in Erinnerungen.

»Na, vielleicht ist sie nun nach vielen Kindern dick und fett und schon mehrfach an mir vorbeigelaufen«, tröstete er sich.

Sie standen vor dem *Kasseturm*. Der Student am Einlass winkte sie nach vorne. Er hatte Professor Becker in Jeans und Sweatshirt nicht gleich erkannt. Sie gingen unter im Pulk der Studenten, die vor der Tür warteten. Im Keller war dichtes Gedränge. BB begrüßte einige Bekannte, Kollegen und Studenten. Mit Blickkontakt orderte sie zwei große Biere. Kluge staunte über den Preis. »Oh, oh, zwei Mark für ein Bier, da macht das Saufen Spaß. Hier würde ich zum Alkoholiker.«

»Das sind schon viel zu viele.«

Sie zogen sich in eine etwas ruhigere Ecke zurück. Der Chef kam dazu, wollte sich kurz mit Professor Becker über die Zukunft der Klubs unterhalten. »Ja, was soll denn werden? Ihr müsst eine Geschäftsform finden und wie eine Gaststätte tätig sein, als Verein oder GmbH, das müsst ihr selbst entscheiden. Problematisch sind noch die Eigentumsverhältnisse. Der Turm gehört uns nicht. Aber es wird sich dazu in den nächsten Wochen etwas ergeben.«

Kluge schaltete sich ein. »Passen Sie auf, dass Sie nicht in die Abhängigkeit irgendeiner Brauerei aus dem Westen geraten, und seien Sie mit Verträgen vorsichtig. Es gibt zu viele halbseidene Gangster, die bei uns untergetaucht sind und hier langsam hochkommen. Bei uns ist auch nicht alles Gold, was glänzt.«

Der Klubchef war clever. Er gehörte seit Jahren zum Klubdienst, schließlich hatten sie sich auch zu DDR-Zeiten in studentischer Selbstverwaltung über Wasser halten müssen. Wahrscheinlich war das das einzige Studentische, das ohne Probleme und geräuschlos funktionierte. Professor Becker hatte als Gaststudentin in den Ferien einige Zeit dort mitgemacht, beim Bardienst. Das vertraute BB für Beata Becker blieb.

»Die Studenten duzen dich? Das wäre an unseren Unis undenkbar.« Kluge war sichtlich beeindruckt.

»Sie sind schon keine Studenten mehr. Na, wir waren Kumpels, warum sollte sich das jetzt ändern? Ich fühle mich hier immer noch willkommen, fast geborgen, wenn ich den Kanal voll habe mit all dem Hochschulkram. Die Erinnerungen halten die verbliebene Truppe zusammen. Es gab die berühmt-berüchtigten tagelangen Faschingsfeten, die in allen Häusern der Hochschule stattfanden, an jedem Tag von einer anderen Fakultät organisiert. Da kamen die Leute aus der ganzen Republik und wühlten sich in die wenig beleuchteten Kuschelecken, tolle Livemusik, gute Stimmung. Das war spektakulär, Uli. Auch die Morgen danach, wenn die Reste der Nacht weggeräumt werden mussten. Mein lieber Mann, da kannte die Fantasie keine Grenzen. Und da gab es auch oft Ärger, weil irgendein Text zu forsch für die Konservativen in der Kreisleitung war. Na, da waren wir erfinderisch und haben einfach etwas drübergepinselt. Du, hier gab es auch Prominenz, na damals noch nicht. Kennst du Reiner Schöne, nein? Bestimmt erinnerst du dich an seine markante Stimme als Synchronsprecher. Der ist, glaube ich, achtundsechzig nach dem Westen abgehauen, bei irgendeinem Konzert in Westberlin, wenn ich nicht irre mit dem *Oktoberklub* [105]. Der hat in Hollywood Karriere gemacht. Spitzname Tatte, sah verdammt gut aus, groß und hat uns mit seiner Musik den Kopf verdreht. Tatte war oft hier. Die Alten kennen ihn noch. Der wird bestimmt bald mal wieder hier aufkreuzen. Seine Mutter lebt wohl noch hier. Ja, ja hier war immer etwas los, und das wusste man in der ganzen DDR. Die Barleute waren die Könige, und die Dienste in der Truppe galten als Ritterschlag. Aber sie waren auch verdammt gefährlich, weil es nachts immer lange ging und morgens das Fleisch zu schwach war, aufzustehen, wenn um halb acht die erste Vorlesung war.«

Uli Kluge hörte interessiert, fast gebannt zu. »So etwas gab es bei uns nicht. Na, Kneipen schon, aber nicht in dieser Art.«

Unmerklich hatte sich der Keller gefüllt. Sie bemerkten das erst, als plötzlich Rock 'n' Roll die Gespräche erschwerte. Emma hatte sich ans Klavier gesetzt und malträtierte die Tasten. Emma, eigentlich Emanuel, war schon seit drei Jahren mit dem Studium

[105] Bezeichnung für eine Gesangs- und Musikgruppe, die in der DDR politische Texte in moderner Aufmachung als Gegenentwurf zur westlichen Musik vortrug.

fertig. Er fand keinen Job, wollte es vielleicht auch nicht. Er lebte mehr für die Musik als für seine Entwürfe, und das nicht schlecht. Und abends saß er meist im Klub. Kluge hielt es nicht mehr auf seinem Platz.

»Meine Musik, BB! Ich setze mich zu ihm und mache mit.« Emma kannte solche Ausbrüche. Er rückte nach links. Kluge ging fließend in den wilden Tastenlauf, in die oberen, die hohen Oktaven des arg ramponierten Klaviers. Emma lief zur Höchstform auf. ROCK AROUND THE CLOCK zum Aufwärmen und HE BARBARENE versetzte den Saal fast in Exstase: *Die Ente sprach zum Enterich, im tiefen Wasser geht das nicht, he Barbarene; Es muss nicht nur die Pille sein, auch Ajax hält das Becken rein und Hast du MiniMax im Haus, dann bricht bei dir kein Feuer aus.* So ging das Strophe um Strophe bis Kluge erschöpft aufstand und sich von Emma mit einem freundschaftlichen Klaps bedankte.

»Das ist ja der reine Wahnsinn, was hier bei euch abgeht. War das schon immer so, auch vor der Wende?«

»Ja, schon immer. Die Klubs haben immer unabhängig und in Eigenregie funktioniert. Sie waren streckenweise die einzige kulturelle Einrichtung mit Niveau. Viele gute Vorträge und Musikgruppen, Jazz vom Feinsten, der auch bei euch anerkannt wurde, gab es hier. Na, frag nicht, was ich deinen Augen ansehe und ganz ohne *Stasi*? Na, bestimmt war die auch immer dabei, aber wir haben es nicht bemerkt, höchstens, wenn die Faschingsdekoration offiziell abgenommen wurde und einige zu lockere Sprüche beanstandet und beseitigt werden mussten.«

»Und die Professoren waren immer, so wie heute, mit den Studenten zusammen?« Kluge schaute zweifelnd auf BB. Er war noch etwas außer Atem und seine Stimme klang gepresst.

»Immer, wieso?«, fragte sie nach.

»Bei uns gibt es solche Klubs auch, aber anders.«

»Wie anders?«

»Na, mehr getrennt, nicht so freundschaftlich kumpelhaft, aber wahrscheinlich, weil bei euch Studenten und Lehrkörper in der gleichen Partei waren.«

»Nee, mein Lieber, so einfach ist das nicht. Wir konnten schon unterscheiden zwischen Dienst und Saufen. Aber die Nähe zu den Studenten war echt, weil es keine Standesdünkel gab. Das ist wirklich im System begründet.«

»Also doch«, setzte Kluge nach.

»Wenn du so willst, ja, aber eben anders.« Sie wollte sich nicht in eine Grundsatzdiskussion einlassen, nicht hier und nicht jetzt, der Abend war zu schön. Das fühlte auch Kluge. »Lass gut sein, BB, das spielt ja nun keine Rolle mehr.«

Und sie dachte: sollte aber.

Einige Studenten kamen kurz an den Tisch, begrüßten sie, sprachen ein paar Worte und verschwanden wieder im Trubel.

»Du scheinst beliebt zu sein, BB«, stellte Kluge fest.

»Wenigstens bei denen. Das ist für mich das Wichtigste.«

»Und bei den anderen?«, wollte Kluge wissen.

»Wen meinst du?«

»Na, deine Kollegen!«

»Sehr gemischt und durchwachsen. Das lässt sich so kurz nicht erklären. Nicht heute. Vielleicht später. Das ist zu kompliziert.«

»Lass uns gehen und noch etwas die Altstadt genießen«, schlug Kluge vor. Sie gingen. Die frische Luft tat gut.

»Der Keller ist immer eine Mischung aus Kneipe und Sauna«, sagte BB.

»Das habe ich auch gedacht, als ich mich am Klavier ausgetobt habe, einfach herrlich. Ich habe mich selten so wohl gefühlt wie heute Abend, Beata.«

»Du wirst noch hier heimisch, unsere Frauen sind einfach klasse, komm rüber.«

»Soll ich mich trennen?«

»Nein natürlich nicht, aber bei vielen Beamten, die hierher

mit *Buschzulage* abkommandiert sind, gibt es ein solches Erwachen.«

»Welches Erwachen?«, wunderte sich Kluge.

»Na, dass unsere Frauen ihren Mann, eigentlich korrekt ihre Frau, stehen und keine Zeit haben, ihre Neurosen zu pflegen.«

»Und nicht so geschminkt sind, wie ich schon bemerkt habe.«

»Stimmt, eben einfach natürlich geblieben sind.«

»Im täglichen Kampf um die Ernährungsgrundlagen.«

»Schon wieder *Bild*, Uli. Vielleicht wegen der Bananen, sonst aber nicht, oder sehen wir verhärmt und ausgezehrt aus?«

»Sag, BB, mal ganz indiskret, warum bist du nicht verheiratet?«

»Ach«, sagte sie gedehnt, »warum willst du das wissen?«

»Na, ja, du bist doch eine tolle Frau. Ich gestehe, dass ich damals in Moskau ganz schön an mich halten musste.«

»Warum?« Sie sah ihn mit Unschuldsmiene an.

»Na ja, aus Interesse an einem guten Freund. Nein, ganz im Ernst, um dir nicht spontan um den Hals gefallen zu sein.«

»So, so, da sollte ich heute Abend vorsichtig sein.«

Kluge wusste, jetzt konnte er nur noch Fehler machen. Er schwieg. Sie hörte ihn die klare Luft in tiefen Zügen atmen. Es war eine wunderschöne Nacht. Die Dunstglocke, die sich sonst mit dem Nebel auf den Fluss legte, hatte sich aufgelöst.

»Das hängt mit dem geteilten Deutschland zusammen«, nahm Beata das Gespräch wieder auf. »Der Junge, den ich damals kennenlernte, kam aus Dortmund, mit seinem Vater, der in Leipzig zur Messe als Unternehmer ausgestellt hatte. Die Eltern montierten irgendwelche Eisenteile, die sie für die Autoindustrie aus dem Osten bezogen. Es war eine Beziehung zwischen Frühjahr und Herbst, wenn die Leipziger Messe stattfand. Er wollte mich heiraten und ich ihn auch. Verrückt, mit achtzehn, aber es hatte mich richtig erwischt. Bis in die letzte Haarwurzel waren wir verliebt. Wir hatten uns lange geschrieben und uns per Brief verlobt. Seine Eltern waren einverstanden, obwohl ihnen klar war, dass sie ihren Sohn verlieren würden, denn ich hatte ja keine Chance, nach Westdeutschland zu kommen. Aber wenn das Stroh verbrannt ist, bleibt fast nichts übrig, und alles wird kalt. So ist das eben.«

Dass sie eigentlich enttäuscht wurde, wollte sie nicht preisgeben.

»Diese Hochschule ist Schrott.« Dafür hätte Professor Becker ihn umbringen können. Sein Profilierungsgehabe und die unerfüllten Träume der Altachtundsechziger waren ihr unerträglich.

»Informieren Sie sich, bevor Sie solche Einschätzungen geben!«

Er schwieg, sichtlich pikiert. In Kapitulationsverhandlungen bestimmten die Sieger. Das war ihr bewusst. Die Situation war grotesk: Ehrwürdige Professoren ließen sich von diesem Schnösel aus Hamburg demütigen. Er fuhr ihnen bei ihrem Vortrag schnoddrig über den Mund. Gerhard Brunner hatte recht, Claus Wollhaupt war ein Aktionist ohne geistigen Tiefgang. Der Hamburger Senat hatte ihn schnell ziehen lassen, denn mit einer Vertretung für ihn in der Zentralabteilung der Hamburger Verwaltung würde alles besser laufen. Man hatte ohnehin erwogen, ihn zu versetzen.

Ab in den Osten. Bringen Sie denen Lesen und Schreiben bei. Lesen und Schreiben konnten sie, deshalb begann er zu missionieren, Rot raus und Schwarz rein.

»Du hättest mit ihm schlafen sollen«, empfahl Brunner.

»Das sagt man auch nicht im Scherz, mein Lieber. Schon gar bei diesem Typen.« BB und Brunner verstanden sich eigentlich ohne Worte, und ihr Rüffel war überflüssig, weil er es ironisch gemeint hatte.

Ihr ging es seit dem Morgen nicht gut. Die tagelange Aufregung wegen der Verhandlungen zur Hochschulzukunft hatten ihre Hormone durcheinandergebracht. Für heute waren keine großen Entscheidungen zu erwarten. Professor Becker verabschiedete sich und ging.

Ihre Schulfreundin Christine, die nach der Auflösung der Polikliniken mit einer freien Praxis in der Gynäkologie erfolgreich war, lag ihr schon seit Wochen in den Ohren. Sie wollte endlich ihre Mahnungen für eine Kontrolle wahr machen, aber nicht heute.

Beata Becker ließ sich zurück in ihre Wohnung fahren. Sie wollte mit einem duftenden Rosenbad und der zweiten Symphonie von Brahms alles hinter sich lassen. In der wohligen Wärme löste sich ihre innere Spannung in einer samtenen Welle der Zufriedenheit, die sie langsam in die heile Welt ihrer Kindheit trug.

In der großen Zinkbadewanne wusch ihr die Großmutter den Kopf – mit echter Kernseife von früher, wie sie sagte. Das Von-Früher war geheimnisvoll. Sie konnte sich Von-Früher nicht vorstellen, nicht die schöne Zeit der Jugend der Großmutter und nicht den Krieg, den sie im Keller bei Kerzenlicht und vielen Nächten in eine Decke gehüllt vor der großen Kartoffelkiste mit dem fauligen Geruch, erlebte. Lange weiße Keime krochen aus ihr heraus wie Würmer, die das Mädchen essen wollte und nicht durfte, weil sie giftig waren, wie sie die Mutter warnte.

Wenn alles geschrubbt und sauber war, die Großmutter ihr die Haare geföhnt hatte, durfte sie zum Großvater in die Werkstatt, dem besonderes Reich mit den vielen Werkzeugen an den Wänden, kleinen Schachteln und Gläsern und allerlei funkelnden Schrauben und Blättchen. Der Großvater zauberte für sie aus dem braunen Arbeitskittel immer ein kleines Geschenk. Nie hatte er mit ihr geschimpft oder etwas verboten. Er hat sie immer mit allem, was sie tat, verstanden, auch dann, wenn etwas zu Bruch gegangen war. Ihr Großvater war ein kleiner Mann, mit dem sie sich wie mit einem Freund unterhalten konnte. Der Onkel dagegen war so endlos groß. Sie nannten ihn den Dachrinnentrinker.

Als junger Mann hatte der Großvater sein Haar verloren, sagten die Erwachsenen, in einem Schreckschock. Das Mädchen wusste nicht, was ein Schreckschock war. Bestimmt ein Ungeheuer, das mit dem Großvater gekämpft und das er besiegt hatte. Die Glatze war der Beweis: Er war ein Held.

Der Großvater war der feste Punkt der kleinen Familie. Er baute in seinem Betrieb Etuis für die Musikinstrumente, die in dieser Gegend in Werkstätten hergestellt und in die ganze Welt verschickt wurden. Wenn die russischen Offiziere kamen, wollten sie diese Koffer. Möglichst große, in denen sich viel transportieren ließ. Für Dinge, die sie in Deutschland zum ersten Mal gesehen hatten, um sie nach Hause zu schicken.

Akkordeonkoffer hatten die richtige Größe. Deren Stabilität musste der Großvater vor dem Kauf immer beweisen.

Kleijnes Mann, aufschtellen, sagten sie und wiesen den Großvater an, sich auf den Deckel zu stellen. Er wippte etwas mit seinem Körper zum Beweis der Haltbarkeit. Das überzeugte sie. Sie kauften einen oder zwei, meist im Tausch gegen Lebensmittel.

In der großelterlichen Geborgenheit war der Krieg weit weg. Die Mutter hatte Hermannstadt in Siebenbürgen verlassen müssen, als die Todesnachricht vom Vater kam, der beim Rückzug der Wehrmacht in der Ukraine gefallen war. Siebenbürger Sachsen waren Deutsche und mussten auch in den Krieg, wie ihr Vater, der ihre Mutter Mitte der zwanziger Jahre beim Studium in Leipzig kennengelernt hatte. Als die Nazis an die Macht kamen, flohen sie zu den Schwiegereltern nach Klausenburg. Dort erhielten sie an der deutschen Schule eine Anstellung.

In der vertrauten Welt alter deutscher Architektur fühlten sie sich wohl. Auch die Landschaft glich den heimatlichen Mittelgebirgen. Aber als die Nazis die Siebenbürger zu Wehrpflichtigen machten, wurde auch dort der Alltag braun. Die Familie war allem ausgeliefert. Ihre jüdischen Verwandten wurden verschleppt. Die Mutter fürchtete um ihr Leben. Das kurze Glück der Familie zerbrach, einen männlichen Schutz gab es nicht mehr.

Auf der wochenlangen Flucht mit ihrer Mutter hatte sie schreckliches Elend gesehen, Tote und bis auf das Skelett Ausgezehrte. Magere Gestalten, die nach Essbarem bettelten. Die Bilder brannten sich in ihr Gedächtnis. Sie wurden zu Zeitmarken ihres Lebens, die sie verarbeiten, aber nicht vergessen konnte.

Beim Spielen auf der Straße war sie das einzige Mädchen. Die Jungen gaben den Ton an. Wenn sie etwas verpatzte, machte sie es beim nächsten Mal besser. Sie lernte sich durchzusetzen.

Dann gab es noch den Schneider, einen Damenschneider, der schon in den Zwanzigerjahren mit Max Hölz[106] und dessen roter Truppe unterwegs war. Er agierte in den Dörfern von einem Lkw. Die Reichswehr holte ihn später vom Hausdach, auf das er sich flüchten musste. Man hatte nie gehört, dass er jemals etwas genäht hätte. In den wirren Nachkriegstagen tauchte er wieder auf, in den kleinen privaten Betrieben.

»Verjagt die kapitalistischen Ausbeuter! Nehmt alles in eure Hände!«

Sie verstand nichts von dem, was er sagte. Er ruderte mit seinen Armen in der Luft. Das war komisch. Und sein Gesicht wurde rot, und die Adern traten aus der Haut. Sie fürchtete sich und hatte Angst, dass etwas platzen könnte. Dann würde sie über und über mit Blut bespritzt sein, deshalb verzog sie sich hinter die Erwachsenen und wartete, bis er gegangen war.

Der Schneider wurde, weil er zu nichts anderem taugte, im Dorf als Ausrufer eingesetzt. So läutete er sich mit der großen Glocke durch Beatas Leben. Aber dieses Mal hörte sein Läuten nicht auf. Immer und immer wieder schlug er die Glocke. Dann begann er, etwas zu verlesen. So sehr sie sich bemühte, sie verstand es nicht.

Das Telefon hatte lange geklingelt. Der Anrufbeantworter war angesprungen. Mit Mühe erreichte Beata von der Wanne aus das Telefon. Gerhard Brunner war aus Erfurt zurück und wollte ihr über die Ergebnisse berichten.

»Das Statusproblem Fachhochschule ist überwunden.« Brunner war aufgekratzt.

---

[106] Kommunistischer Anarchist, in der sowjetischen Emigration unter mysteriösen Umständen 1933 ums Leben gekommen. Er war 1920/21 in Sachsen mit einer bewaffneten Kampfgruppe unterwegs, die jedoch von der KPD nicht akzeptiert wurde.

»Also doch kein Schrott?«

»Naja, der Wollhaupt will hofiert werden.«

»So?«, sagte sie etwas gedehnt und wollte für einen Moment darauf eingehen. »Da verwechselst du etwas.« Das klang nun schärfer, als sie es wollte. Brunner versuchte mit einer Entschuldigung, Weiß-ich-doch, und, War-doch-nur-ein-Scherz, die Situation zu retten. Aber Beata begann sich aufzuregen.

»Was ist hier eigentlich los? Da kommen irgendwelche Leute und maßen sich in Minuten Urteile an, die alles über den Haufen werfen. Und das nur, weil sie nach dem Krieg in der anderen Hälfte Deutschlands aufgewachsen sind. Wenn sich die Russen drüben festgesetzt hätten, würde es doch heute dort genauso aussehen. Und wir würden ihnen sagen, wo es langgeht. Wenn es stimmt, dass Wollhaupts Vater bei der Waffen-SS war und im russischen Partisanenkampf aufgeräumt hat, wie mir ein Kollege aus Münster sagte, dann wird der alte Bolschewikenhass von der nächsten Generation hier im Osten fortgesetzt. Muss ich mich mit deren unausgegorenen Schnapsideen herumschlagen?«

Beata hielt inne, weil sie das Gefühl hatte, dass Brunner schon nicht mehr am Telefon war.

»Nein, nein, ich bin ganz Ohr«, beeilte er sich.

»All diese KW-Gestrandeten[107], in den vorzeitigen Ruhestand Versetzten, bei Berufungen an ordentlichen Universitäten Chancenlosen und Abschreibungsspekulanten sind unerträglich. Schlimmer ist ihre *Stasi*-Neurose, mit der sie alle und alles totschlagen. Wie viele sind schon von der Brücke gesprungen, weil sie Verdächtigungen ausgesetzt waren, die nicht zutrafen und die sie nicht widerlegen konnten. Wer auf *Bild*-Niveau agiert, kann zur tödlichen Waffe werden. Wie oft habe ich bereut, das Konkrete der Baustelle gegen diese akademischen Wolkenschlösser vertauscht zu haben.«

---

[107] KW: Vermerk an Personalstellen, die nicht mehr zu besetzen sind, also abgeschafft werden, landläufig: Kann weg.

Beata Becker stockte. Sie hatte sich wieder in Rage geredet. Sie war empfindlich geworden, auch im Beisein von Fremden. Dann schämte sie sich. Bei Besprechungen war das nicht zu ihrem Vorteil. Das steckten ihr gute Freunde, auch Brunner manchmal. Aber heute hatte er dazu keine Lust. Er sagte etwas von einem Termin und wenig Zeit, um sich schnell von ihr verabschieden zu können.

BB war zu schnell aus ihrem Traum aufgeschreckt. Sie versuchte sich wieder in die Wohligkeit der Wanne zurückzuziehen, aber es gelang ihr nicht.

EGON meldete sich. »Hast du deinen Moralischen?«, stichelte er. »Geh spazieren und lass die Wolken ziehen.«

EGON hat recht: nach vorne! Wir müssen die ISMEN besiegen, die Diktaturen, die die Menschen knechten, benutzen und entmündigen. Bildung sprengt Ketten, dann erst gibt es die Freiheit im Denken und Handeln. Aber Denken und Handeln bedarf der Unabhängigkeit in sozialer Verantwortung. Beata glitt ab in die Politikersprache. Das war die andere Seite ihrer Polemik und genauso wirkungslos. Welche ist die Ordnung, die den kleinsten gemeinsamen Nenner der Gesellschaft findet? Vielleicht haben die Afrikaner recht: Wer zur Schule geht, verliert seine Persönlichkeit. Gesellschaftliche Umbrüche sind Schulen. Bisheriges wird durch Neues überdeckt, im Guten wie im Bösen. Und dieser Wechsel ist beständig, weil die Menschwerdung des Affen noch nicht abgeschlossen ist.

Die Menschen in den Tälern von Beatas Heimat waren einfach und unbekümmert, gingen freundschaftlich und vertraut miteinander um. Ihre Sprache war derb und direkt, rau und herzlich. Man achtete den anderen. Sie waren Individualisten ohne Eigenbrötelei. Politik war nicht in ihren Köpfen. Nur einmal gerieten sie in die Mühle der politischen Ereignisse, als nach dem 17. Juni 1953 bei den Funktionären hysterische Angst vor einem Volksaufstand herrschte. Unbedeutendes wurde zum wichtigen Ereignis. Man fahndete nach Waffen und vermutete sie da, wo vor dem Krieg passionierte Jäger wohnten. Auch der Großvater gehörte dazu. Er geriet im Sommer 1953 in eine Razzia. Doch da war nichts und konnte auch nichts sein, weil die Jäger alt geworden waren und ihre Waffen schon längst weggeworfen hatten. Vielleicht lagen ein paar Patronenhülsen als Andenken irgendwo vergessen in einer Schachtel. Die aber reichten, um in der nahen Kreisstadt zum Verhör an die Wand gestellt zu werden. Als einer der alten Männer vor Aufregung verstarb, ließ man sie laufen. Man wollte keine neuen Unruhen.

Viele Menschen flohen in dieser Zeit über die grüne Grenze nach drüben, wie es hieß. Sie nahmen ihr altes Handwerk mit, ins fränkische Bayern nach Bubenreuth und Erlangen. Dort siedelten schon seit dem 16. und 17. Jahrhundert viele Handwerker aus Böhmen. Die Reformation hatte sie vertrieben. Sie kamen über den Berg ins Sächsische, auch nach Franken und begannen ein neues Leben. Als sie aber in Handwerkergenossenschaften gezwungen werden sollten, zogen sie weiter.

Beata verlor Freundinnen, war die Zurückgelassene, die der wegziehenden Karawane hinterherschauen musste. Beim Essen am Abend bekam sie mit, dass auch ihre Mutter solche Gedanken hatte, aber wegen der alten Großeltern verwarf. Die Familie blieb. So wuchs sie auf. Behütet in der Enge der nahen Grenze zur Tschechoslowakei und Bayern, geprägt vom Fleiß der Mutter und der Großeltern, die es durch Sparsamkeit zu einigem Wohlstand gebracht hatten.

Für die anderen war sie die Ausländerin, keine richtige Deutsche, eben ein Mädel aus Rumänien. Und Kapitalistentochter war sie auch, weil der Großvater einen Handwerksbetrieb hatte, in dem fremde Menschen arbeiteten. Das brachte sie in der Schule auf den neunten, den letzten Platz, wenn nach der sozialen Herkunft sortiert wurde. Der Vater ihrer Freundin Grete war Arbeiter bei ihrem Großvater und stand auf dieser

Liste ganz oben. Beata hatte keinen Vater mehr. Der Großvater wurde zu ihrem Vormund, und der gehörte nach dem Gesetz zu den Kapitalisten.

»Du gehörst zu den Kapitalisten.« Es war für sie wie ein Stigma, das sie nicht begriff oder erfassen konnte. Wenn in der Schule mit markigen Worten der Kalte Krieg behandelt wurde, sah sie sich den beiden Blöcke der bösen kapitalistischen Amerikaner und den guten Menschen der Sowjetunion gegenüber, gewissermaßen im Niemandsland ihrer Gefühle. Und immer waren es solche Gegensätze: ganz oder gar nicht. »Wenn du dich nicht freiwillig zur Armee meldest, bist du nicht für den Frieden.« »Wer Verwandte im Westen hat, ist ein Klassenfeind.«

Sie lernte, wie alle, mit Ungerechtigkeiten umzugehen, zu lavieren und Verteidigungsstrategien zu entwickeln. In Klasse elf wurden die Studienwünsche konkret. Beata wählte Medizin und Bauingenieurwesen, entschied sich dann aber gegen die Medizin. Jahrelange, ungewisse Schieberdienste im Krankenhaus waren zu riskant. Bauen faszinierte sie. Zu ihren Träumen gehörten Filme und Geschichten. Hans Albers in *Wasser für Canitoga* und die bildschöne Marina Vlady in der *Blonden Hexe*, Geliebte des Bauingenieurs in wilder Naturromantik auf einer Baustelle im Norden, die von den Dorfbewohnern tragisch gesteinigt wurde. Leben in der Wildnis! Bauen im Ausland! Das war ihre Jugendsehnsucht. Ihr wirklicher Traum war der Film. Kamerafrau bei der DEFA. Aber eine Bewerbung in Babelsberg würde die Familie nicht ernst nehmen. Sie hatte keine Beziehung zu solchen Berufen, sah sie nüchtern und nicht genügend bodenständig.

»Willst du Filme über die ruhmreiche Sowjetarmee oder *Ernst Thälmann, Sohn seiner Klasse* drehen? Und überhaupt, gibt es nicht bessere Berufe für ein Mädchen?«

Beata begann beruflich auf solidem Boden. Als Praktikantin in Thüringen, auf einem gigantischen Wasserbauprojekt. Das war raues, direktes Baustellenleben mit Kontrast zur gutbürgerlichen

Erziehung. Sie war nun eingezwängt in einen Alltag von zwölf Stunden und musste Bauabfälle, Betonreste, Bewehrungseisen und Schalung aus dem Keller der fertiggestellten Turbinenschächte mit dem Kran nach oben holen. Sie quälte sich mit den Männern, für die Frauen auf einer solchen Baustelle nichts zu suchen hatten.

Ihr Arbeitsplatz lag vierzehn Meter unter dem Wasserspiegel des Flusses, der, hinter einem Betonwall angestaut, vorbeifloss. Ein Betriebszug fuhr die Menschen morgens zur Baustelle und am Abend zurück. Dann war er voller ausgelaugter Gestalten, die sich in die Holzbänke verkrochen, mit glasigen, müden Augen und bald eingeschlafen waren. Ein Zug der Elenden, die im Alltag der körperlicher Belastung, von Schmutz, Kälte und Hitze eingesperrt waren.

Beata hatte sich die Haare kurz schneiden lassen. In der Baustellenkluft sahen alle gleich aus. Man hielt sie für einen Lehrling im ersten Lehrjahr. Magere Bohnenstange, bartlos und noch nicht im Stimmbruch. Es ging ihr nicht gut. Der Dreck und die Kälte, überall Matsch, und immer musste man aufpassen, weil etwas transportiert, vorbeigefahren, angehoben oder abgelegt werden musste. Sie ertrug es, ohne zu klagen, wusste, worauf sie sich eingelassen hatte. Es waren Dienste in der medizinischen Vollpflege und die Hilfsarbeiten am Seziertisch in der Pathologie, wenn sie Medizin studiert hätte. Wie Knechtschaft in der Unterstadt von *Metropolis*, dem Klassiker von Fritz Lang.

Beata hatte Schmerzen im rechten Bein. Das Gehen fiel ihr schwer. Zwölf Stunden über Baugerümpel zu turnen, war eine Qual. Nach wenigen Tagen hatte der Bauführer ein Einsehen. Sie wurde Einweiserin für den Turmdrehkran. Kranfahrer sind Könige in ihrer Kanzel kurz unter dem Himmel. Und sie sind es wirklich, weil die Ameisen tief unter ihnen auf ihr Wohlwollen angewiesen sind, eine schwere Last anzuheben oder nicht, die Arbeit zu erleichtern oder die Arbeiter zu quälen.

Beata war nun Teil des Vorzugs, konnte sich mit Handzeichen in den Himmel seines Reiches verständigen. Sie hatte Verantwortung. Stapel von Hölzern ließ sie in den Himmel schweben, die von ihr vorher mit einem Schlupf, einem Drahtseil, das an beiden Enden Schlaufen hat, fachgerecht befestigt wurden. Wenn der Kran anhob, zog sich die Schlaufe zu, wie beim Strangulieren eines Menschen. Die Last saß dann fest und schwebte davon. Manchmal rutschten einzelne Teile in großer Höhe heraus und krachten auf das Gelände. Dann kam es zu Unfällen, auch zu tödlichen. Besonders in den Nachtschichten, wenn Geschossdecken betoniert werden mussten und man gegen die hellen Lampen nichts sah.

Die großen Kübel mit dem Frischbeton schwebten aus dem nächtlichen Nichts. Der Bügel musste mit einem kräftigen Ruck herabgezogen werden. Das machte ein Junge. Der flüssige Beton ergoss sich dann in die Schalung. Einmal war er zu langsam. Seine Hände wurden eingeklemmt, und der Kran zog ihn mit hoch. Beata sah ihn in die Nacht verschwinden und schrie. Die Haut an seinen Händen hatte sein Körpergewicht nicht ausgehalten. Er blutete und verdrückte sich vor Schmerzen in eine finstere Ecke. In der Nacht gab es kein Verbandszeug. Den Unfall zu melden, hätte die monatliche Prämie gekostet. So litt er für alle.

Die Berliner Mauer im August 1961 hatte alle Pläne zerstört. Die Grenze war dicht. Die Möglichkeit im Westen bei einem Großonkel zu studieren, war Beata verbaut. Die Wehrpflicht für die Jungen drohte. Man sagte, dass auch Frauen in einen Dienst sollten. Es wurde eng. Die ersten Jahrgänge wurden eingezogen. Sie brauchte einen Studienplatz als Schutz gegen dieses Risiko. Solange sie nicht wegen einer vermasselten Prüfung exmatrikuliert werden würde, bestand keine Gefahr.

Nicht Medizin, sondern Technik und das direkt, also Bauwesen, sagte der Großvater, der immer noch das Sagen hatte. In ihrem Kopf nahm wieder die Sehnsucht nach draußen, die Lagerfeuerromantik, Gestalt an.

Beata sah, wie die Stützen wuchsen, Decken betoniert wurden, Mengen an Beton in riesigen Kraftwerkskammern verschwanden. Sie atmete den Geruch von frischem Beton, der in die Schalung floss. Sie wurde davon süchtig wie nach einer Droge. Sie empfand Freude, wenn sich die plastische Masse durch die Vibration der Rüttler ausbreitete und sich innig an die glatten Wände der geformten Schalung schmiegte, passgenau, wie die Schächtelchen in der Werkstatt des Großvaters.

Manchmal waren die Arbeitsschichten zu lang, fast vierundzwanzig Stunden, weil die Ablösung nicht kam, aber ein begonnenes Bauteil fertigzustellen war. Dann fraß sich der feine Zementschlamm an den Händen in die Haut. Die schwere Rüttlerflasche ließ sich nicht festhalten. Die Haut wurde bis auf das rohe Fleisch abgeschliffen. Das waren Schmerzen, die sich bis ins Herz fraßen. Nichts verschaffte Linderung.

An Tagen, an denen sie mit sich zu tun hatte, wollte sie aufgeben, nach Hause und irgendetwas anderes machen. Aber keiner hätte Verständnis. Man lief nicht weg, sondern beseitigte Hindernisse und machte sich den Weg frei. Der Großvater hatte es bewiesen. Und das wollte sie auch. Beata liebte das Ausschalen, wenn die noch warmen frischen Betonflächen frei lagen und dem jungen Beton der besondere, etwas stechende Geruch entströmte. Fast zärtlich strich sie über die Fläche, die die rauen Schalungsbretter zur Plastik formten mit den Astlöchern des Holzes, den Zwischenräumen der Bretter, in die der feine Mörtel eingedrungen war und erhabene Kanten hinterlassen hatte, und den Holzfasern, die sich als originäres Abbild des Baumstammes, aus dem sie geschnitten waren, auf der Betonfläche verewigten. Beata wollte nicht so werden wie ihre Kollegen, die wie Wandervögel den Großbauten hinterherzogen, ein unstetes Familienleben führten und bei jedem Wetter ihre Haut zum Markte tragen mussten. Doch sie brauchte das Extreme, das sie bisweilen suchte, um auszuloten, wie weit sie darin bestehen würde.

Alles geschah ganz oder gar nicht; auch, wenn sie feierten. Manchen Leichenzug, das Saufen bis zum Umfallen, hatte Beata überstanden. Sie kotzte auf dem Klo den Fusel wieder aus und sah zu, wie einer nach dem anderen unter den Tisch rutschte. Dann war es höchste Zeit, sich zu verdrücken, weil es in den Keller zum Mummenschanz ging, wenn Hausmeister Georg seine versteckte SS-Uniform aus einem alten Karton holte und mit Stechschritt im schmutzigen dunklen Gang paradierte. Dann wurden Nazilieder gegrölt, bis die Polizei kam und alle einsackte. Doch Arbeiter auf Großbaustellen sind Unberührbare. Der 17. Juni steckte noch in den offiziellen Knochen. Am nächsten Tag war alles wie bisher. Der Betriebszug spuckte wieder die müden Gestalten aus. Die Fahrer veranstalteten mit den ungelenken Dumpern auf der schmalen Straße am Fluss Wettfahrten, touchierten sich beim Überholen oder stürzten ins Wasser, das den Restalkohol aus ihrem Körper trieb. Und am Abend tranken sie wieder bis in die Nacht. Droschen sich durch die meterhohen Scheiben der Eingangstüren, deren berstendes Glas für Momente alles erstarren ließ, in denen sich entschied, ob daraus eine Saalschlacht wurde, die das Kommando der Einsatzpolizei mit Gummiknüppeln schlichtete oder ob es bei einem begrenzten Zwist einiger Streithähne blieb.

Beata hatte ein wenig Mitleid mit Kluge. Er machte ihr Komplimente. Sie sei doch immer noch eine adrette Frau. Schon die Formulierung *immer noch* entlarvte ihn. Aber sie ließ ihn und amüsierte sich.

»Welcher Mann ist stark genug, mir zu genügen? Der Mann muss erst noch hergestellt werden, mein Freund, oder ich habe ihn nicht bekommen.«

»Das ist fast wir bei mir und meinem Schwarm Charlotte«, versuchte Kluge die Richtung zu ändern. »Ist die DDR voller gebrochener Herzen?«

»Vielleicht nicht gebrochen, aber verletzt. Einer Freundin erging es ähnlich, aber da wurde deren Vater unter Druck gesetzt, den Umgang seiner Kinder zu überprüfen. Das musste er wohl tun, weil er seine Position als hohes Tier bei der Reichsbahn nicht aufgeben wollte. Sie ist dann magersüchtig geworden und wurde von Arzt zu Arzt geschickt, weil sie einen lebensbedrohlichen Zustand erreicht hatte. Ein Professor in Leipzig erkannte den Grund. Mit aller Vorsicht brachte er ihre Psyche wieder in Ordnung. Das hat Jahre gedauert. Inzwischen ist sie verheiratet und hat mit drei oder vier Kindern – ich weiß das gar nicht mehr so genau – alles überwunden.«

»Das könnte meine Geschichte sein, Beata. Bei Charlotte war es ähnlich. Deren Vater hat auch Ärger bekommen. Man hat den Eltern eröffnet, dass die Tochter vielleicht mit den Reiseregelungen durch die Helsinki-Konferenz in die Bundesrepublik gehen könnte. Doch sie müssten wohl für einen Besuch bis zum Rentneralter warten. Diese Perspektive haben sie nicht verkraftet. Ich hörte dann lange nichts von Charlotte. Dann kam ein Brief, ich möchte bitte die Verlobung lösen, weil Charlotte Schwierigkeiten bekäme und nicht studieren könne. Das habe ich natürlich formal erklärt. Ich hatte keine Chance, etwas zu unternehmen. Mein Gott, wie viele Königskinder gibt es in dieser Welt, die nicht zusammenkommen können, weil das Wasser zu tief ist. Ich hatte mit mir, meinem Studium und dem Beruf zu tun. Jetzt, als alles Mögliche hervorgeholt wurde, habe ich irgendwann einen alten Schulfreund getroffen, der damals mit in Weimar war und alles live erlebt hatte. Der ist inzwischen beim Verfassungsschutz gelandet. Die haben ja Kanäle, um das eine oder andere zu recherchieren. Jedenfalls, er fragte mich nach Charlotte. Er konnte sich auch noch erinnern. Als ich ihm die Geschichte erzählte, sagte er, mal sehen, ob wir was finden. Er wurde tatsächlich fündig und berichtete, dass eine Charlotte Schlitter – genau so hieß sie, ich hatte den Familiennamen vergessen – also eine Charlotte Schlitter bei einem Fluchthelfervorgang geschnappt und zu drei Jahren wegen ungesetzlichen Grenzübertritts, nach allgemeinem DDR-Deutsch: Republikflucht, verurteilt worden war. Mehr hatte er nicht herausbekommen. Ja, BB, nun steh ich hier und weiß noch nicht einmal, wo das Haus war, in dessen dunklem Flur wir etwas umständlich für Momente glücklich waren.«

»Sehr prosaisch, Uli, Goethe hätte seine helle Freude an dir.«

»Bestimmt. Er war ja auch kein Kostverächter.«

»Na, ob er je gegessen hat, darüber streiten sich die Gelehrten. Vielleicht waren das auch alles nur Legenden.«

Sie liefen über den Markt und die Schillerstraße zum Frauenplan. Er wohnte wieder im *Christlichen Hospiz*, auch damals, wie er Beata gestand. Westdeutsche Jugendgruppen konnten sich die Übernachtungen aussuchen. Das hatte die Kirche arrangiert.

»Schlaf gut und schnell, Uli. Wir haben morgen, das heißt nachher, einen schweren Gang im Senat. Treffen wir uns zum Mittagessen in der Mensa?«

»Wann? Gegen zwölf, wir haben dann fast zwei Stunden Zeit und können uns noch etwas vorbereiten.«

»Also, gute Nacht. Bis Morgen.«

»Gehst du jetzt noch um diese Zeit durch den Park?«

»Warum nicht, die bösen Buben von euch sind ja noch nicht da«, scherzte sie zurück. »Ich habe auf der Baustelle etwas Boxen und Judo gelernt. Da lege ich jeden normalen Kerl flach.«

»Na, viel Vergnügen.«

Beata eilte in Richtung Park. Ihre Blase meldete sich nach dem vielen Bier im Klub. Die Gefahr im Park war das kleinere Übel. Sie genoss erleichtert die Ruhe und den Vollmond im Park. Am Borkenhäuschen scheuchte sie ein Liebespärchen auf, das sich wie sie an der Pracht der nächtlichen Landschaft erfreute. Unter ihr lag die Ilm, tief in die baumbestandene Wiese eingeschnitten, darüber die hölzerne Brücke. Auf der anderen Seite das Gartenhaus des Meisters, das im Mondlicht herüberleuchtete.

»Keine Kunst, bei solchem Ambiente Schönes aufzuschreiben«, krähte EGON.

»Halt den Schnabel«, schalt ihn Beata. »Goethes Geist schwebt immer irgendwo.«

Noch den kleinen Fußweg am Hang über dem Gartenhaus hinauf, und sie war zu Hause. Standesgemäß, wie Kluge die großzügige Wohnung am Horn bezeichnete. »Mag sein, die habe ich zugewiesen bekommen, aber ich bin auch sehr froh«, entschuldigte sie sich. Von ihrem Wohnzimmer aus hatte sie einen herrlichen Blick nach Westen über den Park. Wenn die Sonne unterging und der Abendhimmel aufglühte, wurde die Stadt mit ihren Türmen zur Skulptur. Durch das Blätterwerk der Bäume flirrten dann die letzten Sonnenstrahlen. Das waren für sie Momente der Einkehr.

Der Weg zur Uni am Morgen gehörte schon zum Dienst. Beata wurde gefahren, ihr neuer Fahrer, den sie nach dem Unfall bekommen hatte, war freundlich, wesentlich jünger und loyal. Es war diese Eigenschaft, die bestimmte Berufsgruppen haben müssen, die dicht an der Macht waren, ohne Teil davon zu sein, Sekretärinnen, Journalisten und Cheffahrer. Wenn sie ihre Rolle nicht verstanden, wurden sie zur Belastung oder Gefahr. Sie waren Tresore der Informationen ohne eigenen Zugriff. Beata hatte Glück, auch, dass sie ihn wegschicken konnte, wenn sie ihn nicht benötigte oder einfach allein sein wollte. Viele der Nachbarn fanden das mit dem Dienstwagen affig, aber das störte sie nur am Anfang. Sie hetzte von Termin zu Termin, da brauchte sie Unterstützung und Zeit zum Vorbereiten.

Sie schlief tief und traumlos. Der nächste Morgen empfing sie mit herrlichem Sommerwetter. Als sie das Haus verließ, war Aufregung in der Nachbarschaft. Frau Spengler von nebenan war außer sich. Ein junger Russe vom Gelände der Roten Armee hinter den Häusern wollte sich nach Westberlin durchschlagen. Er saß nun in der Küche von Erika Lehmann, ihrer Nachbarin, und traute sich nicht mehr aus dem Haus.

Professor Becker ging mit Erika Lehmann in deren Wohnung. Der arme Kerl, mehr Kind als Mann – vielleicht neunzehn Jahre alt – saß auf einem Küchenstuhl und schlief. Im Gesicht hatte er einige dunkle, rot unterlaufene Flecken. Seine grobe Uniform war verdreckt, die viel zu großen Stiefel an den Füßen auch. Ein Bild des Jammers. Frau Lehmann klagte. Sie hatte die ganze Nacht zugebracht, den Jungen zu beruhigen. Als sich vor dem Haus etwas regte, dachte sie an Einbrecher, aber dann rief jemand: »Bitte hjelfen, ich krank«. Sie nahm sich ein Herz und ging nach draußen. Da kauerte er vor der Tür, weinte und zitterte. Sie hatte sich bemüht, einen Kollegen zu erreichen, der den Kommandanten kannte und Russisch sprach. Einfach die Polizei anzurufen, würde wahrscheinlich den armen Teufel auf dem offiziellen Dienstweg nach Sibirien gebracht haben.

Der Kollege hörte nicht. Hinter dem Zaun der russischen Garnison war Aufregung. Der Soldat wurde gesucht. Beata sprach den Jungen an, der wachte unvermittelt auf und erschrak. Sie beruhigte ihn. Was er ihr erzählte, war so traurig, dass es sie noch viele Tage beschäftigte. Man hatte ihn gehänselt, weil er zu klein, zu jung war oder eben einfach zur Zielscheibe wurde, geschlagen und gestoßen. Einige Soldaten hatten ihre Zigaretten auf seinem Gesicht ausgedrückt und ihn gequält. Seinen Offizieren traute er nicht. Er habe keine Hilfe bekommen. So lief er davon und glaubte, wenn er über den Zaun stiege, würde er unerreichbar zu sein.

Die Lage war misslich, für alle: Fahnenflucht bei den Sowjets und Verwicklungen mit den DDR-Behörden. Beata war wieder mittendrin. Sie rief Rubmin an. Der war Vorsitzender der DSF und kannte den Kommandanten der Garnison. Sie hatten bei vielen Feiern manche Flasche Wodka getrunken und waren befreundet. Der Kommandant galt als – zumindest außerhalb der Kaserne – umgänglich. Er war im Zivilberuf Architekt und schon deshalb mit einigen Kollegen verbunden.

Rubmin war wohl gerade aufgestanden. Er brauchte ein paar Minuten, sich der Sache anzunehmen. Beata bat ihn, den Kommandanten anzurufen und die Geschichte mit ihm ohne Konsequenzen für den Jungen zu regeln. »Sag ihm, dass er vielleicht seine Truppe auf Vordermann bringen möge. Das sind ja KZ-Methoden, was mit dem Jungen da geschehen ist.«

Rubmin versprach, sofort anzurufen, gab aber zu bedenken, dass er mit dem Kommandanten zu dessen fünfzigstem Geburtstag gestern eine fürchterliche Sauferei hatte. Wahrscheinlich herrsche noch Funkstille. Er wolle sich melden.

»Ja bitte, ich habe Termine, beeile dich. Regele das bitte direkt mit Frau Lehmann, die erwartet deinen Anruf. Sie hat alles mit gehört und ist im Bilde.« Beata ging, empfahl, dem Jungen etwas zu essen zu geben und sie zu informieren, wenn die Sache problematisch werden würde. Erika Lehmann war sichtlich erleichtert.

Auf dem kurzen Weg durch den Park in die Uni passte wieder einmal ihre Stimmungslage nicht zum sonnenklaren Morgen. Sie hatte sich schon immer gefragt, was da hinter dem

Maschendrahtzaun bei den Russen ablaufen würde. Zum Gedenken an die Oktoberrevolution wurden in jedem Jahr am sowjetischen Ehrenmal im Park Kränze niedergelegt. Da sah alles militärisch exakt und korrekt aus, auch zu den Festen in der Kaserne, wenn die DSF Freundschaftstreffen organisierte und Fußbälle oder andere kleine Sportgeräte verschenkt wurden.

Sie erinnerte sich an einen versuchten Ausbruch zweier Sergeanten, die mit einem gestohlenen Lieferwagen nach Berlin getürmt waren, in der irrigen Annahme, nach Westberlin zu kommen. Unter den Linden, Ecke Friedrichstraße, wurden sie von einem Spezialkommando der Russen gestellt und gnadenlos zusammengeschossen. Das spielte sich an einem ähnlichen Sommermorgen ab wie heute, mitten im Stadtgetümmel. Als es knallte, lagen alle Männer flach auf dem Boden, nur die Frauen liefen wie aufgescheuchte Hühner umher.

»Das lernst du in der Grundausbildung bei der Armee«, feixte ein Kollege, der das Spektakel zufällig aus sicherer Entfernung erlebt hatte. »Manchmal ist die Armee eben auch für das Leben gut. Vielleicht sollten auch die Frauen solche Grundverhaltensweisen mitbekommen. Im richtigen Leben wäre das dann sehr praktisch. Es knallt, und sie liegen flach.« Diese Zweideutigkeit brachte ihm einen strengen Rüffel vor der Parteigruppe ein.

BB hatte ganz andere Probleme. Die Senatssitzung am Nachmittag war voller Tretminen, einer Menge ungeklärter Vorgänge. Und dann noch Kluge, der heute im Senat westdeutsche Sichten auf das neue Hochschulwesen zum Besten geben wollte. Sie musste sich mit ihm ganz offen über die Befindlichkeiten einiger Kollegen verständigen. Sie hatte zwei Stunden während des gemeinsamen Essens vorgesehen. Das müsste reichen.

Beata überquerte die Allee. Vor dem Liszt-Haus warteten Touristen. Aus dem geöffneten Fenster klangen einige Takte aus *Les Preludes*. Sie war in der Klassik unterbelichtet, aber einige

Ohrwürmer erkannte sie. Und wenn ihr nicht weiter auf den Zahn gefühlt wurde, brillierte sie mit Zufallstreffern. Das brachte ihr bisweilen den Ruf einer Klassikkennerin ein, den sie – je nachdem – unwidersprochen gelten ließ oder, wenn Gefahr der Enttarnung drohte, sofort zurückwies.

Im Büro sagte man ihr, dass eine Frau Lehmann angerufen habe. Herr Rubmin hat sich gemeldet und die Sache einvernehmlich mit dem Kommandanten geregelt. »Na, wenigstens das erledigt«, seufzte Professor Becker. Sie ließ sich kurz von den beiden Sekretärinnen das Wichtigste mitteilen und bat ihre persönlichen Referenten ins Dienstzimmer.

Erika Grosser und Bernd Strand kamen sofort, fast zeitgleich. Zwischen beiden gab es kleine Eifersüchteleien in dienstlichen Dingen. BB nutzte dies, ohne sie gegeneinander auszuspielen. Bernd Strand war mit ihr gleichaltrig. Sie kannten sich aus gemeinsamer Assistententätigkeit.

Strand hatte sich nach seiner Promotion in der Uni verschanzt und war zum peniblen Beamten geworden. In der Sache kompetent, im Umgang nicht immer beliebt wegen seiner Pingeligkeit. Aber das störte sie nicht. Sie hatten ein gutes Verhältnis. Das galt auch für Erika Grosser, die nach einem Ostasieneinsatz an die Uni gekommen war. Ihr Mann wurde Chefarzt in der städtischen Klinik, und sie musste mit nach Weimar, durchaus nicht ungern, wegen der kleinteiligen Kulturdichte, wie sie sagte. Mit der Auslandsabteilung, wohin sie wegen ihrer exzellenten Sprachkenntnisse zunächst kam, wurde sie nicht warm. Zu viel sinnlose Bürokratie in ihren Augen.

Professor Becker lernte Erika Grosser bei einer Hochschulveranstaltung kennen. Sie gefiel ihr wegen der burschikosen Art, Dinge direkt und wenn nötig auch lautstark zu vertreten.

»Gut geschlafen?«, begann sie die morgendliche Abstimmung.

»Danke der Nachfrage, BB«, erwiderte Erika Grosser sofort. Bernd Strand dankte wie immer höflich und zurückhaltend.

Er legte die Konzeption für die Senatssitzung vor. Sie gingen die einzelnen Punkte der Tagesordnung durch. Er hatte die wichtigsten Ergebnisse skizziert, eine gute Hilfe, in den turbulenten Sitzungen nicht den Faden zu verlieren.

»Hast du dich mit der Abteilung ML befasst und mal aufgeschrieben, wie wir die organisatorischen und inhaltlichen Veränderungen angehen?«, fragte Professor Becker Bernd Strand.

»Wir müssen ja nicht gleich aus den wissenschaftlichen Kommunisten Religionslehrer machen. Aber vielleicht lassen sich die Reste der Allgemeinen Sozial- und Gesellschaftslehre in einem neuen Grundstudium nutzen.«

Erika Grosser hörte interessiert zu. »Lass das am besten. Wenn du das vorschlägst, werden dich einige fressen. Der letzte Saulus wurde vor zweitausend Jahren zum Paulus, das gelingt vielleicht mit einem, aber nicht mit fünfzehn Sauli.«

Erika sprach immer korrekt. Sie hatte eine gute Romanistikausbildung, da war Latein Pflichtfach. Die Rektorin nahm es zur Kenntnis, auch nach ihrem kleinen Latinum hieß der Saulus im Doppelpack dann Sauli, aber einen Plural von Saulus gab es nie.

»Na gut,« sagte sie, »dann lassen wir die Senatoren eigene Vorschläge unterbreiten. Die Alternative wäre ja, alle rauszuschmeißen. Das mache ich nicht. Sie haben niemandem geschadet. Die Struktur, solche Abteilungen vorzuhalten, kam von oben.«

»Na, wenn Verdummung kein Schaden ist, weiß ich nicht mehr, was dann«, polterte Erika Grosser los.

»Mäßige dich, Erika. Sachlichkeit steht dir besser.«

»Sachlicher kann man in dieser Frage nicht mehr sein«, kartete sie nach. »Frag mal die Studenten, was da so erzählt wird. Mein Sohn liegt mir wegen dieser Abteilung in den Ohren. Sie müssen Jahresarbeiten schreiben, die im Thema und Zielstellung so verquer sind, dass einem die Worte fehlen. Teilweise haben die noch den Stalinismus in den Knochen. Denen müsste man mal das Gehirn durchblasen.«

Professor Becker wechselte das Thema. Der Dialog wurde zu heiß, besonders in diesen Räumen. Die anderen Punkte waren Routine. Erste Studienpläne der neuen Fakultäten gab es, die der Senat und das große Konzil beschlossen hatten. Sie befanden sich aber immer deutlicher in einem gesetzlichen Vakuum. Die Zentralregierung und der Bildungsminister gaben in diesen Fragen die Verantwortung an die Länder ab. Und die Landesregierung bestand nur aus einigen Westbeamten, die man abgeordnet oder aus dem Ruhestand zurückgeholt hatte.

Beata Becker wusste, dass alle Entscheidungen von Strukturfragen auch Finanzfragen waren und von der Regierung bestätigt werden mussten. Kluge hatte sie schon darauf hingewiesen. Das musste man den Senatoren klarmachen, von denen einige ihre Basisdemokratie nicht aufgeben wollten. Deshalb war es gut, Kluge im Senat zu haben und einen praktischen Erfahrungsbericht zu bekommen.

»Beata, du triffst dich heute mit Professor Kluge vor der Sitzung zum Essen, sag ihm, dass er sich auf hochschulorganisatorische Fragen konzentrieren soll. Ich habe schon Stimmen gehört,« sagte Strand, »was der Wessi eigentlich im Senat soll. Die Stimmung ist ziemlich trotzig. Jeder hat schon solche Zeitgenossen direkt erlebt. Es baut sich eine Abwehrhaltung auf.«

»Ja, ja nach der angewandten Forschung sind wir in der Stufe eins der Kolonialisierung.«

»Bitte nicht immer diesen Begriff *Kolonialisierung*«, fuhr Erika Grosser dazwischen.

»Das kannst du nennen, wie du willst, aber es war und ist eine, – ganz lupenrein und gemäß der Fachliteratur«, entgegnete Bernd Strand. »So lief das in Afrika und überall auf der Welt ab, schon vor zweihundert Jahren«, setzte er trotzig nach. »Zuerst himmeln die Eingeborenen die Fremden an, dann zeigen sie ihnen, dass sie auch nicht blöd sind und weil alles nicht richtig klappt, arrangieren sie sich.«

»Hört auf, lasst uns die Sitzung weiter besprechen.« BB wurde ungeduldig.

»Brauchen wir nicht«, sagte Bernd Strand.

»Wir haben heute nur eine Moderatorenrolle. Die Dekane müssen berichten. Wir lassen den Senat über die Studienpapiere abstimmen, und dann kann das ins Konzil zur Bestätigung.«

»Gut, was war in der Post. Wer ist heute dran?«

»Ich«, sagte Erika Grosser.

»Ist etwas Besonderes dabei?«

»Eigentlich nicht. Aber du solltest die beiden anonymen Schreiben und die lange Epistel des Dr. Friedrich aus Erfurt genauer lesen, als Amüsement. Ich mache ein kurzes Antwortschreiben. Du brauchst dich darum nicht zu kümmern.«

Professor Becker war zufrieden. Die Schreiben von Leuten, die mit der neuen Situation im Lande nicht klarkamen, häuften sich immer dann, wenn grundsätzliche Veränderungen zu erwarten waren. BB beschloss, sich diese Lektüre für den Abend zu Hause aufzuheben.

Die beiden Referenten gingen, Professor Becker auch, um sich mit Kluge in der Mensa zum Essen zu treffen.

Der hatte ausgeschlafen, strotzte vor Optimismus und wollte erste Ergebnisse der Charlotten-Recherche.

»Du kannst Sorgen haben«, maulte sie ihn an.

»Schlecht geschlafen, oder war das Bier schal?«

»Weder noch. Ich habe zurzeit alles auf einmal.« Sie erzählte von der morgendlichen Aufregung mit dem Russen in der Küche. Kluge hatte nur unklare Vorstellungen von dem, was sie berichtete. Sein Aufenthalt in Moskau war zu kurz. Er hatte kaum Gelegenheit, in die Tiefen der russischen Seele einzudringen. Die war so ganz anders als die der ihm vertrauten Amerikaner.

»Uli, wir müssen deinen Auftritt im Senat besprechen. Es gibt etwas Ablehnung unter einigen Senatoren, weil ich, ohne zu fragen, dich eingeladen habe.«

»Beata, das ist kein Problem, dann lassen wir das. Wir haben uns über die wichtigsten Dinge verständigt, die man wissen muss. Wenn der Senat das nicht will, respektiere ich das. Es war ja nur ein gut gemeintes Angebot, euch zu helfen.«

»Nein Uli, das muss sein. Die Arroganz einiger Kollegen ist unbegründet. Du kaufst ihnen den Schneid ab, wenn du dich auf das Organisatorische einer Hochschule im Westen beschränkst und alles andere nicht ansprichst. Ich glaube, es kommen sowieso Gesetze, die das regeln.«

Die Sitzung verlief dann wirklich und wider Erwarten ohne Probleme. Kluge hielt einen guten Vortrag, frei und sehr zurückgenommen. Professor Becker beobachtete die Hardliner und entspannte sich, als sie deren Interesse und schließlich ihre Zustimmung sah. Ihr fiel ein Stein vom Herzen. Viel Zeit nach dem Vortrag blieb nicht. Kluge musste den Zug erreichen, und die Rektorin konnte die Senatssitzung nicht unterbrechen. So blieb es bei einer förmlichen Verabschiedung.

»Ich ruf dich an«, sagte sie, als sie ihn bis an die Tür brachte. »Aber das kann dauern. Die Leitungen nach Westdeutschland laufen wie früher über Berlin, und das ist ein Nadelöhr. Unsere Vorwahlnummern im Osten beginnen alle mit 03, das ist doch die Vorwahl von Berlin, oder?«

»Stimmt. Na, ich kann auch anrufen, das geht schneller, und es wird sich ja alles bessern. Ich komme lieber mal wieder.«

»Doch nur wegen Charlotte?«

»Das auch, aber eigentlich wegen euch.«

»Das will ich hoffen. Gute Reise und lass dich bald wieder sehen. Wir brauchen dich, wie du gemerkt hast.«

Kluge machte sich über seine Kanäle in der Politik für den Osten stark. Er entwickelt eine Leidenschaft, die sich Beata Becker nur aus dessen Jugenderinnerungen in Weimar und mit Charlotte erklären konnte. Er kam nun regelmäßig und hatte in der

Rektorenkonferenz dafür gesorgt, dass die Ostrektoren einbezogen werden. Das war nicht allen Kollegen in Bonn recht, zu viele SED-Kader würden noch darunter sein, und man solle nichts übereilen. Die Landesregierungen würden eigene Vorschaltgesetze schaffen und erst einmal eine Evaluierung der Unis veranlassen. Das sei schon richtig. Das könne man aber doch später auf einfache Weise nach den aktuellen Entwicklungen unkompliziert korrigieren, beharrte Kluge.

»Schließlich sind ja auch im Westen immer personelle Wechsel eingetreten. Und wenn man das abwarten will, laufen die Zeit und die Studenten davon, nämlich zu uns, die wir nicht mehr wissen, wie wir die Massen bewältigen können. Bezahlen müssen wir das sowieso. Da ist es schon besser, die jungen Leute dort zu lassen, wo sie gebraucht werden, wenn der Aufbau beginnt.«

Er setzte sich durch, und die Rektoren der Hochschulen aus dem Osten fuhren nun nicht mehr nach Berlin, sondern nach Bonn, wenn es um Hochschuldinge ging. Das waren Reisen in die neue Welt. Der Wechsel über die Grenze nach Hessen – vorbei an den stillgelegten Kontrollpunkten – wurde zum besonderen Erlebnis. Was für Beata Becker bisher nur in ihren Vorstellungen und in den Erzählungen anderer existierte, konnte sie nun selbst erleben.

An den Autobahnraststätten und an den wilden Parkplätzen entstanden über Nacht mobile Imbissstände, in denen junge, sportliche Männer bedienten. Die materielle Ablösung der kleinen *Stasi*-Leute sei das, ging das Gerücht. Fünfzigtausend Mark für jeden, um sich etwas Eigenes aufzubauen. Geschichten halt, wie viele.

Vom Tagungsraum der HRK[108] in Bonn konnte man in einen angrenzenden Friedhof sehen. Professor Becker kannte aus ihrer

[108] Abk.: Hochschulrektorenkonferenz. Die HRK ist der Zusammenschluss aller Rektoren und Präsidenten der Universitäten und Hochschulen sowie Vertretung auf Bundesebene.

Kindheit nur die Totengräber mit Hacke und Schaufel. Vielleicht hebt man jetzt auch bei uns die Gräber mit Maschinen aus, dachte sie. So richtig würdevoll war das nicht mit den Baggern.

Damals musste sich Herr Greiner mühen, wenn er mit Hacke und Schaufel die Gräber vorbereitete. Mit den Freunden war sie durch die Gräberreihen geschlichen, um ihn bei seiner gruseligen Arbeit zu beobachten. Wenn Herr Greiner, der kleine, freundliche Totengräber, in dem tiefen Loch nicht mehr zu sehen war, stand die Beerdigung bevor. Die Kinder harrten dann in ihrem Versteck mit klopfendem, traurigem Herzen. Dann kam der verzierte, pompöse schwarze Wagen, gezogen von Pferden, über die man schwarze Tücher gelegt hatte. Das Gefährt hatte vier goldverzierte Säulen mit einem Dach darauf, wie ein Baldachin. Zwischen den Säulen gab es große goldgerahmte Glasscheiben, hinter denen – für alle sichtbar – der geschmückte Sarg mit dem Verstorbenen stand.

Dem Wagen folgten viele ernst blickende Menschen. Einige Männer mit funkelnden Instrumenten spielten traurige Lieder. Da sie nicht immer in den Tönen zusammenfanden, war alles noch trauriger. Auch am Grab, immer und immer wieder spielten sie die gleichen Lieder, weil sie nicht so viele konnten, bis alle Trauergäste zu dem großen Loch gegangen waren und Blumen oder Erde hineinwarfen. Wenn alles vorbei war und die Menschen den Friedhof verlassen hatten, kam Herr Greiner aus seinem kleinen Bretterverschlag am Komposthaufen. Bedächtig begann er, Schaufel um Schaufel Erde auf den Sarg zu werfen, der nun tief unten stand. Nach jeder Schaufel plumpste es dumpf aus der Tiefe, da schauderte es die Kinder, weil sie dachten, der Tote klopfe an den Deckel.

Manchmal, wenn der Totengräber nicht gleich Zeit hatte oder sich verspätete, schlichen sie an das offene Grab. Sie meinten dann, in die andere Welt sehen zu können. Aber dort stand nur der Sarg, und der Deckel mit dem silbernen Kreuz war schon mit Blumen und etwas Erde bedeckt und beschmutzt. Der Glanz und die Würde waren verschwunden. Aus der Nähe konnte man die Pappe sehen, aus der der prächtige Schmuck am Sarg gefertigt war.

Beata war enttäuscht und später, wenn etwas besonders auffällig glänzte, suchte sie die Pappe, um sicher zu sein, dass es kein Schwindel war. Hier auf dem Friedhof in Bonn, so direkt am brausenden Leben, fühlte sich alles anders an; laut, hektisch, fast wie auf einem Industriegelände. Wenige Meter weiter, hinter den Fenstern des Sitzungssaals der Hochschulrektoren, wurde das Leben organisiert.

Professor Becker wachte aus ihrem Tagtraum auf. Man diskutierte ein Papier für die Bundesregierung, das auf die besonderen Bedingungen der Studentinnen einging und mit dem man auf deren Belastung von Studium und Mutterschaft verweisen wollte.

»Die Erfahrungen im Osten wird uns Kollegin Becker erläutern.«

»Die Studentenmütter sind eine besondere Kategorie im Studium. Sie haben alle Unterstützung, wie Sonderstudienpläne, erhalten, deren ordnungsgemäße Durchführung durch die Hochschule kontrolliert wird«, erläuterte Professor Becker, nicht ohne Stolz, weil sie die staunenden, teils ungläubigen Mienen der Kollegen sah.

Das mit der staatlichen Kontrolle verstanden die bayerischen Kollegen zunächst falsch und vermuteten eine Indoktrination der Studentenkinder im Säuglingsalter. Die Kollegen der FU Berlin sprangen ein und klärten den Irrtum auf. Sie hatten Kontakte zur Humboldt-Uni im Osten der Stadt. Deren Soziologen hatten sich mit diesem Thema befasst und ein Modell der Übertragung auf das westdeutsche Hochschulsystem erarbeitet. Aber der Senat von Berlin ließ sich nicht darauf ein, weil das nicht finanzierbar sei, und die Kultusminister der Bundesländer schlossen sich dem an.

Der beabsichtigte Brief an die Bundesregierung sei demnach eine Farce, sagten die Berliner, aber der stete Tropfen höhle ja bekanntlich den Stein.

Dieses Problem hatte Professor Becker dann einige Tage später in Weimar zu bewältigen. Sie müsse wohl bald das besondere Internat für Studentenmütter aufgeben, sagte man ihr. Ein westlicher Investor habe sich gemeldet und seine Ansprüche vorgetragen; das könne er zwar im Moment nur mündlich, weil im Osten alle Kataster gefälscht und die Grundbücher schlampig geführt worden seien.

Der neu gewählte Kanzler erregte sich fürchterlich über diesen Typen, der sich wie ein Elefant im Porzellanladen benahm und das Rektorat mit einer Drohung zur Zwangsräumung des Internates verließ.

Die Rektorin wollte ihm eine nachhaltige Lektion erteilen und lud ihn zu einem Gespräch in das Studentenmütterhaus. Als er dann – nun wesentlich ruhiger – den jungen Frauen seine Absichten und die bevorstehende Räumung erläuterte, brach es wie ein Gewitter über ihn herein.

Man habe ja Verständnis, wenn Besitzer ihre Häuser wiederhaben wollten, aber nachdem man sich über vierzig Jahre nicht darum gekümmert hat ... nicht kümmern konnte, warf der Investor ein, ...könne man ja auch noch zwei Jahre warten, dann würde für die meisten der Mütter das Studium abgeschlossen sein, und dann solle mit dem Haus geschehen, was geschehen will. Und überhaupt, wie stellte man sich das vor. Mit Kindern in einzelne Wohnungen, die es nicht gab, und ob der Herr das verantworten wolle. *Bild* habe sich schon nach dem Fall erkundigt.

Kalter Schweiß stand ihm auf der Stirn. Der breitkrempige Hut, den er nicht abgesetzt hatte, verschattete sein besorgtes Gesicht.

Die Situation drohte zu eskalieren. An die Rektorin gewandt fragte er. »Können Sie mir die Räumung nach diesem Termin garantieren?«

»Wenn Sie sich als rechtmäßiger Eigentümer erklären, selbstverständlich.«

Der Investor verabschiedete sich, versöhnlicher. Die Erleichterung, nicht tätlich angegriffen worden zu sein, war ihm anzumerken. Professor Becker war stolz auf diese jungen Frauen. Das bestätigte ihr dann auch der Investor auf dem Rückweg.

»Warum bekommen so viele Frauen im Studium ihre Kinder?«, wollte er wissen.

»Na, weil sie im Studium die meiste Zeit haben für die Kinder. Durch ein spezielles Förderprogramm der Universitäten werden sie großzügig unterstützt, auch durch besondere Stipendien.«

»Haben die Männer?«

»Na biologisch schon, aber meist sind sie nicht verheiratet. Die Väter, meist auch Studenten, leben mit dort.«

»Und wenn sie fertig sind, können die Kinder laufen, sind aus dem Gröbsten heraus, und die Frauen können ihrem Beruf nachgehen. «

»Oh, oh, da werden Sie noch viele Sorgen bekommen. Wer soll das in der Marktwirtschaft bezahlen?«

»Was?«, fragte Frau Becker.

»Na, ein Studium direkt und ohne weitere Finanzierung klappt ja schon bei den Männern nicht. Mein Sohn war einer der Schnellsten und hat fünfzehn Semester gebraucht, weil er nebenbei arbeiten musste. Für Mütter ist das unmöglich. Aber bei Ihnen kann man ja abtreiben, das geht bei uns nicht.«

»Ich weiß«, sagte sie. »Bei Ihnen gehört die Frau an den Herd und ins Bett, selbstverständlich in das eheliche.«

»Was ist daran schlecht?«

»Dass das Frauenbild noch aus dem vergangenen Jahrhundert stammt und ihr die Rechte und Selbstbestimmung nimmt. Ich plädiere ja nicht für die wilde Ehe und das exzessive Leben der jungen Leute. Aber wenn sich der Staat um solche sozial schwachen Gruppen kümmert, kann man Kinder bekommen und braucht nicht die Möglichkeit einer Unterbrechung.«

»Aber jetzt kommen Sie schon auf ein Feld, das mir etwas zu sehr nach Kommunismus klingt.«

Professor Becker lachte auf. »Ja, ja, immer wenn es etwas in diese Richtung geht, dann wittern Sie Verrat und DDR-Nostalgie. Ich glaube, wir sollten das Thema in Ruhe zu Ende bringen und nicht auf der Straße philosophieren. Ich bitte um Entschuldigung, wenn ich Sie noch einmal nach ihrem Namen frage. Ich kann sie nicht immer mit Herr Investor ansprechen.«

»Roland von Ückern«, sagte der Investor und machte eine angedeutete formvollendete Verbeugung.

»Beata Becker«, erwiderte sie und gab ihm die Hand.

Sie bogen um eines der alten Häuser und standen vor dem kleinen Café, das die Hochschulmitarbeiter in der Mittagspause gern besuchten. »Hier können wir in Ruhe noch eine Tasse Kaffee trinken. Die Wirtin backt eine hervorragende Cremetorte, einfach Sonderklasse, sehr zu empfehlen.«

»Das will ich erst einmal sehen.« Von Ückern blickte zweifelnd an sich herunter.

»Zwei Kaffee und sonst wie immer, auch zweimal?« Die Wirtin hatte Professor Becker kommen sehen und mehr das Gespräch erahnt als gehört und die Ankommenden – vorlaut, wie immer – vereinnahmt.

»Das vertragen Sie. Sehen Sie Frau Becker an, das macht sie schon zwei Jahre und ist immer noch schlank wie eine Fichte.«

»Wie eine kleine Fichte«, ergänzte sie.

»Na immerhin. Lassen Sie sich von Frau Becker verführen.«

»Na gut, ich mache Sie bei meiner Frau verantwortlich«, scherzte nun von Ückern.

Die Wirtin schob ab. Sie war groß, fast zu groß für eine Frau, aber die personifizierte Liebenswürdigkeit. Die Studenten mochten sie. Wenn das Stipendium nicht bis zum Monatsende reichte, schrieb sie an.

Das kleine Café bestand nur aus drei Tischen, an denen sich zur Mittagszeit alles drängte. Sie nannten den Raum das schmale Handtuch, das sich, wenn das Wetter gut war, auffalten ließ, eben wie ein Handtuch. Wenn die großen Fenster geöffnet und weitere Tische auf den Vorplatz, sowie in den noch winzigeren Hinterhof gestellt wurden, war genügend Platz.

Von Ückern war sichtlich von der Torte begeistert, und er vergaß seine Vorbehalte.

»Also, wie ist das nach Ihrer Meinung mit dem Kommunismus, Herr von Ückern?« Von Ückern war gedanklich etwas weggetreten, man sah es ihm an, dass er nun keine Lust mehr hatte, das Thema zu vertiefen. In Hörweite der Studenten wollte er solche heiklen Dinge nicht erörtern. Schon als Frau Becker das Wort Kommunismus fallen ließ, reckten sich einige Köpfe.

»Nun gut«, lenkte sie ein, »wir wollen den schönen Tag freundlich beenden, vielleicht beim nächsten Mal. Sie müssen ja wiederkommen, um uns ihre Ansprüche hieb- und stichfest vorzutragen. Ich muss damit in den Senat, sonst passiert gar nichts.«

»Ja, ja das ist in Ordnung. Ich melde mich, sobald ich alles zusammenhabe.«

Von Ückern stand auf. Er winkte zur Wirtin.

»Nein, nein, Sie waren mein Gast«, kam ihm Professor Becker zuvor.

»Herzlichen Dank, Frau Professor Becker.« Herr von Ückern verabschiedete sich freundlich mit einem Handkuss. Beata Becker war fast erschrocken. Sie hatte nicht mit solchem Höflichkeitsüberschwang gerechnet und war auch sonst in diesen Dingen unerfahren.

EGON amüsierte sich: »Zieh die Hand nicht weg, sonst fällt er vornüber. Künftig üben, meine Liebe.«

Von Ückern überspielte die kleine Ungeschicklichkeit und ging.

Professor Becker kehrte in ihr Büro zurück. »Das, jedenfalls«, dachte sie, »wird mir keine Probleme mehr machen.«

Rückwärts

Rudolf Bleicher hatte sich entschlossen, wieder in den Osten zu gehen. Man hatte ihm zwei Karrierestufen nach oben versprochen und eine erhebliche Gehaltsaufbesserung obendrauf. Nach reiflichem Abwägen des Für und Wider, sagte er zu. Nach Meinhardts Tod fühlte er sich nicht mehr wohl. Man musste damit rechnen, wie Peter bei seinem Rückzug nach Süddeutschland meinte, dass versprengte Idioten mit irgendeinem Halbwissen auftauchen und unangenehm wurden.

Im Osten herrscht Chaos. Die haben mit sich zu tun. Ich bin ja der geläuterte Republikflüchtling und habe das verhasste Regime bei Nacht und Nebel unter Einsatz meines Lebens verlassen. Das dürfte reichen, dachte er.

Er hatte die Bilder im Fernsehen gesehen. Die brennenden Haufen von Akten und die Planierraupen, die sich über die Datenträger hermachten, um alles zu vernichten. Rudolph Bleicher war sich sicher: Ronald Fischer wird es nirgends mehr geben. Wieder an den Rand des Vulkans zu gehen, fand er spannend und mutig, weil er doch eigentlich immer ein Zauderer war. Seine Entscheidung machte ihn stolz.

Inzwischen waren mit den neuen Bundesländern Patenschaften entstanden. Die Anrainer entsandten Beamte in die Ministerien, deren politische Farben sich glichen. Das sah und hörte man, besonders dort, wo zwischen den Sprachfärbungen akustische Welten lagen. Man schrieb ganze Landesgesetze ab und vergaß oft in der Eile den Bezug des Ursprungs zu tilgen. Und es kamen nicht die Besten: *Promoveatur ut admoveatur*[109]. Bleicher reizte die *Buschzulage* für den Osteinsatz und eine gesicherte Karriere nach seiner Rückkehr. Dies wollte er jedoch nicht um jeden Preis und schon gleich gar nicht, um auf einem Kaff in Mecklenburg die Verwaltung aufzubauen. Den einen oder anderen Mitschüler

[109] Lat.: befördern und wegloben. Man soll ihn befördern, um ihn los zu werden.

würde es dort bestimmt noch geben, und dann käme er in Erklärungsnöte. Das wollte er nicht. Und überhaupt, der verschlammte Hof seiner Großmutter mit dem Klo am Bach. Nein, gesitteter sollte es jetzt schon zugehen.

Er hatte wieder öfter mit Katharina telefoniert, deren Scheidung über die Bühne gegangen war und die ihm die Eigentumswohnung zum gemeinsamen Wohnen angeboten hatte. Sie wollten in einer vertrauten Nähe sein. Aber eine feste Bindung konnte und wollte er nicht; jetzt, wo sich auch sein Dienstauftrag aufzulösen begann, wurde alles neu bestimmt.

Er schlug ihr vor, mit ihm nach drüben zu gehen und dort neu anzufangen. Katharina hatte ähnliche Überlegungen.

Bei ihr tat sich eine interessante Perspektive auf. Ihre Bank wolle nach dem Osten expandieren, also näher an die Märkte, deren Entwicklung abzusehen war, und man wollte ihr die Leitung der Aufbauarbeit übertragen. Man denke an Erfurt oder Weimar, das sei schon klar, wahrscheinlich Weimar, um mit der *Helaba*[110] nicht in zu großer Nähe zu sein, die sich in Erfurt niederlassen wollte.

Bleicher freute sich, dass auch Katharina solche Absichten hegte. Weimar wäre gut. Er kannte die Stadt aus seiner Oberschulzeit von den Klassenfahrten. Das Puppenstubenhafte erinnerte an die norddeutschen Städte, die er liebte, aber deren geistige Leere ihn langweilte.

Eine Anfrage aus Thüringen erreichte auch sein Landratsamt: Die Baubehörde in der Stadt sollte umstrukturiert werden. Der Bewerber müsse auch in der Lage sein, in fakultativen Lehrveranstaltungen den Studenten der Baufakultäten praktisches Baurecht zu vermitteln. Man wolle auf diese Weise zwei Fliegen mit einer Klappe schlagen und neben der Veränderung der Behördenstruktur in den Fachabteilungen den angehenden Architekten und Bauingenieuren auch das praktische Baurecht beibringen.

[110] Abk.: Hessische Landesbank

Bleicher sagte ohne zu überlegen zu. Das war für ihn ein Glücksfall. Er schloss mit seiner Dienststelle einen zeitlich begrenzten Abordnungsvertrag ab, zunächst bis zum 31.12.1991 mit Rückkehrgarantie. Sein Hausmietvertrag sollte für den gleichen Zeitraum auf seinen potenziellen Nachfolger übertragen werden. Auch hier hatte er sich ein Rückabwicklungsrecht ausbedungen, wusste aber noch nicht, mit wem er das zu regeln hätte. Sein Nachfolger würde noch gesucht. Die Absicht war, einem jungen Absolventen eine Berufseinstiegsmöglichkeit zu geben und ihn dann, wenn die Stelle wieder freizumachen war, in die Karrierelaufbahn zu schicken. Diese Möglichkeit gab es nicht, und so besann man sich auf die junge Architektin Pressler, die Bleicher immer schon vertreten hatte. Das war für alle Beteiligten eine gute Lösung. Für Bleicher, weil er nicht ohne Rückversicherung gehen wollte, und das Amt bekam eine eingearbeitete loyale Mitarbeiterin. Bei der jungen Frau Pressler standen die Heirat und in drei Jahren der Kinderwunsch fest. Dann war ihr Mann mit der Doktorarbeit fertig. Eine feste Stellenzusage im nahen landwirtschaftlichen Institut gab es auch schon für ihn. Er würde sich an einem Genprojekt der Amerikaner für schädlingsresistente Pflanzen beteiligen.

»Diese jungen Leute planen heute ihr Leben wie ein Unternehmen«, wunderte sich Bleicher. Er hatte sich im Mai mit Katharina Weimar angesehen. Sie waren spontan begeistert: Katharina, weil sie der Großstadt entfliehen konnte und wieder an den Rändern der Stadt die Landschaft und das Grün sah, und Bleicher entledigte sich seiner Ungewissheit. Er gewann langsam das sichere Gefühl, seine Spuren zu verwischen. Die Nähe zu Katharina tat gut, gab ihm auch Selbstsicherheit. Er freute sich, wieder zu Hause zu sein, wie er immer noch den Osten sah, empfand sich aber als Verlierer, der auf ein untergehendes System vereidigt war. Hier, wo er sich, wie er bald merkte, von Widerstandskämpfern und Systemkritikern umgeben war, musste er die Rolle des Westlers konsequenter spielen. Glaubwürdiger, als man sie im Westen von ihm als Flüchtling aus dem Osten erwartet hatte. Wenn er sich zu weit offenbarte, kamen bohrende Fragen nach seiner Flucht und den Umständen, die er nicht preisgeben wollte. Die angedeutete Dramatik seiner Flucht in den Westen schuf Anerkennung. Den Rest unterdrückte er.

Sein Arbeitsumfeld strahlte den ganzen Charme des Ostens aus, der ihm noch sehr geläufig war. Im Winter die riesigen Berge gefrorener Braunkohle, die von Hand in die Kessel zu schippen waren und weniger brannten als qualmten, stanken und Mengen von Schwefeldioxid ausstießen. Das roch ekelhaft und legte sich wie eine Glocke über die Stadt. Wenn es ganz schlimm wurde, hatte man einen sauren Geschmack im Mund, weil das Schwefeldioxid mit dem Speichel eine schweflige Säure bildete. Solche Geschichten erzählte man sich am wachstuchbespannten Frühstückstisch. Der hatte wahrscheinlich auch schon im Dritten Reich die mitgebrachten Frühstücksbrote gesehen und die Einsatzpläne, wenn im Winter der Transport stockte und die Weichen von Studenten freizuräumen waren. Das kannte Bleicher noch von Einsätzen aus der Studentenzeit, die im Braunkohletagebau der Niederlausitz organisiert wurden. Seine Eltern wohnten noch in Mückenberg, einem kleinen Nest in dieser Gegend, das dann von den Kohlebaggern aufgefressen wurde und – so weit das Auge reichte – eine Wüste hinterließ.

Katharina kam zwei Wochen später nach Weimar. Sie zog mit ihrem Mitarbeiterteam in ein herrliches Gebäude ein, das wohl ehemals die Staatsbank beherbergte. Sie könne sich die Wohnung des ehemaligen Chefs der Bank zurechtmachen lassen.

Als Bleicher die Räume zum ersten Mal ansah, verlor er in der Flucht der Zimmer die Orientierung. Die vielen Nebeneingänge verwirrten ihn. Hochherrschaftliche Wohnungen haben Personal, und das musste unbemerkt und schnell in die wichtigen Räume gelangen.

Das Chefbüro war noch möbliert. Man hatte den Eindruck, dass gerade eine Dienstberatung zu Ende gegangen sei.

»Sieh mal«, sagte Katharina und öffnete eine gepolsterte Tür zu einer kleinen Kabine. »Das ist eine schalldichte Telefonzelle, in die sich der Direktor zurückziehen musste, wenn er vertrauliche Gespräche mit seiner Zentrale in Berlin geführt hat.«

»Um über drei Ostmark fünfzig zu verhandeln?«, witzelte Bleicher.

»Etwas mehr wird es schon gewesen sein, Rudolf. Die hatten fürchterliche Angst, aus dem Westen abgehört zu werden.«

»Na, das haben unsere Leute bestimmt professioneller gemacht«, sagte Rudolf und meinte die BND-Kollegen in Pullach.

Katharina grinste. Rudolf riet Katharina, sich nicht auf diese kalte Pracht einzulassen und dann vielleicht einsam durch die Hallen, die man nicht warm bekam, zu wandeln. Es gäbe bestimmt andere schöne Wohnungen, in denen die Herzoglichen Beamten zufrieden lebten. Man könne bei diesen niedrigen Preisen doch erst einmal im Hotel wohnen. Er habe immer im *Christlichen Hospiz* gleich um die Ecke geschlafen. Da sei es gemütlich und auch andere *Buschmänner*, wie er die Kollegen aus dem Westen nannte, seien dort abgestiegen.

Rudolf hatte recht, diese Wohnung konnte mit zehn Kindern ihren Zweck erfüllen und einigen Dienstboten, die alles in Ordnung hielten. Aber weder das eine noch das andere kam für Katharina infrage. Sie hatte eine Aufgabe bekommen, und die nahm sie an, ohne Wenn und Aber.

Katharina mietete sich im *Christlichen Hospiz* in der Amalienstraße ein. Sie fühlte sich in der Geborgenheit der Stadt mit ihren fußläufigen Wegen und der natürlichen Vertrautheit der Menschen wohl. Katharina und Rudolf Bleicher konnten, wann immer sie wollten, zusammen sein, was sie ausgiebig zu gemeinsamen Theater- und Konzertbesuche nutzten, aber sie zogen sich auch gerne wieder in ihre inzwischen lieb gewonnene individuelle Welt zurück.

Rudolf ließ bei der Hochschulleitung nach dem Lehrverantwortlichen fragen. Dafür sei ein Direktorat zuständig, beschied man ihm, aber auch wieder nicht, weil gerade alles neu organisiert würde. Er möge sich doch noch bis September gedulden. Da wäre man weiter. Sein Fach würde ohnehin erst in das Sommersemester eingeordnet, da bliebe ja noch etwas Zeit. Das war Bleicher sehr recht. Er hatte mit der inneren Reform im Rathaus genügend zu tun. Dort war alles in Aufruhr. Gegen die Leitung gab es Vorwürfe wegen der Fälschungen bei der Kommunalwahl, die vor zwei Jahren stattgefunden hatte und wohl auch einer der Gründe für die Unruhen und Bürgerinitiativen gewesen war. Der Bürgermeister der Stadt war in der DDR-Zeit immer ein Mann der CDU-Blockpartei und gewissermaßen ein gesetzter Listenplatz. Eine Wahl konnte daran nichts ändern, vielleicht eine andere Person, aber das stand schon vor der Wahl fest.

»Das war halt so«, sagte die Kollegen in seiner Abteilung. »Und der Stellvertreter gehörte immer der SED an. Der musste aufpassen, dass die führende Rolle nicht abhandenkommt.« Bleicher wusste natürlich, warum und wie das ging, aber seine Rolle war die des Fachkompetenten aus dem Westen und eines Halbgebildeten für Dinge aus der DDR.

»Wenn das so vorbestimmt war, warum haben die dann gewählt?«, fragte Bleicher.

»Das weiß auch keiner, aber das gehört zur sozialistischen Demokratie, an die Sie im Westen auch geglaubt haben, dass sich nämlich hier in der DDR auch so etwas Ähnliches abspielt mit Wahlen und so.«

»Na ja«, ergänzte einer. »Du hättest auch mit Nein stimmen können, zumindest bei der letzten Wahl. Davor hatten die ja Angst. Wahrscheinlich sind die auf Nummer sicher gegangen und haben eben getrickst. Denn so viel ich weiß, ist Wahlfälschung auch nach den DDR-Gesetzen strafbar.«

»Seid doch mal ehrlich, wir haben doch alle geglaubt, dass die irgendwelche Überwachungsdinger installiert haben. Klar stand da eine Wahlkabine, aber wer dort reingegangen ist, hat doch deutlich gemacht, dass er die Kandidaten der Nationalen Front[111] nicht wählen oder andere Namen haben möchte. Da hast du an deinem Namen im Wahlbüro einen Haken bekommen, und dein Kaderleiter hat irgendwann so nebenbei gefragt, wie dein Klassenstandpunkt ist, wenn es um Gehaltserhöhungen oder eine andere berufliche Sache ging.« Einige nickten.

»Seht ihr, und dann haben alle den Schwanz eingezogen und ihr Kreuz brav an die richtige Stelle gemacht. Und nur die, die nichts zu verlieren hatten, haben alles durchgestrichen, vor den Augen der Wahlhelfer im Lokal, den Zettel gefaltet und in die Kiste gesteckt.

»Na und?«, fragte Bleicher.

»Nichts, mit Na und, Herr Bleicher, die waren eh schon bekannt und warteten auf ihre Ausreise. So war das.«

Bleicher schulte nun die Mitarbeiter zweimal in der Woche, jeweils an einem Nachmittag. Er vermittelte die wesentlichen Dinge des Baurechts. Bald stellte er fest, dass er den fachlichen Wissensstand der Kollegen unterschätzt hatte. Aber bei den rechtlichen Fragen waren sie erheblich unterbelichtet. Es war ein Probelauf für die Vorlesungen im Frühjahr. Ihm war schon klar, dass Praktikern eine Umstellung auf neue Bestimmungen leichter fallen würde als Studenten, die zu dieser Materie noch keinen Bezug hatten und auch deren Nützlichkeit nicht erkannten.

Er kam gut voran. Die neue Aufgabe machte ihm Spaß. Dazu trug auch die Anwesenheit von Katharina bei. Sie hatten ein

[111] Nationale Front war der Zusammenschluss der DDR-Parteien und Massenorganisationen, um alle gesellschaftlichen Gruppen an gesellschaftlichen Prozessen zu beteiligen.

vertrauensvolles, kollegiales Verhältnis entwickelt, freundschaftlich, ohne Intimitäten. Das wollten beide nicht mehr.

Katharina ging in ihrer neuen Verantwortung auf. Für Privates blieb wenig Zeit. Die Scheidung belastete sie noch immer emotional, aber sie ließ sich das nicht anmerken. Nach außen war sie die sympathische Powerfrau aus dem Westen, die morgens im eleganten Kostüm zum Dienst kam und ein intensives Programm absolvierte, oft noch lange bis in die Nacht. Es blieb wenig Energie für Emotionales und wenn, dann für ihre Familie im fernen Kasachstan. Deren Bedingungen verbesserten sich materiell, aber durch den aufkommenden Nationalismus sanken sie fast herab auf das Diskriminierungsniveau aus alten Sowjetzeiten. Sie erwog immer wieder, alle nach Deutschland zu holen, wartete aber noch, weil sie nicht absehen konnte, wie sich die Dinge hier und bei ihr entwickeln würden. Wenn sie Bleicher fragte, war der überzeugt, dass alles den Bach runtergehen würde. Das sei nur eine Frage der Zeit, und wenn sie sich das alles finanziell zutraute, solle sie alle herholen. Die Asiaten in der Steppe wollten keine Deutschen, obwohl sie sie eigentlich brauchten, um auf die Beine zu kommen.

»Die Eltern kommen erst, wenn sie auf Hilfe angewiesen sind. Dann aber habe ich hier mit der Krankenversicherung Schwierigkeiten. Schlimmer ist es mit den Familien meines Bruders und meines Cousins. Sie haben russische Frauen, und die Kinder kennen nichts anderes als die Weite Sibiriens vom Rücken eines Pferdes.«

»Warte einfach ab und entscheide, wenn die Ereignisse keine andere Wahl zulassen«, riet dann Bleicher, der sich jahrelang mit vielen Spätaussiedlern im Landratsamt und mit deren Problemen zu befassen hatte. Die Aussiedler waren verunsichert und dem Leben hier nicht gewachsen. Man mokierte sich über ihre harte, altertümliche Sprache und die massiven Goldzähne, die sie sich vor ihrer Ausreise noch mit viel Geld als Kapitalanlage einsetzen ließen. Jedes Lächeln wurde für sie zur Tortur. Um den Zustand zu verändern, fehlte ihnen das Geld. Sie kapselten sich ab, und schon bald gab es Siedlungen im Landkreis, in denen mehr Russisch als Deutsch gesprochen wurde.

In der Stadt hatte sich ein Bürgerkomitee gegründet, schon bevor Bleicher nach Weimar gekommen war. Sie warben, *Stasi*-Spitzel aufdecken zu wollen, und baten Bleicher, der in verschiedenen Veranstaltungen als verständnisvoller und moderater Redner aufgetreten war, mitzuwirken. Ein in Demokratie erfahrener Bundesbürger und Beamter des Staates, der sich aktiv vom Kommunismus durch Einsatz seines Lebens befreit hatte, sei die notwendige moralische Instanz für diese schwierige Aufgabe.

Er zierte sich nach der ersten Anfrage etwas, sagte dann aber zu mitzuarbeiten. Die Mitglieder der Gruppe hatten sich zufällig gefunden und aus freien Stücken beschlossen, tätig zu werden. Sie kannten sich untereinander, wahrscheinlich, weil sie in angesehenen Berufen lange in der Stadt zusammengearbeitet hatten und einander vertrauten.

Bleicher sah zum eigenen Schutz keine andere Möglichkeit, als auf diese Weise die Dinge unter Kontrolle zu behalten. Die Einfalt und Naivität dieser Gruppe belächelte er, schon mit Blick auf seine eigene Person. Sie wollten Befragungen auf freiwilliger Basis von aktiven Altkadern veranstalten, um herauszufinden, wie verstrickt sie mit dem System und dem Geheimdienst gewesen waren. Ein Jurist, der sich wacker und unangefochten durch die DDR-Zeit geschlagen hatte, ohne Sündenfall, wie Bleicher bei seinen persönlichen Recherchen von jeder Seite erfuhr, verwies auf den unabdingbaren rechtlichen Rahmen solcher Absichten. Dies sei schon deshalb wichtig, um Ergebnisse zu erhalten, die justiziabel sind.

Einige Mitglieder der Gruppe waren schon bei der Erstürmung der *Stasi*-Dienststelle im vergangenen Herbst dabei und drängten auf Maßnahmen. Man sei ja in solchen Fragen auch nicht mit Samthandschuhen angefasst worden, und wenn die Akten irgendwo verschwänden, hätte alles keinen Sinn. Vieles sei sowieso vernichtet, und man habe bei einigen Aktivisten schon den Verdacht haben können, dass ihnen dieses Vernichtungschaos recht gewesen sei. Das hörte Bleicher mit innerer Befriedigung. An der Hochschule habe es wilde Geschichten gegeben, erzählten einige. Man müsse dort ganz besonders aufpassen, weil sich im Laufe der Zeit ausgediente NVA-Offiziere breitgemacht hätten. Von denen könne man wohl nicht erwarten, dass sie ihren Fahneneid verletzten, auch nicht als Zivilist: einmal Offizier, immer Offizier. Die Rektorin sei ein richtiges Flintenweib, na, man wisse ja, wie das lief mit den Professoren, Partei und dann noch Frau. Bessere Voraussetzungen konnte man nicht haben, um auf einen solchen Posten zu kommen. Sie habe sogar ausgediente *Stasi*-Offiziere, die in der Verwaltung integriert waren, geschützt.

»Waren die getarnt?«, fragte Bleicher.

»Das nicht, aber alle wussten, wo sie hergekommen waren, und die machten auch gar keinen Hehl daraus. Das ist ja die ganze Unverschämtheit.«

Bernhard Maas tat sich mit besonderen Hasstiraden hervor. Bleicher kannte dessen Attacken. Er hatte sehr früh den Verdacht, dass sie wohl – wenn auch in weit entfernten Abteilungen – gemeinsame Dienstherren gehabt haben könnten. Es war logisch, dass die größten Akteure – von Ausnahmen abgesehen – in solchen Umbruchzeiten, das Heft möglichst lange in der Hand behalten wollten. Hatten sie ihm nicht schon bei seiner Vorbereitung für den Einsatz von besonderen Beauftragten berichtet, die Mitte der achtziger Jahre in die großen staatlichen Einrichtungen lanciert wurden? Als Schläfer wie er, nur im eigenen Land, um das Ohr an der Masse zu haben, um Widerstand schon sehr früh zu entdecken? Die interessierte nicht, was der kleine Mann von sich gab – das besorgten andere –, sondern die großen Sachen, wie *Solidarność* zu verhindern, wenn es auch in der DDR dazu kommen sollte. Er hatte ja inzwischen viele Gespräche geführt und sich ein eigenes Bild gemacht.

Bleicher verachtete diese Typen in seinen Reihen, die sich konspirativ in die Schlafzimmer der Menschen einschlichen. Das musste er nie. Richard Sorge[112] oder auch Günter Guillaume, das waren seine Helden, seine Eliten mit einem – seinem – moralischen Anspruch hinter den feindlichen Linien.

Peter meldete sich eines Morgens telefonisch aus Süddeutschland. Er habe von Bleichers neuer Aufgabe gehört und wolle mit seinen Kindern Weimar besuchen, ob sie sich kurz treffen könnten. Bleicher erschrak, sie hatten ihn also nach wie vor auf dem Sender. Als Peter dann kam, hatte er sich verändert, im Äußeren und auch in seinem Wesen. Er schien nervös und blieb nicht lange. Sie machten einen Parkspaziergang. Peter riet, dass sich Bleicher gemäß *Schildkröte* verhalten solle, und warnte ihn, sich nicht allzu sehr aus dem Fenster zu lehnen. Er sei ja nun doch sehr nahe an die früheren Orte und seine alten Lebensbereiche herangerückt. Jede Öffentlichkeit solle er zu seiner – und der Sicherheit vieler – meiden.

Bleicher kannte außer Peter niemanden, auch dessen Adresse wusste er nicht. So groß könne die Gefahr nicht sein, jedenfalls, die von ihm ausgehen würde. Aber Peter hatte recht. Man musste mit allen Möglichkeiten rechnen. Er beschloss, auch weiterhin unaufgeregt und wachsam zu bleiben. Die Dinge an der Hochschule wollte er sich genauer ansehen und einen eigenen Eindruck gewinnen.

Das ergab sich wenige Tage später. Das Bürgerkomitee wurde von Aktivisten der Wende aus der Hochschule angesprochen, doch am *Runden Tisch*, der nun einige Male getagt hatte, teilzunehmen. Da könne man sich ein Bild machen, was bisher getan

[112] Sowjetischer Kommunist (1895-1944) russisch-deutscher Abstammung; war während des Zweiten Weltkriegs für die Sowjetunion in Tokio Journalist und Spion, wurde 1941 enttarnt und 1944 hingerichtet.

worden war und noch getan werden musste. Man bat Bleicher teilzunehmen. Er sei wohl über allen Zweifel erhaben, und er könne sich aus eigenem Erleben ein Bild aus zwei verschiedenen Blickwinkeln machen.

Bleicher nahm die Einladung an und ging zu dem Treffen. Als er das Hochschulgebäude betrat, hatte er Bombastisches mit eindrucksvoller Architektur erwartet. Das war also das Portal, durch das die berühmten Bauhäusler vor siebzig Jahren ein und aus gegangen waren und mit ihrem Denken eine neue Epoche im Bauen und Gestalten begründeten?

Das Innere des Hauses war spärlich beleuchtet. Bonjour tristesse, dachte er, wenig einladend und nicht inspirierend. Kurz nach fünf und schon niemand mehr im Hause? Da ist bei uns schon abends mehr los, oft die ganze Nacht hindurch. Ja, er ertappte sich, dass er sich als einer von *drüben* fühlte und dachte. Er hoffte in solchen Momenten, dass er seine Vergangenheit, die auf Schädigung des Klassenfeindes, wie er immer noch – mehr belustigt – dachte, angelegt war, tilgen könnte. Aber Ronald Fischer wollte er auch nicht mehr sein. Dann wäre er selbst aktiv im Apparat eingebunden, würde vielleicht sogar hierher abkommandiert worden sein. Er wäre gewissermaßen sein eigener Feind geworden. Nein, nein, er musste diese schizophrene Situation zu einem erträglichen Ende bringen. Sein Selbsterhaltungstrieb behauptete sich.

Bleicher wurde von einem jungen Mann erwartet, der sich als der Einladende für den *Runden Tisch* vorstellte. Sie tauschten ein paar freundliche Belanglosigkeiten aus. Bleicher nannte ihm ein paar Daten von sich, mit denen er vorgestellt werden wollte, sah sich interessiert einige ausgestellte Diplomarbeiten an, für die sich der junge Mann glaubte, entschuldigen zu müssen, was Bleicher verwunderte und nicht verstand.

»Weshalb entschuldigen Sie sich. Sind das Arbeiten von Ihnen?«

»Nein, das nicht, aber wir haben doch nicht die Möglichkeiten wie Sie, ich meine nicht so gutes Papier und auch nicht die Modellbaumöglichkeiten. Ich nehme an, dass das bei Ihnen wesentlich professioneller aussieht.«

Bleicher hatte keinen direkten Vergleich, kannte aber einige ehemalige Kollegen der RWTH Aachen. Er hatte dort einige Studentenarbeiten gesehen. Die sahen nicht anders aus, eher einfacher.

»Diese hier sind doch kleine Kunstwerke des Modellbaus.« Der junge Mann schaute ihn ungläubig an, zuckte mit den Achseln und schwieg. Sie näherten sich einer großen zweiflügeligen Tür, dem Beratungsraum des *Runden Tisches*. Die Sitzung hatte noch nicht angefangen. Es herrschte ein buntes Durcheinander. Alte und junge Leute, auch solche im mittleren Alter, standen in kleinen Gruppen im Raum, den ein großer Konferenztisch fast ausfüllte.

Eine schlanke, seriös gekleidete Frau betrat den Raum. Die Gespräche ebbten ab. Sie grüßte freundlich in die Runde und nahm an der Stirnseite des Tisches Platz. Die Anwesenden setzten sich ebenfalls. Der junge Mann bat Bleicher, der etwas unschlüssig war, Platz zu nehmen. Die Dame, offensichtlich die Rektorin, begrüßte die Anwesenden nunmehr zur dritten Sitzung des *Runden Tisches* und bat, die Tagesordnung allgemein zu beschließen.

Der junge Mann neben Bleicher meldete sich, erhielt aber nicht das Wort. Die Rektorin sprach Bleicher freundlich an und bat ihn, da sie ihn nicht kennen würde, er offensichtlich Hochschulfremder ist, sich vorzustellen. Bevor Bleicher etwas sagen konnte, fiel der junge Mann der Rektorin ins Wort und stellte ziemlich anmaßend fest, dass es sich nicht um eine Sitzung der Hochschulleitung oder der Rektorin, sondern um eine Aktion der Demokratie handeln würde und die Sitzung keine hochschulinterne Sache, sondern öffentlich sei, eben demokratisch.

Professor Becker ließ sich davon nicht beeindrucken und richtete sich an Bleicher.

»Mein Name ist Beata Becker, ich bin die Rektorin der Hochschule und habe, um es ganz formal, auch demokratisch auszudrücken, das uneingeschränkte Hausrecht. Wenn Sie sich bitte ebenfalls vorstellen wollen, können wir darüber befinden, ob wir Sie als Vertreter der Öffentlichkeit bei uns haben wollen oder nicht. Schließlich werden hier auch sehr persönliche Dinge verhandelt, die die Öffentlichkeit nichts angehen. Und«, fügte sie an, »es dürfte Ihnen wohl nicht entgangen sein«, da sah sie dem jungen Mann direkt ins Gesicht, »dass ich diesen *Runden Tisch* einberufen habe, ohne Anregung von außen, schon gleich gar nicht von Ihnen.«

Dem jungen Mann schoss die Röte ins Gesicht, aus Verlegenheit oder Zorn. Er verhaspelte sich, wie immer, wenn er aufgeregt war. Er fiel Professor Becker erneut ins Wort, dass man sich wohl nicht mit Formalismen aufhalten solle, jetzt sei die Zeit des Handelns gekommen, und er könne damit leben, dass das Rektorat zu dieser bis auf Weiteres ständigen Einrichtung eingeladen habe, aber er wolle sich nicht länger alten Bonzen unterordnen und nicht den Stalinismus weiter kultivieren. Frau Becker verbat sich diesen Ton und derartige Unterstellungen, insbesondere wenn sie von jungen Leuten kommen, die sich weder im Studium, noch auf andere Weise in besonderem Maße hervorgetan haben. Sie spielte damit auf die Diplomarbeit des jungen Mannes an, die seit Monaten fertiggestellt sein sollte und wegen überschrittener Abgabefristen recht großzügig und entgegen geltendem Hochschulrecht von der Studienabteilung verlängert worden war.

Sellhorn erfuhr am nächsten Tag von der Attacke auf die Senatoren, zu denen auch er gehörte. Er fühlte sich als Stalinist verleumdet und alle übrigen Senatoren mit Entschiedenheit auch.

Dieser junge Schnösel hatte sich demontiert. Die Anwesenden im Saal äußerten lautstark ihren Missmut. Sein Verhalten schade der Stimmung. Alle am Tisch seien auf einen Dialog unterschiedlicher Auffassungen aus. Schließlich kenne man sich aus jahrelanger Zusammenarbeit und wisse, die einzelnen Pappenheimer einzuschätzen.

Das hatte Bleicher auch recht schnell erkannt, für den diese Situation immer skurriler wurde, und er nicht wusste, ob er sich freuen oder schämen sollte. Er wollte sich jedenfalls nicht auf solche Auseinandersetzungen einlassen und auch künftig nur Beobachter bleiben.

Er stand mit einer Verbeugung zu Professor Becker und den Anwesenden auf und schickte sich an, den Raum zu verlassen. »Ich bitte, meine Aufdringlichkeit, hier zu sein, zu entschuldigen«, sagte er höflich in die Runde. »Ich bin davon ausgegangen, dass mein Kommen mit Ihnen, Frau Professor Becker, abgestimmt ist, merke aber, dass ich hier eigentlich ungebeten bin, und möchte gerne gehen.«

»Sie bleiben hier«, fiel ihm der junge Mann von der Seite ins Wort.

Bleicher blickte, da er nun neben seinem Stuhl stand, von oben auf ihn herabsah. »Ich glaube, nach meinem Kenntnisstand entscheiden das nicht Sie, sondern wie auch bei uns, der Hausherr«, und zu Frau Becker gewandt: »Ich bin abgeordneter Beamter aus dem Landkreis Lüchow und seit einem Monat hier in der Baubehörde der Stadtverwaltung auf Zeit tätig. Mein Name ist Rudolf Bleicher. Ich bin auch Bauingenieur, wie wahrscheinlich einige von Ihnen, aber schon zu lange in der Verwaltung, um noch eine ordentliche Statik aufstellen zu können. Ich werde jetzt gehen. Wenn der Kreis der hier Anwesenden wünscht, dass ein externer Beobachter an den Sitzungen teilnimmt, würde ich mich über eine Einladung freuen.«

Der junge Mann versuchte, ihn sogar festzuhalten. Als aber von allen Seiten protestiert wurde, besann er sich. Professor Becker fragte in die Runde, ob Einverständnis bestehe. »Wir werden darüber beraten. Ihre Telefonnummer finden wir. Deshalb heute auf Wiedersehen, das meine ich aus meiner Sicht wörtlich, Herr Bleicher.«

Bleicher dankte und verließ den Raum. Er fand sich wieder auf der kleinen Nebenstraße vor dem Hochschulgebäude. Nach solchen peinlichen Erfahrungen war er froh, durchatmen zu können. Was sind das für Typen, die sich auf diese rüde Art und Weise aufspielen? Er wollte nicht weiter darüber nachdenken. In Umbruchsituationen gelten bisweilen Dschungelgesetze. Er beschloss, sich von diesen Leuten nicht noch einmal benutzen zu lassen.

Er machte einen kleinen Umweg durch den nächtlichen Park und kam gerade zu Hause an, als auch Katharina das *Christliche Hospiz* betrat. Er muss wohl von diesem Erlebnis etwas gezeichnet gewesen sein, denn sie fragte ihn, ob alles in Ordnung sei. Sie verabredeten sich zu einem kleinen Abendessen, das sie irgendwo in der Stadt einnehmen wollten. Eine knappe halbe Stunde später saßen sie im gemütlichen Restaurant *Zum Schwarzen Bären* und aßen etwas Kurzgebratenes, ein Thüringer Rostbrätel. Katharina empfahl ihm ein *Köstritzer Schwarzbier*, das sie als passionierte Biertrinkerin bereits lieb gewonnen hatte. Bleicher vertraute ihr, sie hatte ihre Meisterschaft mehrfach unter Beweis gestellt.

»Ich war gerade in der Hochschule, das Bürgerkomitee hatte mich zu einer Sitzung des sogenannten *Runden Tisches* eingeladen, der wohl auf Initiative der Rektorin einberufen worden war, worüber sich einige offensichtlich ereiferten. Ein junger Mann tat sich besonders hervor. Er hat Frau Professor Becker, die Rektorin, in einer anmaßenden Weise angegriffen, dass das selbst den eigenen Komiteemitgliedern peinlich war. Ich habe mich, weil ich festgestellt hatte, dass meine Anwesenheit nicht angemeldet worden war, bei Frau Becker entschuldigt und die Versammlung schnell wieder verlassen. Ich war erstaunt, welche Gelassenheit diese Frau in der unangenehmen Situation an den Tag gelegt hat. Kennst du die Rektorin?«

»Frau Professor Becker? Ich habe sie ein oder zwei Mal bei einem Empfang gesehen, Professor Kluge, der Chef meines geschiedenen Mannes ist seit einigen Jahren mit ihr befreundet, und er hat mich mit ihr bekannt gemacht. Wir haben ein paar Worte gewechselt, mehr nicht.«

»Kannst du dir vorstellen, wie man diese Strukturen auf vernünftige Weise verändern will?«

»Ich habe keine Ahnung, eine solche Situation gab es bei uns nur, als Stalin seine Säuberungen von politisch Belasteten durchgesetzt hat. Und da hat er nicht lange gefackelt. Von den meisten der in Ungnade Gefallenen hat man nie wieder etwas gehört.«

»Und wer ist politisch belastet?«

»Das ist eine gute Frage, auf die ich auch keine Antwort habe.«

»Ich werde in den nächsten Tagen Frau Becker einmal anrufen und mich mit ihr treffen. Ich muss ohnehin meinen Vorlesungsbeginn mit ihr oder einem von ihr beauftragten Kollegen absprechen. So steht das in meinem Vertrag.«

»Hast du deine Vorlesungen schon vorbereitet?«

»Ich werde keine Extravorlesungen ausarbeiten. Mein Manuskript, das ich für die Weiterbildung meiner Kollegen im Amt benutze, wird wohl ausreichen. Ich muss ohnehin sehen, welche Schwerpunkte ich vermitteln kann, denn ich habe keine Ahnung über den Vorkenntnisstand der Studenten. Ich vermute, das wird die sowieso langweilen. Ich hatte als Student auch kein Interesse für baurechtliche Probleme.«

»Ich hatte auch erwogen«, sagte Katharina, »in der Bank einen internen Weiterbildungslehrgang zu organisieren, weil ich gemerkt habe, dass das Kreditgeschäft hier in der DDR anders gehandhabt wurde. Ich habe aber festgestellt, dass die Kolleginnen sehr schnell die wichtigsten Änderungen aufgenommen und angewendet haben, sodass ich mir lange Erklärungen sparen konnte.«

Rudolf fragte Katharina unvermittelt, wie es ihrem Mann ginge. Katharina glaubte erst, sich verhört zu haben. Sie antwortete kurz, »gut ... zumindest gehe ich davon aus, warum fragst du?«

»Ach eigentlich ohne besonderen Grund. Hattest du nicht einmal erzählte, dass er nach Moskau gehen wolle?«

»Er wollte das nicht, aber ein solcher Vorschlag kam von der Uni.«

»Und wenn er mit seiner Habilitation fertig ist, was macht er dann?«

»Rudolf, was interessiert dich das?«

»Ach, schon gut. Manchmal wird mir Deutschland zu klein, und ich hatte schon auch erwogen, in Amerika noch einmal neu anzufangen.«

»Du findest wohl nirgends Ruhe.«

»Ich suche eine Heimat, wo ich bleiben kann.«

»Und die hast du noch nicht gefunden?«

»Ach, Katharina.«

Bleicher blickte versonnen an ihr vorbei auf einen imaginären Punkt, der weit hinter ihr in der Ferne zu liegen schien. Katharina wusste mit dieser Sentimentalität nichts anzufangen und wollte ihn auch nicht stören. Sie redeten noch über einige belanglose Dinge, die sie in Hamburg erlebt hatten, und bestätigten sich gegenseitig, wie sich innerhalb kürzester Zeit die politische Großwetterlage auf diese angenehme Weise entspannt hatte. Katharina bat, nach Hause gehen zu dürfen, sie müsse am nächsten Tag nach Dresden fahren, um mit einer Kollegin die Eröffnung einer weiteren Filiale ihres Stammhauses zu besprechen. Die nächste Zeit würde hart werden, weil sie auch für einige Tage wieder nach Moskau fahren müsse, um über einen neuen Vertrag mit der russischen Partnerbank zu verhandeln.

Rudolf Bleicher war auch an diesem Morgen kurz nach neun in seinem Büro. Die Sekretärin sagte ihm, dass bereits zweimal die Hochschule angerufen und nach ihm gefragt habe. Er bat sie zurückzurufen. Das Gespräch kam sofort, er wurde mit dem Vorzimmer der Rektorin verbunden.

»Guten Morgen, Herr Bleicher. Hier ist Beata Becker.«

»Haben Sie den gestrigen Abend gut überstanden? Das war ja wohl etwas ungewöhnlich, wie man Sie empfangen hat.«

»Guten Morgen, Frau Professor Becker, ich möchte mich noch einmal bei Ihnen entschuldigen. Es war unhöflich, an dieser internen Beratung, ohne Anmeldung bei Ihnen, teilnehmen zu wollen. Ich nahm an, dass dieser junge Mann dies mit Ihnen abgesprochen habe. Ich habe aber sehr schnell bemerkt, dass er sich wohl etwas in seiner Art und insbesondere im Ton vergriffen hat.«

»Langsam bin ich diese Attacken gewöhnt, wenn ich sie auch nicht gutheiße. Mit der Kinderstube hapert es hier bei einigen. Vielleicht wird sich das bald ändern. Ich weiß, dass Sie bei uns für die Architekten und Bauingenieure einige Vorträge zum Baurecht halten sollen. Ich würde mich freuen, wenn wir das bald hier bei mir im Büro mit dem dafür zuständigen Kollegen besprechen könnten. Ich bitte Sie, mit meinem Vorzimmer einen Termin zu bestimmen, alles Weitere können wir dann besprechen.«

»Ich bin froh, dass sich diese für mich unangenehme Sache so löst, und danke Ihnen für Ihr Verständnis, Frau Professor Becker. Auf das avisierte Treffen freue ich mich. Ich hatte mich mit Frau Bergmann gestern Abend darüber unterhalten. Sie sagte mir, dass sie Sie über Professor Kluge aus Darmstadt kennt.«

»Ist das diese charmante junge Dame, mit dem leichten russischen Akzent?«

»Ja, sie ist es, den Akzent hat sie geerbt. Sie ist Wolgadeutsche, die von Stalin mit der ganzen Familie nach Sibirien ausgesiedelt wurde. Aber das kann sie Ihnen vielleicht selbst einmal erzählen. Sie scheinen sich öfter zu sehen?«

»Nein, nein, da fehlt uns, glaube ich, beiden die Zeit.«

»Ich danke Ihnen sehr für den Anruf und freue mich auf unsere Begegnung. Auf Wiedersehen.«

»Legen Sie nicht auf. Warten Sie bitte. Ich gebe Sie zurück ins Sekretariat. Auf Wiedersehen, Herr Bleicher.«

Bleicher wartete und bestimmte mit dem Sekretariat einen Termin. Die Rektorin ist eine sympathische Frau, auch am Telefon, registrierte er. Bleicher war zufrieden und sogar leicht beschwingt von der Entwicklung und vor allem, dass es so unkompliziert mit der Verbindung zur Hochschule klappte.

Die Begegnung mit Professor Becker fand schon wenige Tage später statt. Das Lehrgebiet war im Moment nicht durch eine Professur besetzt. Ein Assistent vertrat den Chef, der sich für eine dreimonatige Gastprofessur in Bremen aufhielt. Sie wurden sich sehr schnell einig, mit welchen Themen der Vorlesungsblock beginnen sollte. Rudolf Bleicher wollte sich schon verabschieden, als die Rektorin ihn um einen Gefallen bat. Er habe ja vor einigen Tagen erlebt, welche unterschiedlichen Meinungen und Spannungen in der Hochschule herrschen.

»Ich plane eine große Versammlung mit allen Hochschulmitarbeitern, um ihnen Gelegenheit zu geben, ihre Fragen und Probleme öffentlich vorzutragen.« Es habe keinen Zweck, wie die Regierung das zurzeit tue, den Kopf in den Sand zu stecken und das Rumoren im Vulkan nicht zur Kenntnis zu nehmen. Sie schlug vor, dass Rudolf Bleicher mit einem kleinen Vortrag über die Arbeit des Bürgerkomitees informierte, damit sich die Mitarbeiter ein besseres Bild machen könnten. In kritischen Situationen seien Gespräche wichtig, weil Differenzen sich nur selten von selbst erledigten. Sie würde sich sehr freuen, wenn Rudolf Bleicher an dieser Veranstaltung teilnehmen könnte. Man habe ja neulich gesehen, dass es der allgemeine Wunsch war, neutrale Personen als Berater zu haben, weil man den eigenen Leuten nicht mehr traute. Der Vergleich hinke zwar, gelte aber auch hier, dass der Prophet im eigenen Land nichts galt.

Bleicher zierte sich etwas, spontan zuzusagen, dachte an Peters Warnung. Er erklärte sich aber nach kurzem Zögern bereit. Er wolle an einer solchen Veranstaltung mitwirken, wenn es für die Situation innerhalb der Hochschule sinnvoll wäre.

Schon drei Tage später wurde Rudolf Bleicher am Schwarzen Brett im Rathaus mit einem großen Plakat überrascht, dass an der Hochschule eine öffentliche Informationsveranstaltung stattfinden werde, auf der er, Bleicher, die Ideen des Bürgerkomitees vortrug. Als er seinen Namen in großen Buchstaben auf einem Plakat entdeckte, durchzuckte es ihn, weil er sich der paradoxen Situation bewusst wurde, als vermeintlicher DDR-Flüchtling, quasi gegen sich selbst vorzugehen.

Die Tage bis zum Veranstaltungstermin durchlebte er in einer inneren Anspannung, die er auch nicht verlor, als er Katharina davon berichtete und um ihre Meinung fragte. Katharina riet ihm zu, empfahl ihm aber, nicht zu überziehen und als Geflohener keine Polemik zu verbreiten. Sie habe nämlich im Gespräch bei ihren Kollegen sehr schnell erfahren, dass zwar ein allgemeiner Wunsch nach politischem Wechsel bestehe, jedoch das Auftauchen von westdeutschen Helfern als eine Art Kolonialisierung betrachtet werde, gegen die sich Abwehrreaktionen entwickelten. Es würde schon eine Reihe von entsprechenden Witzen im Umlauf sein, deshalb sei es gut, so zurückhaltend und sachlich wie möglich zu bleiben.

Das nahm sich Bleicher vor. Er hatte einige Stichpunkte für seinen Kurzvortrag vorbereitet und seine Erregung etwas dämpfen können. Als er dann aber in den großen Hörsaal kam, sprang ihn die eigene Erregung förmlich an. Mit so vielen Menschen, hatte er nicht gerechnet.

Professor Becker trat an das Rednerpult. Das allgemeine Gemurmel verstummte, doch vereinzelt gab es Pfiffe, die aus der Ecke des jungen Mannes zu kommen schienen, der sich bereits auf der Sitzung des *Runden Tisches* hervorgetan hatte. Sie blieb unbeeindruckt, begrüßte die Anwesenden, nannte kurz das Ziel der Veranstaltung und berichtete über den Stand der Reformen an der Hochschule. Sie sah in eisige Gesichter. Auch ihre Bemühung mit Nachfragen eine Diskussion im Auditorium anzuregen, scheiterte. Sie bat dann um Aufmerksamkeit für einen Vertreter des Bürgerkomitees. Der habe als ehemaliger DDR-Bürger durch seine Flucht in den Westen nicht nur Erfahrungen in beiden politischen Systemen gesammelt, sondern sei als Person unverdächtig. Sie stellte Rudolf Bleicher in kurzen Worten vor und übergab ihm dann das Mikrofon. Bleicher redete etwa zehn Minuten. Es waren aber hauptsächlich nicht seine Erlebnisse, sondern die seiner Kollegen im Landratsamt, einiger Altachtundsechziger und erfahren in Protestaktionen. Einige Zwischenrufe wurden laut. Das sei wohl nicht mit der gegenwärtigen Situation zu vergleichen. Bleicher reagierte sofort und kam zum eigentlichen Anliegen des Bürgerkomitees. Es sei in der Stadt ein Büro eingerichtet worden. Jeder könne nach telefonischer Voranmeldung um ein vertrauliches Gespräch bitten. Man wolle dann entscheiden, ob aus diesem Gespräch weitere Schritte folgen sollten. Gegebenenfalls müsse man vielleicht auch einen psychologischen Beistand einschalten.

Man hörte ihm aufmerksam zu und war zufrieden, dass er kurz, sachlich und direkt die Probleme benannte. Er bat die Anwesenden – soweit Fragen bestünden – ihn jetzt öffentlich oder nach der Veranstaltung anzusprechen. Er trat vom Rednerpult wieder zurück und setzte sich sichtlich erleichtert hinter den kleinen Tisch neben das Mikrofon. Professor Becker übernahm die Moderation und bat um Wortmeldungen. Zunächst schien es – wie immer bei solchen Veranstaltungen – allen die Sprache verschlagen zu haben. Doch dann meldeten sich einige Frauen aus dem Mensabereich. Sie beschwerten sich über unwürdige Arbeitsbedingungen, die sie seit Jahren zwar angemahnt hätten, doch bisher ohne Erfolg. Sie wollten wissen, welche rechtlichen Möglichkeiten sie hätten, gegen die Verantwortlichen vorzugehen und an wen sie sich wenden könnten. Professor Becker wies auf Bleicher und fragte ihn, ob das Komitee sich auch dieser Nachfragen widmen würde, da es sich ja augenscheinlich um arbeitsrechtliche Fragen handeln würde. Bleicher bejahte dies, schloss aber nicht aus, dass man auch mit solchen Problemen zum Komitee kommen könne. Er verwies aber darauf, dass das Komitee geschaffen wurde, um politisches Unrecht zu ergründen und entsprechende Maßnahmen einleiten zu können. So wurden auch die weiteren Nachfragen von der Rektorin teilweise selbst beantwortet, weil sie das unmittelbare Hochschulgeschehen betrafen. Professor Becker überließ aber Bleicher – wie angekündigt – das Feld der Diskussion.

Dann meldete sich ein Mann, etwa gleichaltrig wie Bleicher. Seine Anfrage war, weil er leise sprach, zunächst nicht verstanden worden. Da im Umfeld des Mannes ein Raunen hörbar wurde, baten einige, die weiter entfernt saßen, doch lauter zu sprechen und seine Frage zu wiederholen. Man reichte ihm ein Handmikrofon. Nun sprach er für alle verständlich direkt zu Bleicher, wie es kommen könne, dass sie vor etwa zwanzig Jahren gemeinsam in Cottbus begonnen hätten zu studieren. Damals habe er sich Ronald Fischer genannt, und er sei, so glaube er sich zu erinnern, der FDJ-Sekretär der Universität gewesen. Nun stehe er hier und habe einen anderen Namen, komme aus dem Nichts, wie vom Himmel gefallen, um ihnen hier etwas von Demokratie und Staatssicherheitsdienst zu erzählen. Er bitte zu erklären, weshalb er den Namen gewechselt habe. Solange er dies nicht könne, sei jede Aktion dieses Bürgerkomitees inakzeptabel.

Der Saal schien zu erstarren. Man hätte eine Stecknadel zu Boden fallen hören. Bleicher war blass geworden. Sein Gesicht wurde zur aschfahlen Maske. Die Rektorin sah ihn fragend und erstaunt an, versuchte zu ergründen, ob Bleicher entgegnen wolle. Bleicher starrte auf den Redner, der dort oben zwischen den hellen Scheiben der verschwommenen Gesichter saß und ihn ohne Vorwarnung vom Sockel gestoßen hat. Er hatte diesen Moment in Gedanken oft durchgespielt, besonders nach der Ermordung von Meinhardt, aber dass er auf diese Weise scheitern würde, hatte er nicht bedacht oder geahnt. Er konnte jetzt nicht einfach aufstehen und weggehen, er war zwischen den Menschen, die Vertrauen und feste Standflächen suchten, eingekeilt. Der Herr könne ja hinterher zum ihm kommen, und dann würde sich alles aufklären. Der aber geriet in Rage, dass er, alias Fischer, damals auf die gleiche Tour einige Kommilitonen verpfiffen habe, und er wisse ganz genau, dass er sich niemals geändert haben kann, da sei er viel zu schlau und karrierebesessen gewesen.

Im Saal wurde es nun unruhig. Einige baten, diese persönlichen Dinge draußen zu Ende zu bringen. Andere riefen dazwischen, dass das doch hier ausgetragen werden müsse. Man wolle schließlich sehen, ob sich nicht Böcke zu Gärtnern gemacht hätten oder Wölfe im Schafspelz daherkämen.

Professor Becker fürchtete, dass die Veranstaltung in einem Tumult enden könne und fragte in die Aufregung, ob es denn noch weitere Fragen gäbe. Wenn das nicht der Fall sei, würde sie die Zusammenkunft schließen und Herrn Bleicher – sie schaute wieder fragend zu ihm, etwas unsicher, ob der sie wegen des Namens verbessern würde – für seine Unterstützung danken.

Bleicher stand auf, gab ihr kurz die Hand, murmelte etwas von schlimmer Verwechslung, und, dass er sich demnächst bei ihr melden wolle. Er drängte sich aus dem Hörsaal, noch bevor die Massen aus den Gängen die Ausgangstür verstopfen würden.

Er bezahlte die Hotelrechnung und verließ noch am selben Abend die Stadt, ohne sich von Katharina oder den anderen Kollegen zu verabschieden. In einer dringenden dienstlichen Sache müsse er für einige Monate die Stadt verlassen. Die Dame an der Rezeption sah ihm erstaunt hinterher, als er an ihr vorbeihastete.

Katharina erfuhr von dem Vorfall erst nach zwei Tagen. Sie kam spät abends aus Dresden zurück und war zu müde, um noch irgendeinen anderen Gedanken zu haben, als zu schlafen. Der Mann einer ihrer Mitarbeiterinnen hatte den Eklat direkt erlebt. Er arbeitete als Techniker in der Verwaltung und traute seinen Ohren nicht, als er von dieser Enttarnung hörte. Dass es eine Enttarnung war, glaubten zunächst die wenigsten, aber als der Mann dann Hals über Kopf verschwand, auch das Hotel fluchtartig verlassen hatte, waren alle davon überzeugt.

Jahre später hatte man bei Recherchen in den Unterlagen die wahre Identität des Ronald Fischer alias Rudolf Bleicher herausgefunden und auch die Verbindung zu Meinhardt alias Klein entdeckt. Es schien erwiesen, dass man Meinhardt aus dem Weg geräumt hatte, da er im westdeutschen Netzwerk als Schläfer eine zentrale Figur war, die, nachdem Meinhardt als Unternehmer zu Reichtum gekommen war, aussteigen wollte. Bleicher war für Meinhardt der Brandmelder, den er beobachtete, um herauszufinden, ob er etwa umgedreht worden war. Da er aber Bleicher alias Fischer vor dessen Einsatz und Ausreise tiefenpsychologisch analysieren ließ, kannte er seine Persönlichkeit besser, als ihn vielleicht seine Mutter je gesehen hatte. Er hatte schon lange erkannt: Bleicher war vorsichtig und sensibel, der als verlässlicher Maulwurf seinen Dienst erledigte, aber auch immer nur als solcher und niemals oben, an der Oberfläche, wo es zur Sache ging, agieren würde. Aber Bleicher hätte sich auch nicht in einen Schutzpanzer zurückziehen können, wie ihm Peter, der verbündete Postbeamte aus seiner Lüchower Zeit geraten hatte. Man würde ihn trotzdem finden. Peter hatte ja auch schon versucht, eine Gruppe Ehemaliger zu organisieren.

Bleicher sei bei einem Autounfall ums Leben gekommen, hieß es gerüchteweise. Es gab aber auch Zweifel, ob nicht wieder eine Geheimdienstlegende gestrickt wurde, um ihm eine andere Identität zu verschaffen.

Einige der verbliebenen Mitglieder des Bürgerkomitees, die nach dem Eklat das Vorhaben aufgaben, befassten sich nun mehr aus historischem Interesse mit der Aufklärung der peinlichen Angelegenheit. Sie wussten das Ende der Recherchen aber auch nicht zu bestimmen, und ob es überhaupt das Ende war und die Dinge, die sie glaubten, herausgefunden zu haben, sich auch wirklich so zugetragen hatten, wie sie sich darstellten. So hörten sie einfach auf, vielleicht mit dem einzigen greifbaren Ergebnis, das wirkliche Leben in seiner direkten und außergewöhnlichen Form erfahren zu haben.

Aufbau

Die Leitung der Hochschule begann mit den Vorbereitungen der neuen Berufungen und Umberufungen der Dozenten und Professoren. Brunner, die Vertreter der Mitarbeiter und die Rektorin waren in Erfurt. Man hatte sie eingeladen, die Ergebnisse der Überprüfungen durch die *Gauck-Behörde* zur Kenntnis zu geben. Sie standen schon Tage zuvor unter Spannung. Es konnte eine Bescherung mit vergifteten Geschenken werden. Als sie am Morgen in das Auto stiegen, machten sie noch Witze. Aber auf dem kurzen Weg nach Erfurt verschwand die Sonne symbolisch hinter einer Wolkenwand. Es begann, leicht zu regnen, und ein grauer Dunst schob sich über den Himmel.

Sie parkten vor dem ehrwürdigen Gerichtsgebäude und meldeten sich an einem Nebeneingang. Das Innere des Gefängnisses war inzwischen hell gestrichen. Es roch nach Farbe. Die vergitterten Türen und Fenster machten beklommen. Pfarrer Adler, der die Behörde kommissarisch leitete, empfing sie. Pastoren waren Psychologen. Er riss einige Witzchen, um den Besuchern die spürbare Verkrampfung zu nehmen.

»Alle, die zu mir kommen, meinen, an das Himmelstor zu klopfen. Aber das wäre eine Anmaßung. Na, ein bisschen scheint es wohl doch so zu sein. Für einige vielleicht auch an die Tür zur Hölle.«

Brunner brummte etwas von »der soll zur Sache kommen.« Doch Pfarrer Adler hielt sie hin.

Professor Becker hatte ihn im Verdacht, ein Sadist zu sein. Einige seiner Mitarbeiter waren bestimmt schon früher hier beschäftigt. Pfarrer Adler erriet ihre Gedanken: »Na, die wissen doch, wo sie suchen müssen. Die brauchen wir. Wir haben sie vergattert und hoffen, dass sie uns nicht hinters Licht führen.«

»Was sonst kann man außer Hoffnung und Glauben von Pastoren verlangen!?« Brunner nahm den Ball auf. Das Eis war gebrochen.

Ein Mitarbeiter brachte die Vorgänge der Uni in Weimar – wie es in der Behördensprache hieß – und legte die Mappen vor Pfarrer Adler auf den großen Konferenztisch. Brunner sah vielsagend zu Beata Becker. Es schien unbegreiflich zu sein. Dieser Mann hat vor wenigen Monaten als aktiver DDR-*Stasi*-Mann noch in der seelischen Unterwäsche – vielleicht auch von mir – gewühlt, und jetzt legt er seine Berichte denen vor, die er bekämpft und vielleicht zur Mitarbeit erpresst hat. Und wieder sind sie Sieger, haben einen festen, gut bezahlten und unkündbaren Arbeitsplatz, den andere durch sie verlieren oder verloren haben.

Pfarrer Adler nahm ein Blatt vom Aktenstapel. Namen und Vermerke waren gelistet. Er hatte an der Stirnseite Platz genommen, Professor Becker rechts und Gerhard Brunner links von ihm, jeweils an der langen Seite. Schräg gegenüber hatte sich der Alt-Neu-Mitarbeiter der Behörde platziert. Beata Becker las in seinem Gesicht: überlegene Freundlichkeit, ohne innere Beteiligung, sachlich distanziert.

Adler begann, sich in die Unterlagen zu vertiefen. Nun wurde auch aus ihm ein trockener Behördenmensch. Die Anwesenden schienen für ihn nicht zu existieren. Was in deren Innerem vorging, interessierte ihn nicht. In Brunners Gesicht arbeitete es. Beata Becker erriet seine Gedanken: In welchem Film bin ich hier? Neben mir sitzt ein *Stasi*-Mann, wenigstens war er das, und weidet sich an unserer Betroffenheit, präsentiert mir vielleicht Berichte über mich, die er selbst verfasst hat. Unglaublich. Sind diese Pfaffen nicht in der Lage, eine solche Sache in eigener Verantwortung zu lösen? Lassen die sich vielleicht wieder um die Fichte führen?

Adler sah auf, blickte ernst in die Runde und begann seinen Bericht, nannte Namen und Einschätzungen, zu Aktiven oder Opfern und auch zu solchen Fällen, die nicht endgültig aufzuklären seien. Sein Mitarbeiter erläuterte die Abkürzungen und erklärte, was von wem mit welchem Auftrag gemacht worden war.

Jeder Name traf sie wie ein Schlag. Aber ihre bangen Befürchtungen bewahrheiteten sich nicht. Ihnen fiel ein Stein vom Herzen. Jedenfalls für diese erste Runde, und für die beabsichtigten Berufungen würde es keine enttäuschenden Überraschungen geben. Doch später, als die nächsten Namen in die schwarze Kiste gesteckt wurden, schlug es ein, weil Kollegen, die über Jahrzehnte ihr Vertrauen genossen, Verpflichtungen unterschrieben hatten. Was hat sie getrieben, diesen Teufelspakt einzugehen? Waren es Eitelkeit, Geltungsbedürfnis, die Hoffnung auf Vorzüge, oder glaubten sie, Böses zu verändern, moralisch heilen zu können? Auch Erpressungen gab es, wenn kleine Delikte passiert waren oder eine Freundin nicht publik gemacht werden sollte.

»Cherchez la femme, wie immer«, sagte Brunner später bei der Auswertung im Büro. Aber da lag er nicht richtig, denn Frauenaffären spielten, wenigstens in den Achtzigern, keine Rolle mehr, höchstens bei den Romeogeschichten im Westen. Brunner wollte sicher sein, was ihm da der Pfarrer mitteilte und die Erklärungen der *IM*-Kollegen selbst lesen. Als er eines der Schriftstücke nehmen wollte, hielt Pfarrer Adler die Akten fest. Die Akten seien für Fremde tabu.

»Schon gut, das kann man auch übertreiben.«

»Na ja, die Akte ist noch nicht paginiert, wenn Sie eine Seite entfernen, kann das schon den Sachverhalt verändern«, wurden sie belehrt.

Als sie nach Hause fuhren, waren sie erleichtert und enttäuscht gleichermaßen. Robert H. und die anderen, harte *IMs*? Niemand hatte damit gerechnet. Sie waren immer unauffällige, exzellente Wissenschaftler und keine Parteigänger. Wenn nicht sie, wer sollte dann berufen werden? Das Ministerium hatte doch gebeten, besonders den aus ihrer Sicht benachteiligten Mittelbau zu fördern. Und Staatssekretär Senf lag der Rektorin in den Ohren, die Ergebnisse keinesfalls bei den anstehenden Entscheidungen zu berücksichtigen. Man habe noch kein entsprechendes Gesetz. Es fehlte im Fall der Fälle eine arbeitsrechtliche Handhabe.

Sie waren in einer schwierigen Lage. Wenn sie mit diesem Wissen Berufungen vorschlugen und nach Einführung des Gesetzes die jetzt schon bekannten Informationen verwendeten, um die eigenen Vorschläge wieder ungeschehen zu machen, würde man sie als Heuchler und Lügner am *Runden Tisch* schlachten.

Professor Becker beriet sich mit Gerhard Brunner. Sie erörterten alle Für und Wider und beschlossen, das Risiko einzugehen. Selbst wenn sie jetzt einen Formfehler machen würden, könne man vor diesem Hintergrund eine Berufungsentscheidung juristisch nicht einfordern. Jedenfalls nicht in dieser aufgeheizten Stimmung. Das überwog.

Sie hatten beide schlaflose Nächte. Sie schufen einen Teilnehmerkreis, der durch geheime Wahl im Senat bestätigt worden war und der sich bei der *Stasi*-Behörde in der ersten Runde als unbelastet erwiesen hatte.

Beata Becker informierte Staatssekretär Senf telefonisch über die Ergebnisse der Überprüfung und wie sie nun vorzugehen beabsichtige. Er warnte sie erneut. Aber sie hatten sich entschieden. Eine vernünftige Alternative gab es nicht.

Die Gespräche mit den Enttarnten bereiteten sie akribisch vor. Sie wollten in Ruhe mit den betroffenen Kollegen sprechen, auch, um Gelegenheit zur Aufklärung zu haben. Als Dr. R. vor ihnen saß, waren sie es, die vor Aufregung fast vergangen wären. Er schien gefasst und hatte sich innerlich – wahrscheinlich wesentlich länger – auf diese Situation eingestellt. Sie konfrontierten ihn mit den Erkenntnissen aus Erfurt. Nichts in seinem Gesicht verriet eine innere Erregung. Ja, das träfe zu. Man brauche nicht lange herumzureden, mehr wolle er dazu nicht sagen. Natürlich würde er die Hochschule verlassen. Eigentlich gäbe es doch einiges zu sagen, aber das habe ja doch keinen Sinn mehr, und nun sei es eben so.

Was man ihm vorhielt, bestätigte er, aber auch nur das. So erfuhren sie nicht mehr, als sie ohnehin in der Akte gelesen hatten. Wahrscheinlich gehörte die passive Wahrheitsfindung zum Grundverhalten in geheimen Bünden. Das war für sie die wirkliche Überraschung. So war es auch bei den anderen. Sie nahmen die Empfehlung an und verließen die Hochschule sang- und klanglos.

Die Landesregierung begann zu arbeiten. Minister Käutl lud die Rektoren zu persönlichen Gesprächen ein. Die Beratungen verliefen kollegial, fast freundschaftlich. Käutl galt als umgänglich. Sanfter Widder, außen weich, ziel- und erfolgsorientiert, nicht frei von Spontanität, gab niemals auf, fing immer wieder an. Beata Becker berichtete von ihrer beruflichen Entwicklung, sagte etwas zu ihrem persönlichen Hintergrund, und wies auf ihre SED-Mitgliedschaft hin. Käutl schnitt diesen Teil des Gesprächs freundlich ab. »Im Osten haben wir alle eine Vergangenheit, natürlich auch ich.«

Man werde sich zum gegebenen Zeitpunkt damit befassen müssen. Erste Gesetzesvorschläge seien auf den Weg gebracht. Die Hochschulen würden gut daran tun, entsprechende Vorbereitungen zu treffen. Es müssten sicherlich Kommissionen eingerichtet werden, die jeden Einzelnen überprüften, persönlich und fachlich. Professor Becker verwies auf die Reform der Hochschule, die noch vor Bildung der Landesregierung vollzogen worden war. Das sei eine schwierigere Aktion gewesen und basisdemokratisch, einvernehmlich im Rahmen des Abstimmungsergebnisses verlaufen. Käutl ging aber nicht darauf ein. Es werde entsprechende Gesetze geben, die alles regelten, wiederholte er. Die Rektorin war zu naiv, anzunehmen, dass die Reformen, die die Hochschule in ihrer vermeintlichen Autonomie erreicht hatte, Bestand haben würden. Der Osten war nach dem Untergang der DDR im Wortsinn gesetzlos, bis auf den Vertrag, den beide Regierungen geschlossen hatten. Das war aber nichts Ausdifferenziertes.

Günther Krause, der spätere Bundesverkehrsminister, hatte sich damit befasst. Professor Becker meinte, dass er als Informatiker wohl damit etwas überfordert war. Die Kollegen kannten ihn aus seiner Weimarer Studentenzeit, schätzten ihn als hervorragenden Klavierspieler. Im Ganzen ein lockerer Typ, der auf Vorschuss Vertrauen genoss, weil er im Osten aufgewachsen war. Aber gegen Windmühlen anzurennen, vermochte er nicht. So wurde das Hochschulrahmengesetz in den Osten verlängert, und die Träume einiger Altachtundsechzier, akademische Demokratie zu wagen, zerstoben.

Die frisch gewonnenen Mehrheiten der Studentenschaften in den Hochschulgremien wurden nach und nach wieder kassiert, und auch sonst wurde das Hochschulleben bald auf die bundesdeutsche Linie gebracht. Wollhaupt hatte es ja der Rektorin an den Kopf geknallt, *alles Schrott*. Nichts, was zu erhalten sei.

Schon bei seinem ersten Kontakt hatte Ulrich Kluge Beata Becker gewarnt, dass sich westdeutsche Gewerkschaftsvertreter in den Gremien stark machen und versuchen würden, Einfluss zu nehmen. Der Osten schien ihnen ein unbestelltes Experimentierfeld zu sein, ohne dass man selbst ein Risiko eingehen musste. Kluge hatte es ja erlebt, wie sich die alten Revolutionäre in der westdeutschen Professorenschaft eingerichtet hatten und nun den früher so verachteten Kapitalismus in vollen Zügen genossen. »Was von ihnen als Establishment bekämpft wurde, sind sie selbst geworden«, stellte er fest.

»Beata, pass auf«, warnte er sie, »die ausgeliehenen Beamten waren keine Leuchten. Wer verborgt schon seine besten Pferde? Und bei Personalentscheidungen in größerem Umfang heißt es dann: *Das ziehen wir vor die Klammer* oder *Das lösen wir biologisch.*«

Nun war Beata nicht so weltfremd, zu erkennen, dass der Verteilungskampf unter den Universitäten schon begonnen hatte.

Jede zusätzliche Stelle im Osten war eine bei ihnen weniger. Man diskutierte Pläne, vieles plattzumachen, weil der Neuaufbau einfacher als eine Sanierung sei und das komplizierte Arbeitsrecht dann ausgeschaltet würde.

Die aus dem Westen kamen und mal eben vorbeischauten, hatten keine Ahnung. Es waren Besuche im Zoo. Und so fühlten sich auch manche Kollegen, wenn sie in Diskussionen erst einmal eine vernünftige Gesprächsbasis schaffen mussten. Viele der Besucher gingen von Verhältnissen aus, die nicht zutrafen.

»Wozu sparen, wenn der soziale Absturz durch das verbriefte Recht auf Arbeit und Wohnung ausgeschlossen war?« Professor Kluge war nun öfter an der Hochschule. Seine Ratschläge waren gut gemeint, aber nicht das, was die Mehrheit wollte. Zu viel Technokratisches habt ihr, meinte er, da muss zum Arrondieren auch Weiches und Kulturvisionäres aufgebaut werden.

Professor Becker hatte Schwierigkeiten, ihn zu verstehen. Er belehrte sie, dass das Humboldtsche Ideal der Freiheit von Forschung und Lehre vordergründig erst einmal kein wirtschaftliches, sondern ein philosophisches Prinzip darstelle. Es gehe nämlich darum, in persönlicher Verantwortung zu lehren und zu forschen und nicht äußeren Zwängen unterlegen zu sein.

Das bezweifelte die Rektorin energisch, da es letztlich nur ums Geld ginge, gerade bei den Universitäten, die der Staat nicht mehr alimentieren wolle oder könne. Es würde nämlich die Hohen Schulen in die finanzielle Abhängigkeit der Wirtschaft treiben. Das sei kulturelle Verarmung. Visionen würden nun auf Vorstandsetagen entwickelt, wirtschaftlich bilanziert und auf kurzfristige Erfolge ausgelegt.

Professor Kluge lächelte. Sein Gesicht zeigte schmerzliche Betroffenheit, weil er alles selbst erlebt und die Grenzen der Realität erfahren hatte. Als Achtundsechziger hatte er die verstaubte akademische Welt aus den Angeln heben wollen. Er war auch einer der revolutionären Hausbesetzer und hatte oft tagelang in den Diensträumen mancher Rektoren, Dekane und Kanzler kampiert und sich gefreut, den Laden, wie er es genüsslich ausdrückte, aufgemischt zu haben. Dann packte auch ihn die Freude der eigenen Karriere. Er arbeitete sich langsam nach oben und erkannte schnell die Gefahr der wissenschaftlichen Bedeutungslosigkeit für sein Institut, sich nicht zu arrangieren und die Unterstützung durch die Praxis auszuschlagen. Ulrich Kluge war Pragmatiker. Er richtete sich ein.

Intrigen

»Wie war es denn in der Karibik?« Bernd Krekel strahlte, braun gebrannt, voller Energie. »Hervorragend, unbeschreiblich. Ihr könnt euch diese herrliche Welt nicht vorstellen. Eine Farbenpracht, einfach unbeschreiblich.« Thomas Zwicker setzte sich. Er war gespannt, den aktuellen Bericht zu hören.

»Hast du das gesundheitlich durchgehalten? Habt ihr diesmal die Tieftauchaktion gemacht?«

»Nein, nicht wie geplant. Der Abstieg am Jamaikariff hat nicht geklappt. Die Strömung hat uns immer wieder von der Wand abgetrieben, das wurde zu gefährlich. Wir haben es aufgegeben. Ich erzähle euch das noch.« Krekel sah man die Anstrengung des bestandenen Abenteuers an.

»Wie vor zehn Jahren am Schwarzen Meer, als ihr mit den Russen den Tiefenrekord am östlichen Steilufer wagen wolltet?«

»Das war damals etwas anders. Da haben die Komsomolzen und der sowjetische Taucherverband unserem Team irgendwelche Pfeifen untergejubelt, weil sie glaubten, wir wollten den Grund nach untergegangenen Kriegsschiffen absuchen. Die haben dann schlappgemacht und uns die Tour vermasselt.«

»Und habt ihr?«

»Was?«

»Na, die Wracks gesucht.«

»Später dann, als die Sowjets ausgestiegen sind und wir mit den Bootsleuten alleine unsere Tauchgänge bestimmen konnten, haben wir es versucht.«

Krekel war ein verschlagener Hund, wie ihn seine Freunde charakterisierten, draufgängerisch, bisweilen hinterhältig, blitzgescheit, aber ohne emotionale Regung. Er war auf sich und seine Sache fixiert, alles andere interessierte nur, soweit sie für ihn nützlich würde. Er hatte von der deutschen U-Bootaktion im Schwarzen Meer Wind bekommen, die Anfang der Vierzigerjahre quer durch das mit Deutschland befreundete Europa ablief.

Um die deutschen Truppen auf der Krim und am Dnjestr zu schützen und Rückzugsmöglichkeiten zu schaffen, wurden fünf oder sechs U-Boote der Baureihe U23 auf dem Landweg von Kiel nach Konstanza gebracht. Sie machten von dort aus – kriegstechnisch gesehen – recht erfolgreiche Ausflüge in das Schwarze Meer und versenkten eine große Zahl von Schiffen. Einige dieser Schiffe sollen mit Goldbarren beladen gewesen sein, mit denen die Sowjetunion in der neutralen Türkei Waffen kaufen wollten. Darauf schien es Krekel abgesehen zu haben. Er glaubte tatsächlich, als Schatzsucher erfolgreich zu sein, und ließ sich auf gewagte Manöver zur Wracksuche ein. Krekel machte alle glauben, den Meeresboden nach verwertbaren Minerallagern abzusuchen, die lohnend sein könnten für die geplanten Häfen und Regulierungsbauten am Auslauf des Dons.

Er musste wohl auch fündig geworden sein. Das jedenfalls behaupten einige seiner Tauchfreunde. Seine Schiffsfunde kartierte er penibel und verborgen vor den anderen. Jetzt, nach der Wende, trainierte er eine Gruppe junger Taucher, um für spezielle Arbeiten unter Wasser Erfahrungen zu sammeln. Er gründete eine kleine Firma und bekam viele Aufträge von der Bundeswehr, die insbesondere im Osten die maroden Hafenanlagen der NVA-Marine sanieren musste. Auch die Industrie und die Baubehörden nahmen seine Dienste in Anspruch. Seine Firma wuchs zu einem beachtlichen Unternehmen, das bald auch im Ausland engagiert war.

Krekel hängte seinen Hochschuljob an den Nagel und wurde Unternehmer. Er hielt regelmäßig Hof in einer kleinen, ausgebauten Schaltstation eines ehemaligen Wasserkraftwerkes. Die Turbine lieferte früher Strom für die nahe Gemeinde. Irgendwann gab sie ihren Geist auf, konnte nicht repariert werden und verfiel. Diese Anlage kaufte Krekel nach der Wende für eine symbolische

Mark und baute sie wieder zu einem funktionstüchtigen Generator auf. Das Haus mit der archaischen Elektrik benötigte man nicht mehr. Die Elektronik zur Steuerung brachte man in einem kleinen Schaltkasten, so groß wie ein Schuhkarton, unter. Der erzeugte Strom deckte den Eigenbedarf, wenn Familienfeste oder Partys mit Freunden anstanden.

»Ich werde meinen Strom irgendwann schon noch verkaufen«, orakelte er, und alle sahen ihn ungläubig an. Er hatte Weitblick. Zwanzig Jahre später verdiente er damit wirklich viel Geld.

Die Zusammenkünfte liefen unter dem Code *DT*, diving talk. Sie wurden ad hoc anberaumt, meist telefonisch. Krekel war für die Gruppe der Commander. Das gefiel ihm und polierte sein Ego auf. Als Junge hatte er mit alten Konservendosen kleine Bomben mit Unkraut-Ex und Karbid gebastelt. Dabei flog ihm eine Ladung ins Gesicht und hinterließ bleibende Schäden. Die Haut war an der rechten Wange wie bei einem Muttermal blaurot verfärbt. Wahrscheinlich war auch ein Nerv beeinträchtigt. Sein Gesicht war entstellt, und beim Sprechen gelangen ihm nicht alle Laute. Das ärgerte ihn, besonders, wenn er Strenge verbreiten wollte. Dann umgab ihn etwas Maskenhaftes, fast Diabolisches. Dann genügte wenig, um ihn auffahren zu lassen.

Beim *DT* ging es um alltägliche Dinge; gehobener Tratsch bei Bier und Bratwurst oder eben Berichte von Exkursionen und Wanderungen. Als die DDR sich langsam verabschiedete, beriet man die Entwicklung und entschied, nichts Spektakuläres zu unternehmen und abzuwarten. Bei allen stand zu viel auf dem Spiel. Sich mit der Kerze in der Hand an Demonstrationsumzügen zu beteiligen, war nicht ihre Sache. Man wollte die schützenden Büsche nicht zu früh verlassen.

Krekel berichtete ausführlich – ohne auszuschweifen – von seinen Tauchgängen in der Karibik. Über einige kubanische Doktoranden, die er von der Uni kannte, öffnete er die Türen zu den wichtigen Funktionären in Havanna. Das brauchte er, weil er sich aus den kubanischen Hoheitsgewässern auf einigen Touren recht nahe an die Küsten Floridas und vor die Nachbarinseln Kubas begeben musste. Er hatte sich wichtige Papiere besorgt, die seine Missionen unter Wasser betrafen und darauf gebaut, dass sich in Kuba keiner die Mühe einer Überprüfung machen würde. Außerdem gab es viele offizielle Stempel.

Das mit den Stempeln und Papieren hatte er sich von Rubmins Saufkumpel empfehlen lassen. Als Kommandeur an der für die Sowjets gefährlichsten Front zum Westen benötigte er manches Stück Papier, um die einfachen Dinge des Lebens überhaupt einigermaßen in den Griff zu bekommen. Auch Krekel entwickelte eine wahre Meisterschaft und kam damit gut in der notorischen Mangelwirtschaft zurecht. Zu Rubmin unterhielt er eine lockere Freundschaft, auch noch, als die Rote Armee Deutschland verlassen hatte.

Viele Offiziere wurden zu Hause beim Militär nicht mehr gebraucht. Sie wussten auch sonst nicht, wo sie hingehörten. Die Sowjetunion löste sich auf. Die ehemaligen Statthalter der KPdSU wurden die Chefs der neuen autonomen Nationalstaaten. Das russische Kernland war nun vom Ausland umgeben. Es kam zu lokalen Konflikten. Rubmin, der auf der Krim geboren worden war, bereute wie viele Russen, dass Chrustschow 1954[113] die Krim an die Ukraine verschenkt hatte.

Ein ehemaliger Kommandeur zog auf die Krim, um ein Import-Export-Geschäft zu gründen. »Die ferne Nähe zum Gravitationsmittelpunkt«, wie Rubmin das neue Agieren der Nationalstaaten zu Russland nannte, »könnte wirtschaftlich vorteilhaft werden«. Das hatte der Offizier mit sicherem Instinkt erkannt und seine Erfahrung in Deutschland, die er über das Fernsehen auch aus

[113] Am 19. Februar 1954 hatte Nikita Chrustschow, seit dem 13. September 1953 1. Sekretär des Zentralkomitees der KPdSU, selbst Ukrainer, mit einem Federstrich die Krim an die Ukraine übertragen. Dreihundert Jahre zuvor hatten sich die durch Polen bedrängten Krimtataren freiwillig unter die Schutzherrschaft Russlands gestellt.

dem Westen bekam, in seine Geschäftsidee eingebracht. Krekel, der in diesen Fragen einen siebenten Sinn hatte, hielt ihn an der langen Leine. Davon profitierten beide.

»Na, Thomas, was gibt's Neues im Lande? Du bist ja nun als Landtagsabgeordneter ein wichtiger Mann.« Krekel sagte das mit einem Ton, der Lob und Neid widerspiegelte. Zwicker kannte er aus gemeinsamer Assistentenzeit, ohne je enger mit ihm verbunden gewesen zu sein. Durch das Mandat wurde Zwicker wichtig, und er genoss es. Man hofierte ihn. Er hielt im Landtag Reden als Vorsitzender der Freidenker, rhetorisch geschliffen, angriffsbereit und verletzend. Er wurde als künftiger Minister gehandelt. Ob er glaubte, eine Professur zu bekommen, wurde nie geklärt. Er ließ Käutl, einem Laboranten aus dem Thüringer Wald, den Vortritt zum Minister, der es dann auch wurde, ohne dafür geeignet zu sein, wie Zwicker es sah. Aber das spielte keine Rolle.

Um die politische Vereinnahmung des Ostens nicht zu vordergründig werden zu lassen, wurde ganz pragmatisch in den neuen Ministerien mit einer Doppelspitze begonnen. Den Staatssekretären aus dem Westen wurden Minister aus dem Osten beigestellt. Professor Kluge wusste das von Kaminrunden beim Bundespräsidenten in Berlin und den Strategien, die dort entworfen wurden. Das sickerte dann nach unten und wurde in Ausschüssen und Arbeitsgruppen nach und nach über die verzweigten Netzwerke in die Landespolitik eingespeist. Dort hatten die Staatssekretäre de facto das Sagen. Viele wurden aus dem vorzeitigen Ruhestand geholt. Es waren im Guten wie im Bösen erfahrene Beamte. Käutls politischer Tandemfahrer war ehemals aus dem Amt entfernt worden, weil er für seinen damaligen Minister dienstlich gelogen hatte. Jetzt reaktiviert, baute er in Erfurt aus dem Nichts ein Ministerium auf und hatte sich nun mit vielen Haufen Schrott – wie Wollhaupt meinte – zu befassen. Die werthaltigen Dinge wurden schnell gefunden. Der Rest sollte möglichst geräuschlos verschwinden. Wer vor der Wende etwas geworden war, hatte sich arrangiert und war für die weitere Verwendung verbrannt. Diese Posten galt es, neu zu besetzen. Dass es die zweite und dritte Garnitur aus dem Westen werden würde, wog weniger schwer als ihre Aufgabe, nun die eigenen Erfahrungen im Osten zu klonen: *Do not change a running system.*

Die U-Boot-Partys wurden häufiger. Der Commander berief Zwicker zum Steuermann.

»Was macht eigentlich die Becker?«, fragte er Zwicker eines Abends unvermittelt.

»Wieso fragst du?«

»Nur so, ich denke, sie gehört auch zu den Bonzen, die man entsorgen müsste.«

Zwicker wurde hellhörig.

»Hat sie dir was getan?«

»Nein, nein, ich kenne sie eigentlich gar nicht richtig, aber deren selbstsicheres Auftreten stört mich.«

»Hat sie dir mal 'n Korb gegeben?«

»Die? Bestimmt nicht! Nein, ich habe keine Berührungspunkte mit ihr, ich finde einfach, sie nervt. «

»Sei ehrlich, du willst sie ohne Fett braten. Oder?«

»Ach, das mag kindisch sein, aber sie versprüht zu viel Selbstbewusstsein, mischt sich überall ein und dominiert. Solche Typen bleiben immer oben. Deswegen.«

Zwicker wechselte das Thema und fragte nach der Turbinenschaufel, die sich unlängst durch Schwimmgut verklemmt hatte und eine Havarie verursachte.

»Die ist wieder okay«, sagte Krekel und berichtete ausführlich von der Reparatur, die ihn zwei Urlaubstage gekostet hatte, sozialistische[114]. Irgendeinen Dreh fand er immer, um sich auf Hochschulkosten seine Hobbys zu ermöglichen. Aus speziellen Tauch-

[114] Durch "freundliche" Krankschreibungen einige freie Tage zu organisieren, war beliebt. Sie galten als "sozialistische" Urlaubstage.

erkundungen zur Schatzsuche wurden mit höchster Parteigenehmigung Tauchfahrten, um angeblich die Kriegsgefährdungen vom Meeresgrund zu holen. Das gelang zwar nicht immer, aber die Versuche, auf diese Weise den Weltfrieden zu erhalten, wurden schon mit einem gesellschaftlichen Auftrag belohnt. Die neue Freiheit deutete sich an, und Krekel witterte seine Chancen.

Der Senat beschloss eine Kommission, die die politische Integrität der Hochschulangehörigen prüfen sollte. Das war Teil der neuen Landesgesetze, die nach dem Einigungsvertrag einzurichten waren. Zwicker fragte Krekel, ob er den Vorsitz übernehmen wolle. Er könne das im Senat entsprechend vortragen und durchbringen. Es müsse einer von außen sein.

»Das bin ich ja nicht«, wandte Krekel ein.

»Bist du doch. Gehörst du noch zur Uni?«

»Nein, natürlich nicht, aber noch gehöre ich dazu, denn meine Kündigungsfrist läuft noch.«

»Na und? Wenn das greift, bist du selbstständig«, sagte Zwicker. »Wir brauchen dich, du kannst richtig dazwischenfahren und den Misthaufen lüften. Du kennst dich aus. Jeder andere wird uns die Tour vermasseln.«

»Welche Tour meinst du?«

»Na unsere, etwas von dem großen Kuchen abzubekommen, der nun verteilt wird.«

»Da willst du erst mal den Tisch abräumen, selbst Platz nehmen und dich dann bedienen lassen?«

»So direkt würde ich es nicht sagen, aber daran denken sollten wir schon«, sinnierte Zwicker.

»Nein, nein, Thomas, das will ich nicht. Ich habe auch keine Zeit, mich auf dieses Niveau zu begeben. Und wer soll dann diese Arbeit erledigen? Nehmt einen Beamten, die kennen sich mit den Gesetzen aus und haben immer Zeit.«

»Du meinst das nicht im Ernst. Im Osten hast du nur Genossen in der Verwaltung oder Blockflöten.«

»So wie dich«, stichelte Krekel.

»Und die Wessis haben keine Ahnung. Außerdem geht das schon nach dem Gesetz nicht. Es muss einer aus dem Osten sein.«

»Kann sein, aber ohne mich.« Krekel wandte sich unwirsch ab und blätterte in der Bedienungsanleitung der Wasserturbine. »Frag die Frau Winter, die ist pensioniert und hat einen juristischen Hintergrund«, knurrte Krekel.

»Und war auch Genossin«, höhnte Zwicker.

»Ja, sie ist aber eine Vernünftige. Die hat niemandem etwas zuleide getan. Du hast dich doch auch nicht geschämt, bei den DDR-Nationalen den Vortänzer gespielt zu haben«, revanchierte sich Krekel.

Zwicker hatte keine Lust, sich auf diesen alten, wunden Punkt einzulassen. Unter dem Vorwand, noch einmal in die Hochschule zu müssen, um ein paar Dinge für den nächsten Tag zu holen, verdrückte er sich. Krekel wollte ohnehin noch etwas am Kraftwerk erledigen. Er war nicht mehr gesprächig. Sie trennten sich wortlos.

Staatssekretär Senf stand unter Druck. Minister Käutl lag ihm schon seit Tagen in den Ohren, nun endlich etwas gegen dieses renitente Weib – das sagte er zwar nicht, dachte es aber – in Weimar zu unternehmen. Rektorin Becker sperrte sich gegen seine Konzepte, die für Weimar eine Beschneidung der Fächer und die Verschiebung des Profils in die künstlerische Richtung vorsahen. Frau Becker hatte entsprechende Beschlüsse vom Senat. Die wollte das Ministerium nicht akzeptieren. Es kam zu einem schwelenden Konflikt. Der Staatssekretär bekam auch Ärger von seinem Parteichef, Thomas Zwicker, der nun das Visier zum Kampf heruntergeklappt hatte. Senf war schon vor einigen Wochen informiert worden, dass Frau Becker nicht so sicher im Sattel sitzen würde, wie das vielleicht nach den Studentenunruhen anzunehmen wäre.

Volkmar Vuster wurde benannt, den man aufbauen könne. Der sei zwar nur Philosoph, aber auf die Technikgeschichte fixiert, und da bestehe ja keine Gefahr einer politischen Verstrickung. Im Übrigen sei er umgänglich, leicht zu führen und den Plänen des Ministers zugetan. Senf erinnerte sich an diese schon einmal durchgespielte Möglichkeit. Er wollte sich nicht wieder lächerlich machen, eigentlich mehr sein Minister, der wohl zum ersten Mal in eine solche Situation gekommen war. Er hatte sich bei den Ansprachen vor den Studenten, die ihn in Volksfeststimmung aus dem Konzept gebracht hatten, blamiert. Die anwesenden Boulevardblätter hatten Blut geleckt und ihn, den unfähigen Minister aus dem Osten, auseinandergenommen. Senf hatte alles auszubaden, denn das wusste Käutl schon, dass er ihm die Suppe eingebrockt hatte. In der nächsten Kabinettsitzung musste er sich bissige Kommentare anhören. Wenn schon nicht Minister Käutl, dann hätte doch der erfahrene Staatssekretär das Theater kommen sehen können. Gerade deswegen habe man ja die Konstellation gewählt: Ostminister ohne Politikerfahrung mit professioneller politischer Begleitung aus dem Westen.

Staatssekretär Senf nahm sich der Sache nun selbst an.

»Hallo, Kollegin Filzner-Lewe, hier ist Senf, können Sie bitte gleich zu mir kommen?« Irene Filzner-Lewe, kurz Flewe genannt, kannte er von seiner früheren Dienststelle. Man hatte sie in seinem alten Ministerium in NRW irgendwo auf einem KW-Posten eingegraben. Als im Osten Beamte gesucht wurden, griff sie zu. Ihre Kollegen spotteten ihr hinterher: Activity for Professionalism. Alle waren froh, sie loszuwerden.

»Guten Morgen, Herr Staatssekretär.« Sie war direkt in sein Zimmer getreten. Frau Rossbauer, der Zerberus im Vorzimmer, kam immer etwas später. Sie hätte ihr sonst den Weg verlegt. Beide Frauen verband eine tiefe Aversion. Zwei Furien prallten aufeinander, die sich nichts gönnten.

»Nehmen Sie bitte Platz, einen Kaffee gibt es so früh noch nicht, bitte entschuldigen Sie.« Irene Filzner-Lewe murmelte etwas wie, kein Problem, und wollte sich erwartungsvoll ihrem Staatssekretär gegenübersetzen. Die verschlissenen Sitzmöbel hatte man nach der Wende aus irgendeiner Gewerkschaftsschule eingesammelt. Beim Hineinsetzen versank man fast bis zum Boden. Alle Frauen im Haus wussten das. Sie vermieden kurze Röcke, wenn der Staatssekretär zum Gespräch lud. Flewe war unaufmerksam und erkannte die Gefahr zu spät. Es war ihm peinlich. Er sollte endlich neue Möbel anfordern. Eigentlich maß er solchen Dingen keine Bedeutung zu. Er wechselte den Platz.

»Sie haben doch gute Beziehungen nach Weimar?« Das klang unbeteiligt und so, als ob er mit ihr das Wetter des nächsten Tages erörtern wolle. Flewe versuchte, ihn auszuloten.

»In welcher Hinsicht, Herr Staatssekretär?«

»Um es kurz zu machen. Frau Becker in Weimar will nicht begreifen, dass wir die Hochschulpolitik machen und nicht sie oder wer auch immer im dortigen Senat.«

Wumm! Da war es heraus. Aha, daher weht der Wind, dachte Flewe und hatte sofort die Richtung der Attacke erkannt. Sie war in der Tat mit einem jungen Dachs in Weimar befreundet, der seine Intrigen im Hintergrund spann, aber unauffällig blieb. Bei den Studentenunruhen hatte er gute Informationen geliefert und die Akteure dem Ministerium gemeldet. Er schien sozusagen ein *IM* auf der anderen Seite zu sein. Seine Kommilitonen hatten das vermutet und ihn gemieden.

»Kann man nicht ein paar Informationen bekommen? Was wissen Sie über diesen Volkmar Vuster. Wäre der als Gegenkandidat zu Frau Becker aufzubauen? Hat der ein Hinterland und überhaupt, was ist das für ein Mensch?«

So soll das also laufen, dachte Irene Filzner-Lewe und war ein bisschen enttäuscht, in eine solche Sache hineingezogen zu werden, weil es ihr fast ähnlich ergangen wäre, wenn sie nicht den Sprung in das ostdeutsche Haifischbecken gewagt hätte. Sie freute sich aber auch, dass dieser arroganten Ziege, wie sie insgeheim über Professor Becker dachte, eins auf das Haupt gegeben werden sollte.

»Ich will es versuchen, Herr Staatssekretär, aber, ob ich etwas Brauchbares herausbekomme, kann ich jetzt nicht sagen.«

»Na, sehen Sie mal zu, was sich machen lässt. Ich würde mich freuen. Wir müssen endlich weiterkommen mit dem Aufbau der Hochschule. Können Sie mich in drei Tagen in dieser Sache wieder anrufen?«

»Ich versuche es.«

Irene Filzner-Lewe verabschiedete sich und ging. Frau Rossbauer war inzwischen eingetroffen und zuckte sichtlich erschrocken zusammen, als die Flewe aus der Tür ihres Chefs trat. Ein verlogen-freundliches Guten Morgen, und Irene Filzner-Lewe huschte an ihr vorbei. Fast wäre sie mit Thomas Zwicker zusammengeprallt, der offensichtlich auch eingenordet werden sollte, wie die Direktiven von Senf genannt wurden. Zwicker würde sich zwar nichts sagen lassen, aber wenn sich Senf auf solche Pläne einließ, dann griff er auf ganzer Front an.

Irene Filzner-Lewe fackelte nicht lange, um den Auftrag zu erledigen. Schon nach einem kurzen Anruf hatte sie Erfolg. Es schien ihr, dass man auf einen solchen Auftrag gewartet habe. Ihr Bekannter verstand und versprach zu helfen. Schon am nächsten Morgen kam ein Rückruf. Man verabredete sich zum Essen, auf halber Strecke, weit ab von Weimar und unverdächtig in einer Pizzeria.

»Naja«, druckste ihr Bekannter herum. »Was wollen Sie denn wissen? Für miese Dinge bin ich eigentlich nicht zu haben, aber die Kommunisten waren auch nicht zimperlich, ein bisschen mit deren Waffen zurückzuschlagen, ginge schon«, versuchte er sich zu entschuldigen. Und imponieren wollte er auch vor dieser Beamtin, vielleicht würde sich da die Tür zur Politik etwas öffnen. Er war ja schließlich auch ihr Parteifreund.

»Also, Volkmar Vuster gehört zu einer Gruppe, die zwar im Senat bisher alle Beschlüsse mitgetragen hat, aber schon aus eigenem Interesse die weiche Linie des Profils, also die philosophisch-künstlerische, vertritt. Es gäbe zu viele Techniker, die an ihren Gleichungen und Zahlen hingen und auch sonst manchmal recht einfach, um nicht schlicht zu sagen, denken würden. Und wenn man den Wissenschaftsrat richtig verstehe, dann sollten doch die künstlerischen Seiten mehr betont werden. Schließlich sei das doch auch eine Kostenfrage. Man habe sich lange genug mit diesen Stoffeln herumgeärgert.«

»Mit wem?«

»Mit den Stoffeln ... na, so werden hier die Baustoffleute allgemein genannt, die solche aufwendigen und langweiligen Forschungen betreiben und eigentlich nicht an eine Gestaltungshochschule, noch dazu in der Bauhaustradition, gehören.«

»Und welche Position nimmt Professor Becker ein?«

»Die kann nicht aus ihrer Haut. Natürlich möchte sie die Hochschule weiter technisch ausrichten. Sie sagt, warum sollten wir unser Konzept ändern, wenn es seit Jahrzehnten funktioniert hat? Und dann habe ja der Senat das alles abgesegnet.«

»Wie ist die Stimmung allgemein? Kann man Herrn Vuster kennenlernen? Ich würde mich mit ihm auch einmal zum Essen treffen, um Näheres zu erfahren. Wollen Sie dabei sein?.«

»Lieber nicht, das wäre nicht gut, für beide Seiten. Sprechen Sie mit ihm, und machen Sie sich selbst ein Bild.«

Irene Filzner-Lewe war zufrieden. Sie erstattete ihrem Staatssekretär sofort Bericht. Der gab grünes Licht für ein solches Treffen mit Vuster und bat um Diskretion. Schon eine Woche später meldete sie Vollzug. Vuster sei so, wie man ihn ihr geschildert hat, freundlich, in den Aussagen vage und fast genial anpassungsfähig, um jede Regung und Wendung aufzunehmen. Staatssekretär Senf erinnerte sich an einen ähnlichen Fall im alten Haus, wie er sein Ministerium in NRW nannte, dort genügten ein Wink an die Steuerfahndung und einige Halbwahrheiten, um die Sache zu regeln. Aber hier im Osten hatten sie kein Steuerproblem, jedenfalls keines, das die Finanzämter interessieren würde.

»Wir müssen die politische Schiene fahren und im schlimmsten Fall die *Stasi*-Karte ziehen, da finden wir mit Sicherheit etwas. Die sind alle verstrickt, so oder so. Wir ziehen die klaren Fälle vor die Klammer, und den Rest hungern wir aus. Prozesse werden Jahre dauern, dann hat sich die Angelegenheit auf natürliche Weise erledigt. Nur die Hartnäckigen halten durch, aber dann sind wir mit den Berufungen fertig. Schon aus formalen Gründen ist dann alles zu spät.«

Filzner-Lewe war ziemlich perplex. Der kennt sein Handwerk. Und sie hoffte, ihm niemals auf diese Weise vor die Flinte zu geraten. Er war ein wirklich gefährlicher Profi. Hinter seiner scheinbaren Jovialität saß ein eiskaltes, abgebrühtes Kalkül. Wenn jemand in diesem Haus mit allen Wassern gewaschen war, dann er, dachte sie.

Vuster wurde zu einem Gespräch mit dem Minister geladen. Staatssekretär Senf hatte alles bis ins Kleinste geplant und einen Vermerk für Käutl erarbeitet. Da stand natürlich nichts von Wachablösung und solchen konspirativen Dingen. Aber Vuster sollte die Gewissheit erlangen, dass er bei allem, was er tat, den höchsten Segen hatte. Und im Übrigen würde man dafür sorgen, ihn nicht zu beschädigen.

Käutl war gleich beim ersten Treffen sehr angetan. Endlich fühlte er nach den Niederlagen und öffentlichen Demütigungen so etwas wie Hoffnung und Verständnis, um aus diesem Loch der öffentlichen Schmähungen herauszukommen. Er gestattete, die Hunde von der Leine zu lassen, mochten sie das Wild jagen, aber man sollte ihn damit nicht belästigen. Wenn sie das Wildbret brächten und er nichts damit zu tun haben würde, wolle er es akzeptieren, mehr nicht. Nun müsse man auf Nummer sicher gehen.

Einige Tretmienen hatte Vuster auch. In seiner Promotion ging er sehr weit auf die marxistischen Grundlagen der philosophischen Auslegung seines Themas ein. Für Ostleser war das notwendiges Beiwerk, die gewünschte Briefmarke, um die Sache voranzubringen. Aber Senf bekam Sorgenfalten und sah Probleme auf Vuster zukommen, wenn er – wie andere auch – denunziert werden würde in den Nächten der langen Messer.

Er verfügte, die öffentlich zugängliche Doktorarbeit wegzusperren.

Halali

Karin, die treue Seele von der Baustelle, meldete sich eines Morgens. Beata Becker erkannte sie sofort am schaurigen Dialekt.

»Na, BB wie geht's dir?«, flötete sie in den Hörer.

»Du rufst doch hier nicht an, um mich das zu fragen«, fiel sie ihr unwirsch ins Wort, obwohl sie sich eigentlich über ihren Anruf nach fast drei Jahren freute.

»Natürlich nicht, oder vielleicht schon, wenn gute Freunde Hilfe brauchen«, entgegnete sie hartnäckig und unbeeindruckt von BBs Abfuhr.

»Wie meinst du das?«, fragte sie verunsichert.

»Gibt es keinen Pressefuzzi bei euch? Hat er dich nicht informiert heute Morgen?«

»Wovon, worüber, was?« Beata Becker war ungehalten. »In einer halben Stunde kommt die Hochschulleitung. Schieß los!« Sie musste sich auf die Dienstbesprechung vorbereiten und hatte keine Zeit für Plänkeleien. Es gab heikle Themen. Karin berichtete ihr, dass alle Zeitungen voll von bösen Artikeln über sie seien und sie sich schon am frühen Morgen über diese Kotzbrocken aufgeregt habe.

»Was schreiben die denn?«

»Na, den üblichen Mist, dass du als ehemalige Genossin an der Spitze einer solch renommierten Uni nichts mehr zu suchen hättest und so weiter. Denn ganzen Rotz eben, der jetzt überall hochkommt.«

BB kannte Karin lange und deshalb auch ihr untrügliches Gerechtigkeitsempfinden. Meist lag sie goldrichtig in ihrer Einschätzung. Beata ahnte, woher der Schuss kam. Sie wusste, wie Zwicker tickte. Die Tricks, wie man jemanden erledigt, hat er sich schnell von seinen Beratern abgeguckt: Den anonymen Anruf beim Finanzamt im Westen ersetzte nun im Osten ein vager *Stasi*-Verdacht oder einfach nur die Behauptung von Systemnähe.

Professor Becker ließ sich die Blätter vorlegen und informierte die Referenten. Strand sah das locker und nahm die Sache in die Hand. Den Autor kannte niemand. Man fand bald heraus, dass er zu den Jungrecken der Freiheitlichen gehörte, ein ehemaliger Soldat auf Zeit, Jürgen Berthold. Ein Kollege aus BBs Baustellenzeiten kannte ihn. Sie lagen bei der NVA auf dem gleichen Zimmer. Weil er alles und jeden anschwärzte, meist in politischen Dingen, nannten sie ihn den Zinker. Als Genosse, schon seit dem achtzehnten Lebensjahr und tausendprozentig auf der Linie, war er gefährlich, auch weil er durch Dummheit im elementaren Verständnis glänzte. Er sah seine Chance in der neuen Zeit, ohne seinen Charakter ändern zu müssen.

Strand schrieb ihm einen Brief, lud ihn zu einem Gespräch ein, damit er sich von den Dingen an der Hochschule ein eigenes Bild machen könne. Berthold lehnte mehrfach ab. Der Senat nahm alles zur Kenntnis aber nicht ernst. Er verabschiedete eine Erklärung, wies die unwahren Behauptungen zurück und sprach der Rektorin das Vertrauen aus, einstimmig, auch Zwicker.

Zwicker machte Fehler. Er vermischte Privates und seine Stellung als Abgeordneter. Als er auf dem Kopfbogen der Freiheitlichen für sich – in der dritten Person formuliert – eine Gehaltserhöhung beantragte und sein Ansinnen schon aus formalen Gründen abgelehnt wurde, kam es zum erklärten Krieg. Weitere Kommentare lehnte er ab, auch Verdächtigungen, dass er hinter der Sache stehen würde. Wer sonst? Berthold war intellektuell dazu nicht in der Lage. Brinkmann machte sich die Mühe und verglich einige Textpassagen. Die Diktion von Zwickers Briefen glich denen von Berthold.

Professor Becker hatte drei arbeitsintensive Monate erlebt mit dem Gefühl, frei agieren zu können, Demokratie zu erfahren und zu schätzen. Keine Parteileitung, die sie fragen oder einbeziehen musste, niemand, der aus welchen Gründen auch immer, ein Mitspracherecht hätte oder reklamieren könnte. Der Senat war geheim gewählt und legitimiert wie sie. Die Hochschulstruktur wurde nach den im Frühjahr festgelegten Kriterien verändert. Neue Fakultäten wurden gegründet. Das Profil erweiterte sich. Die Landesregierung war ohne großes Aufheben installiert worden. Viele der Minister gehörten den ehemaligen Blockparteien an und hatten westdeutsche Staatssekretäre. Die erkannten sehr schnell, dass sich schon aus finanziellen Zwängen heraus nicht alle Träume erfüllen ließen. Sie versuchten, westdeutsche Strukturen aufzubauen, schufen Fachhochschulen und konzentrierten sich auf die Universitätsleuchttürme. Einer wurde zunächst in Jena geschaffen. Alles andere hatte sich dem unterzuordnen.

Die Rektoren der Universitäten gerieten wegen der Alleingänge an den Hochschulen unter Druck, Neugründungen von Fakultäten sollten sie beseitigen. Es gab noch keine Gesetzesgrundlage. So war es auch in Weimar. Die Freiheit von Forschung und Lehre war zu euphorisch interpretiert worden, eine allgemeine Ernüchterung folgte. Die Rektorin wurde einbestellt und aufgefordert, die Hochschule auf wenige Fakultäten zu beschränken. Das kollidierte aber mit den Senatsbeschlüssen und würde das Erreichte vernichten. Die Kluft zwischen dem Visionären der Künstler und der Pragmatik der Techniker wurde sichtbar. Die Einheit aus Kunst und Technik, deren Verständnis so weit ausgelegt und oft deformiert wurde als Credo der Bauhausgründer, schien nun endgültig zu zerbrechen, bevor sie geschmiedet war. Dieser Riss war in der Geschichte der Hochschule seit ihrer Gründung nie geschlossen worden. Die Hochschule würde mit solchen Vorschlägen aus wirtschaftlichem Pragmatismus akademische Entwicklungspotenziale aufgeben und eine Kunsthochschule werden. Das Projekt einer Universität des Bauens sollte – wie Feininger es angestrebt hatte – den zentralen Bau mit gestalterischen, technischen, wirtschaftlichen und künstlerischen Qualitäten anreichern und eine moderne Baukultur im traditionellen Verständnis begründen.

Obwohl dafür nun durch die fünf im Senat beschlossenen Fakultäten eine gute Grundlage geschaffen worden war, wollte man solchen Plänen nicht zustimmen und hielt den Spatz in der Hand für nützlicher als hochfliegende Pläne. Würde man den Vorschlägen des Senats folgen, hätte das Alte gewonnen, und man würde, wie es Wollhaupt ausdrückte, Schrott verstetigen. Dem konnten viele zwar nicht zustimmen, schon nicht in eigenem Interesse, um nicht bei einem Schrotthandel beschäftigt gewesen zu sein, aber um das Feld freizubekommen, musste man den Weg der grundhaften Zerstörung gehen.

Alle Vermittlungen, die auch Professor Kluge versuchte, liefen ins Leere. Aus den unterschiedlichsten Gründen witterten zu viele Morgenluft. Professor Becker versuchte zu vermitteln und betonte das Handfeste. Es schien für die Zukunft der Hochschule ausbaufähiger und wirtschaftlich stabiler. Die allgemeinen Nöte der Unis im Westen, sich zu finanzieren, waren ihnen schon bekannt. Kluge schwärmte von Fraunhofer-Instituten. »Das ist Wissenschaft und Anerkennung für eine Uni. Show und Effekte gehören ins Varieté«, sagte er.

Der Senat nahm das Drängen des Ministers zur Kenntnis und suchte nach Auswegen. Jede Strategieüberlegung trug Zwicker sofort nach Erfurt. Die Hochschulleitung geriet zwischen alle Stühle. Einige Kollegen resignierten und wollten sich nicht in die Konfrontation mit der Regierung begeben, selbst dann nicht, als die akademische Abwertung zur Fachhochschule drohte.

Zwicker scharte eine Gruppe Ergebener um sich, die ihr eigenes Süppchen zu kochen versuchten. Aber diese Fachgebiete standen beim Ministerium auf der Abschussliste. Gerade dort aber wollte er eine Professur haben. Das machte die Sache in jeder Hinsicht kompliziert. Die Atmosphäre verhärtete sich.

In Erfurt bemühte sich eine Initiativgruppe, die schon zu DDR-Zeiten aktiv war, die alte Universität wieder zu beleben, nachdem 1816 die letzten etwa zwanzig Studenten entlassen worden waren. Zunächst hatte auch der Wissenschaftsrat eine Neugründung abgelehnt, weil Thüringen zu klein sei, um drei große Universitäten zu versorgen. Auch Käutl hatte aus ähnlichen Erwägungen keine Neigung, sich neue finanzielle Löcher in den Haushalt reißen zu lassen, die ohnehin durch den Hochschulbestand verursacht werden würden. Die Gründungsabsicht wurde einhellig, auch aus Sorge, den eigenen Etat beschnitten zu bekommen, von den Rektoren der übrigen Hochschulen abgelehnt. Käutl versprach, einer solchen Gründung zu widersprechen. Er wolle Fritz heißen, wenn es zu einer Universitätsgründung käme. Die vollzog das Kabinett wenige Tage später. Käutl änderte seinen Namen nicht.

Zwicker brauchte Erfolge. Die Becker müsse endlich weg. Seine Partei war durch seine Intrigen fast aufgerieben. Das Ministerium hatte inzwischen die Personalkommission bestimmt und Krekel zum Vorsitzenden gemacht. Krekel verfasste Rundschreiben, die zur Denunziation aufriefen. Ein Klima der Verdächtigung zog ein. Minister Käutl hielt sich aus allem heraus. Er würde vor einer solchen Kommission nicht bestehen. Zu lange war er selbst aktiv in der Nationalen Front als Blockpartei-Funktionär[115]. Und den Mitgliedern dieser Kommission hatte man eine Bürde auferlegt, die sie nicht tragen konnten, weil ihnen die professionellen Voraussetzungen fehlten. Jedes ordentliche Gericht befasste sich ausgiebig mit einem Sachverhalt, um dann fundiert zu urteilen. Hier jedoch führten Zufälliges, Subjektives und Persönliches zu fragwürdigen Entscheidungen. Senf wusste, was er tat. Für ihn ging es nicht um Persönliches, sondern um die Erfüllung von Bestimmungen, also um Objektives. Um den Bezug müsse man sich nicht kümmern. So dachten Beamte gemäß ihrem Eid. Das

[115] Als Blockparteien wurden in der DDR alle politischen Parteien außer der SED bezeichnet, die zum sogenannten Demokratischen Block unter Führung der SED zusammengefasst waren. Die jeweiligen Parteichefs waren gleichzeitig Stellvertretende Staatsratsvorsitzende.

wollten viele aus dem Osten nicht begreifen. Irgendjemanden zu bitten, vielleicht Eingaben zu formulieren oder eine Obrigkeit einzuschalten, prallte an dieser Mauer wirkungslos ab. Doch so objektiv, wie es schien, waren die Ereignisse eben nicht. Senf, den man wegen solcher Geschichten im Westen aus dem Amt entfernt hatte, wusste natürlich, wie man – ohne vordergründig gegen Recht und Gesetz zu verstoßen – die Dinge nach eigener Interessenlage drehen konnte.

Zwicker war nun das Machtzentrum, in der Hochschule und im Ministerium. Seine Umgebung fürchtete ihn, weil er in seiner Eitelkeit unberechenbar war. Er schien die Fäden der Zukunft in der Hand zu haben zu haben und konnte entscheiden, wo der Daumen nach oben oder nach unten zeigen sollte. Professor Kluge empfahl, konzilianter zu sein – um nicht von Opportunismus zu reden –, weil ja doch alles an sehr dünnen, seiden Fäden hängen würde. Das sei nötig, weil die Professoren um ihre Bestätigung bangten, der Mittelbau mit Sorge die ausgedünnte Personalstruktur an vergleichbaren westdeutschen Hochschulen verfolgte und die Mitarbeiter der Verwaltung Ausgliederungen von sozialen Dienstleistungsangeboten beargwöhnten, die sich in den Jahren an den Universitäten im Osten entwickelt hatten. Ihre Fragen waren deshalb berechtigt, ob westdeutsche Hochschulen eigene Ärzte, Kindergärtnerinnen, Wohnheime und Küchen hatten, Sportlehrer und Sprachabteilungen? Was könne man denn noch außer Russisch? »Das sind Fragen wie beim Radikalenerlass: Waren Sie schon einmal in der DDR? Was halten Sie vom Vietnamkrieg? Was verstehen Sie unter dem Begriff Imperialismus? Das glättet jeden Aufmüpfigen«, sagte Professor Kluge, »wenn er an Familie und Karriere denkt«.

Nur die Studenten hatten nichts zu verlieren. Sie brachen die allgemeine Erstarrung auf. Freie Studentenvertretungen entstanden. Sie übernahmen Verantwortung und trieben die Erstarrten vor sich her, zwangen sie, sich selbst und die Hochschule aus dem Dreck zu ziehen. Was sollte man mit einem Lehrkörper machen, der nicht mehr in der Lage war, sich neu zu organisieren?

Viele bereuten, zu lange gewartet zu haben, nicht dem rigorosen Druck, völlig neu zu beginnen, gefolgt zu sein. Zwicker versuchte, die Studentenschaft für sich zu vereinnahmen. Sie durchschaute ihn. Er bedrängte den Commander, nun endlich zu beginnen und möglichst gleich mit der Rektorin. Da müsse man Pflöcke einschlagen. Das geschah. Professor Becker hatte sich ohnehin als Erste gemeldet. Auf einem Schiff stand der Kapitän immer vorne, auch bei schlechtem Wetter, gerade dann.

»Wie war's?« Beata traf Brinkmann auf der Straße. Sie war vom Erlebten noch ganz benommen und wollte ihren Ärger irgendwo runterspülen.

»Offen gesagt, zum Kotzen, aber lass uns irgendwo ein Bier trinken.«

Sie fanden in der kleinen Kneipe hinter der Post einen ruhigen Tisch und genossen erst einmal das wohltemperierte *Ehringsdorfer*.

»Erzähl schon«, ließ ihr Brinkmann keine Ruhe.

»Na ja, das ging recht normal los, Krekel führte in die Befragung ein, hielt sich aber nicht lange dabei auf und ging sofort auf Konfrontation. Sie müsse sich als Genossin doch gefragt haben, dass ein solches Wahlfälschersystem nur Verbrecher gutheißen können und ob sie sich nicht schämen würde, mit Studenten auf einem öffentlichen Schweigemarsch durch die Stadt zu ziehen, um gegen das militärische Eingreifen des Westens zum Schutz unserer strategischen Erdölquellen zu demonstrieren«.

»Er spielte wohl auf den Golfkrieg an?«, warf Brinkmann ein.

»Genau und sagte tatsächlich *unsere* Ölquellen. Für einen Moment wollte ich ihm über den Mund fahren, welche davon uns gehören würden, ließ es aber. In solchen Fällen meldet sich immer mein EGON.«

»Dein was?«

»EGON ist meine innere Stimme, auf die ist Verlass.« Brinkmann sah sie zweifelnd an, schwieg aber.

»Also EGON warnte mich: BB, es wird ernst. Die Luft knisterte. Krekel redete sich in Rage. Es würden ich und meinesgleichen nur durch die Parteimitgliedschaft etwas geworden sein. Ich fürchtete, dass er vor Erregung kollabieren würde. Um Krekels Mundwinkel zuckte es, sein Gesicht bekam etwas Fratzenhaftes. Mir wurde klar, hier waren die Fronten gezogen. Dieser Mann würde nur Unfug anrichten.«

Brinkmann hatte gespannt zugehört, er sah die eigene Kommission damals mit den Studenten vor Augen, als es um das *Sputnik*-Verbot ging.

»Warum hat sich Minister Käutl auf ein solches Verfahren überhaupt eingelassen und nicht Juristen mit dieser Aufgabe betraut? Hier geht es doch nicht um Kinderkram, sondern um Entscheidungen, die in das weitere Leben eingreifen. Es sollten Menschenrechtsverletzungen und nicht politische Ansichten bewertet werden.«

»Hast du das schon gehört? Volker Vuster und Buchner haben die Seiten gewechselt. Man habe für sie Hausberufungen in Aussicht gestellt«, setzte Brinkmann fort. »Die großen Sprüche über Demokratie und Transparenz werden verrauschen. Pass auf, nur Waginius, der Schöngeist aus der nüchternen Umgebung von Spannbetonkonstruktionen, wird bestimmt leer ausgehen.«

»Krekel wird einen Scherbenhaufen hinterlassen und sich wieder davonmachen. Hatte Senf den auch instrumentalisiert?«

»Wie ging es dann weiter?«

»EGON war besorgt: Was hast du dem getan? Keine Ahnung, hab ich ihm geantwortet, darauf EGON: Der reagiert chaotisch, dem ist das Betriebssystem abgestürzt. Ab diesem Zeitpunkt hatte ich mich beruhigt. Mir war klar, für mich gab es nichts mehr zu verlieren.«

»Ich bewundere dich, ich hätte mich nicht wieder gefangen«.

»Als der Raum in vergifteter Peinlichkeit erstickte, riet mir EGON abzuhauen. Ich bin einfach gegangen. Sollen sie mich doch rausschmeißen. Ich muss mir nicht mein Geld an einer vermieften Hochschule verdienen, das kann ich draußen besser als die, die nie ein Haus gebaut, aber trefflich darüber reden können. Zum ersten Mal ist mir dann auf dem Flur dieser penetrante Gestank der frisch gebohnerten Fußböden aufgefallen. Glaub mir, ich fühlte mich schmutzig und angewidert. Kollegen, ehemalige Kommilitonen, jahrelange Freunde, vermeintliche, haben mich geköpft, warum? Es mag kindisch sein, aber auf EGON kann ich mich verlassen. Was hast du eigentlich gedacht?, fragte der. Das läuft immer so ab. Wenn sich Katastrophen ereignen, denkt jeder an sich. Helden gibt es nur in Romanen.«

»Mein lieber Schwan«, sagte Brinkmann mit sichtbarem Respekt, »so einen EGON brauchte ich auch ab und zu, aber nur wenn ich mich zu Hause streite.«

Staatssekretär Senf hatte sich in mehreren Gesprächen bemüht, Professor Becker eine Brücke zu bauen, wegen der Struktur, die sie sich in Weimar ausgedacht habe, auch wenn es Kommissionen aus gestandenen Hochschullehrern und Wissenschaftlern waren. Das mochte schon sein, aber letzten Endes mussten die Steuerzahler die Rechnung begleichen.

Die der Politik nahe waren, wie Zwicker, haben sehr schnell begriffen, aus welcher Richtung der Wind wehen würde. Bei Zwicker kam hinzu, dass er den alten Polithasen ein bisschen Dampf unter dem Kessel machen und sich auch bei den eigenen Kollegen profilieren wollte. Und außerdem sollte Beata Becker möglichst unbemerkt ein Bein gestellt werden, wie Krekel das wollte. Wichtiger allerdings war, dass Zwicker weder bei Senf noch bei Käutl zwischen die politischen Stühle geraten durfte. Deshalb spann er ein feines Netzwerk aus Herrschaftswissen, Halbwahrheiten, Verdrehungen und Lügen, mit dem er sowohl die eigenen Kollegen als auch seine politischen Freunde überzog.

Aber die Rektorin war stur. Vuster und Buchner drängten auf Mehrheitsbeschlüsse im Senat. Sie vertrauten der demokratischen Kraft der neuen Hochschule, der sich dann auch das Ministerium beugen müsse. Da war noch ein Rest von *Wir sind das Volk*. Aber sie merkten bald, dass das in einen Konflikt mit der Regierung führen würde, und versuchten, da sie sich nicht offen gegen ihr eigenes Konzept stellen konnten, Signale nach Erfurt zu senden, um die Lage zu drehen, so, wie man es dort wünschte. Deshalb ließen sie Beata Becker hängen. Und so lange es keine veränderte Beschlusslage im Senat geben würde, hatte sie sich daran zu halten, alles andere wäre ein Rückfall in autoritäre Vergangenheit.

Wie eine Monstranz wurde die Freiheit von Forschung und Lehre, das Humboldtsche Leitbild, überall vorangetragen und nun auch an den Universitäten im Osten entdeckt, manchmal auch als Druckmittel eingesetzt. Doch beim Geld gab es Grenzen, an die Humboldt in dieser Härte wohl nicht gedacht hatte. Senf wusste, was auf seinen Haushalt zukommen würde, wenn er nicht im Stadium nascendi teuren Wildwuchs beseitigen würde. Er war clever genug, sich nicht offen einzumischen, aber die kleinen Dinge, die es überall zwischen Kollegen gab, für sich und seine Strategie auszunützen, ohne sich festzulegen und vage Versprechungen zu machen.

Die Drecksarbeit blieb immer bei ihm, da hatte er sich in den vielen Jahren zum Profi entwickelt. 1968 war er bei den Auseinandersetzungen mit den Studenten noch unerfahren und hatte einiges auf die Nase bekommen, weil er nicht bereit war, den Muff aus den alten Talaren der Universitäten zu blasen. Später war er zu weit gegangen. Das war aufgeflogen. Man hatte ihn gemaßregelt, aber dann für den Osten wieder zurückgeholt als Allzweckwaffe, alles zu entfernen, was nicht ins Konzept passen würde. Es war ja seine Idee, nun endlich die Hauptfigur zu köpfen.

Jagd

Senf musste mit dem Aufbau des Ministeriums weiterkommen. Von Käutl konnte er dabei keine Unterstützung erwarten. Dessen Seilschaften waren suspekt. Man musste bei ihm auch mit versteckten Blindgängern rechnen. Wenn sie hochgingen, wäre es zu spät. Dann hätte er wieder ein Problem. Und fast wäre es so gekommen. Als der *Spiegel* in den alten Akten wühlte und die ganzen „Ostzonengeschichten" genüsslich ausbreitete, gab es peinliche Bilder. Minister Käutl mit SED-Parteichef Neumann zum 30. Jahrestag der DDR auf der Titelseite, brüderlich mit der führenden Partei vereint und Käutl als Chef seiner Partei im Bezirkstag mit Wahlaufrufen an die Bürger, die Kandidaten der Nationalen Front zu wählen. Später fand man heraus, dass er für die *Stasi* geforscht haben soll. Käutl wurde in der Presse zitiert, dass die chinesische Panzeraktion in der Nacht vom 3. zum 4. Juni 1989 auf dem *Platz des Himmlischen Friedens* in Peking auch eine Lösung für die DDR sein könnte.

Professor Becker hatte die öffentliche Auseinandersetzung gar nicht mitbekommen. Sie war für vierzehn Tage einfach nicht erreichbar. Sie ließ sich das später über ihren internen Pressedienst berichten. Ihr Referent Strand hatte die Artikel gesammelt und sich ziemlich unverhohlen gefreut, dass sie den Minister vom hohen Ross geholt hatten. Staatssekretär Senf musste sein ganzes Abwehrarsenal bemühen, um alles als Revanche abzutun. Er hatte da schon schwierigere Fälle überstanden, als in den Zeiten des Kalten Krieges in seinem Haus alte Nazis entdeckt und rhetorisch reingewaschen werden mussten. Das hier war einfacher. Antikommunistische Propaganda war besser zu verkaufen, als nationalistische Ausrutscher rügen zu müssen. Aber wegen solcher Geschichten vertrödelte Senf wertvolle Arbeitszeit. Und an den Wochenenden nach Hause zu Frau und Kindern wollte er auch. Der nach außen ruhige väterliche – viele sagten gutmütige – Eindruck täuschte. Seine Augen waren Stichwaffen, schwarz wie zwei Anthrazitstücke und unergründlich. Lange hielt man den Blick nicht aus.

Staatssekretär Senf wollte nun alles schnell hinter sich bringen und schrieb eine kurze Presseerklärung, die Käutl abzeichnete und zwei Stunden später über alle Rundfunksender verbreitet wurde. Er rechnete mit etwas Aufregung. Er würde eine einstweilige Verfügung erwirken und das Problem Becker dann kalt entsorgen.

Professor Becker war wie immer spät nach Hause gekommen. Sie war zornig und niedergeschlagen in einem. Was ist dieses Gefasel von Demokratie und Fairness wert, wenn es noch nicht einmal die Zeit zum Trocknen der Tinte übersteht? Sie ärgerte sich über ihre Naivität.

Du warst nicht nur naiv, sondern auch weltfremd, meine Liebe, stänkerte EGON. Und glaubst du wirklich als eine Vertreterin dieses Systems, dem Demokratie und Fairness keinen Schuss Pulver – na, manchmal schon – wert war, besser behandelt zu werden? Die haben dich für die Schlachtung ausgesucht, um dann selbst Ruhe zu haben, so einfach ist das.

Sie hätte dem Drängen der engsten Kollegen nicht nachgeben sollen weiterzumachen. Es wäre besser gewesen zurückzutreten. Diese Gefühlsduselei um Hochschulräson und Heldentum war sinnlos, und sie hatte es gewusst; das wurmte sie. Möge werden, was will, aber das wurde es nun nicht, denn sie hing in den Seilen und kam nicht los. Wäre doch ein westdeutscher Kommissar einstweilen als Hochschulleitung eingesetzt worden, wie Senf gedroht hatte. Dann hätten alle ein Problem, weil die Karten wirklich neu gemischt worden wären. Senf hat bestimmt einen ganzen Sack von Kandidaten. Ausgemusterte Bundeswehroffiziere wurden auch im Westen Hochschulpräsidenten, weil sie perfekt organisieren konnten. Dazu brauchte man keinen wissenschaftlichen Hintergrund. So wollten das die Achtundsechziger. Aber die damaligen Revolutionäre waren zwanzig Jahre älter und hatten sich im

Establishment des bürgerlichen Wohlstandes eingerichtet. Doch ihre Träume von damals hatten sie nicht vergessen, und sie schickten sich an, im Osten einen neuen Versuch zu wagen.

Beata wollte genüsslich baden, ein gutes Glas Wein dabei trinken und warten, bis sich das wohlige Gefühl einstellte, das den Pfad wieder breiter und begehbarer machte und die Wolken am Himmel verschob. Als sie sich auszog, klingelte das Telefon.

Lass es klingeln, riet EGON. Die Neugier überwog.

»BB, was ist passiert?« Karin plapperte gleich los.

»Hörst du kein Radio?«

»Nein, was willst du?«

»Die haben dich rausgeschmissen.«

»Wer?«

»Na, deine Hochschule.«

»Bist du betrunken?«

»Nein, nein, BB, stocknüchtern. Eben haben die das im Radio gesagt. Der Minister Käutl habe deine persönliche Eignung als Hochschullehrerin von einer Kommission überprüfen lassen. Das Ergebnis sei negativ, und ,deshalb hat er dich leider vom Dienst als Rektorin entbinden müssen ... BB, bist du noch da?«

»Ja, Karin, das habe ich nicht erwartet, aber nach dem Theater auch nicht ausgeschlossen. Danke, dass du angerufen hast. Das muss ich erst einmal verdauen. Ich will gerade in die Wanne steigen.»

»Na, dann erhol dich. Ich drück ich, arme BB.«

»Danke, Karin, Gute Nacht.«

Sie legte auf und fiel auf einen Stuhl. Halb ausgezogen, mit einem Glas Wein in der linken Hand, ein jämmerlicher Anblick.

Du wirst zum Clochard, meine Liebe, hetzte EGON.

»Das passt«, sagte sie laut, wie um sich zu hören und eine Bestätigung zu finden, dass alles wahr war. Sie nahm einen langen Schluck. Der Wein entfaltete sofort seine Wirkung. Es klingelte erneut. Es war Erika. Beata fiel ihr gleich ins Wort.

»Ich hab's gehört. Und nun? Hast du eine Idee?«

»Wir müssen eine außerordentliche Senatssitzung einberufen. Solange wir nichts Schriftliches vom Ministerium haben, nehmen wir das nicht zur Kenntnis. Behalte die Ruhe. Ich rufe Professor Sellhorn an, mal sehen, ob der eine bessere Idee hat. Leg dich hin und zieh den Stecker, sonst ruft jeder Arsch bei dir an.«

Sie hatte unruhig geschlafen. Am nächsten Tag quälte sie sich wie breitgewalzt aus dem Bett. Tiefe Augenringe, hohlwangig und bleich.

Beste Voraussetzungen einen Tagessieg zu erringen, meine Liebe. EGON wäre für solche Bemerkungen manchmal schon längst in der Pfanne gelandet, wenn sie ihn denn fassen könnte.

In der Hochschule herrschten Hektik und Ratlosigkeit. Das Ministerium rief an und bestellte die Rektorin ein. Zwei Stunden später empfahl ihr Senf mit entwaffnender Freundlichkeit, einen Aufhebungsvertrag zu unterschreiben. »Das erspart Ihnen viel Ärger. Die Kommission hat votiert. Ich kann da leider nicht anders.«

Hau ihm eins in die Fresse, aber unterschreib nicht. EGON war hellwach.

Das mit der Fresse ließ sie und ging wortlos. Kurz vor Mittag war sie wieder im Büro. Das Ministerium hatte per Boten die einstweilige Verfügung überbracht und ihr ein Hausverbot erteilt. Das musste sie sich erst erklären lassen. Sie verließ das Büro und ging nach Hause. Ihr Umfeld hatte sich plötzlich verändert. Zwicker lief ihr über den Weg, fast hätte er sie vor Liebenswürdigkeit geküsst, diese Ratte. Einige Kollegen zogen die Köpfe ein oder wechselten die Straßenseite. Nur keine öffentlichen Kontakte. Die eigene Befragung vor der Inquisition stand noch bevor.

Beata Becker fühlte sich ausgebrannt, weggeworfen wie eine leere Tüte. Ihr Körper funktionierte mechanisch. Die emotionalen Sensoren waren abgeschaltet. Sie schaffte es zu Hause gerade noch, das Telefon abzunehmen, das wahrscheinlich schon länger geklingelt hatte.

»Hallo BB, was ist los? Ich habe alles in der *FAZ* gelesen. Brauchst du Hilfe?« Uli Kluge war aufgekratzt und gut gelaunt. Seine Fröhlichkeit am Telefon passte nicht zu ihrer Gemütslage. Er fing gleich mit ähnlichen Geschichten aus dem Kollegenkreis an, die sich mit ihren Ministerien gestritten hatten, und sah die Sache aus einem völlig anderen Blickwinkel. Seine Sorge war ehrlich gemeint, aber im Moment wusste sie nicht wie. Sein Anruf tat ihr gut in der allgemeinen Sprachlosigkeit.

»BB, kann ich dir helfen?«

»Eigentlich schon, aber ich bin etwas ratlos, wie man sich in solchen Dingen verhält.«

»Na klagen, was das Zeug hält. Hast du eine Rechtsschutzversicherung?«

»Ja, ich glaube so was Ähnliches. Das muss ich mir erst einmal ansehen.«

»Setz dich in den Zug und komm ein paar Tage rüber. Wir fahren in mein Ferienhaus in den Taunus. Da können wir alles besprechen. Ich nehme mir ein paar Tage frei, weil ich ein Gutachten für einen meiner Doktoranden schreiben muss. Bring alles mit, dann gehen wir zu meinem Anwalt. Das ist ein Fuchs im Hochschulrecht. Kopf hoch, Beata, das schaffen wir schon. Eins musst du mir allerdings auf Ehre und Gewissen sagen, hattest du irgendetwas mit der *Stasi* zu tun? Dann sage es bitte jetzt, sonst komme ich in Teufels Küche, wenn die dich enttarnen.«

»Nein, Uli, auf Ehre und Gewissen; ich verspreche es, nicht so, wie euer Barschel[116] gelogen hat.«

---

[116] Uwe Barschel, ehemaliger Ministerpräsident von Schleswig-Holstein hatte in der sogenannten Barschel-Pfeiffer-Affäre im Landtagswahlkampf 1987 nach Verleumdungen gegen den damaligen SPD-Gegenkandidaten Björn Engholm in einem Ehrenwort und einer eidesstattlichen Versicherung jegliches Wissen darüber zurückgewiesen. Dies erwies sich als falsch und führte zu seinem Rücktritt. Neun Tage später wurde er in einem Genfer Hotel tot aufgefunden.

»Gut, wann kannst du kommen?«

»Das muss ich erst mal überdenken. Ich ruf dich an oder schicke ein Telegramm, weil das mit dem Telefonieren immer noch nicht klappt. Ich habe ja Hausverbot und muss erst sehen, wie ich die neue Situation meistere.«

»Schön, dann bin ich gespannt. Mach's gut, BB.«

Sie suchte nach den Versicherungsunterlagen. Das Telefon klingelte wieder. Es war Alexander Hirsch, der Studentensprecher, einer der jungen Leute, die sich mit Professor Becker an der Hochschule um Reformen gekümmert hatten.

»Guten Tag, Frau Becker, schön, dass ich Sie gleich an der Strippe habe. Wir sind mit dem, was da vom Ministerium veranstaltet wird, nicht einverstanden. Die können nicht – wie früher die DDR-Bonzen – in die Hochschulautonomie eindringen und nach Gutdünken machen, was sie wollen. Wir sind gerade dabei, einen großen Studentenprotest zu organisieren. Donnerstag geht es los, da sind dann alle wieder in Weimar nach dem verlängerten Wochenende. Das haben die gut ausgesucht, mit der Absetzung. Aber die werden sich wundern. Bleiben Sie ganz ruhig, wir machen das schon. Die scheinen nicht bei Trost zu sein. Das wollte ich Ihnen schnell sagen.«

»Danke, Alexander, bitte macht keinen Blödsinn, das macht alles schlimmer, für euch und für mich. Ich fahre ein paar Tage nach Darmstadt, um mit einem Freund und dessen Anwalt die ganze Sache zu besprechen. Ich komme Freitag wieder. Ich bin bis dahin nicht erreichbar.«

»Das ist auch nicht nötig. Ich wollte nur wissen, wie es Ihnen geht. Wir kämpfen ja nicht für Sie, sondern für die Hochschule, wenn diese Auslegung Ihr Gewissen beruhigt, Frau Becker.«

»Jungs, danke, passt auf euch auf.«

Beata Becker floh aus Weimar. Ihr Telefon wurde von allen möglichen Journalisten belagert. Sie fuhr zu Professor Kluge in den Taunus. Veronika, Kluges Frau-Freundin seit mehr als zwanzig

Jahren, nahm sie wie eine gute Freundin auf. Aber Beata wollte kein Mitleid, sondern nur etwas ausspannen und versuchte sich abzulenken.

In den wenigen Tage im Taunus erholte sich Beata. Sie hatte ihr seelisches Gleichgewicht wieder. Die Rückfahrt nach Weimar genoss sie.

Wie schön sind doch Thüringen und Hessen, empfand sie, als die Landschaft vorüberzog. Sie wollte die alte Grenze diesmal ganz bewusst wahrnehmen. Aber der herrliche Anblick der Wartburg in der Abendsonne lenkte sie ab, und dann rauschte der Zug am Grenzstreifen und den Resten der Befestigung vorbei, Bruchteile von Sekunden, die vor zwei Jahren wie Unendlichkeiten waren.

Auch eine Art von Relativitätstheorie, dachte sie, Zeit und Raum sind relativ, besonders aber Politik. Sie wuselte mit ihren Gedanken durch irrationale Räume. Wo ist hier das Relative in Zeit und Raum? Ich bin es, stellte sie fest. Du nimmst dich zu wichtig. Was bedeutet es in diesen Maßstäben, aus einem Job zu fliegen? Nichts. Es interessiert keinen und hat auch keinen zu interessieren, weil es in dieser Welt wichtigere Dinge gibt. Denk an die Armen und Elenden im tiefen Afrika oder Asien, die vor deinen Augen verhungert und gestorben sind. Dann war es dir auch nicht mehr wichtig, ob du Bananen bekommen hast und ob deine Schuhe eine bestimmte Farbe hätten haben sollen. Und jetzt ärgerst du dich, wenn du nicht das Wunschauto sofort mitnehmen kannst. Beim *VEB-IFA-Vertrieb* dauerte es zum Schluss siebzehn Jahre. Mit einem Monatsgehalt hättest du die Frist beim Verkäufer halbieren können, da warst du aber zu geizig. Also, BB, halte den Ball flach und sei zufrieden, hielt sie Zwiesprache mit EGON.

Als sie in Weimar ausstieg, war sie zufrieden. Die Stadt unter ihr lag im weichen Abendlicht. Die Dunstglocke aus Abgasen und Braunkohlenrauch von einst war weg. Sie war in ihrer Stadt, ihrem geliebten, vermieften Weimar, das man in wenigen Minuten durchwandern konnte und überall die grünen Ränder der Stadt sah, mit den Häusern im Kleinformat, an denen die Großen vorbeigegangen sein könnten. Hier würde sie nicht weggehen, jetzt nicht mehr, wo sie nun in alle Welt fahren könnte.

Ihr Briefkasten zu Hause quoll über, auch das ist Relativität: jetzt Papier im Überfluss für jeden Mist, der gedruckt wird, in Farbe und vor zwei Jahren der Kampf um jedes Blatt Papier, um die Diplom- oder Doktorarbeiten schreiben zu können.

Den Brief aus Erfurt legte sie zur Seite. Sie wusste, was sie lesen würde. Ihre gute Stimmung wollte sie sich nicht zerstören lassen. Sie hörte ihren Anrufbeantworter ab, den ihr Kluge geschenkt hatte. Alle möglichen Leute haben sich mit Beileidsbekundungen gemeldet. Das tat gut, half aber nicht. Ein paar Journalisten wollten Interviewtermine, auch der *Spiegel*-Repräsentant aus Erfurt.

Na gut, abwarten. Dann rief Alexander an, im Hintergrund war Lärm.

»Wo sind Sie, Alexander?«, fragte sie.

»In Erfurt vor dem Ministerium, wir haben den Laden dichtgemacht. Die Beamten sind unsere Geiseln.« Sie erschrak.

»Was habt ihr gemacht?«

»Wir besetzen das Ministerium und das so lange, bis man uns die Gründe sagt, weshalb man Sie entlassen hat. Rund um die Uhr, mit Lagerfeuer und Versorgungsdienst. Geht's Ihnen gut?«

»Danke, Alexander, ich war in Darmstadt bei einem Freund und dessen Rechtsanwalt. Der will mich vertreten. Ich habe keine Ahnung, wie das geht, aber nun sind die Wessis auch einmal zu etwas nütze. Bitte unterlasst alles, was die Sache noch komplizierter macht. Ich komme schon durch. Ich suche mir etwas im Ausland. Ich habe keine Verpflichtungen. Jetzt sind wir ja frei, das ist die Hauptsache.«

»Ja, ja, das stimmt schon, aber Demokratie ist wichtiger. Es geht nicht um Sie, sondern um die Sache, na, auch um eine akademische Reform. Das westdeutsche Hochschulwesen ist auch nicht das Gelbe vom Ei. Aber das führt zu weit. Sie sollten mal rüberkommen, nein lieber nicht, aber die Stimmung ist toll. So, das in aller Kürze, tschüs.«

Im Hintergrund war Stimmengewirr, irgendjemand musste etwas gesagt haben, dann lachten einige, Alexander legte auf. Beata Becker holte sich etwas zu essen aus dem Kühlschrank und legte sich auf ihre Ottomane, die sie sich vor wenigen Tagen angeschafft hatte. Die Zeitungen waren immer noch mit dem Fall – ihrem Fall – befasst. Sie überflog die Artikel, wollte alles später lesen und jetzt nur sammeln. Der Brief fiel heraus. Den hatte sie vergessen. Das wäre fatal, denn der Minister bestellte sie für Montag ein, zu einer Aussprache. Von nun an war ihr Darmstädter Anwalt nach außen ihre Vertretung. Der meldete sich formal im Ministerium, um seine Mandatsvollmacht mitzuteilen. Damit ging nun alle Post dorthin. Das war gut. So brauchte sie sich erst Tage später aufzuregen, wenn sie die Beleidigungen, schlimme Schmähschriften, meist schon anwaltlich kommentiert, erreichten.

Professor Becker benötigte nun zu Hause eine Büroausrüstung. Ihre Reiseschreibmaschine würde ihr nicht weiterhelfen, sich vielleicht auch weigern, derlei Pamphlete zu schreiben, die beantwortet und kommentiert werden mussten oder zurückzuweisen waren. Auch ein Faxgerät brauchte sie. Der Postweg war zu teuer und zu langsam für den Austausch des vielen Papiers. Kluge half fürs Erste mit abgelegten Geräten.

Professor Beckers Zeit war nun bestimmt vom Rhythmus anwaltlicher Schriftsätze und deren Erwiderungsfristen. Sie lernte, Sachverhalte, auch wenn sie noch so unverschämt und falsch waren, ohne Polemik zu beantworten. Dies bestimmte ihren Alltag für die nächsten zwei Jahre.

Zum Termin mit dem Minister reiste ihr Anwalt, Dr. Kaufmann, per Bahn an. Professor Becker holte ihn am Bahnhof ab, um sich mit ihm abzustimmen. Er schärfte ihr ein, bestimmte Formulierungen nicht zu verwenden, wenn sie zu den Studenten einige Worte sprechen werde. Er hatte bei der Besetzung zur Startbahn West, als der Flughafen in Frankfurt ausgebaut werden sollte, einen Mandanten, der bei einer solchen Gelegenheit in einer Rede eine an sich unbedeutende Formulierung wählte, die die Gegenseite zum Aufruf einer Demonstration wertete und ihn fristlos feuerte. Der Mann war im Öffentlichen Dienst. Er hatte keine Chance.

Als sie vor dem Ministerium vorfuhren, blockierten etwa zweihundert Studenten alle Eingänge und Zufahrten des Hauses. Sie klatschten Beifall. Professor Becker lief durch ein Spalier, viele drückten ihr die Hand, wünschten alles Gute, und sie solle stark sein. BB bekam eine Gänsehaut. EGON saß ihr im Nacken, aber er sagte nichts. Im kleinen Vorraum des Hauses mussten sie warten. Die Wache meldete sie im Ministerbüro an.

Die Zwischentür zum Treppenhaus wurde geöffnet. Sie erschrak, sah sich in dem engen Vorraum einer grauen Masse gegenüber. Auf den Treppenaufgängen und Nebenfluren standen dicht gedrängt Polizisten in Kampfmontur. Irgendjemand schrie: »Achtung!«

Die Männer rissen ihre Helme vom Gürtel, machten sich kampfbereit. EGON höhnte: Soll heißen VERACHTUNG.

Käutl war doch verrückt!, dachte Beata Becker.

Senf hatte das Einsatzkommando der Landespolizei angefordert, um sich vor der kleinen schmächtigen Frau und dem zerbrechlichen Anwalt zu schützen. Imponiergehabe und Rückfall in das Räuber- und Gendarmenspiel, mehr nicht. Oben wartete nicht Käutl, sondern Senf, der den Minister wegen dringender anderer Termine entschuldigte. Das macht man so, wenn man sich drücken will. Für einen Moment schien Senf etwas irritiert zu sein. Dr. Kaufmann klärte sie später auf. Er kannte Senf aus früherer gemeinsamer Tätigkeit im Ministerium in Düsseldorf, und er wusste natürlich von dessen Maßregelung wegen einiger krummer Sachen.

»Also, Frau Becker«, begann Senf, »Ihre Lage wird durch die von Ihnen angezettelten Studentenkrawalle nicht besser. Wir werden Sie haftbar machen für die Schäden. Eine Frau hat sich beim Versuch, zum Dienst zu kommen, ein Bein gebrochen.«

Kaufmann unterbrach ihn höflich, er möge keine Beschuldigungen aussprechen, die nicht zuträfen. Frau Becker hat zu keinem Zeitpunkt irgendwelche Studentendemonstrationen veranlasst. Das könne sie gar nicht. Er habe ihr ja selbst Hausverbot erteilt, und im Übrigen stehe es den Studenten frei, ihre Meinung zu äußern. Das gelte ja wohl jetzt auch für Thüringen. Senf ärgerte sich und erwiderte kühl, er wolle nur Hinweise geben. Alles andere würde dann sowieso in einem Strafverfahren aufzuklären sein.

»Themenwechsel, Frau Becker: Wer ist Leutnant Oberwasser?«

»Wer soll das sein, und woher soll ich den kennen.«

»Na, ich wollte nur diese Frage an Sie richten.« Professor Becker war irritiert. Sie wusste, Senf war immer für eine Schweinerei gut, auch wenn er sie jovial verpackt hatte. Da entsprach er dem Vorurteil über Beamten aus dem Westen: von allen Hunden gehetzt und mit allen Wassern gewaschen.

Senf und Kaufmann besprachen die weiteren Schritte. Beata Becker kannte sich in dieser Begriffswelt nicht aus. Als sie gingen, waren die Polizisten verschwunden. Der Pressesprecher kreuzte ihren Weg, scheißfreundlich, wie EGON feststellte. BB gab ihm entwaffnend liebenswürdig die Hand, sagte Belangloses. Seiner Miene war die Verwunderung anzumerken. Hat er oder hat er sie nicht geschasst? Diese Frage sah man ihm an.

Sie ließ ihn stehen, und EGON krähte: Sauber gemacht, dieses Arschloch verdient es nicht anders.

Kaufmann zog Beata zur Seite. »Wenn Sie draußen jetzt ein paar Worte sagen, danken Sie für die Begrüßung und bitten Sie die Studenten, nach Hause zu gehen. Der Senf soll keinen Grund haben, uns noch ein Strafverfahren aufs Auge zu drücken.«

Inzwischen war der Himmel aufgerissen. Die Sonne vermochte nicht, den kalten frostigen Wintertag zu erwärmen. Die Studenten sammelten sich erwartungsvoll um die Treppe des Ministeriums. Alexander drückte Professor Becker ein Megafon in die Hand. »Sagen Sie was Nettes.« Sie wollte Alexander noch sagen, dass man ihr im Haus einen Maulkorb verpasst hat, und er solle das verstehen. Aber das Mikrofon war schon eingeschaltet. BB hörte sich plötzlich aus dem Lautsprecher. Ihre Stimme schallte über den Vorplatz. Und da ließ sie es, Öl auf das Feuer zu gießen. Sie dankte, sagte, alles werde gut, und sie sollten bei diesem kalten Wetter doch nach Hause gehen. Die Studenten klatschen und freuten sich. Später gestand ihr Alexander, dass sie enttäuscht waren, weil sie eine Kampfansage erwartet hätten. Aber, dass das nicht ginge, hatten sie dann eingesehen. Doch da war es zu spät.

Einsamkeit

Die Studenten ließen sich nicht beirren und streikten weiter. Das Haus sollte wieder freigemacht werden. Man verhandelte mit ihnen. Ja, sie würden abziehen, wenn eine Delegation mit dem Minister sprechen könne. Lange Beratung im Haus. Dann nach einer Stunde das Okay. Der junge Minister aus dem benachbarten Ressort hat ein gutes Wort für die Studenten eingelegt. Drei bekämen Einlass zum Gespräch, und das Haus müsste im Gegenzug wieder freigemacht werden.

Als Alexander mit Doreen, der Jeanne d'Arc der Studenten, und Friedrich, dem Architekturstudenten, im Haus waren, empfing sie nicht der Minister, sondern Staatssekretär Senf. Der Minister sei in letzter Minute abgerufen worden. Die Studenten hätten ja die außergewöhnliche Situation verursacht, deshalb könne man im Moment keine ordentliche Planung machen. Gründe, sagte er, könne man nicht nennen. Das sei schon wegen der Vertraulichkeit der Berichte der Kommission nicht statthaft, und Frau Becker trage die Verantwortung für diese Umstände selbst. Die Studenten sollten sich doch nicht instrumentalisieren lassen, und sie würden bald sehen, dass alles, was eingeleitet wurde, rechtens und richtig gewesen sei.

Alexander brach das Gespräch ab. Ein Staatssekretär war kein Gesprächspartner für ihn. Er sagte, dass die Studenten sich getäuscht fühlten. Man wolle den Minister sprechen, so war das zugesagt, und sie würden nun so lange im Haus bleiben, bis ihre vereinbarten Forderungen erfüllt seien, auch die, dass die angedrohten Strafverfahren ausblieben. Sie standen auf und gingen. Senf war sichtlich verblüfft. Damit hatte er nicht gerechnet. Wie sie sich das nun weiter vorstellen würden, rief er ihnen noch hinterher. Aber das wollten sie nicht mehr hören.

Die Polizisten waren weg, die Masse der Studenten auch, aber die drei der hartnäckigsten setzten sich im Haus fest und ließen sich nicht bewegen zu gehen. Allgemeine Ratlosigkeit, man fürchtete, dass die Studenten noch einmal anrücken würden, dann aufgebracht und vielleicht gewalttätig wären.

Senf wollte alles auf kleiner Flamme kochen. Die Achtundsechziger-Revolten steckten ihm noch in den Knochen.

Die Presse belagerte ihn und Käutl, wo auch immer sie sich sehen ließen. Die Unterstützung der Studenten für Becker schwächte ihre Position. Käutl hatte zugeschlagen, ohne belastbare Fakten. Seine Hauptabteilung war eine Fehlbesetzung. Spätestens da wurde ihm das klar. Das Verfahren gegen Becker würde verloren gehen. Die Gründe gegen sie waren lächerlich, polemisch und nicht justiziabel. Senf brauchte einen Befreiungsschlag. Er verfluchte insgeheim Zwicker, der ihn durch seine persönlichen Stänkereien in Weimar politisch unter Druck gesetzt hatte.

Schon am Freitag hatte sich ein Mann telefonisch gemeldet und eine interessante Mitteilung zum Fall Becker angekündigt. Die wolle er aber persönlich überbringen. Da das wegen der Studentenproteste nicht in Erfurt möglich war, traf sich ein Vertrauter von Senf mit dem Anrufer auf halber Strecke. Es war Bernhard Maas, der sich als Volkskomitee zur politischen Aufklärung vorstellte. Er sei bei der Erstürmung der *Stasi*-Dienststelle dabei gewesen. Diese Blätter aus dem Hochschulordner habe er zufällig gefunden, und da könne man doch gegen Becker etwas machen. Nun war Senfs Abteilungsleiter zwar aus dem Westen und in solchen Dingen über allen Zweifel erhaben, aber Denunzianten widerten ihn an, ob nun etwas dran war oder nicht. Und wer sagte denn, dass das alles mit rechten Dingen zugegangen war? Senf möge selbst entscheiden oder das Papier vernichten. Der bat den Hauspressemann, einen ehemaligen Bibliothekar aus Erfurt, sich das mal anzusehen und zu prüfen, was da zu machen sei.

»Ach, das kriege ich schon hin, wir machen eine Presserklärung mit den wichtigsten Sätzen, und dann haben wir erst einmal Ruhe: Becker, die *Stasi*-Frau, noch im Untergang der DDR – das ist eine Schlagzeile. Das können wir auch, nicht nur die *Bild*.« Senf freute sich, wenn auch unterkühlt, eben ein ausgebuffter Profi. Vor seinem Pressemann wollte er sich nicht so sehr aus dem Fenster lehnen, ihm nicht zu viel Aufwind geben, weil der ihn schon mehrfach angesprochen hatte, den frei werdenden Chefredakteurssessel in der *Thüringer Allgemeinen* haben zu wollen. Diese Unverblümtheit war sogar Senf zuwider.

In den Abendnachrichten des *MDR* trat Käutl mit geheimnisvoller Miene vor die Fernsehkameras. Er verlas eine kurze Presserklärung. Mit schlecht gespielter Traurigkeit bedauerte er, dass die Entwicklung um die ehemalige Rektorin der Weimarer Hochschule nun eine Wendung genommen habe, die die eingeleiteten Schritte seines Hauses nicht nur rechtfertigen, sondern sogar in höchstem Maße erforderlich machten, um weiteren Schaden vom Land abzuwenden.

Das Papier hatte die Presseabteilung am Nachmittag für Senf zusammengebastelt. Die Sätze waren martialisch und hatten die erhoffte Wirkung. Die Meldung stand wenige Stunden später in allen Blättern des Landes und drang bis in die entlegensten Winkel, an die dänische und französische Grenze. Auch in Beatas Heimat machte sich Entsetzen breit: BB bei der *Stasi*, die doch nicht, und, aus einer solchen Familie? Aber so konnte man sich täuschen.

Eine Journalistin rief Professor Becker zu Hause an, konfrontierte sie mit der neuen Entwicklung. BB hatte sich etwas hingelegt und das Minister-Interview nicht in den Abendnachrichten gesehen. Die Meldung traf sie wie ein Schlag. Ihr war sofort klar, dass Senf nun seine dreckigsten Karten zog. Was auch immer er fabriziert hatte, es war eine Lüge.

»Wenn sie kommen, um ihr Netz auszuwerfen, sag Nein, Nein und nochmals Nein. Und pass auf, dass man von niemandem und durch nichts korrumpiert werden könnte.«

Und sie hatten es nahezu flächendeckend versucht, aber auch abgelassen, wenn man sich Dritten gegenüber zu offenbaren drohte. Wessen Weste nicht ganz rein war, Liebesgeschichten, Affären vielleicht, irgendeine Verfehlung, die lieber unter der Decke gehalten werden sollte, oder deren Karriere keine Alternativen ließ waren gute Kandidaten. Ihre Psychologen wussten, wie man Menschen knackte. Ob Maas nun die Zentrale besetzt hatte oder nur kontrollieren wollte, dass die Papiere keinen Schaden für ihn anrichten könnten, ließ sich nicht feststellen. Gründe gab es viele. Beata Becker hatte sich unbeliebt gemacht, weil sie frühzeitig versuchte, diesen Sumpf in den eigenen Reihen trockenzulegen.

Sie fühlte, nun zwischen die Fronten geraten zu sein.

Volker Vuster hatte Blut geleckt und trieb auf der Woge des alternativen Auserwählten, den der Minister zu adeln gedachte. Käutl ließ alle gewähren, um selbst endlich dem Pressedruck zu entkommen. Er konnte nicht einschätzen, welche Gruppierungen es im Einzelnen in Weimar gab. Wichtig war aber für ihn, dass es mit Vuster endlich einen konkreten Namen und eine Person gab mit deutlichen Signalen, ihn und sein Haus in der Strukturdebatte zu unterstützen. Das konnte er von Professor Becker nicht mehr erwarten. Vuster würde, wenn man es geschickt anstellte und nach außen das eine nicht mit dem anderen vermischte, funktionieren.

Senf war froh, Schützenhilfe zu bekommen, obwohl er die Zusammenhänge nicht durchschauen konnte. Sein Pressesprecher hatte das Papier von Maas durch getilgte Halbsätze im Sinn entstellt. Käutls Pressemitteilung am Abend klang verheerend. Ein geheimer *Stasi*-Bericht enthielt auch eine Einschätzung über die Hochschulleitung: Das Bemühen zum Dialog mit den Studenten, um die angespannte Situation nicht eskalieren zu lassen, wurde durch Senf so verändert, dass es sich nun wie eine Zusammenarbeit mit der Stasi las.

Die Presse wollte das Papier im Original sehen, aber Senf verweigerte dessen Herausgabe. Der Betrug würde auffliegen und ihn endgültig den Kopf kosten. Möge sich doch die Becker gerichtlichen Zugang verschaffen. Dass sich das in die Länge ziehen würde, dafür hatte er schon gesorgt. Endlich gab es das Totschlagargument. Senf hatte Käutl schon gleich am Anfang geraten, den Stasi-Joker zu ziehen, selbst wenn sich später alles nur als heiße Luft erweisen sollte. Auch die Suizide schreckten ihn nicht ab, wenn sich zu Unrecht Beschuldigte vor den Zug warfen. Für Sentimentalitäten war keine Zeit, und man solle froh sein, dass ansonsten alles ohne Blutvergießen abgelaufen sei. Die Kollegen in anderen Häusern hatten ihm das geraten, weil alles andere zu zeitaufwendig und juristisch riskant sein würde.

Eine knappe Stunde später standen die Journalisten und Kamerateams vor Beata Beckers Wohnungstür. Sie konnte den Minister problemlos widerlegen. Aber Zweifel blieben, obwohl die Presse auch ihre Erklärung brachte und Dr. Kaufmann mit Gegendarstellungen den Wind aus den Segeln nahm. Senf focht das nicht an. Verlässt die Kugel erst den Lauf, hält sie kein Kaiser Wilhelm auf. Und die Kugel hatte den Lauf verlassen. Dass man die Sache vielleicht später richtigstellen musste, war zu verkraften. Er hatte einen Haufen Dreck abgekippt. Möge sie doch zusehen, wie sie ihn beseitigte.

BBs Freunde atmeten auf. Ihre Feinde zogen die Köpfe ein. Die Studenten lachten, schon bevor der Bericht über die Sender ging.

Alexander rief sie an. »Die haben ihr Pulver verschossen, jetzt schmeißen sie mit – pardon – Scheiße. Bleiben Sie tapfer.« Und weg war er.

Innensichten

Für Professor Becker begann wieder so etwas wie Alltag. Sie durfte nun, ministeriell angeordnet, die Räume des Rektorates nicht mehr betreten, aber in ihrem Wissenschaftsbereich konnte sie ungehindert ihren normalen Verpflichtungen nachgehen. Nicht mehr in diesem Hexenkessel zu sein, war gut. Ihre Zeit gehörte nun wieder ihr, fast jedenfalls. Es gab Sondersitzungen des Senats, an denen sie teilnehmen musste, Anhörungen vor verschiedenen Gremien.

Ende des Monats wurde vom zuständigen Gericht die einstweilige Verfügung des Ministeriums über ihre Absetzung entschieden, wie es im Amtsdeutsch hieß. Professor Beckers Widerspruch wurde bestätigt. Das hatte ihr schon Richard Stenzel noch am Abend ihres Rauswurfs angekündigt. Der hatte Jura studiert – zwar nur sozialistisches Recht, wie ihm vorgehalten wurde, aber um den juristischen Dilettantismus zu erkennen, reichte es: »Die haben wirklich nur die Pfeifen abgeordnet. Da werden wir noch manches blaue Wunder erleben.«

Er möge sich mäßigen, ließ man aus Erfurt wissen. Er habe bitteschön die Interessen seines Dienstherren, des Ministers, zu vertreten. Das sei schon im Sinne seiner Familie zu empfehlen.

Stenzel behielt recht. Die Absetzung war offensichtlich rechtswidrig, entschieden die Richter.

Professor Kluge hatte schon mehrfach angerufen, Professor Becker aber nicht erreicht. Die Damen im Rektorat gaben ihm zwar ihre Nummer, aber sie war oft unterwegs. Dann erwischte er sie endlich.

»BB, was ist los? Ich habe es noch nicht bis in die *FAZ* gebracht, und du dominierst die Weltpresse.«

»Uli, ich bin nicht zum Scherzen aufgelegt. Das ist alles so unglaublich und vergiftet. Ich weiß nicht, wo mir der Kopf steht.«

»Beata, ich habe hier mit dem Präsidenten gesprochen. Wir brauchen eine Vertretungsprofessur für zwei Jahre. Du bist genau die richtige Frau. Schmeiß alles hin und komm rüber.«

»Wie stellst du dir das vor? Ich habe hier Lehrverpflichtungen, Vorlesungen, Diplomanden, Doktoranden. Das geht doch nicht.«

»Es geht alles BB, man muss es nur wollen. Wenn die dich rausschmeißen, wird auch Ersatz gefunden.«

»Na ja, dann bin nicht ich es, sondern die.«

»Hör auf! Du bist eine Weltverbessererin. Du siehst doch, keiner will das, und du erreichst nichts. Die Welt dreht sich weiter, ob du das willst oder nicht. Ich habe in den nächsten Tagen in Dresden zu tun, die suchen unsere Unterstützung. Dort sind sie richtig brutal, haben alle rausgeschmissen und lassen nur wenige wieder rein. Da ist euer Käutl noch richtig human. Bei euch müssen sie die Leute einzeln anfassen und rausschmeißen. Das ist wesentlich aufwendiger. Die haben sich bei dir verbissen. Ich habe mit einem ehemaligen Kollegen von Senf gesprochen, der kannte dessen Geschichten von damals sehr genau. Der ist ein ganz Ausgekochter. Bei dem hast du's verschissen, das sieht man. Der wird alles in Bewegung setzen, um dich zu kippen. Der hat in einer Beratung mit anderen Ostrektoren eine solche Stimmung gegen dich gemacht, dass sich einige deiner Kollegen energisch dagegen verwahrt haben. Siehst du, auch das gibt es, aber es ändert nichts. Nimm das Angebot an. Ich komme vorbei, dann machen wir uns wieder einen schönen Abend im Kasseturm, vielleicht treffe ich Charlotte.«

»Du hast Sorgen, Uli. Deine Jugendliebe wird dick und schrullig sein, bestimmt und hoffentlich. Sonst verlierst du auch noch deinen Seelenfrieden. Wann willst du kommen?«

»Donnerstag gegen Mittag, dann bereden wir alles, und Freitag fahre ich nach Dresden weiter. Ich treffe mich mit Veronika. Die besucht in Leipzig eine alte Freundin.«

»Heißt die auch Charlotte?«

»Nein, nein, die kenne ich. Wir haben Karten für die Semperoper. *Carmen* in Dresden, die soll schön sein. Die Oper habt ihr doch noch in der DDR wieder aufgebaut? Passt auf, dass das keiner vergisst, sonst kriegen wir euren Ruhm in ein paar Jahren auch noch angehängt.« Uli Kluge lachte herzlich und verabschiedete sich bis Donnerstag.

Er kam pünktlich, aber mit mieser Laune. Irgendein Idiot hatte ihm den Stern abgebrochen, als er in einer Raststätte pinkeln war.

»Betrachte es als Ehrerbietung an Mercedes, Uli. Die sammeln die Dinger und sind stolz. Es dient dem guten Zweck der deutsch-deutschen Versöhnung.«

»BB, mit allem Respekt und Wohlwollen, darauf pfeife ich.« Das sagte er leise, um sich nicht vor ihrer Sekretärin bloßzustellen.

»Sei froh, dass sie dir kein Monogramm in die Motorhaube geritzt oder den Außenspiegel abgetreten haben. Das ist hier beliebtes Spiel mit den Westautos. Aber dafür könnt ihr euch mit den großen Schlitten hinstellen, wo ihr wollt. Es soll eine Weisung geben, die Fahrer dicker Westautos nicht mit Strafzetteln zu verärgern. Es könnten ja potenzielle Investoren sein.«

»BB, lass uns über deine Vertretung bei uns sprechen.« Das ging recht schnell. Kluge kannte den Behördenweg, versprach, die Antragsformulare bald zu schicken und mit der Uni die nötigen Vorbereitungen zu treffen. Man habe auch mit dem Ministerium gesprochen und sehe dort keine Probleme für eine Vertretung. Sie könne ja einige Tage in der Woche in Weimar bleiben und ihre Lehrverpflichtung auf geordnete Weise zu Ende bringen.

Prof. Kluge baute Beatas gute Laune auf. Er legte seinen Arm freundschaftlich auf ihre Schulter, wie ein Vater bei seiner Tochter, weil er sie fast drei Köpfe überragte.

»Komm, alte Ossifrau, das packen wir schon. Du kannst doch machen, was du willst, bist doch ungebunden.«

»Ja, und das machen wir. Heute Abend im Turm.« Kluge schaute sie etwas verwundert an.

»Was geht da ab, heute Abend, im Turm?«

»Na, du hast doch auf die Pauke gehauen. Ich trommle nur mit.«

»Hast du etwa Charlotte gefunden?«

»Du bist wirklich ein Herzchen, Uli. Denkst du, mich interessieren deine spätpubertären Amouren? Natürlich habe ich von früh bis spät nach Charlotte gesucht, deswegen haben sie mich doch rausgeschmissen.«

»War die auch in der Partei?«

»Uli, das ist alles nicht mehr spaßig. Geh ins Hotel und unter die Dusche. Das macht den Kopf klar, und wenn du hinterher noch kalt nachspülst, hast du auch Charlotte vergessen.«

»Saubere Metapher, BB. Du kommst wieder in Fahrt. Also bis heute Abend.«

Der Turm war kalt und leer. Am Tresen standen einige Typen, die BB nicht kannte, stierten vor sich hin und schwiegen in ihr abgestandenes Bier.

»Ist hier eine Beerdigung?«, begrüßte sie den Barkeeper.

»So kann man es auch nennen. Wir haben heute gehört, dass unsere Lizenz ausläuft und wir eine GmbH wie eine normale Gaststätte gründen müssen. Aber keiner hat Geld, um die Stammeinlage, oder wie das heißt, aufzubringen.«

»Ja, ja, ich habe davon gehört. Die studentische Selbstverwaltung ist in der Marktwirtschaft nicht vorgesehen, hat mir einer aus dem Ministerium gesagt. Es gibt nur steuerrechtliche Firmen. So ist das. Am besten, ihr gewöhnt euch schnell daran und macht dann weiter.«

»Und wenn der Laden nicht läuft?«

»Dann seid ihr pleite. Das gibt's jetzt auch.«

»Na, da werden wir die Brocken hinschmeißen und unser Studium ordentlich zu Ende bringen. Für den Spaß sorgen dann geschäftstüchtige Profis aus dem Westen. Dann wird unser Turm eben eine stinknormale Kneipe wie die anderen auch.«

»So wird's wohl werden, ob ihr das wollt oder nicht.«

Uli Kluge stand etwas ratlos daneben. Er wollte sich nicht als Wessi zu erkennen geben. Aber so würde es kommen. Das war im Westen auch nicht anders. Er verstand diese Unkerei nicht. Eigentlich hatte er auf fröhliches Studententreiben gehofft, wie bei seinem letzten Besuch. Er war von dieser gedrückten Stimmung sichtlich enttäuscht. Beata erklärte ihm dann, als sie wieder draußen standen und um die Ecke in einem Café einen gemütlichen Tisch am Fenster gefunden hatten, wie das bisher lief mit den Studentenklubs.

»Uli, das hatte ich dir doch schon erklärt, als wir vor zwei Jahren hier zusammen waren. Weißt du das nicht mehr? Deine Rock-'n'-Roll-Einlage mit Emma am Klavier? Also: Die FDJ war sozusagen der juristische Kneipier, und die einzelnen Klubs bezogen Bier und die anderen Dinge bei der örtlichen Brauerei oder im Großhandel wie die anderen Gaststätten auch. Sie waren wirtschaftlich selbstständig. Das hatte über die Jahrzehnte nie irgendwelche Probleme gegeben. Die Jobs waren begehrt, weil sie gut bezahlt wurden und Anerkennung bei den Kommilitonen verschafften. Das geht nun alles den Bach runter, wenigstens für die Studenten. Aber da müssen sie durch. Das scheint bei allen Problemen, die wir hier bekommen, das kleinste zu sein.«

Kluge druckste schon die ganze Zeit mit einem besonderen Lächeln im Gesicht herum. Das fiel Beata zunächst gar nicht auf, dann aber, als sie sich gegenübersaßen, bemerkte sie es.

»Was ist los, Uli? Du feixt schon die ganze Zeit, spucke es aus.«

»Das glaubst du nicht. Sachen gibt's.« Uli Kluge kicherte wie ein Pennäler.

»Ich habe Charlotte getroffen.«

»Du flunkerst.«

»Nein, wirklich. Noch nicht persönlich. Das muss ich erzählen. Ich wollte mir, nachdem ich von dir weg bin, noch ein paar alte Jugenderinnerungsorte ansehen, die irgendwo in Bahnhofsnähe gewesen sein müssen. Das war ein kleiner Park mit einem Teich und schönen dunklen Bänken. Den habe ich nicht gefunden.«

»Der ist doch nicht am Bahnhof, da siehst du, wie Liebe oder die rauschende Ouvertüre dazu, blind machen«, fiel sie ihm ins Wort.

»Na, jedenfalls den Bahnhof habe ich heute gefunden, und auf dem Rückweg bin ich an diesem riesigen Gebäude vorbeigekommen. Da sind, glaube ich, das Gericht und die Polizei untergebracht. Ach, denke ich, und erinnerte mich an eine Bitte. Ein Kollege aus Paris bat mich, zu fragen, welche Einreisepapiere man nun benötigt. Er wollte in Weimar die Klassiker besuchen und natürlich auch Buchenwald. Und da bin ich rein. Dem Polizisten habe ich gesagt, dass ich eine Auskunft möchte. Der war sehr höflich und nannte mir eine Zimmernummer. Nun lief ich von Zimmer zu Zimmer und habe die Namensschilder gelesen. Da stand auf dem Namensschild an einer Tür der Name einer Charlotte Sowieso.«

»Und das war sie?«

»Nein, nein, aber ich hatte gedacht, vielleicht könnte sie es sein. Aber da saß so ein Beamtinnenmonstrum, wie sie in den schlechten Filmen über euch immer genommen werden, wider Erwarten sehr freundlich und zuvorkommend.«

»Warum denn nicht?«

»Sie verwaltet das Melderegister und hat mir tatsächlich die Adresse einer Charlotte Schlitter genannt. Wenn es die ist, dann hat die noch ihren Mädchennamen und lebt noch hier.« Kluge war aufgeregt wie ein Abiturient.

»Na und, hast du mit ihr telefoniert?«

»Ich habe keine Telefonnummer gefunden.«

»Dann hat sie auch keins. Oder sie ist nicht eingetragen.«

»Da wäre sie ein hohes Tier oder bei der *Stasi*.«

»Das bestimmt nicht, wenn sie flüchten wollte.«

»Ach, ausgeschlossen ist nichts. Die haben gerade solche Leute erpresst und umgedreht. Aber denken wir nichts Schlechtes. Wie soll's denn nun weitergehen? Möchtest du dir, wie Goethe, Amouren leisten? Wo wohnt sie denn?«

»Das hat mich wirklich gewundert, dass die mir die Adresse gegeben hat. Bei uns würdest du das nicht bekommen.«

»Bei uns früher auch nicht, aber jetzt wollen sie sich in staatlicher Transparenz und Bürgerliebe produzieren. Mal sehen, wie lange sie das durchhalten.«

»Da werden schon unsere Bürokraten dafür sorgen, dass das bei euch auch nicht anders wird als bei uns.«

»Also, wo wohnt sie?«

»In der Tiefurter Allee, wo ist die? Ist das weit?«

»Zu Fuß von uns? Vielleicht zwanzig Minuten.«

»Wie hast du dir das gedacht? Klingelst und sagst, hallo, ich bin der Uli Kluge, weißt du noch vor fünfundzwanzig Jahren auf der Parkbank? Dann steht vielleicht ihr Freund oder Mann dahinter, und du liegst mit gebrochenem Nasenbein auf der Straße. Das wäre was für *Bild* oder die *SUPERillu*. Vergiss es, und behalte dir deine Erinnerung. Aber ich will mal sehen, ob ich etwas in Erfahrung bringen kann. Ein paar Freunde wohnen da draußen, und in Weimar kennt jeder jeden.«

»Machst du das für mich?«

»Es bleibt mir doch nichts anderes übrig, ich bin ja von dir abhängig, wie wir gerade gesehen haben. Gedulde dich. Das muss ja wirklich ein nachhaltiges Parkbankerlebnis gewesen sein, das dich nach fünfundzwanzig Jahren immer noch zum balzenden Gockel werden lässt. Können wir vielleicht jetzt über ein paar fachliche Dinge reden?«

»Na los doch«, wechselte Professor Kluge aufgekratzt das Thema. »Habt ihr euch mal mit Betonplastifizierungen in Grenzzuständen befasst?«

»Mit der Gelenkbildung bei Überbeanspruchung in eingespannten Konstruktionen?«

»Ja, zum Beispiel. Ich habe eine Diplomarbeit ausgegeben, um das Gebiet nach neuesten wissenschaftlichen Erkenntnissen eingrenzen zu lassen. Ich wollte einen Forschungsantrag bei der DFG[117] stellen, vielleicht mit euch zusammen. Aber man sagte uns bei der Voranfrage, dass ihr noch nicht wissenschaftsevaluiert seid.«

»Soll das heißen, dass sie noch nicht geprüft haben, ob wir lesen und schreiben können und dass das noch nicht von einer westdeutschen Kommission amtlich bestätigt worden ist?«

»Vielleicht interessiert euch das Thema, dann könnten wir den Antrag noch einmal vorlegen«, sagte Kluge.

»Das hatten wir auch schon erwogen, weil die Industrie nach Lastreserven bei der Beanspruchung von Massivbauteilen sucht, natürlich, um Kosten zu sparen. Aber wir wollten das Risiko nicht eingehen, dass dann Blödsinn bei der Bemessung gemacht wird, weil es doch eine sehr sensible Geschichte ist und eine exzellente Planung und Bauüberwachung voraussetzt.«

»Ich habe einen Kollegen, Dr. Bergmann, der zurzeit in einem großen Versuchsprogramm am MIT Untersuchungen auch zu dieser Fragestellung durchführt. Ich betreue ihn wissenschaftlich. Er möchte sich mit einem ähnlichen Thema habilitieren. Den hatte ich übrigens im Auge für eine Zeitprofessur bei euch, weil doch wohl Professor Sellhorn oder ein Kollege aus dem Institut bald emeritiert werden. Der muss doch altersmäßig auch schon bald dran sein, oder?»

»Genau weiß ich das jetzt auch nicht. Das könnte hinkommen. Wir hatten im Senat beschlossen, nach der Emeritierung seinen

[117] Abk. für Deutsche Forschungsgemeinschaft

Vertrag einige Jahre zu verlängern, der geht uns sonst ein. Er ist ein Workaholic. Willst du deinen Kollegen hier unterbringen?«

»Warum eigentlich nicht, wenn die Bedingungen stimmen?«

»Na, das wird wohl nicht klappen. Es soll erst einmal Hausberufungen geben. Da wird sich mancher Oberassistent vordrängeln, insbesondere, wenn er politischen Druck aufbauen kann. Ich hoffe nur, dass das nicht entscheidet, sonst haben wir ähnliche Verhältnisse wie früher, wenn die Parteimitgliedschaft für einen Berufung zwar nicht Bedingung, aber auch kein Hindernis war.

»Macht euch mal nicht schlechter, als ihr seid. Wenn sie alle in der Partei waren, dann musste ja doch wohl das Können entscheiden. Man beruft doch keine Pfeife in ein solches Amt. So behämmert waren die ja wohl in Berlin auch nicht. Aber auch bei uns hat es solche Fälle gegeben. Viele Bundeswehroffiziere mussten nach Ablauf der Dienstjahre untergebracht werden. Da gab es durch die Präsidialverfassungen hauptsächlich bei den Fachhochschulen ideale Möglichkeiten. Also, so weit auseinander waren die Systeme in dieser Beziehung auch nicht. Wegen des Forschungsauftrages sollten wir uns in Darmstadt unterhalten, wenn mein Kollege Bergmann da ist. Der hat übrigens eine Frau aus dem Osten.«

»Woher?«

»Sie ist eine Wolgadeutsche, die die Russen, das heißt Stalin, mit anderen Familien nach Kasachstan deportiert haben. Die mussten sich selbst aus dem Dreck ziehen, bei Wind und Wetter in der sibirischen Steppe. Der Vater war so ein Führungsdeutscher dort und hat eine respektable deutsche Siedlung mit aufgebaut. Aber nun scheint es, dass sie wieder weg müssen, weil Kasachstan keine ausgesiedelten Deutschen haben will. Das ist wirklich bitter. An der Wolga leben in deren alten Dörfern nun die Ukrainer und Russen, und die wollen auch keine Deutschen. Mein Kollege hat seine Frau damals noch als Studentin in Moskau kennengelernt und mitgebracht. Sie hat sich bei uns in einer Bank hochgearbeitet. BB, mach' den Antrag für die Vertretung bei uns fertig und schicke mir das persönlich. Ich kümmere mich darum, und vergiss nicht meine Jugendliebe.«

Sie trennten sich auf der Straße. BB musste durch den Park auf die andere Seite der Ilm und Professor Kluge hatte es nicht weit bis in die Amalienstraße. Die Unterlagen brachte Professor Becker schnell zusammen. Professor Kluge hatte mit dem Präsidenten und dem Minister alles vorbesprochen. Die Vertretung war beschlossene Sache. Sie freute sich, als Kluge sie telefonisch informierte. Dennoch blieb ein ungutes Gefühl. Und das bestätigte sich bald: Der hessische Minister zog den Schwanz ein. Senf hatte ihn über die Parteischiene umgedreht. Das entsprechende Ablehnungsschreiben triefte vor verquasten Formulierungen. Sie legte es zu den anderen. Schlimmer noch: Sie stürzte ab, mit allen Konsequenzen. Von einem Tag zum anderen war sie offensichtlich auch verblödet. Man nahm ihr das Recht, Diplomarbeiten und Promovenden, die kurz vor dem Abschluss standen, zu betreuen.

Sie vermittelte einige der jungen Leute an befreundete Lehrstühle im Westen. Die jungen Leute sollten für ihre weitere Ausbildung keinen Nachteil haben. Die Kollegen sagten Hilfe zu, aber nur, wenn sie davon profitieren würden. Sie wollten Erstbetreuer sein, sich mit fremden Federn schmücken. Das gehört wohl zum System des akademischen Jahrmarktes der Eitelkeit. Sie akzeptierte, weil es Beatas Studenten den Erfolg ermöglichte.

Die Kommission zur Überprüfung der fachlichen Eignung tagte. Ihr Votum über Professor Becker war einstimmig und positiv. Staatssekretär Senf kochte, er hatte einen Fehler gemacht und diese Front der Auseinandersetzung übersehen. Claus Wollhaupt und seine Abteilung hatten geschlafen. Senf redete Klartext. Es drohte eine erneute Niederlage. Senf verbot, dieses Ergebnis zu veröffentlichen. Wenn er diese Becker nicht juristisch kleinbekäme, dann sollte es wenigstens auf diesem Feld sein. »Nichts davon dringt nach draußen«, verfügte er. »Wir besorgen so lange negative Stellungnahmen, bis wir sie haben. Niemand kann uns verbieten, Gutachten anzuzweifeln.«

Senf war in seiner Ehre gekränkt. Er hatte seinem Minister fast prahlerisch zugesichert, dass er das unkompliziert regeln würde. Die Geschichten mit den Achtundsechzigern waren wesentlich komplizierter. Da musste man ausformulierte Bestimmungen einhalten und hatte juristische Zwänge, aber hier war doch nichts endgültig geregelt, da könne man sich erst einmal Luft schaffen und im Übrigen den Gerichten die Arbeit überlassen.

Doch Käutl machte Druck. Die Kollegen im Kabinett lasen die Pressespiegel der Staatskanzlei über ihn. Westnieten mit juristischem Infantilismus, titelte der Boulevard, und auf welchem Niveau wurde hier eigentlich eine neue Ordnung aufgebaut? Wollhaupt brachte seine Allzweckwaffe Filzner-Lewe in Stellung. Sie versprach sich um die Angelegenheit zu kümmern.

Der Begutachtungsauftrag enthielt wohlformuliert die Erwartungshaltung des Hauses. Sie hätte auch kurz schreiben können, wir wünschen, dass Ihre Stellungnahme uns in die Lage versetzt, Frau Becker aus fachlichen Gründen für eine weitere Hochschultätigkeit abzulehnen.

Oben an der dänischen Grenze, Filzner-Lewes Heimat, hatte sie in einer Berufsbildungsakademie für Hochseefischerei und Hafenbauten einen ehemaligen Jugendfreund ausgegraben, der es bis zum Direktor gebracht hatte und aufschrieb, was sie von ihm wollte. Nun war Dr. Kaufmann, der den Vorteil hatte, das Intrigenspiel von Senf treffsicher vorherzusehen, auch nicht untätig und hatte sich um Fachgutachten von renommierten Kollegen bemüht. Gegen die Auffassungen international anerkannter Fachkollegen waren die gestelzten Verlautbarungen eines Hafenspezialisten einer Berufsakademie aus Schleswig-Holstein, den keiner kannte außer Filzner-Lewe, chancenlos.

Das hatte Senf erkannt und die Aktion abgeblasen. Er schaltete eine Düsseldorfer Anwaltskanzlei ein, die einige Ostjuristen aus dem DDR-Staatsapparat engagiert hatte, um die vielen Prozesse gegen Lehrer und andere Systemnahe führen zu können.

Ein Anwalt beispielsweise musste aus Leipzig flüchten, weil seine Sicherheit nicht mehr gegeben war. Nach der Wende taten sich Betrogene zusammen und zeigten ihn als Helfer von Schalck-Golodkowski[118] an. Er gehörte zu einer Gruppe von Juristen, die über den Staatlichen Kunsthandel Kunstgegenstände und Antiquitäten mit rüden Methoden aus ostdeutschen Wohnzimmern an die *Stasi* für westdeutsche Millionäre verscherbelt hatte. Den Ahnungslosen boten sie einen Kaufpreis in Westmark an, damit sie sich im Intershop etwas kaufen konnten, wie man generös sagte. Das war die Falle. Wer darauf einging – immerhin war es ein staatliches Unternehmen, das Westgeld anbot – bekam Besuch vom Staatsanwalt. Den Strafbefehl konnten die Betroffenen dann nicht bezahlen, mussten weitere Antiquitäten in Zahlung geben, nun aber zu einem erheblich niedrigeren Verrechnungspreis.

Nach der Wende tauchten sie als Rechtsanwälte auf und verdienten sich eine goldene Nase. Sie waren nun mit der Rückabwicklung und den Schadenersatzansprüchen – von der anderen Seite – beauftragt.

»Ein ekelhafter Mensch«, sagte Dr. Kaufmann angewidert, als er mit einem dieser ost-west-deutschen Kollegen zu tun hatte. Drei Anwälte waren nun mit dem Fall Becker befasst.

Senf hatte sich festgebissen. Er musste obsiegen. Selbst der *Spiegel* verlor das Interesse.

[118] Stasi-Offizier und Leiter des Bereichs Kommerzielle Koordinierung im Ministerium für Außenhandel der DDR, verkaufte DDR-Kunstgegenstände für Devisen in den Westen, die meist privaten Sammlern durch rüde Methoden abgepresst wurden, fädelte mit Franz Josef Strauß 1984 den Milliardenkredit für die DDR zur Abwendung eines Staatsbankrotts ein, flüchtete 1989 in die BRD und lebte am Tegernsee.

Professor Becker trat wieder ihren Dienst an, nun zum zweiten Male, nahtlos und unbeeindruckt, wie es schien. Alles verlief so, als habe es die vielen Auseinandersetzungen nicht gegeben. Bei denen, die dazu beigetragen hatten, herrschte Verwirrung. Die Beamten im Ministerium, die sie als das Letzte vom Letzten abqualifiziert hatten, legten den Schalter wieder um. Ein Gericht hatte entschieden. Das war Rechtsstaat. Die persönlichen Befindlichkeiten interessieren nicht. Sie war wieder Magnifizenz, nur auf Zeit. Das war ihr klar.

Becker schuf sich einen Panzer. Nun werde sie alles bis zum Schluss durchstehen, nahm sie sich vor. Sie hatte ihren Rücktritt mehrmals angeboten. Aber gerade die Kollegen, die sie jetzt offen bekämpften, hatten sie wenige Monate vorher gebeten, die Hochschule nicht einem westdeutschen Kommissar zu überlassen. Sie wurde belauert, man suchte nach Fehlern, manipulierte, übertrieb und täuschte, die ganze Palette eben aus einstweiligen Verfügungen, gewonnenen Entscheidungen in der Hauptsache und Revisionen bei den nächsthöheren Instanzen.

Beata Becker hatte schließlich erreicht, was sie wollte: ihre Ehre zu verteidigen und die Haltlosigkeit der Vorwürfe zu belegen. Das Doppelspiel der Kollegen wider besseres Wissen und zum persönlichen Vorteil war die eigentliche Niedertracht. Aber die Karawane zog in den Jahren des Streites ohne sie weiter. Senf hatte sie bis zur letzten Entscheidung kaltgestellt. Das war sein Ziel: So etwas regelt man biologisch, durch Aussitzen und Entnerven. Der Weg dahin, das Recht bewusst zu beugen, um sich dann einer richterlichen Entscheidung zu unterwerfen, war seine Sicht auf Demokratie und Freiheit. Wir werden ihnen einen Kübel Unrat vor die Füße werfen und in Ruhe zusehen, wie sie sich freistrampeln. Das war die neue Logik.

Spät

Dr. Bergmann schaffte es noch, vor Beginn der Sommerpause seine Arbeit abzuschließen und in einem kleinen Kolloquium am Institut vor interessierten Kollegen darüber zu referieren. Er hatte mit Miriam einige Artikel für das wissenschaftliche Bulletin des Institutes verfasst. Die Redaktion der *Deutschen Bautechnik* interessierte sich auch für die Berichte. Dr. Bergmann arbeitete die amerikanischen Artikel etwas um und bot sie zur Veröffentlichung an.

Katharina hatte schon seit einigen Wochen wieder Briefkontakt mit ihm. Sie berichtete von ihrer Absicht, in den Osten zu gehen. Sie wolle oder müsse nach Thüringen, weil nach der Wende viele Bankfilialen eröffnet wurden. Das sei eine Chance für sie, und sie wolle dieses Angebot annehmen. Wenn er nach Deutschland zurückkomme, sei alles wie bisher. Auch die gemeinsame Wohnung wolle sie nun doch bis auf Weiteres behalten. Man könne ja darüber nachdenken, eine Untervermietung zu organisieren. Das sei aber nicht nötig, weil allen die Abordnungen in den Osten mit einem Sonderbonus versüßt wurden, der so üppig war, dass er die laufenden Betriebskosten der Zweitwohnung aufwiegen würde.

Aus ihren Briefen schien Dr. Bergmann auch eine gewisse Läuterung zu erkennen. Er hatte ihre Worte noch im Ohr, als sie ihn wegen des offensichtlichen Strohfeuers mit Miriam warnte. Wenn er ihre Briefe las, aus denen immer noch Zuneigung sprach, sehnte er sich nach ihr.

Katharina hatte beruflich öfter in Moskau zu tun und damit Gelegenheit, ihre Familie in Kasachstan zu besuchen. Wenn sie in ihren Briefen darüber schrieb, flocht sie gemeinsame Erinnerungen ein, als sie noch Studentin in Moskau war und er ihr als Nachwuchswissenschaftler den Kopf verdreht hatte. Dr. Bergmann nahm sich vor, verlorenen Boden, den offensichtlich beide aufgegeben hatten, wiederzugewinnen.

Er kündigte das Zimmer im Gästehaus und organisierte mit den Kollegen ein zünftiges Grillfest mit deutschen Bratwürsten. Die besorgte er über sein Lieblingsrestaurant *Friedas Pizza*, und mit dem würzigen tschechischen Bier, das in amerikanischen Restaurants nur selten ausgeschenkt wurde, machte er allen eine besondere Freude.

Miriam blieb noch weitere zwei Monate. Sie hatte sich über ein Förderprogramm des DAAD ein Zusatzstipendium organisiert und wollte doch noch versuchen, mit einem verkürzten Versuchsprogramm einen wissenschaftlichen Abschluss der Experimente zu erreichen. Sie ließ auch offen, ob sie überhaupt nach Deutschland zurückkommen wolle. Sie hatte im Institut einen Kollegen kennengelernt, der, wie sein Freund Professor Ginger mitteilte, aus einer reichen Großgrundbesitzerfamilie kam und wohl nach Miriams Plänen, bei Abwägung aller Faktoren, eine günstige Alternative zu Dr. Bergmann war.

Die eigentliche Abreise von Alexander Bergmann war unspektakulär. Miriam brachte ihn, wie sie es immer getan hatte, zum Flughafen, und sie hatte die Souveränität sich von ihm zu verabschieden. Den Flug nach Frankfurt um sechzehn Uhr kannte er schon. Er hatte sich den Luxus *Business* gegönnt, aber an Schlaf war nicht zu denken. Er kam wie gerädert in Frankfurt an. Beim vorigen Mal hatte ihn Katharina mit einem Telegramm zurückgeholt.

Obwohl es ihm vorkam, als hätte sich nichts verändert, war doch viel passiert in dem vergangenen fast Dreivierteljahr. Die Vorstellung, in eine leere Wohnung einziehen zu müssen, die vor nicht zu langer Zeit, als Miriam ihn noch nicht um den Seelenfrieden gebracht hatte, Ruhepol und Harmonie war, trübte seine Stimmung. Und würde es noch geregnet haben, hätte er Migräne bekommen.

Alexander Bergmann öffnete die Wohnungstür und hoffte, nicht noch irgendetwas von einem Fremden, der womöglich mit Katharina in dieser Wohnung gelebt hatte, zu finden. Aber alles stand noch so, wie er es in seiner Erinnerung hatte. Auch die Gerüche waren gleich. Katharinas schweres Parfüm empfing ihn. Er machte sich etwas frisch und wollte Kluge, seinen Chef, von seiner Ankunft berichten. Vor zehn Uhr würde er dort niemanden antreffen. Er hatte also Zeit, um sich etwas auszuruhen und dann ins Institut zu fahren.

Doktor Bergmann war sofort tief eingeschlafen. Als er erwachte, war es kurz vor Mittag. Er rief im Institut an. Frau Sendlinger empfing ihn und freute sich, ihn wiederzusehen.

»Hallo, lieber Herr Bergmann, es ist schön, dass Sie wieder da sind. Sind sie gesund an Geist und Seele?«

»Ich glaube schon, zumindest habe ich nichts Gegenteiliges bemerkt, liebe Frau Sendlinger. Ist Professor Kluge im Haus?«

»Leider nein, der Chef ist schon zu Tisch.«

»Hat er gesagt, ob er wiederkommt?«

»Er hat heute keine Termine. Kommen Sie um drei, dann werden Sie ihn treffen.«

Das passte ihm gut, denn er musste wieder zurück in die Niederungen des täglichen Lebens und einige Dinge einkaufen. Es wurde ihm bewusst, dass er seine Wäsche selbst zu waschen hatte, und da er nicht alle Mahlzeiten in einem Restaurant einnehmen konnte, war er auch für die eigene Versorgung zuständig. Als er seine Situation überdachte, stellte er fest, dass er noch nie die Waschmaschine betätigt hatte, und alles in einen Waschsalon tragen, wollte er auch nicht. In Cambridge besorgte das für ihn ein spezieller Service. Da er Gebrauchsanweisungen grundsätzlich nicht las und seine Probleme entweder mit Bleistift und Papier oder durch Experimentieren löste, beschloss er, sich von Frau Sendlinger die wichtigsten Dinge des täglichen Lebens im Haushalt erklären zu lassen.

Professor Kluge erwartete ihn schon. Frau Sendlinger hatte einen kleinen Kaffeetisch für beide gedeckt. Kluge war sichtlich erfreut, Alexander Bergmann wieder zu sehen und brannte darauf, etwas von seinen Versuchsergebnissen zu hören. Dr. Bergmann berichtete ihm kurz und exakt, dass die Versuche besser verlaufen waren als gedacht, und freute sich, dass dieses Thema tragfähig genug war, um mit einem weiteren Forschungsantrag bei der DFG Drittmittel einwerben zu können.

Kluge hatte neulich Katharina zufällig in der Stadt getroffen und von ihr erfahren, dass sie in Thüringen eine Bankfiliale aufbauen solle.

»Sie machte einen sehr aufgeräumten und ausgeglichenen Eindruck auf mich, und sie hat auch nach dir gefragt, Alexander.«

»So, hat sie das wirklich?«

»Warum so spitz, mein Freund?«

»Ich bin nicht spitz, nur verwundert.«

»Ihr seid schon ein verrücktes Paar«, sagte Kluge mit einem Augenzwinkern.

»Korrekt sind wir kein Paar mehr, aber um ehrlich zu sein, es brennt noch ein recht warmes Feuer im Ofen.«

»Na, das scheint meinen Plänen gut zu tun.«

»Welchen Plänen?«

»Wenn du schon nicht nach Moskau willst, dann wenigstens in die verflossene DDR.«

»Und möglichst nahe zu Katharina, stimmt's?«

»Korrekt, mein Freund! Jetzt mal im Ernst, Alexander, du weißt, dass ich mit der dortigen Rektorin Becker ein gutes Verhältnis habe. Ich war einige Male in Weimar, habe auch einen kleinen Vortrag vor dem Senat gehalten über die kommende Hochschulreform, auch im Osten, gesprochen. Wir werden keinen Einfluss darauf haben, wie sich der innere Reinigungsprozess vollzieht, aber es ist damit zu rechnen, dass sich Strukturen und Personal ändern. Es läuft dort so etwas ab wie bei uns 1968. Ich habe mir sagen lassen, dass sich viele Berufsrevolutionäre an die Spitze der neu gegründeten Gewerkschaftsverbände gestellt haben oder dort hingestellt wurden und versuchen, ihre teilweise unerfüllten Jugendträume nachzuholen. Die Osthochschulen sind mit einem personell sehr gut ausgerüsteten Mittelbau versehen, den es an unseren Universitäten und Hochschulen schon lange nicht mehr gibt und den man eigentlich erhalten müsste. Aber aus finanziellen und wirtschaftlichen Gründen wird es gerade dort einen erheblichen Stellenabbau geben, um den wir nicht herumkommen, auch um alles noch bezahlen zu können.«

Bergmann verzog zweifelnd das Gesicht.

Kluge unterbrach sich. »Warum zweifelst du?«

Aber Bergmann ging nicht darauf ein. »Mach weiter.«

»Also, Professor Becker sagte mir, dass Kommissionen gebildet würden, die dann darüber befinden, wer bleibt und wer gehen muss. Wie das im Einzelnen funktionieren soll, ist mir nicht klar. Aber darüber muss ich mir keine Gedanken machen. Es ergeben sich aber für unsere Nachwuchswissenschaftler, der du ja im strengen Sinne nicht mehr bist, gute Chancen, auf die frei werdenden Lehrstühle zu kommen und das Angenehme mit dem Nützlichen zu verbinden. Die Ministerien sind aufgefordert worden, Beamte abzuordnen. Nach meiner Kenntnis schieben sie die ganz Jungen und die kurz vor der Pensionierung Stehenden in den Osten, mit teilweise sehr verlockenden Versprechungen eines Gehaltszuschlages, der hier schon als *Buschzulage* bezeichnet wird. Der DAAD hat Hilfsprogramme aufgelegt, um Hochschullehrer für eine bestimmte Zeit an ostdeutsche Universitäten abzuordnen, auch in der Absicht, später eine ordentliche Berufung zu erhalten. Es soll wohl gesetzlich für eine bestimmte Zeit sogar geregelt werden, dass Hausberufungen erfolgen können. Das hatten die zwar auch schon zu DDR-Zeiten. Ich halte das für äußerst schädlich, weil die Hochschulen auf ein Mittelmaß reduziert werden und im internationalen Vergleich nicht konkurrenzfähig werden.«

»So generell kann man das nicht sehen. Es gibt auch gute Leute, die im Haus gewachsen sind und dennoch internationales Niveau haben«, warf Bergmann ein und wollte einige Beispiele nennen.

Doch Kluge ließ sich nicht unterbrechen: »Aber das ist eine politische Entscheidung, weil man in gewisser Weise für das Unrecht an jungen Leuten des Mittelbaus, die sich politisch nicht engagiert haben und deshalb keine Karriere machen konnten, einen Ausgleich schaffen will. Für dich wäre es gut, wenn du in einer frühen Phase präsent sein könntest. Jürgen Sellhorn, den ich neulich auf einem Kongress in Paris getroffen habe, berichtete mir Ähnliches. Er wäre für eine Unterstützung durch einen guten Mann sehr offen. Am Institut von Professor Sellhorn wird altersbedingt ein Lehrgebiet frei, das dir fast wie auf den Leib geschnitten ist. Ich würde, wenn du dich entschieden hast, über das Ministerium die entsprechenden Schritte einleiten, dich dort zu platzieren.«

»Dein Angebot überrascht mich nicht«, fiel ihm Bergmann ins Wort, »und ich bin dir auch dankbar, dass du an mich denkst. Aber ich weiß nicht, ob es gut ist, wenn ich gewissermaßen Katharina hinterherreise und sie sich eventuell bedrängt fühlt. Im Übrigen hätte ich auch Bedenken gegenüber den Kollegen aus dem Osten. Sie werden sich bevormundet und gekränkt fühlen.«

»Das wird sich nicht vermeiden lassen. Ob wir das wollen oder nicht. Wir müssen uns ja nicht wie Besatzer aufführen. Wenn man eine ordentliche Kinderstube hat, sind das Randerscheinungen. Die gehören bei einem solchen gravierenden gesellschaftlichen Umbruchprozess dazu. Ich glaube nicht an diese Polemik der friedlichen Revolution. Wir sollten uns nichts vormachen, die DDR ist wirtschaftlich zusammengebrochen. Und wenn unser bayrischer Freund Franz Josef Strauß nicht vor zwei Jahren noch einmal den Geldschrank aufgemacht hätte, würde der Zusammenbruch schon viel früher erfolgt sein. Ich halte nichts von einem Scherbengericht, das unterscheidet zwischen Parteigängern und solchen, die nicht Parteimitglied waren, weil ich überzeugt bin, dass, wenn sich die Geschichte anders entwickelt hätte, wahrscheinlich auch du und ich Mitglied der Regierungspartei geworden wären. Hochschulleute gebärden sich überall linkssozial und sind in Wirklichkeit konservative Opportunisten. Das ist auch bei uns so.«

»Darüber muss ich erst einmal nachdenken. Solche Gedanken macht man sich drüben in den Staaten nicht. Wenn du nicht gerade Bomben vor das Capitol legst, ist denen egal, was du denkst. Ich habe schon einige Kollegen aus dem Osten getroffen, die dort problemlos an renommierten Instituten arbeiten. Wir scheinen das wieder alles deutsch-preußisch zu überziehen. Na, solange wir einen Vorteil haben, braucht uns das nicht zu interessieren.«

Sie hatten sich zeitlich etwas vertan. Kluge schaute auf seine Uhr und bat Bergmann um Entschuldigung, weil er schon in einer halben Stunde ein Seminar halten müsse. Er bat Alexander Bergmann, seine baldige Entscheidung mitzuteilen. »Du kannst in Ruhe deinen Kaffee noch zu Ende trinken. Es liegen hier einige aktuelle Universitätsmitteilungen. Die solltest du überfliegen. Dann bist du auch über den Hochschulklatsch informiert. Ich hatte Frau Sendlinger gebeten, dein Arbeitszimmer etwas freundlicher herzurichten. Sie hatte in deiner Abwesenheit manches dort abgestellt, weil sie zu faul war, ins Archiv in den Keller zu gehen. Also mach's gut, bis morgen? Bist du morgen da?«

»Ja, ja, ich muss meine Arbeit fertig machen und mich hier wieder integrieren«, entgegnete Alexander. Frau Sendlinger kam ins Zimmer, als Uli Kluge gegangen war, und setzte sich zu ihm an den kleinen Tisch. Sie hatte eine angenehme Art, in kürzester Zeit die wichtigsten Dinge, die man sich unter den Sekretärinnen erzählte, an den Mann zu bringen. Sie machte das mit Niveau. Bergmann könnte sie sich auch als Hausdame in einem gutbürgerlichen Haushalt vorstellen.

»Der Chef wird Ihnen sicherlich berichtet haben, dass ich zu faul gewesen bin, um die Vorgänge immer wieder ins Archiv zu stellen, lieber Doktor Bergmann. Das mit der Faulheit stimmt natürlich nicht. Das war nur eine Arbeitserleichterung, wenn ich es positiv ausdrücke«, und sie lachte dabei. »Aber ich habe schon alles aufgeräumt, und es bedurfte keines besonderen Hinweises. Ich bin so froh, dass Sie wieder da sind. Diese trockenen Naturwissenschaftler, bis auf wenige Ausnahmen, bekommen ja außer Zahlen und Gleichungen von den wirklichen und schönen Dingen des Lebens nichts mit.«

»So bin ich nicht, Frau Sendlinger«, lächelte sie Alexander Bergmann fast liebevoll an.

»Na, Sie können sich auch an Zahlen und Gleichungen«, sie machte eine verlegene Pause, »fast hätte ich gesagt, aufgeilen, verzeihen Sie diesen Ausdruck, Herr Bergmann.«

Bergmann lachte, »schon, gut, das ist doch inzwischen stubenrein und sogar rundfunktauglich.«

»Naja, das stimmt schon, aber für eine Frau in meinem Alter.«

»Also Frau Sendlinger, wie ist das nun mit mir?« Bergmann ließ nicht locker. Frau Sendlingers Gesicht, das trotz ihres Alters noch glatt war, überzog eine feine Röte, die Bergmann bemerkte und es ihm nun peinlich war.

»Ach, Sie bringen mich aber jetzt in Verlegenheit, Doktor Bergmann. Ich habe mir das auch nicht so genau überlegt, aber ich wollte sagen, dass Sie genauso locker und cool sein können, wie meine Tochter immer sagt, wie Sie, wenn es sein muss, auch sehr korrekt sind, vielleicht so.«

Frau Sendlinger war sichtlich erleichtert, diese Klippe umfahren zu haben.

»Ich habe das schon verstanden, Frau Sendlinger, aber ich wollte zur Begrüßung nur etwas scherzen. Sie sehen, ich bin wieder da.« Bergmann stand auf, nahm sie freundschaftlich in den Arm und verabschiedete sich. Als er zu Hause sein dürftiges

Abendbrot bereitet hatte – stilvoll auf dem kleinen Tisch direkt vor der Balkontür mit dem Blick über den Main auf den Stadtwald – und in Gedanken das heutige Gespräch mit Uli Kluge Revue passieren ließ, klingelte das Telefon.

Es war Katharina, die ihn aus Thüringen anrief. »Also?«, meldete sie sich etwas unsicher, »Du bist wieder zu Hause, Alexander?«

»Wenn du die Nummer unserer Wohnung angerufen hast und jetzt mit mir sprichst, dann bin ich wohl zu Hause, oder?«

»Freust du dich gar nicht, dass ich dich anrufe?«

»Natürlich freue ich mich, Katharina. Es war wieder eine dieser blöden Reaktionen, die ich hinterher immer bereue. Ich habe schon gehört, dass du nun in Thüringen bist. Gratuliere, Frau Bankdirektorin.« Bergmanns Stimme hatte nun einen weichen Klang. »Ich hatte heute mit Uli Kluge ein interessantes Gespräch. Er bot mir an, an die Weimarer Universität für eine Vertretungsprofessur zu gehen.« Er macht eine kurze Pause, um die Reaktion von Katharina abzuwarten. Aber sie schwieg und wollte ihn wohl nicht unterbrechen. »Uli Kluge meinte, in absehbarer Zeit würden dort Professuren frei, die von unseren Nachwuchswissenschaftlern besetzt werden könnten. Er wolle sich mit der dortigen Rektorin und dem hiesigen Ministerium deshalb in den nächsten Tagen absprechen.«

»Das ist doch schön, Alexander, ich rufe an, um zu hören, wie es dir geht und was deine Arbeit macht und welche Pläne sich jetzt entwickeln. Das darf doch wohl eine Ex noch denken, oder?«

»Katharina, das ist schön. Ich möchte dich gern sehen, kannst du am Wochenende herkommen?«

»Willst du mich wirklich nur sehen?«, stichelte sie.

»Es scheint so etwas wie Telepathie zu geben. Ich sitze am kleinen Intarsientisch, den ich mir vor die Balkontür gestellt habe mit einem selbst bereiteten, fürstlichen Abendessen. Ich war gerade in Gedanken versunken auch bei dir, als das Telefon klingelte.«

»Wenn ich dir früher so etwas erzählt habe, hast du mich immer ausgelacht. Aber bei den Menschen ist es wie mit dem Wein, je älter sie werden, umso reifer und bekömmlicher werden sie.«

»Aber wenn der Wein zu lange liegt, wird er Essig! Katharina, lass uns heute Schluss machen und sage mir, wann du am Wochenende kommst, ich freue mich.«

»Jawohl, Herr Professor, ich werde zum Rapport erscheinen, aber vergiss nicht, ich bin mittlerweile Bankdirektorin.«

»Ich hoffe, du hast dich nicht verändert. Mach's gut bis zum Wochenende.«

Alexander Bergmann legte beschwingt auf, er fühlte, dass er trotz der Scheidung zu ihr gehörte, und er hatte das Gefühl, dass auch sie an ihm hing.

Katharina hatte nicht noch einmal angerufen und war am Freitagabend einfach da. Sie wollte ihn überraschen, ihn so erleben, wo und wie er gerade war.

Er war eben vom Institut zurückgekommen. In der zurückliegenden Woche hat er hart gearbeitet. Seine Habilitation war nun druckreif. Uli Kluge hat sich die wesentlichen Passagen angesehen und war zufrieden. Alexander rechnete erst am Sonnabend mit Katharina, weil er auf einen entsprechenden Anruf gewartet hatte. Als sie dann aber unvermittelt in der Wohnung stand, fielen sie sich wortlos in die Arme und genossen diese innige Nähe. Obwohl sie nur ein knappes Jahr getrennt waren, schien es Bergmann, dass sie sich in ihrem Äußeren verändert hatte. Sie trug ein dunkelblaues Kostüm, elegante hochhackige Schuhen und war auch in seiner Wahrnehmung ganz Bankdirektorin. Und sie hatte ihr Parfüm gewechselt. Es war eine Spur eleganter, nicht mehr so aufdringlich, wie er es aus ihrer gemeinsamen Moskauer Zeit kannte.

»Du siehst verdammt gut aus.«

»Du aber auch, mein Lieber. Wie war es in Amerika? Bist du fertig mit deinen Versuchen? Hast du deine Arbeit abgeschlossen?«

»Das sind eine ganze Menge Fragen, Katharina. Aber, um es kurz zu machen: Ich habe alles geschafft. Meine Arbeit ist fertig, eigentlich könnte ich zufrieden sein, wenn ich auch noch wüsste, wie es mit mir weitergeht.«

»Na, deswegen bin ich ja hier. Ich weiß schon, was Uli Kluge dir angeboten hat. Die zeitlich begrenzte Vertretungsprofessur nagelt dich nicht fest. Das ist für dich eine gute Gelegenheit, alles kennenzulernen, ohne sich endgültig festlegen zu müssen, oder?«

»Aha, ein abgekartetes Spiel also.« Alexander Bergmann sagte es nicht vorwurfsvoll, sondern mit einem Lächeln. Katharina gefiel ihm in ihrer souveränen, direkten Art. Das hatte ihn schon immer fasziniert. Auch in diesen Momenten dachte er, dass es wohl schon so war, dass das Sein das Bewusstsein bestimmte. Wäre sie in Kasachstan geblieben, hätte sie irgendeinen Burschen aus der Steppe geehelicht und würde mit Zahnlücken und Zeichen der schweren körperlichen Arbeit ihr Dasein fristen. Aber nun saß sie vor ihm: gepflegt, charmant und wunderschön, und mit einer Karriereaussicht, die keine Grenzen hatte.

Mein Gott, wie großartig hat sich meine sibirische Wildkatze entwickelt!, dachte er voller Bewunderung

»Hast du eigentlich etwas Ordentliches zu essen? Ich habe einen fürchterlichen Hunger und seit heute Morgen nichts Richtiges gegessen.«

»Das wollte ich eigentlich morgen früh besorgen, weil ich annahm, dass du erst am Mittag kommst.«

»Na dann lass uns irgendwo schön essen gehen und unser Wiedersehen feiern.«

Katharina war beschwingt, und man sah es ihr an, dass ihr die Begegnung mit Alexander guttat. Alexander wollte nicht am Anfang bohrende Fragen nach ihrem Leben stellen, denn das war ja der Grund, weshalb sie sich für eine Trennung entschieden hatten. Und, da machte er sich nichts vor: Er hatte den ersten

Stein geworfen; nun wollte auch er die Initiative ergreifen und einen guten Rückzug aus der Misere suchen.

Sie fanden ein neu eröffnetes indisches Restaurant ganz in ihrer Nähe. Da sie mit diesen Speisen bisher keine Erfahrung hatten, ließen sie sich beraten und entschieden sich für eine köstliche Ingwersuppe mit Zitronenkraut. Für das Hauptgericht wählten sie süßsauer eingelegte gebratene Froschschenkel, eigentlich mehr Alexander als Katharina, die schon als Kind Froschschenkel in allen Variationen essen musste. Damals, um zu überleben.

Sie hatten in der kurzen Zeit des Zusammenseins ihre Vertrautheit wiedergefunden und verstanden sich in Halbsätzen und Gesten ohne weitschweifende Erklärungen.

»Du möchtest sicher wissen, was ich in Boston getrieben habe. Um es kurz zu machen, du hattest recht. Strohfeuer sind nicht in der Lage eine dauerhafte Wärme zu erzeugen, dessen war ich mir, wenn ich ehrlich bin, von Anfang an bewusst, ohne es mir einzugestehen. Miriam möchte eine wissenschaftliche Arbeit zu Ende führen, ob sie damit promovieren kann, ist noch nicht klar, aber sie hat eine solche Absicht bekundet.«

Alexander hielt inne, wie um sich zu sammeln, und sagte dann, fast etwas zu hastig und zu aufgeregt. »Katharina, ich würde mich freuen, wenn wir wieder zusammenkämen. Es wäre ja nicht das erste Mal, dass sich ein Paar nach einer erfolgreichen Scheidung wiederfindet.«

»Das ist schön gesagt, Alexander. Ich bin froh, dass du dieses Thema anschneidest, weil ich in der Zeit unserer Trennung sehr oft über uns nachgedacht habe. Ich hatte dir von meinem Bekannten erzählt. Es war etwas voreilig, dir einen solchen Vorschlag gemacht zu haben, unsere Eigentumswohnung zu verkaufen. Das tut mir leid. Ich bitte dich um Entschuldigung. Ich war, als ich von Miriam erfuhr, sehr gekränkt und hätte nicht geglaubt, dass wir je in eine solche Situation geraten würden. Aber nun ist es ja vorbei, wie du sagst, und wir wollen in die

Zukunft sehen. Die Geschichte mit dem Bekannten ist reif für eine Verfilmung, weil sie das ganze deutsche Dilemma zeigt.«

Als Katharina die Geschichte von Rudolf Bleicher alias Ronald Fischer erzählt hatte, fragte Alexander ganz erstaunt: »Hast du davon nie etwas bemerkt?«

»Wie sollte ich, wir hatten doch nur sporadisch Kontakt, und ich kenne auch weder seinen Arbeitsplatz noch sein Haus, von dem er immer sprach.«

»Und wo ist er jetzt?«, fragte Alexander.

»Das weiß ich auch nicht, er ist wirklich bei Nacht und Nebel verschwunden. Kannst du dir vorstellen, wenn solche Leute wieder das Heft in die Hand bekommen?«

»Ach«, sagte Alexander nüchtern, » wenn bei denen strafrechtlich nichts vorliegt, werden die sich im rauen Alltag des Kapitalismus gut behaupten. Da zählen emotionslose Fakten und Gewinnmaximierung. Aber einer Bankerin das zu erzählen, hieße ja Eulen nach Athen zu tragen. Daran änderst du nichts. Aber ich glaube, unsere Schlapphüte sind auch nicht auf den Kopf gefallen und werden schon die Augen offenhalten. Übrigens habe ich neulich gelesen, dass gute Handwerker auf dieser Strecke auch die krassesten Systembrüche überstanden haben. Das ging nach dem Krieg von den Nazis zu uns recht locker, wenn wir an Herrn Gehlen denken. Das wird sich auch jetzt nicht anders entwickeln. Ein Beispiel haben wir ja schon mit der Rosenholzdatei[119].«

Katharina und Alexander entdeckten sich an diesem Abend wieder. Sie empfanden die Trennung wie eine schwere Krankheit, die sie beide durchgemacht und überstanden hatten. Alexander entschied sich, das Angebot von Kluge anzunehmen, und Katharina sagte, dass sie nicht unbedingt an die Arbeitsstelle gebunden sei. Wenn die Sache mit Weimar nicht

---

119 Stasi-Datei, die der CIA über den russischen Geheimdienst auf verworrenen Wegen gekauft hat und Auskunft über westdeutsche Helfer geben soll.

klappen sollte, würde sie auch an jeden anderen Ort mit ihm gehen. Sie beschlossen, die Frankfurter Wohnung als einen sicheren Rückzugsort zu behalten und von da aus ihre weitere Lebensplanung zu machen.

Alexander erlebte, wie schon seit mehr als einem Jahr nicht mehr, ein harmonisches, aufeinander abgestimmtes Wochenende gegenseitiger Rücksichtnahme und wiedergewonnener Zuneigung.

Als Katharina am Sonntagnachmittag nach Weimar zurückfuhr, hatte sich ihr Leben verändert.

Professor Kluge hatte bereits vorsorglich im Thüringer Ministerium nachgefragt, welche Möglichkeiten für eine zeitlich begrenzte Vertretungsprofessur bestehen würden. Anfang Dezember verteidigte Alexander Bergmann seine Habilitation. Das hatte man zur Bedingung gemacht, um in Weimar als Zeitprofessor tätig sein zu können.

Mit Beginn des Semesters Anfang Oktober wurde er bereits in den Lehrbetrieb aufgenommen und dem Kollegium der Bauingenieurfakultät zugeordnet.

Schluss

Uli Kluge war am Telefon: »Herzlichen Glückwunsch, BB. Ich habe es heute in der *Süddeutschen* gelesen. Gut gemacht, ich habe immer an dich geglaubt, wie geht's denn nun weiter? Wie lange gibt's den Käutl eigentlich noch?«

»Schön, dass du anrufst, Uli. Das hat mein und dein Anwalt hingekriegt, nicht ich. Na, und alles andere interessiert mich nicht mehr.«

»Sei mal nicht so abgebrüht. Was willst du machen?«

»Das weiß ich noch nicht. Endlich Ingenieur sein und richtige Projekte machen.«

»Wo denn? Im vermieften Osten?«

»Warum nicht?«

»Was hält dich noch dort? Hast du etwa endlich einen Freund, der dich festhält?«

»Uli, bitte langsam und eins nach dem anderen. Also nichts und nein.«

»Dann kannst du ja auch in die Staaten gehen, ans MIT. Ginger will die Versuchsreihe von Dr. Bergmann fortführen, der sich ja nun inzwischen bei euch recht wohlfühlt. Ginger dachte, dass er sich länger am Institut aufhalten würde, aber, du weißt schon: Das Ewig-Weibliche zieht uns hinan. Die Deutsch-Russin Katharina ist Bankdirektorin in Weimar geworden, und die Ehe scheint auch wieder gekittet zu sein. Überleg doch, du hast dich mit der gleichen Thematik beschäftigt und könntest direkt einsteigen. Die fragen nur, ob du was kannst oder nicht. Die kennen dich, Ginger hat sich nach dir erkundigt. Bitte doch Sellhorn, er möge sich doch für dich einsetzen.«

»Uli, danke. Ich überlege mir das. Ich rufe dich wieder an, um noch einiges mehr zu erfahren. Dank dir und grüß' bitte Veronika von mir.«

»Danke und mach's gut. Ich rechne mit dir.«

»Lass uns mal sehen, wie sich die Dinge entwickeln. Mach's gut, Uli.« Sie wollte ihm eigentlich noch erzählen, was sie über seine Jugendliebe herausbekommen hatte, ließ es aber, weil sie ihm seine schönen Erinnerungen nicht zerstören wollte.

Als sie den Hörer aufgelegt hatte, stand ihr Entschluss fest. Uli hatte recht. Sie sollte neu anfangen. Gingers Institut war eine interessante Alternative. Eigentlich hatte sie sich schon entschieden, das Angebot anzunehmen. Aber Sellhorn würde sie diesmal nicht bemühen. So viel Stolz hatte sie noch. Sie wartete drei Tage und sagte Kluge telefonisch zu. Die sonstigen Bedingungen hatte er schon bei Ginger erfragt. Nun bereute sie, nicht schon früher einen solchen Ausweg gesucht zu haben. Sie boten ihr einen 5-Jahres-Vertrag an mit Aussicht auf eine Dauerstellung bei einem Jahresgehalt, das man hier nicht in zwei Jahren bekam.

Ab jetzt wollte sie nur noch an sich denken. Sie kündigte ihre Wohnung und räumte ihre Sachen zusammen. Nur einige persönliche Dinge als Erinnerungen wählte sie aus. Den Rest bekam Karin, auch die Möbel und alles, was sich ein halbes Leben lang angesammelt hatte. Karin war traurig, als ihr BB am Telefon die Pläne mitteilte, hatte aber Verständnis und freute sich, nun reich beschenkt zu werden. Das würde gut passen, gestand sie. Ihre neue Flamme wolle sie nun zum ewigen Licht machen, und da brauche sie eine größere Wohnung. BB freute sich über Karins Freude, und da lachten sie beide ausgelassen wie kleine Mädchen.

»BB, da schreibste mal, gelle?«

»Nadierlisch«, ahmte Beata Karins furchtbaren Dialekt nach.

»Karin, du wirst mir fehlen.«

»Äschjha, das glob ich nich.«

»Doch, wer bringt es bei den Amis so auf den Punkt und dann auch noch auf Sächsisch?«

Sie verabredeten die Übergabe. Dann musste Beata Schluss machen. Sie hatte jetzt viel zu organisieren und zu bedenken. Den Papierkram besorgte ihr Anwalt für sie. Was übrig blieb, erledigte die Müllabfuhr. Als sie zwei Wochen später zum ersten Besuch bei Ginger nach Boston flog, fiel alles von ihr ab. Sie empfand sich wie frisch gebadet, körperlich und geistig.

Ginger empfing sie am Flughafen. Sie kannten sich nur brieflich. Er stand mit einem Pappschild am Ausgang. Das BB war nicht zu übersehen. Er begrüßte sie wie eine alte Freundin, unkompliziert und ohne die triefenden Formeln, die sie oft gehört hatte. BB fühlte sich sofort wie zu Hause. Die Modell-Untersuchungen von Bergmann kannte sie durch Kluge; außerdem hatte sie Bergmanns Habilarbeit gelesen. Seine frühere Assistentin Miriam war noch da und arbeitete an einer eigenen wissenschaftlichen Untersuchung. Sie hatte sich mit dem reichen Jungen liiert und wollte zunächst am MIT bleiben. Sie würde für Professor Becker eine gute Hilfe sein. Beide Frauen freundeten sich bald an. Später erzählte sie auch die Geschichte mit Alexander Bergmann, die BB von einer etwas anderen Seite über Uli Kluge und Katharina kannte.

Es war Tratsch und Klatsch, belanglos und ohne Bedeutung.

Hans-Ulrich Mönnig

Echo

1. Auflage, 2015
Grünberg Verlag, Weimar & Rostock
www.grunbergverlag.de

ISBN 978-3-933713-46-9